KB165919

재혼은 처음이라

이지환 장편소설

vol.1

동아

재혼은 처음이라 1

초판 1쇄 인쇄일 | 2022년 1월 18일
초판 1쇄 발행일 | 2022년 1월 26일

지은이 | 이지환
펴낸이 | 박성면
펴낸곳 | (주)동아

출판등록 | 제406 - 3960100251002007000071호
주소 | 경기도 파주시 문발로 115, 세종대학교출판부 206호
전화 | (031)8071 - 5201
팩스 | (031)8071 - 5204
E - mail | bear6370@hanmail.net

정가 | 12,800원

ISBN 979-11-6302-557-3 (04810)
       979-11-6302-556-6 (set)

ⓒ 이지환, 2022

재혼은 처음이라

이지환 장편소설

___

vol.1

동아

목 차

프롤로그 - 만난 김에 결혼까지

종로에 있는 한성병원, 의국.

금요일 퇴근 시간.

승주는 바야흐로 꿀 같은 퇴근 시간을 맞이하고 있었다.

"이 선생, 이승주야. 제발."

누군가가 그를 막아섰다. 유학 가기 전까지 승주가 페이 닥터로 일하고 있는 이 병원에서 만난 대학 선배였다. 아침부터 되도 않는 부탁으로 그를 귀찮게 하더니만 끝내 단념하지 못하고 이렇게 계속 징징대는 중이었다.

당신이 선배든 뭐든, 그렇게 눈을 불쌍하게 뜨고 있든 말든 내 퇴근을 가로막는 자는 다 지옥에 떨어져라.

승주는 냉정하게 거절했다.

"싫습니다."

"제바알! 진짜 별거 아니라니까?"

"싫다고요."

"그냥 가서 밥만 먹어 주면 된다니까."

"그만하세요."

"제발. 나 한 번만 살려 주는 셈 치고. 응? 응?"

"됐습니다."

내내 저자세였던 선배가 버럭 소리 지른 건 그때였다.

"야. 너 정말!"

그의 얼굴이 시뻘게져 있었다.

"이렇게 의리 없이 굴 거야? 선배가 이렇게 머릴 조아리고 부탁하면 들어 줘야지, 너 진짜 싸가지가 바가지다. 야, 솔직히 말해 보자. 나도 네 부탁 몇 번 들어줬잖아. 내가 얼마나 급했으면 쪽팔림을 무릅쓰고 너한테 이런 부탁까지 하겠어? 내가 네 성질 몰라? 이런 거 싫어하는 거 내가 더 잘 알아, 인마."

"잘 알면서 이런 부탁을 하시는 선배가 더 이상합니다."

가운을 벗어 캐비닛 안에 걸며 승주가 냉정하게 말했다.

"그냥 사실대로 말하면 되잖아요. 갑작스럽게 스케줄 생겼다고. 담에 보자고. 의사하고 소개팅하려고 안달 난 쪽은 상대일 텐데 선배님이 왜 저자세입니까? 왜 이렇게 불안해하시는데요."

"주선자가 원장님 사모님이라고, 이 자식아."

선배가 절망적인 얼굴로 소리쳤다.

"아하."

비로소 이 모든 상황이 납득되는 순간이었다.

비빌 데 없는 흙수저 출신 의사에게 있어 자리를 주신 원장님은 하느님과 동급이다. 원장님의 사모님께서 어여삐 여기시사, 나름 부잣집 따님을 골라 소개팅을 주선하셨는데, 지가 볼일 생겼다고 걷어찼다? 완전히 자살행위였다.

"근데 대타로 제가 나간다 해도 문제 아닙니까, 이건? 나중에 알려지면 엄청 화내실 것 같은데."

"아냐 아냐. 소개팅 받는 여자는 원장님 제자라고만 알지 당사자가 나란 건 몰라. 약속 장소하고 전번만 받았어. 사실상 누가 나가도 상관없다고."

"소개팅을 주선하는데 당사자 이름도 안 가르쳐 준다고요?"

"정보를 너무 많이 알려 주면 서로 부담된다고, 그냥 오 원장님 제자라고 만 했대. 그러니까 제바알, 이승주야. 다음 주 네 당직 내가 뛸게. 응?"

이건 확실히 조금 끌리는 딜이었다.

"당직, 확실하죠?"

"그럼 그럼. 이번에 살려 주면 내가 너 진짜 사랑할게!"

"난 선배님 사랑이 딱히 필요 없는데."

재킷을 걸치며 승주가 자신의 휴대 전화를 내밀었다.

"그쪽 전번 찍어 보세요. 약속 장소하고."

선배가 살았다 하는 표정이 되어 승주의 휴대 전화에 소개팅 상대의 전화번호를 찍었다. 물끄러미 바라보고 있다가 승주가 정말 궁금했던 것을 마침내 물었다.

"근데 이런 중요한 자리까지 제치고 선배가 가야 할 자리는 뭔데요?"

"아, 그거?"

선배가 아까보다 한껏 고무된 표정으로 대답했다.

"너도 알지? 가야병원에 근무하는 내과 홍민수한테서 여동생 소개받기로 했다."

이건 뭐지?

자신도 모르게 승주 입에서 '이 쓰레기 새끼' 소리가 나올 뻔했다.

아무리 만남이야 많으면 많을수록 좋다고 한들, 소개팅 단계에서부터 양다리 시작이라고?

"하필이면 시간이 똑같이 잡혔네. 어떻게 된 게 그동안은 국물도 없더니만 이렇게 소개팅 자리가 들어오려니 갑자기 쏟아지네. 하, 이거."

9

이제 급한 불은 껐다 이거다. 뻔뻔하기 이를 데 없는 얼굴로 선배가 자랑스럽게 대답했다.

"홍민수 그 자식 집안이 찐 금수저잖아. 아직 확실한 게 아무것도 없는 그쪽보단 아무래도 홍 선생 동생 쪽이 더 확실하지. 자, 그럼 부탁해."

문이 탁 닫혔다. 하도 어이가 없어 그만 할 말을 잃어버린 승주만 남기고.

"와! 저, 저, 쓰레기……."

애가 닳도록 따라다닌 선배의 사정을 생각해서 이딴 어이없는 부탁을 들어준 자신을 승주는 진심 한 대 치고 싶었다.

* * *

남산 어귀의 고급 레스토랑.

유리는 입술이 톡 튀어나온 채로 레스토랑 실내를 휙 둘러보았다.

드문드문 앉아 있는 손님들 중 누군가를 기다리며 느긋하게 혼자 앉아 있는 사람, 특히 어색 모드를 장착한 채 소개팅하러 나온 게 분명한 남자 따윈 보이지 않았다.

'흥. 아직 안 왔군.'

이번에는 3분만 기다려 주리라.

그녀는 자신이 5분 먼저 도착했다는 것을 쉽게 잊어버렸다.

유리가 예약자 이름을 말하자 웨이터가 창가 자리로 안내했다.

그때, 휴대 전화가 울렸다.

—뭐 해?

"뭐 하긴. 놀지."

소개팅 상대의 전화가 아니라 군대에서 썩고 있는 친구 재완이었다.

"이봐, 해병대 아저씨. 이 시간에 전화도 걸고 말이야. 차암 우리나라

군대 좋아졌어."

―내일부터 훈련 들어가거든. 그래서 전화했거든. 모처럼 오빠가 전화했는데 말이야, 나긋나긋하게 전화 좀 받아 주지 말입니다.

"나긋나긋 좋아하시네. 그건 니 여친한테 바라지 말입니다. 일단 끊어. 나 바빠."

재완의 대답을 들을 생각도 않고 유리는 전화를 끊었다. 레스토랑 문을 들어서는 장신의 남자를 눈으로 좇으며 유리의 심장이 갑자기 기대로 두근 거렸다.

'헉. 혹시 저 남자?'

그녀의 물음에 답이라도 하듯, 들고 있던 휴대 전화 액정에서 메시지가 떴다.

[저는 도착했습니다만, 유리 씨는 어디신가요?]

휴대 전화를 확인하는 유리를 그 남자가 바라보았다. 자신이 만날 상대가 유리라는 것을 직감했는지 성큼성큼 다가왔다.

"혹시, 유리 씨?"

"네. 제가 유린데요?"

"안녕하세요. 처음 뵙겠습니다. 오종석 원장님 사모님 소개로 나온 이승 주입니다."

웬일이니, 웬일이니?

눈앞의 소개팅 상대를 바라보며 유리는 잠시 멍해졌다. 24년 인생을 살아 내며 한 번도 만난 적 없는 키 크고 잘생기고 부내 넘치는 데다 심지어 '의사' 타이틀까지 단 현실 남신이 등장할 줄이야!

그렇게 소개팅 상대인 이승주와 인사를 나누며 유리는 난생처음으로 엄마 친구 현주 아줌마에게 감사 인사를 올렸다.

'현주 아줌마, 완전 미안해요. 내일부터 아줌마를 행운의 여신님이라고 부를게요.'

"그래도 유리 네가 예뻐서 내가 이번에 특별히 주선하는 거야."

"키? 그냥 뭐 적당하다고 들었어."

"얼굴? 얘 봐라? 남자 얼굴을 왜 봐? 얼굴 반반한 놈은 얼굴값 하느라 바람이나 피우지."

"그래도 한국대 출신 의사잖아. 니 엄마가 좋아하는 사 자(字)!"

"그 남자 집안은 별로 볼 게 없다지만 학벌 좋지, 직업 되지. 너한테 딱 맞춤이라니까."

"솔직히 너희 집이 돈이나 좀 있지, 뭐가 있니? 네가 학벌이 좋아, 직업이 있길 해? 그렇다고 연예인 뺨치게 예쁘기를 해? 이쪽이 별로 내세울 게 없는데 뭘 그리 꼬치꼬치 따져?"

현주 아줌마. 항상 잘난 척하고 교만이 몸에 붙어서 싫어했다.

이번 소개팅 주선도 그랬다. 뭐, 친구 딸 유리가 예뻐서이겠는가? 자신이 나름 상류층에서 잘나가는 사모님이라는 걸 친구들에게 과시하고 싶어서였겠지.

'이왕 해 주시는 거 말이라도 좀 곱게 하시면 얼마나 좋아?'

현주 아줌마는 꼭 그렇게 구구절절 사람 속을 긁고 기분 나쁘게 만들었다. 그나마 엄마 기분 생각해서 꾹 참았지만 통화를 하면서 육성으로 욕이 터질 뻔했다.

한마디로 내가 너한테 의사씩이나 소개해 주는데, 니가 감히 그쪽 조건을 따지다니, '주제넘는다'는 말이었다.

이제 겨우 20대 초반인 앞길 창창한 미녀 유리에게 고작 한국대 출신 의사라는 명함 하나 가진 남자 소개하면서 무슨 생색은 그리 내는지? 온갖 잘난 척은 다 해 댔다.

아까 유리가 약속 장소에 들어서면서 딱 3분만 기다렸다가 바로 튈 거라고 결심하며 온 이유는 99.9퍼센트가 주선자 현주 아줌마의 선 넘은 잘난 척, 간섭질 때문이었다.

그랬는데 얄밉고 짜증 나는 말과는 달리 이승주 같은 진짜 남신을 물어다 주시다니.

대학 졸업 직전이었던 그때 그날. 1월 30일. 그녀가 그에게 반한 운명의 날. 그들의 기억에 영원히 새겨져 잊을 수 없는 역사적인 날이었다.

1

서울 근교 완담동.

부자들 사이에선 오히려 강남보다 더 선호된다는 신흥 명문촌.

푸른 골프장이 그림처럼 펼쳐져 있고 영화에서나 볼 법한 고급 저택이 즐비한 동네이다.

주말 아침 8시. 조용한 골목길에 차량 한 대가 도착했다.

고깔모자를 쓴 세 명의 귀여운 여성 캐릭터가 그 차량 옆면에 붙어 있었다.

'올댓파티'라고 적혀 있는 파티 이벤트 회사의 차량이었다.

"완덕로 23-1. 여기 맞다."

"응. 내가 벨 누를게."

운전석에 앉은 정원 대신 경오가 얼른 조수석에서 내렸다. 다시 한번 주소를 확인하고 목적지인 저택의 대문 앞에 다가갔다. 담 너머로 보이는 멋진 마당을 바라보며 경오가 벨을 눌렀다.

─누구세요?

"안녕하세요? 오늘 생일 파티를 준비하러 온 올댓파티입니다."

ㅡ일하는 차량은 골목 돌아서 뒷문 있으니 거기 주차하세요.

일방적으로 끊어지는 인터폰 소리를 들으며 벨을 눌렀던 경오가 어이없는 얼굴이 되었다. 다시 조수석에 올라타는 경오를 운전석의 정원이 바라보았다.

"뭐래?"

"우리같이 천한 것들은 대문으로 감히 못 들어온단다. 골목 돌아가면 뒷문 있대. 거기 주차하래."

"역시 완담동 사모님. 명불허전이로구나."

"청담 위에 분담, 분담 위에 완담이라더니. 역시."

"오늘 정신 바짝 차리라는 경고 받았네?"

"그러게."

경오와 정원이 동시에 어이없이 웃어 버렸다.

고급 프라이빗 홈 파티를 기획, 실행하는 올댓파티 그들로선 돈 좀 있으신 파티 의뢰인들의 갑질은 종종 경험하는 일이었다. 상처도 되지 않는 일상 중 하나였다.

정원이 천천히 차를 몰아 저택의 뒷문 앞에다 차를 댔다.

"내리자."

"영주는 어디쯤이야?"

차 트렁크를 열고 파티에 필요한 물품이 담긴 상자를 끌어 내리며 정원이 물었다.

정원, 경오와 함께 올댓파티의 또 다른 창업자이자 파티 음식 담당 영주는 아르바이트생 두 명과 함께 다른 차량으로 이동 중이었다.

"5분 후에 도착한대. 완담골 사거리래."

"우리처럼 대문 앞에 차 세우지 말고 아예 뒷문 쪽으로 오라고 해. 걔 성질머리에 사모님 갑질 당하면 제대로 난리 난다."

15

"크크크. 그렇지? 우리 영주 씨 신경질이 사모님 대상이 아니라 우리 한정이지? 우린 그거 무섭지?"

영주는 근사한 요리 솜씨와 휙휙 돌아가는 계산력만큼이나 짜증 전투력도 일등이었다.

누구보다 이문에 밝고 사업적 마인드로 무장한 채 온갖 갑질을 휘두르시는 사모님들을 상대로 생글생글 잘도 웃으며 비위를 맞추고 조몰락거리는 데에는 선수였다.

그만큼 스트레스도 만땅인지 행사를 마치고 돌아오면 두 친구를 상대로 온갖 짜증에 분풀이를 하지만.

"오늘도 잘해 보자. 믿는다, 황경오!"

"파이팅, 유정원."

두 친구는 차에 싣고 온 물품 상자를 카트에 쌓아 담고는 이날의 파티 의뢰인 집 안으로 들어섰다.

* * *

강남 세린병원.

강남 본원 말고도 인천, 수원, 성남에까지 분원을 가지고 있는 꽤 유명한 준종합 병원이다.

"그럼 수고."

"안녕히 가십시오."

나현은 가볍게 손을 흔들며 병원을 나섰다. 근무가 없는 토요일이었지만 갑자기 응급 수술이 터져 병원으로 달려왔던 참이었다.

차에 올라탄 그녀는 휴대 전화를 찾았다.

ㅡ어.

"뭐 해?"

—간만에 집 청소. 이제 좀 자야지.

수화기에서 흘러나오는 승주의 덤덤한 목소리에 나현의 얼굴이 절로 찌푸려졌다. 그녀가 잠시 망설이다가 물었다.

"역시 기억 못 하는구나? 오늘 약속."

—응? 무슨 약속?

전혀 아무것도 기억나지 않는다는 듯한 승주의 대답 앞에서 순간 나현은 욕을 할 뻔했다.

무려 세 번이나 말했다고! 고함을 치고 싶은 심정이었다.

목구멍까지 올라온 짜증과 섭섭함을 삼키며 나현은 억지로 웃었다. 최대한 상냥하게, 내가 많이 참아 준다 하는 뜻을 담아 말했다.

"나쁘네, 이승주 선생. 분명히 지난주에 약속한 것 같은데. 오늘 파티에 같이 가기로."

—파티? 무슨 파티? 약속했나, 내가?

나현의 주먹에 절로 힘이 들어갔다. 그가 앞에 있었다면 면상을 후려갈기고 싶었다.

문득 승주가 아, 했다.

—그래, 박 선생 조카 생일 파티. 시간 되면 같이 가자고 했었지.

"이제 기억나?"

—그래. 미안. 근데 그때 내가 시간이 되면 갈 수도 있다, 그러지 않았었나?

"오늘 휴무고 다른 일도 없고 그럼 나랑 같이 파티 가면 되겠네. 안 그래?"

야무지게 따져 묻는 나현을 두고 승주가 싱겁게 웃었다.

—니 말을 듣고 보니 안 갈 이유가 없긴 하다. 근데 좀 웃기네. 박 선생 조카 생일 파티에 나까지 따라가다니 어색하잖아.

"뭐가 어색해. 이젠 남도 아닌데."

승주가 잠시 침묵했다. 대체 무슨 소리를 하는 거야, 그렇게 묻는 듯한 침묵이었다.

나현은 다시 이를 악물며 아까보다 더 상냥하게 대답했다.

"남 아니잖아. 우리 민서 태어났을 때부터 본 사람이면서?"

─……어. 그렇지?

"우리 민서, 이 선생을 엄청 좋아해. 언니가 꼭 같이 오래. 형부도 보고 싶다고 학수고대 중이야. 같이 가자."

─……글쎄. 졸린데.

역시나 또 대답이 느렸다.

늘 그렇듯이.

"12시까지 가야 해. 내가 이 선생 집에 태우러 갈게."

─나 태우러 오면 불편하잖아, 그냥 각자 차 가지고 가자. 주소나 찍어 보내 줘. 시간 맞춰 갈게.

나현은 시동을 걸고 주차장을 빠져나갔다.

"이미 출발했어. 괜찮아. 태우러 갈게. 좀 있다 봐."

그가 더 이상 거절하거나 망설이게 내버려 두지 않겠다. 전화를 끊고 나현은 통화 내내 억지로 참고 미소 짓느라 경련이 일어나는 얼굴을 확 지우고 이를 악물었다.

'이승주. 대체 언제까지여야 하니? 네 앞에서 내가 거지 되는 거.'

* * *

오전 10시 반.

처음에는 아무것도 없던 완담동 저택의 잔디밭은 어느새 멋진 파티장으로 변신해 있었다.

솜씨 좋고 손 재빠른 다섯 명의 직원들이 땀까지 흘려 가며 노력한 결과였다.

놀이동산으로 꾸며진 구역에 마지막으로 미니 트램펄린을 내려놓은 아르바이트생이 저택 안으로 들어갔다. 꽃 상자 앞에서 정원이 손목시계를 힐끗 내려다보았다.

음식 준비는 영주가, 생일 파티 테이블 준비는 정원이, 꼬마 손님들이 즐겁게 놀 수 있게 준비된 이벤트 존은 경오가 책임지고 있다.

"슬슬 손님 받아야 할 시간이다."

"손님 받기 전에 사모님 검사부터 받아야지."

"히익. 나오신다. 긴장하자."

이벤트 존 쪽으로 와서 잠시 둘러보던 경오가 팔꿈치로 정원을 슬쩍 건드렸다.

정원은 허리를 굽혀 꽃이 가득 든 물통을 바로 놓는 시늉을 하면서 뒤에서 다가오는 인기척을 느끼지 못한 척했다.

"여기 꽃이 좀 빈약하지 않나? 난 뭐든 없어 보이는 건 싫은데."

아, 네에. 그러시겠죠.

정원이 돌아서며 한껏 상냥하게 웃어 보였다.

"사모님. 이 꽃들은 장식용이 아니고요, 꼬마 손님들이 오시면 꽃팔찌도 만들어 주고 화관도 만들어 주는 용도예요. 혹시 다른 곳 꽃 장식이 비어 보이면 당장에라도 보충하겠습니다."

"아니, 꼭 그러자는 건 아니고."

거만하게 말꼬리를 흘리며 사모님이란 여자가 어깨에 카디건을 걸친 채 팔짱을 끼고서 고개를 돌렸다. 어디 하나라도 흠이 있을세라 이리저리 매의 눈으로 훑어보는 중이었다.

"저건 트램펄린이고. 애들이 오면 여기서 논다 이거죠?"

"네. 미니 트램펄린, 꽃팔찌 만들기, 보시다시피 인형의 집도 설치해 놓았습니다. 페이스 페인팅도 진행할 거고요."

"뭐. 나쁘지 않네. 근데 꽃팔찌를 만들어 준다고?"

"네."

"엄마들도 주는 건가?"

"그럼요. 사모님껜 미리 드릴까요? 만들어 뒀는데."

"그래? 하나 줘 봐요."

정원은 어젯밤 미리 만들어서 아이스박스에 담아 온 꽃팔찌를 하나 꺼냈다. 그리고 어디 한번 내 손목에 끼워 보렴, 하는 표정으로 손을 내민 여왕님께 공손하게 끼워 드렸다.

"아, 핑크 장미? 드레스 코드하고는 안 맞네. 나, 오늘 아이보리 패턴 드레스인데."

"좋아하시는 색이 있으시면 금세 다시 만들어 드릴게요. 꽃은 여분이 있으니까요."

"그래? 그럼 다시 만들어 줘 봐요. 노란색하고 파란색이 좋겠어."

"초록색도 괜찮으시죠?"

"나쁘지 않아요."

"얼른 옷 갈아입고 나오세요, 제가 근사하게 만들어 놓겠습니다."

그때 저택 안에서 이미 생일 파티 드레스로 갈아입은 주인공이 쪼르르 달려 나왔다.

"우와, 우와. 엄청 예쁘다! 멋지다!"

단 몇 시간 만에 저택의 잔디밭은 어린 소녀의 마음을 설레게 할 만큼 예쁘고 재미있게 꾸며져 있었다.

영화에서 나올 법한 멋진 생일 파티 테이블, 아기자기하게 꾸며진 정원 풍경은 오늘의 주인공인 일곱 살 여자아이의 마음을 잔뜩 들뜨게 하기 충분했다.

"우리 딸 어때? 마음에 들어?"

엄마 가현의 질문에 딸 민서의 눈이 반짝반짝 빛났다.

"응."

가현의 콧대가 한껏 올라갔다.

"그럼 엄마한테 이런 파티를 준비해 주셔서 고맙습니다, 하고 인사해야지."

"피잇. 엄마가 안 했잖아. 다 저 이모들이 하던데."

"엄마가 직접 하진 않았지만 돈 들여서 이모들을 불렀잖아. 그러니 엄마가 한 거나 다름없지."

로마에 가면 로마의 법을 따르라는 말이 있다.

신흥 부촌이라는 완담동으로 이사를 와 보니 여기 엄마들은 집으로 파티 플래너를 부르고 이벤트 회사를 통해 행사를 하는 게 예사였다.

기껏 일곱 살짜리 생일 파티를 뭐 이렇게 거창하게 하느냐고 남편이 엄청 잔소리를 해 댔지만, 끝까지 물리치고 이렇게 고급스러운 프라이빗 홈 파티를 준비한 보람이 있었다. 우아하고 세련되게 꾸며진 파티장의 모습은 가현의 마음마저 설레게 하기 충분했다.

"엄마가 너 생일 파티 하려고 쓴 돈이 얼만데. 이렇게 파티장 꾸미느라고 정말 돈 많이 들었거든. 이 정도면 충분히 우리 딸, 친구들 앞에서 콧대 세울 수 있지? 이게 다 엄마 돈이 들어가서 그런 거야."

"엄마 돈 아니고 아빠 돈. 아까 아빠가 내 생일 파티에 돈 많이 들어갔다고 뽀뽀 다섯 번 해 달라고 그랬거든!"

정원과 경오는 허공에서 시선을 나누었다. 웃음을 참기 위해 두 사람은 동시에 혀를 깨물어야 했다.

'이야, 꼬마 아가씨. 팩폭 장난 아니네.'

역시나 가현의 얼굴이 일그러졌다.

"너, 버릇없이! 말을 예쁘게 해야지."

"사람은 정직해야 한댔어. 이렇게 예쁘게 꾸민 건 다 이 이모들이야. 엄마는 그냥 돌아다니면서 잔소리만 했어. 어, 애리네 차다! 애리야!"

한 방으로 엄마를 무안 줘 놓고는 꼬마 아가씨가 싹 몸을 돌렸다. 그러곤 대문 안으로 들어오는 차를 향해 다다다 달려갔다.

민망해진 가현이 찌릿 정원 쪽으로 시선을 돌렸다. 혹시 자신을 몰래 비웃지는 않나, 살피는 앙칼진 시선이었다.

정원은 아까부터 만들기 시작해 그새 완성한 꽃팔찌를 내밀었다. 가현의 요구 사항대로 노란 미니 장미와 아이보리색 프리지어, 초록 남천 잎으로 세련되게 만들었다.

"드레스 코드에 맞게 새로 만들어 봤어요. 사모님, 얼른 들어가셔서 옷 갈아입고 나오세요. 오늘 주인공이시잖아요. 손님들이 도착하시는 것 같은데."

"어머! 그렇지? 내 정신 좀 봐, 팔찌 예쁘다. 수고했어요."

가현이 조금 만족한 얼굴이 되어선 약간 턱을 치켜들고 꽃팔찌를 받아 안으로 들어갔다.

"휴우. 합격."

"저 사모님, 그래도 너한테는 조금만 하고 간다? 하긴 벌써 진을 다 빼서 그럴 거야."

경오가 다가와서 조그만 목소리로 소곤거렸다.

"뭐래?"

"주방에서 영주를 한바탕 볶았거든."

"정말?"

"응. 음식 사진하고 실제가 왜 다르냐, 새우가 크다 작다, 이거 다 유기농이냐, 검사지 가져왔냐, 알러지 검사는 한 거냐, 어쩌고저쩌고. 실시간으로 영주 얼굴이 똥색으로 변하는 거 봤다."

"으."

"각오해, 오늘 행사 마치고 나면 우린 영주한테 죽었어. 이따위 거지 같은 의뢰는 왜 받았느냐고."

"돈에는 거지 냄새 따로 안 난다."

"으아, 유정원. 드디어 돈 냄새에 감사하기 시작했네. 철들었어."

올댓파티는 스물여덟 살 동갑내기 친구 정원과 경오, 영주 셋이 의기투합해서 창업한 파티 이벤트 회사이다.

레크리에이션 지도사 자격증을 가진 사회체육과 출신 경오. 일본 요리 학교 유학도 모자라서 식당 알바며 푸드스타일리스트 보조 일까지 필드에서 야무지게 실력을 갈고닦은 영주. 그리고 파티 기획 일을 공부한 정원. 셋이 뭉쳤다.

경오는 정원과 고등학교 동창이자 같은 대학교까지 진학할 정도로 친한 사이.

영주도 초등학교 때 친하게 지내다가 헤어진 친구이다. 10여 년이 흘러 정원이 파티 플래너 공부차 6개월간 일본 연수를 갔을 때 우연히 영주를 요리 학교에서 다시 만났다. 둘은 고생스러운 일본 유학 시절, 반년을 같은 집에서 함께 자취하며 동고동락했다.

현실로는 단짝, 사업에선 최선의 파트너. 그런 친구 셋이 모였으니 창업 1년밖에 되지 않은 올댓파티가 나름 승승장구하는 데는 이유가 있었다.

경오의 너스레에 정원이 비시시 웃었다.

"그만해라. 너도 사업해서 알잖아, 황 이사. 천 원 한 장도 감사하거든."

"그거야 그렇지. 근데 오늘 효진 언니도 오니?"

"아냐. 언니랑 여기 사모님은 직접적인 친분은 없어. 한 다리 건너 소개 받은 거라서."

"으응."

이른 아침에 올댓파티에게는 열리지 않았던 저택의 대문이 또다시 열렸다. 너덧 대의 고급 승용차들이 속속들이 도착하기 시작했다.

"쇼 타임!"

"잘해 보자!"

경오와 정원은 각자의 위치로 돌아가며 오늘 생일 파티의 성공을 마음속으로 기원했다.

정원으로선 회계사인 올케언니 효진의 소개로 맡게 된 행사인 만큼 효진의 얼굴에 먹칠하지 말아야 한다는 각오였다.

게다가 올댓파티로선 이곳 완담동 생일 파티 진행은 처음이다. 오늘 행사에서 입소문이 나면 누구에게든 돈 자랑으로는 지기 싫어하는 완담동 사모님들의 전화번호를 꽤 딸 수 있을 거다.

한 시간 후.
생일 파티는 한창 절정에 다다르고 있었다.
노느라 정신이 없는 아이들을 멀찍이 두고서 초대받은 엄마들이 삼삼오오 모여 앉아 있었다.
다들 멋진 드레스에 샴페인 잔을 들고 있다. 하나같이 꽃팔찌를 끼고 또 몇몇은 머리에 화관까지 쓰고 있었다. 바야흐로 엄마들의 공주 놀이였다.
이 동네에서 아이의 생일 파티란 아이를 위한 게 아니라 엄마들의 보이지 않는 기 싸움, 사교 모임을 빙자한 돈 자랑 전쟁터라는 게 정설이다.
"아유, 파티장이 참 예뻐."
"난 이렇게 엄마들 자리를 따로 해 둔 게 마음에 들어."
"그치? 센스가 있어. 사실 홈 파티 하면 애들 뒤치다꺼리하느라 우린 놀지도 못하잖아. 오늘은 직원들이 애들을 다 맡아 주니 너무 마음이 편해."
아이들끼리는 친구지만 엄마 가현에게는 라이벌인 애리 엄마가 이벤트 회사 직원들 꽁무니를 따라다니며 신나게 놀고 있는 아이들을 휘둘러보았다.
"우리 애리 생일 파티 할 때 나도 부탁해야겠어. 명함 받아 가야지. 근데 민서 엄마, 저런 회사는 어떻게 알았대요? 참 정보력 좋으셔."
"올댓파티라고 젊은 여자 셋이서 하는 이벤트 회산데 누가 소개를 해 줘서 의뢰했더니 일솜씨가 뭐, 나름 괜찮네요."
라이벌 대 라이벌. 늘 가현의 흠만 잡는 듯하고 은근히 무시하는 애리 엄마 입에서조차 이번 파티가 멋지다는 말이 나왔다. 한마디 지나가는 칭찬이었지만 가현은 한껏 의기양양해졌다.
가현의 남편은 의료용품 도매 회사의 중견 간부이다.

민서네가 의사들이 주로 모여 산다는 완담동 타운 하우스 주변 저택으로 이사를 온 건 의료계 쪽 인맥을 쌓기 위해서이기도 했다. 동네 근처에 1,300병상 규모의 한국대 완담병원을 비롯해서 세린병원, 홍병원 등 이름만 들으면 알 법한 병원들이 즐비하기 때문이다.

게다가 천우신조로 딸 민서가 영어 유치원에 다니게 되면서 드디어 남편이 바란 대로 의료계에 종사하는 부모들과의 교류와 인맥이 생겼다. 엄마 가현이 무리해서 이번 파티를 준비한 건 우리 집도 너희들과 같은 급이라는 걸 여러 엄마들에게 어필하기 위한 것이기도 했다.

"올댓파티? 처음 들어 보는 이름인데?"

"회사 차린 지 1년 됐대. 신생치고는 일을 잘해서 맡겨 본 사람들이 다 만족스러워하고 이리저리 소개 많이 해 주나 봐. 나도 우리 남편 회사 실장이 소개해 줘서 불렀거든요."

"요즈음 젊은 사람들 참 야무져. 여자들 셋이서 이런 회사도 운영하고."

"그러게요. 저기 저 여자가 사장인가 본데, 일도 잘하고 너무 싹싹해. 아까 내 꽃팔찌가 드레스 코드에 안 맞는다고 하니까 바로 5분 만에 나한테 어울리는 걸로 새로 만들어 주는 거 있죠?"

엄마들 시선이 자연스럽게 가현을 따라갔다.

올댓파티 캐릭터가 그려진 검은색 티셔츠에 수수한 검은 챙 모자를 쓰고 이리저리 오가면서 파티장 빈 곳을 매만지는 정원의 옆모습을 다 같이 바라보았다.

질끈 묶은 머리나 티셔츠 안에 감춰진 여리여리한 몸매나 티셔츠 밖으로 드러난 하얀 피부까지 아주 앳돼 보였다.

"사업을 하기엔 되게 젊어 보이는데. 대학생 같아."

"엄청 동안이죠? 우리 민서 눈에도 어리게 보이나 봐. 올댓파티 사장 세 명이 동창에다가 동갑이라는데 다른 두 사람한텐 이모라고 부르면서 저 사람한테는 꼭 언니라고 하더라고요."

"부럽다. 좋겠다. 예쁘기도 하지만 젊어서. 난 저 나이 때 뭐 했지? 둘째 낳느라 퉁퉁 부었었지. 휴우."

"애리 엄마가 우리 사이에서 제일 젊고 제일 예쁘면서 뭘 다른 사람을 부러워해? 그러지 마. 자기랑 골프 치러 가면 다들 자기 보고 처녀라 그러잖아."

"근데 뭔가 낯이 익네. 내가 어디서 저 사장을 본 적이 있었나?"

애리 엄마가 혼잣말처럼 중얼거렸다.

자신을 바라보는 엄마들의 시선을 느낀 것일까?

부르지도 않았는데 정원이 다가와 엄마들이 모여 앉은 테이블을 살폈다. 그러고는 이어폰으로 실내에서 대기하고 있는 영주에게 지시했다.

"2번 테이블 얼음 더 가져오고 매실 주스, 스파클링 워터."

그녀가 상냥하게 웃으며 물었다.

"사모님들, 뭐 부족하신 거 없으세요? 혹시 음식 드시고 소화 안 되실까 봐 매실 주스하고 스파클링 워터, 보충 부탁했습니다."

"어머, 센스 좀 봐? 마음에 든다, 여기 사장님."

"감사합니다. 그런데 사모님."

정원이 두 손을 모으고 서서 가현에게 공손하게 부탁했다.

"괜찮으시다면 저희 회사 명함 좀 다른 분들께 전달해도 될지 허락을 받아도 될까요? 저희같이 작은 회사는 이런 홍보 기회가 흔치 않아서요."

"그게 뭐 어려운 일이라고? 그렇게 해요."

다른 엄마들에게 회사 명함을 뿌린다 해도 딱히 뭐랄 것은 아니지만, 오늘 파티를 의뢰한 가현에게 먼저 허락을 구하는 태도가 마음에 들었다. 한껏 콧대가 높아진 가현이 흔쾌히 응했다.

"저희는 주로 브라이덜 샤워, 베이비 샤워, 소중한 자녀분들의 생일 홈 파티를 기획 진행 하고 있습니다. 아직 작고 시작한 지 얼마 되지는 않지만 성심성의껏 노력하고 있으니 예쁘게 봐 주세요, 감사합니다."

엄마들에게 인사를 끝내고 정원이 다시 잰걸음으로 아이들 쪽으로 갔다.

머리에 쓴 화관이 망가졌다고 징징대는 아이를 달래고 새로 같이 화관을 만들기 시작하는 모습을 아까처럼 엄마들이 지켜보았다.

"일머리가 있네, 저 사장. 눈치도 빠르고. 마음에 든다."

징징대던 아이 연재의 엄마가 만족스럽게 중얼거렸다.

"그러게? 말하는 것도 상냥하고 이쁘더라. 요즈음 돈 받고 일하는 사람들도 얼마나 툴툴대는데. 이젠 우리가 고용인 눈치 보고 사는 시대라니까?"

"그치? 조금이라도 마음에 안 드는 거 말하면 뭐, 있는 사람 갑질이다, 돈 있다고 사람 무시하냐 뭐다 하면서 난리 피우고 말이지. 아휴, 상종 못 할 인간들 많아."

"그러니까. 뭔 말을 못 하겠어. 나도 우리 집에서 가정부 눈치를 얼마나 보고 사는지 몰라. 아휴."

"그냥 잘라. 왜 그러고 살아? 마음에 안 들면 갈아 치워야지."

"그래도 8년 넘게 같이 살아서 정도 있고. 거기다가 울 엄마가 보내 준 사람인데 어떡해? 우리가 뭘 믿고 아무나 집에 들이겠어. 요샌 갈수록 믿고 쓸 사람이 별로 없는 거 알잖아. 그치, 민서 엄마?"

가현이 샴페인을 따르는 척하면서 애리 엄마의 질문을 무시했다.

'저년은 하여튼 좋아할 수가 없어. 은근히 돌려 까기 선수라니까?'

난 입주 가정부 보내 주는 친정도 있단다. 너넨 그 정도는 아니지? 은근히 사람 무시하는 애리 엄마 솜씨라니. 애리네 친가며 외가가 대대로 의사 집안, 모태 금수저라는 이야기가 생각났다.

험한 말이 나올 뻔한 가현을 막은 것은 마침 걸려 온 동생 나현의 전화였다.

—언니, 30분 후에 도착할 거야.

"이 선생도 같이 오니?"

—응, 우리 민서 생일인데 당연히 같이 와야지.

"다행이다. 난 이 선생이 너무 바빠서 우리 민서가 이모부 얼굴을 결혼식 장에서 처음 보는 게 아닌가 걱정했었어. 민서가 많이 기다린다. 어서 와."

27

가현은 전화를 끊고 생긋 웃어 주었다.

"동생 전화예요. 곧 약혼할 사람이랑 같이 온대요. 아 참, 애리 아빠는 아실지 모르겠다. 우리 제부 될 사람도 한국대 의대 출신인데. 이승주라고."

"이승주 선생? 정말?"

애리 엄마 눈이 커졌다. 가현이 기억하는 한, 처음 보는 정직하게 놀라는 표정이었다.

"아세요?"

"그럼요! 그이 유명하잖아. 우리 애 아빠 후배야. 대단해! 이승주 선생, 미국에서 돌아왔다더니만 결혼 상대가 민서 엄마 동생이라니. 세상에, 인연이 이렇게 얽히는구나."

"애리 엄마가 이 선생을 아신다니 신기하네요. 호호호."

"민서 이모가 미인인가 보다. 호호호. 천하의 이승주 선생을 낚아채다니. 축하한다고, 또 부럽다고 전해 줘요. 호호호."

"애리 엄마, 남의 결혼 축하하는 이해하는데 부럽다는 건 또 뭔 소리야?"

다른 애 엄마가 의아한 듯 물었다.

"한마디로 말하자면 이승주 씨, 한국대 의대 다닐 때부터 유명했어. 남신이라고."

"엥? 남신? 그게 뭐야? 어이없다."

"남신 맞아. 다 갖췄거든. 의사지, 부자지, 키 크지, 거기다가."

애리 엄마가 마치 엄청난 비밀을 말해 준다는 듯이 눈을 깜빡였다.

"겁나 잘생겼어."

"의사치고 잘생긴 사람 없던데? 다들 일에 찌들어서 곰팡이 핀 얼굴만 봤지."

"그걸 뛰어넘은 미모도 있다니까. 곧 이승주 씨가 온다고 하니 내 말이 무슨 뜻인지 알게 될 거야. 근데 난 그 친구 잘생긴 것보다 가진 게 더 매력이더라. 부러운 인생이야. 호호호."

"애리 엄마네 자기도 부자잖아. 그런데 부러운 사람이 있어?"

"수준이 다르거든. 세린병원 이사장님 아들이잖아."

"어머, 세린병원?"

"세린병원, 강남 말고도 여기 완담, 또 송도에도 있잖아. 의료 관광 오는 해외 환자들 긁어모아 떼돈 번다는 거기."

"그러니까. 세린병원 거기 이사장님, 죽을 때까지 세도 다 못 셀 만큼 돈이 많다지? 이승주 선생, 의대 졸업하고도 전공의는 안 하고 미국 와튼에서 경영학 학위 따러 간 것도 다 미래 세린병원 이사장님으로서 경영 이어받으려고 그런 거라던데."

"우와아."

가현은 아무 말도 않고 곧 제부가 될 이승주를 마치 자기 동생처럼 자랑하는 애리 엄마를 흐뭇하게 지켜보고 있던 차였다.

애리 엄마가 가현을 돌아보았다.

"민서 엄마, 우리 더 친하게 지내요. 호호호. 이 선생한테 우리 애 아빠 이야기도 잘해 주고. 응? 호호호."

그래야 할 거야. 엄마들 사이에서 이상한 소문 안 퍼지려면.

웃음 속에 칼을 감춘 듯 날카로운 애리 엄마 눈이 그렇게 말하고 있었다.

'이 여편네 눈초리는 진짜 재수가 없어.'

흐뭇하게 웃던 가현의 입술이 굳어졌다.

가현의 불편한 시선을 눈치챘는지, 아님 무시하는 것인지 애리 엄마가 툭 하고 시선을 돌려 버렸다.

그러더니 가현더러 들으라는 듯 저쪽에서 움직이고 있는 올댓파티 사장 쪽을 바라보며 다시 중얼거렸다.

"저 사장님, 볼수록 미인이야. 역시 내 눈은 틀림없다니까……."

"이제 다 됐다."

정원은 망가진 화관을 매만져서 울상이던 아이의 머리에 다시 씌워 주었다.

"이야아, 우리 공주님. 완전 이뻐요. 너무 이뻐서 이모가 사진 찍어 주고 싶다. 사진 찍어 줄까요?"

"네에!"

정원은 목에 걸고 있던 폴라로이드 카메라로 얼른 아이의 사진을 찍어 주었다.

그러고는 지익 하고 나오는 까만 사진을 아이 손에 쥐여 주었다.

"이거를 들고 막 흔들면 사진이 나타난다. 친구가 해 봐."

어차피 가만히 있어도 일정한 시간이 지나면 피사체가 나타나는 폴라로이드 사진이지만 아이들에겐 언제나 마술처럼 신기한가 보다. 아이는 정원이 시킨 대로 폴라로이드 사진 필름을 들고 휘휘 흔들었다.

"나타난다, 나타난다! 우리 공주님 사진이 나타난다!"

"우와, 우와아!"

아이가 좋아서 동동 발을 굴렀다. 하나둘 어느새 다른 아이들이 정원 앞으로 몰려들더니 정원이 들고 있는 폴라로이드 카메라를 기웃대며 침을 흘렸다.

"나도 할래요."

"나도. 나도!"

이럴 때를 대비한 게 있지. 마지막 끝판왕 이벤트란다.

정원은 얼른 박스를 열어 아이 수에 맞춘 폴라로이드 카메라를 꺼냈다. 그리고 꺅꺅 소리치는 아이들 손에 일일이 쥐여 주었다.

"자, 이 버튼을 누르고 하나, 둘, 셋, 넷, 다섯까지 기다리는 거야. 그럼 이렇게 여기서 지잉 하고 사진이 나와요. 그럼……."

"막 들고 흔들어요!"

아까 사진을 처음 찍었던 아이가 소리쳤다.

"맞았어요. 그럼 이쁜 사진이 이렇게 짠 하고 나타나죠? 이제 이걸 들고 다들 사진작가가 되어 봅시다. 엄마도 찍고 친구도 찍고 꽃도 찍고. 누가 제일 잘 찍나 심사해서 나중에 큰 선물을 줄게요. 자, 시간은 20분. 시자악!"

각자의 폴라로이드 카메라를 받아 든 아이들이 엄마들에게 달려갔다.

"나도 좀 찍어 줘."

"응. 내가 엄마 찍어 줄게요."

"치즈으!"

"엄마 예뻐. 더 예쁜 표정 지어 봐."

쌍쌍이 짝지어 꽃 앞에서도 찍고 모녀끼리 찍고 꽃도 찍고……..

폴라로이드 카메라 하나로 갑자기 고만고만 지루하던 파티가 엄마와 아이들이 모두 즐거운 야외 스튜디오로 변했다.

정원은 멀찍이 서서 여기저기서 넘쳐나는 웃음소리를 즐겼다. 즐거운 웃음은 전염성이 강해서 바라보는 정원의 입가에도 절로 미소가 흘렀다.

이번 행사도 이것으로 성공.

역시 이즈음의 파티는 그냥 먹고 마시는 게 아니라 모두가 즐길 수 있는 참여형 이벤트가 최고라는 거.

하지만 여기서 끝이 아니지.

정원은 이어폰으로 아르바이트생에게 지시했다.

"10분 후에 사진 콘테스트 시작할 거니까 준비하고 선물 운반해 줘요."

—알겠습니다.

"경오야, 타로 마스터 준비해."

—오케이.

"영주야. 식사 테이블 정리하고 새 간식 준비하자."

—알았어.

남은 건 이제 아이들을 위한 숨바꼭질 게임과 엄마들을 위한 타로 점 보기였다.

언제 어디서든 성공 100퍼센트인 깜짝 이벤트였다.

파티 종료까지 두 시간 남았다. 끝이 날 때까지 긴장을 풀어서는 안 된다.

"또 누가 왔나 본데?"

대문 앞에서 아이와 함께 사진을 찍던 한 아이 엄마가 말했다. 대문이 열리고 한 여자가 들어왔다.

"언니."

"어머, 왔구나. 어서 와요, 잘 왔어요. 이 박사님, 와 줘서 고마워요."

호들갑스럽다고 느껴질 만큼 반가워하는 가현의 목소리가 들려왔다. 뒤돌아서서 파티 테이블 위 빈 접시를 정리하고 있던 생판 남인 정원도 같이 괜히 미소 지었다.

'우리 아빠도 그래. 새언니에게 늘 회계사님이라고 하지.'

"우리 며느리, 회계사야. 이 세상에 둘도 없어. 똑똑해. 착해, 최고야!"

제부가 될 남자를 맞이하여 과할 정도로 '박사님'을 강조하는 가현의 목소리는 세상에서 가장 잘난 며느리를 맞이했다는 정원의 아버지가 느끼는 자부심과 같은 종류였다. 그 기분이 어떠한지를 알 것만 같아 딱히 거슬리지 않았다. 그러다가 정원은 번뜩 정신을 차렸다.

'저분들 늦게 오셔서 식사하셔야 할 텐데. 따로 테이블을 준비해야 하지 않나?'

가현에게 식사 준비를 물어보려고 돌아서던 순간이었다.

'헉!'

가현과 민서 앞에 선 슈트 차림의 남자를 보자마자 정원의 몸이 돌처럼 굳었다.

이승주. 당신이 왜 여기서 나와?

불과 5미터 앞. 내내 기다리던 손님을 맞이한 가현이 생일 파티 주인공인 딸을 불러 세우고 있었다.

"바쁠 텐데 이렇게 와 줘서 고마워요, 이 박사님. 민서야, 이모부 되실 분이야. 인사드려."

"안녕하세요, 아저씨."

"얘는, 이모부라니까. 이모부 해 봐."

강요하다시피 하는 가현의 목소리에는 분명 뒤에 있는 아이 엄마들을 강하게 의식하는 것이었다.

'이것 보라고. 우리 집 파티에 이승주가 온 것 봤지? 이제 날 무시하는 일은 그만두라고, 애리 엄마.'

대놓고 크게 소리치고 싶은 심정을 억누르며 가현이 승주에게 호들갑스럽게 인사했다.

'이모부?'

낯선 단어는 허공을 날아가 멀찍이 돌아서 있던 정원의 귀를 정통으로 가격했다.

'뭐야. 이승주, 박나현 선생하고 재혼?'

살아생전 두 번 다시 보고 싶지 않은 사람인데.

이제 저 남자와 전혀 상관없는데. 그런데도 '이모부'라는 낯선 세 글자가 날카로운 송곳처럼 정원의 귀에 꽂혔다.

갑자기 마주친 승주와의 재회보다 더 큰 충격이었다. 온몸이 느낀 선명한 충격과 동요 안에서 정원은 당혹스러웠다.

'뭐야? 나랑 헤어진 지 이제 겨우 3년 지났는데……?'

이런 식으로 전남편 승주가 다른 사람과 재혼 준비 중이라는 것을 알아 버린 순간. 그 당혹함과 경악은 예기치 못한 순간에 예기치 못한 사람과 부딪치게 된 일에서 비롯된 당황함보다 더 진하고 독했다.

게다가 재혼 상대가 박나현 선생이라고?

'평범한 선후배 사이라고 했잖아?'

전남편 승주는 박나현 선생을 두고 그저 오래된 선후배 사이라고, 대수롭지 않은 존재인 것처럼 말했다.

하지만 나현이 감춘 속마음은 몹시 다르다는 걸 승주는 과연 끝까지 몰랐을까?

결혼식장에서며 미국으로 떠나던 날 공항에서 만났을 때도 아내이자 여자인 정원의 눈에는 바로 보였는데. '저 여자, 우리 승주 씨한테 지극히 깊은 마음을 가지고 있어'라고.

그래서 대놓고 말은 못 했지만 속으로 조금 껄끄럽던 사람이었다.

그런데 오늘 '혹시나?'가 '역시나!'로 변해서 눈앞에 펼쳐져 있다.

'어떻게 네가 날 잊고 재혼을 할 수가 있어?' 하는 마음보다 '역시 박나현 선생하고 재혼해? 뭐야, 두 사람, 결혼 이전부터 날 기만했던 건 아니고?' 하는 불같은 분노가 전신을 먹물로 까맣게 물들였다.

'맙소사. 이런 거 아니잖아.'

잠시 어지럽고 복잡한 감정을 억누르지 못하던 정원은 퍼뜩 정신을 차렸다.

'유정원, 너 미쳤어? 니가 이 대목에서 이러면 안 되지!'

사람들 눈에서 몸을 감추듯 더 깊이 돌아서 보았지만, 계속해서 생일 파티 주인공 가족들의 대화가 들려오고 있었다.

"애가 숫기가 이렇게 없어. 이제 이모랑 결혼하면 종종 볼 텐데 지금부터 친해져야지. 얼른. '이모부, 제 이름은 백민서예요', 이렇게."

엄마의 강요에 아이가 못 이기는 듯 모깃소리만 하게 다시 인사를 하고 있었다.

"이모……부. 제 이름은 백민서예요."

"……반갑다."

나지막하게 대답하는 승주의 목소리가 등 뒤로 들려왔다.

승주의 나지막한 대답에는 그러나 살가움이나 반가움이 들어 있지 않았다. 다른 사람은 몰라도 정원은 알 수 있었다.

'설마 마지못해 끌려왔나?'

왜 아랫배 깊숙이 안도감이 드는지 모를 일이었다.

그러나 이내 또 다른 정원이 그녀를 비웃었다.

'그럴 리가 없잖아?'

조용하지만 자기 고집 강한 저 남자를 남편으로 두고 산 세월이 있는데. 하늘이 무너져도 자기가 하기 싫은 일은 안 하는 이승주가, 싫은데 이런 불편한 자리에 딸려 올 리가 없잖아.

충격이 지나가자 해일처럼 정원을 덮친 건 차가운 이성이었다.

'정신 차려, 이 개 바보 멍청이야. 이제 와서 니가 그런 걸 왜 신경 쓰고 있어?'

지금 정원이 신경 써야 하는 건 단 하나.

무슨 일이 있어도 이승주와 이 자리에서 마주치는 일은 없어야 한다.

일단 절대로 이승주, 저 남자의 눈에 띄고 싶지 않으니까. 하물며 행사하러 나온 현장의 주최자 사모님이 이승주만큼이나 불편한 박나현 선생의 언니라니. 이토록 불행하고 괴랄스러운 운명은 대체 뭐람?

아무도 그녀를 주시하고 있지 않은 틈을 타서 정원은 슬금슬금 집으로 들어가는 문을 향해 움직였다. 주방에 있는 영주에게 사정을 설명하고 숨어 있든지, 아니면 바깥에 세워 둔 트럭에 가 있든지, 여튼 이곳에서 잠시 사라져야 했다.

'응?'

허리 아래 한 아이가 정원의 옷을 잡아당겼다. 뭔가 아주 급한지 얼굴이 노랬다.

"언니, 나 화장실."

"화장실 가고 싶어? 집 안에……."

어지간히 참고 있었나 보다. 정원의 말이 끝나지도 않았는데, 아이가 엉덩이 쪽을 손으로 두른 채 다다다 현관문으로 달려갔다. 정원도 마치 아이를 따라가는 것처럼 자연스럽게 잰걸음으로 현관을 향해 다가갔다.

"엉? 이 박사가 왔어? 아이쿠, 드디어 왔구나. 반갑구만!"

하필이면 그때 집 안에 있던 가현의 남편 백동호가 기다리던 손님이 도착했다는 전갈을 받았다. 그가 바깥에 있는 사람들에게도 다 들리게 크게 소리치며 앞뒤 가리지 않고 세차게 현관문을 열고 나왔다. 마침 화장실이 급한 아이 역시 전후 사정 살피지 않고 다다다 문 안쪽으로 들어가려던 찰나였다.

확 열리는 무거운 현관문에 마구 달려 들어가던 아이가 쾅 들이받아 나동그라지기 일보 직전이었다.

오 마이 갓! 행사 중에 주인공인 아이들 가운데 누군가 하나라도 다친다면?

'안 돼!'

뒤따라가던 정원의 몸이 본능보다 더 빨리 움직였다.

세게 쾅 열리는 현관문을 들이받기 직전인 아이를 확 끌어당겼다. 무섭게 열리는 현관문의 무게를 온몸으로 받아 낸 정원이 그 충격을 이기지 못한 채 넘어지면서 다른 손으로 땅을 짚었다. 아이의 무게와 넘어지는 속력이 합쳐져 바닥을 짚은 정원의 왼손이 부자연스럽게 확 꺾였다.

"악!"

머릿속에 천둥소리가 났다. 견딜 수 없는 통증이 갑작스럽게 몰려들어 정원은 자신도 모르게 비명을 지르고 말았다.

"엄마아! 언니!"

"뭐야, 왜 그래?"

"뭐야? 무슨 일이야?"

"어, 많이 다쳤어요? 이거 어떡하지? 내가 앞을 못 봤네."

갑작스럽게 벌어진 사태에 사람들의 시선이 다 현관문 쪽으로 모였다. 볼품없이 나동그라진 정원과 아이, 그리고 당황해서 쩔쩔매는 가현의 남편이 사람들 시선에 잡혔다.

제일 먼저 아이 엄마가 달려왔다.

"연재야, 다쳤어?"

"저 언니가 나 잡아 줘서 안 다쳤어. 근데 엄마. 나 똥 마려워. 지금 쌀 거 같아."

다친 정원보다 자기 아이 똥 마려운 게 더 중요하다. 연재 엄마가 여전히 바닥에 주저앉아 있는 정원에게 눈인사를 보내고는 일단 아이부터 데리고 급하게 집 안으로 들어갔다.

"정원아, 어떡해?"

경오가 달려와 흉하게 꺾인 정원의 손목을 살폈다. 경오가 살짝 어루만지는 것으로도 통증이 너무 커서 정원은 다시 비명을 질렀다.

"악, 아파. 아잇!"

"부러진 거 아냐? 어떻게 해?"

"내가 손목 좀 봐도 될까요?"

흉하게 꺾인 왼손을 부여잡고 쩔쩔매는 정원 앞에 나선 사람이 있었다. 전처 유리를 이런 식으로 만나 버린 일에 대해서 무엇을 생각하고 있는지 아무것도 모르겠는 초연하고도 무심한 표정의 승주였다.

'이승주 니가 왜 여기서 나와?' 버전 2였다.

정원이 이를 앙다물었다. 당황함과 당혹함을 넘어서는 수치심으로 온몸이 빨간 가재가 돼 버린 느낌이었다.

'하아 씨. 이게 웬 망신살이야. 하필이면 왜 이렇게 만나 버리냐고!'

이왕 마주쳤다면, 쿨하게 '안녕?' 하고 인사하고 나서 제 갈 길 각자 가든지, 아니면 '난 너에 대한 기억이 눈곱만큼도 없는데 넌 누구?' 이런 표정으로 도도하게 무시를 해 줘야 하는데 말이지.

결국 정원은 수치심이 반인 자존심을 이기지 못하고 도전적으로 묻고 말았다.

"근데, 누구세요?"

뾰로통해서는 대놓고 내치는 정원의 말에 순간적으로 두 사람의 눈이 부딪쳤다.

그 짧은 찰나, 시선의 마주침 사이에서 오간 것들은 무엇이었든지, 하나는 확실했다. 정원에게도 승주에게도. 과거사는 언급 절대 노노!

그가 정원의 손을 잡아 확인하면서 간결하게 말했다.

"의삽니다."

의사라는데, 더 이상 뭘 말해? 승주에게서 시선을 피한 채 정원은 입을 꼭 다물었다.

"어머나. 이 박사님이 여기 온 게 천운이네. 영광인 줄 알아요. 우리 이 박사님이 보통 의사가 아니니까."

자기 남편의 부주의함 때문에 사람이 다친 게 미안하지도 않나? 처음의 당황함을 지우고는 눈치 없이 가현이 호들갑을 떨었다.

그때까지 승주처럼 무표정하게 뒤에 서서 사태를 관망하고만 있던 나현이 슬그머니 제 언니의 발등을 밟았다. 조용히 하란 뜻이었다.

왜?

가현이 눈으로 동생더러 물었다.

그러나 나현은 살짝 고개를 흔들었다. 그녀의 눈은 정원의 손을 잡고 진단하고 있는 승주에게로, 또 그에게 손을 잡힌 채 치료받고 있는 정원에게로 번갈아 왔다 갔다 하고 있었다.

'확 뿌리쳐 버릴까 보다.'

승주가 정원의 왼손을 이쪽저쪽 조심스럽게 살피는 동안 정원은 심술쟁이 아이처럼 입술을 내밀고 홀로 생각하고 있었다. 그러다가 갑자기 펄쩍 뛰어올랐다. 승주가 꺾인 손목의 부어오른 곳을 살짝 누르던 순간이었다.

"아얏!"

"아파요?"

"아프지 그럼……."

"여기는?"

사무적으로 승주가 손의 상태에 대해서 몇 가지를 물었고 정원은 순순히 대답했다.

"골절 같은데."

그러면서 승주가 옆에 선 경오더러 포크나 나이프 같은 것이 없냐고 물었다. 붕대도 있으면 찾아 달라고 지시했다. 경오가 급한 김에 근처 테이블에서 나이프 하나를 가져오자 승주는 능숙한 솜씨로 정원의 왼손을 고정시키고 자신의 손수건과 구급상자 속 붕대로 능숙하게 친친 감았다.

"응급 처치는 했지만 당장 병원 가서 엑스레이 찍어 봐야 할 거 같은데."

"하지만 일이 안 끝나서."

"우리가 마무리할 테니까 넌 병원 가."

안에서 달려 나온 영주와 경오가 이구동성 말했다.

"아냐, 괜찮……."

"괜찮지 않아."

정원의 말을 잘라 버린 승주가 나현을 향해 돌아섰다.

"이분 모시고 응급실 가야겠다. 먼저 가 볼게. 나중에 보자."

나현의 표정이 살짝 일그러졌다.

"이 선생이 직접 병원엘 데려간다고?"

오늘 처음 보는 이벤트 회사 직원 하나 다친 것 때문에 우리 조카 생일 파티를 외면하겠다고?

차마 대놓고 말은 못 하고 못마땅한 눈으로 승주를 향해 항의하던 나현의 표정이 갑자기 변했다. 승주 옆, 친구들과 이야기를 나누느라 옆얼굴을 보이고 선 정원을 바라보던 순간이었다.

'설마. 저 여자?'

겨우 서너 번 보았고 그때와는 전혀 다른 차림이지만 분명 그녀였다.

'유리?'

나현의 심장이 쿵 내려앉았다.

왜 하필 지금?

왜 하필 여길?

회오리치는 복잡다단한 감정들로 일그러지는 표정을 간신히 수습하며 나현은 급하게 대꾸했다.

"그럼 나도 같이 가. 어차피 나랑 왔잖아. 내 차로 병원까지 데려다줄게."

"아니에요."

"아닙니다."

"우리 차로 가도 됩니다."

정원과 정원의 친구들이 동시에 외쳤다.

말은 못 했지만 나현만큼 영주와 경오도 이승주의 출현에 놀란 상태였다. 정원이 다친 것보다 더 큰 충격이었다. 절대로 이승주와 정원을 같은 차에 태울 수 없다는 생각에 영주와 경오의 목소리는 그 누구보다도 컸다.

"영주야, 내가 정원일 병원으로 데려갈게."

마무리는 너 혼자서 충분히 할 수 있지? 경오가 눈으로 묻자 영주가 고개를 끄덕였다.

"응."

"아냐. 아냐. 아직 파티가 종료된 것도 아니니까 너희들은 여기서 마무리해. 나 혼자 갈 수 있으니까. 내가 손을 다친 거지 다리가 부러진 게 아니거든?"

친구들을 만류한 후, 정원은 가현을 향해 미안한 표정으로 정중히 사과했다.

"이런 일이 일어난 것에 대해 다시 사죄드리겠습니다. 영주야, 넌 어서 이분들 식사 준비해 드리고 경오 넌 파티 마무리해."

"하지만 너 혼자 병원에 가는 건……."

"충분히 혼자 갈 수 있다니까. 내 걱정은 말고 마무리 잘해."

그때 급한 볼일을 해결한 연재가 엄마랑 집 안에서 나왔다. 몇 분 사이 손목에 붕대를 감은 환자가 되어 버린 정원을 보고는 울상이 되어 말을 걸어 왔다.

"언니, 나 때문에 다쳐서 병원에 가는 거예요?"

"아니, 우리 꼬마 아가씨 때문이 아니에요. 그냥 내 실수였어요. 우리 꼬마 아가씨가 안 다쳤으니까 언니는 기뻐요. 자, 어서 친구들한테 가세요. 사진 찍기 마무리해야지."

정원은 아이를 달랜 뒤 자신을 바라보는 사모님들을 향해 90도로 허리를 숙여 보였다.

"저 먼저 자리를 뜨게 돼서 송구합니다. 끝까지 자리를 빛내 주시고 즐겨 주세요. 오늘 제가 실수를 했으나 혹시 불러 주신다면 이런 실수는 절대 없을 거라고 약속드리겠습니다."

"정원 씨라고 했지? 고마워요. 우리 애 보호해 줘서. 내가 꼭 연락할게요."

연재 엄마가 정말 고마워하는 얼굴로 정원에게 인사를 했다.

그녀는 화장실 안에서 아이로부터 그 언니가 자기를 밀어 내서 자기가 안 다쳤다는 사연을 종알종알 죄다 들은 후였다.

끝까지 생글생글 웃으며 인사를 하고 난 정원은 재빨리 자리를 벗어났다. 집을 나와 뒷문 앞에 세워 둔 차를 보자 그때서야 한숨이 나왔다.

"하, 힘들다."

다친 손도, 엉망진창이 된 가슴도, 갑자기 승주를 만나 버린 오늘의 우연에 대해서 떠올리니 머리까지 지끈거렸다. 정원은 승주가 포크로 임시 부목을 대어 놓은 왼손을 내려다보았다. 병원을 가긴 가야 할 것 같다. 택시를 부를까? 아니면…….

'오빠나 재완이를 불러?'

"키."

느닷없이 뒤에서 들려온 목소리에 정원은 펄쩍 뛰어 올랐다. 홱 고개를 돌리니 승주가 그녀의 뒤에 장승처럼 서 있었다.

"뭐라고요?"

"차 키 달라고."

정원은 자신을 바라보고 있는 승주의 눈을 마주 보았다. 3년의 시간이 둘 사이를 가로질러 갔다. 정원이 종종 기억을 소환하던 결혼 생활 도중 이승주의 얼굴은 어디로 갔을까? 아직도 이목구비는 조각 같았지만 정원이 알던 부드러움이나 유쾌함은 남아 있지 않은, 조금은 낯설어진 모습이었다.

"왜요?"

"병원에 가야잖아."

"왜 당신이 나를 병원으로 데려간다고 하는 거예요?"

곧 결혼할 여자를 놔두고? 그렇게 묻고 싶었다.

당신이 이러는 거, 박나현 선생은 싫어할 텐데? 라고도 말하고 싶었다.

"몰라서 물어?"

"몰라서 물어요."

그녀를 바라보는 승주의 눈에선 아무것도 읽히지 않았다. 그냥 검은 별같이, 깊이를 알 수 없는 밤의 호수같이 검게 빛나기만 했다.

도전적으로 목을 추켜세운 채로 그를 노려보고 있는 정원을 잠시 마주 바라보다 승주가 마침내 입을 열었다.

"당신은 다쳤고 난 의사잖아."

"그래서요? 임시 처치 해 주신 걸로 충분하거든요."

"당신 손목 상태 꽤 나빠 보여서 그래. 엑스레이가 아니라 CT를 찍어야 할 것 같아. 내 눈으로 화면 좀 봐야겠어. 골절 가볍게 생각하다가 정말 그 왼손 못 쓰는 사태가 생길 수도 있어."

"헉! 정말요?"

순간적으로 정원은 쫄았다. 아무리 돌팔이라 해도 승주가 의사인 건 사실이고, 지금 의사가 환자더러 니 손목 상태가 심각하다고 진단 내리신 거 아닌가.

결국 정원은 승주에게 차 키를 건네줄 수밖에 없었다.

그가 조수석에 타는 정원의 안전벨트까지 채워 주고는 운전석으로 올라탔다.

"어디 병원으로 갈 건데요?"

"우리 병원."

"세린병원? 아, 거긴 싫은데!"

아무리 세린병원이 여기에서 가장 가깝다 해도, 전 시댁 사람들이 우글거리는 그 병원 쪽으로는 고개도 돌리고 싶지 않았다.

"한성병원으로 갈 거야."

"네?"

승주가 유학에서 돌아오면 당연히 전 시아버지가 이사장으로 있는 세린병원에서 일할 거라고 생각했다. 그런데 왜 뜬금없이 한성병원?

그녀의 의문 가득한 표정을 읽었는지 승주가 대답했다.

"잠시 아르바이트 삼아 페이 닥터 하고 있어. 로스쿨 준비 중이라서."

승주가 힐끗 정원이 부여잡고 있는 왼손을 돌아보았다.

"여기서 생각보다 가까워. 20분만 참아."

좁은 차 안에서 전남편과 견뎌야 하는 어색한 침묵의 그 20분이 정원에게는 두 시간처럼 길었다.

* * *

승주와 정원이 떠난 후, 잠시 분위기가 식었지만 이내 다시 시작된 생일 파티는 무사히 끝났다.

사회를 맡은 아르바이트생이 눈치 빠르게 사진 콘테스트와 숨바꼭질 게

임을 선언하며 붕붕 뜨는 현란한 말솜씨로 아이들의 혼을 빼놓았기 때문이다.

한 다리 건너 천 리라고, 파티 주인공이나 초대된 아이들 그 누구도 다치지 않았으니 주최자 가현이나 초대받은 아이들, 엄마들도 오케이였다.

한 시간 후, 완담동의 돈 바른 생일 파티가 무사히 끝났다.

간만에 즐거운 파티라며 만족한 얼굴로 손님들이 돌아간 뒤 경오와 영주는 아르바이트생들을 지휘해 행사 소품들을 정리하기 시작했다.

정원이 트럭을 몰고 갔기에 급히 근처 용달을 불러 짐을 싣기 시작했다. 경오가 앞마당과 정원 청소 상태를 점검하는 동안, 영주는 자신이 담당했던 주방 청소를 끝내고 혹시나 트집 잡힐까 봐서 음식물 쓰레기통까지 세제로 박박 닦아 뒤집어 놓았으니, 모든 마무리가 완벽했다. 이제 인사만 하고 떠나면 그뿐이었다.

"사모님. 그럼 이만 가 보겠습니다."

"그래요, 수고했어요."

"잘 있어요, 꼬마 아가씨. 오늘 생일 축하하고 이건 우리 올댓파티에서 주는 생일 선물이에요."

보통은 '다음에 또 불러 주세요'라는 인사를 덧붙이지만 경오는 이날만큼은 그 말을 생략했다.

미리 준비했던 선물을 주인공 아이에게 안겨 주고 경오는 마지막 남은 간이 의자를 집어 들고 바깥으로 나갔다. 두 번 다시 이 집과 연관되고 싶지 않았다. 연관은커녕 뒤돌아볼 생각도 없었다.

"엄마, 나 또 선물 받았어."

눈을 빛내며 민서가 선물 상자를 풀었다. 그 안에서 나온 구체 관절 인형을 보고 "엄마아!" 소리쳤다.

"이거 봐! 내가 갖고 싶어 했던 플로라야! 애리 갖고 있는 그 인형! 이거 진짜 비싼 건데! 진짜 좋은 언니들이야. 보물 생겼어."

좋아서 어쩔 줄 모르며 춤이라도 출 것 같다. 잔뜩 신이 나서는 쪼르르 인형을 안고 제 방으로 달려 들어가는 민서를 가현과 나현이 나란히 바라보았다.

"마지막까지 애 홀려 놓는 걸 봐. 여튼 젊은 여자들이 장사 수완이 보통이 넘어. 하긴 그러니까 젊은 나이에 사업을 하는 거겠지. 얘, 나현아?"

"응?"

언니의 부름에 나현이 마치 꿈에서 깨어난 듯 어색하게 웃었다.

"너 왜 그래? 아까부터 이상해."

"뭐가? 난 아무렇지도 않은데 왜 그래? 참, 언니. 제발 승주 선배 앞에서 이 박사라고 부르지 마. 엄청 민망해하더라. 이제 겨우 석사 학위 한 사람한테 그 무슨 과포장이야?"

"남들도 다 그러는데 뭘? 듣기 좋으라고 하는 말을 가지고 왜 따져? 곧 박사 한다며? 별걸 다 가지고 무안 주고 있어."

가현이 동생을 향해 눈을 흘겼다. 그러면서 다시 캐물었다.

"너 지금 좀 이상한 거 확실해. 혹시 이 박사가 그 여자랑 같이 병원으로 간 게 마음에 걸려서 그래?"

"아냐."

"아니긴 뭐가 아냐? 내가 보니까 너, 이 박사가…… 아니, 이 선생이 그 여자 데리고 병원 간다고 했을 때 얼굴 변했어. 걔가 뭐 젊고 예쁘긴 하더라만, 그렇다고 얘, 너 쓸데없이 걱정이 과한 거 아냐? 이 선생이 너 말고는 여자한테 철벽이라고 니 입으로 말했잖아."

"철벽도 그런 철벽은 없긴 하지."

나현이 중얼거렸다.

"그런데 뭐가 문제야? 설마 그 이승주가 처음 보는 여자한테 반해서 들이대려고 병원 데리고 간 거라고 믿어? 웃기다야. 게다가 그 철벽 이 선생이 그래도 우리 민서 생일이라고 너 따라서 여기까지 와 준 거 아냐. 그게 쉬워?"

너네 둘 사이, 이제 생각 이상으로 가까워진 것 같은데, 왜 쓸데없이 그래?"

안심하라며 위로하는 언니의 말에도 아랑곳없이 침묵만 지키던 나현이 나지막하게 중얼거렸다.

"……그 여자."

"응?"

"유리야."

내내 가슴 안에 멍울처럼 가두어진 이름. 검은 것을 토해 내고야 말았다. 하지만 가벼워지지 않았다. 내내 심장을 무겁게 한 걱정거리를 뱉어 냈는데도 나현은 속 시원해지기는커녕, 오히려 더 힘들어지는 기분이었다.

모호하고 실체가 없던 근심거리가, 정작 '유리'라는 이름으로 구체화되자, 그 압박감과 존재감은 더 커지고 있었다.

"유리? 그게 누군데?"

"이승주 엑스와이프."

"뭐?"

가현이 깜짝 놀라 나현을 마주 응시했다. 유리를 알아본 순간, 나현이 느꼈던 경악보다도 더 큰 놀람이 그대로 드러나 있었다.

"정말이야?"

"어. 처음에는 몰라봤는데, 이승주랑 나란히 서 있는 옆모습 보고 알았어. 하긴 그 여자, 처음부터 어디선가 본 듯하다 했는데……."

나현이 쓴웃음을 지으며 가현을 바라보았다.

"우연치고는 너무 기막히지 않아? 어쩜 이런 식으로 둘이 만나 버리지?"

나현은 이승주의 전처 유리를 딱 두 번 보았었다.

처음은 승주의 결혼식에서였다.

나현 자신이 모든 것을 걸고 얻고 싶었던 승주 그 남자는 정작 나현에게 관심이 없었다. 좋은 선배, 동료였는지는 몰라도 남자로서 틈을 보여 준 적이 없었다.

태양계 안 이름 없는 작은 위성처럼 승주의 주변에서 빙빙 돌며 언젠가는 저를 봐 줄 것을 기다리던 나현의 마음은 끝내 모르고 그는 다른 여자에게로 훌훌 가 버렸다. 나현 그녀보다 어리고 예쁘고 가진 것도 많은 유리에게로.

'저게 억대 웨딩드레스'라고 사람들이 수군대던 고급스러운 웨딩드레스 차림의 유리. 사실상 그 자리에 있던 모든 미혼 여성들이 선망했을 이승주의 신부로서 반짝반짝 빛나는 화사한 꽃망울 같았다.

"역시 여자는 어린 게 최고."

"돈 많고 잘난 남자는 여자 조건 필요 없이 무조건 어리고 예쁜 여자 고른다더니 이승주도 마찬가지로군."

"신부 집안이 겁나 현금 갑부라던데? 준재벌급이래."

"그러니까 이승주 집안에서 허락했을 테지."

"그래도 소개팅 후 3개월 만에 결혼 골인이라니. 전설이다."

"좋으니까 이렇게 급히 결혼을 하지, 인마. 신랑이 좋아 죽는 거 안 보여?"

"신부 눈에도 꿀이 뚝뚝 떨어진다. 서로 완전 불붙었나 봐."

승주도 다른 속물들처럼 집안 보고 돈 보고 조건 맞추어서 정략적으로 결혼했다면 차라리 마음이 덜 아팠을까?

하지만 아무리 흐린 눈을 뜨고 보아도 그날의 신랑 신부는 사랑에 흠뻑 빠진 청춘 남녀 그 이상도 그 이하도 아니었다. 나현의 폐부를 채우던 끝 모를 질투와 무참한 패배감을 전혀 모른 채로, 마냥 행복에 도취한 그들은 그녀 곁을 스쳐 지나갔다.

나현이 유리를 마지막으로 본 건 승주가 결혼 5개월 만에 이미 예정되어 있던 유학을 떠났을 때였다.

부부가 출국하던 날, 나현은 배웅을 핑계 삼아 공항에 나갔다.

사람들과 인사를 나누는 승주 옆에서 유리는 옆얼굴을 보인 채 짐을 챙기고 있었다.

이상한 일이지만, 그런 유리의 옆모습이 오래도록 나현의 기억 속에 잔상으로 남아 있었다.

보통 여자 같으면 아무리 동료라 해도 남편 주변에 다른 여자가 서 있으면 뭔가 불편해하거나 조금은 긴장하지 않나. 그런데 유리에겐 전혀 그런 기색이 없었다.

유리로선 남편 동료들이니까 끼어들 수가 없어 자신의 볼일을 보는 것일 테지만, 나현으로선 그렇게 생각되지 않았다.

'전혀 신경 쓰지 않는 얼굴이었어. 이 남자의 소유권은 완벽하게 자기가 갖고 있다는 걸 알고 있는 얼굴이었어.'

깊숙이 파묻어 두었던 미움과 질투심이 결혼식 때보다 더 강하게 끓어올랐다.

나현이 3년 전 마지막으로 본 유리를 마침내 알아본 것도, 그날 유리의 그 초연하고 당당한 옆얼굴이 기억에 각인되어 있었기 때문이다.

하지만 불과 9개월 후, 세상의 모든 사랑은 저들 둘만 하는 것처럼 보이던 그들이 전격 이혼을 했다는 소문이 들려왔다.

그리고 작년 유학을 끝내고 자유로운 돌싱이 되어 승주는 나현 앞에 다시 나타났다.

그녀에게도 드디어 기회가 생긴 것.

기대 반. 동경 반. 천천히. 천천히. 신중하고 주도면밀하게 그에게로 다가가고 있었는데.

이제 한 발자국만 더 가까워지면 정말 뭔가가 이루어질 판이었는데.

하필이면 어떻게 이날 둘이 다시 만나 버렸을까. 운명도 정말 잔인하고 짓궂다고 생각하며 나현은 입술을 깨물었다.

"말도 안 돼. 그 여자가 이 선생의 전처라니?"

가현의 목소리에 갑자기 날이 섰다.

"어쩜 일이 이렇게 진행되는 거니? 정말 재수도 없지, 참!"

그러다가 가현의 목소리가 더 앙칼지게 변했다.

"그 여자가 이 선생 전처인 걸 알았는데, 넌 왜 둘을 같이 병원에 보내? 네가 따라갔어야지."

"언니도 들었잖아. 당사자가 사양하는데 어떡해."

"무시했어야지!"

나현이 너무 답답한 나머지 결국 가현이 고함을 꽥 질렀다.

"둘이 가게 내버려 두다니 너 미쳤니? 멍청해도 유분수지. 왜 약게 굴지 못해? 여튼 넌! 공부만 할 줄 알지 아는 게 뭐가 있어. 이런 비상 상황에서 어떤 판단을 내려야 하는지 몰라?"

"판단이고 뭐고 내가 나설 자리가 아니었어. 당사자가 괜찮다는데 내가 무슨 핑계로 그 여자를 병원으로 데려가? 그 여자랑 나랑 무슨 상관 있다고 내가 직접 병원으로 데리고 가겠다고 나서냐고. 누가 봐도 부자연스럽잖아."

"세상에 무슨 이런 일이 있담. 하필이면 하! 하필이면……!"

탄식을 하다 말고, 갑자기 가현의 눈빛이 표독하게 변했다.

"얘, 나현아. 혹시 그 여자, 우리 집에 이 선생이 오는 걸 알고 작정해서 우리 민서 생일 파티를 맡은 건 아니야?"

말을 하다 보니 터무니없는 그 추측이 갑자기 사실처럼 느껴졌다.

"틀림없어. 얘! 그게 맞아. 내 그년을 그냥……."

"왜, 쫓아가서 그 여자 뺨이라도 올려 치게?"

"그래야지. 허튼 생각을 못 하게 아주 혼구멍을 내 놔야 할 것 아냐."

나현이 허탈하게 웃었다.

"언니 망상은 여튼. 그 여자가 무슨 신도 아니고 우리가 여기 온다는 걸 어떻게 알아? 병원 스케줄도 아니고 사적인 이승주 일정을 꿰고 있게?"

질투와 미움으로 점철된 마음으로야, 그런 망상을 사실화해서 유리를 욕

할 수 있다. 하지만 말도 안 된다는 건 나현 자신이 제일 잘 알고 있다.

"하필이면 형부 나오는 시각에 딱 맞춰서 문에 부딪치고 손목이 부러져? 말도 안 되는 이야긴 하지 마. 난 오히려 이런 생각을 하는 언니가 창피하다. 그리고 그게 뭐야? 마지막 수고비 줄 때, 나 진짜 창피했어. 알아? 언니 땜에 낯 뜨거워서 죽는 줄 알았다고."

"뭐? 이게 말이면 다인 줄 아냐?"

대놓고 나현이 무안을 주자 결국 참지 못하고 가현이 고함을 빽 질렀다.

"사실이 그렇잖아. 어찌 되었건 사고가 형부 때문에 일어난 건데. 병원비를 내 주지는 못할망정 파티 분위기 깼다고 클레임 걸고, 정산 제대로 안 해 주려고 한 건, 너무한 것 아냐?"

"그게 사실이잖아. 아휴, 그때 연재가 다쳤어 봐. 내가 얼마나 난처한 입장이 되었겠니? 그렇게 따지면 그쪽에서 손해 배상 해 주는 게 맞지."

나현이 얼토당토않은 주장을 해 대는 가현을 물끄러미 바라보며 나지막하게 중얼거렸다.

"진상."

"이게 정말!"

"오죽했으면 그 여자들이 언니 주장하는 대로 그냥 수긍하고 그냥 가 버렸을까? 차라리 돈 안 벌고 말지 언니 같은 진상하고는 상대 안 하겠다는 뜻이야. 모르겠어?"

"그만해라."

"그 업체, 상류층 상대로 최고급 파티만 진행하는 것 같던데."

나현이 인색하고 천박한 언니에게 똑 부러지게 다시 독침을 박았다.

"이 정도 파티는 다 알음알음 인맥으로 유치해. 언니도 잘 알 거 아냐? 그 업체가 상대하는 고객들이 대부분 언니 이상 수준일 테고. 오늘 온 손님들한테도 평이 좋은 거 같은데, 만에 하나 오늘 온 엄마들 사이에 언니 처신이 소문나 봐. 수준 안 맞는다고 제대로 왕따당할 수 있어."

"언니한테 못 하는 소리가 없지, 너."

"이 정도로 살면 언니도 이젠 좀 베풀고 살아. 괜히 트집 잡고 진상 짓 하지 말고."

"얘 말하는 것 좀 봐라? 언제 내가 괜한 트집을 잡았어? 난 계약서대로 처리하자고 했을 뿐이야."

"입은 삐뚤어져도 말은 바로 하랬어. 언니 처신, 오늘 나빴어."

나현이 두 손으로 얼굴을 북북 쓸며 온몸으로 가현에게 화가 났음을 드러냈다.

"오늘 일 고스란히 유리 그 여자 귀에 다 들어갈 거 아냐? 아, 창피해. 진짜! 대체 나를 뭐로 생각할까? 만에 하나 이승주가 안 가고 언니 하는 짓 다 봤으면……? 아, 개쪽팔려. 얼마나 수준 이하라고 생각했을까?"

비로소 가현이 입을 다물었다.

태생부터 귀족인 이승주에게 우리 집 사람들 수준이 낮잡아 보일 뻔했다는 나현의 말에 순간 찔끔했기 때문이다.

하물며 유정원이 다쳐 가면서까지 아이를 보호한 일로 올댓파티 명함을 따로 받아 간 연재 엄마를 생각하면 실제로 나현이 걱정한 일이 벌어질 수도 있었다.

"하여튼 그건 그거고, 언니. 물론 그럴 일도 없겠지만 다음에 혹시 이승주 만나도 유리 그 여자에 대해서 절대로 아는 척하지 마. 잘못하다간 다 된 밥에 재 뿌리는 일이 될 수도 있어."

"그건 아니지, 기집애야. 너하고 이 선생 잘되어 가는 판에 계산에도 없는 전처가 나타났는데? 자칫하다간 일이 묘하게 흘러갈 판인데 나더러 가만히 있으라고?"

"응, 가만히 있어. 아무것도 하지 말고 제발 가만히 있어! 이번 일은 언니가 나설 일이 아니야."

가현뿐만 아니라 나현 자신도 마찬가지였다.

이승주에게 있어 나현 자신이 소유권을 주장할 수 있는 무엇이라도 되어 있어야만 나설 수가 있지. 무슨 권리로 둘 사이에 끼어들 수 있단 말인가?

함부로 타인이 자신의 영역을 침범하는 것을 굉장히 무례하다고 생각하고 싫어하는 승주가 어떤 반응을 보일지 상상만 해도 무서웠다.

'어떻게 보면 내가 거의 반 억지를 부린 거잖아. 자꾸 가까워지려고 한 행동을 지금껏 참아 준 것만도 기적에 가깝지.'

돌싱이 된 승주가 미국에서 돌아온 그때부터 나현은 다시 작정하고 승주에게로 다가서기 시작했다.

그동안의 감추어진 노력은 나현이 한국대 의대로 진학하기 위해 공부하던 그때처럼 처절할 지경이었다.

그의 일정을 몰래 알아내고 면밀히 계산해 그와의 동선을 겹치려 했다. 우연인 듯 필연인 듯 가볍고 예사로운 만남을 계속 만들었다.

심지어 나현은 일부러 승주가 다니는 헬스 센터에도 등록했다. 그 헬스 센터와 그녀의 집이 한강을 사이에 두고 멀리 떨어져 있음에도 불구하고 말이다.

"일단 자주 봐야지. 자주 봐야 정이 들지."

어머니 명신의 주장 때문만이 아니라, 솔직히 나현은 승주를 노리고 있을 다른 여자들에게 메시지를 보내고 싶었다. 승주의 주변에는 항상 자신이 있으니 함부로 다가오지 마! 하는 경고였다.

이즈음에서는 그러한 나현의 노력이 슬슬 결실을 보이려는 중이었다.

그들 둘을 다 알고 있는 한국대 의대 선후배들이며 세린병원 의사들 사이에서조차 '박나현 선생과 귀국한 이승주 사이가 점점 가까워진다더라', '확실히 두 사람 사이가 뭔가 심상치 않더라' 하는 소문이 만들어지고 있는 중이었다.

하지만 그런 외적인 상황과는 달리 여전히 승주는 나현에게 신기루 같았다. 그녀가 한 발자국 다가서면 그 한 발자국만큼 가까워져야 하는 게 정상인데, 승주는 아니었다.

그는 친절한 선배, 같은 의사로서의 동료애나 이해심을 드러냈을 뿐이다. 그가 보여 주는 납작한 호의에 조금이나마 관계의 거리를 좁혀 나가려고 기를 써 보았지만, 나현이 간절히 바라는 남자로서의 관심이나 심지어 싸구려 욕정의 시선조차도 그에게서 찾을 수가 없었다.

그냥 언제나처럼 잡힐 듯 말 듯 서너 발자국쯤 떨어진 그 자리에 그대로 서 있을 뿐이었다.

조금만 더 다가가면 가질 수 있을 것 같아서 안달 났다.

하지만 결국은 결코 가질 수가 없어 자꾸 오기가 생겼다. 그런 존재가 바로 이승주였다.

이날도 나현의 오기와 고집으로 아득바득 생일 파티에까지 그를 끌고 왔다. 하지만 기대와 달리 달라진 건 아무것도 없었다. 오히려 가난했던 나현의 마음만 더 가난해졌을 뿐.

하물며 가현이 다른 사람들 앞에서 나현과 승주 둘이 곧 약혼이라도 할 만큼 가까운 사이인 듯 떠벌렸을 때, 그것도 모자라 민서더러 '이모부'라고 부르라고 강요했을 때, 나현은 낯이 뜨거워서 죽을 지경이었다.

승주가 어린 민서 마음을 생각해서 차마 대 놓고 티는 내지 않았지만 몹시 어이없어하는 것을 민감하게 느꼈다. '제발 주책 부리지 마' 하고 언니에게 소리라도 칠 판이었다.

그런데 그런 자리에 심지어 승주의 전처 유리가 있었다니? 모든 게 엉망진창이 되고 말았다.

'전화라도 걸어 볼까?'

이승주가 유리를 데리고 병원으로 갔는지, 지금쯤 치료가 끝났는지, 응급 치료가 끝나고서 두 사람은 그대로 헤어졌을지 아님 마주 앉아 차라도 마셨는지, 모든 게 궁금했다.

'하지만.'

나현은 수십 번이라도 전화를 하고 싶은 충동을 꾹 누르며 다시 한숨만 깊이 내쉬었다. 그리고 내내 들고 있던 휴대 전화를 내려다보다가 그만 핸드백 안에 넣어 버렸다.

* * *

한성병원 응급실.

승주가 3D CT 화면을 주의 깊게 바라보고는 중얼거렸다.

"0.5······."

20분 전에 자신이 반깁스를 해 준 정원의 왼쪽 손목을 흘낏 본 승주는 다시 CT 영상을 확인했다.

"수술을······ 해야 하나, 말아야 하나."

"수, 수술이요?"

그렇지 않아도 긴장해 있던 정원이 깜짝 놀라 울상이 되었다.

"상태가 좀 애매해. 이삼일 두고 봐야 할 거 같은데. 일단 주말이니까 월요일에 외래 와서 확실히 결정하는 게 좋을 거 같아. 그사이 진액이 나와서 자연적으로 회복되는 게 관찰되면 굳이 수술할 필요는 없고, 이삼일 사이로 상태가 더 나빠지면 수술을 해야 하고."

그러고는 자신의 볼일은 다 끝났다는 듯 승주가 저만치, 응급실 전공의가 서 있는 쪽으로 걸어가 버렸다.

"유정원 씨."

간호사가 다가왔다. 주말인데 이승주 선생이 갑자기 데리고 온 환자였다. 근무하는 전공의가 있으니 깁스 처치는 시킬 법도 한데, 굳이 엑스레이며 CT를 찍게 한 뒤 손수 처치까지 해 주기도 했다.

"이건 처방전이고, 구내 약국은 2층에 있어요. 이쪽 손목은 움직이시면 안 됩니다. 수납하시고 약 받아 오시면 월요일 예약 잡아 드릴게요."

정원이 2층에 있는 응급실 약국에 간 사이, 승주가 간호사에게 다가왔다.

"정형외과 고인규 교수님, 월요일 진료 보시나요?"

"네. 오훈데요."

"그럼 유정원 환자, 고인규 교수님 쪽으로 마지막 시간에 예약 잡아 줘요."

"알겠습니다."

한편 2층에 올라간 정원은 약을 받아 들고 핸드백에서 지갑을 꺼냈다. 한 손으로 지갑을 열고 카드를 꺼내려니 생각처럼 잘 움직여지지 않았다.

"죄송해요. 제가 손목을 다쳐서 좀 느려요."

미안해하는 미소와 함께 사과하자, 응급실 약국 안에 앉아 있는 약사가 마주 미소 지었다.

"괜찮아요. 천천히 하세요."

갑자기 뒤에서부터 누군가의 손이 불쑥 튀어나왔다.

"이걸로 계산해 주세요."

그러고는 더듬더듬 꺼내던 정원의 지갑을 다시 핸드백에 넣어 버렸다.

비로소 마음 편하게 의지할 수 있는 친구가 나타났다. 정원은 옆에 다가서는 사람에게 배시시 반가운 미소를 지어 보였다.

"재완아, 여긴 어떻게 왔어?"

"경오가 전화했어."

"별거 아닌데 너한테까지 전화를 했다고? 여하튼 경오 오지랖은. 나 혼자 갈 수 있는데."

"혼자 가기는 뭘 혼자 가? 손 다쳐 가지고 지갑도 못 꺼내는 게, 운전을 어떻게 하려고? 넌 의욕만 있지 뇌가 없어."

"말 좀 곱게 하면 어디 덧나? 하여간 까칠해서는."

재완의 퉁명스러운 말이 정원 자신에 대한 걱정임을 알고 있다. 그래서 전혀 밉지 않았다.

정원 대신 약 봉투를 받아 드는 재완의 몸에선 가벼운 땀 냄새가 나고 있었다. 조금 거친 숨소리도 느껴졌다.

"너 뛰어왔어?"

"어. 주차장에서 응급실까지 3분 만에 주파했어. 나 아직 안 죽었다."

"야, 병원 안에서 뛰는 건 아니지."

"니가 손목 다쳐서 응급실 실려 갔다는데 안 놀라? 내가 뛰는 게 싫으면 다치지나 말지. 그런데 의사가 뭐라고 해?"

"뼈에 금 가고 손목이 접질려져서 모양새가 안 좋다고, 월요일에 다시 확인하고 수술이든 뭐든 결정하자고 하시네."

"수술?"

가벼운 부상이겠거니, 하고 왔다가 수술 얘기까지 나오자 재완이 더 놀라는 눈치였다.

"약 탔으니까 끝난 거지?"

"응급실 와서 월요일 외래 예약 확인하고 가래."

"알았어. 가자."

재완이 앞장섰다.

뒤따라가면서 정원은 재완의 옷차림이 골프복이라는 것을 그제야 깨달았다.

"너 골프 나갔어?"

"어. 대표님이 윤세병원 원장님이랑 흉부외과 과장님 모시고 골프 간다고 했잖아. 내가 시다바리 해야지."

"아, 그랬지. 참?"

재완은 의료 기기 수입 판매 및 리스 전문 업체인 '벅시 캐피털' 과장이다. 대표인 아버지 뒤를 잇고자 회사에 들어가서 빡센 영업부터 밑바닥에서 배우는 중이다. 얼마 전만 해도 질색을 하던 골프도 병원이나 의사 영업을 하려면 꼭 필요하다고 생각했는지 꽤 열심히 치는 중이었다.

골프가 끝난 후 어른들을 저녁 식사 장소로 모시고 서울에 도착했는데 영주가 전화를 해 왔다. 정원이 다쳤다는 전화를 받자마자 그 길로 한성병원까지 냅다 밟아 달려왔다.

"어쩌다가 다친 거야?"

"넘어졌어."

"손 말고 다른 데 다친 덴 없고?"

"응. 잠깐만. 나 전화 좀 꺼내 줘. 애들한테 연락 좀 하게."

전화를 기다리고 있었는지 신호가 가자마자 경오가 받았다.

─정원아, 치료는 다 끝났어? 별일 없니?

"별일 있을 게 뭐 있어? 왼쪽 손목 금 갔고, 반깁스 했고. 월요일에 외래 진료 받으래. 그보다 파티는? 마무리는 잘했어?"

─응, 잘 끝났어. 민서가 잘 때 파스 바르고 자라고 너한테 말해 주라더라. 그러면 안 아프다고. 자기 생일 파티에서 네가 다쳐 유감이라나? 야, 요즘은 일곱 살짜리 아이가 유감이란 단어를 쓴다.

"민서 어휘력이 그 정도야? 유감이래? 대단하다."

파티 주인공이던 아이를 떠올리며 정원은 미소 지었다.

'참 귀여웠는데.'

말하는 것이 아주 똑 부러져서 몇 번이나 감탄스럽게 하더니 마지막까지 유감이란 말로 놀라게 만든다.

'그 애가 박나현 선생 조카일 줄이야. 역시 의사 조카라 똑똑한가?'

─영주가 재완이 만났냐고 묻는데.

"응. 방금 만났어. 지금 사무실이야?"

─어. 마무리 중이야. 오늘은 그냥 집으로 가라. 가서 푹 쉬어. 오늘…… 그냥 아무 생각하지 말고 푹 자. 알았지?

경오가 무슨 말을 하고 싶은지 알 것 같았다.

하필이면 민서의 이모가 박나현 선생이었고, 이승주가 재혼 상대인 나현을 따라 파티에 나타나다니.

정원이 경악한 것만큼이나, 경오나 영주 역시 그녀만큼 놀랐을 게 뻔했다. 하물며 승주가 다친 정원을 데리고 병원으로 갔으니 둘이 얼마나 말 못 하고 속을 끓었을까?

그럼에도 당장 튀어 오라는 말 대신 집에 가서 푹 쉬라는 건 충격받고 여러모로 심란할 정원의 사정을 고려해 준 것이다.

"됐고. 병원에서 지금 나갈 건데 사무실로 바로 갈게. 행사 끝냈으니 밥 먹어야지."

ㅡ야, 말 들어. 그냥 들어가라고.

"마무리하고 정리 끝내려면 한참 걸릴 것 아냐. 결산도 해야 하고. 좀 있다 봐."

대답도 듣지 않고 정원은 전화를 끊었다.

손을 다친 건 개인 사정이고, 행사 하나가 끝나면 마무리 후 회식하면서 그날 행사에 대해 요모조모 뜯어 가며 술 한잔하는 게 올댓파티의 전통이었다.

"사무실 갈 거야? 이 손을 하고?"

"내가 대표거든요, 재완 씨. 결산은 해야죠."

그때 응급실에서 승주가 나오다가, 걸음을 멈추었다.

약을 타러 간 정원이 시간이 제법 지났는데도 응급실로 돌아오지 않아 찾으러 나온 참이었다.

그런 눈에 정원과 마주 서서 이야기를 하고 있는 재완이 담겼다. 순간 승주의 표정이 싸늘하게 식었다.

'설마, 강재완?'

해를 따라가는 그림자처럼, 항상 유리 주변에 어른거리던 존재. '남자 사람 친구'라는 허울 좋은 이름하에 유리를 먼저 만났다는 이유만으로 남편이던 승주에게 시건방진 간섭을 하던 녀석.

'아직도 저 녀석, 옆에서 알짱거리고 있군.'

아닌가? '여전히'인가?

쓰디쓴 표정으로 두 사람을 지켜보던 승주가 그대로 몸을 돌려 다시 응급실로 들어갔다.

아무것도 모르는 정원이 수납까지 마치고 재완과 함께 응급실로 돌아갔다. 기다리고 있던 간호사가 정원에게 알려 주었다.

"월요일 오후 4시 50분으로 외래 잡아 드렸고요. 만약 통증이 더 심해지시면 바로 응급실 다시 오세요."

"네. 근데 아까 저 데리고 오신 의사 선생님께선?"

승주가 아무리 불편하다고 해도 병원도 데려와 주고 응급 처치도 해 주어서 감사하다는 인사는 하고 가야 할 것 같았다.

"다른 볼일 있다고 먼저 나가셨어요."

"그래요……?"

잘못 쓴 글씨를 지우개로 지우듯 기억에서 완벽히 지우는 데 성공했다고 믿고 살았던 이승주였는데…….

갑작스럽게 준비도 없이 만나 이렇게 얼렁뚱땅 찜찜하게 다시 헤어지는 건 싫은데.

'뭔가 똥을 싸고 안 닦은 느낌이라고, 이거.'

그러다가 정원은 재완 앞에서 승주와 만나는 모습을 보이는 건 딱히 현명치 않다는 생각을 퍼뜩 했다.

만에 하나 재완이 승주와 정원이 다시 만난 걸 알게 되면 가족들도 그 사실을 알게 되는 건 시간문제였다.

이미 정원과 승주의 이혼으로 인해 생살이 벗겨지듯 쓰라린 감정적 고통을 함께 맛본 식구들이었다. 가족들에게 그런 고통을 다시 안겨 주고 싶지 않았다.

정원이 무리해서 사무실로 돌아가려는 건, 승주와의 재회에 대해서 함구하라고, 경오와 영주에게 입단속을 시키려는 목적도 있었다.

'어차피 월요일에 한 번은 더 만나야 하니까 그때 확실하게 고맙다는 인사 하고, 병원을 옮겨 버리자.'

그를 다시 보는 게 정말 불편하다면, 월요일에 다른 정형외과로 갈 수도 있고.

이런저런 생각을 하며 정원은 재완을 따라 올댓파티 트럭에 올라탔다.

"사무실로 가 줘."

"그래."

재완이 운전하는 올댓파티 트럭이 주차장을 떠났다.

승주가 응급실 옆 휴게실 창문 안에서 그것을 말없이 지켜보고 있었다. 아까부터 찌푸려졌던 미간은 좀처럼 펴지지 않았다.

'혹시 두 사람, 연인이 됐나?'

두 사람이 헤어진 지 3년째이니, 충분히 사람들의 관계가 변할 수 있는 시간이었다.

'새삼 그 녀석을 보니 내 나이가 불쌍하군.'

낼모레 30대 중반이 될 승주 자신과는 달리 유리와 재완은 이제 겨우 20대 후반. 과거사를 모르는 사람들이 보면 유리나 재완은 결혼 적령기라고도 말할 수 없는 어린 나이였다.

그러다가 아까부터 계속 울리다 말다 하던 휴대 전화를 꺼냈다.

"네. 어머니."

어머니, 나서희 여사의 전화였다. 혹시 집에 있으면 같이 저녁 식사라도 하지 않겠느냐는 전화였다.

―간만에 태율의료원에 가 보려구. 네 이모부 병세 차도가 어떤지도 궁금하고 말이야. 이러다간 아들 얼굴 잊어 먹을 거 같아서 전화했어. 혹시 시간 되니?

'이번 달만 하더라도 벌써 서너 번이나 똑같은 말씀을 하신 것 같은데……'

지금 승주는 임시 근무 하고 있는 한성병원 앞 5분 거리 아파트에서 혼자 살고 있다.

이날 나서희의 전화는 말로야 승주의 끼니 걱정이지만 여간해서는 본가에 잘 가지 않는 그의 행동이 못마땅하다는 꾸지람이었다.

그는 손목시계를 내려다보았다.

"제가 태율의료원으로 가겠습니다. 30분 내로 도착할 거 같아요."

이런 식으로나마 대답하지 않는다면 어머니 성미에 그를 며칠이나 들들 볶으며 귀찮게 할 게 분명했다.

* * *

한성병원에서 10분 거리.

승주는 안국동 태율의료원 별관 건물 앞에 차를 세웠다.

25층 엘리베이터 버튼을 누르면서 승주는 생각했다.

'참 다행이지?'

만에 하나, 절대적 우연의 장난으로 완담동 파티에서 승주와 유리가 만난 것처럼 승주를 찾아 나선 나서희가 유리와 마주치기라도 했다면……?

'절대로!'

승주의 입술이 단단하게 굳었다.

어떤 경우든 유리와 나서희가 다시 만날 일은 없을 거다.

승주 자신과 유리가 이렇게 준비 없이 만난 일 같은 기막힌 우연이 다시 재현될 가능성은 단 1퍼센트도 없다. 물론 그가 그렇게 만들지도 않을 테지만.

"오랜만이구나."

병실로 들어가 가볍게 묵례를 하는 승주에게 나서희가 남처럼 서늘하게 인사를 받았다.

마주 앉아 있던 태동 그룹 사모님이자 이모인 나희영 여사도 미소를 지었다.

"이 선생이 그래도 가끔 들여다봐 줘서 고마워."

별관 25층 VIP 병실에는 태동 그룹 회장이자 승주의 첫째 이모부인 용경민 회장이 5년 째 뇌사 상태로 입원해 있다.

"아닙니다. 당연한 도리죠."

"주말인데도 근무야? 내 아들이 생고생하는 머슴인 줄 몰랐어."

언중유골, 나서희의 그 말은 매사 청개구리처럼 구는 아들을 힐난하고 있었다.

유학에서 돌아왔으면 어른들이 바라는 대로 조용히 로스쿨 입학 준비나 할 것이지.

제 고집대로 의사의 길을 걷기로 결정했다면, 만사 편할 세린병원에 자리 하나 없을까 봐서 굳이 옹색한 남의 병원 페이 닥터로 일하고 있는 아들의 모든 것이 못마땅했다.

"근무는 아니고 그냥 응급실에 일이 없나 한번 들러 봤어요."

"저녁은?"

"선약이 있어요. 죄송하지만 식사는 두 분이 하셔야 할 것 같아요."

"그래. 휴일에도 환자 생각해서 병원에 나와 주고. 우리 승주 같은 의사가 있으니 다행이야."

나희영의 가식적인 칭찬에 뒤에 앉아 있던 나서희가 못마땅한 표정으로 혀를 찼다.

"환자 생각하는 만큼 자기 인생도 좀 돌봐 주면 좋을 텐데. 실속 없긴."

"잘하고 있는 사람한테 넌 왜 또 잔소리니? 그만해."

"잘하긴 뭘 잘해요? 혼자 저렇게 돈도 되지 않는 일만 하고 산 지가 언젠데? 다 닦아 놓은 제 앞날 찾아 먹지도 못하고, 쯧!"

"승주 같은 아들이면 업고 다녀도 모자라지. 이것저것 속 시끄러운 사람 앞에서 좋은 이야긴 못 하고 왜 만날 날이 서 있어? 그만하라니까."

어지간해서는 감정을 잘 드러내지 않는 희영이 정색을 했다.

어머니 나서희보다 더 차고 서늘한 희영이 이런 식으로 자신의 감정을 드러내는 건 거의 보지 못했다.

5년 넘게 죽은 것도 아니고 산 것도 아닌 남편의 병석 머리에 앉아 있는 자신의 팔자가 지겹고 지친 걸까? 희영이 가식의 얼음을 깨고 만만한 동생에게 쏴붙였다.

"남편은 저 모양이지. 아들들은 다 혈압만 올리지. 그나마 맺힌 속 풀어 보려고 밥이나 먹자고 연락했더니 넌 여기 와서까지 내 속을 긁고 싶니?"

"제가 언제 언니 속을 긁어요? 말이 그렇다는 거지. 그렇게 느끼셨다면 제가 과했네요. 죄송해요."

10대 재벌에 속하는 은상 그룹 회장의 딸이자 한국 최고라 불리는 데이지 백화점 대표로서 대부분의 사람에게 도도한 나서희가 희영의 말 한마디에 금세 찔끔해서 꼬리를 말았다.

갑질에 익숙한 어머니가 또 다른 갑에게 고개를 숙이는 게 왜 이리 짜증이 날까?

'그냥 다른 사람에게 하던 대로 하시지. 아들 보기 부끄럽지도 않나?'

마음이 상해 버린 맏언니를 향해 마음을 풀라고 살살거리는 어머니 모습을 바라보기가 무안해서 승주는 슬그머니 시선을 돌렸다.

두꺼운 유리 벽 너머로 온갖 의료 기계에 둘러싸인 용경민 회장이 누워 있다.

'제 맘대로 죽지도 못하는 인생이라니. 행복할까?'

계속해서 혈액을 투석하고 인공 요법을 지속하여 억지로 살려 두다 보니 온몸이 퉁퉁 부어오르고 시커멓게 변한 몸이 썩어 문드러져 가고 있다. 의식조차 없지만 최소한의 생물학적 반응이 있다는 이유만으로 살아 있다고 간주되어 용경민 회장은 저렇게 5년이 넘도록 '살려지고' 있는 중이다.

'나라면 저렇게 살려지는 나 자신에게 구역질 날 거 같다. 대재벌 회장이면 뭣 해? 인생의 마지막이 저런데.'

치료비만도 한 달에 몇억씩 쏟아부어 가면서도 용 회장을 저렇게 살려두는 이유가 있다.

아직도 태동 그룹 자식들 간의 상속권 분쟁이 해결되지 않았고, 그들 자손들이 처리해야 할 천문학적 상속세 문제가 해결되지 않았기 때문이다.

서희 입장에서는 아들 승주가 이혼하고 홀몸으로 사는 게 걱정의 전부라지만, 희영은 다르다. 그녀의 자식인 용씨 가문 아들들은 저마다 온갖 매스컴의 먹이가 될 정도로 여러 가지 얄궂은 문제와 얽혀 있었다.

생각만 해도 심란한 사람 앞에서 돌려서 아들 자랑하는 거니, 뭐니? 마음이 상해 버린 나희영의 노염이 쉬이 풀리지 않았다.

"넌 그래도 네 아들 이렇게 보고 살잖아. 내 아들은 지금 모함받아서 저렇게 누운 제 아버지를 대신해서 구치소 벽 안에 들어가 있다. 복에 겨운 줄도 모르고. 쯧."

승주의 이종사촌이자 태동 그룹 부회장인 용건우는 지금 탈세며 금융법 위반 등 여러 가지 범법 행위와 관련하여 구치소에 들어가 있다.

태동 그룹 경영권을 둘러싸고 그 집안 세 아들 간에 벌어지고 있는 피비린내 나는 상속권 전쟁의 확장판이었다.

돈 앞에서는 부모도 형제도 없는 처참한 골육상쟁. 평범한 일개 의사인 승주로선 도무지 이해할 수 없는 재벌가의 구린 민낯이었다.

이 좋은 봄날, 한국 재계 서열 선두를 다투는 회장의 사모님이면서도 희영이 대여섯 평 병실에서 꼼짝도 못 하는 죄수 신세가 된 것도 그런 이유에서다.

세 아들 간에 벌어지고 있는 상속권 전쟁에서 행여 희영의 소생 건우가 불리한 처지가 될까 봐, 남편 앞을 표독한 저승사자처럼 도사린 채 지키고 있는 것이다.

용건우가 구치소에서 나올 때까지 희영은 남편의 생존 결정권을 다른 사람에게 넘길 생각이 없었다.

"변호사들이 치열하게 법리 다툼 하고 있으니까, 건우는 금세 나올 거예요."

"그래 주면 좋겠지만 요새 세상 분위기가 영……. 하필이면 다른 누구도 아닌 우리 애가 정부의 재계 길들이기 희생양이 되어야 하는지, 참."

"만약 일이 제대로 잘 안 되면 법무팀 다 잘라 버려요. 돈은 그렇게 받아 챙기면서 그런 일 하나도 제대로 처리 못 하면 살려 둘 필요가 없지."

"그러게 말이다."

희영이 굳어진 표정을 억지로 가누면서 장승처럼 우두커니 서 있는 승주를 바라보았다.

"승주, 바쁘면 가 봐. 그래도 승주가 종종 들러 주니 고맙구나."

"네. 그럼, 다음에 뵙겠습니다."

"내일 집에서 밥 먹자. 아버지도 너 궁금해하신다."

서희의 말에 가타부타 말도 않고 승주가 돌아섰다.

승주가 병실에서 막 나가려는데, 문이 열리고 나서희의 또 다른 자매이자 이모인 나수영이 들어섰다.

"우리 승주 얼굴 오랜만에 보는구나. 잘 지냈어?"

그녀도 언니 희영과 마찬가지로 재벌가인 우주 그룹의 안주인으로 살고 있다.

희영이 동생을 보고 눈을 흘겼다.

"넌 뭐 하고 사는 애니? 얼굴 좀 보고 살자니까."

"가볍게 시술 좀 받느라고, 호호호. 잠시 나갔다 왔어. 어때 보여? 확실히 주름이 많이 없어졌지?"

자랑하듯이 수영이 고개를 치켜들고는 자매들에게 뻐겼다. 내 모습이 얼마나 멋진지 보고 부러워해라, 이런 뜻이었다.

'이 정도면 이모님도 중독인데?'

안티에이징 시술이니, 태반 주사니, 줄기세포 주사니. 코웃음이 쳐질 법한 온갖 되지 않는 의학적 용어를 들먹이며 아기처럼 변한 자신의 피부를 자랑하는 수영을 승주는 잠자코 바라보기만 했다.

일흔의 나이에도 주름이 거의 없이 팽팽한 피부, 군데군데 손을 댄 얼굴을 볼 때마다 이것이 돈으로 세월을 거스르는 재벌가 사모님의 위엄인가 싶다가도 또 한편으로는 징그럽다는 생각을 하게 된다.

"인생 재미는 혼자 다 즐기고 있구나."

쓸쓸하면서도 부러움에 가득 찬 희영의 말에 수영이 반발했다.

"그런 말 말아요, 언니. 우리 영감 죽은 지 2년도 안 됐어."

수영의 남편인 우주 그룹 전 회장은 2년 전에 별세했다.

언론에 발표되기로는 미국에 지병 치료차 출국했다가 회복되지 못하고 운명했다지만, 사실 젊은 내연녀와의 뜨거운 밀애가 그 나이에 과했던 모양이다.

'전국 팔도에 작은 집이 한 채씩은 있다더라' 하는 스캔들의 주인공이자 평생 바람을 피워 댔던 그로서는 결국 열 손가락으로도 헤아리기 어려운 애첩들 중에서 가장 어린 애첩의 품에서 숨을 거두었으니 딱히 애통할 것도 아니었다.

"내가 결혼해서 40년 평생 속 끓고 살았는데 이제 속 썩이는 영감도 없겠다, 나도 이제 좀 편하게 살아도 되지 않우?"

"그래, 너라도 재미있게 살아야지. 좋겠다."

문을 닫으며 승주는 늘 이 병실을 나설 때마다 느끼는 일종의 비애를 그날도 느끼고 있었다.

'재벌이면 뭐 해? 저게 사는 거야?'

승주는 25층 VIP 병실 복도 끝 유리창 앞에서 막막하게 서울의 풍경을 한참 동안 내려다보며 서 있었다.

'살려지는 거 말고, 진짜 산다는 건 과연 어떤 의미일까?'

오늘 만난 세 여인. 겉으로야 우아한 사모님들, 모든 사람들이 부러워할 대상이겠지만, 가까이서 그들의 민낯을 보고 사는 승주로선 조금도 존경심이 들거나 부럽지가 않았다.

결코 다가가고 싶지도 않고 같은 모습으로 살고 싶지도 않았다.

'어머니께서 선망하고 원하시는 재벌가 삶이 이런 게 전부라면 전 끝까지 거절할 겁니다.'

승주는 다른 사촌들처럼 이런 가식과 추함밖에 없는 재벌가의 일원으로 살고 싶은 생각은 단 한 톨도 없었다.

'이따위 허울뿐인 재벌부심이 하물며 남편이나 가족들까지 경멸하고 밀어내는 이유라면 말입니다.'

아버지 이영국과 어머니 나서희 간의 오래된 불화는 자신의 친정 수준이하면 사람 취급도 하지 않는 같잖은 재벌부심이 이유였을 거다.

'남 말 할 것 없어. 나는 제대로 살고 있는 걸까? 어쩌면 나도 관성에 따라 살아지고 있는 건 아닐까?'

돌이켜 보면 정말 내가 살고 있구나, 그것도 행복하구나 느낀 건 전처 유리와 연애할 때, 그리고 결혼 초 그 몇 달 짧은 시간이 전부였다고 생각했다.

인생 긴 날 동안, 승주는 모든 걸 가졌지만 행복과 기쁨만은 가지지 못한 정신적 불구로 살아왔다. 아예 몰랐을 때는 그럭저럭 살았다. 사람은 모르는 것을 원할 수는 없으니까.

그러나 한번 맛을 봐 버린 이상, 그것을 없던 일로 하고 모르는 척 살 수는 없게 된다. 행복감이란 아무리 짧고 작아도 치명적인 중독성을 지니고 있으니까.

승주는 입술을 다물고 돌아섰다. 마치 무슨 큰 결심을 굳힌 사람처럼 힘 있게 엘리베이터 버튼을 눌렀다.

귀국한 후, 반년 내내 그는 여전히 어떤 문제의 해답을 찾고 있었다. 조만간 결정을 내려야 할 것이 자명했다.

'내가 뭘 해야 하는지 비로소 분명해지는 기분이 들어.'

승주가 나간 후, 문을 바라보며 혀를 차고 있는 나서희로선 실망스럽겠지만 말이다.

* * *

나서희가 손목시계를 내려다보았다.

"슬슬 일어나시죠. 예약 시간 거의 됐어요, 언니."

그때, 다른 방에서 대기하고 있던 비서가 휴대 전화를 끊고 희영 앞에 다가왔다.

"이사장님."

"왜?"

"용재우 사장님이 지금 병실로 오신다는데요."

"지금? 갑자기 왜?"

되묻는 희영의 얼굴에 파란빛이 싸늘하게 어렸다. 용재우는 둘째 아들이지만 희영의 소생이 아니다. 맏이 건우와 피 튀기는 상속권 전쟁 중인 당사자였다.

"또 무슨 수작을 부리려고, 그동안 코끝도 비추지 않던 여길 온다고 그래? 누가 허락했다고?"

희영이 자신을 기다리고 있는 수영과 서희에게로 고개를 돌렸다.

"미안해. 난 못 가겠다. 너희들끼리 가서 식사해."

"그래도 끼니는 챙기셔야죠. 걔가 여길 온다 해도 뭐 딱히 할 수 있는 게 없잖아요. 같이 식사하세요. 설마 재우가 눈도 못 뜨는 지 아버지를 여기서 빼내 가기라도 하겠어요?"

"그놈은 그러고도 남지. 지독하잖아. 내가 여기 버티고 있어야 그 녀석이 헛수작을 못 부리지. 난 됐어. 너희들 둘이나 잘 다녀와."

결국 두 사람은 마지못해 자리를 떠났다. 수영이 방금 나온 용 회장의 병실을 돌아보더니 혼잣말처럼 나지막이 탄식했다.

"쯧, 언닌 왜 저렇게 산다니? 이 좋은 봄날 저게 뭐 하는 팔자래? 불쌍해서 못 보겠네."

"그래도 전 큰언니가 부럽네요."

"뭐가 부러워? 이미 죽은 영감, 살았다고 억지로 생각하면서 옆에 붙어선 오도 가도 못 하고 잡혀 있잖아. 이렇게 형제들끼리 모처럼 모였는데 같이 밥도 못 먹고. 이런 게 부러워?"

"그래도 언니는 여한이 없을 거 같은데요, 저는."

나서희는 수영을 똑바로 바라보며 딱 잘라 말했다.

"태동 그룹 사모님이잖아요. 평생 모든 사람이 우러러보는 재벌가 안주인이 돼서 다 가지고 산 인생인데 말년에 이 정도 마음고생이면 괜찮지. 형부가 돌아가셔도 언니에겐 또 건우가 있는데 뭘 걱정이겠어요?"

언니 희영, 수영 두 사람 다 겨우 백화점 하나만 상속받은 나서희와는 달리 은상 그룹의 주력사들로 해서 큼직큼직한 덩어리를 제대로 물려받았다. 결혼도 잘해서 각자의 위치에 걸맞은 재벌가 안주인 자리까지 꿰찼다. 기껏 중견 병원 이사장밖에 안 되는 남편과 결혼한 나서희와는 천양지차인 하이클래스의 삶을 평생 누리며 살아온 것이다.

하물며 첩 소생인 나서희와는 달리 내로라하는 은상 그룹 본처의 몸에서 태어난 장녀로서 온갖 혜택을 누리고 살았으면서, 대체 뭐가 모자라서 저렇게 불평을 하고 있을까? 만약 희영과 자신의 자리를 바꿀 수 있었다면 그녀는 무슨 짓이든 했을 텐데.

＊　＊　＊

정원과 재완이 탄 올댓파티 트럭이 사무실 근처로 가까워졌다.

"유리야, 나도 밥 사 줘."

"정원이."

운전석의 재완이 물음표를 띄우고는 그녀를 돌아보는 게 느껴졌다.

정원은 억지로 웃었다.

"내가 유리에서 유정원이 된 게 언젠데 만날 유리라고 부르냐?"

"아, 미안. 근데 10년 넘게 유리라고 부르다가 갑자기 정원이라고 하니까. 익숙지 않다고."

"내가 정원이로 불러 달라잖아."

"알았어. 조심할게. 근데 나는 유리가 더 예쁜데……."

"유리가 싫다고. 내가!"

유리는 꽥 소리쳤다.

이승주를 버리면서 이름도 버렸다.

이승주에게 속수무책 빠져들었던 유리의 기억이 싫다.

이승주에게 눈멀고 귀먹고 미쳐서는 3개월 만에 결혼했다가 기껏 9개월 같이 살고 이혼해 버린 나약하고 멍청한 유리는 더 싫다.

이혼 후에 그를 완전히 잊으려고 노력했고, 거의 다 잊었다고 생각했는데, 사실 그게 아니었다.

어이없이 만나 버리고는 여전히 가슴에 박혀서는 빠지지 않는 승주의 존재감이 너무 힘에 겨워서, 억지로 북북 문질러 그 기억을 지우기라도 하듯이 정원은 뭔가 아쉬움이 가득한 재완에게 단호하게 쐐기를 박았다.

"우리 아빠 왜 내 이름을 유리라고 지은 걸까? 듣기만 해도 깨지는 소리가 들리잖아. 그게 싫어서 이름도 바꿨는데 친구라면서? 더 열심히 불러 줘야지."

"알았어. 미안."

이날따라 이상하게 예민한 정원이었다. 다친 애한테 너무했는가 싶어서 지은 죄도 없는 재완이 얼른 사과했다.

정원이 사무실에 도착했을 때는, 거의 마무리가 끝난 상황이었다.

영주가 아르바이트생들의 급여를 계산하고 먼저 내보냈다.

"오늘 고생했어요. 담에 봐요."

"감사합니다."

"나머지 결산은 저녁 먹으면서 하자, 배고파."

경오가 노랗게 뜬 얼굴로 아랫배를 움켜잡았다.

갑자기 손을 다친 정원이 현장을 떠나는 바람에 정리할 거리는 배나 늘었지, 영양가 없는 입씨름을 하느라 완담동에서 출발하는 시간이 늦어지는 바람에 차가 밀려서 평소보다 많이 늦게 마무리가 된 하루였다.

일단 재완까지 해서 근처 단골 삼겹살집으로 자리를 옮겼다.

행사를 끝내고 나면, 기념으로 고기를 먹으며 평가회를 갖는 것이 초창기부터 내려오는 올댓파티의 전통이었다.

"오늘 내가 봐줬다. 간신히 적자 면서서 고기 먹는 거야."

영주가 생색을 내며 주문하는 이모를 불렀다.

"이모. 4인분 같은 3인……."

"3인분 같은 소리 하네. 이모, 4인분!"

경오가 폭발했다. 단호하게 영주의 망설임을 잘랐다.

"너, 뭐 하는 짓이야? 우리 오빠들이 그랬어. 불판 앞에서 예의 지켜."

"뭘 4인분을 시켜? 여기 양 많잖아. 계란찜에 공깃밥도 시킬 건데."

"여기 처묵처묵 강재완도 있다. 5인분도 모자랄 판이거든."

"나는 일하다가 손까지 다쳤으니까 정식으로 고기 먹을 자격 있어. 너 먹는 걸로 서럽게 하지 마라."

정원도 강하게 주장했다.

배고픈 마당쇠들이 단체로 폭동을 일으킬 낌새였다. 영주가 한동안 고민하더니만, 노려보고 있는 일행의 기세에 밀려 어름어름 후퇴했다.

그래서 결론은 뭐야? 어떻게 주문할 건데? 하고 노려보고 있는 고깃집 이모에게 추가로 주문했다.

"이모. 삼겹 4인분에 목살 1인분. 버섯이랑 야채도 더 주세요."

"알았어!"

사이드 메뉴도 잊지 말라고! 경오가 영주의 옆구리를 푹 찔렀다.

"계란찜 큰 거랑 공깃밥도 네 개."

"차돌박이 된장찌개도 추가해 주세요."

정원이 얼른 영주의 말을 가로채 버렸다.

"야, 서비스 묵사발이랑 김치찌개 뚝배기 나오잖아."

"재완이가 여기 차돌박이 된장찌개 좋아하잖아. 날 여기까지 태우고 왔는데, 밥은 제대로 먹이자. 음식은 남아야지. 모자란 건 용서 못 해."

"날 생각해 주는 건 역시 우리 유리, 아니, 정원이뿐이거든."

재완이 싱글벙글하며 영주에게 소심하게 요청했다.

"소주 한 병만 추가 부탁."

눈을 흘기면서도 영주가 소주도 주문했다.

손을 다친 정원은 맹물로, 나머지는 소주 한 잔씩 따라 들고 쨍 마주 쳤다.

"정리하느라고 수고들 했어."

"뭐, 우리가 당연히 해야 할 일이니까. 공치산 필요 없어."

"근데 우리, 완담동 행사 건, 완전 욕 나올 뻔."

"왜?"

"니가 손 다쳐서 그렇게 병원 갔으면 사람이 양심이 있어야지 말이야. 미안해하고, 치료비라도 준다고 먼저 말해야 하는 거 아냐? 근데 와!"

경오와 영주의 얼굴에 동시에 분개심이 번쩍였다.

"무슨 일 있었어?"

"그 집 사모님, 진짜 두 손 들었다는 거 아냐. 살다 살다 그런 여자 첨 봤다. 오히려 잔금 처리 하면서 따지더라. 니가 다치는 바람에 파티 분위기 엉망 된 건 어떻게 보상할 거냐고 하면서."

"억, 정말?"

"막말로 그 집 아저씨가 실수해서 네가 다친 거잖아. 게다가 네가 다쳐 가면서까지 애를 보호해서 그나마 더 큰 사고 안 난 거 아냐? 감사 인사를 해도 모자랄 판에 파티 분위기 싸해졌다고 되레 손해 배상 청구?"

"정말 손해 배상 말까지 나왔어?"

"거기까지 간 건 아니지만 분위기가 그랬다고. 자기 기분 상했다고 10프로 정도는 할인해 줘야 한다고 그러는데 할 말이 없더라."

"그래서 10프로 할인해 줬어? 아니지? 설마?"

돈과 경비에 관한 문제에서는 바늘로 찔러도 피 한 방울 안 나올 만큼 투철한 근성을 가진 영주가 버티고 있는데?

경오가 영주를 힐끗 돌아보았다. 영주가 익어 가는 고기를 뒤집으며 냉정하게 말했다.

"그런 진상 상대하면서 진 빼느니 10프로 덜 먹는 게 나아. 해 달라는 대로 다 해 주고 빨리 나왔어."

"와. 서영주 니가 밀렸다고? 대박!"

"천하의 서영주가 밀릴 정도니까 얼마나 그 진상질이며 억지가 대단했는지 알겠지? 그 아줌마, 대놓고 거지 근성 철철."

"그래도 대궐 같은 완담동 저택에 사는 사모님인데 그 정도일까?"

"그 정도였어. 있는 집인 줄 알았더니 쳇! 겁나 거지더라."

"어쩌겠어. 돈 많고 미모 되고 인성까지 좋은 내가 양보해야지. 그런 인

73

간하고는 싸움하면 더 손해야. 우리가 덜 먹고 덜 쓰자 싶어서 해 달라는 대로 다 해 주고 빨리 떠났다."

시니컬한 영주 말에 정원은 입을 다물었다.

돈에 관한 한 빈틈없고 끝까지 버텨서는 어찌하든 한 푼이라도 더 챙기는 영주가 아닌가. 고생은 고생대로 하고 정원이 다치기까지 한 그 행사 경비 처리에서 손해를 자처하면서까지 끝을 맺고 그 집을 재빨리 떠나온 이유가 짐작되어서였다.

'나한테 나름 돌려서 충고하는 거지. 그 집안하고 다시는 얽히지 말라고. 그 집안에서 만난 이승주하고도 마찬가지.'

어떤 방식으로든, 어떤 경우든 정원이 승주와 다시 얽히거나 만나는 일을 차단하겠다는 강력한 신호였다.

승주 때문에 정원이 다시 아프거나 괴로워하는 걸 그냥은 두고 보지 않겠노라는 우정이기도 했다.

"고마워, 오늘."

"서로 돕는 거지, 딱히 고마워할 일은 아니야."

"그나저나 너 그 왼쪽 손목, 몇 주나 그러고 있어야 한대?"

"짧으면 4주. 수술이라도 하면 한 6주 정도. 그래도."

정원이 깁스를 한 손목을 다른 손으로 토닥거렸다.

"오른손이 아니라서 얼마나 다행이야."

"뭐, 그렇게 생각하면 그렇긴 하다. 오른손으로 기획서는 쓸 수 있겠지."

"야. 너무하다. 내 손이 이런데 일 시키려고?"

"독수리 타법이란 좋은 게 있다."

별일 없다는 듯 지지직 구워지는 삼겹살과 넘어가는 소주 사이, 구수한 된장찌개와 설설 김이 나는 계란찜 사이, 그 어디서든 이승주라는 이름 석 자는 존재하지 않았다.

재완의 시선을 피해 오간 세 여자들의 눈빛에서 정원과 승주의 우연한 재회는 없던 일이라고. 입에 올리지 않음으로써 묻어 버리는 것으로 정리되었다.

정원이 집에 들어간 시간은 밤 10시가 넘어서였다.

정원의 집에서 하숙하는 경오도 함께였다.

동탄에서 체육관을 운영하는 경오의 부모님은 경오의 독립을 계속 반대했다. 그러다가 결국 정원의 집에서 같이 산다는 조건으로 나가 사는 것을 허락한 형편이었다.

"애, 너 다쳤어? 손이 왜 그래?"

정원의 엄마 김은정 여사가 깜짝 놀라 깁스를 한 정원의 손을 잡아 소파로 데려갔다.

"엄마. 히잉."

순식간에 정원은 열 살짜리 꼬맹이가 되어 버렸다.

은정 여사가 졸래졸래 따라와 소파에 앉는 경오를 바라보며 재우쳐 물었다.

"경오야, 애 왜 이러니? 어디서 다친 거야?"

"파티 하러 나간 집에서, 안에서 나오는 사람이 문을 너무 세게 열어서 내가 들어가려다가 그냥 박치기를……."

"그게 아니고, 어머니. 열리는 문에 애 하나가 들어가려다가 다칠 뻔한 거를 정원이가 몸으로 막다가요."

"그러다가 내가 엎어졌는데 하필이면 왼손을 바닥에 짚어서 빠각……."

"아이고. 아이고!"

마치 자신의 뼈가 부러지기라도 한 듯 은정 여사가 비명을 질렀다.

"어쩜 좋아, 이걸? 그래서 병원에는 갔어?"

"갔으니까 깁스 했지, 엄마."

"의사는 뭐래?"

"일단 응급 처치 해서 이렇게 깁스 했고, 월요일에 다시 외래 진료 받으러 가면 돼. 너무 걱정하지 마요."

"너 일하러 내보냈지 누가 손 다쳐 오래? 응? 엄마가 속상해서 이거 어떻게 해?"

"뼈 금 간 거는 시간 지나면 아문대. 너무 스트레스받지 마요. 다친 사람은 난데 왜 엄마가 더 스트레스받아?"

"얘 말하는 거 봐? 새끼가 다쳤는데 어미가 어떻게 진정해?"

은정 여사가 마치 아기에게 하듯이 정원의 깁스한 손에다 호호 입김을 불어 주었다. 그런다고 해서 부러진 뼈가 빨리 아물 것도 아닌데 괜히 마음이 편해졌다.

경오가 부러웠나 보다. 얼른 제 두 손도 내밀었다.

"엄마. 나도 일하느라 힘들었어요, 호오- 해 주세요. 정원이가 빠지는 바람에 영주랑 제가 두 배로 일했다고요."

"그랬어? 아이고, 그래. 고생했어. 우리 경오 손도 호오!"

은정 여사가 마다하지 않고 경오 손에도 입김을 불어 주었다.

"일단 옷 갈아입어. 밥은?"

"먹었죠. 행사 끝내서 고기 먹었어요."

"잘했어. 씻고 쉬어. 내가 맛있는 차 타 가지고 올라갈 테니까 얼른."

2층으로 올라가 자기 방으로 들어가기 전, 경오가 돌아섰다. 그러고는 정원에게 물었다.

"어머니한테는 말 안 할 거지?"

"뭐를?"

"왜 모른 척해? 그 인간 만난 거 말이야."

"못 하지. 우리 엄마 경기 일으켜."

정원이 힘없이 중얼거렸다.

"다시 만날 사람도 아닌데 그걸 왜 말해."

"재완이가 있어서 나도 영주도 말 안 했지만 걱정이다. 월요일에 병원 가면 다시 만나야 하잖아."

"의사한테 손목 부상 진료받는 거지, 다른 건 없어. 불편하다고 내가 먼저 도망치면 더 모양새 빠져, 야. 그 인간이 있거나 말거나 난 아무 상관이 없다. 쿨하게 가야지."

"쿨병 걸렸어요, 아주."

"야, 처참하게 이혼한 전남편을 대비도 없이 3년 만에 만났어. 그런 남자 앞에서 개구리처럼 엎어졌어. 손까지 다쳐서 딸려가 치료받았어. 그런 꼴 보였는데 내가 뭘 더? 말 다 한 거 아냐?"

정원은 스스로를 비웃는 미소를 지으며 덧붙였다.

"게다가 그 남자는 재혼 상대의 친척 파티에 나타난 거였잖아. 못 들었어? 그 집 딸이 그 남자한테 '이모부' 하던 거. 그 대목에서 내가 뭘 어떻게 반응해야 하니?"

시니컬한 정원의 말에 경오가 입을 다물었다. 잠시 후 나지막하게 물었다.

"정말 괜찮은 거야?"

"어."

"나랑 영주가 걱정 안 해도 되지?"

"그래."

"만에 하나, 그 인간 땜에 네가 다시 힘들고 아프고 그러면 나 진짜 야구 배트 들고 영주랑 그 인간 찾아간다. 그냥 콱 다져 버릴 거야."

"히이익!"

과장되게 정원이 놀란 척하자 경오가 씩 웃으며 먼저 제 방으로 들어갔다.

"기집애……."

진심으로 걱정해 주는 마음이 너무 잘 보여서 마음이 더 쓰라렸다.

그저 우연으로 전남편을 한 번 마주친 일만으로 이렇게 주변 사람이 걱정해 주는 건, 그들의 이혼 과정 전반에 걸쳐 정원이 너무 많은 상처를 받았고 그래서 아주 힘들고 아팠음을 방증하고 있어서였다.

'다 아물었다고 생각했는데.'

자신의 방으로 들어와서 정원은 털썩 침대에 주저앉았다.

머리로는 옷 갈아입어야지, 샤워하고 쉬어야지, 하는 생각을 했지만 온몸이 무거운 쇠뭉치나 된 듯 도무지 움직일 생각을 하지 않았다.

복잡하고 먼저 처리해야 할 일들이 다 끝난 후, 비로소 자신에게만 집중할 수 있는 순간이 되자, 정원의 상태는 급속도로 무력하게 변했다.

자신의 방에 혼자 누운 채로 가면 같은 긴장이 풀리니, 비로소 승주를 만난 충격이 세찬 파도가 되어 다시 그녀를 후려쳤다.

"이게 뭐라고?"

홀로 중얼거려 보는데 공허하기 이를 데 없었다.

아무렇지도 않은 듯, 아무 일도 없었던 듯 웃고 떠들고 의연한 척했다. 하지만 비로소 꺼내서 살펴보는 진심에는, 아직도 놀람과 충격이 고스란히 남아 있었다.

'다 지웠는데.'

망쳐진 그림 위로 검은 칠을 박박 해서 다 가려 버리고 난 후, 아예 아무것도 그리지 않았던 듯 다음 장을 넘겼는데.

정작 다시 열어 본 그날의 검은 그림의 진실. 지독한 상처의 아우성이 침묵과 외면으로 덧칠한 검은색 아래 고스란히 남아 있는 느낌이었다.

'이런 식으로 준비도 없이 만나 버리면 나더러 어쩌란 거야?'

검은 덧칠로 덮어 버린 그때의 고통과 참담함이 시간이 지나도 여전히 빼꼼 고개를 내미는 형국이었다.

'정말 바보 같아, 나.'

뭔가 울분도 아니고 슬픔도 아닌 것이 목구멍을 가득 채우고 있었다.

시원하게 팍 터지거나 아니면 없던 것처럼 아래로 쑥 내려가 버린다면 차라리 좋으련만.

이름 없고 정체 모를 그것은 목구멍 중간에 걸린 채 우두커니 뭉쳐져 있었다. 자꾸 정원을 기침 나게 하고 아프게 만들었다.

'참 좋아 보였어. 그 사람……'

아무렇지도 않아 보였다. 너무 태연했고 예사롭고 초연했다.

'인간이 뭐 그래? 3년 만에 이혼한 전처를 만났으면 예의상 좀 놀란 척, 흔들린 척, 그런 게 있어야 내가 덜 비참하지.'

그러나 승주는 잘 살고 있는 듯 보였다. 새로운 여자와 새 인생을 준비하기 시작할 만큼.

'신경질 나.'

정원은 오드득 이를 악물었다. 미련인가 질투인가, 아니면 아직도 털어내지 못한 과거의 감정이 만들어 낸 쓸데없는 망상의 아픔인 건가. 하지만 단 하나 확실한 건, 아직도 과거의 겨울에 남은 건 정원 자신뿐인 거 같아서 뭔가 억울했다. 화가 나고 분했다.

"정신 차려!"

정원은 발딱 일어서며 세차게 제 머리통을 후려갈겼다. 그리고 저 자신에게 준엄하게 호통쳤다.

"유정원, 못나게 이럴 거야? 이 좁은 나라에서 살다 보면 언제고 한 번은 만날 수 있단 것을 예측했어야지. 근데 분명한 건 말이야, 지금에 와서 아무리 난리 치고 애달파해 봐도 이혼을 돌이킬 수가 없어. 우리가 남남 된 거 못 바꿔. 그 남자, 내 인생에 다시는 인연 없어."

오로지 이승주에게 몰입하고 맹목적이던 지난날의 유리가 너무 가엽고 아파서, 미안하고 힘들어서 이름까지 바꾼 시간을 지나왔다.

다시는 유리였던 그때로는 돌아가지 않겠다. 유리였던 시절에 만나 사랑했고 남편으로 맞이했던 그 남자는 유리와 함께 소멸했다.

존재하지 않는 것으로 인해 괴로워할 필요 없다. 다시는 엮이지 않을 과거의 존재 때문에 혼란할 필요는 더욱더 없다. 어리석게 굴지 말자!

정원은 상념을 지우듯이 화장 솜에 듬뿍 클렌징 워터를 묻히고 행사용 두꺼운 메이크업을 지우기 시작했다. 그것으로 이날의 재회를 전부 싹 지우듯이.

거울 속의 자신의 모습을 향해 정원이 중얼거렸다.

"이승주 씨, 우리 다시는 만나지 말아요. 당신도 날 만난 기억을 싹 지워요. 우리 둘 다 없던 일로 하자고요."

2

일요일 오전 10시.

청담동 '윤 발레핏 센터'.

강사가 짝짝 손뼉을 쳤다.

"자, 오늘은 여기까지 할게요."

'엄마와 함께 발레를' 프로그램에 참가하는 세 쌍의 모녀가 강사 앞에서 우아하게 발레리나식 인사로 마무리했다.

"아, 더워."

"엄마, 나 배고파."

"그래? 그럼 바로 집으로 갈까?"

"응. 근데 엄마, 전화."

발레복을 벗으며 딸 세하가 효진에게 알려 주었다. 그러고 보니 아까부터 탈의실 사물함 안에서부터 벨 소리가 울리고 있었다.

서둘러 사물함 문을 연 효진은 화면에 뜬 이름을 확인하고 전화를 받았다.

"응. 인태야."

─누나, 발레 끝났어?

"지금 막. 어디야?"

─발레 학원 앞. 매형한테 전화했더니만 누나랑 세하가 오늘 발레 하는 날이라고 해서.

"지금 이 시간에? 너 휴가야?"

자기도 모르게 반가움이 흠뻑 묻은 채로 효진이 소리쳤다.

빡세다는 전공의 1년 차이다 보니 아무리 누나라 해도 친정 남동생 얼굴을 보는 건 하늘의 별 따기였다.

─응. 사흘 연짱 야간 당직 하고 지금 퇴근. 이제 내일까지 꿀 같은 휴식이라오. 어서 나와. 여기 학원 아래 주차장이야.

세하가 효진의 허리를 콕콕 찔렀다.

외삼촌을 제 아빠만큼이나 좋아하는 아이인지라, 수화기 사이로 들리는 외삼촌 목소리에 이미 눈이 반짝거리고 있었다.

"엄마, 외삼촌이야?"

"응. 지금 외삼촌이 학원 아래서 기다린대. 아빠 대신 외삼촌이 데리러 왔나 보다."

"외삼촌, 오늘 일 안 해?"

"응. 잠도 못 자고 사흘이나 계속 병원에서 일했대."

"앙, 외삼촌은 의사라서 너무 힘들겠다. 얼른 가자, 엄마. 외삼촌 엄청 보고 싶어."

두 사람이 지하 주차장으로 내려가자 기다리던 인태가 손을 번쩍 들었다.

"세하야."

인태가 조카를 달랑 들어선 꼭 안았다. 서로 좋아 죽고 못 사는 외삼촌과 조카가 서로 얼굴을 비빈다, 쪽쪽 뽀뽀를 한다, 아주 난리가 났다.

"누나, 집에 바로 갈 거야?"

"그럼 집에 가지, 어딜 가? 집에 가서 밥 먹어야지. 배고파."

"논현동 가면 안 돼? 나, 진짜 요새 굶고 살아서 말이야. 집밥 먹고 싶은데."

효진이 발을 들어 동생을 걷어차는 시늉을 했다.

"너 지금 완전 오버야. 집밥까지는 좋은데 그걸 왜 남의 시댁에서 채우려 해?"

"사돈 어르신 밥이 제일 맛있으니까."

"울 어머님 힘드셔서 안 돼. 집밥 먹고 싶으면 할머니한테 해 달라 그러지 감히 어디다 발을 뻗어? 뻔뻔하게?"

"전화했더니 할머니도 논현동 가신다던데? 같이 만두 하신다고."

"할머니까지?"

사흘 내리 야간 당직 후에 겨우 퇴근, 집에 들어가 퍼질러 잘 생각부터 할 인태가 이렇게 아양을 떨며 효진을 기다린 이유를 알 만했다.

"매형도 논현동 가 있대. 가자, 누나. 만두 먹으러 가자."

"여하튼 넌 낯도 두꺼워. 한국 하늘 아래, 누나 시댁. 그 어렵다는 사돈댁에 이렇게 편하게 드나드는 건 너밖에 없어, 인마."

"결혼 전부터 드나들며 말이야, 술병 나서 시어머니 자리한테 해장국 끓여 바치게 한 분이 하실 말씀은 아닌데요?"

뒷자리에 장착된 카 시트에 세하를 태우면서 인태가 웅얼거렸다.

조수석에 앉은 인태가 안전벨트를 채우는 것을 확인한 효진이 차를 출발시켰다.

"누나 차 바꿨네. 언제?"

"한 달 전에. 니네 매형이 하도 난리를 쳐서. 세하 태우고 학원도 가는데 안전한 게 좋을 거 같아서."

"핑계 한번 좋다. 매형은 와이프 차 바꿔 주는 게 취미 생활이야?"

"무슨 말을? 야, 지난번 그 차 3년 탔거든. 바꿀 때 됐잖아. 같이 발레 하는 엄마들 차하고 수준이 비슷해야 우리 세하 기가 살지."

효진이 거만하게 목을 곧추세웠다.

"차암, 내 누나지만 좀 그래. 사람 팔자 시간문제다. 그치? 버스비 아낀다고 매일 자정 넘어까지 학원에서부터 세 정거장씩 걸어오던 누나 아녔어?"

"눈물 젖은 빵을 먹은 그때가 있어서 오늘날 내가 이렇게 산단다, 동생아. 인간 승리지 뭐."

"인간 승리? 연애 승리라고 해. 매형 잘 만나서 누나 팔자 이렇게 편 거 아냐. 인정할 건 인정하라고."

"그런 매형 꼬신 게 바로 나야. 별 볼 일 없는 니 매형 인생, 내가 구제해 준 거라고."

말로는 누나를 이길 재간이 없다. 인태가 혼잣말처럼 '착각도 자유지' 하고 중얼거렸다.

10분 후, 효진의 차가 논현동 주택가 골목으로 접어들었다.

"여기도 이제 시끄러워졌네?"

건너 건너 2층 저택들이 다세대 주택으로 개조되거나 빌라들로 바뀌는 가운데, 이전에는 조용하던 이쪽 골목도 하나둘씩 차단막으로 가려진 채 '공사 중'인 건물이 늘어나고 있다.

효진이 자동으로 열리는 지하 주차장 쪽으로 차를 몰아가며 대수롭지 않게 말했다.

"땅값이 장난 아니니까 예전 집 그대로 놔두면 손해잖아."

"여긴 개조 안 하신대?"

"여기 팔고 복층 빌라나 가실까 하는데, 우리 어머님이 정원이 없으면 못 사시는 분이잖아. 아직은 이사 계획이 없으신 듯. 이쪽이 더 개발되고 시끄러워지면 파실 것도 같지만."

"사돈 어르신, 양평 집에 가 계시잖아. 그리로는 안 가시고?"

"시골 가면 심심하시대. 친구분들이 다 서울에 있으니까. 그리고 어머님, 우리 아버님이랑 주말에만 만나는 게 은근히 낭만 있어 좋으신가 봐. 연애하는 것 같단다."

차를 세운 세 사람이 지하 주차장에서 1층으로 올라갔다.

"할머니!"

세하가 쪼르르 달려가 주방 안에서 이리저리 움직이는 할머니 허리에 꼭 매달렸다.

"어서 와. 사돈총각도 오랜만이네? 힘들지?"

효진의 시어머니 은정 여사가 세 사람을 반갑게 맞이해 주었다.

"세하야, 노할머니께도 인사해야지."

효진이 나물 간을 보느라 뒤돌아서 있던 할머니 손정숙 여사 앞으로 딸을 살짝 밀어 냈다.

"노할머니, 안녕하셨어요? 저 보고 싶으셨죠?"

고사리 같은 두 손을 모으고 세하가 앙증맞게 배꼽 인사를 했다.

"아이고, 우리 세하, 우리 강아지 왔어? 발레 잘 했어?"

"네."

"발레 하고 와서 배고프겠다. 어여 앉아들. 아범아, 2층서 애들 내려오라고 해."

은정 여사가 주방으로 들어오는 아들 성운에게 일렀다.

이미 식탁에는 맛난 음식이 즐비했다. 무슨 마을 잔치라도 준비한 듯 먹음직스러운 갈비찜에다가 잡채, 나물이며 김이 설설 나는 만두까지 한 상 그득했다.

"어머님, 힘들지 않으세요? 만두에 갈비찜에 언제 이걸 다 하셨대요?"

"할머님 오셨잖아. 다 같이 했어. 밥 먹고 양평에다 반찬도 갖다줘야 해서."

"아, 아버님께 가세요?"

"그래. 이번 주 바쁘셔서 못 오셨잖아. 만두 드시고 싶다기에 몇 개 싸 가지고 가려고. 가서 얼굴만 보고 와야지."

"저희, 오후에 일 없는데 같이 갈까요?"

"그래? 그럼 좋지. 시간 되니?"

반색하는 은정 여사의 얼굴에 웃음꽃이 피었다. 내일 출근하는 며느리가 부담될까 봐 차마 같이 가자는 말은 못 하던 차였다.

"그럼요. 세하도 할아버지 보고 싶다고 했어요. 자기야."

효진이 식탁 앞에 다가앉는 남편 성운을 바라보았다.

"아예 다 같이 가서 저녁 때 고기 구워 먹고 올까요?"

"그럼 좋지. 나야 상관없지만 자기가 안 피곤하겠어?"

"괜찮아요. 간만에 바람 쐬면 좋죠, 뭐. 다 같이 가요. 드라이브도 하고 아버님 작품도 보고 싶어요."

효진이 힐끗 2층 계단참을 살폈다.

"아가씨는 왜 안 내려와요? 점심 먹어야지."

효진의 말이 끝나기가 무섭게 2층에서 정원이 내려왔다. 경오는 지방의 친척 결혼식에 참석하느라 아침 일찍 나간 상태였다.

"새언니 오셨어요?"

"근데 아가씨, 그 손은?"

지난주 보았을 때는 멀쩡하던 정원이, 왼손에 반깁스를 하고 있었다.

"손목에 금이 갔어요."

"네? 언제, 어쩌다가?"

"어제 생일 파티 행사 나갔는데, 안에서 나오시던 분이 문을 너무 세차게 열어서 들어가던 제가 밀려 엎어졌거든요. 재수 없게 손부터 바닥에 짚어서 그만."

"저런, 어떡해."

효진이 마치 자신의 손이 부러진 듯 안타까워하며 정원의 손을 잡아 이리저리 살폈다.

"이봐, 정형외과 돌팔이. 우리 아가씨 손 괜찮은 거지?"

누나의 부름에 인태가 다가왔다.

"깁스는 아주 잘된 거 같은데. 저한테 연락하시지."

"아, 네. 응급실에 가서요. 치료 잘 받았어요."

인태가 잠시 머뭇거리다가 살짝 물었다.

"저기, 혹시 어제 한성병원 응급실에 오셨어요?"

"에? 어떻게 아셨어요?"

정원이 깜짝 놀라 되물었다.

"어제 응급실에 있었거든요. 차트에 이름이 있기에 동명이인인가 했는데, 진료받으시고 나가시는 뒷모습이 긴가민가해서요. 그랬구나, 어제 오신 거 맞구나."

"인태 씨, 전공의 한성병원에서 해요?"

"네. 그때 말씀드렸던 것 같은데."

사돈총각 인태가 전남편 이승주를 따라 응급실에 온 정원을 보았을 줄이야. 전혀 생각지도 못한 전개였다.

'아, 어떻게 이렇게 뭔가가 계속 얽힌담?'

절로 한숨이 나왔다. 동시에 가슴이 조마조마했다.

경오와 영주 말고는 아직 가족 누구도 정원이 전남편 이승주와 마주쳤고 정원의 치료를 그가 해 주었다는 사실을 모르고 있다.

만약 인태 입에서 이승주 이름이 나왔다간 그야말로 초토화될 판이다. 이혼 이후, 유씨 집안에 이승주란 세 글자는 절대로 꺼낼 수 없는 금기어, 저주의 낙인과도 같았다.

"외래 진료 오시죠? 언제예요?"

"월요일 오후 4시 50분이요."

"그렇구나. 주의 사항 들으셨겠지만 손은 움직이시면 안 돼요. 뼈가 붙을 동안은 조심하셔야 되고요. 아시죠?"

"네. 그럼요."

다행히 인태는 가족들 앞에서 승주 이름은 꺼내지 않았다.

'아니지. 인태 씨는 내가 이승주 전처였다는 걸 모를 수도 있잖아?'

"밥 먹자. 얼른 먹고 치우고 또 양평 가야지."

은정 여사가 식구들을 재촉했다.

"정원아, 전화."

성운이 식탁 쪽으로 가며 잠시 멍해 있는 정원에게 말했다. 휴대 전화 화면에는 '강군'이 떠 있었다. 재완이었다.

"어, 왜?"

─손 괜찮으냐고.

"괜찮아. 그거 궁금해서 전화했어?"

─내 친구가 아파서 혼자 울고 있나 싶어서 전화했지 뭐.

"그럴 일 없거든. 식구들 다 모여서 지금 아점 먹어. 엄마가 만두 하셨거든."

─오후에 뭐 하냐? 나와라. 밥 사 줄게. 뼈 잘 붙는 도가니탕이나 돼지 껍데기 같은 걸로다가.

"말은 고맙지만 사양. 오후에 아빠 보러 양평 가거든. 가서 고기 구워 먹고 올 거야."

─진짜? 맛있겠다. 나도 갈래.

수화기 안에서 재완의 목소리가 빵 떠올랐다.

"야. 야, 오지 마, 너 줄 고기는 없어. 니가 오면 고기 판이 초토화되는데 내가 널 왜 불러?"

─섭하다, 유정원. 지금까지 내가 너 사 준 고기로 치면 소 백 마리는 때려잡았어.

"생색내냐? 흥이다."

─나 먹을 고기는 사 갈게. 몇 시까지 갈까?

이 진드기 같은 녀석. 속으로 욕을 하면서도 정원은 눈으로 엄마를 좇고 있었다.

허공에서 은정 여사와 정원의 시선이 마주쳤다.

"왜?"

"재완인데 고기 먹고 싶다고, 양평 같이 가도 되느냐고 하는데?"

"아휴, 오라 그래."

"그래. 같이 먹으면 좋지 뭐."

오빠 성운도 대환영이었다. 고기를 굽기라도 하면 숯불 피우기에 큰 설거지며 마무리는 대부분 사내인 그의 몫이었다. 재완이 오면 든든한 일손이 하나 느는 셈이라 반가울 수밖에 없었다.

"지가 고기는 사 온대요."

"그냥 와! 안 사 와도 돼. 고기 많아. 걔는 만날 뭐 사 들고 와서 엄마가 미안하더라. 주린 배만 들고 오라 그래."

전화기 안에서 은정 여사의 말을 듣고 있던 재완이 하하 웃었다.

—역시 어머님이 최고.

"그런다고 빈손으로 오면 죽는다."

—걱정 마. 소 한 마리 잡아 갈 테니까.

정원이 전화를 끊고 식탁으로 돌아갔다.

"다친 손이 왼쪽이라 그나마 낫다. 오른손이면 밥도 제대로 못 먹었을 거 아냐?"

그러면서도 은정 여사가 정원이 먹기 좋게 갈비찜을 뼈에서 발라 접시에 놓아 주었다.

"불행 중 다행이지."

"그래도 역시 한 손은 불편해요."

"그야 그렇지. 그렇게 보면 사람 몸 어디 하나 소중하지 않은 데가 없어. 안 그래?"

"전부 필요하니까 사지육신 오장육부를 다 하늘님이 붙여 줬겠지. 그러니까 다 소중히 여기고 애껴 써야 혀. 몸조심하라는 게 그런 뜻이지 말여."

정숙 여사도 거들었다.

"조심할게요. 근데 사고가 미리 말하고 일어나는 게 아니더라고요. 하아."

"그나마 이 정도로 끝난 게 다행이라고 생각해요. 행사 중에 애라도 다쳤으면 아가씨 더 귀찮고 힘들어졌을 수도 있어."

"그건 언니 말도 맞아요."

"식는다. 어여들 먹자. 사돈총각. 많이 먹고 가요."

"감사합니다!"

이거 맛있다. 먹어라. 이거 더 먹어라. 만든다고 고생했네. 맛있어요, 엄마. 젓가락과 숟가락이 부딪치고 달그락거리는 소리. 서로 수고했노라고, 맛있다고 칭찬하는 소리. 그런 따뜻한 식탁. 성운과 효진, 세하네 세 식구, 거기다가 은정 여사와 정원도 모자라서 인태와 정숙 여사까지 모이다 보니 간만에 집 안이 떠들썩했다.

"얘. 그래서 내가 12인용 식탁을 사자고 했던 거다."

"그러게요, 어머님. 6인용 샀으면 몇 명은 바닥에서 상 펴 놓고 먹을 뻔했죠?"

정겹게 대답하면서 며느리 효진은 지금 정말 행복하다고, 자신의 가장 큰 성공은 옆자리 남편 성운과 사랑하게 된 일이었다고, 이 정겨운 집안의 가족이 된 것이라고 되새겼다.

'그때 우린 늘 배가 고팠지……'

건너편에 앉은 인태는 연신 최고라고, 맛있다고, 오늘 여기 있는 밥 다 퍼먹고 갈 거라며 너스레를 떨어 대고 있었다.

보는 사람마저 배부를 만큼 복스럽게 먹고 있는 친정 동생의 모습을 바라보는데, 철든 이후 내내 썰렁하고 외롭던 지난날 대전 집 저녁 밥상 자리가 절로 떠올랐다.

'인태 네가 어찌하든 핑계를 대고 여기 논현동으로 밥 먹으러 오는 이유를 알지, 내가.'

효진이 아홉 살, 인태가 다섯 살이던 그해 추운 겨울. 갑작스러운 근무력증으로 투병 중이던 남매 아버지는 제대로 땅을 디딜 수도 없는 다리를 한 발자국 한 발자국 힘겹게 끌며 산에 올랐다. 그리고 이튿날 시신으로 발견되었다.

불치병에 대한 절망보다 동전 한 푼 아쉬운 살림에 끝없이 들어가야 할 치료비 걱정이 더 두려웠던 건지, 그는 그렇게 새가 되어 산으로 날아가 버렸다.

1년 후. 남매를 낳아 준 여자도 아버지가 남긴 보험금을 들고 사라졌다.

사흘이 지나서 아산 시골에서 홀로 살던 할머니가 며칠이나 방치된 손주들에게 달려왔다. 그날부터 서로 말고는 세 사람은 의지할 데가 없었다.

'엄밀히 말하자면 배가 고픈 건 아니었어.'

대전 변두리. 오래된 전통 시장 모퉁이 난전에서 나물을 팔면서도 할머니는 두 남매의 밥상을 한 번도 거른 적이 없었다. 납작한 상을 두고 찌개 하나, 김치와 김이며 단출한 나물 밥상이지만 할머니는 늘 자신이 차려 낼 수 있는 한 가장 좋은 것들을 금쪽같은 손자 손녀에게 내놓았다.

'그런데도 허전했지, 늘 헛헛했어.'

남들에게는 다 있는 엄마 아빠가 없는 그 매일의 밥상머리는.

늙고 힘들던 할머니는 늘 밥을 먹자마자 피곤해서 졸기 일쑤였다. 아침이든 저녁이든 식탁 앞에서의 단란한 대화나 웃음소리는 극히 드물었다.

남매는 급히 밥을 먹고 학교나 독서실이나 학원으로 흩어졌고, 각자 할 일에 바빴다.

할머니는 가방을 메고 떠나는 손자 손녀를 뒷모습으로 배웅하고는 쓸쓸히 빈 상을 치우고 홀로 장사를 나갔고 고단한 잠을 잤다.

입시 준비를 하던 그 많은 날들. 자정 넘어 집에 돌아오면 불을 켜 둔 채 할머니는 남매를 기다리고 있었다.

코를 골면서 자다가도 인기척은 용케 알아차렸다. 실눈을 뜨고 '왔어? 얼른 씻고 자. 고생했어.' 그러고는 다시 잠이 드는 할머니의 고생스러운 얼굴을 가만히 내려다보며 효진은 날마다 '난 성공할 거야, 죽어도 난 성공할 거야' 하고 이를 악물었다.

'그런데 지금은……?'

효진은 슬그머니 앞접시에 그녀가 좋아하는 새우 죽순찜을 놓아 주는 남편을 바라보며 생긋 웃었다.

'이걸로 다 채워졌다.'

결혼 후 나날의 밥상머리는 늘 이렇게 밝고 웃음이 넘치고 맛있다. 복스럽다.

"당신도 잡숴요."

"난 자기랑 우리 세하 먹는 것만 봐도 배가 불러."

"아, 오빠, 언니! 제발 좀!"

정원이 서로 마주 보며 둘만의 애정 신을 찍고 있는 성운과 효진을 노려보며 꽥 소리쳤다.

"어르신들도 계신데 너무한 거 아냐? 집에 가서 해, 그런 거."

"고모. 집에서는 더해, 엄마랑 아빠."

새초롬하게 세하가 꼬아 바쳤다.

"진짜?"

"응. 아빠가 설거지하는데 갑자기 엄마가 뒤에서 막 안고 그러면 아빠가 설거지하다가 고무장갑 끼고 둘이 막 춤을 춘다?"

"하, 설거지하다가 페어 댄스?"

"정원아, 이 오빠가 중국 출장 일주일이나 다녀왔다."

그러거나 말거나 성운과 효진, 한 쌍의 바퀴벌레들은 끄덕도 하지 않았다.

"커플은 지옥으로 가랏."

"에잇, 짱돌 가져와."

서러운 또 한 명의 솔로 인태도 아니꼬워 중얼거렸다.

"내외끼리 좋아서 저런다는데 놔둬라. 남들 보기 좋으면 뭐 해? 둘이 좋으면 되지."

말을 하다 말고 은정 여사가 슬그머니 국을 떠먹고 있는 정원을 바라보았다. 아무 생각 없이 내뱉은 자신의 그 말이 혹시나 정원에게 아픔을 준 건 아닌지 걱정이 되어서였다.

'그놈의 사 자(字) 돌림이 뭐라고 내가 의사 이름 그거에 혹해 가지고. 그렇게 어린 걸 두고 덜컥 결혼이란 걸 허락했다가 저 애가 당한 꼴을 생각해 보면.'

정원이 어린 나이에 결혼이란 걸 했다가 1년도 채 못 살고 이혼녀가 된 게, 다 어미인 자신의 욕심이 만들어 낸 죄 같다. 그래서 늘 미안했다.

'우리 정원이, 혹시 재혼 생각 있다 그러면 그땐 어찌하든 우리 정원이가 좋아 죽는다는 녀석하고 결혼시킬 거야. 조건 같은 건 절대로 안 봐.'

그나마 정원이 이혼 후 충격을 딛고 장하게 다시 일어나서 공부도 다시 하고, 또 자그마하나 사업이랍시고 제가 좋아하는 일을 시작해서 야무지게 꾸려 가고 있으니 얼마나 다행인가. 비록 가끔 진상 고객에게 당하기도 하고 이렇게 손도 다치고 오고 그러지만. 이혼 후 몇 달을 거의 폐인처럼 방구석에 처박혀 울기만 하던 그때와 비교하면 극락이었다.

한 시간 후. 논현동 식구들이 양평으로 갈 준비를 끝낸 그즈음, 재완이 초인종을 눌렀다.

"약 먹었어? 손목은 좀 어때?"

재완은 현관을 들어서자마자, 정원의 손목 상태부터 점검했다.

"다 먹었거든. 야, 내가 유치원생이야? 우리 세하랑 동급이냐고. 이젠 약 먹는 거까지 검사하고 있어."

"걱정해 줄 때 감사해라, 인마. 이 오빠, 아무나한테 잘해 주는 거 아니다."

"됐거든. 어디서 생색질? 너 그러면 고기 안 주는 수가 있어."

있는 대로 눈을 흘기면서도 정원이 재완의 차 조수석에 올라탔다. 재완이 하하 웃으며 다가오는 은정 여사를 위해 차 뒷자리 문을 열었다.

"어머니, 어서 타세요. 출발하게요."

양평으로 향하는 승용차 안.

재완이 운전하는 차 조수석에는 정원이 타고 뒷좌석에는 은정 여사와 정숙 여사가 앉았다.

'어지간하면 적당한 때에 그냥 재완이랑 결혼하면 얼마나 좋아?'

오래도록 친한 사이고 하도 자주 보는 사이라 진짜 가족의 일원 같은 재완이었다.

천연덕스럽게 어울려 이런저런 이야기를 하고 있는 정원과 재완의 뒷모습을 바라보며 은정 여사는 홀로 생각하고 있었다.

* * *

같은 시간. 평창동. 이승주의 본가.

"승주 걔는 대체 왜 그런대?"

점심 식사 시간 무렵, 현관을 들어서는 승주의 누나 윤민은 화가 잔뜩 나 있었다.

거실 발코니에 앉아 책을 읽으며 차를 마시고 있던 나서희가 다가오는 윤민을 바라보았다. 앞자리에 앉는 큰딸더러 이마를 찡그리며 주의를 주었다.

"목소리 줄여. 품격 없이."

"엄만. 내가 지금 흥분 안 하게 생겼어? 이승주, 또 날 개쪽 만들었다고."

"개쪽? 천박한 말버릇, 안 고칠래?"

나서희가 돋보기를 벗으며 서릿발처럼 꾸짖었다.

"작은 말 한마디에서 네 교양이 배어 나오는 거야. 어디 모임 나가서 그런 말이라도 툭 튀어나와 봐라. 사람들 다 기절하지. 나 너 그렇게 안 키웠다."

"아, 알았어요. 죄송해요."

윤민이 찔끔해선 얼른 사과했다.

누구보다도 체면과 품격에 엄격한 어머니로선 딸이라 해도 그 선을 넘는 것을 용납하지 않았다.

하물며 한국 10대 그룹에 속하는 광성 그룹의 며느리인 그녀로선 말 한마디, 행동거지 하나까지 꼬투리가 되고 꾸지람거리가 되는 형편이니 지나치다 할 정도로 단속하고 조심시키는 나서희가 과하다 할 건 아니었다.

나서희가 우아하게 고개를 돌렸다.

"이 애, 많이 더운가 봐. 진정하게 냉차나 가져와요."

"네, 회장님."

거실 모퉁이에서 두 손을 모으고 기다리고 있던 가사 도우미가 얼른 주방 쪽으로 사라졌다. 주변에 듣는 귀가 없는 것을 확인하자 비로소 나서희가 윤민에게 물었다.

"일요일 아침 댓바람부터 친정에 건너와서 이렇게 짜증 내는 이유, 그래. 들어 보자. 뭐니?"

"엄마도 내 입장이 되어 봐요. 화가 나나 안 나나. 여하튼 이승주! 이번에는 정말 가만 안 둘 거야."

"또 왜? 너희들 둘 지난번에 다퉈서 한동안 연락 안 한다더니 싸울 일은 또 뭐가 있어?"

"이 자식, 이번 소개팅 자리에도 안 나왔다고요."

윤민이 울화통이 터져 못 살겠다는 얼굴로 꼬아 바쳤다.

"내가 이번에는 지인 씨한테 특별히 부탁해서 육촌 동생을 소개받았잖아요."

"그래. 들었지."

"그런데 이승주, 나온다 해 놓고는 전화기 꺼 놓고 잠적, 내가 지인 씨랑 그 동생한테 사과하느라 얼마나 식은땀 났는지 알아요? 앞으로 내가 지인 씨 얼굴을 어떻게 봐?"

윤민의 하소연에 나서희의 얼굴이 차갑게 굳어졌다.

윤민의 친구 오지인은 한국 굴지 재벌인 혜성 그룹의 상속녀이다.

광성 그룹의 며느리가 되면서 윤민은 나이가 비슷한 지인과 운 좋게 안면을 텄고, 골프 멤버이자 집까지도 오가는 친구가 되는 데 성공했다. 그게 얼마나 큰 기회이자 특권인지 나서희만큼 잘 아는 사람은 없다.

그녀 역시 은상 그룹의 딸이지만, 서출이라는 태생적 한계 안에서 유난히도 핏줄 따지고 서열 따지고 정실 소생 따지는 편협한 재벌가 선 긋기 안에서 늘 보이지 않는 차별과 설움을 당해 왔던 터이다. 그러나 세상에 복수하듯이 모자란 것 하나 없이 고이 키운 윤민은 나서희가 그토록 바라던 상위 0.001퍼센트의 진짜 그 세상 안으로 입성했다.

그런데 윤민이 승주 때문에 그 황금 사다리인 지인에게 실례를 저지르다니. 있어서는 안 될 일이었다.

"내가 다시는 소개팅 주선하나 봐라! 나쁜 자식 같으니. 누날 망신시켜도 유분수지."

"싫다는 사람한테 억지로 약속 잡아선, 막무가내 밀어붙인 거잖아."

톡 하니 누군가가 얄밉게 쏘아붙였다. 반바지에 민소매 잠옷 바람으로 게으르게 하품을 하며 2층에서부터 내려온 사람은 승주와는 여섯 살 차이 나는 여동생 해민이었다.

"오빠 잘못이 아니고 그거는 언니 잘못 같은데?"

"넌 옷차림이 그게 뭐니? 다시 올라가서 단정하게 차려입고 내려와."

"귀찮아요. 나 또 낮잠 잘 거야."

큰딸 윤민은 어머니 나서희의 기에 눌려 대부분 순종적이지만, 해민은 가볍게 어머니 명령을 무시했다. 막내의 특권으로 탱탱볼처럼 맞섰다.

나서희가 눈살을 찌푸리거나 말거나 해민은 오히려 더 보란 듯이 섹시하게 두 팔을 들고 온몸을 비틀며 기지개를 켰다.

"나처럼 몸매 좋은 여자는 될 수 있는 대로 이 예쁜 몸매 많이 보여 줘야 한다고. 내 인생에서 오늘이 가장 예쁘고 젊을 때니까. 그리고 엄마. 제 직업이 필라테스 샵 대표인데, 이 몸매가 바로 우리 샵 광고라고요. 더 노출해서 고객 끌어야죠."

"어째 말 못 해서 죽은 귀신이 너한테 붙었나 보다."

도통 말을 들어 먹지 않는 당돌한 막내딸 앞에 나서희마저 고개를 흔들었다.

해민이 윤민의 옆자리에 앉으며 언니더러 타박했다.

"우리 집에서 고집 제일 센 사람이 오빤데, 언니가 밀어붙인다고 오빠가 눈 하나라도 끔뻑할 거 같아? 오빠 아직 재혼 생각 없다잖아. 그냥 내버려 둬. 때가 되면 자기가 먼저 여자 소개해 달라고 하겠지."

"바보야. 이승주 눈 깜빡할 사이에 마흔이야. 늙혀 죽일 일 있어? 이씨 가문 대가 끊기게 생겼잖아."

"시집간 언니나 잘 살아. 왜 친정 대 끊길 걱정이람?"

결혼했으면 자기 집 일에나 충실할 것이지. 적어도 일주일에 이삼일은 뽀르르 친정에 나타나서 별의별 것에 다 간섭하고 참견하고 퍼 가는 언니가 솔직히 얄밉다. 해민이 입바른 소리를 했다.

그때 차를 내온 가사 도우미가 나서희에게 알렸다.

"박나현 교수님께 전화가 왔는데요, 회장님 오늘 시간 되시면 찾아뵙겠다고."

나서희가 도도하게 턱을 치켜들며 나직하게 거절했다.

"시간이 없을 거 같네."

"알겠습니다."

도우미가 사라지자 윤민이 물었다.

"엄마. 오늘 별일 없다고, 간만에 집에서 쉬실 거라고 하셨잖아요."

"박 선생에게 내줄 시간이 없다는 뜻이야."

"아하."

윤민이 차를 마시면서 재미있다는 듯이 웃었다.

"박나현 선생, 아직도 우리 동생에 대한 야심을 버리지 못했나 봐?"

"무슨 말도 안 되는 소리! 어디서 감히……."

말을 하다 말고 나서희가 입을 다물었다. 아무리 딸들 앞이라 한들, 자신의 속을 그대로 내보여 버린 것 같아 마뜩잖았다.

"박 선생, 대놓고 야망이 이글이글한다니까. 우리 승주가 이혼했다고, 설마 자기 수준하고 비슷해졌다고 착각하는 거 아녜요?"

"글쎄다."

"그럴 수도 있을 거 같아. 우리 승주는 한 번 다녀온 돌싱이고 자기는 어엿한 처녀에다 같은 의사. 이제 들이대도 괜찮을 수준이라고 생각하는 거 아냐? 그러니까 이렇게 감히 엄마한테까지 자기를 어필하려는 거 아니냐고. 하, 기껏 경리부장 딸 주제에!"

나서희가 체면 때문에 차마 못 하는 말을 윤민이 대놓고 나불거렸다.

"가진 건 쥐뿔도 없으면서 공부 하나 잘해 가지고 의사 된 게 엄청난 훈장인가 봐."

"욕심이 과하면 큰일 난다는 말을 좀 알았으면 싶은데 아직은 아닌가 보구나."

나서희가 우아하게 찻잔을 내려놓으면서 차갑게 중얼거렸다.

박나현은 나서희의 남편 이영국이 이사장으로 있는 세린병원 경리부장 조명신의 딸이다.

워낙 조명신이 남편의 심복이다 보니, 굳이 인연을 섞을 이유는 없었지만 저절로 알게 되었다.

다만 그 집 둘째 딸인 나현이 공부를 아주 잘해서 아들 승주가 다니던 명문 중고등학교 후배가 된 것도 모자라 한국대 의대까지 따라갈 줄 몰랐다.

없는 집에서 공부 잘하는 딸 하나 나온 게 황금 엘리베이터 티켓을 딴 것이라고 생각하는가? 후배랍시고, 같은 의사랍시고 나현이 승주 앞에서 알짱거리기도 벌써 20여 년. 승주를 노리는 나현의 야망이 너무 잘 보여서 코웃음이 날 지경이었다.

하물며 그 딸의 야심을 뒤에서 부추기고 있는 게 바로 조명신이라는 것을 서희가 모를 거라고 생각했을까?

바로 그때, 윤민과 나서희가 눈을 흘기거나 말거나 아까처럼 한껏 기지개를 켜던 해민이 픽 하고 웃었다.

"제발 그런 말, 어디 가서는 하지 말아요, 엄마. 언니도 마찬가지. 웃겨 뒈져."

"뭐?"

"뒈져? 너 천박하게 그런 말!"

"천박하든 말든 사실이잖아. 입은 삐뚤어져도 말은 바로 하자고요. 인정할 건 인정합시다, 우리. 솔직히 승주 오빠 서른셋에 돌싱이야. 그렇다고 다정하기를 해, 여자한테 잘하기를 해, 무뚝뚝한 것도 모자라서 한 달 가야 말 한마디를 하기를 해? 뭔 속을 알 수나 있어야지. 나라면 답답해 뒈져."

"너 그런 상스러운 말, 쓰지 말라고 그랬지?"

그러거나 말거나 해민이 계속 바늘을 콕콕 박았다.

"현실적으로 말해 봐요? 나름 박 선생은 잘나가는 골드 미스에다 종합 병원 전문의. 모자라긴 뭐 모자라? 지금으로선 오빠한테 제일 가능성 있는 대안이라고."

"말도 안 되는 소리 그만하지 못하겠어?"

"왜 말이 안 돼요? 제발 엄마도 언니도 이젠 그만하세요! 내로라하는 재벌가 사위로 오빠를 밀어 넣을 헛된 꿈, 이제는 안 되는 거 알잖아? 엄마의 그 희망은 3년 전에 목석이던 이승주가 눈 뒤집혀서 구미호 유리하고 3개월 만에 결혼하던 순간 깨진 거예요, 알았어요?"

내뱉는 해민은 태연한데 오히려 윤민이 찔끔해서는 나서희의 눈치를 보았다.

승주가 이혼한 후, '유리'라는 이름 두 글자는 평창동 이 집 안에서는 절대로 꺼낼 수 없는 금기 중 금기였다.

'이 계집애가 미쳤나? 그만해' 하는 눈빛으로 윤민이 쏘아보거나 말거나 해민은 계속해서 콕콕 뼈를 찔렀다.

"왜애? 말 나온 김에 솔직히 얘기해 보자는 거지. 유리하고 헤어진 후 이승주 씨가 손톱만큼이라도 관심 주고 말이라도 섞는 여자는 박나현 선생이 유일한데. 그런 여자를 여전히 무시한다? 이건 아니죠. 정말 이씨 가문 대 끊어지는 거 보시게 될걸요."

"기집애. 아예 저주를 해라."

동생이지만 너무 얄미워 윤민이 해민을 향해 꽥 고함을 질렀다.

"우리 승주가 뭐가 모자라서 아무것도 내세울 게 없는 박나현이하고 엮어? 잘생겼지, 의사지, 돈 많지, 키 크지. 결혼 한 번 했던 흠은 있지만 이 정도 조건 갖춘 남자 흔치 않아. 마흔이 아니라 쉰이래도 결혼하겠다는 여자 줄 선다, 기집애야."

"그런데 왜 언니가 주선하는 소개팅은 번번이 실패인가요?"

"실패고 성공이고 니 오빠가 소개팅 자리에 나와 줘야 말이지."

"혹시, 오빠가 아직도 그 불여시 유리를 못 잊었나……?"

해민이 혼잣말처럼 중얼거렸다.

"말 같지도 않은 소리!"

"미쳤니? 어디서 함부로 그딴 말을!"

순간 불에 덴 듯 나서희도 윤민도 질색 팔색을 했다.

"엄마 지금 뒷목 잡으신 거 안 보여? 다시는 개 이름 꺼내지도 마. 아휴, 꿈에 나올까 무섭다, 얘."

"언니 꿈에 유리가 왜 나와? 나와도 오빠 꿈에나 나오겠지. 흥. 내가 영빈말을 하는 줄 아나 봐? 오빠, 은근히 이혼한 거 후회하는 거 같던데?"

"뭐라고?"

순간 나서희의 눈빛이 서늘해졌다.

애지중지 완벽하게 키운 아들 승주에게 그어진 상처. 지울 수 없는 흠결. 그건 유리였고, 꿈에라도 나타날까 봐 무서운 그녀와의 이혼이었다.

나서희가 무슨 짓을 한다 해도 지워 줄 수가 없는 이혼남이라는 낙인으로 인해 그녀는 아들에게 걸었던 모든 기대를 몇 단계나 낮출 수밖에 없었다.

그런 생각을 하면 아직도 이가 갈렸다. 자라면서 한 번도 속 끓인 적 없던 완벽한 아들 승주가, 아무것도 볼 게 없으면서도 그저 남자들 홀리는 교활한 여우 짓만 할 줄 알던 유리 그것과 만난 지 3개월 만에 결혼하겠다고 나설 줄이야. 미쳤다고밖에 표현할 수 없는 그때의 승주를 끝내 막지 못했던 스스로에 대해 나서희는 아직도 분하고 원통했다.

아들과 유리를 이혼시킨 지도 벌써 3년이 흘렀다. 이제 이름조차 아득한 기억 너머로 사라진 과거에 불과한 유리가 다시 등장하다니. 절대로 용납 못 해.

나서희가 당장에 누구라도 찌를 듯 날카로운 눈빛으로 캐물었다.

"정말이니?"

"오빠 차 키, 유리가 사 준 거 아직도 들고 다니던데."

"하, 난 또 뭐라고."

잔뜩 정색했던 윤민이 얼굴을 풀며 비웃었다.

"이승주, 곰탱이잖아, 몰라? 바꿔 주지 않으면 지가 신은 양말이 짝짝인 줄도 모를걸. 걔가 공부 말고는 신경 쓰는 게 있기나 해? 차 키, 들고 다니면서도 그걸 누가 사 줬는지도 기억 못 할 거고 자기가 그걸 왜 들고 다니는지도 모를걸."

"니 언니 말이 맞다. 지 전처 못 잊어서 들고 다니는 게 아니고 손에 잡히니까 들고 다니는 거야. 넌 아무리 어려도 그렇지, 니 오빠 성미 몰라? 별 것도 아닌데 의미를 부여하고 그래? 그런 정신머리로 사업은 어떻게 한다고? 쯧!"

제가 모르는 새, 뭔가 둘이 얽힌 일이 생겼나 싶어 나름 긴장했다. 듣고 보니 별것도 아닌지라 나서희 역시 호들갑스럽게 구는 해민을 못마땅하게 노려보았다.

"사업이야 우리 황 실장이 아주 잘해 주고 있으니까 걱정 마세요."

"아무리 그래도 남이야. 너무 믿지 말고 항상 지켜봐야지. 그러다가 뒤통수 맞아."

"네에네에. 사업 분야야 또 우리 엄마가 갑이시죠. 근데 아빤 언제 나가셨대요? 어제 안 들어오셨어요?"

'유리'란 이름 때문에 이미 굳어져 있던 나서희의 얼굴이 더 굳어졌다.

그녀는 휙 고개를 돌려 발코니 너머 정원의 경치를 바라보는 척하며 딸을 외면했다.

이 철없는 것아. 나서희 모르게 동생에게 눈을 부라리며 윤민이 대신 대답했다.

"새벽에 친구분들이랑 2박 3일 지방으로 골프 가셨잖니."

"그래……?"

당연 그 '친구'들 중에는 이름 모를 미인 한두 명이 끼어 있겠지.

이건 내가 말을 잘못 꺼냈구나 싶어서 해민이 괜히 머리를 쓸어 넘기는 척했다.

"넌 어떻게 된 게 같이 살면서도 결혼한 나보다 더 무심하니? 나빠, 너. 연애하는 데만 정신 팔지 말고 엄마도 좀 챙겨 드려."

"누가 연앨 한다고 그래? 나도 나름 사업 확장 하느라 바쁘거든."

해민이 크게 소리쳤다. 나서희가 천방지축 막내딸을 얼음처럼 차가운 눈빛으로 노려보았다.

"놀 땐 놀더라도 소문은 나지 않게 해. 지금 엄마나 언니가 네 혼처 열심히 알아보고 있으니까 괜한 말 나오지 않게 조심하고."

"누가 결혼하고 싶대요? 난 그냥 이대로가 좋아. 자유롭고 편하잖아. 내가 벌어서 내가 맘대로 쓰고."

"말 같지 않은 소리. 그깟 소꿉장난을 언제까지 하려고? 네가 뭐가 모자라서? 너도 언니처럼 우아하게 살아야 할 거 아냐. 네 오빠처럼 하찮은 애한테 물려서 이상한 놈하고 얽히면 그날로 이 집에서 쫓겨날 줄 알아."

나서희의 말은 가차 없었다. 서릿발처럼 냉혹했다.

조금의 틈도 허락하지 않는 그 눈빛에 해민의 표정이 잠시 어두워졌다. 아무리 철딱서니 흉내를 내고 막내의 특권인 막무가내 어리광을 부려 대는 그녀라 할지라도 어머니 나서희의 저 눈빛이 의미하는 바를 모를 수는 없다. 어머니가 허락한 선 이상은 안 된다는 거, 그녀가 그어 놓은 선을 넘는 일은 절대 불가란 뜻이다.

'그렇게 보면 오빠가 대단한 거였네. 저런 엄마가 뒷목 잡고 쓰러지고 온갖 협박에 회유에 앓아눕기까지 했어도 붙여서 유리하고 끝내 결혼했으니까. 칫.'

말로만 센 척할 뿐이지, 해민으로선 틈 하나 보여 주지 않는 어머니를 상대로 이겨 먹을 만큼 대찬 용기도, 뚝심도 아직은 없다.

"여하튼 승주 때문에 윤민이 네가 곤란해졌다니 유감이야. 지인 씨에게 다시 한번 사과하렴. 그리고 승주 소개팅하는 문제, 이제 너는 손 떼는 게 좋겠구나."

"네. 저도 그러려구요. 당사자는 꿈쩍도 안 하는데 제삼자인 나만 보람 없는 짓 하고 있는 것 같아서 힘 빠져요. 게다가 번번이 승주가 소개팅을 걷어차는 바람에 이젠 제 인맥으론 소개할 사람이 없어요. 나도 체면이란 게 있다고요."

"그래. 이모들한테 말을 붙여 놓았으니 조만간 뭐 하나라도 연락이 오겠지."

"어머, 그래요? 잘됐다."

"콧대 높으신 우리 이모들이 용케 오빠 소개팅은 해 주시려나 봐?"

"미우나 고우나 조카 일이잖니. 또 네 큰이모는 승주 어렸을 때부터 예뻐했고. 알았다고 했으니 기다려 봐야지."

나서희가 해민을 건너다보았다.

"혹시 저녁에 나가니?"

"약속 있어요."

"그럼 니 오빠, 반찬 좀 가져다주렴. 한 번씩 들르라 해도 도통 오질 않으니 대체 뭘 먹고 다니는지 알 수가 없어."

분명히 오늘 가족끼리 식사하자고 말했는데, 승주는 집에 오지 않았다.

말로는 알았다고 했으면서도 얄밉게 못 들은 사람처럼 평창동에 나타나지 않았다. 전화기마저 꺼 버려서 어디서 무엇을 하는지 알 수가 없었다.

'어려서는 입 안의 혀처럼 맘에 쏙 들게 하더니만, 그때 못 한 반항을 서른 넘은 지금에서야 하는 건지, 원.'

대놓고 어미를 무시하는 승주의 행동을 생각하며 절로 나서희의 이마에 주름이 졌다.

바깥으로 나돌기 십수 년째. 매사 아내의 혈압을 올리는 게 취미인 남편 영국의 행적보다 승주의 반항이 더 꼴 보기 싫고 화가 났다.

반찬을 가져가라는 말에 해민이 인상을 썼다.

"갖다줘도 안 먹는 것 같던데. 또 썩혀 버릴걸."

"썩히든 버리든 그건 니 오빠가 할 일이고, 아들이 혼자 살면서 밥은 먹는지 굶는지 모른 척하는 게 어미 노릇은 아니잖니."

"알았어요."

승주가 질색을 하건 말건, 썩혀 버리든 말든 줄기차게 반찬 꾸러미를 보내는 이유가 있다. 네가 어디에 있건, 무슨 생각으로 살건, 어떤 사람을 만나든 어미인 난 너를 주시하고 있다. 여차하면 네 인생에 개입할 준비가 되어 있다고 끊임없이 상기시켜 주는 나서희만의 신호이다.

*　*　*

일요일 오후 3시 반.

북한강 은빛 물결이 햇살을 튕겨 내는 맑은 오후.

강이 내려다보이는 언덕배기 양지바른 자리에 멋진 저택이 서 있다.

뒤뜰 빨랫줄에 이불이 널려 있는 것으로 보아 사람이 거주하는 주택이 분명한데도, 꽤 넓은 잔디 정원 곳곳에 마치 미술관처럼 조각이나 독창적인 설치 미술 작품이 군데군데 놓여 있었다.

앞서거니 뒤서거니 고급 승용차 두 대가 정원 앞에 마련된 주차장으로 들어왔다.

이제나저제나 바깥을 내다보며 기다리고 있던 게 분명하다. 사람들을 맞이하러 나오는 민호의 걸음이 사뭇 바빴다.

"아빠."

"할아버지!"

"우리 세하 왔어?"

주차장으로 내려온 민호의 얼굴에는 함박웃음이 그득했다.

세상에서 할아버지가 제일 좋은 세하가 차에서 내리자마자 총알처럼 튀어 나갔다. 그리고 두 팔을 활짝 벌린 할아버지에게로 달려가 안겼다.

"당신 눈에는 세하밖에 안 보이지? 어휴. 사람 꼴이 이게 뭐래? 제발 멀끔하게 옷 좀 차려입으라니까?"

은정 여사가 남편을 보자마자 폭풍 잔소리를 시전하기 시작했다.

"혼자 사는 할배가 멀끔하게 차려입어 뭐 하려고?"

"아휴, 구경 오시는 관람객도 있고, 수업하러 오는 학생들도 있는데, 그러고 싶어요?"

그럼에도 금실 좋은 부부는 서로 눈을 마주하면서 둘만 아는 미소를 나누었다.

은정 여사가 집으로 향하는 돌계단을 올라가며 정원 이곳저곳을 살폈다.

"또 또 어디서 고물을 잔뜩 모아 놨어. 어째 올 때마다 잡쓰레기가 늘어?"

"어허. 쓰레기라니? 이게 다 작품 재료여."

"아직도 자기가 고물상인 줄 알지? 남들이 흉봐. 모르겠어요?"

"어머님, 너무 그러지 마세요. 아버님이 얼마나 유명한 분이신데? 지금 한국에서 가장 핫한 설치 미술가라고요. 방송국에서도 모셔 가잖아요."

며느리 효진이 얼른 시아버지 민호의 편을 들었다.

"맞아요. 엄마. 평생 교육원에 강의도 나가시는 교수님이신데. 엄마만 아빠 무시해, 너무해."

"그렇지? 너희 엄마만 아빠를 인정 안 하지?"

민호가 허허 웃으며 고개를 돌렸다. 그러고는 차 트렁크에서 짐을 내리는 재완에게 친근하게 말을 걸었다.

"어이, 강 대리. 오늘은 안 바빠?"

"영업맨도 휴일에는 놉니다, 아버님. 고기 구워 먹는다는데 제가 빠질 거 같습니까?"

"그건 그렇다, 허허. 저어기 불이나 같이 피우자."

"넵!"

민호가 목에 고정대를 걸고 있는 정원을 걱정스럽게 건너다보았다.

"넌 또 웬 깁스냐? 다쳤어?"

"행사 나갔다가 엎어졌어요. 안 다치려고 왼쪽 손목으로 땅을 짚었는데 손목에 금이 갔대요. 내일 외래 가 봐야 확실한 건 알 수 있어요."

"얼마나 이러고 있어야 된대?"

"한 달에서 6주 정도요? 골절은 시간이 지나야 아무니까."

그러면서 정원은 아까 은정 여사가 그랬던 것처럼 잔디 정원을 한 번 휘둘러보았다.

"아빠, 작품이 더 늘었네요?"

"자꾸 만들고 싶은 게 많아져서 큰일이다. 너희 엄마 말처럼 고물 더미 쌓기인데 말이여. 허허허."

"그런 말씀 마세요. 요즘 미술계에서 아빠만큼 뜨는 사람이 어딨어요? 에 코이즘의 선두주자."

"아비 놀리냐, 인마? 허허허."

그때까지 할아버지 허리춤에 껌 딱지처럼 붙어 있던 세하가 민호를 채근 했다.

"할아버지, 내 나무 집은? 내 나무 집 보러 가요, 얼른요!"

"그래그래. 가자. 우리 세하 집 보러 가자."

민호가 손녀를 데리고 강이 잘 내려다보이는 언덕배기, 소나무들이 모여 선 곳으로 향했다. 거기 소나무들 사이로 작기는 하지만 제대로 만든 트리 하우스가 근사하게 세워져 있다. 민호가 눈에 넣어도 안 아플 손녀딸을 위 해 직접 만든 나무 집이다.

'부러운 것.'

조카지만 다 가진 세하가 고모인 정원으로서도 부럽다.

'쳇. 난 서른 다 되어 가도 내 집이 없는데, 유세하 조것은 뭔 복이래? 돌도 되기 전에 이미 나도 못 가져 본 트리 하우스 주인이 됐지.'

문득 정원의 얼굴에 물 얼룩처럼 흐린 그늘이 졌다.

'만약……?'

승주와의 결혼 생활이 원만하게 유지되었다면 정원 자신도 지금쯤은 엄마가 되었을 수도 있다. 햇수로 따지면 결혼 생활도 벌써 4년 차에 이르렀을 테니 임신에서 출산까지 충분한 시간이었다. 어쩌면 둘째까지도 가능했으려나.

'내가 일찌감치 아이라도 가졌다면, 그랬다면……?'

그들은 헤어지지 않았을까? 정원은 승주를, 그의 거만한 집안을, 외롭고 먹먹하기만 했던 그와의 결혼을 좀 더 참아 낼 수 있었을까?

"고모."

어느새 앙증맞은 나무 집으로 올라간 세하가 동그란 창문으로 고개를 쏙 내밀고는 손을 흔들고 있다.

마주 손을 흔들어 주며 정원은 얼른 마음을 다잡았다.

인생에 있어, 특히 지나간 인생에 있어 '만약에'란 말은 없다. 수천 번 수만 번 '만약에?' 하고 후회한들, 지나간 과거를 되돌릴 수도 없고, 그 과거의 시간으로 돌아갈 수도 없으니까.

'돌아갈 수 있다 해도 안 돌아가. 그때로는.'

바비큐 틀 안 숯불이 발갛게 타올랐다.

사람들 등 뒤로 봄날의 아름다운 노을도 벌겋게 타오르고 있었다.

지지직 소리를 내며 먹음직스럽게 고기가 구워지고, 곁들여 먹을 맛있는 음식들을 이리저리 놓아 주는 은정 여사와 효진 사이로 세하가 양평 집에서 키우는 강아지 쫄보와 뛰어다니고 있다.

바비큐 틀 근처, 강변을 내려다보게 세워진 정자에 정원과 민호가 나란히 앉아 있었다.

커피 한잔 마셔 보자 했더니, 재완이 다가와 두 사람에게 구수한 향기가 풍기는 커피 잔을 건네주었다.

"너 손목 다쳐서 오늘만 열외다. 알지?"

다들 밥 준비로 바쁜데 핑핑 놀고 있는 정원이 심히 고깝다는 뜻을 어필하고는 재완이 다시 성운이 지키고 있는 숯불 쪽으로 걸어갔다.

민호가 성운과 나란히 서서 열심히 고기를 굽고 있는 재완을 바라보았다.

"재완이 일 열심히 하나 보다. 살이 많이 빠졌는데?"

"쟤 얼마나 체중 관리 열심히 하는데요. 뚱땡이 시절은 쟤한테도 악몽이라고요."

정원이 서울 학교로 전학을 간 건 중학교 2학년 때. 재완은 정원이 만난 첫 번째 짝이었다.

지금은 어딜 내놔도 훈남 소리를 듣는 재완이지만, 그 무렵 그는 '건방진 뚱땡이'라는 불명예스러운 별명을 지고 살던 왕따 소년이었다.

"쟤네 아버지가 엄청 빡세게 일 시키나 봐요. 맘에 안 들면 회사 주식 다 동생한테 준다고 협박했대요."

"그랬대?"

"네. 인생에 공짜는 없다는데 쟤네 아버지가 그래요. 월급도 쥐꼬리라 쟤 요새, 인생이 좀 힘든가 봐요."

"대신 열심히 하면 다 지 것이 된다는 거 아니냐?"

"글쎄요? 쟤네 아버지가 보통 센 분 아니라서, 눈 감으실 때까진 절대로 재완이한테 실권 안 줄 거 같던데요."

"그거야 모르지. 나이 따라 사람 간다고, 마음 약해지는 건 순식간이더라."

"그럴 수도 있겠지만, 제가 보기엔 그 집 아버진 끝까지 강철일 거 같아요."

민호가 슬그머니 정원을 돌아보았다.

"재완인 연애 안 한대?"

"언제는 여자 좀 만나는 거 같더니만 또 헤어졌대요. 요새 겁나 일이 바쁘대요."

"하긴 영업 일이 그렇지 뭐."

민호는 간지러운 입을 꾹 참았다.

언제부터인가 민호는 오랜 시간 동안 정원의 친구라는 재완이 예사로 보이지 않게 되었다.

정원이 결혼해서도, 이혼하고 난 후에도, 한결같이 좋은 친구로 곁에 든든히 서 있는 재완을 보면서 '저 녀석 진국일세' 하는 마음이 절로 들었다.

'이제 둘이 잘해 봐라' 하고 말을 하고 싶었지만, 그럴 수가 없다.

'내가 그런 말 하면 당장 우리 정원이가 질색 팔색 할 게 뻔하지.'

좋은 친구로 남아 있는 둘 사이가 괜히 경솔한 자신의 말로 인해 어색해질까 봐 민호는 더 조심하게 되었다.

남들보다 더 이른 결혼과 이혼을 겪고 나서 정원이 얼마나 연애며 결혼에 몸서리를 치고 있는지 잘 알기에, 더 조심스러웠다. 목구멍까지 치솟은 말을 억지로 끌어 내리며 민호는 더 입조심하자 하며 자신을 단속했다.

'지금은 일에 한창 재미 붙은 거 같으니까.'

최근에 있었던 행사에 대하여 신이 나서 이야기하고 있는 정원을 건너다보며 민호는 마음을 다졌다.

누구는 나이 쉰에 장가가는 일도 있다는데 재완이나 정원 둘 다 서른도 채 되지 않았다. 아직도 창창한 나이이다.

그렇기에 역설적으로 민호는 딸 정원의 결혼이 얼마나 설익고 너무 일렀는지 몇 번이고 되새김질하게 된다. 갑작스럽고 느닷없는 딸의 결혼 선언을 끝까지 말리지 못한 것이 지금까지도 천추의 한이었다.

'그때 내가 더 강하게 반대를 했어야만 했는데. 1년이라도 연애하고 결혼하라고 주장했어야만 했는데……'

그런데 딸이 너무 좋다고 하니, 결혼 못 하면 죽어 버릴 거라고 난리를 치니 아비인 민호로선 어쩔 수가 없었다. 게다가 전 사위였던 이승주의 조건이 너무 좋았고 솔직히 탐이 나지 않았다면 거짓말이다.

'나도 뭣에 홀렸지. 그놈의 사 자(字)가 뭐라고. 그 집 분위기가 우리하고 너무 다른 걸, 쎄한 걸 느끼면서도 내가 못 말렸지.'

상견례 때며 결혼식 내내 한 번도 웃지 않던 안사돈 얼굴을 보고 민호는 이미 홀로 파국을 예감했다.

위태로운 불덩이를 지고 그럼에도 결혼이란 덫에 걸어 들어가는 딸을 말릴 수가 없었다. 그때의 딸 정원은 사랑의 열정에 눈이 멀어 본인 스스로 세상 전부를 태워 버리는 용암이었다.

그리고 그 결혼을 말리지 못한 대가로 민호는 금쪽같은 딸이 피폐해질

대로 피폐해져서 홀로 한국에 돌아오는 것을 보아야만 했고, 승주네 집안에서 보낸 변호사와 마주 앉아 딸의 이혼을 결정해야 했다.

'괘씸한 놈.'

전 사위 승주의 행적을 떠올리자마자 인자하기만 하던 민호의 입매가 자신도 모르게 싸늘하게 굳었다.

외롭고 힘든 결혼 생활을 결국 견뎌 내지 못한 어린 아내가 홀로 미국에서 한국으로 도망쳤다.

'지가 사람이라면 그러지 못해. 누구 잘못인데? 이혼할 땐 이혼하더라도 마땅히 지가 따라 나와서 무릎을 꿇고 사과하고, 미안하다고 설득이라도 한 번 해야 할 거 아냐?'

그런데 전 사위 놈이 보낸 건 사과가 아니라 이혼 전문 변호사였다. 그때 느낀 배신감, 섭섭함, 분노와 억울함은 민호가 죽을 때까지 지울 수가 없으리라.

'그래, 아빠가 좀 더 기다리마. 너희 둘이 스스로 깨달아서 마음을 나누면 좋지만 누가 먼저 나서서 말은 못 하지. 그거는 너희 둘더러 헤어지라는 말이야.'

민호는 다시 바비큐 틀 앞에 서 있는 재완과 아들을 쳐다보다 옆에 앉아 있는 정원을 애틋하게 바라보았다. 그러고는 정원의 다친 팔을 살짝 쓰다듬어 주었다.

"우리 딸, 사업은 잘되고?"

"네. 주말 행사는 이제 거의 매주 잡히고요. 요샌 주중 행사도 종종 들어와요. 개인 행사 말고도 기업이나 유치원 같은 데서도 문의 많이 들어오고요."

"장하다, 우리 딸."

"고맙습니다. 더 열심히 할게요."

"더 열심히는 하지 마. 딱 니가 행복할 만큼만 해. 사업도 좋고 꿈도 좋은데 그게 니 행복을 빼앗아 가면 안 돼. 알지?"

"명심할게요, 아빠."

아버지께서는 정원이 무슨 일을 하든지, 믿어 주고 인정해 주신다. 어떤 일이든지, 무엇을 하든지 격려해 주고 잘한다 해 주신다. 가끔 마음의 길을 잃고 헤맬 때마다 이렇게 든든하게 지켜봐 주고 지지해 주시는 아버지가 얼마나 고마운지.

문득 다시 승주가, 그들의 가족이 생각나 버렸다.

칭찬은 없고 비판만 있었지.

한 번도 기분 좋게 받아들이거나 인정하는 꼴을 못 봤어. "그런데 넌……." 어쩌고저쩌고하면서 어찌하든 흠을 잡고 비난하고 기를 죽였지.

'불행했어. 기가 죽었어. 난 언제나 외로웠어.'

식구들 틈에서 웃지 못하고 행복하지 못했어.

다시 만난 그날. 그녀를 마주 바라보던 승주의 음울한 표정, 무표정 안에 숨은 차가움이 기억나 버렸다. 절로 화가 나려고 했다.

당신은 그런 눈으로 날 볼 권리가 없어.

'난 후회하지 않아.'

이혼에 대해서. 그 남자를 버린 것에 대해서.

서녘 하늘을 올려다보며 정원은 느닷없는 승주와의 재회로 인해 어제오늘 계속해서 심란하던 마음을 다잡았다.

"일은 잘하고 있는 것 같은데, 안 외로워?"

"외롭고 싶어요, 저도, 아빠."

그럼에도 아비 마음이란 게 또 미련스럽다. 슬그머니 운을 떼고 마는 민호에게 정원이 되받았다.

"너무 바빠서 집에 오자마자 화장도 못 지우고 쓰러져 자는 날이 한두 번이 아니라고요. 외로울 틈이 어딨어요?"

"적자는 안 나?"

"영주가 어지간히 야무져야죠. 적자는 안 나는데 아직 큰 이익도 없어요."

정원이 한숨을 쉬었다.

"조금씩 나아지고는 있지만요. 이젠 슬슬 작년에 뿌린 씨앗들이 싹이 트고 있는 것 같긴 해요. 더 열심히 해야죠."

"그래그래. 내 딸이지만 유정원 참 멋지다."

"전 아빠가 더 멋진걸요."

"아빠, 칭찬해 주는 거야?"

정원이 배시시 웃으며 살짝 민호의 어깨에 몸을 기댔다.

"그럼요. 다들 포기하는 환갑 나이에 어렸을 적 꿈을 이루셨잖아요. 아빠, 제가 정말 존경합니다. 진심이에요."

더할 것도 뺄 것도 없는, 온전한 진심이었다.

민호는 고졸이다. 할아버지가 하시던 고물상을 이어받았던 그는 본인이 배움에 대한 갈증이 있어서인지, 남부럽지 않게 살게 된 그때부터 장학회를 만들어 어려운 학생들을 전폭 지원 했다. 며느리 효진도 민호가 설립한 장학회의 장학생이었다.

그것으로 그치지 않고 민호는 나이 예순에 자신이 진짜 하고 싶었던 미술 공부를 시작했다. 은정 여사가 고물상 본능이라고 잔소리를 해 댔지만 그는 묵묵히 멀쩡한 채 버려진 폐품이나 고물들을 주워다가 자신의 손과 상상이 이끄는 대로 뭔가를 만들고 조립하고 설치했다.

그것이 우연한 기회에 어떤 TV 프로에 '우리 동네 미술가'로 소개가 되어 유명세를 타게 되었다.

"아버님. 이참에 아예 미술 공부를 정식으로 하시는 건 어떠세요? 제가 보기엔 아버님께선 이런 일을 하셔야 하는 분이세요."

향상심이 뛰어난 며느리 효진이 적극적으로 민호에게 미술 공부를 권한 건 그 무렵이었다.

다른 가족들도 마찬가지였다. 무엇인가를 뚝딱뚝딱 만들고 있는 민호의 얼굴이 그 어느 때보다 행복해 보였기 때문이다.

마법사 같은 민호의 손에서 부서진 가구도 날아오르는 로봇이 되고, 수백 개의 냄비가 경건한 북소리가 되기도 하는 환상이 펼쳐졌다. 버려진 화초가 아름다운 녹색 정원으로 탄생하기도 했다.

이제 민호는 가끔 전시회도 하고 화랑에 초대도 받는 어엿한 설치 미술가로서 대접받고 있다. 유니크하고 유머 감각이 넘치는 민호의 작품을 좋아하는 팬들이 제법 많아지고 있었다. 정원은 아버지 인생이 바로 인간 승리라고 생각했다.

"기분이 좋구나. 다른 누구도 아닌 우리 딸이 아빠를 존경한다고 말해 줘서."

민호가 어깨에 기댄 정원의 손을 다정하게 토닥였다.

"식사하세요. 정원아, 어여 와. 고기 다 됐어. 아버지 모시고 밥 먹어."

저만치서 은정 여사가 남편과 딸을 불렀다.

"배고프다, 밥 먹자."

"네."

팔짱을 낀 채로 바비큐 틀 앞으로 다가가는 부녀의 등 뒤로 일요일의 마지막 햇살이 길게 늘어졌다.

*　*　*

일요일 밤.

대리 기사가 지하 주차장에 차를 세웠다. 조수석에 앉은 승주는 손목시계를 내려다보았다.

10시. 벌써 시간이 이렇게 되었나.

대리 기사에게 키를 받고는 차에서 내리는데, 앞에 주차한 차에서 누군가가 내렸다.

"전화 좀 받아 주면 안 돼? 내가 꼭 이렇게 와야 되냐고. 아, 짜증 나."

다짜고짜 신경질을 부리는 해민을 바라보는 순간, 승주는 어이가 없었다.

"뭐야, 너?"

"뭐긴 뭐야. 엄마 심부름 왔지."

그때 대리 기사가 승주에게 인사를 했다.

"사장님, 그만 가 보겠습니다. 안녕히 계십시오."

"수고하셨어요. 감사합니다."

대리 기사가 지상으로 나가는 엘리베이터에 올라타고는 사라졌다.

"등산 다녀오면서 웬 대리 기사를 불러?"

"내려오다가 막걸리 한잔해서."

저 혼자 신선놀음이로구나. 신경질이 팍 난 얼굴로 해민이 꾸러미 두어 개를 승주 발치에 퍽하고 던지듯이 내려놨다.

"갖고 올라가든지 버리든지 맘대로 해. 난 전달했다. 나중에 딴말하지 마."

"관리실에 맡기지 왜 기다렸니?"

"엄마가 꼭 오빠 얼굴 꼭 보고 전달하래서. 잠깐만."

해민이 갑자기 제 휴대 전화를 꺼내더니 승주 옆으로 다가와 얼굴을 붙였다.

"웃어, 오빠. 치즈!"

승주가 어이없어하거나 말거나 해민이 둘의 셀카를 찰칵 찍었다.

"인증 샷 전송 오케이."

해민이 한쪽 눈을 끔뻑했다.

"엄마 성미 알잖아. 엄만 오빠가 집에 우리 몰래 여자라도 숨겨 둔 게 아닌가 의심하는 중이야."

"말 같지 않은 소리."

"식구들한테 현관 비번도 안 알려 주고, 집에 도통 안 오니까 그러지."

해민이 톡 쏘아붙였다.

"그게 싫으면 엄마가 만나라고 하는 여자들, 잔말 말고 만나든지. 말해 두지만 조만간 하늘이 무너져도 오빠 선봐야 해. 이번에는 이모님이 직접 소개하는 여자래. 엄마가 좋아하는 5대 그룹 따님 중 한 분이라는 소문이 있어."

"그만해라."

"난 그냥 집안 분위기 전달만 하는 거야. 갑자기 당해서 당황하지 말라고. 나 같은 동생이 어딨냐? 여튼 인증 샷까지 찍었으니 난 간다. 잘 살아, 오빠. 제발 집에도 좀 오고."

자기 차로 돌아가던 해민이 어이가 없어 멀거니 바라보고만 있는 승주에게로 다시 돌아왔다.

"엄마가 익산댁 아줌마 달달 볶아 만든 반찬들이야. 잘 먹어. 버리지 말고. 간다, 바이바이."

이내 해민이 탄 빨간 페라리가 굉음을 내며 지하 주차장을 빠져나갔다.

마치 토네이도에 휘말렸다가 단숨에 바닥에 내동댕이쳐진 기분이 들 정도로 순식간에 왔다가 순식간에 사라진 해민이었다.

'반찬인가?'

발치에 놓인 아이스 백을 멀거니 바라보다가 승주는 허리를 굽혀 집어 들었다.

거의 먹지도 않고 결국은 버리게 되는 본가의 음식과 반찬 꾸러미를 보고 있노라면, 이건 기 싸움 이상도 이하도 아니다 싶은 생각만 들었다.

그의 휴대 전화가 울린 건 그때였다.

―어디 갔었니?

"등산이요."

―분명 어제 같이 식사하자고 했잖아. 사람이 왜 그래?

"죄송합니다. 잊어버렸어요."

진심이라고는 한 톨도 담기지 않은 승주의 사과에 어지간한 나서희도 결국 한숨밖에 내쉴 것이 없었다.

—분명 같은 서울 하늘 아래 사는데, 어째 네가 미국에 있을 때보다 더 못 보는지 알 수가 없구나.

나서희의 목소리가 딱딱한 만큼 되받는 승주의 목소리도 마찬가지로 대리석처럼 찼다.

"어제 얼굴 보셨잖아요. 부족해요?"

—병원에서 5분? 그게 할 소리니?

"독립한 아들 인생, 뭐가 그리 궁금한지는 모르겠지만 무슨 말씀이 하고 싶으신 겁니까? 원하시는 게 뭐예요?"

그만하라는 뜻이었다. 승주의 목소리에 묻은 얼음 조각이 직격으로 나서희에게 꽂혔다.

그녀가 이대로 더 닦달을 하면 이제 그는 입을 조개처럼 다물고 절대로 열지 않을 것이다. 그리고 지난번처럼 또 전화번호를 바꾸거나 수신 거부를 해 놓겠지.

—참, 누구 아들 아니랄까 봐. 대체 난 누굴 상대로 전화를 하고 있는 거니? 내가 내 아들 눈치를 이렇게 보고 살아야 해?

"전 한 번도 어머니께 제 눈치 보고 살라고 하지 않았어요."

어머니 당신 평생, 누구의 눈치를 보고 산 적이 있었던가? 승주는 목구멍까지 냉소가 치밀어 올랐다.

—쌀쌀맞은 건 꼭 지 아비 닮았지. 쯧! 그래, 좋다. 다음 주 토요일엔 얼굴 볼 수 있니?

"네."

—다행이구나.

"점심쯤 들를게요."

귀에서 먼저 찰칵 전화 끊는 소리가 들렸다. 승주는 어머니와의 통화 중 얼음처럼 굳어진 숨을 조금씩 풀어냈다. 어제도 그렇고 오늘도 그렇지만 어째서 어머니와의 관계는 이토록 어렵고 익숙해지지 않을까.

바닥에 덩그러니 놓인 아이스 백을 챙겨 들고 승주는 엘리베이터를 탔다.

무거운 등산화를 벗고 집 안으로 들어섰다. 어둠에 잠긴 집의 불부터 켰다. 혼자 사는 집이 늘 그렇듯이 눅눅하고 적막한 공기가 훅 코끝을 스쳤다.

배낭을 벗어 내려놓고 냉장고 앞으로 가서 막 문을 여는데, 다시 휴대 전화가 울렸다. 이번에는 나현이었다.

"늦었는데, 박 선생. 왜?"

그러면서 승주는 냉장고 안에서 차가운 맥주 한 캔을 꺼냈다.

하루 내내 갈증이 났다. 이 갈증은 언제부터일까.

갑작스럽게 벼락에 맞은 것처럼, 전혀 준비도 없이 유리를 만난 후부터일까, 아니면 어머니와의 통화 이후일까.

맥주 캔 꼭지를 따자 칙 하고 작은 거품이 일었다. 한 손에는 전화기를, 또 한 손에는 맥주 캔을 들고 승주는 소파 안에 푹 꺼졌다.

너무나 무심하게 왜냐고 되묻는 승주의 말에 잠시 침묵하던 나현이 나직하게 실소를 흘렸다.

—섭섭하네. 이 시간에 전화 걸면 안 되는 거야?

"급한 이야기 있어?"

—아니. 하루 종일 전화가 꺼져 있길래. 무슨 일이 생겼나 걱정돼서.

"등산 갔어. 전화가 잘 안 터지는 곳이라. 전화 켜 놔 봤자 응급 전화나 오지 뭐."

—그랬구나. 나만 괜히 걱정했네.

그러고는 두 사람 사이에 잠시 침묵이 흘렀다.

서로가 무슨 말을 해야 하는지, 아니, 무슨 말이 남았는지 헤아리는 동안 속절없이 어색한 그 침묵은 생각보다 길었다. 승주는 다시 맥주 한 모금을 마셨다. 그 사이로 따지는 게 분명한 나현의 목소리가 귀에 스며들었다.

—이 선생. 나한테 할 말 없어?

"할 말이라니."

휴대 전화를 든 두 사람의 귀 사이로 복잡한 빛을 띤 침묵이 다시 이어졌다. 침묵으로 전해지는 어떤 압박감에 결국 승주가 나현에게 사과했다.

"어제 일이 그렇게 되어 버려서 미안. 조카에게 미안하다고 전해 줘."

—치료는 잘했고?

나현의 목소리에 슬픔을 닮은 체념이 어렸다.

"응급 처치 하고 월요일 외래 진료 잡아 줬어. 생각보단 심각하지 않아서 다행이지 뭐야."

—언니가 고맙다고 전해 달래.

"응? 나한테 왜?"

—일이 잘못되었으면 초대한 아이가 다쳤을지도 모르잖아. 그러면 분위기 진짜 어색해졌을 거 같은데.

"그 사람이 대신 다쳐서 그나마 다행이다? 언니 되시는 분 파티 평판이 망쳐지지 않아서?"

순간적이기는 하나 승주의 목소리에 담긴 냉정한 힐난에 나현이 대놓고 당황해했다.

—아니, 그런 말은 아니지. 그런 뜻 아닌데 왜 그래? 사람 당황스럽게.

"누가 되었든 사람이 다쳤으면 그건 안된 일이고 안 좋은 일이야. 다쳐도 되는 사람이 따로 있어? 박 선생도 의산데 그런 말은 하면 안 되는 거 같다."

—미안해. 내가 말을 잘못했네.

"피곤해서 내가 좀 예민하다. 전화 끊자. 좀 씻어야 해. 새벽에 나갔어서 많이 피곤해."

—어, 그래. 쉬어. 내일 봐.

늘 그렇듯이 승주가 먼저 전화를 끊었다.

이미 비어 버린 맥주 캔을 주방 쓰레기통에 던져 버리고 그는 다시 냉장고 문을 열었다.

습관처럼 다시 맥주 캔에 손을 뻗던 그는 순간 얼어붙었다. 갑자기 깨닫게 된 자신의 현실. 그의 눈에 비친 냉장고 안에는 칸칸이 생수와 소주, 맥주밖에 쌓인 게 없었다.

'이건 뭐 완전 알콜릭 버전 냉장고잖아.'

자신도 모르는 새, 술은 그의 세상과 시간을 이미 점령하고 있었다. 그의 공허와 외로움을 잘도 이용해 그를 서서히 나락으로 떨어뜨리려는 중이었다.

그는 자기도 모르게 쓴웃음을 짓고 말았다.

'이걸 그 사람이 봤다면 난 죽었을걸.'

학교에서 늦게 돌아오는 날이면, 이미 잠이 든 유리를 깨우기 싫어서 살금살금 주방을 돌며 먹을 걸 찾은 적이 많았다.

정성스럽게 마련한 음식 그릇 뚜껑에는 익살스럽거나 사랑스러운 유리의 사진이나 자체 제작 스티커가 붙어 있을 때가 많았다.

[오늘도 고생했어요. 우리 신랑, 빨리 씻고 자요. 사랑해요.]

공부를 핑계로 도서관에서 살다시피 하며 집에 거의 오지 않던 남편을 홀로 기다리며 유리는 어떤 마음으로 그런 메모를 쓰고 있었던 걸까.

승주는 한동안 멍하니 서 있다가, 그대로 다시 냉장고 문을 닫았다.

어제부터 지금까지 유리를 만난 후 먹먹해진 심장은 아직도 진정되지 않았음을 새삼 인식하며.

'그래서 뭘 어쩌겠다는 거야?'

다 망쳐지고 다 망가지고 다 부서진 지금에서야, 이제 와서 새삼스레……?

승주의 입술 사이로 희미한 미소가 어렸다. 기를 쓰고 험한 산길을 기다시피 오르면서도 지우지 못한 자조의 미소였다. 후회와 미련이라는 또 다른 이름을 가진 그것들. 이에 낀 이물질같이 불편한데도 계속 빠지지 않고 걸려서 그를 괴롭히고 있었다.

욕실로 들어가기 전, 그는 그날 메고 갔던 등산 배낭에서 빈 소주 팩을 꺼내 쓰레기통에 버렸다. 그 쓰레기통에는 이미 빈 술병으로 넘쳐나기 일보 직전이었다.

* * *

끊어진 휴대 전화를 소파에 내던지고 나현은 창가로 갔다.

고층 오피스텔. 눈 아래로 강남의 화려한 야경이 무심히 흐르고 있었다.

"정말 거지 같다……."

홀로일 때 비로소 드러나는 정직한 내심.

대체 언제쯤이면 이 거지 같은 기분을 지울 수 있는 거야?

마치 누가 있어 싸움이라도 하듯 나현은 휙 돌아섰다. 팔짱을 낀 채, 자신이 이룩한 찬란한 성공의 증거인 제 집을 노려보았다.

명문 한국대 출신, 세린병원 본원 마취과 전문의.

번듯한 강남의 오피스텔에다 로망이었던 고급 외제 승용차까지. 소망했던 것들을 하나하나 손에 쥐고 있는 중인데.

마음속 뿌리 깊은 열등감, 패배감은 왜 사라지지 않을까?

이번 전화로 확실해졌다. 항상 두 걸음 떨어져 있던 승주가 갑자기 다시 열 걸음쯤 더 멀어져 있었다.

'하필이면!'

나현은 입술을 깨물었다.

'왜 이때, 그 여자를 만나 버리느냐 말이야?'

몇 번이고 되풀이한 자문. 패배했다면 운명한테 패배한 것이요, 후려 맞았다면 우연에게 맞은 것이니 누구를 원망할 수도 없다. 가현이 날뛴 것처럼 유리 그녀가 일부러 승주와 만나려고 가현의 파티를 맡았을 리는 없을 테니.

"왜 이 빌어먹을 운명은 한 번도 내 편이 되어 주지를 않지?"

언제나 가난함뿐인 마음이 이미 한없이 초라한 나현을 공기처럼 둘러쌌다.

"왜 난 박나현일까? 유리가 아니고?"

몇 해 전이나 지금이나 꽃처럼 화사한 유리의 모습이 계속 나현을 괴롭히고 있다.

햇살처럼 밝고 눈이 시리도록 투명한 분위기는 여전했다. 그래서 아마 무뚝뚝하고 내성적이고 사람에게 곁을 주지 않던 그 이승주마저 첫눈에 반했으리라.

유리와 만나자마자 불같은 사랑에 빠져 3개월 만에 초고속 결혼에 골인한 그때, 나현은 이승주의 얼굴을 똑똑히 기억하고 있다.

사람의 껍질이 한 꺼풀 벗겨진 듯, 그토록 환한 승주의 모습을 처음 보았다.

사랑에 빠지면 연인들은 서로의 거울이 된다고 하는데, 그렇게 사랑에 빠진 그들이 얼마나 나현을 아프게 해 왔는지, 누구에게도 말할 수 없는 슬픔이 다시 끓어올랐다.

승주를 생각하면 늘 가난하고 시린 마음이 되는 나현의 뇌리로 지난 첫 출근 날이 떠올랐다.

＊　＊　＊

그해 3월, 세린병원 의국으로 새로 발령받은 의사들이 하나둘씩 출근을 시작했다.

박나현도 그중 한 사람이었다.

'시작이다. 세린병원.'

드디어! 하고 주먹을 꽉 움켜쥐고 으쌰으쌰 소리치고 싶었다.

여자에게 T/O를 잘 내 주지 않는다는 꼰대 병원에서 마침내 소원이던 전공의 과정을 시작하게 된 나현의 마음은 다른 의사의 두 배는 더 설레고 있었다. 그 설렘이 의사로서가 아닌, 분홍빛 소녀의 마음을 닮은 이유는 따로 있었다.

"박나현 선생."

"선배."

의국의 총 상견례가 끝난 후, 이사진 자격으로 단상 위에 앉아 있던 승주가 굳이 알은척하며 다가왔다.

그를 마주 바라보며 나현도 환하게 웃었다. 사실, 행사장에 입장할 때부터 눈으로는 그부터 찾았다. 일반 의사들과는 급이 다르다는 것을 여실히 드러내듯 단상 위에 앉아 있던 그를 발견하던 순간, 갑자기 숨이 가빠 오고 마구 뛰는 가슴을 억누르느라 너무 힘들었다.

그만 보게 되면 바보처럼 실실 웃음부터 나오는 멍청한 자신을 어쩔까?

"축하해."

"다 선배 덕분이죠, 뭐."

"내가 해 준 게 뭐가 있다고? 다 네가 노력한 결과잖아. 고생했어."

"고맙습니다."

"마취과 홍진욱 교수님, 정확하시지만 엄격해. 실수하면 안 된다. 잘해."

"각오하고 있습니다. 열심히 할 생각입니다."

세린병원에서의 전공의 과정을 준비하면서, 지난 1년 동안 여러모로 승주에게서 많은 정보를 받았고, 도움을 얻었다.

"하지만 진짜 고생은 지금부터라지. 힘들겠지만 넌 잘 해낼 거야. 수고해."

나현으로선 아쉽기 그지없는 짧은 대화를 끝으로 승주는 어서 나가자고 재촉하는 다른 사람들과 함께 먼저 행사장을 나갔다. 한 달 전부터 기다리던 만남인데 겨우 이삼 분의 대화가 끝이라니, 한없는 아쉬움에 미련을 버리지 못하고 문 쪽을 바라보고 있는 나현 앞으로 누군가가 다가왔다. 마취과 직속 선배이자 사수가 될 3년 차 전공의였다.

"어, 박나현 선생. 이승주 선생하고 친해?"

"친한 수준까지는 아니고요. 저희 둘, 중고등학교 때부터 선후배라서 그래요."

"이승주 선생이 먼저 누군가에게 말 걸어 주는 건 내가 오늘 처음 봤다. 친한 사이구만."

"아이참, 그게 아니라니까요. 이상한 상상은 하지 마세요! 아닙니다."

두 팔로 엑스 자를 그어 가면서까지 부인하고 있었지만, 사실 나현은 그 선배가 부디 자신과 승주가 무척 친한 사이라고 생각해 주기를 간절히 바랐다. 가능하다면 그런 추측을 사실로 여겨서 널리 의국에 소문내 주면 더 좋고.

실제 나현의 속마음은 마이크를 잡고 온 병원에다가 '건드리지 마세요, 저 남자는 내 거예요'라고 공개 방송이라도 하고 싶었으니까.

철이 들고 자신을 둘러싼 바깥세상을 인지하던 그 순간부터 나현은 승주를 바라고 동경하고 원해 왔다.

온 가족이 자랑스러워하는 '한국대 의대 출신 마취과 의사 박나현 선생'이라는 존재는 오롯이 이승주라는 빛나는 목표를 향해 부단히 노력하고 갈망하고 원해 왔던 한 소녀의 지난한 인생 마라톤의 결과였다.

나현이 설정한 그녀의 인생 마라톤 골인 지점에는 세린병원 이사장의 외동아들 이승주가 굳건히 서 있었다. 계속해서 나현은 조금씩, 주도면밀하게 승주에게로 가까이, 세린병원 차기 이사장 사모님이라는 휘황찬란한 자리를 향해 걸어가는 중이었다.

'이제 정말 얼마 남지 않았어.'

승주는 의대 졸업과 동시에 국시 합격 후 곧바로 보건의가 되어 서울을 떠났다.

그리고 작년 10월, 제대한 승주가 서울로 돌아왔다는 소식을 들었다.

"우리 병원에서 과정 시작하겠지. 뭐, 미국으로 공부하러 간다는 얘기도 있지만 말이야."

그런 이야기를 듣자마자 나현도 즉각 전공의 과정을 세린병원에서 하기로 마음을 먹었다. 지나간 1년 동안 그 자격을 얻기 위해 얼마나 노력했는지 신만은 아실 것이다.

'넌 무조건 세린병원이다. 일단 얼굴이라도 봐야 할 거 아니니. 만나야 고백을 하든 연애를 하든가 하지.'

어머니 명신이나 언니 가현이 입에 침을 튀기듯 강조해서가 아니라 나현도 그렇게 생각하고 있었다. 중학교 때, 승주와 친해진 계기도 학생회 활동을 같이 하면서부터였으니까.

나현이 한사코 부인을 하자 그 선배가 피식 웃었다.

"알았어, 농담 좀 한 것 가지고 뭘 정색하고 그래. 선후배끼리 친한 걸 가지고 누가 뭐라겠어? 어차피 이승주 선생, 곧 결혼한다던데."

"네?"

처음에는 귀가 잘못된 줄 알았다.

나현은 너무 놀라, 아니, 어리둥절해져서 그를 마주 바라보았다.

승주가 곧 결혼을? 이런 건 들은 바가 없었다.

"이승주 선배가 결혼이요? 설마."

"둘이 정말 안 친해? 이상하네. 응. 이승주 선생, 다음 달에 결혼한대. 우리 병원장님이 주례라고 하던데."

"정말이에요?"

자신도 모르게 얼굴에 핏기가 사라진 채로 나현은 간신히 되물었다.

누군가가 그녀의 머리통을 한 대 후려갈긴 것 같았다. 충격을 받아 이성이 끊어지고 제어할 수 없는 감정의 파편이 조각조각 떠다니고 있었다. 조금만 나현이 심약했더라면 바닥에 주저앉을 뻔했다.

"정식으로 청첩장은 안 나왔는데, 이삼일 내로 뿌린다고 하더라고. 근데 확실할 거야. 병원장님이 교수님들 만난 자리에서 이 선생 결혼식에서 주례 서야 하는데, 주례사 좀 써 달라고 엄살 부리셨다는데? 어제 홍 교수님한테 들었어."

"아……."

형언할 수 없이 무참한 어떤 검은 것이 절망 또는 분함, 원통함의 이름을 달고 나현의 다리에서부터 타고 올라 순식간에 전신을 휘감았다.

"결혼하고 곧 유학 간다던데? 이승주 선생, 역시 의사의 길보다는 경영 쪽으로 진로가 정해졌나 봐. 와튼 과정 끝나면 다시 로스쿨 가는 모양이더라고"

기쁨과 희망으로 가득 찼던 나현의 3월 첫 출근 날이 악몽으로 변해 버리는 순간이었다.

* * *

서른둘이나 먹은 처지에 아직도 이런 코미디 같은 짝사랑, 삼류 드라마 같은 삼각연애의 초라한 주인공이라는 게 화가 났다. 그럼에도 이승주에 대한 마음이 사라지지 않고 식지 않아서 더 화가 났다.

'조금 더 가까이 갈 수 있었는데. 거의 다 이뤘는데.'

20여 년 전 중학생 그때나, 어엿한 전문의로서 추앙받고 있는 지금이나 이승주는 박나현에게 너무 멀었다. 너무 높았고 차가웠다.

순간, 오후 나절 만나 식사를 같이했던 엄마 생각이 났다.

가현과 나현의 어머니 명신은 스물넷 입사해서부터 40여 년 내내 한결같이 세린병원의 회계 장부를 뒤적거리면서 살아왔다.

'세린병원의 지박령'이라는 별명이 칭찬일까, 아니면 비아냥일까?

가끔 엄마를 찾아가면 문밖으로 지나치던 의사들, 그들을 돌아보는 엄마의 눈빛에 어린 선망과 질투를 확인하는 순간, 나현은 자신의 운명을 직감했다. 어찌하든 의사가 되어야겠구나, 라고.

중학교에 진학해서 어느새 좋아하게 되어 버린 한 해 선배이자 학생회장 이승주가 세린병원 이사장 아들이라는 것을 알았을 때, 나현의 심장에서 이글거리던 것도 어머니 명신이 품었던 야망과 질투, 선망과 분노의 선홍빛을 꼭 닮아 있었다.

'참 덧없다.'

좋아하는 마음 따위론 얻을 수 있는 게 없다. 특히 이승주의 마음 같은 건 애당초 나현에게 제시된 답안지 안에는 들어 있지도 않았다.

쓰라린 현실의 자각. 그 앞에서 수줍은 사춘기 중학생, 열다섯의 박나현을 지나 서른둘, 골드 미스 의사인 박나현은 또다시 초라하다.

그럼에도 다시 승주를 만나면 또 저자세가 되고 애달파하고 희망 없이 좋아할 수밖에 없다. 그러한 자신의 참담한 처지에 뼈가 시렸다.

오전 무렵, 좋은 와인 한 병 들고 찾아가 뵙겠다 했지만 대놓고 나서희 회장에게 거절을 당했다. 그래 봤자 이혼남일 뿐인 아들 하나 두고, 그런데도 나서희 회장은 눈썹 하나 까딱하지 않았다. '너 따위가 어디서 감히 잘난 내 아들을 넘봐?' 하는 기존의 태도를 고수하고 있었다.

"내가 그 인간한테 전화를 왜 했지? 짜증 나!"

다시 또 혼잣말. 나현은 팔짱을 풀고 마시다 만 와인 잔을 들었다. 잠시 찾아뵙겠다는 요청조차 대놓고 거절당했던 오전의 그때보다 더 비참하고 뼈가 아팠다.

"무슨 얘기가 듣고 싶어서 그랬던 거야, 박나현?"

설사 승주가 전처인 유리와 그 어떤 중요한 이야기를 나누었다 해도 나현은 들을 수도 없고 물을 수도 없는데.

그녀는 여러 가지 복잡한 생각을 넘기듯이 마지막 한 모금을 단번에 들이켰다.

"이놈의 인생. 진짜 거지 같네."

* * *

월요일 오후.

한성병원 주차장에 택시가 멎었다. 차 문을 닫고 돌아서면서 정원은 홀로 심호흡을 했다.

괜찮아.

아무렇지도 않아, 난 그냥 진료를 보기 위해 병원에 온 환자일 뿐이야.

쫄지 말자, 무엇보다 동요하지 말자고 어제부터 수백 번 속으로 다짐했다. 그러나 역시 쉽지 않았다.

'전남편이 의사로 등장하는 게 자주 있는 일은 아니잖아.'

진료실로 들어갈 때의 행동 수칙을 다시 외웠다.

아무렇지도 않은 얼굴을 할 것.

사무적으로 대할 것.

절대로 그 남자 얼굴을 보지 말 것.

좋아, 준비됐어.

접수를 하고 나서 한 5분 지나자 카운터 옆 모니터에 이름이 떴다.

"유정원 님."

정원은 마치 전장에 나가는 장수처럼 결연한 얼굴로 대기 벤치에서 일어났다. 그리고 간호사 앞에서 본인 확인을 마친 다음, 진료실로 들어갔다.

'이승주, 나 알은척이라도 해 봐.'

그러나 정원이 들어간 진료실에는 승주가 아닌 다른 의사가 앉아 있었다.

"유정원 환자분, 토요일에 손목 골절이네요."

마치 바람이 잔뜩 든 풍선이 순식간에 피시식 쪼그라드는 기분이었다.

정원은 자신의 이런 요상한 마음의 정체가 대체 무엇인가 곰곰 생각하기 시작했다.

실망감?

아냐. 허탈감이야.

주말 내내 이승주를 의사로 다시 마주쳐야 한다는 것에 잔뜩 긴장하고 있었다. 고민도 했다. 그런데 정작 이렇게 어이없이 아무 일도 일어나지 않았으니까. 주말 내내 했던 고민과 갈등이 아무것도 아닌 것이 되어 버렸으니까.

예상치 못한 사태 앞에서, 잔뜩 긴장한 마음의 근육을 누가 잡아당긴 듯 아팠다.

"CT 보니까 수술까지는 할 필요가 없는데? 주말보다 나아진 것 같고. 그냥 이대로 깁스하고 경과를 지켜보도록 하죠. 골절은 시간이 지나야 아무니까. 무리하지 마시고. 일주일 있다가 다시 볼게요."

고작 5분 만에 진료가 끝났다.

뭔가 좀 억울하고 얼떨떨한 마음으로 로비를 나서는데 전화벨이 울렸다. 화면에 뜬 낯선 번호에 혹시 행사 예약인가 싶어서 얼른 전화를 받았다.

"안녕하세요. 파티 전문 올댓파티 유정원입니다."

─진료 끝났지? 밥 먹자.

너무 놀라 정원은 그만 우뚝 서 버렸다. 고객이 아니라 승주였다.

"내, 내 전화번호는 어떻게 알고?"

─올댓파티 검색했더니 바로 나오던데?

개인 전화번호를 영업용 전화번호와 연동해 두었으니 이런 일도 생겼다. 수화기 안에서 들리는 그의 목소리가 너무 덤덤해서, 태연해서 갑자기 약이 올랐다. 정원은 주말 내내 승주를 다시 만나는 일에 내내 좌불안석 혼자 고민하고 있었던 게 왠지 억울해졌다.

"시간 없는데."

─선약 있어?

"그런 건 아니지만."

─밥은 먹어야잖아. 거의 도착 즈음이야. 거기서 보자. 기다리고 있을게.

그리고 전화가 끊겼다.

허탈한 웃음만 나왔다. 이보세요, 이승주 씨. 최소한 약속 장소는 알려 주셔야죠. 무작정 '거기'라고 하면 어떻게 알아듣습니까? 마구잡이로 소리치고 싶었다.

마음속으로 온갖 나쁜 말을 빼액대는 정원의 마음을 읽었는지, 곧이어 문자로 그가 말한 '거기' 위치와 전화번호가 날아왔다.

"하, 정말 이승주 당신! 이거는 반칙이지."

당연히 정원이 약속 장소에 나타나리라는 것을 확신하지 않으면 이따위 건방진 문자를 할 수가 없다. 하도 같잖고 웃겨서 정원은 와드득 이를 악물었다.

'콱 바람맞혀 버려? 밤새 내내 기다려 봐라. 내가 나가나. 흥.'

하지만 결국 호기심이 짜증을 이겼다.

일단 손목을 응급 처치 해 주어서 고맙다는 인사만큼은 제대로 해야 똥을 싸고 덜 닦은 듯한 이 찝찝함이 사라질 것 같다.

승주가 따로 자리까지 마련해서 그녀를 만나려는 속셈이 뭔지, 대체 날 상대로 뭔 이야기를 하려는지 들어나 보자, 하는 심정도 있었다.

택시를 잡아타며 정원은 계속 속으로 나쁜 말을 꿍얼거렸다.

"그나저나 뭐 하자는 건데? 대체 나한테 왜 이러는데?"

승주가 보낸 주소는 유정원이 '유리'였던 시절, 이승주와 처음 만났던 한남동 그 레스토랑이었다.

30분 후, 두 사람은 마주 앉아 있었다. 이혼 후 3년 만이었다.

"배고팠어."

식사가 나오자마자 승주는 말은 거의 하지 않고 접시만 비웠다.

그러면서 접시 위 스테이크를 내내 포크로 깨작대기만 한 정원에게 변명처럼 말했다.

손목을 다친 정원을 배려했는지 스테이크 접시가 나오자마자, 고기를 먹기 좋게 잘라서는 자신의 접시와 바꾸어 줬던 승주였다.

"응급실이 원래 그래. 이상하게 월요일에는 사고가 많나 봐. 환자들이 줄줄 몰려드는데, 힘들었어. 점심도 못 먹었어."

그런 말을 하는 승주의 미간에는 주름이 져 있었다. 피곤하고 힘들고 배고팠다는 자신의 말이 절대로 거짓이 아니라는 듯.

누가 머리라도 쓰다듬어 주면서 '아고아고, 우리 애기 힘들었쪄요?' 해 주면 그냥 막 울어 버릴 것같이 처량한 표정이었다.

"응급실에서 일해요?"

"이번 달까지만. 다음 달부턴 요양병원으로 옮겨. 응급실이 너무 힘들어서."

그러나 그건 아주 잠시였다. 자신의 나약하고 부족한 면을, 그것도 헤어진 지 3년이 넘은 전처에게 드러낸 게 영 면구스러운 듯 그가 흠흠 헛기침을 하고는 물을 마셨다.

식사가 끝나고 직원이 다가와 후식과 커피를 서빙해 주었다.

커피를 마신 승주가 마침내 큰 결심이라도 한 듯 똑바로 정원을 바라보았다.

"그동안 잘 지냈어?"

"잘 지내서 이렇게 버젓이 살아가고 있잖아요."

다시 안 볼 사람이니 가능한 한 상냥하게 대해야지. 굳이 까칠하게 대할 필요 없잖아.

어디서나 친절, 생글생글. 설사 그게 전남편이라도. 직업 정신, 직업 정신 잊지 마, 유정원.

마음으로야 수십 번 다짐했지만 쉽지 않았다.

'냉정하고 우아하게'. 그게 안 되면 차라리 애교나 떨고 푼수스럽던 예전 그대로의 모습을 보여 주는 게, 난 이승주 너 때문에 상처받은 게 전혀 없노라 하는 것을 시위하는 데 더 효과적일까. 아직 계산이 되지 않았다.

이번에는 정원이 물었다.

"언제 들어왔어요?"

"8개월 전에. 과정 끝내고 돌아왔어."

혼자 한국에 돌아온 내가 미친 듯이 괴로워하며 울분과 슬픔과 고통을 삭여 내던 동안 이 남자는 흔들림 없이 제 할 일 제대로 다 하고 살았구나.

본인 입으로 그런 말을 들으니 썩 기분이 좋지 않았다. 결혼은 같이 했는데, 슬픔과 고통은 왜 정원 혼자만의 몫이었을까. 바위같이 단단한 전남편의 얼굴을 건너다보자니 묻어 두었던 울화가 울컥 터졌다.

"그래요? 학위는 땄고?"

"응."

"와튼 석사 학위도 모자라서 이젠 로스쿨까지 하려고?"

"뭐, 그렇게 됐어."

"열공하세요. 당신은 공부가 취미잖아요."

마누라가 울든 말든, 외로움에 지쳐 난리를 치든 말든 그는 묵묵히 새벽이든 늦은 밤이든 서재에 홀로 들어가 공부를 했다. 학교에서 하루 종일 공부하는 것도 모자라서 집에 돌아와서도 또 공부만 했다. 그러는 와중 정원이 말라비틀어지다 못해 부서져 먼지가 되어 가는 것을 끝내 보지 못하고 말이다.

'흥. 아니지. 보지 못한 게 아니라 보지 않았겠지.'

심술궂게 생각하며 정원은 냉정하게 대답했다.

"난 잘 지냈어요. 일 시작한 건 파티 때 보았으니 아실 거고, 그냥 이렇게 잘 먹고 잘 살아요."

"그래. 얼굴이 좋아 보여. 참 다행이야."

어련히 다행이겠다? 속으로 정원은 입술을 비죽였다.

잠시의 침묵 후, 승주가 나직하게 중얼거렸다.

"우연도 참. 우리가 이렇게 만날 줄은 몰랐어."

'결국 만나 버리네'. 그렇게 들렸다.

"그러게요. 세상이 참 좁아요. 그죠? 우리가 행사 나간 그 집이 박 교수님 언니분 댁일 줄은 생각도 못 했는데."

정원이 승주를 똑바로 바라보았다.

이제는 토요일부터 지금까지 내내 속에서 이리저리 치대면서 까끌까끌 자신을 불편하게 만들었던 것을 확인한 시간이다. 그 진실이 불편하거나 아픈 것이라 해도 직시해야 했다. 그게 유정원 스타일이다. 어차피 이 자리에 온 것도 어리석은 미련이나 더 어리석은 몹쓸 호기심 따위를 완전히 버리기 위해서가 아닌가.

"결혼은 언제쯤?"

"뭐?"

"박 교수님하고 재혼하는 거 아녔어요? 미안해요. 본의 아니게 들어 버렸어. 그 집 아이가 당신보고 '이모부'라고 하던데?"

"아냐. 그런 거."

자신도 모르게 승주의 목소리가 강해졌다.

정원이 확실하게 물었으니 그 역시 확실하게 대답해야 했다.

"그냥 박 선생이 조카 생일 파티라고 하더라고. 일도 없고 심심하니까 같이 가자고 그래서……."

얘길 하다 보니 이건 정말 말도 되지 않는 변명이었다. 저절로 승주의 말꼬리가 흐려지고 말았다.

"아하. 네에."

그를 응시하는 정원의 눈이 묻고 있었다.

당신이 각별한 사이도 아닌데 남과 다를 바 없는 아이의 생일 파티에 참석하는 사람이냐고, 당신을 아는 나로선 아무리 생각해도 부자연스럽다고.

"제가 또 파티 플래너잖아요? 내가 아는 한, 아이 생일 파티는 대부분 가족들끼리 참석하더군요."

"아니라니까."

"아니긴 뭐가 아니야? 엉덩이 무거운 당신 같은 사람이 직접 참석하고 애입에서 이모부 소리 나왔으면 이야기 끝난 거지."

"이모부는 정말 그쪽이 오버한 거고, 박 선생이 조카 생일 파티에 시간되면 같이 가자는 말을 했을 때 상황 봐서, 하고 대답한 적은 있어. 결과적으로 생일 파티에 딸려 간 건 맞지만 당신이 생각하는 것처럼 내가 그쪽 집안과 친밀한 사이라서는 아냐. 절대로!"

입 뚫렸다고 말은 잘해. 어디서 되도 않는 변명이야? 구차하게.

"희망 고문, 여전하시네?"

"응?"

"당신 그 무책임한 발언 말이죠. 겁나 잔인하게 들려요."

승주의 말이라면 팥으로 메주를 쑨다 해도 다 맞는 것만 같고, 그의 말에 반박하거나 반대하는 일은 절대 없었지. 무조건 감탄하고 칭찬만 할 줄 알던 유리는 이제 없다.

정원은 승주를 건너다보며 확실하게 쏘아붙였다.

"당신은 아니라고 극구 부인하는데, 난 왜 갑자기 박나현 선생이 가엾어지지? 그분이 정말 원하는 게 뭔지를 영리한 당신이 모를 리 없었을 텐데. 정말 서로 아무런 감정이 없다면, 그런 사이가 아니라면, 조그만 기대도 할 수 없게 확실히 잘랐어야죠. 그런데 당신은 거절하기가 귀찮아서, 혹은 뭐이 정도쯤은 어때, 하는 편리한 무책임함으로 상대가 원하는 걸 해 주잖아요. 그러면서 오해를 만들고 나중에 자기는 그런 뜻이 아니었다며 또 편리하게 빠져나가지. 어떻게 인간이 달라진 게 하나도 없어."

승주로선 최선을 다해 설명했겠지만 전혀 속 시원하지 않다. 오히려 얄밉기까지 했다.

말을 하다 보니 더 화가 나서 자기도 모르게 정원의 입술이 조금 튀어나왔다.

바로 그때였다. 승주가 손을 내밀어 조금 튀어나온 정원의 입술을 아래로 살짝 눌러 밀어 넣었다.

"불만스러우면 요게 톡 튀어나오는 거. 진짜 안 변하는구나."

"아. 왜 이러는데?"

당황해서 또 조금은 짜증이 나서 정원이 뾰족한 음성으로 쏘아붙였다. 그의 손이 닿았던 입술이 화상을 입은 듯 쓰라렸다.

승주가 이런 행동을 할 줄은 몰랐다.

그저 어색하고 또 어색해서 죽을 지경.

식사가 끝나면 얼른 바이바이, 다시는 내 인생에 나타나지 마, 꿈에서 볼까 무섭다고, 그럴 작정이었는데.

이 남자 왜 이러는 걸까.

어색하던 공기가 이제 난처함으로 변했다. 방금 전까지 당차게 승주에게 퍼붓던 패기는 어디론가 사라졌다. 몹시 미묘해진 정원의 얼굴을 살피던 승주가 희미하게 웃었다.

"참 못해, 당신."

"뭐, 뭐가?"

왜 쓸데없이 목소리가 떨리는 걸까. 자존심 상하게.

"마음 숨기는 거."

"그래요. 나 그거 잘 못해. 너무 솔직해서 늘 무안당하고 무시당했어. 포커페이스 그건 당신이 잘했지."

"그랬지. 그래서 다 망쳤지."

'1단계 어색'에서 '2단계 난처함'까지는 그런대로 참아 낼 수 있었다. 그런데 느닷없이 이런 회한 더하기 우수의 표정으로 고해 성사를 하시면 어쩌라고요?

"이건 무슨 뜻?"

"그냥 말한 거야. 그냥."

이번에는 승주가 정원을 똑바로 건너다보았다.

"유리가 어째서 유정원이 된 거야?"

"유리 같은 내 인생이 싫어져서."

승주의 눈썹이 잠시 꿈틀했다.

유리란 이름으로 살던 인생을 싫어하게 되었다는 말이 마치 승주 자신과의 결혼 생활이 너무 지긋지긋해서 영원히 잊어버리고 싶은 과거였노라 말하는 것 같아서였다.

"강재완."

"네?"

"응급실에 온 거 봤어. 여전히 그 친구하고 친해 보이던데?"

"아."

응급실에 온 재완을 보았단다. 그래서 승주가 급한 일 핑계를 대고는 인사도 받지 않고 사라졌던 걸까? 그렇지 않아도 심란했던 마음이 더 복잡 미묘해졌다.

"친해 보이는 게 아니라 친해요. 우린 그냥 친하다고요."

"혹시……."

망설이는 게 뚜렷하게 보였다. 신중한 성품답게 단어를 고르는 게 분명했다. 마침내 승주가 빤히 그를 바라보고 있는 정원에게 물었다.

"두 사람, 그사이 더 친해졌어?"

"그건 무슨 뜻?"

"연애 중이라든가 약혼……?"

자신도 모르게 정원의 입에서 풋! 하고 헛웃음이 새어 나왔다.

"헛소리하지 마요. 아니거든요! 강재완하고 연애하느니 차라리 수녀로 살겠다."

순간적이기는 하지만 승주의 얼굴에 안도감 같은 게 지나갔다. 너무 빨리 사라져서 정원은 보지 못한 복잡한 그 감정을 능숙하게 감추며 승주는 커피를 마시는 척했다.

"오해할 수도 있잖아. 강재완, 항상 당신 옆에 친구랍시고 간섭하고 참견하고 왔다 갔다 했으니까. 당신도 마찬가지였고."

정원이 어이없다는 표정으로 승주를 빤히 바라보다가 문득 무엇인가를 깨달은 듯 하, 하는 표정이 되었다. 뾰족한 목소리로 되물었다.

"혹시."

"뭐?"

"당신, 나랑 재완이 사이 오해했어요? 친구 이상이라고?"

"그런 건 아니지만……."

"기면 기다, 아니면 아니다, 확실하게 해요. 말꼬리 흐리지 말고. 뭐야? 결혼 내내 당신, 재완이 오해해서 미워한 건 아니죠? 덤으로 나도 같이 의심하고?"

"그렇지 않아. 그럴 리가 없잖아."

부인하는 승주의 목소리가 강력했다.

"나는 당신한테 공부 핑계 대고 무심했을지언정 당신은 나한테 언제나 기대한 이상으로 헌신하고 사랑해 줬어. 항상 당신이 나를 위주로, 뭐든 내게 집중하고 마음 써 주는 걸 몰랐다면 내가 나쁜 놈이지."

그걸 알면서 왜 날 방치했어요? 승주를 빤히 노려보는 정원의 눈동자에 순간 고통이 어렸다.

다 알면서도 언제나 모른 척하며 아프게 했어요? 아프다, 힘들다, 아우성치는 내 눈동자를 보면서도 왜 아무 말도 안 했어요? 편도 들어 주지 않았고 위로도 안 해 줬어. 마지막 순간 내가 먼저 나자빠질 때까지 당신은 아무것도 안 했어. 내게 차가운 등만 보여 줬지. 결국 내가 먼저 하얀 수건을 던지고 결혼이라는 사각의 링에서 내려올 때도 당신은 아무것도 안 했어. 한 번도 날 찾아오지도 않고 미안하다, 용서를 비는 대신 이혼 변호사를 보냈지.

결혼 생활 내내 사랑한 죄로 상처는 언제나 정원의 몫이었다. 결혼의 기쁨은 아주 잠시였고 대부분의 날은 아프고 외로웠다. 그걸 이 남자가 알고 있었단 말이야? 그런데도 날 계속 그런 채로 방치했다고?

이혼 이후 승주를 미워하고 원망했던 것보다 훨씬 더한 강도로 미움이 끓어올랐다. 분노의 붉은 피가 정원의 발아래 웅덩이를 이루었다.

"그나마 당신한테는……."

말없이 승주를 노려보던 정원이 고개를 돌려 그의 시선을 피했다. 한없이 차디찬 목소리로 그 순간의 마음을 흘려 냈다. 아주 쓸쓸한 자인이었다.

"우리 결혼이 불행한 것만은 아니었다니 다행이네요. 둘이 한 결혼이니까, 한쪽이라도 행복했으니 우리 결혼, 조금 보람은 있었나 봐."

여전히 아물지 못한 정원의 상처가 그대로 드러나서 승주는 더 이상 할 말이 없었다. 설사 할 말이 있었다 해도, 그 말을 할 입이 없었다, 그에게는.

두 사람의 이혼에 있어 대부분의, 아니, 거의 모든 잘못은 그에게 있었으니까.

"일어나요. 우리 사이에 할 이야기는 이제 별로 없지 않아요?"

정원이 먼저 일어섰다. 카운터 앞에 와서 카드를 내밀려는 승주의 손을 밀쳤다.

"각자 내죠."

그가 피식 웃더니 도전적인 시선으로 노려보는 정원을 향해 고개를 저었다.

"오늘은 내가. 밥 먹자고 먼저 말한 사람이 사 줘야지. 당신이 내게 가르쳐 놓고, 잊었어?"

"아니, 그거는……."

훅 들어온 승주의 공격에 순간 말문이 막혔다.

갑자기 아찔하도록 선명한 기억이 스쳤다.

소개팅 다음 날, 이승주에게 홀딱 반해 버린 유리는 무작정 그가 근무하는 병원을 찾아 돌진했다.

나올 때까지 기다리겠다고, 만나 달라고, 그냥 밥 한번 같이 먹자고. 열몇 번이나 문자를 보냈다.

사실은 뭘 어떻게 하겠다는 계획도 없었다.

그냥 그가 보고 싶었다. 마주 앉아 듣기 좋은 목소리를 듣고 싶었고, 싱긋 웃는 얼굴을 질릴 때까지 보고 싶었다. 밥도 같이 먹고 커피도 마시고 맛있는 케이크 하나도 나눠 먹고 싶었다. 심야 영화도 같이 보고 롱 코트

깃을 올리고서 나란히 손을 잡고 같이 걷고 싶었고 가능하다면 뽀뽀(실은 키스!)도 하고 싶었다.

상상 속에서 미지의 연인과 했던 모든 것들을 전날 소개팅한 이승주와 다 하고 싶었다. 홀딱 반한 마음이 불꽃처럼 훨훨 타올라 유리를 새빨갛게 불태워 버렸다.

아직은 유정원이 아니라 유리였을 때. 기다린다는 카페로 거짓말처럼 나온 승주를 바라보면서 유리는 너무 기쁘면 눈물이 난다는 걸 배웠다.

그리고 유리는 그날 식사비를 자신이 냈다.

"제가 만나자고 고집 피웠으니까 밥은 제가 살게요."

그는 조금 놀란 눈초리로 그녀를 바라보았었다. 또 많이 어색해하는 표정으로 말했다.

"안 친한 사람한테 밥 얻어먹는 거 취미 아닌데."

"안 친한 사람하고는 애초부터 밥을 같이 안 먹죠?"

반론하는 유리의 말에 승주가 오오, 하는 표정이 되어 웃었다.

"말 되네."

"우린 같이 밥 먹었으니까 이제 친한 사이예요."

"이게 그렇게 되는 겁니까?"

"네."

나중에 승주가 그랬다. 신혼여행 때였다. 자신이 유리에게 반한 게 그때였다고.

사심 없이, 의심 없이 활짝 웃는 그 얼굴이 너무 귀엽고 순수해서, 정말 기쁘고 행복하다는 게 온몸으로 드러나서, 이 사람하고 같이 있으면 나도 행복으로 물들여지겠구나 그런 생각을 했다고.

정원이 어벙벙해 있는 사이 승주가 카드로 계산을 마쳤다. 그대로 헤어지는가 했는데, 그가 다시 의외의 요청을 했다.

"잠시 걸을래? 날씨가 너무 좋잖아."

"엄청 어색한데 우리가 무슨 연인처럼 같이 걸을 이유가 있나? 그냥 커피나 한잔 더 해요. 그래야 내가 당신하고 아직 안 헤어지는 핑계라도 되지."

정원이 딱 부러지게 대답하자 승주가 허탈하게 웃었다.

"있잖아, 당신. 뭔가 엄청 세졌다."

"이제 유리 아니라니까? 그리고 사업 해 봐요. 온갖 산전수전 다 겪는데 안 세지면 어떻게 일을 해? 별의별 꼴을 다 당하는데."

이번에는 정원이 앞장섰다.

대저택이 즐비한 한남동 골목을 걸어 내려와 큰 도로를 가로질렀고, 더 깊이 이태원 안쪽으로 들어섰다.

"앉아요. 여기 커피 맛있어요."

어느 골목 어귀, 허름한 커피 수레 앞 간이 의자에 정원이 먼저 앉았다.

"이 동네에서 여기가 제일 맛있어요. 아이스? 아니면 핫?"

"차가운 거."

"달달한 거, 아니면 아메리카노?"

"설탕 없는 게 좋아."

승주는 선뜻 대답하면서도 조금은 신기하고 조금은 섭섭했다.

붐비는 도심 모퉁이의 수레 커피에서도 취향 따라 선택 주문이 가능하다는 사실이 신기했다.

한편으로는 자신이 단맛을 좋아하지 않는다는 것을 정원이 벌써 잊었다는 사실이 섭섭해서 승주는 놀랐다.

이토록 사소한 것에서 이토록 크게 깨달아 버렸다. 시간이 지난 후, 부부의 인연이란 것조차 물에 떠서 천천히 흘러가 버린 낙엽 한 장처럼 가볍다는 것을.

"여기 커피가 맛있단 걸 어떻게 알았어?"

"이 근처 카페에서 우리가 행사 몇 번 진행했거든요. 저어기 보이는 데."

정원이 손짓으로 골목 저 너머 건너다보이는 근사한 루프탑 카페를 가리켰다.

"행사 준비하다가 커피 타임 하는데, 영주가 맨날 사다 주는 커피가 진짜 맛있는 거야. 물어봤더니만 이 집 커피였어. 여사님, 커피 짱이에요. 저, 완전 단골!"

그 짧은 시간, 정원이 생글 웃으며 커피를 타 주시는 수레 커피 여사님께 아낌없는 칭찬을 했다.

피곤해 뵈던 수레 커피 여사님이 정원의 칭찬에 빙그레 웃었다.

말 한마디로 사람을 기분 좋게 만들고 웃게 만들고 제 편으로 만들어 버리는 저 친화력이라니. 늘 승주가 정원에게 감탄하게 되는 부분이었다.

예쁜 말 곧잘 하는 참 예쁜 사람. 그게 몇 안 되는 승주 친구들 사이에서의 아내 유리의 평이었다.

막상 커피 잔을 들고 나란히 앉아 있는데 둘은 정작 할 말이 없었다.

서로 할 말이 너무 많아 무슨 말을 해야 할지 생각하며 숨을 고르는 것일 수도 있고, 말을 한다 해도 이제 와서 다 무슨 소용인가 싶어서 말을 하지 않는 아련한 슬픔 같은 것이기도 했다.

그러한 두 사람 곁으로 사람들이 무심하게 스쳐 지나갔다. 벌써 몇몇은 반팔이었다.

"봄이 오는가 싶더니, 벌써 반팔이야. 이젠 여름인가 봐."

정원의 혼잣말에 승주가 맞장구를 쳤다.

"그러게. 세월 참 빠르네."

"빨라야지."

갑자기 정원의 목소리에 파랗게 날이 섰다. 멍때리다가 졸지에 뒤통수를 맞은 것 같아 승주가 얼떨떨한 표정으로 정원을 건너다보았다.

"느렸으면 내가 어떻게 견뎌 냈겠어?"

정원이 냉소를 지으며 쏘아붙였다.

"의사니까 잘 알 거 아냐, 당신도. 배 조금 아파도 잠 못 드는 게 사람인데 마음 아픈 건 약도 못 먹고, 수술도 못 하고. 그걸 어떻게 견뎌? 빨리 세월이라도 흘러가 주니까 그나마 다행이지. 마음 아픈 사람에게 마지막 축복이라고, 그건."

뭐라고 말을 하기도 전에 영 심심했는지 커피 여사님이 끼어들었다.

"아이고. 새댁이가 말을 아주 똑 부러지게 하네. 맞지 맞지. 맘 아픈 사람한텐 세월이 약이지. 그래야 다들 살아지니까."

겸연쩍어진 승주가 커피만 마셨다.

자꾸 뭔가가 미끄러지고 있었다.

어제 하루 종일 산을 오르면서 생각한 정원을 만나서 할 것들, 해야 할 말들이 전부 차가운 정원의 벽에 부딪쳐서 미끄러져 떨어지고 허공 저 너머로 사라지고 있었다.

"파티 플래너."

정원이 그를 바라보고 있는 게 옆얼굴로 느껴졌다.

"어떻게 시작하게 됐어? 뭘 하는 거야?"

"봐서 알잖아요. 즐거운 파티를 준비하죠. 예쁘게 방을 꾸미고 어떻게 하면 즐겁게 놀 수 있을까 계획하고 예쁜 꽃 사다가 장식하고. 맛있는 거 더 맛있게 만들어서 먹음직스럽게 배치하고. 행복한 추억을 사진으로 오래도록 남기고, SNS에 올려요."

"그거 다 당신이 날 위해 해 주던 것들이네."

"근데 달라."

승주가 그녀를 바라보았다.

"파티 해 주면 사람들이 다 고맙다고 해. 행복해하고 기뻐해. 심지어 돈도 줘. 당신이나 당신 집 사람들은 아니었잖아. 내가 뭘 해 줘도 딱히 기뻐하지도 않았고 좋아하지도 않았어. 비웃거나 쓸데없는 짓 한다고 한심해했지."

정원의 그 말이 승주를 통렬하게 후려쳤다.

"그래, 맞아. 안 했지. 변명 같지만."

"해 봐요. 들어 줄게. 내가 전남편한테 지난 결혼 생활에 대한 변명을 들을 기회가 몇 번이나 있겠어?"

"내가 당신이 해 주던 모든 것에 뚱했다고 느꼈다면 미안한데, 그게…… 당황해서. 그래서 그랬어."

정원이 승주를 빤히 바라보고 있는 게 느껴졌다. 말을 하면서도 얼마나 자신이 하는 말이 엉망인지, 말이 안 되는 것을 느끼면서도 승주는 말을 할 수밖에 없었다. 그 말 속에서 드러난 자신의 모습이 얼마나 쓰레기 같았는지 가시처럼 콕콕 찔려 가면서. 혹은 이런 말을 왜 결혼 생활 도중에 정원에게 해 주지 못했는지 끝없이 후회하면서.

"그렇게 기쁘게 사는 사람을 못 봤어. 대가 없이 남에게 다 주면서도 자기가 더 기뻐하고 행복해하던 사람은 당신이 처음이라서."

이런 말을 그때 해 주었더라면 얼마나 좋았을까? 왜 그러지 못했을까?

말로는 사랑한다고 하면서도 모든 것을 나누고 같이하는 것에는 왜 그리 인색했을까?

우린 그때 사랑했을까. 불같이 타오르던 그 시절의 마음은 어디로 사라졌을까? 정말 난 그때 왜 그랬을까?

수없는 물음표가 정답을 찾지 못하고 여전히 승주의 주변에서 맴돌고 있었다. 후회의 얼굴을 하고 커피 향기처럼 진하게 떠돌다가 쓴맛이 되어 목구멍 너머로 사라졌다.

정원이 한참 동안 승주의 얼굴을 물끄러미 바라보더니 이제야 뭔가 이해했다는 듯 고개를 끄덕였다.

"다행이라고 해야 하나, 아니면 억울해야 하나? 이제라도 당신이 그런 말해 주어서. 뭔가 좀 화가 나려고 하지만요."

승주가 정원의 얼굴을 바라보았을 때, 그 얼굴은 한없이 쓸쓸하고 스스로를 가련해하는 그런 표정이었다.

"난 당신이 나랑 결혼한 걸 결혼한 첫날부터 후회하고 있었던 건 아닌가 내내 괴로웠거든요."

사랑도, 연애도, 결혼도 다 그녀가 먼저. 오롯이 그녀만 좋아서 고집부리고 날뛴 결과가 이혼이었구나. 난 당해도 싸. 그런 생각을 하고 지냈다. 그래서 너무 괴롭고 아프고 외로웠다. 탓을 할 사람이 경솔하고 어리석은 자신뿐이라서.

"그나마 당신이 속맘으로는 날 처음부터 끝까지 모자라고 한심한 여자라고 생각한 건 아니라서 다행이에요. 그래 봤자 달라질 건 없지만요."

이제 와 너의 이런 마음을 알았다고 해서 달라질 건 없다고, 우린 너무 늦었다고, 정원은 승주에게, 또 스스로에게 다짐하는 것 같았다.

정원이 마시던 종이컵을 우그러뜨렸다. 승주와 보낸 이 몇 시간을 없던 일처럼 쓰레기통에 버리듯이 휙 내던졌다. 그러고는 먼저 일어섰다.

"여기서 헤어져요. 더 할 이야기도 없어, 이젠."

그럼, 잘 가요.

먼저 작별 인사를 한 것도 역시나 정원이었다.

아직은 입에 달라붙지 않는 그녀의 새 이름처럼 냉정하고 깨끗하게 작별 인사를 하고 떠나는 그녀의 뒷모습이 낯설었다. 결혼 생활 내내 정원이 승주에게 뒷모습을 보여 준 적은 없었는데. 늘 해바라기처럼 그를 바라보며 웃고 있었는데.

잘 가, 유리야. 아니, 유정원.

먼저 골목길을 빠져나가 멀어지는 정원의 뒷모습을 바라보며 서 있는데, 승주는 자꾸만 아주 귀중한 무엇을 홀라당 도둑맞은 듯 허전하고 억울했다.

'너는 참 쿨하구나. 유리, 아니, 유정원. 난 이미 너에게 정리됐어. 그렇지?'

뒷모습의 흔적마저도 사라진 이 골목길. 홀로 우두커니 서 있는 자신의 긴 그림자를 내려다보며 승주는 스스로에게 자꾸만 화가 났다.

늘 솔직한 마음은 안으로 삭이고 정직한 감정은 감추면서 살았던 자신의 버릇이 이토록 싫어질 줄이야. 비겁하기도 하고 굼뜨기도 한 자신의 태도를 혐오하면서도 고칠 수가 없는 건가.

'나도 유리 너처럼 어른답게 이런 감정의 찌꺼기쯤 제대로 처리할 수 있었으면 했어. 그런데 역시 너한테는 안 되는구나.'

"쯧!"

누군가가 혀를 찼다. 느닷없이 귀를 파고드는 생경한 소리에 승주는 퍼뜩 정신을 차렸다. 1미터 앞, 수레 커피 여사님이 한심하다는 표정으로 그를 바라보고 있었다.

"잡든지, 따라가든지."

"네?"

커피 여사님이 커피 주전자를 괜히 들었다 났다 하면서 쏴붙였다.

"말도 안 하고 뒤에서 보고만 있으면 누가 다시 와 준대? 사내꼭지가 말이야, 왜 그렇게 매가리가 없어? 엉?"

생판 남이지만, 귀가 있으니 나란히 앉아 있던 사람들 이야기가 절로 들려왔다. 싫어도 들어 버린 사연인즉슨, 아마도 둘은 이혼한 사이인 모양이다. 똑같이 두 얼굴에는 미련이 뚝뚝 흐르면서도 아닌 척 헤어지는 게 기가 찼다. 남의 일이지만 화가 나려고 했다.

요청하지도 않았고 기대하지도 않았던 간섭 앞에서 순간 승주는 뺨이라도 한 대 얻어맞은 듯 얼굴이 화끈 달아올랐다.

늘 냉정하고 초연하며 상대를 약간 위에서 내려다보는 일에 익숙한 그였다. 그런데 이런 식으로 생판 남이 자신의 인생사에 훅 들어오는 상황을 당해 본 적이 없다. 그가 허락하지 않았는데도 확 선을 넘어 무식하게 돌진하는 이런 상대에게 승주는 속수무책이었다.

"아이참, 내가 또 주책이지, 미안하게 됐수. 무식한 아줌마 오지랖이라고 생각하슈. 근데 이봐요. 둘이 무슨 사연인 줄 모르겠는데, 참 잘 어울려 뵈는 사람들이 그러는 거 아냐. 한 번뿐인 인생인데 좋은 사람은 잡고 봐야지, 멍하니 바라보고만 있다가 떠나보내면 그거만큼 바보 같은 일은 없지 뭐야."

멍청하고 비겁한 그를 준엄하게 꾸짖는 시선이 장난 아니었다. 거기 더 서 있다간 끓는 물이라도 한 바가지 끼얹을 기세였다.

당혹한 얼굴을 감추지 못하고 서둘러 떠나는 승주의 뒷모습을 바라보며 커피 여사님이 중얼거렸다.

"생긴 거는 먹물깨나 먹은 모양인데. 쯧! 여하튼 사내놈들은 다 멍청해. 지들이 뭘 바라는지 그것조차 몰라. 에휴."

그 와중에 승주는 한 대 제대로 얻어맞은 듯했다.

여전히 얼얼한 상태로 승주가 레스토랑 주차장에 세워진 승용차에 올라 탔다.

시동을 걸다가 그는 '아, 참' 하고 혀를 찼다.

'진짜 용건을 잊어버렸네.'

유리는 미국 집에 남겨 둔 자신의 짐을 하나도 가져가지 않았다.

미국 집을 방문한 나서희가 알아서 정리를 해 주겠다고 했지만 승주는 거절했다.

누구든 그들 결혼 생활의 현장을 건드리거나 간섭하는 게 지긋지긋하고 싫었다. 심지어 나서희가 짐을 정리해 주겠다는 속셈이 너무 빤히 보여 몸서리가 쳐졌다.

원치 않았지만 가족이라는 이유로 벌인 무례한 침범과 간섭으로 인해 둘의 결혼이 깨지기 시작했단 것을 전혀 모른 척하는 뻔뻔함을 견딜 수가 없어 이가 갈렸다.

'평창동 식구들 모두가 당신을 두고 내 인생에 찍힌 명백한 오점이라고 했지.'

두 사람의 결혼 생활 내내 유리를 전혀 받아들이지 않고 밀어내기만 하던 그들. 햇살처럼 밝고 맑은 사람을 미라처럼 말려 죽이려 들었다.

참다못해 그와의 결혼 생활을 포기하고 도망갈 정도로 괴롭히고 멸시해서 잘 웃고 늘 행복해하던 사람을 회색 그림자처럼 만들어 놓고 미안해하지도 않았다.

결국 둘이 이혼하자마자 두 팔 들어 환영하며, 즉각적으로 바닥에 떨어진 더러운 얼룩을 지우듯이 승주의 인생에서 유리를 박박 지워 내려 나섰다.

'가장 멍청한 건 나였어. 어머니의 악랄한 말에 수긍하고 말았잖아. 나보다 많이 모자란 여자를 내 아내로 허락해 줬으니 그 빚을 갚으려면 내가 참아야 하고 당신도 무조건 감내해야 한다고 생각했어. 바보같이.'

일차적으로는 비겁한 승주 자신의 침묵과 무관심, 방관이 이혼의 첫 번째 원인이었으나, 동시에 평창동 가족들로부터 멸시당하고 정신적으로 학대당하는 유리를 구원해 줄 능력이 그에게는 부족했다.

너무나 괴로웠지만 결국 승주는 나날이 불행의 늪으로만 빠져드는 유리를 위해서 이혼이라는 선택지를 택할 수밖에 없었다. 그리하여 승주는 인생에 찾아온 유일한 기쁨이자 행복을 잃었다.

이혼 후 2년이 지나, 유학을 마치고 들어오면서 승주는 유리와의 결혼 생활 동안 생긴 짐들을 그대로 다 포장해서 전부 한국 아파트로 옮겨다 놓았다. 방 하나에 가득한 그 짐들을 어떻게 처리해야 하는지 승주로선 여전한 숙제였다.

남기고 간 짐들을 가져가라고 연락을 해야 하는지, 아님 택배로 보낼 테니 주소를 알려 달라고 해야 하는지 고민만 하다가 반년이 또 더 흘러 버렸다.

'그쪽은 싫겠지만 또 통화를 해야 할 것 같은데.'

그게 뭐가 됐든 승주는 지금 유리를 다시 만날 이유를 찾고 있는 중이었다. 인생 달인 커피 여사님의 말처럼 유리를 따라가거나 잡을 핑계를 열심히 만들기에 여념이 없었다.

'참 구차하다, 이승주.'

그 구차함은 그의 비겁함이 가진 무게와 똑같았다.

구차하기는 정원도 마찬가지였다.

승주를 두고 돌아서는데 너무 허무했다.

뭘 기대한 건지. 택시를 타고 집으로 향하는데, 심장 한쪽이 계속 벌렁벌렁 뛰면서 도무지 진정이 되지 않았다.

승주 앞에서 죽을힘을 다해 의연하려 애를 썼으나, 헤어지면 그런 긴장이 풀릴 줄 알았다. 그러나 꽉 조여진 심장은 쉽사리 진정되지 않았다. 이제 거의 극도의 한계 상태였다.

아파서 그런 건지, 화가 나서 그런 건지, 아니면 여전히 승주 앞에서 태연하지 못한 어리석은 미련 때문에 그런 건지. 그녀도 자신의 마음을 알 수가 없었다.

병도 진단이 되지 않으면 치료가 불가능하다던데, 지금 정원의 마음 상태가 딱 그랬다.

전화가 온 건 그때였다.

—병원 갔어?

"재완아."

안도감이 들면서도 아팠다. 작은 불빛 하나 머금은 듯 안도를 느꼈으나 서러웠다. 넌 왜 항상 내가 초라하고 허무할 때 전화하는 건데?

—병원 갔다 왔어? 집이야?

"아니. 병원은 갔다 왔고. 이제 집에 들어가려고."

잠시 재완이 가만히 있다가 물었다.

—너 어디야?

"왜?"

—어디냐고. 니 목소리 완전 꿀꿀해. 내가 갈게. 어딘지만 말해.

"오지 마. 나 집에 바로 들어갈 거야."

―아침에는 괜찮더니만 기분이 왜 그러는데? 뭐 안 좋은 일 있었어?

"안 좋은 일, 안 좋은 일이라……."

우연이 만들어 낸 전남편과의 재회를 안 좋은 일이라고 말하면 뭐 기분이 달라지나.

하지만 좋은 쪽이든 나쁜 쪽이든 가슴이 흔들렸고 그와 함께했던 이 몇 시간 내내 잠들었다고 생각한 감정들이, 이겨 냈다고 믿었던 감정들이 소용돌이쳐서 견디기 힘들었던 건 부인할 수가 없다.

정원이 말을 잇지 못하자, 재완이 먼저 말했다.

―내가 먼저 조각 공원에 앉아 있을 테니까, 나와.

그리고 전화가 끊겼다.

3

"여기."

정원이 집 근처 조각 공원으로 들어가자 벤치에 앉아 있던 재완이 손을 번쩍 들었다.

정원이 다가가자 재완은 그녀가 좋아하는 밀크티를 내밀었다.

"마셔."

두 사람은 나란히 앉아 밤의 조각 공원을 산책하는 사람들을, 강아지와 어린애들을 멀거니 바라보았다.

"뭔데?"

재완이 앞만 바라보며 무뚝뚝하게 물었다.

"몰라. 그냥 짜증이 좀 나네."

"이유가 뭔데?"

"모르겠어."

왜 그런지도 모르는데 갑자기 주르르 눈물이 뺨을 타고 흘러내렸다.

무뚝뚝함 속에 담긴 재완의 다정한 마음 씀씀이. 늘 한결같은 그 마음이 닿아서인지, 승주를 만난 이후 계속 꽉꽉 뭉쳐 있던 마음속 어떤 불덩어리가 화악 풀리는 것 같았다.

"아, 씨이. 이게 왜 그러지?"

정원은 손등으로 눈 아래를 슥슥 문질렀다.

"짜증 나. 눈물 이게 왜 나고 난리야?"

재완이 어느새 비워져 버린 정원의 밀크티 컵을 받아 쓰레기통에 던지며 물었다.

"뭔데? 짜증이 나서 눈물 나는 거야, 눈물이 나서 짜증스러운 거야?"

"둘 다."

정원은 다시 두 손으로 눈물을 슥슥 훔쳤다.

"내 생전 다시 그 남자 때문에 울 일은 없을 줄 알았는데."

정원의 말에 순간적으로 재완의 얼굴이 굳어졌다.

"그 남자라니. 너 혹시."

"……그래, 맞아. 나 그 사람 만났어."

"설마 이승주 그 남자는 아니지?"

"왜 아니겠어?"

옆에 앉은 재완의 표정이 굳든 말든 정원은 마치 혼자 있는 것 같았다.

"어떻게……?"

"병원에서 우연히."

그리고 정원은 입을 다물었다. 재완에게 구구절절 승주와 어떻게 만났고 어떻게 헤어졌는지 설명하는 일마저 너무 힘겨웠다. 그녀가 어깨를 으쓱하고 자조적으로 내뱉었다.

"이제 겨우 다 잊었는데, 제대로 극복하고 내 인생 폼 나게 시작한 줄 알았는데. 왜 하필이면 이런 때 나타나 가지고……. 기껏 그 남자 한번 만났다고 내 평정심이 순식간에 망가졌단 말이야. 너무 억울해."

정원이 발끝으로 애꿎은 땅바닥만 걷어찼다.

"인생 이거 뭐 이래? 짜증 나."

그 말일랑은 그가 하고 싶었다. 재완은 아무 말 없이 남은 커피를 들이마셨다. 유난히도 쓰디썼다.

전남편 이승주를 만났다는 정원의 고백 앞에서 그가 얼마나 충격을 받았는지, 드러낼 수가 없어서 그야말로 두 배나 힘들었다.

"너도 알지. 내가 이혼하고 나서 얼마나 힘들었니? 온갖 생쇼 다 하면서까지 겨우 그 인간 그림자에서 벗어났다고 생각했는데……."

정원이 다시 한 손으로 눈 아래를 문질렀다. 진정하려 애를 써도 눈물이 자꾸 흘러 얼룩졌다.

재완의 입맛이 더 쓰게 변했다.

정원이 미처 감추지 못한 표정 안에서 그는 아직도 그늘을 드리운 미련이란 유령을 보아 버렸기에.

'난 또 뒷전이 되는 건가?'

드러내지 못하면서 한결같이 한 사람만 사랑하는 것은 재완에게 너무 힘든 일이다.

그녀를 사랑하는 마음만큼은 세상 그 누구에게도 지지 않을 자신이 있는데, 왜 유리, 아니, 정원은 그의 여자가 아닐까?

이렇게 정원이 전남편 이승주를 다시 만났고, 그로 인해 이토록 흔들리는 모습을 보고 있노라니, 재완은 똑같은 남자에게 두 번이나 패배당한 듯해 기분이 더러웠다.

'이런 싸움. 젠장. 속수무책인 게 너무 불공평하잖아.'

자신이 무슨 짓을 하든 정원 뒤에 서 있는 이승주의 그림자에게조차도 이길 수 없다니?

하지만 재완이 정원을 사랑하는 한 불공평한 싸움은 평생일 테지. 그가 품은 짝사랑은 늘 지는 게임이었다.

정원을 만난 첫날부터 지금까지 10여 년 넘게 늘 그랬다.

정원과 재완이 처음 만난 건 중학교 2학년이 된 3월 신학기 무렵이었다.
첫날 담임 선생님이 그를 바라보며 말했다.

"강재완. 오호, 니가 유명한 그 '건뚱이'로구나."

"건뚱이가 뭐래?"

1학년 때 다른 반이었던 아이들이 조금 웅성거렸다.

재완은 두꺼운 살집 안으로 비질비질 진땀을 흘리면서도 한마디를 할 수
가 없었다.

건방진 뚱땡이.

줄여서 건뚱이.

몸무게만 세 자릿수를 훌쩍 넘는 육중한 몸, 수업 시간에 무슨 말만 하면
아이들이 뒤에서 잘난 척한다며 비웃음을 퍼붓는 은따, 아니, 대놓고 왕따.
'건뚱이'는 악몽 같은 인생을 참아 내고 있는 어린 강재완의 가련한 정체성
이었다.

그런데 그날 이후 모든 게 달라졌다.

"제포에서 전학 왔다."

"제포가 어디래?"

신학기가 시작된 지 일주일 후에 나타난 전학생. 타 학교의 노란색 교복
상의가 아주 잘 어울리는 해사한 얼굴과 상냥한 눈웃음을 짓고 있었다.

그때 재완만 짝이 없었다.

자연스럽게 전학생은 그의 옆자리에 앉게 되었다.

"안녕. 잘 부탁해. 난 유리라고 해."

어렵고 서먹할 법도 한데 사근사근 인사도 잘하고 먼저 말도 잘 걸었다.

말을 할 때마다 오목조목 보조개가 살짝 패였다. 웃을 때 더 귀여워지는
초승달 눈매. 타고나기를 사교적인 사람들이 있다더니 유리가 그랬다.

그날 점심시간. 급식판을 들고 유리가 너무나 자연스럽게 재완 옆에 와서 앉았다.

그날 처음으로 재완은 점심시간에 혼자 밥 먹는 난처함에서 해방되었다. 밥이 입으로 들어가는지 코로 들어가는지 알 수가 없었다.

그러나 하나는 확실했다. 밥을 먹을 때마다 자꾸 가슴을 답답하게 만들던 체기를 그날은 잊고 있었다는 것.

다음 날 아침, 재완은 매일같이 하늘이 무너지거나 전쟁이 나서 학교에 가지 않았으면 하고 바라던 마음을 처음으로 느끼지 못했다. 빨리 학교에 가고 싶었다. 예쁘게 잘 웃는 전학생 짝이 앉아 있는 교실 그 자리에 앉고 싶었다.

"안녕. 강재완. 나 교복 맞췄다. 어때? 예뻐?"

역시나였다. 재완만큼 일찌감치 교실에 들어온 유리는 재완을 보자마자 조잘조잘 먼저 말을 붙였다.

"교복 입으니까 완전히 이 학교 학생 된 거 실감 나. 그런 의미에서, 어때?"

유리가 가방에서 말린 체리 봉지를 꺼내더니만 재완에게도 하나, 이제 막 자리에 앉는 앞자리 애에게도 하나씩 주었다.

너무 자연스러워서 얼결에 간식을 받은 애가 유리를 바라보았다. 이게 뭐냐고 묻는 얼굴이었다.

"내가 교복 맞춘 기념. 좋은 일은 같이 축하해야지. 너 이름, 고아름 맞지. 아름아, 근데 아침 먹었어? 안 먹었으면 간식 더 먹을래?"

"고마워, 나 어제부터 쫄쫄 굶었어."

"왜애? 아침을 왜 못 먹었어? 늦잠 잤어?"

"아니. 엄마 아빠가 싸웠지 뭐야. 눈치 보여서 밥을 못 먹겠더라."

시무룩한 대답에 유리가 '아이고' 하고 대신 한숨을 내쉬어 주었다. 그러고는 가방에 넣으려던 체리 봉지를 통째로 아름의 손에 쥐여 주었다.

"완전 배고프겠다. 더 먹어. 집에 갈 때 하소연 들어 줄게. 그러니까 마음 풀어."

"진짜? 나 완전 우울해. 이 세상 부모님들은 왜 대체 사이좋게 못 사는 걸까."

말린 체리 간식 하나로 유리는 그 아침에 또 친구 하나를 사귀었다.

고아름은 재완과 1학년 때 같은 반이었다.

항상 전교 일이 등을 놓치지 않는 것으로 유명했으나 그만큼 싸가지 없다고 뒷말하는 애들이 많았다. 늘 고개를 치켜들고 새침하게 구는 데다 꼴에 공부한답시고 다른 애들과는 말을 잘 섞지 않는 것으로도 유명했다. 사실상 고아름도 재완만큼은 아니었으나 은근히 따돌림을 당하는 중이었다.

그런데 그런 아름이 전학 온 지 하루밖에 되지 않는 유리에게 구구절절 자신의 마음을 털어놓는 것을 보며 재완은 충격에 빠졌다.

같은 반이던 1년 동안 재완이 주워들은 것보다 그 아침, 아름이 전학생 유리에게 털어놓은 사연이 더 많았다.

"그래서 학교에 빨리 왔어? 불편해서? 라면이라도 사 먹고 오지이."

"집에서 아침도 못 얻어먹고 나와서는 혼자 편의점에서 라면 사 먹는 게 얼마나 웃긴지 알아? 완전 찐따 같잖아. 더 우울하다고."

"그렇지? 그 마음 뭔지 이해된다, 야. 어쩌면 좋아. 그래도 빨리 풀어. 이 기분 오래 가면 너만 손해야. 오늘 밤엔 너네 엄마 아빠도 화해하실 거야."

"정말 그럴까?"

"그럼, 울 엄마가 그러는데 부부싸움은 칼로 물 베기래."

"진짜아?"

"응. 기운 내라."

유리가 아름이 팔을 살짝 쓰다듬어 주었다.

기껏 5분 만에 10년 사귄 절친쯤 되어 버린 유리와 아름을 바라보며 재완은 충격에 빠졌다.

'얘, 진짜 보통 애가 아니네.'

똘망한 외모와는 달리 솔직히 유리는 성적이 좋은 학생은 아니었다.

"아이, 이게…… 난 공부를 잘 못해. 그래도 열심히는 하니까, 뭐."

자기한테 공부 머리가 없음을 스스럼없이 인정할 줄 아는 게 부끄럽지 않다는 걸 재완은 처음 알았다.

그래도 유리는 선생님들께 예쁨을 받았다. 수업 시간에 누구보다도 성실하고, 선생님 말씀에 호응을 제일 잘해 주는 학생이 유리였으니까.

전교 1등 아름이가, 성적과 공부에 대해선 그 이기적인 아름이가 누구에게도 안 보여 주는 요점 정리 노트를 유리에게만 쥐여 주고, 그것도 모자라서 독서실도 같이 다녀 주고 머리통을 쥐어박아 가며 공부를 시켜 주는 이유를 알 것도 같았다.

"야, 나랑 너랑 같이 놀려면 너도 서울에 있는 대학교는 가야 할 거 아냐! 공부해. 이것만 딸딸 외워. 그럼 80점은 나온다고."

재완의 추측대로 전학 온 지 며칠 만에 유리는 전 학년 학생들이 다 아는 인기 스타가 되었다. 유리가 전학 간다고 하자 이전 학교 반 친구들이 다 울었다는 말을 믿을 수밖에 없었다.

그로부터 벌써 13년째.

재완은 늘 정원의 옆자리였다. 태양을 따라가는 해바라기처럼 재완의 몸과 마음은 유정원을 따라 360도로 움직였다.

이혼 후 정원이 얼마나 힘겹게 지금 이 상태까지 회복되어 왔는지 재완만큼 잘 아는 사람이 없다.

이혼의 상처가 어지간히 깊어서 남자라는 존재, 연애와 사랑에 대해서 진저리를 치는 정원이 그나마 재완 자신에게만 마음을 열고 의지해 주어서 얼마나 기뻤는지.

이제 좀 그에게도 가능성이 생길 것 같아 조그만 희망의 싹이 싹트는가 했는데.

'이승주, 그 자식. 하필이면!'

그렇지만 이런 상황의 변화 앞에서 재완이 할 수 있는 게 아무것도 없어 더 화가 났다.

누구에게 화를 낼 것이며 누구를 원망할까.

들어 보니 두 사람이 만난 건 그야말로 우연인데. 운명의 장난으로 우연히 만난 두 사람에게 이혼했으면서 왜 만나느냐고 따질 수는 없지 않은가?

하물며 정원도 이승주도 의도적으로 만난 것도 아닌데 말이다.

"정원아."

"어."

밤의 가로등 불빛 아래 애처로울 정도로 하얀 정원의 얼굴을 마주한 순간, 재완의 입 속에서 구르던 말들이 꿀꺽 목구멍 아래로 다시 미끄러져 내려갔다.

"내가 보기에 너 겁나 미련 있어 보여."

"아니야!"

"그래 보인다고."

"아니라니까!"

평소 정원답지 않게 발칵 화를 내는 모습에 재완의 명치끝이 더 묵직해졌다.

아니라고 격하게 부인하는 정원의 그 표정이 답해 주고 있었다. 사실은 많이 흔들리고 있다고. 그 얼굴에 드러난 애잔한 미련과 씻어 내지 못한 감정의 찌꺼기들 앞에서 재완은 아무것도 할 수 있는 게 없었다.

내 것이라 해도 마음대로 되지 않는 게 마음의 문제라는데 하물며 다른 사람의 마음이 견뎌 내야 하는 일들을 어떻게 할 수 있는가.

어디 바위라도 주먹으로 내질러야 할 듯 근질근질해졌다. 불길한 본능에 재완은 온몸의 솜털이 소르르 치솟는 기분이 들었다.

"어쩌다가 우연으로 전남편 한번 마주친 거로 이렇게 난리인데. 너 앞으로 어떻게 하냐?"

"뭘 어떻게 해? 다시는 그 인간 볼 일 없는데 뭐."

"그 인간이 너한테 연락 안 할 거 같니?"

"그 사람 내 전화번호도 몰라."

자신이 왜 거짓말을 하고 있는지. 그 이유도 모르면서 정원은 재완에게 새빨간 거짓말을 하고 있었다.

승주가 연락을 다시 할지 아니면 이대로 끝인지 아무도 모른다.

또 그가 연락을 해 왔을 때, 정원 자신이 그 연락을 받을지 아니면 독하게 끊어낼지 그것도 역시 모른다.

아는 게 없어서, 결정된 게 없어서 계속 묵직하게 힘들고 체기가 오른다고 말하면 사람들이 이해할 수 있을까?

"피곤해. 나 들어가서 잘래."

정원이 먼저 일어섰다.

지금 이런 심정으로 누군가와 마주하고 있는 것조차 너무 힘에 겨웠다. 그 사람이 아무리 편한 재완이라 할지라도.

그저 안전하고 조용한 자신만의 굴속으로 파고들어 뭔가 잔뜩 엉켜서는 풀지 못하는 감정과 생각들을 정리해야 할 것 같았다.

"잘 가."

"그래. 쉬어."

닫힌 정원의 집 대문 앞에서 재완은 한참 동안 서성였다.

못내 미련이 남아 그 앞을 떠나지 못했지만, 노랗게 불이 켜진 정원의 방 쪽 창문은 다시 열리지 않았다.

복잡한 마음을 부여잡으며 재완이 돌아섰다. 그리고 휴대 전화를 꺼내 번호를 눌렀다.

"형님. 뭐 하세요?"

ㅡ뭐 하긴, 영업하지. 왜?

"지금 술 먹으러 가요."

—오는 건 안 말린다.

＊　＊　＊

　가게로 들어서는 재완을 테이블 안쪽, 주방에 선 남자가 힐끗 바라보았다.
　재완의 군대 시절, 친하게 지낸 선임으로 꼬치구이 전문점 2년째인 고상천이다.
　"왜 얼굴이 썩어 있어?"
　"형 눈이 삐어서 그래."
　"마, 내 눈이 매의 눈이잖아. 뭐야?"
　그러면서 그가 재완에게 술잔을 건네주었다.
　"형님, 요즘 장사 어때요?"
　"그만저만해. 우리 가게는 규모가 작지만 단골이 좀 되니까."
　"다행이네요."
　"다 니가 도와준 덕분이지 뭐. 고맙다."
　두 사람은 가볍게 맥주잔을 부딪쳤다.
　"그런 말은 이제 하지 마요, 좀! 내가 뭐 도와준 게 있어요? 다 형이 고생하고 노력해서 이룬 거지."
　"그래도 그게 아냐, 인마. 이 각박한 세상에 내가 가게 차린다니까 선뜻 투자해 주는 놈이 너밖에 없었다고."
　"그렇게 말하면 형님이 제 은인이죠. 제가 그날 눈 뒤집혀서 총 들고 탈영한다고 했을 때 형이 안 잡아 줬으면 난 그때 저승행이었어."

　악전고투라고밖에 말할 수 없는 훈련을 끝내고 난 날이었다.
　씻지도 않고 재완은 냅다 달려 공중전화 앞으로 달려갔다. 그러나 이미 그 앞에 전화를 기다리는 줄은 과장 좀 섞어서 10미터가 넘었다.

"3분 제대로 지킵시다."

"거참, 너무 통화가 기네."

"독점 금지!"

초조한 마음에 발끝으로 바닥을 탁탁 치며 재완은 쓸어 넘겨지지도 않은 빡빡머리를 괜히 한번 쓰다듬었다.

30분을 기다린 후에야 간신히 차례가 되었다. 그러나 간절히 목소리라도 듣기를 원한 그 사람은 야속하게도 전화를 받지 않았다.

'뭐 한다고 전화도 안 받는대? 아직 잘 때도 아니고만.'

열 번이 넘게 전화벨이 울리는데도 유리 이놈의 계집애는 도통 전화를 받을 생각을 하지 않았다.

'의리 없이 전화를 씹어? 너 천벌 받는다.'

3주 훈련 끝, 마침내 육지로 상륙한 강철 해병대 오빠의 전화를 거부하다니. 속으로 투덜거리며 재완은 그만 힘없이 수화기를 걸어 놓고 물러날 수밖에 없었다.

등 뒤에 선 인파들에게서 '전화 안 받으면 그만 양보하지?', '좋은 말 할 때 그 전화기 내려놓고 뒤로 가라' 하는 강철이라도 뚫을 듯 무시무시하게 뻗어 오는 무형의 협박을 이길 재간이 없었다.

다시 통화하려고 줄 맨 뒤로 가서 다시 섰지만 야속하게도 석식 시간을 알리는 방송이 울렸다. 재완은 가득한 아쉬움과 미련을 접으며 공중전화 앞을 물러날 수밖에 없었다.

저녁 식사가 끝나고 눈치 보아 가며 내무반으로 돌아가기 전에 다시 공중전화 앞에서 줄을 섰다. 그러나 유리의 전화는 여전히 '지금 전화를 받을 수가 없으니……'만 기계적으로 내뱉고 있었다.

'이 자식은 휴대 전화를 폼으로 들고 다니나. 내 전화는 왜 씹어? 완전 섭섭하게?'

내무반으로 돌아온 재완은 마음이 영 편안치 못했다.

'대체 왜? 대체 내 전화를 왜 안 받을까? 왜? 설마 나 차단당한 건 아니지?'

훈련 들어가기 전에도 서로 웃으며 통화를 한 사이인데.

군대에 짱박혀 있는 죄 말고는 아무 잘못을 저지른 게 없는데. 그런데 자신이 무슨 이유로 10년 친구에게 절연을 당한단 말인가?

친절하고 상냥한 친구 유리가 그의 전화를 느닷없이 거부하는 이 상황에 대한 진실을 알지 못한다면 재완은 이날 밤, 탈영이라도 할 판이었다.

똥 마려운 강아지처럼 뱅뱅 돌다가 결국 재완은 친한 선임에게 다가가 어렵사리 부탁했다.

"고 병장님. 저, 싸지방 좀 데려가 주시면 안 되겠습니까?"

유리가 전화를 받지 않는다면 다른 방법으로 그녀와 연락을 할 방법을 찾아야지.

재완은 형님으로 모시는 '왕고' 고상천 병장을 따라 싸지방으로 들어갔다. 붐비는 싸지방 한자리를 간신히 차지하고 유리의 SNS으로 들어갔다.

멘션으로나마 군대 간 불쌍한 친구 무시하지 말라고 단단히 잔소리를 해 줄 참이었다.

'응?'

클릭을 하던 재완의 손이 우뚝 멈추었고, 그의 눈동자가 사정없이 커졌다. 그의 눈앞에 펼쳐진 유리의 SNS 화면에는 믿을 수 없는 사진이 번쩍이고 있었고 그 앞에서 그는 잠시 눈을 깜빡였다.

"뭐야, 이게?"

너무 놀란 나머지 입이 풀려서, 마음에 심어 둔 말이 저절로 입 밖으로 나오고 말았다.

"뭐야? 야, 강 일병. 왜 그래?"

옆에 서 있던 고상천이 그의 어깨 너머로 컴퓨터 화면을 같이 바라보았다. 웨딩드레스와 반지 사진이 화면이 떠 있었다.

"이게 뭐냐?"

"……그러게요. 이게 뭐죠?"

한동안 멍하니 컴퓨터 화면만 바라보던 재완이 상천을 돌아보았다.

그 짧은 시간 사이, 노랗게 뜬 얼굴로 허탈하게 웃더니만 얼빠져 중얼거렸다.

"어떻게 일이 이렇게 되는 겁니까? 나도 모르는 새 결혼이라니……."

더 이상의 말도 하지 않았는데, 상천이 희번덕 맛이 간 재완의 눈빛을 재빨리 눈치챘다. 그 눈빛이 담은 사연도 즉각적으로 꿰뚫었다. 고무신 거꾸로 신은 여친에게 차인 이전의 수많은 놈들과 똑같은 눈빛이었기에.

"야, 잡아! 이 새끼, 백퍼 사고 친다."

그는 주변에 있는 동료들과 함께 일단 재완을 끌고 내무반으로 돌아갔다. 보름 가까이 거의 잠도 자지 않고 재완이 혹시 빡친 김에 돌아 버려서 딴 맘을 품을까 감시하고 보살폈다.

그게 벌써 4년 전 일이다.

"마, 그런 말은 하지 마. 다 인생에 철 안 들었을 때 흑역사가 있는 법이지."

맥주잔을 비우고 난 후 상천이 재완을 마주 바라보았다.

"그래, 말 나온 김에 정원 씨는 잘 지내지?"

"그럼요."

"별건 아닌데, 그래도 나 도와준다고 행사 때 꼬치 메뉴 들어가면 꼭 나한테 전화한다? 몇십 개라도 팔아 주니 그게 어디야? 사람이 여하튼 착해."

"그럼요. 착해요, 우리 정원이."

"네가 영 못 잊어서 옆에서 맴도는 거 이해된다. 이번에는 절대로 놓치지 말고 꽉 잡아, 인마."

"나도 그러고 싶은데."

재완은 들고만 있던 잔을 기울여 맥주를 단숨에 털어 넣었다.

오래도록 마음 깊이 감추어만 둔 불안한 진심을 마침내 토해 냈다.

"근데 잘 안되네. 나하고 걘 친구 이상은 안 되는 운명인가 봐."

"왜 그래? 우리 강재완이 뭐가 모자라서? 싸나이 중에 싸나이. 너 같은 훈남이면 과분하지. 돌싱 정원 씨가 솔직히 딸리지, 마!"

"그러게? 형, 내가 뭐가 모자라서 항상 이인자일까? 아, 자존심 상해."

이승주.

도무지 좋아할 수가 없는 이름 석 자가 재완의 입술 사이로 으깨졌다.

'왜 하필이면 만나 버려 가지고······.'

언제나 시원했던 맥주 맛이 쓰기만 했다.

"이렇게 애타는데 그냥 고백해 버려, 사내답게. 질질 끌지 말고."

"그게 쉽지 않아요, 형님."

오랜 친구가 달리 오랜 친구가 아니다. 말을 하지 않아도 그녀의 마음을 느끼고, 목소리만 들어도 그녀의 감정을 읽고, 그 눈빛만 보아도 무슨 생각을 하는지 알 수 있기에 친구라고 한다.

정원에게 재완이, 재완에게 정원이 그렇다.

"고백해도 거절당할 게 뻔해. 그게 그냥 다 보이는데. 그러면 우리, 다시는 못 봐요. 내가 알지, 그건."

"뭐가 그래?"

"그런 게 있어요. 정원이가 누가 힘든 건 두고 못 보거든. 내가 자기 옆에서 힘든 거 알면, 차라리 나 안 보고 살 애예요. 나 편안해지라고."

"남녀 사이에 친구 없다. 언제고 변할 수 있어."

"그럴 수 있다고 믿고 10년 넘게 기다렸죠. 근데."

재완은 다시 쓰디쓴 맥주를 회한처럼 들이마셨다.

"친구 이상은 안 되더라고. 나는 연인이고 싶은데 유리가 아니야. 그 긴 세월 사이 유리, 아니, 우리 정원이는 결혼도 하고 이혼도 했지. 그렇게 세월 흐르고 온갖 우여곡절 겪었는데도 난 걔한테 절대 친구였지 남자가 아니었어. 희망이 없어."

그때, 가게 휘장이 젖혀지고 손님이 들어왔다.

카운터 바 앞에 앉으려던 그 손님이 옆자리 재완을 보고 움찔해선 먼저 알은척했다.

"재완 형님."

"여, 정인태. 여긴 웬일?"

정원의 올케 효진의 친정 동생인 인태였다. 정원의 집을 자주 드나들던 재완과도 오래전부터 안면을 튼 사이였다.

"접골쟁이, 레지던트 주제에 데이트도 하고? 안 바빠?"

인태는 올해 한성병원에서 정형외과 전공의 과정을 시작했다. 재완과 성운은 그를 만날 때마다 접골쟁이라고 장난스럽게 부르는 중이었다.

"말도 마세요. 지난주 내내 야간 당직이었습니다. 이번 주는 다행히 한숨 조금 돌리고 있는 중이지만요. 밥 먹으려고요. 여기가 엄청 맛있다고 하데요."

재완은 인태와 함께 들어온 여자를 힐끗 바라보았다. 위아래 전부 다 명품으로 쫙 빼입은 미인이었다. 말간 피부에서 돈 냄새가 철철 넘치는 게 의사 인태의 파트너가 될 만했다.

"난 지금 일어설 참이었어. 먼저 갈게. 편히 마셔라."

"다음에 뵐게요."

재완이 나가고 인태가 메뉴를 뒤적이는 해민을 바라보았다.

"밥 한 끼 먹자고 한 시간을 들여 여기까지 와야 했어?"

"어."

해민이 당연하다는 듯 대답했다.

"난 맛없는 건 안 먹어. 아니, 못 먹어. 내 위장이 고급이거든."

"말을 말자, 말을."

인태가 시선을 돌려 버렸다. 꼬치와 맥주, 식사 메뉴인 구운 주먹밥과 우동을 주문하고 나서, 인태가 해민을 쏘아보았다.

"병원에는 그만 오랬지."

"그럼 니가 잘하든지. 내가 전화할 때마다 군말 없이 만나 주면 되잖아."

적반하장, 해민이 짜증을 냈다.

"전공의 1년 차가 뭔 시간이 있다고 데이트 찾아 먹고 짬마다 여자 만나? 차라리 잠을 자고 말지."

인태가 심드렁하게 말하자 해민이 그를 쏘아보았다. 그러거나 말거나 인태는 해민이 자꾸 잊어 먹는 현실을 상기시켰다.

"네가 또 잊었나 본데 우린 헤어졌어."

그녀의 눈에 불이 번쩍였다.

"누구 맘대로 헤어져? 난 아니거든."

"그냥 나 말고 딴 놈 만나. 너 좋다고 달려올 녀석들 많을 텐데."

"그렇게 인기 많은 내가 좋아해 주면 고맙다고 팍 엎드릴 일이지."

인태가 픽 웃었다. 그러나 해민은 진심이었다.

"왜 튕겨? 니가 뭐 볼 거 있다고? 너도 인정했잖아. 너는 가진 게 아무것도 없다고."

"니가 사는 세상에서 원하는 걸 하나도 갖춘 게 없는 가난뱅이를 그러니까 왜 만나려고 하느냐고. 내 인생은 아니지만 이해민이 가엾어서 그래. 쉽게 살아. 나 좀 놔주고."

"미안한데 그렇게는 못 하겠다."

해민이 확 고개를 돌리고는 자신 앞에 놓인 술을 단숨에 들이켰다.

"자존심 상해. 야, 정인태! 니가 뭔데 날 먼저 차? 그러는 거 아냐."

"넌 연애도 자존심으로 하냐?"

"응. 내가 원해서 못 꼬신 남자가 없어. 근데 별 볼 일 없는 니가 감히 나 이해민을 깔고 보면서 이렇게 버티잖아, 기분 나쁘게. 화딱지 나서 더 못 놔주겠다, 왜?"

진상.

그런 얼굴로 인태가 앙심만 남은 듯한 해민의 옆얼굴을 노려보다가 고개를 돌렸다.

"그렇다고 해서 무작정 우리 집에 찾아가서 밥 얻어먹는 건 실례라고 생각지 않나? 너 같은 여잔 처음이다. 넌 염치가 없어. 너무 뻔뻔해."

"할머니 청국장이 제일 맛있단 말이야!"

적반하장, 해민이 다시 얼토당토않게 골을 부렸다.

"어디 가서 돈 주고도 그건 못 먹어. 알잖아. 난 일주일에 한 번은 청국장 먹어야 한다고."

"너희 집 부자잖아. 청국장도 못 끓여 먹는 집 아니잖아."

"우리 집에선 그런 고약한 거 안 먹어. 엄마가 싫어하셔. 이야기 끝."

"집에서 먹어 본 적이 없는데 청국장을 어떻게 좋아하게 됐어?"

"아빠랑 등산 갔다가."

해민이 한 손으로 턱을 괬다.

"원래 등산로 아래에 맛집이 많아. 등산하고 내려와서 청국장집에 들어갔는데, 난 세상에서 그렇게 맛있는 음식이 있는 줄 처음 알았어."

"발꼬락 냄새 나는 게 처음부터 좋았다고?"

"사람이 배가 고파 봐, 신발도 빨아먹을걸. 그때 내가 그랬지. 게다가 신의 한 수로 그 집이 청국장 맛집이었던 거지. 난 그날 맛의 신세계를 발견한 거야. 근데 그 집 할머니가 돌아가시고 맛이 변했거든. 그 맛을 너네 집에서 발견할 줄이야."

"울 할머니 칭찬해 줘서 그건 고맙다."

그 사람이 누구든, 집 문지방을 넘은 사람에게 밥은 먹여 보내야 한다는 게 할머니 정숙 여사의 원칙이었다.

노인의 그런 무해한 호의를 이놈의 영악한 계집애는 잘도 이용해 먹고 있었다.

아무것도 모르는 할머니는 집까지 찾아오는 해민을 인태의 여자 친구쯤으로 생각하고 계실 거다. 그걸 노린 게 너무 빤히 보여서 인태는 기가 찼다.

"있잖아, 정인태. 난 청국장 때문에라도 너하고 안 헤어질 거야."

"웃기네. 야, 우린 제대로 사귄 적도 없어. 사귄 적도 없는데 뭘 헤어지고 말고야?"

"웃기시네. 그런 주제에 나하고 왜 잤니?"

켁켁. 술을 마시던 인태가 사레가 들렸다.

"야! 말조심해."

"뭘 조심해? 연애도 안 하는데 같이 잔 건 괜찮고 남이 우리 말 듣는 건 창피하니?"

강적 중 강적. 인태가 하아, 한숨을 내쉬었다.

철이 없는 건지, 뇌가 없는 건지 분간이 되지 않았다.

남은 맥주를 마저 마시고 난 후 인태가 해민을 건너다보았다. 이제는 거의 사정하는 말투로 사실 관계를 정리했다.

"철없을 때, 클럽에서 만나 가지고, 첫눈에 필 받아서 같이 잔 거는 인정한다. 솔직히 간 좀 보다가 아닌 거 알고 서로 찢어졌고, 그 이후로 너랑 내 인생은 분리됐어. 깔끔하게 헤어졌잖아. 그런데 이제 와서 왜 새삼 우리 둘이 또 진지하게 연애하는 척, 아련 터지게 날 따라다니는데? 대체 왜 그래?"

"밥이나 먹어."

니 말은 안 들을래, 그런 표정으로 해민이 쏘아붙였다.

"할머니 청국장 먹었고 니 얼굴 봤으니까 볼일 다 봤어. 여기 나가면 바로 찢어지자고. 난 내일 새벽에 출근해야 해."

"니가 새벽에 출근?"

해민 소유 빌딩에 위치한 그녀의 필라테스 샵은 새벽 강좌가 없다. 설사 강좌가 있다 해도 놀러만 다니는 해민 대신 대표 노릇을 하고 있는 베테랑 강사들에 의해 굴러가고 있을 뿐이다. 평균 눈뜨는 시간이 아침 10시인 해민이 새벽에 출근한다고? 도저히 믿을 수 없었다.

"애들이랑 골프 나가야 해. 8시에 티오프란 말이야. 골프장이 파주라서 집에서 6시에는 나가야 한다고."

그럼 그렇지. 인태가 해민을 아래위로 훑어보더니만 고개를 돌렸다.

"정인태."

고집스럽게 인태가 미동도 않고 고개도 돌리지 않았다. 해민이 다시 사정하는 어투로 말했다.

"나 좀 보라고."

"왜?"

"그렇게 내가 싫어? 나, 예쁘잖아?"

"예쁘지. 근데 내 취향 아니라고. 딴 놈 찾으라고."

"너 잘 생각해, 내가 누구니? 너도 잘 알다시피 나, 세린병원 이사장 딸이야. 그런 내가 널 좋아한다잖아. 나하고 잘되면 너 세린병원 원장님 타이틀도 달 수 있어. 언감생심, 평범한 의사로는 이게 가능할 거 같니? 넌 지금 로또 당첨 직전이라고."

"웃기네."

"물론 의사 면허 딴 울 오빠가 있긴 하지만, 울 오빤 좀 있다가 로스쿨 가야 하거든. 경영 쪽으로 갈 거라서 말이야. 원장 자리는 사위 몫이라고."

"보리쌀 세 말만 있으면 처가 신세는 안 지는 거랬다. 그리고 내가 왜 자존심 상하게 남 밑에서 일해? 난 전문의 따면 곧 개업해서 자유롭게 살 거야. 그리고 너 말이야."

비로소 인태가 해민을 똑바로 돌아보았다.

"그깟 세린병원 원장 자리로 날 흔들 수 있다고 생각해? 일단 정리해 보자. 첫째, 너희 집같이 가진 것 많은 집에서는 사위한테 그런 자리 몰아 주지 않아. 전부 자기 자식한테 물려주지. 평생 처가에 좋은 일 하다가 나이 들어 팽 당하는 경우가 어디 한두 갠 줄 알아? 둘째, 일단 너랑 나랑 결혼이란 걸 해야 그런 일도 벌어지는 건데 우린 연애도 안 하는 사이야. 그런데 왜 그딴 걸로 날 꼬시려고 해? 셋째, 내가 전문의 딸 때까지는 창창한 시간이 남았어. 그사이 무슨 일이 생길지도 모르는데, 원장 자리는커녕 전문의 시험도 통과 못 한 나한테 그건 너무 나간 이야기지."

어디서 설득력 제로 스토리로 날 현혹해?

"쳇, 안 넘어오네."

인태를 빤히 노려보던 해민이 술잔을 비우며 혼잣말을 했다.

"씨이, 의사 이것들은 이게 문제야. 머리가 너무 좋아. 계산이 아주 핑핑 돌아가. 재수 없어."

해민이 다시 얼토당토않게 골을 부렸다.

"결정적으로 넌 내 스타일이 아니야, 이해민. 그러니까 작작 하고 니 갈 길 가라. 마지막 충고다."

"닥쳐. 안 들어. 니가 뭐라든 난 내 맘대로 할 거야."

내가 원한 걸 손에 못 넣은 적이 없어. 오기로 똘똘 뭉친 듯한 해민을 바라보다가 인태가 한숨을 내쉬었다.

"내가 너무 물렀어. 그래, 미안하다. 세린병원 이사장님 따님이라서 예의 지킨다고 지금껏 끌려다녔는데 잘못이었어. 이건 아닌 거 같다. 그만하자."

"닥치라고. 그만하자는 말은 내가 하는 거야. 정인태가 할 게 아니라고."

"나, 좋아하는 여자 생겼어."

순간, 해민의 눈이 화등잔만 해졌다.

"뭐? 다시 말해 봐."

"넌 아니라고. 진짜 결혼까지 생각하는 여자, 따로 있다고."

인태를 노려보는 그 시선에는 배신감만도 아닌, 경악만도 아닌, 분함과 질투 그 속에 묘하게 슬픔과 서러움 같은 것들이 흘러내리고 있었다.

색을 알 수 없는 복잡한 감정을 말갛게 드러낸 채 해민이 천천히 입을 열었다.

"……하."

"나도 너 때문에 고민 안 했다면 거짓말이겠지. 근데 고민하던 중에 새 사람이 나타났고 난 맘 굳혔어. 이제 우리 둘, 진짜 정리할 때 온 거야. 사실 이렇게 길게 갈 일도 아니었지만. 난 정리했으니까 너도 정리해라."

인태가 앙칼지게 노려보고만 있는 해민을 두고 먼저 자리에서 일어섰다.

"밥값 내고 갈게. 조심해서 들어가라."

인태가 나가고 나서, 한동안 해민은 멍하니 빈 의자만 바라보며 앉아 있었다.

"저기, 괜찮으……?"

"한 잔 더 주세요."

카운터 너머에서 상천이 걱정되어 말을 걸려 하자 해민이 단숨에 잘랐다. 상천이 내어 주는 맥주 한 잔을 단숨에 비우고는 차갑게 뇌까렸다.

"와 씨. 정인태, 이 새끼가 감히 겁도 없이 내 뒤통수를 쳐?"

그녀가 어깨까지 들썩이며 분통을 터뜨렸다.

"어디서 씨알도 먹히지 않을 새빨간 거짓말을 하고 있어? 그딴 거짓말을 치면 내가 아이쿠야, 하고 물러날 줄 알았나?"

어디 한번 해 보자고!

해민이 주먹을 움켜쥐고 씩씩거렸다.

"내 자존심을 뭉갰으니 넌 천벌을 받아야 해. 누가 떨어지나 봐라. 더 악착스럽게 붙어 줄 테다. 흥! 딴 여자? 알 게 뭐야?"

잠잘 시간도 없는 주제에 무슨 딴 여자? 그의 빈 시간 대부분은 해민 자신이 꿰차고 있었는데.

'설사 다른 여자 있어도 뭔 상관이래?'

작정하고 망쳐 주고 잘라 버릴 텐데. 해민이 다시 오기 서린 투지를 불태우며 흥하고 콧방귀를 뀌었다.

한편 식당을 나온 인태는 잠시 멈춰 서서 자신이 방금 나온 식당 쪽을 돌아보았다.

식당 옆 공용 주차장에 세워진 해민의 포르쉐를 바라보며 쓴웃음을 흘렸다.

'해민이 너는 그냥 네가 편한 세상에서 살아. 내려오지 말고.'

무엇보다. 해민의 어머니 나서희 회장의 모자란 사위가 되는 건 죽었다 깨어나도 사양이다.

'네 어머니를 비롯한 너희 가족들이 너희가 사는 세상 이하의 사람들에게 어떤 짓들을 하고 사는지 난 알거든. 다 들었으니까.'

전철역으로 걸어가는데 전화벨이 울렸다. 효진이었다.

"어. 누나."

―밖이야?

"이제 들어가는 중이야. 왜?"

―할머니하고 통화했는데 오늘 너 나오는 날이라고 해서. 목소리 듣고 싶어서 전화했어. 얼른 들어가, 쉬어.

"응."

전화를 끊고 인태는 전철을 탔다.

'넌 아직 모르지. 우리 누나가 정효진인 걸.'

그 누나 효진이 해민의 오빠 이승주와 결혼했다 이혼당한 유리의 올케이다.

효진의 입을 통해서 인태는 사돈 유리의 결혼 생활을 낱낱이 들었었다.

이승주와 유리의 결혼 생활이 1년도 채 되기 전에 파국으로 끝난 데에는 해민 집안의 갑질이 주 역할을 했으며, 시누이였던 해민의 철딱서니 없는 얄미운 짓거리 역시 많은 지분을 차지하고 있었다는 것도 인태는 다 들어 알고 있다.

다만 그가 미처 생각지 못한 것은 국시 합격 후 잠시 놀던 그때, 친구들과 어울려 갔던 클럽에서 대놓고 꼬시는 불여우를 만났던 것. 술에 취하고 분위기에 취해 같이 호텔로 갔던 그 불여우의 이름의 이해민이었다는 것.

구구절절, 애증인지 애정인지 모를 두 사람의 실랑이질은 어느새 4년째였다.

'더 이상은 안 돼. 사실 너무 늦었던 걸지도.'

아주 늦은 밤 시간이라 드문드문 빈 좌석이 있었다. 구석진 자리에 앉아 인태는 잠시 망설이다가 메신저를 열었다.

몇 번을 망설이다가 결국 간단한 안부 인사를 찍었다.

[뭐 해요? 자요?]
[난 지금 근무 마치고 퇴근 중. 그냥 생각나서.]
[유부초밥 먹고 싶다.]

5분쯤 후에 답장이 왔다.

[난 그대의 '밥 잘해 주는 예쁜 여친' 아닙니다만.]
[내가 맛있게 생겼어요? 왜 정 선생은 나한테 만날 밥 타령만 하지?]
[집에 가서 발 씻고 주무세요. 나중에 시간 나면 유부초밥은 한번 해 줄 테니. 고생하쇼, 돌팔이 씨.]

서영주 이름이 찍힌 휴대 전화 화면을 닫으며 인태는 혼자만 아는 미소를 씩 지었다.

* * *

수요일 아침, 올댓파티 사무실.

엄숙한 자세로 유 대표, 황 이사, 서 이사가 마주 앉아 회의를 하고 있는 중이다.

"내일 저녁 프러포즈 행사 건. 차질 없지?"

"그럼."

"내일 몇 시에 나가, 우리?"

"고객 요청이 꽃길 만들어 달라는 거니까, 사전 작업이 많아. 다들 현장 나가 봐서 알겠지만 거기가 계단이 좀 많잖아."

"일단 경오랑 난 새벽에 꽃 시장 들러서 꽃 사고, 아침 먹은 다음에 현장 나갈게."

"오키."

태블릿 PC를 덮으며 정원은 감개무량하여 중얼거렸다.

"그래도 우리 좀 성공하지 않았니? 이젠 주중 행사도 꽤 생기고, 유치원 단체 파티도 들어오고. 기업 행사 의뢰도 있으니까."

"장하다."

"다 효진 언니 덕분이지 뭐."

"다들 지인 인맥으로 시작하는 거라지만, 여기서 우리가 더 잘해야 해. 효진 언니 얼굴에 먹칠할 순 없잖아."

"어련하겠어?"

경오가 반깁스를 한 정원의 왼손 쪽을 힐끗 바라보았다.

"손목은 좀 어때?"

"딱히. 의사도 해 줄 게 없대. 손목 무리해서 움직이지 말고 시간만 지나 가라 그 방법뿐이래."

정원은 두 손을 뒤집어 보였다.

말은 하지 않지만 그녀를 바라보는 두 친구의 시선 안에서 염려하는 마음이 그대로 보였기 때문이다. 그들이 무엇을 걱정해 주고 있는지 짐작했기에 덤덤한 얼굴로 새빨간 거짓말을 잘도 나불거렸다.

"걱정 마. 내가 경오에게도 이야기했지만 월요일에 병원 갔는데 안 만났어. 그 사람도 나름 곤란했던지 주치의를 다른 사람으로 해 놨더라."

"그래? 매너는 있네."

영주가 시니컬하게 중얼거리자 경오가 옆구리를 푹 찔렀다. 굳이 아픈 델 건드리지 말자는 모종의 신호였다.

"니 말대로 여하튼 골절이니까, 당분간은 무리하지 마. 몸 쓰는 건 우리가 할게. 넌 그냥 예약 전화나 잘 받고 기획서나 잘 만들어."

"잔인해."

애처롭게 정원이 깁스한 손을 위로 치켜올리며 투덜거렸다. 그러나 바늘로 찔러도 피 한 방울 나오지 않는 무정한 영주는 끄덕도 하지 않았다.

"직장인은 다쳐도 밥값은 해야 합니다, 대표님."

"넵!"

"그나저나 오늘 점심은 뭐 먹을까?"

배에 거지가 사는지, 돌아서면 배가 고프다는 경오가 인근 식장에서 온 전단지첩을 뒤적이며 중얼거렸다.

"부대찌개는 어제 먹었고, 비빔밥? 아, 질리는데. 차라리 중식으로다가 깔아 볼까……. 아니면 우리 애들이 이번 스케줄 때 먹었다는 돈가스 통김밥을 먹어 봐?"

"짜장면 질린다, 야. 차라리 그냥 김치에다가 밥 먹어."

"어떻게 된 게 점심 메뉴 고르는 게 행사 메뉴 선정하기보다 더 어려워?"

그때 정원의 전화와 책상에 놓인 회사 전화가 동시에 울렸다.

"여보세요?"

―저기, 인창법무법인 고아름 씨한테서 명함 받았는데, 저기, 파티 하는 곳…….

"아! 네, 파티 기획, 맞습니다. 인사드리겠습니다. 올댓파티 유정원입니다, 고객님."

며칠 전 변호사가 된 친구 아름이 전화했다. 얼마 전 만난 고객 중 한 분이 뭔가 재미난 파티를 하고 싶어 하는 눈치여서, 정원의 명함을 전달했다고. 조만간 연락이 갈 거라고 말이다.

─있죠, 내가 곧 생일인데…….

"아. 네. 전화 잘하셨어요! 저희가 또 생일 파티 전문이죠. 말씀만 해 주시면 성심성의껏 준비해 드립니다."

─내가 아마도 이 근처인 것 같은데. 잠시 미팅을 할 수 있을까요?

"그럼요. 직접 와 주시면 저희야 감사하죠. 저기, 몇 시쯤 도착하실까요?"

─한 10분 후면 될 거 같은데.

"네. 기다리겠습니다."

전화를 끊고 돌아앉자 경오와 영주가 기대에 가득 찬 시선으로 바라보는 게 느껴졌다.

"새 손님?"

"응. 사무실로 직접 오신다는데."

"오, 간만의 오프라인 미팅이다."

"하긴. 요샌 대부분 SNS 예약이잖아."

"그럼 이거 좀 치워야겠다."

경오가 몸을 일으켰다. 이번 주말에 있을 어린이집 행사 준비물로 어질러진 회의 테이블을 주섬주섬 대강 치우기 시작했다. 영주는 커피 머신 쪽으로 다가갔다.

"난 커피 내릴게. 들어오시자마자 기분 좋아지시게."

"미팅 길어지면 점심시간 늦어지는데. 괜찮아?"

"고객님도 점심때라 시장하실 테니까 뭐 미팅이 길어지겠어?"

"아래 내려가서 삼각김밥이랑 깜동란 사 올게."

"오키. 컵라면도."

영주가 편의점에 다녀오고 나서 5분쯤 지났나. 딩동 하고 회사 현관 벨이 울렸다. 문 앞으로 비치는 실루엣은 멋진 정장에 하이힐, 날씬한 여성이었다. 자신감이 물씬 풍기는 당당한 커리어 우먼 필이었다.

그런데 정작 문을 열고 들어선 사람은 멋진 은발을 뽐내는 나이 지긋한 어르신이었다.

"내가 목소리가 좀 젊죠? 하하하."

그분이 먼저 활달하게 웃으며 말했다.

"네에! 정말 멋지세요! 깜짝 놀랐답니다. 이리로 앉으세요. 더우시죠?"

서둘러 정원이 의자를 권하고 영주가 냉차를 준비했으며 경오가 에어컨 온도를 점검했다.

"여기까지 찾아 주셔서 감사합니다. 올댓파티 대표 유정원입니다."

"만나서 반가워요. 한세미예요."

그분 역시 명함을 꺼내 정원에게 내밀었다. 보통분이 아니시구나. 경오와 정원은 서로 눈짓을 나누었다. 저분 정도 나이에 본인 명함을 가진 사람은 처음이었다.

"내가 곧 팔순인데."

"네에?"

정원을 비롯한 올댓파티 식구들은 이번에는 노골적으로 놀랐다.

앞에 앉으신 어르신, 아무리 봐도 팔순 나이라고는 믿어지지 않았다. 물론 백발에 얼굴에는 주름이 져 있었지만 그건 전혀 문제가 아니었다. 누구든 걸어가다가도 한 번은 뒤를 돌아볼 만큼 세련된 화장과 옷맵시. 손짓, 눈짓, 작은 동작 하나하나가 활력 있었고, 생기 있게 반짝이는 눈동자가 청춘처럼 불꽃 튀고 있었다.

'역시 범상치 않은 분이셨어.'

영주와 경오, 정원이 허공에서 눈짓을 나누었다.

"팔순 잔치다 그러면서 번거롭게 그러는데, 자기들끼리 막 정해. 잔치를 하니, 사람을 초대하니, 해외여행을 가니 마니. 아니, 왜 내 생일인데 저들 마음대로지?"

대단하시다. 세 친구는 다시 눈짓을 주고받았다. 이토록 당당하게 자신의 생각과 소신을 정확히 밝히시는 어르신은 처음이었다. 신선하고 근사했다.

"이 나이 되어서까지 내가 내 생일도 남 뜻 따라 해야 하나? 그래서 다 관두라 그랬지. 1년마다 돌아오는 생일이 뭐 그리 대수라고 난리들이야? 그냥 내가 알아서 한다 이 말이지. 그래서 여기 소개받아요."

"와아, 여사님. 진짜 멋있으세요."

올댓파티 이사진 셋은 자신도 모르게 '엄지 척!'을 했다.

곧 팔순 되시는 한세미 여사님에게 반한 순간이었다.

단순히 일이 아니라 정말 뭔가 이분을 응원해 드리고 싶은 마음이 모락모락 샘솟았다. 아드레날린이 분출되면서 등골이 오그르르 오싹해지고, 뭔가 점점 재미있어지고 있었다.

"그럼 하시고 싶은 팔순 잔…… 아니, 생일 파티에 대해서 뭐 원하시는 게 있습니까?"

"그럼요."

정원이 얼른 태블릿 PC를 꺼내 들었다.

"날짜는 다음 주 목요일이야. 괜찮을까? 너무 촉박하지 않을까?"

"안 되는 걸 되게 하는 게 우리들 역할이죠, 여사님."

행사가 중복되어도 진행해 드릴 판인데, 다행히 그날은 미리 잡힌 일정이 없었다.

"멋지다, 좋아요. 다음 주 목요일. 저녁 6시부터 시작하고 싶은데."

"가능하게 만들겠습니다!"

"나 있지. 좀 근사한 데서 하고 싶어요. 평범한 집이나 식당 같은데 말고. 있잖아. 근사한 루프탑 카페나, 그 뭐야, 개인 수영장 있는 풀 빌라 그런 데. 촛불 켜 놓고 같이 샴페인 마시고 풀에 풍덩 뛰어들고 그런 거. 할리우드 영화에 많이 나오는 그런 거."

"생일 파티를 그런 데서 하고 싶으셨군요? 멋집니다. 지루한 파티는 싫다 그 말이시군요?"

"응!"

한세미 여사가 의기양양 대답했다.

"있잖아, 내가 이태리 배우 소피아 로렌 팬이거든. 그이가 나오는 영화에 그런 장면 너무 많았어. 그이 몸매가 진짜 멋지거든. 가슴이 이만해 가지고."

한세미 여사가 두 손으로 지금으로서도 전설적으로 빵빵한 소피아 로렌의 가슴을 재현해 보였다.

"그런 배우가 수영복 입고 터질 듯한 몸매로 수영장을 거니는 거 진짜 근사하지 않니? 나 그거 재현하는 게 로망이야."

"5월 말이라 온수 풀을 해도 수영복 차림은 조금 쌀쌀할 수도……."

"래시 가드 있잖니. 추우면 실내 들어가면 되고."

"아, 그, 그렇죠?"

이건 뭐 청춘 삼인방이 팔순 한세미 여사 한 분의 기세에 밀리는 형국이었다.

"어때? 그런 장소 찾아 줄 수 있을까요?"

"네. 장소는 저희가 대강 섭외할 수 있을 거 같습니다."

머릿속으로 비슷한 조건을 가진 도심 속 임대 주택이나 프라이빗 풀을 갖춘 펜트하우스, 호텔 스위트룸 등을 캐치하며 정원은 대답했다. 이미 경오도 태블릿 PC를 열어 여사님이 말하는 조건을 갖춘 장소들을 휙휙 체크하는 중이었다.

"그리고 나 연예인도 초대하고 싶어."

"에? 아, 네네. 연예인 초대라……."

"저기, 여사님, 근데요. 연예인 초대가 좀 난감한 게……."

언제나 경비, 돈, 비용, 손익을 일사천리로 계산하는 영주가 나섰다.

"일단 파티가 다음 주라 너무 시일이 촉박해서 원하시는 분으로 섭외가될지 모르겠습니다. 그리고 짐작하시겠지만 방송에 한 번이라도 나온 연예인 정도면 페이가 생각보다 좀 많이 들어서……."

한세미 여사가 경오가 내준 커피를 마시면서 우아하게 턱을 치켜들었다.

"괜찮아. 비용은 상관없어요. 나 그 정도 여윳 있어."

"아, 그럼요! 저희가 감히 비용을 걱정해서 드리는 말씀은 아니고요, 원하시는 분을 섭외 못 해 드릴까 봐 걱정하는 거죠."

정원은 눈치 없는 영주 발을 몰래 걷어차며 눈을 부라렸다.

팔순 나이에 샤넬 트위드 재킷, 에르메스 악어 백에다가 지미추 하이힐이야, 인마! 이 정도면 이분의 경제력, 상상 가능하지 않니?

얼른 정원이 고개를 조아리며 되물었다.

"일단 되든 안 되든 저희가 섭외할 수 있도록 최선을 다하겠습니다. 그럼 어떤 분을 초청하고 싶으신지?"

그분이 상큼하게 웃었다.

"더 원."

오 마이 갓.

정원은 눈이 왕방울만 하게 커져서 성취 불가능한 꿈을 펼치시는 한세미 여사를 멍하니 바라보았다.

'더 원'이 누군가. 태민, 재희, 시나, 이샤, 우기로 이루어진 5인조 보이 그룹이자 현재 세계 대중문화 역사상 최고의 자리에 오른 가수. 빌보드와 그래미를 씹어 드시고 계시는 분들. 전 세계 스타디움 투어로 천문학적인 수익을 올리시는 부동의 인기 1위 가수이며 세계 무형 유산이자 국보돌로 불리는 그들. 그런 전설의 가수를 원하신다니.

왕언니, 이건 아니야.

언니가 아무리 돈이 많으시다 해도, 지금 세상에서 제일 잘나가는 그룹 더 원을 부를 순 없어. 그건 불가능이야. 언니 집 서너 채를 팔아도 그분들 전용기 바퀴 하나도 못 산다고요.

"안 됩니다!"

그때였다. 당혹한 정원이 나설 새도 없이 번쩍 고개를 든 경오가 단호박으로 잘랐다.

"더 원은 지금 해외 투어 중이에요, 여사님. 돈이 문제가 아니걸랑요. 다음 주에는 지구 반대편 저쪽 남미에 가 있을 거예요! 대스타디움에서 15만 관중 놓고 콘서트 해야 한다고요. 여사님을 위해서 제가 불러 드릴 순 있지만요. 콘서트 해야 할 우리 원님들이 대륙을 왔다 갔다 한다? 이거는 아니죠. 건강에 치명적이라고요. 절대 용납할 수 없습니다!"

팬심으로 무장한 채 '울 애기들은 내가 지킨다, 다 덤벼!' 모드로 돌변한 경오의 기세에 드디어 한세미 여사가 조금 밀렸다.

"아, 그렇지?"

앞에 앉은 당신에게서 왜 내 남자들의 익숙한 향기가 나는 거지?

긴가민가, 경오가 조심스레 물었다.

"혹시 여사님, '하나'세요?"

"응."

그분이 당당하게 말했다.

'역시!'

경오와 정원은 서로 눈빛을 나누었다. 경오의 추측대로 역시 한세미 여사는 이 지구상 어디에든 있다는 더 원의 팬클럽 '하나'였다.

그녀가 안경을 끌어 올렸다. 정원을 무시하고 단호하게 버텨 앉은 경오를 상대로 애절한 팬심을 하소연하기 시작했다.

"물론 나도 우리 애들이 지금 해외 나가 있는 거 알지만, 내가 수억을 줘도 못 부르는 거 알지만 말이지, 그래도 우리 애들이 보고 싶어."

"해투 콘서트 프리미엄 티켓을 잡으시는 게 빠르지 않을까요? 여사님, 아무리 원하셔도 더 원은 불가능입니다."

"그러니까 방법을 찾아보라는 거 아냐. 나 랜선으로 하나들을 많이 만나거든. 이번에 트친들 다 초대할 건데, 정작 주인공인 우리 애들이 없으면 뭔 재미래? 애들 못 데려오면 사진이라도 잔뜩 붙여 달라고."

"자, 잠시만요. 팔순 자…… 아니, 생일잔치를 덕질 파티로 하시겠다고요?"

이거야말로 진정한 덕심의 발로! 감격한 경오가 부르짖었다. 무례한 것도 잊어버리고 그분의 손을 먼저 꽉 잡으며 진심을 다해 소리쳤다.

"리스펙트! 리스펙트입니다, 여사님!"

"어머나, 이제 알겠다. 자기도 하나구나?"

"네!"

"그렇구나. 최애는 누구? 나는 시나."

"저는 우기입니다. 차애는 이샤고요."

덕질로 대동단결! 덕질로 사해평화!

갑자기 딱딱한 사무실이 화기애애한 사랑과 평화의 장으로 전환되었다.

삽시간에 열혈 팬질 모드가 된 경오가 정원의 자리를 밀어 내고 여사님 앞자리를 본격적으로 차지했다.

돈 벌어 덕질하자. 독립해서 자유롭게 덕질 파티. '우리 오빠', '우리 애기'들이 먹고 입고 사용하는 것들이 평소 쇼핑의 기준인 경오였다. 그것도 모자라 자신의 결혼식이며 환갑잔치까지도 더 원의 음악과 사진으로 도배해 버릴 거라던 게 그녀의 입버릇이었다.

그런데 그녀의 꿈을 실제로 재현시켜 줄 고객님이 나타났다.

꿈에서나 말하던 '덕업 일치'. 축복 중의 축복이었다. 망상으로만 가능했던 덕질 파티를 제대로 펼칠 절호의 기회였다.

"여사님, 울 애들이 직접 못 오니까요. 대신 실물 등신대 제작은 가능합니다만?"

"그래. 이거야!"

한세미 여사가 손뼉을 쳤다.

"이렇게 대안을 제시하란 말이야. 있지, 기념품도 제작하고 싶어. 가능할까?"

"가능하죠!"

"컵 홀더 그런 거 하자. 내가 우리 리더 태민 님 생일날 카페 투어 할 때 그거참 좋아 보이더라."

"컵 홀더는 너무 평범하고요, 여사님. 아예 슬로건 타월을 제작할까요? 다음 콘서트 때 단체로 목에 두르고 가게? 울 애들 캐리커처 머그잔, 울 애들 얼굴로 레터링 케이크 제작도 가능합니다."

"어머, 좋지이! 하자. 그거 다 해. 못 할 게 뭐 있어? 어차피 내 생일 파틴데?"

"음식도 꽃 장식도 다 우리 애들 상징인 청남색으로 깔아 버릴래요!"

"자기 센스 한번 멋지다. 완전 쩔어!"

쩐다고요?

팔순 여사님의 입에서 몹시 생경하고 발랄한 청춘 언어가 튀어나왔다.

"맡겨만 주세요. 열과 성을 다하겠습니다. 그날 아주 뒤집고 엎고 털어 드릴게요!"

"든든해."

한세미 여사가 경오의 두툼한 손을 잡고 감격에 차서 어루만졌다.

"역시 우리 하나끼리는 말이 잘 통한다니까. 그럼 아예 그날 드레스 코드를 정할까? 우리 애들 색으로? 슬로건은 이거. '더 원은 하나', 어때?"

"와우, 여사님. 센스 짱!"

셋은 다시 한번 엄지를 척 들어 올렸다.

기획 의도를 파악하고 아이디어를 보태시는 센스가 그분 말씀대로 '쩔었다'.

"좋습니다. 초대 카드는 그렇게 만들겠습니다. 그럼 파티 규모는 몇 분이나 오시는 걸로?"

"한 열다섯 명에서 스무 명 정도. 내 트친이 그 정도거든. 초대 카드는 모레까지 제작 가능할까? 트친들에게 공유하게."

"모레까지 카드? 네. 가능할 것 같은데요. 근데 SNS도 하세요?"

"응. 요즘은 덕질 기본이잖니."

한세미 여사가 당연하다는 듯 정원을 바라보며 말했다.

"무시하지 마. 이래 봬도 아직 마음은 20대야."

"저희들 보기에 여사님은 정말 청춘이십니다."

듣기 좋으라고 하는 빈말이 아니었다. 열정과 생기로 빛나는 그 눈빛만 보아도 한세미 여사의 여든 나이가 거짓말처럼 느껴졌다.

"고마워. 참, 내 명함 거기, 내 일상 SNS 주소도 있어. 놀러 와. 내가 좀 유행에 민감해서 말이야. 구경할 만할 거야. 호호호. 있잖니, 내 친구들도 이번에 열릴 내 생일 파티를 엄청 재미있어하며 기다리고 있거든. 이번에 자기들이 일 잘해 주면 내가 또 한 인맥 하잖아. 소개 많이 해 줄게."

"감사합니다!"

결국 올댓파티 직원들과 한세미 여사의 한 시간여 내담 끝에 '더 원 덕질 파티' 콘셉트 호화판 생일 파티 기획이 대강 결정 났다.

회의를 마친 한세미 여사가 '저 백 값은 얼마일까'를 절로 묻게 만드는 희귀한 색상의 악어 백을 열었다. 정말 영화 속 소피아 로렌처럼 우아한 레이스 손수건을 꺼내 눈 아래를 살짝 도닥였다.

"이거 봐, 너무 웃어서 눈물이 다 났어. 내 평생 이렇게 즐거운 시간은 처음이야."

"같이 즐겨 주셔서 저희가 감사해요."

"고객님께서 이렇게 적극적으로 의견을 내 주시면 파티를 준비하는 저희들 입장에서도 엄청 기합이 들어가거든요."

"저희가 재미있게 준비한 파티가 항상 성공하더라고요. 감사합니다."

"생일 파티 기획하는 것만으로도 이렇게 재미나고 설레는데. 그날은 얼마나 재미있을까? 이렇게 내 생일이 기다려지는 건 올해가 처음이야."

한세미 여사가 자세를 고쳐 곧추앉았다. 아득히 먼 어딘가를 응시하듯 잠시 아련한 눈빛이 되었다.

"여든이나 먹고서 이제야……."

그녀가 고개를 돌려 마주 앉은 세 사람을 바라보았다.

"내 생일의 주인공은 나라는 걸 겨우 깨달았지 뭐야. 이런 사실을 조금만 더 일찍 알았으면 인생이 훨씬 더 즐거웠을 텐데."

그녀가 자리에서 일어섰다.

"난 언제든 통화 가능하니까. 준비 상황 시시각각 전달해 줘요. 기다리고 있을게."

"네. 알겠습니다. 그럼 살펴 가세요!"

정원과 경오가 엘리베이터 앞에까지 여사님을 배웅했다. 미소 띤 그분의 얼굴이 닫히는 엘리베이터 문과 함께 사라졌다.

"우리 뭔가 엄청난 일에 휘말린 느낌?"

"좋은 일이야. 이렇게 독보적이고 진취적인 팔순 잔치 준비해 본 적 있어? 난 이런 거 완전 찬성이야."

"우리 사업에 니 덕질 끼얹지 말아 줄래?"

경오가 혀를 내밀었다.

"배고프다. 미팅이 너무 재미있어서 점심시간이라는 것도 잊었어."

문을 열고 다시 사무실에 들어가자 구수한 라면 냄새가 진동하고 있었다. 벌써 손 빠른 영주가 컵라면에 끓는 물을 붓고 있는 중이었다.

"나는 참치마요 줘라."

"그럼 난 이거, 전주비빔밥 먹는다."

셋이 각자 컵라면과 삼각김밥을 챙겨 들고 테이블 앞에 다시 마주 앉았다. 경오가 깜동란을 까서 정원 앞에 놓아 주고 영주가 삼각김밥 비닐을 벗겨 쥐여 주었다.

"손목 한번 다칠 만하구나. 내가 손 안 대도 먹을 게 입 앞으로 날아오네. 너무 좋다."

철딱서니 없기는. 속없이 헤헤거리는 정원을 향해 경오와 영주가 눈을 흘겼다.

"매일 이럴 거라곤 기대하지 마, 인마."

그때 친구 아름에게서 전화가 왔다.

—정원아. 혹시 한세미 여사님께 연락 왔어?

"응. 지금 그분, 막 왔다 가셨어. 팔순 생일 파티 의뢰해 주셨어. 고마워, 아름아."

—잘됐네. 근데 한 여사님, 멋진 분이시지? 내가 정말 존경하는 멘토시거든. 잘해 줘.

"당연하지. 근데 아름아, 그분 대체 어떤 분이야? 포스가 범상치 않더라. 우리 셋 다 완전 쫄았어."

—당연히 범상치 않으신 분이지. 우리나라 1세대 디자이너 겸 여류 사업가셨어. 6, 70년대 영화배우 옷은 그분이 다 하셨대. 작고하신 부군께서도 그 유명한 종로3가 '태평극장' 사장님이셨고. 우리 팀장이 그러는데 그 당시 셀럽 중 셀럽이었대. 완전 쎈 언니.

"와우!"

—우리 팀 VIP이시기도 해. 사실 여사님, 지금 암 투병 중이시거든. 어쩌면 생애 마지막 파티일 수도 있어. 그러니까 신경 써 줘.

"아……."

순간, 아무렇게나 씹히던 삼각김밥 조각이 꿀떡 목구멍 안으로 넘어갔다. 동시에 불꽃처럼 반짝이던 생동감 넘치던 그분의 눈동자가 떠올랐다.

'그 나이에 암 투병 중이라면 하루하루가 힘드실 텐데.'

흘러가는 시간이 바로 언제 깨어질지 모르는 살얼음과도 같을 테고, 언제나 한쪽 발은 사선 안에 세워 둔 것이나 다름없을 텐데.

그러나 그분은 있는 힘껏 생을 즐기고 있었다. 아직은 자신의 손에 쥐어진 삶을 축복으로 찬란하게 누리고 있었다. 순간순간을 불꽃놀이처럼 찬란히 불태우는 중이었다.

* * *

토요일 오후 2시.

맑은 햇살이 북한강 은빛 물결로 흔들리는 5월의 오후.

강이 내려다보이는 언덕, 유민호 화백의 '에코하우스'.

알록달록 조형 작품들이 배치된 잔디밭 앞 주차장으로 고급 세단 세 대가 들어왔다.

그 차에서 세련된 옷차림을 한 엄마들과 아이들이 내렸다.

화랑 순례 좀 한다는 상류층 엄마들 사이에서 요즘 가장 핫한 작가로 손꼽히는 유민호 화백의 작업실에 견학을 하러 온 유치원생과 그 보호자들이었다.

마지막으로 중후한 롤스로이스가 주차장으로 들어왔다. 비서가 열어 주는 승용차에서 세련된 옷차림을 한 여자가 어린 아들과 함께 내렸다.

그 앞으로 달려가다시피 다가가 반갑게 먼저 인사를 한 사람은 윤민이었다.

"어떻게 오늘은 시간이 났어요, 지인 씨?"

"네, 예정된 출장이 연기되어서. 모처럼 애하고 시간 좀 보내려구요."

그 차에서 내린 사람은 한국 재계의 여왕벌, 사교계의 중심이자 혜성 그룹의 상속녀 오지인이었다.

지인의 아들과 윤민의 아들은 한 살 차이로 한남동에 있는 같은 영어 유치원에 다녔던 사이이다.

선글라스를 머리 위로 올리며 지인이 정원 속에 자리 잡은 조형 작품들을 휘둘러보았다.

"내가 유 화백님 팬이잖아요. 여긴 꼭 와 보고 싶었거든요."

"유 화백님이 이런 견학은 허락을 안 하신다더니만. 특히 작업실에는 절대로 사람들을 안 부른다고 하던데 어떻게 이야기가 잘되었나 봐요?"

"유 화백님이 아이들을 좋아하시거든요. 유치원생들이라니까 그럼 와서 놀다 가라고 하셨어요. 담백하고 좋은 분이세요."

내가 원하는데 안 열리는 문이 이 한국에 있을 것 같아? 그런 표정으로 지인이 돌아섰다. 차를 타고 오는 도중 잠이 들었는지라, 차에서 내렸는데도 아직도 졸음기가 가시지 않은 아들의 얼굴을 살짝 쓰다듬었다.

"우리 태형이, 이제 정신 차렸어? 여기서 엄마랑 많이 놀자아."

아이들 눈에도 정원 곳곳에 흩어진 여러 가지 조형물이 신기하게 보이나 보다. 누가 시킨 것도 아닌데 다다다, 정원 쪽으로 달려가기 시작했다.

신이 난 아이들을 바라보던 지인이 미소를 지으며 돌아섰다. 눈앞에 펼쳐진 작업실과 저택의 전경을 바라보며 감탄을 내뱉었다.

"역시 유 화백님! 이렇게 그림 같은 작업실에서 작업을 하시니, 작품이 그렇게 청명하구나."

"자연을 내 몸처럼 사랑하는 작가, 나무와 하늘을 닮은 작가라고 하더니만."

윤민을 비롯한 다른 엄마들도 질세라 유민호 화백을 칭찬하기 시작했다.

비주류이자 언더 작가였던 유민호 화백을 본류의 세계로 안내한 선도자가 지인이다.

몇 년 전만 하더라도 미술 애호가들은 이름도 알지 못하고, 전문 미술 평단에서는 완전히 무시당하던 유민호 화백이 수면 위로 올라와 유명세를 타게 된 계기는 2년 전, 지인이 소유한 '다연 미술관'이 그의 작품으로 전격 초대전을 열었을 때부터였다.

결국 유민호 화백을 인정하고 그에 대한 공부를 하고 있다고 어필하는 건, 그를 가장 먼저 알아본 지인의 안목을 상찬하는 것과도 같았다.

"작업실마저 숲 같네요."

"작가는 자신과 작품이 닮는다더니 역시. 이런 곳에서 작업을 하시면 영감이 샘처럼 솟을 거 같아요."

"주워 온 나무로 3D 벽화를 만들고, 고물상에서 구해 온 그릇들로 조선 시대 도공을 살려 내다니. 정말 이런 작가 없죠."

"고물상 주인이 전직이었다는 게 리얼 스토리라니. 그래서 작품에 진정성이 강한가 봐요."

"그러게요. 쓸모없고 버려진 것에게 다시 생명을 주는 작가라니. 존경스러워요."

아마도 건물 안에서 주차장에 차가 도착한 것을 보고 있었나 보다. 건물에서 누군가가 나왔다.

마치 어디 공장 현장 직원처럼 회색빛 작업복 차림에 밀짚모자를 쓴 남자였다. 멀리서 보아서는 어디 농사일을 나가는 농부처럼 소박하게 보였다.

만면에 미소를 지으며 다가오는 남자를 바라보다가 윤민은 눈을 깜빡였다.

'왜 저분, 내가 어디선가 본 것 같지? 왠지 낯이 익은데?'

그러는 도중 그 남자가 가까워져 왔다.

이미 지인과는 친분이 있는 듯, 활짝 웃으며 지인에게부터 인사를 건넸다.

"어서 오세요, 오 대표님."

"아이, 태형이 엄마라고 불러 주시라니까요. 오늘 전 오 대표로 온 게 아니라 우리 태형이 엄마로 견학 왔잖아요."

윤민이 놀랄 정도로 지인이 소탈하게 마주 인사를 건넸다. 늘 사람들에게 일단 선을 긋고 차가운 데다 데면데면한 지인을 알고 있는지라, 윤민을 비롯한 다른 엄마들도 놀랐다.

"얘들아, 선생님께 인사하자. 이리들 와!"

지인이 손짓을 해서 아이들을 불렀다.

유민호 화백이 함박 미소를 지으며 아이들을 일일이 안아 주며 잘 왔다고 웃어 주었다.

그에게서 뻗어 나오는 온화하고 인자한 기운이 초면인 아이들에게도 가 닿았는지, 다들 방실방실 웃으며 배꼽 인사를 했다.

"잠시 차라도 한잔 마실까요? 우리 공주님, 왕자님들. 간식도 있는데 어떡할까? 자, 지금 같이 먹을까? 좀 놀다가 먹을까?"

"난 그네 타고 싶어요!"

"난 저기 저기! 나무 위에 집! 올라갈래, 엄마아!"

아이들이 흥분해서 일제히 강가 나무들 쪽을 손짓했다. 한국에서는 보기 드문 아기자기한 트리 하우스 앞에서 아이들은 다 눈이 반짝거리고 있었다.

"그래그래, 얼른 올라가 봐. 가서 마음껏 놀아라. 그 안에도 재미난 게 참 많단다."

아이들 넷이 와아! 소리치며 넓은 잔디밭을 뛰어가기 시작했다. 그 뒤로 엄마들을 수행하는비서와 견학 담당 놀이 선생님이 종종걸음을 쳤다.

"기운찬 아이들은 마음껏 놀게 하고, 우리 어른들은 차나 마시죠."

유민호 화백이 엄마들을 안내해서 집 안으로 이끌었다.

"아이들 간식은 트리 하우스로 보내야겠어요."

지인이 주방 테이블 앞에서 차를 준비하는 민호 앞으로 다가갔다.

"아이들 간식은 신경 쓰지 마세요. 우리 아이가 밀가루 알러지가 심해서요. 제가 따로 간식을 준비했어요."

"예전에 그런 말씀 하셨죠? 그래서 쌀로 만든 과자를 준비했어요. 우리 안사람이 일부러 전통 한과집에 가서 배워 온 레시피랍니다. 하하하."

민호가 미리 준비한 과자 쟁반을 지인 앞에 내놓았다. 어제 아내 은정이 일부러 장만해서 가져다준 음식이다.

"어머나, 사모님께서 직접 쌀 과자를 만드셨다고요?"

"오 대표님같이 귀한 손님이 오신다는데 그럼 당연히 준비해야죠."

유민호가 지인을 안쓰럽게 바라보았다.

"어린 태형이가 알러지라니. 하물며 밀가루를……. 밀가루 안 먹고 살기 얼마나 힘든데. 쯧쯧. 엄마로서 힘들겠어요."

"제가 힘든 것보다 아이가 더 힘들죠. 친구들은 다 먹는데 자긴 못 먹으니까 가끔 막 화가 나나 봐요. 사람들은 말하기를 돈도 많은데 그거 하나 못 고치느냐고, 케어만 잘하면 평생 그런 알러지쯤은 피할 수 있다고, 별일 아니라고 위로하는데 짜증이 나요. 사람 사는 일이 그렇지 않은데 말이죠."

"돈이 문제가 아니라 엄마로서 아이가 아프다는데 당연히 속이 상하죠. 그게 돈하고 무슨 상관이 있겠어요?"

"그러게 말이죠. 씁쓸해요."

"아이가 아프면 엄마가 더 죄스럽죠. 우리 안사람도 그렇더군요. 아이가 아파도, 뭔 일이 생겨도, 조금만 잘못되어도 다 자기 잘못처럼 어찌할 바를 모르더군요."

자신이 느끼는 마음을 자신의 것처럼 공감해 주는 민호 앞에서 지인이 조금 더 씁쓸한 표정이 되어 하소연하듯이 말했다.

"……맞아요. 그냥 아이에게 알러지 반응이 나타났을 뿐인데, 내가 복숭아를 못 먹듯이 우리 앤 밀가루 알러지일 뿐인데도, 그런데 제가 잘못한 것 같아서 늘 미안해요. 혹시 임신 중에 뭘 잘못 먹어서 그런가. 내가 태교를 잘못했나. 내내 자책이 되더군요."

"그런 생각은 하지 마세요. 엄마한테도 아이한테도 좋지 않아요. 제가 보기엔 오 대표님은 충분히 잘 케어하고 있는데요. 세상에서 제일 바쁜 엄마이실 텐데, 이렇게 아일 위해서 휴일 한나절을 다 내 주시잖아요. 그 마음은 우리 태형이도 다 알고 있을 겁니다."

"정말 그럴까요?"

"그럼요. 세상에서 엄마보다 엄마를 더 잘 알고 사랑하고 이해해 주는 사람은 바로 아이니까요."

그저 아이의 알러지 반응에 대한 몇 마디를 나누었을 뿐인데 그 짧은 시간 동안 지인의 표정이 한결 밝아져 있었다.

모든 것을 가진 인생. 그러기에 단 한 점 모자람이나 흠결도 있어서는 안 된다는 강박이 혜성 그룹 상속녀 지인이 묶인 굴레이다. 그런데 가장 소중하고 사랑하는 아들의 건강 문제 앞에서는 그녀가 가진 어떤 것도 힘을 발휘하지 못했다. 자존심 때문에 그 일로 괴롭고 힘들다는 표시도 내지 못했다.

그랬기에 그녀의 세상과 접점이 없는 사람, 이렇게 내밀한 마음을 드러내도 위협이 되지 않는 민호 앞에서 살짝 자신의 감정을 드러낸 것만으로도, 그의 공감을 얻은 것만으로도 마음이 한결 편안해졌다.

"저 여기 자주 놀러 와야겠어요, 선생님. 여긴 마음이 참 편안해지는 곳이에요."

"언제나 환영입니다."

두 사람에게 윤민이 가까이 다가왔다.

"선생님, 죄송한데 화장실이?"

"아, 복도 끝입니다."

거실에서 왼쪽으로 짧은 복도가 있었고 그 끝이 화장실이라고 민호가 윤민에게 가르쳐 주었다.

돌아서며 윤민은 다시 혼자 고개를 갸웃했다.

'왜 자꾸 저분을 내가 어디서 본 것 같지?'

오지인의 초대로 이곳에 오기 전에, 그녀 앞에서 아는 척이라도 하려고 유민호 화백에 대해 조금 찾아보기는 했다. 사진을 많이 봐서 그래서 낯이 익은 것이라고 생각하면서 윤민은 화장실 문을 열었다.

볼일을 마치고 화장실 문을 열고 나오던 순간이었다.

"어머나!"

윤민은 소스라쳐 입술을 깨물었다. 너무 놀라 주저앉을 뻔했다.

화장실 문을 나서면 볼 수 있는 벽에 작은 가족사진이 붙어 있었는데, 윤민이나 어머니 나서희로선 꿈에라도 나타날까 봐 무서운 그 불여시, 승주의 전처이자 전 올케 유리가 활짝 웃고 있었다.

'맙소사, 어디선가 본 듯하더라니.'

등을 돌린 지인과 담소를 나누고 있는 유민호 화백을 멀거니 바라보며 윤민은 입술을 깨물었다.

'설마 저분이 유리 친정아버지였을 줄이야.'

어색하게 거실로 돌아가는데, 유민호 화백이 아까 쓰고 있던 밀짚모자를 다시 머리에 올렸다.

"슬슬 우리도 나가 볼까요? 먼저 정원에 있는 작품들 구경하시고 작업실로 가 보시죠. 요즈음 제가 작업하고 있는 것을 보여 드리겠습니다. 하하. 여러분께 별 재미는 없겠지만요. 그저 시간 많은 늙은이가 요래조래 뭔가 하고 있는 거 구경이나 하십시오."

민호를 따라나서는 지인 뒤를 윤민도 마지못해 따라갔다.

'어떡하지? 지인 씨한테 말해야 하나?'

서로 무슨 재미있는 이야기를 하고 있는지, 윤민으로선 거의 듣지 못한 지인의 웃음소리가 들려왔다. 사람들 앞에서 항시 데면데면한 지인을 익히 알고 있는 윤민으로서 참 불편하고 신경 쓰이는 광경이었다.

'아냐. 저 사람도 날 못 알아보는 눈치인데, 입 다물고 있자. 괜히 긁어 부스럼 만들 일 없잖아.'

승주와 유리가 이혼한 지도 벌써 햇수로 4년이나 지났고, 또 이런 식으로 유민호 화백과 윤민 자신이 마주칠 일이 몇 번이나 있을까?

무엇보다 윤민으로서 유민호 화백과 자신의 기묘한 관계로 인해서 그에게 큰 호감을 가진 듯해 보이는 지인과 조금이라도 불편해지는 일이 더 두려웠다.

* * *

토요일 아침.

이제 겨우 새벽하늘이 희끗희끗해질 즈음인데 이미 승주는 등산복 차림으로 엘리베이터에 타고 있었다.

"또 등산이야?"

엘리베이터에서 내려 자신의 차 쪽으로 걸어가는 승주를 가로막은 사람은 뜻밖에도 나현이었다.

"웬일이야, 이 시간에?"

승주가 손목시계와 나현을 번갈아 바라보았다.

시침은 이제 겨우 5시를 가리키고 있었다. 일러도 너무 이른 시간에 갑자기 나타난 나현이 뜨악했다.

훨씬 이른 시간부터 이곳에 와서 그가 나오기를 기다리고 있었던 게 분명했다. 갑자기 턱, 하고 강한 부담감이 날아와 부딪쳤다.

"전화도 안 받고 문자 보내도 답도 없고. 목마른 사람이 우물 판다잖아. 이 선생 보고 싶으면 이렇게라도 와야지."

"뭐야? 날 이렇게라도 만나야 하는 이유 있어?"

무심하다 못해 차갑기 그지없는 승주의 물음에 나현이 잠시 그를 빤히 바라보았다.

그러더니 조금 어리광을 부리는 듯 사정하는 어조가 되었다.

"이렇게 뻘쭘하게 사람을 세워 둘 거야? 차라도 한잔 마시자고 해야 하는 거 아냐?"

승주가 다시 손목시계를 내려다보았다. 곤란하다는 기색이 역력했다.

"지금 시간이면 문 연 찻집도 없을 텐데."

"괜찮아, 집에서 커피 한잔해."

"곤란해. 이미 다 정리하고 나온 길이라서 다시 올라가기는 싫어."

승주는 나현이 무안해서 얼굴이 빨개질 정도로 야멸치게 딱 잘라 거절했다. 귀국 후 독립한 이래, 승주는 아무리 나현이 칭얼거리거나 부탁을 해도 자신의 집을 개방해 주지 않았다.

"뭣 때문에 이런 시간에 날 찾아왔는지 모르겠지만 조금 그렇다. 우리가 나름 격의 없는 사이라 해도 이런 시간에 연락 없이 방문이라니. 실례잖아."

"일방적으로 내 연락 무시하고 모른 척하는 이 선생이 할 말은 아니지 않아?"

나현의 목소리가 조금 커졌다.

"미안한데 박 선생, 너한테서 연락이 왔다고 내가 언제나 의무적으로 답을 해야 하는 건 아니잖아."

그러나 승주 역시 지지 않았다.

나현의 따져 대는 말 앞에서 이전의 그라면 못 이기는 척 사과하거나, 침묵으로 미안하다는 뜻이라도 드러냈을 텐데 달랐다.

"사람마다 사정이 다 있어. 내가 연락을 하지 못할 이유도 있는 거고 또 나 혼자 생각할 시간이 필요할 수도 있지. 근데 내가 왜 너한테 이렇게 추궁을 받아야 하는지 모르겠다. 나 지금 몹시 황당해. 박 선생이 이러는 거."

"황당해?"

"그래."

속이 뒤집어지는 나현의 표정을 무시하고 승주도 대놓고 인상을 썼다.

"나, 지금 혼나는 중이야? 내가 너한테 뭘 했다고?"

"뭘 해서가 아니야. 뭘 안 하니까 문제지, 지금! 갑자기 왜 내 연락을 피하는데? 내가 뭘 잘못했어? 뭐든 말을 해 줘야 하는 거 아냐? 내가 아무리 이 선생을 좋아한다고 해도 이건 아니지. 사람 감정 가지고 이런 식으로 굴면 정말 나쁜 거야. 나 지금 너무 화가 나. 거지 같아. 기분 더러워."

나현도 마침내 참지 못하고 폭발했다. 조용한 새벽 지하 주차장에 이성을 잃은 나현의 악쓰는 목소리가 울려 퍼졌다.

"사람 무시해도 유분수잖아. 나한테 왜 이러는데? 왜 이렇게 거만해? 적어도 나한테는 이럴 수가 없지."

"내가 뭘 어쨌다고 이렇게 일방적으로 화를 내는 거야?"

"클린하게 굴어! 나한테 마구 기대하게 만들어 놓고는 이제 와서 이게 뭐야? 왜 무시하고 걷어차? 우리 사이, 관계 정리하고 싶으면 절차 밟아서 확실하게 하라고."

"관계라고 부를 일도 없었잖아."

갈수록 흥분이 커지는 나현과는 달리 오히려 차분한 얼굴이 된 승주가 나직하게 반박했다.

"하, 이게 이 선생 결론이고 대답이야? 우리 사인 아무것도 아니다? 내가 주장할 관계 따윈 아예 없다?"

승주를 노려보는 나현의 눈빛이 퍼렇게 변했다. 내내 승주에게서 까이고 씹히고 외면당한 설움과 원통함, 분함이 한꺼번에 폭발했다.

"그럼 그동안 왜 날 안 잘랐어? 내가 철없는 10대도 아니고 자존심도 없는 미친년도 아니야. 아무 감정 없는 남자한테 이런 식으로 애절하게 따라 붙고 기다리지 않아. 내 마음을 이 선생도 뻔히 알고 있었잖아. 내가 이 선생 좋아하는 거."

"왜 다가오는 널 막지 않았냐고 묻는 거야? 그게 널 허락한 거라고 믿었다고? 그렇다면 내가 할 말이 없구나. 그건 명백한 내 실수였어. 사과할게."

"실수? 참 편하구나, 이 선생 뇌는? 사람 마음 뻔히 알면서도 끝까지 모르는 척, 가증스러워! 사람 가지고 놀면 재미있어? 왜 우리 민서 생일 파티에는 같이 와 줬는데? 우리 민서가 '이모부'라고 불렀을 때 왜 아니라고 말 안 했는데? 그런데도 내가 기대한 게 잘못이니? 전부 다 착각이고 나만 혼자 날뛰는 거였니?"

"애 앞에서 그럼 아니다 하고 잘라야 했나 보네. 네가 고집 피워서 굳이 그 자리에 날 데리고 간 목적이 무엇인지 이제는 보이지만, 그것으로 인해 네가 기대를 하게 됐다면 끝까지 거절 못 한 것도 역시 내 잘못이네. 미안하다. 사과할게. 됐지?"

밀면 밀리고 때리면 그대로 맞겠다는 승주의 무심한 태도. 말로야 사과하고 미안하다고 하는데 실상 전혀 미안해하지 않는 그의 박정함이 나현을 더 깊이 상처 입히고 화를 내게 만들었다.

그녀는 활화산처럼 폭발하고 있는데, 승주는 작은 물잔 속에서 끓는 물과 다름없었다.

그녀가 뭘 어찌하든 아무렇지도 않은 상대 앞에서 미쳐 날뛰는 일이 무슨 소용이 있을까? 막막하고 물색없어서 그만 나현의 입이 막혔다.

한동안 손으로 입을 막은 채 승주를 올려다보고만 있던 나현이 축 어깨를 떨어뜨렸다. 바닥만 내려다보면서 나직하게 물었다.

"이렇게 삽시간에 변한 이 선생이 믿어지지 않아. 혹시…… 그 여자 때문에 그래?"

"그 여자?"

두 사람의 눈이 마주쳤다.

"내가 못 알아볼 줄 알았어? 우리 민서 생일날, 손목 다친 그 여자, 이 선생이 굳이 직접 병원으로 데려간 그 여자, 유리 씨. 이 선생 전처잖아. 아냐?"

"어, 맞아."

나현이 경악할 정도로 덤덤하게 승주가 인정했다.

"맞구나? 그래서 이즈음 이 선생이 이상해진 거였구나! 대체 왜 그래? 과거의 여자를 왜 흘려보내지 못하고 이런 식이야? 이혼했잖아, 두 사람. 그럼 인연 끝난 거잖아? 대체 언제 그 여자한테서 벗어날 건데?"

호소하듯, 애원하듯 나현이 물었다. 승주가 팔짱을 꼈다. 아까 나현이 그랬던 것처럼 바닥을 내려다보며 한참 침묵하더니만 고개를 들었다. 오히려 나현에게 반문했다.

"왜 벗어나야 하는데?"

"뭐?"

"내가 왜 그 사람과의 인연에서 굳이 벗어나야 하는지 갑자기 의문이 생겼어. 아, 물론 나와 그 사람의 이야기를 이런 식으로 너랑 하고 있는 것도 우습지만 말이야. 내 일이야. 나와 내 전 와이프 이야기라고. 그런데 왜 박 선생 네가 날 추궁해? 무슨 이유로? 내가 너하고 연애를 한 것도 아니고 재혼 상대도 아니잖아. 그런데 넌 왜 나한테 설명을 요구하고 있어? 무슨 권리로? 난 너에게 설명할 의무가 없어. 이건 한참 잘못된 일이야. 월권이라고."

"월권 같은 소리! 난 이 선생 걱정하는 거야. 이 선생이 그 여자 다시 만나는 거, 누가 환영할 거 같아?"

나현이 앙칼지게 캐물었다.

"선배 부모님들이 어련히 좋아하시겠다. 선배가 그 여자 다시 만나서 이렇게 갈등하고 흔들리고 있다는 거 아시면 어련히 가만있으시겠어. 섣부른 불장난에 한번 데였으면 조심해야 하는 거 아냐?"

"불장난이든 뭐든 내 일이야. 네 일이 아니고. 그렇게 남의 일에 참견하고 싶어 입이 근질거리면 어디 한번 제대로 고자질해 봐."

승주가 차갑게 표정을 굳히며 싸늘하게 쏘붙였다.

"뭐?"

"박나현 선생, 쿨한 줄 알았는데 알고 보니 오지랖이 보통 넓은 게 아니었네. 니 맘대로 하라고. 그 사람 일이라면 제일 질색하는 우리 어머니한테 확실하게 고자질하면 되겠어. 잘해 봐."

승주가 나현을 버려두고 자기 차에 올라타더니, 곧장 주차장을 빠져나갔다.

무척 화가 난 듯 난폭하게 달려 빠져나가는 승주의 승용차 타이어 마찰하는 소리가 날카롭게 귀를 찢어발겼다.

최악이다.

홀로 남겨진 나현은 비틀거리다가 주차장의 기둥에 등을 대고 간신히 버텨 섰다.

흥분이 가라앉고 홀로 되고 나니 갑자기 극심한 수치심이 엄습했다. 나현은 떨리는 손으로 머리카락을 쓸어 올렸다. 헝클어진 자존심을 주워 담듯이.

'미쳤어. 미쳤어! 뭘 바라고 이 시간에 여기로 달려왔지, 내가? 이런 미친 짓을 왜 했을까?'

아무것도 얻은 게 없고 두 사람 중 누구에게도 좋은 결말이 아닌데.

10여 년을 넘게 간직한 짝사랑을 이런 식으로 멍청하게, 모양 빠지게 털어 내고 말다니.

단번에 승주에게 부인당한 수치심, 거절당한 부끄러움보다 더 최악으로 화가 났다. 승주가 아니라 그녀 자신에게.

* * *

한 시간을 달리다 보니, 어느새 하늘은 황금빛으로 밝아지고 있었다.

승주는 '유흥산'이라고 적힌 도로 안내 표지판 쪽으로 차를 돌렸다.

"이혼했잖아, 두 사람. 그럼 인연 끝난 거잖아? 대체 언제 그 여자한테서 벗어날 건데?"

나현이 악을 쓰는 소리가 아직도 쟁쟁했다.

"그렇게 티가 났나?"

승주는 홀로 중얼거렸다.

'포커페이스인 척은 이제 못 하겠네.'

나현의 추궁이 어쩌면 승주의 망설임이나 갈등을 한 방에 정리한 것이나 다름없었다.

'그래. 이제는 인정하자.'

유리를 만난 이후, 그의 심장이 급박하게 다시 뛰기 시작했다는 것을.

그때 휴대 전화가 울렸다. 화면에 뜬 이름을 보고 승주는 급하게 통화 버튼을 눌렀다.

"네, 할머니. 무슨 일 있습니까?"

ㅡ아냐. 별일은 없어. 그냥 이른 시간에 깨어서 산책하다가 산이 너무 이

뻐서. 내가 전화 걸 사람이 딱히 없잖아.

늘 마음 한편으로 걱정하고 있고 돌보고 있어 승주가 밤낮으로 전화를 받아 주는 유일한 사람의 활기찬 목소리가 흘러나왔다.

"전화 잘하셨어요. 5월의 산이 예쁘죠."

—지금 신록이 제일 예쁠 때야. 하룻밤 지나면 색이 또 달라져. 어쩜 저렇게 연둣빛이 고운지. 참, 내 초대장 받았지?

"네."

—와 줄 거지?

"당연히 가겠지만. 그런데 파티, 괜찮으시겠어요?"

—응. 당연히 괜찮을 예정이야. 특별히 그날은 더. 그래서 이 박사가 날 좀 도와주어야겠어.

"어떻게요?"

—그날 파티, 내가 정말 재미있게 즐길 수 있도록 처방 좀 받아 줄래? 그리고 자기가 내 옆에 있어 줘.

"노력하겠습니다."

"있지, 그런데 말이야. 파티 준비 의뢰하다가 내가 좀 재미있는 사실을 알아 버렸어."

"네? 무슨⋯⋯?"

—운명의 장난인가? 어쩐지 이 박사도 알고, 나도 아는 어떤 중요한 사람을 만나 버린 것 같아⋯⋯.

* * *

그날 저녁.

대리 운전 기사가 운전하는 승주의 차가 평창동 본가의 주차장으로 들어섰다.

수고비를 받은 기사가 차를 떠났는데도, 승주는 한동안 뒷좌석에서 움직이지 않았다.

솔직한 마음으로야 당장에라도 다시 차를 몰고 이대로 그냥 떠나 버리고 싶다.

어쩌다 본가가 세상에서 제일 불편한 곳이 되었을까?

'갑자기 불편해진 게 아니라 늘 불편했던 거 같아. 그러고 보면……'

어린 시절부터 공부에 집중했던 건 늘 가시방석처럼 불편했던 집에서 나름대로 살아남는 방법이었던가.

공부를 한다고 자신의 방에 틀어박히는 순간, 적어도 그때만큼은 누구도 간섭하지 않았으니까.

아버지 이영국은 아내 나서희의 불편한 냉기에서 외도라는 일탈로 도망쳤고, 아들 승주는 공부와 성적이라는 가면 안으로 도망쳤다.

승주가 굳이 가지 않아도 되는 의대로 진학을 한 이유가 공부를 방패 삼아 합법적으로 집을 떠나 있을 수 있어서였다는 건 여전히 비밀이다.

'의대 자체가 반항이었지 뭐.'

영국은 승주가 자신의 뒤를 이어 세린병원을 책임질 거라고 기대하고 있었다. 그래서 채용하는 의사들에게 얕잡아 보이지 않으려면 의사 면허증은 갖고 있어야 한다고 주장했다. 승주는 아버지 말에 순순히 수긍했다.

'어머니는 의대 진학 당시에도 질색했지. 내가 경영학을 전공하기를 바랐으니까.'

아들 승주의 진학 문제마저도 빙하처럼 냉랭한 부부 사이의 전쟁거리였다.

승주는 쓴웃음을 지으며 옆자리에 놓인 배낭을 뒤적였다. 그 안에서 납작해진 소주 팩을 꺼내 아직 조금 남은 술을 마저 마셔 버렸다.

등산을 하는 내내 조금씩 마셨던 술이 이제야 취기로 올라오는 게 느껴졌다.

이 정도 취기면 몇 시간의 불편함을 견뎌 낼 수 있을 테지.

차에서 내려 승주는 1층 거실로 올라가는 엘리베이터에 올랐다.

거실로 들어서는 아들을 보고는 영국이 웬일? 하듯이 눈썹을 치켜올렸다.

분명 나서희로부터는 아버지가 보자고 했다더니만, 정작 영국은 이 시간에 승주가 오는 것도 모르고 있는 듯했다.

'그럼 그렇지.'

아들이 순순히 저녁 식사 시간에 맞추어 나타난 것에 적이 만족해하는 나서희 표정을 읽으면서 승주는 속으로 혀를 찼다.

수단과 방법을 가리지 않고 모든 사람을 자신이 원하는 대로 조종하거나 휘두르는 데 이골이 난 어머니의 교활한 수완이 그날따라 더 짜증스러웠다. 하지만 그런 감정을 드러낼 수는 없었다.

"오랜만이구나. 어째 시간이 났어?"

"네."

승주는 짧게 대답하고 소파에 앉았다.

영국이 앞에 놓인 찻잔을 들면서 물었다.

"아들 얼굴 보는 게 어째 하늘 별 따기다? 어떻게 살고 있어? 아직도 한성병원에는 나가고 있어?"

"요양병원 야간으로 옮겼어요. 응급실이 너무 힘들어서."

"야간 근무? 힘들겠네. 바빠 죽겠는 우리 병원도 있는데 왜 내 아들이 남의 구멍가게에서 페이 닥터를 하는지는 도통 모르겠다만. 그나저나 시간을 그렇게 낭비해도 돼? 로스쿨 시험은 어떡할 거야?"

작년에 와튼 과정을 마치고 돌아오니 나서희가 이미 정해 놓은 완벽한 인생 계획에 따라 이제 승주 앞에는 얼토당토않은 로스쿨 진학이 기다리고 있었다.

가타부타 대답이 없으니 영국이나 서희 두 사람 다 공부 벌레인 승주가 당연히 로스쿨 진학 준비를 하고 있다고 믿고 있었다.

"말이 주 3일이지 말이야. 낮과 밤이 바뀐 생활이면 힘들다. 사람을 얼마나 피곤하게 하는지 알아? 적당한 때에 때려치우고 공부에나 전념해. 누가 너더러 돈 벌래?"

"제가 아직 로스쿨에 갈지 결정을 못 했습니다. 그래서 당분간 일은 더 할까 합니다."

영국와 서희가 동시에 승주를 바라보았다.

"그게 무슨 말이야?"

"로스쿨에 가야지."

"왜요?"

나서희가 왜냐고 묻는 승주를 빤히 건너다보았다.

대놓고 내가 왜 그래야 하느냐고 묻는 아들 앞에서 너무 당황한 나머지 말이 더듬거려질 정도였다.

"왜라니? 당연하잖아. 아무래도 경영 쪽으로 나가려면 법률 쪽으로 인맥이……."

"제가 경영 쪽으로 나가는 게 확정은 아니지 않습니까?"

"무슨 소리야? 되도 않는 말은 하는 게 아냐. 사람에게는 누구에게나 정해진 길이 있어. 그 길을 벗어나면 안 되지. 네가 여기까지 오게 만든 것이 쉬운 일인지 아니? 네가 마땅히 가야 할 길을 가는 건 부모에 대한 의무, 사회에 대한 의무, 너 자신에 대한 의무야."

"제가 가야 할 길에 대해서는 제가 알아서 하겠습니다."

"알았다. 시간은 있으니까 좀 더 깊이 생각해 보고 결정해. 1, 2년 늦어진다고 인생 달라지지는 않아. 의사의 길이 낫다 싶으면 전공의 시작하면 되고, 경영 쪽이 더 관심 생기면 그때 가서 새로 공부해도 되지. 너도 서른 넘었으니 니 인생, 네가 결정해."

뭔가 심상치 않은 분위기를 느낀 영국이 날이 서기 시작하는 서희와 승주 사이에 얼른 끼어들었다.

영국 자신도 그러하거니와, 아들 승주 역시 결혼과 이혼을 거쳐 미국에서 학위를 마치고 돌아온 이후, 뭔가 변했다. 나서희에 대하여 항상 날카롭게 손톱을 세우고서는 할퀼 준비를 하고 있다는 느낌이 들었다.

중간에서 끝내게 만들어야지, 말이 길어지다간 100퍼센트 나서희의 히스테리가 터지고 말 것이다. 그것을 더 이상 못 참아 주는 승주가 벌떡 일어나 사라지는 것으로 이 상황은 막이 내릴 것이고, 화낼 상대를 잃은 나서희의 신경질과 분풀이 상대는 고스란히 만만한 영국 자신이 될 터였다.

"로스쿨은 그렇고, 이참에 승주, 사람 하나 만나야겠어."

나서희가 승주를 굳이 본가에 부른 이유가 마침내 나왔다.

"큰이모가 참한 아가씨를 소개해 주시겠대. 어려운 집안이야. 함부로 거절하기 힘들어."

그러나 승주는 묵묵부답이었다. 안달이 난 서희가 다시 꿀을 발랐다.

"대영 그룹 쪽 따님인데 첼로 전공한 재원이래. 다행히 큰이모가 말을 꺼내니까 아가씨가 너하고 한번 만나겠다고 한단다. 얼마나 다행이야? 그 집 부친도 그렇지만 장모 되실 모친도 법관이래. 인맥부터 학벌에 품격에 뭐 하나 모자란 것 없이 내로라하는 집안이야. 큰이모가 정말 신경 써서 찾아 준 상대니 너도 만족스러울 거다."

"만족 좋아하시네. 얘는 영 내키지 않아 보이는데 또 먼저 나서지? 당신은 이게 문제야."

승주가 가타부타 무슨 말을 하기도 전에 먼저 영국이 아내를 타박했다.

"추호도 다른 사람 생각은 안 해. 이런 일은 당사자 승주한테 먼저 물어보고 추진해야 하는 거 아냐? 당신이 결정하면 다야? 무조건 얘는 끄덕끄덕하고 나가서 선봐야 해?"

승주의 마음을 읽은 것만 같다. 영국이 신랄하게 내뱉었다.

아들이 이혼남이라는 흠이 있으니, 그런 대단한 집안 아가씨가 만나 주는 것만으로도 너는 감지덕지해야 한다, 그런 뉘앙스에 승주만큼이나 아버지인 영국도 울컥 맘이 상했다.

"아무리 아들 인생이라지만 당신, 과해. 세상 전부가 다 당신 뜻대로 발치에 엎드려야 직성이 풀리는 버릇 언제 고칠래? 그리고 애 결혼, 억지로 시켜서 뭐 하게?"

"뭐라고요?"

나서희의 목소리에 쨍하고 퍼런 날이 섰다. 그러나 영국은 멈추지 않았다.

"서로 좋아서, 죽고 못 산다고 해서 시킨 결혼, 그마저도 이혼으로 끝났는데. 그렇게 인생에 호되게 덴 이 녀석이 원치도 않는데 또 결혼시키려고 당신 맘대로 혼자 서둘러? 왜, 또 이혼시키게?"

"그만하시죠."

"그만하길 뭘 그만해? 당신 눈에 안 차는 며느린 죽어도 못 보니 결혼은 시켜 줬다만 들들 볶아서 기어코 찢어 놨잖아. 이젠 당신이 좋아하는 재벌가 따님을 들이대려는 모양인데 그건 성공할 거 같아?"

시퍼렇게 얼어붙은 나서희의 표정이 보이지도 않는지, 영국이 피식 웃으면서 대놓고 계속 비웃었다.

"처형이 소개한 여자라니 뭐, 이혼한 우리 아들 처지에 언감생심 넘볼 수도 없는 어마어마한 집안 따님은 분명한 것 같은데. 근데 당신 그거 가능해? 며느리라 해도 여왕처럼 모시고 살아야 할 아가씨인 것 같은데. 누구든 눈 아래 깔고 보는 당신 성미에 또 그렇게 며느리 눈치 보는 건 용납 못 하지. 당신 성질머리에 맘에 드는 며느릿감이 있을까? 누가 들어오든 억지로 또 결혼시켜도 결국은 다시 이혼 꼴 나지. 뭐 그전에 우리 아들이 평생 상전처럼 모시고 살 아내를 원할까 그것도 의문이지만."

"대놓고 저주를 하세요."

서희가 이를 악물며 냉랭하게 내뱉었다. 불쾌한 표정을 감추지 못하면서 소파에서 발딱 일어난 그녀는 식사 준비를 알아본다는 핑계로 다이닝 룸 쪽으로 가 버렸다.

승주는 그만 피식 웃고 말았다.

분명 자신의 인생과 관련한 일인데도, 그는 방관자가 되었다. 끼어들 틈도 없이 언제나 그렇듯이 영국와 서희의 전쟁이 되었다.

"언제부터 아버지께서 제 대변인이 되셨습니까?"

"너처럼 말 안 하고 입 다물고 있음 저 사람은 세상만사 다 제가 옳은 줄 알아. 한 번씩 침을 박아 줘야지. 근데 우리 둘이 힘을 합쳐도 너희 엄마 한 사람을 못 이긴다는 게 학계 정설이다."

다시 피식 웃고 마는 승주를 영국이 돋보기 너머로 바라보았다.

"너."

"네."

"엄청 마시고 다닌다며?"

"네?"

승주가 조금 당황해하는 기색을 읽은 영국이 살짝 혀를 찼다.

어지간히 마셔도 별로 티가 나지 않는 게 승주의 장점이자 단점이었다. 비록 오늘 소주 몇 팩을 비웠다 해도, 딱히 눈치채지 못할 줄 알았는데.

행여 다이닝 룸에 있는 서희 귀에 들어갈세라 조금 목청을 낮춰 영국이 정색하고 아들을 꾸짖었다.

"난 귀 없어? 김 원장이 에둘러 말하더라. 한두 번이 아니라며? 너 조심시키라고 하더라."

승주가 조가비처럼 단단히 입을 다물었다. 그러다가 한참 후에 마지못해 대답했다.

"죄송합니다. 조심하겠습니다."

"알바라고 해도 의사란 놈이 술도 안 깨고 출근을 해? 그거 살인 행위이야, 인마."

승주를 건너다보는 영국의 얼굴에 걱정이 가득했다. 드물게 보여 주는 영국의 진심이었다.

"어째 아비가 보기에 너 상태가 자꾸 안 좋다? 로스쿨도 그렇고, 결혼 말도 그렇고, 내가 보기에 네 반응이 영 시원찮아. 아직도 마음 못 잡았어?"

"아닙니다. 아시다시피 제가 느리잖아요. 이것저것 천천히 정리하고 있습니다."

"확실해? 시간 주고 기다리면 제대로 정리하는 거야?"

"네. 저도 서른이 훌쩍 넘었어요. 제 앞가림 제대로 하고 앞으로 어떻게 살까 신중히 생각하고 있습니다. 이 나이에 여전히 부모님이 시키는 대로 가는 인생도 웃기잖아요."

"그건 그렇다만."

영국이 아들을 힐끗 건너다보았다.

"네 엄마하고는 다른 뜻으로 하는 말이다. 재혼 생각은 있어?"

"없습니다."

"당분간이야, 아니면 영영이야?"

"……글쎄요."

"아직 못 잊은 건 아니고?"

대답 대신 아까처럼 조가비 입이 되어 버린 승주를 바라보며 영국이 혀를 찼다.

"차암 답답허다, 널 보고 있으면. 신중한 건지 느린 건지……. 쯧!"

"같은 실수를 되풀이하지 않으려면 신중해야죠. 급한 마음에, 경솔하게 멍청하게 굴다가 제가 이 꼴 난걸요. 정직한 제 마음이 무엇을 원하는지 계속 살피고 또 살피고 있습니다."

다이닝 룸에서 가사 도우미가 나왔다.

"이사장님, 진지하시지요."

"그래요."

영국이 소파에서 일어섰다. 지나치며 아들의 어깨를 툭 하고 두드렸다.

"그래. 이번에는 실수하지 말고 잘 생각해서 니 인생 방향 잘 잡아라. 니 마음이 원하는 길이 사실은 가장 올바른 길이라고는 하더라."

* * *

청담동 데이지 백화점, 9층 회장실.

전자 결재 문서에 사인을 하던 나서희가 울리는 휴대 전화를 받았다.

"네. 저예요."

언니 희영의 전화였다. 그녀가 소개해 주려는 첼리스트 아가씨가 조만간 연주회를 끝내고 귀국한다며 승주와의 만남 시간을 정하라는 하명이었다.

"아휴, 저희야 언제든 가능하죠. 그쪽 아가씨 사정이 먼저지. 근데 정말 우리 애하고 만나 보겠대요?"

─그래. 내 면도 있지만 그쪽에서도 승주를 아는 눈치야. 아가씨 동생이 승주 대학 후배라는 거 같아.

"아무래도 우리 애가 돌싱인데……. 용케 그 아가씨가 오케이를 했네요. 고맙게도."

그러면서도 나서희는 자존심이 상해 홀로 입술을 깨물었다.

유리 고 무식하고 천박한 불여우한테 홀라당 넘어가더니만 결국은 이혼남 붉은 딱지를 붙이고 돌아온 아들이 다시 또 너무 미웠다.

아들 인생에 전 며느리 유리 고것만 등장하지 않았다면?

'대영 그룹 핏줄이라지만 기껏 방계에 불과하잖아? 돈 처발라 첼리스트 명성을 얻은 계집애 따위에게 이렇게 저자세로 고개를 숙일 일은 없었을 거야.'

부글부글 끓는 속맘을 서희가 억지로 가누었다.

─아가씨 성격이 시원시원한 모양이야. 기껏 1년도 못 살고 헤어졌다니까 뭐 딱히 문제 삼지 않겠다나 봐. 근데 아가씨 나이가 많은데 승주가 괜찮대?

"많기는 뭐가 많아요? 겨우 두 살 차인데. 요샌 오히려 연상연하가 대세라잖아요."

─그것도 맞는 말이야. 우리 승주같이 곰탱이 성격에는 리드해서 이끌어주는 아내가 필요할지도 몰라. 여하튼 나로서도 입 떼기 어려운 자리였어. 그러니까 승주한테 말 잘해서 실례를 저지르지 않도록 해.

"그럼요."

통화 도중 노크 소리가 났다. 비서가 들어와 방문객이 도착했음을 알렸다.

"안녕하세요, 회장님."

들어선 사람은 박나현이었다. 가슴에는 한 아름 꽃다발을 안고 있었다.

"어머, 박 선생. 오랜만이야."

나서희가 희미하게 미소 지으며 그녀를 맞이했다.

"병원에 있어야 할 사람이 이 시간에 여긴 웬일이야?"

"오늘 휴무예요. 간만에 쇼핑 나왔다가, 회장님께서 출근하셨다기에 잠시 인사차 들렀어요."

"잘 왔어. 차 마시자."

세상 다정하고 상냥한 표정으로 서희가 나현에게 차를 권했다.

"잘 지내지? 우리 승주가 귀국한 후에 박 선생이 많이 도와주고 있다는 말은 전해 들었어. 고마워."

"아닙니다. 오히려 제가 선배 덕을 보고 있습니다. 선배야 남의 도움 따윈 필요 없는 사람이잖아요."

"우리 애가 가진 게 많기는 하지. 호호호. 아유, 그래서 그런지, 유학 끝내고 돌아오니 이곳저곳에서 어찌나 침을 흘려 대는지 내가 아주 귀찮아."

그러니 너 같은 수준 미달이면서 야심과 헛된 욕심만으로 똘똘 뭉친 독한 계집애는 트럭으로 갖다준다 해도 싫어. 니가 아무리 발끝 치켜들고 안달을 해도 내 아들 발꿈치도 못 만진단다, 그런 뜻이었다.

그런 서희의 얼굴을 바라보던 나현이 살짝 고개를 숙였다. 서희는 보지 못한 희미한 비웃음이 나현의 입가에 서렸다.

'그렇게 웃으실 수 있는 건 지금뿐인 것 같은데요, 나서희 회장님?'

그녀의 자랑 이승주가 지금 이름만 들어도 몸서리칠 전처 유리를 만났고 그녀와 다시 잘해 보겠다는 의사를 확고하게 드러냈다는 말을 전해 듣는다면, 이 거만한 여자 얼굴이 어떻게 변할까?

'아니, 또 어떤 수단을 써서 유리 그 여자를 쳐 낼까?'

문전박대를 각오하고, 얼굴에 철판을 씌운 채 나현이 나서희의 사무실 문을 박차고 들어선 이유는 딱 하나였다.

고, 자, 질.

며칠 전, 어렵사리 찾아간 나현에게 승주는 나는 너에게 아무런 약속을 한 적이 없고 그러니 익숙하고 의례적인 기존의 관계, 친한 선후배라는 관계 말고는 친밀함에 대한 의무가 없다고 잘라 말했다.

그때 나현의 이성이 끊어졌다. 간신히 지탱하고 있던 자존심이 그 한마디로 무너지고 대신 분노와 질투의 얼굴을 한 광기가 터졌다. 나현은 이제 잃을 게 없다. 그러니 거칠 것도 없었다.

'이승주 당신이 결국 내 남자가 되지 못한다 하더라도, 유리 그 여자가 다시 당신 인생과 마음을 훔쳐 가는 것을 두 번이나 보고 있을 생각은 없어.'

지금껏 나현은 승주의 눈길 앞에 마음 앞에 가까이 가기 위해 늘 애타게 노력했다.

그러나 항상 간절했던 나현과는 달리 항상 유리는 아무런 노력도 없이 승주의 인생과 사랑을 차지해 버렸다. 이런 운명은 정말 불공평하고 불공정했다.

나현의 발길질이 두 사람 운명에 별로 큰 타격이 되지는 못한다 해도, 나현으로선 고이 물러날 생각이 없었다. 그녀가 입은 상처만큼은 아니라 해도 두 사람 역시 괴롭힘을 당하거나 아파야 그게 정의이다. 그게 보답 없는 짝사랑을 견뎌 낸 나현 자신에 대한 예의라고 생각했다.

그리고 나현에게는 그렇게 만들 세 치 혀가 있었다. 나서희에게 유리의 재등장만 귀띔해 준다면 나머지 전부는 나서희가 알아서 할 것이므로.

"근데 박 선생, 혹시 나한테 할 말 있니?"

기대에 벗어나지 않게 나서희가 먼저 물어 주었다.

"이렇게 어려운 걸음을 한 것 보면 나한테 긴히 하고 싶은 이야기가 있는 것 같은데."

어디 한번 나불거려 보렴, 그런 뜻으로 나서희가 소파 등받이에 등을 기대며 턱을 치켜올렸다. 그리고 나현을 바라보며 눈으로 재촉했다.

나현은 아랫배에 힘을 주었다. '유리'라는 이름이 나오는 순간 벌어질 태풍에 대비하며 천천히 입을 열었다. 비뚤어진 복수심을 품은 희열의 기대감이 전신을 물들이고 있었다.

"죄송해요, 회장님. 하지만 아무래도 말씀드려야 제 맘이 편안할 거 같아서요. 제가 승주 선배……."

"미안, 말 끊어서 정말 미안한데."

나서희가 손을 들어 나현을 막았다. 약간 어깨를 올렸다가 마치 할 수 없다는 듯, 그런 제스처를 취했다.

"내가 우리 승주에 대해서 박 선생이 가진 마음, 모르지는 않아. 그런데 말이야. 자기도 알지? 아닌 건 아니라고."

네가 내 앞에서 머리 조아리고 하려는 말을 난 다 알고 있어. 하지만 그걸 하게 내버려 두진 않을 거야. 나현을 응시하는 나서희의 눈이 그런 뜻을 담고 있었다.

"사람은 말이야. 다 타고난 자리가 있고 격이 있어. 넘쳐도 모자라서도 안 돼. 서로가 힘들어지거든. 특히 남녀 사이 결혼 문제는 말이지, 더 그래. 단도직입적으로 자긴 아니야."

"네?"

넘겨짚는 나서희의 말에 나현은 어이가 없었다.

내가 하고 싶은 말은 이게 아니라고요. 난 당신 아들이 당신이 질색하는 전처 유리와 다시 만날 계획을 세우고 있다는 걸 말해 주러 온 거야. 소리치고 싶었지만, 서희가 그런 기회를 주지 않았다.

"자기가 멋진 골드 미스인 거 나도 알아. 우리 조명신 부장이 따님을 아주 근사하게 키웠지. 평범한 가정에서 의사 만들기가 어디 쉬워? 그런데 말이야, 박 선생. 내가 인생 선배로 정말 진지하게 충고하는데. 너무 과한 욕심은 자신을 망치는 길이야."

순간 나현이 울컥했다. 자신도 모르게 고개를 번쩍 들고 나서희를 쏘아보면서 항의했다.

"회장님, 말씀이 너무 심하신데요. 제가 무슨 말씀을 드리러 온 줄도 모르시면서?"

"자기가 무슨 말을 하러 왔든 결론은 똑같아. 우리 승주잖아. 그렇지? 근데 그게 뭐든 나는 불쾌하네. 박 선생이 뭔데 감히 내가 허락도 하지 않았는데, 우리 아들을 들먹이며 날 찾아온 건지. 이건 주제넘어도 한참 넘은 거 같은데?"

"제가 주제넘었다고요……."

"그래, 맞아. 지금 주제넘은 짓 하고 있어. 설사 우리 승주가 나 몰래 박 선생하고 연애를 하고 있다 해도 그래. 그거 그만 끝내 줘. 우리 승주, 조만간 새 사람 만날 거야."

나서희가 얼굴을 기울여 나현 앞으로 가까이 다가왔다.

마지막 선심을 쓴다는 표정으로, 헛된 소망에 애달아 있는 나현이 가엾어 죽겠으니 이번 한 번 널 위해 자비로운 내가 현실을 깨우쳐 주마, 그런 얼굴로 말을 계속했다.

"자기도 들어 봤을 텐데. 대영 그룹 쪽 따님이셔. 유명한 첼리스트이고. 이미 이야기가 거의 끝난 상태야. 박 선생, 우리 승주가 행복하기를 바라는 사람이지? 그러니까 축복해 줘, 응?"

나서희가 일그러지는 나현의 얼굴을 똑바로 노려보며 활짝 웃었다.

"우리 박 선생도 곧 좋은 사람 만나야 할 텐데. 어때? 내가 우리 직원 중에서 괜찮은 사람 소개해 줄까? 아니, 그럴 필요도 없지. 세린병원에도 의사 많잖아. 우리 승주는 내가 알아서 앞가림시킬 테니 걱정 마. 그러니까 우리 애한테 욕심 그만 부리고 더 좋은 사람 찾아봐. 알았지?"

"……죄송합니다. 제가 잘못 찾아왔군요. 실례가 많았습니다."

새빨개진 얼굴로 나현이 발딱 자리에서 일어섰다. 이를 악물며 목례를 하고는 뒤도 돌아보지 않고 회장실을 나가 버렸다.

나서희가 그런 나현의 뒷모습을 바라보며 소리 없이 웃었다.

"영악한 줄 알았더니 멍청하네. 댈 데 대야지, 어디서 감히 날 상대로……?"

문 하나를 사이에 두고, 형편없이 모욕을 당하고 뛰쳐나온 나현이 휙 몸을 돌이켰다.

닫힌 문을 노려보는 눈이 훨훨 불타고 있었다.

'정말 웃기는 아줌마라니까!'

나현이 승주의 사랑을 구걸하기 위해 자신을 찾아왔다고 착각하는 저 오만이라니.

'흥. 내 말을 막은 것으로도 모자라서, 날 모욕하고 무시한 오늘을 당신은 평생 후회하게 될걸?'

누가 말해 줄까 보냐?

나현은 이를 악물었다.

나현은 나서희가 미워서, 승주의 전처 유리에 대하여 함구하기로 결심했다.

적의 적은 나의 친구.

부디 승주와 유리가 저 거만하고 재수 없는 나서희를 제대로 다시 탈탈 털어 주었으면!

그녀의 오랜 짝사랑이 유리의 등장으로 인해 뭉개진 원통함보다, 나서희로부터 당한 통렬한 모욕이 더 강렬했다.

　"당신이 아무리 잘난 척해 봤자, 유일하게 어쩌지 못하는 이승주가 곧 당신 뒤통수를 다시 후려갈길 준비를 하고 있다고. 좋아. 난 뒤에서 가만히 지켜볼게. 당신이 몸서리치는 전 며느리 유리가 당신의 금쪽같은 아들을 또 휘감아서 바보 멍청이로 만들려는 모양인데, 흥."

4

서울 북한산 자락에 위치한 하우스 호텔 '니케'.

"여하튼 황경오, 장소 섭외는 아주 귀신이지?"

정원과 영주는 경오가 섭외한 풀 빌라 프라이빗 하우스 앞에서 감탄을 금치 못했다.

호텔 본관과 좀 떨어진 독채 빌라인지라 초대받은 손님들이 떠들고 논다 해도 다른 투숙객들에게 크게 항의받을 일은 없어 보였다.

"여기 사진 보내 드리니까, 여사님께서도 무진장 만족해하셨어."

"최종 몇 분이지?"

"열일곱 명."

"거기다가 우리 셋까지 초대해 주셨으니까 스무 명 안에서 해결되는구나."

"그래도 음식이랑 음료, 넉넉하게 뽑아야 해. 여사님이 몇 번이고 당부하 셨어. 음식은 남아야지 모자란 건 용납할 수 없다고."

"뭐 30인분 컷 했으니까 충분해. 남으면 하객들 싸 가지고 가도록 케이터링 박스 준비했잖아."

"야, 시간 없다. 빨리빨리 움직여."

이미 현장에는 셋 말고도 일일 아르바이트생 두 명이 바쁘게 움직이고 있었다.

"근데 너 보니까 알바도 사심으로 뽑았더라."

정원의 지적에 경오가 흥 하고 콧방귀를 꼈다.

"우리 애들 성지를 잡다한 것들이 더럽게 할 수 없어."

이번 행사만큼은 일일 아르바이트생조차도 진성 '하나'여야만 한다는 조건을 기어코 관철한 대단한 경오였다.

"야, 그만해. 제발 그 등신대는 제자리에 좀 놔 드릴 수는 없니?"

영주가 이제 그만하란 눈빛으로 더 원의 실물 크기 등신대를 쓰다듬고 있는 경오에게 한 소리를 했다.

"너 일하러 온 거야. 파티 시작되면 손님일 테지만 지금은 일꾼이라고. 제대로 해."

"넵. 서 이사님!"

경오가 거수경례를 척 했다. 어찌나 신이 났는지, 보기만 해도 풍만한 엉덩이를 흔들며 현장 이곳저곳을 빛의 속도로 휘젓고 다니는 경오를 바라보며 영주와 정원은 동시에 고개를 흔들었다.

"아주 신이 났네."

"쟤 엉덩이 좀 봐라. 탬버린 달았다, 얘."

"돈 걱정 안 하고 제 덕질 망상을 현실화시켰으니 오죽하겠니? 그나저나."

정원은 거의 반 꾸며진 파티 현장을 휘 둘러보았다.

"이 정도면 여사님도 만족하실까."

"여간 고급이 아니신 거 같던데. 내가 그분 취향 알아내려고 SNS를 얼마나 샅샅이 뒤졌는지 알아? 역시나! 고급의 격조가 다르시더라. 그래서 음료 서빙도 이번에는 특별히 호텔 집기 안 쓰고 우리가 소장한 명품 크리스털 잔으로 깔잖아."

"저거 하나 깨지면……."

"그만! 상상도 하지 마. 식은땀 나."

영주가 이마의 땀을 훔치는 시늉을 했다.

주거니 받거니 하면서 알바생을 포함한 다섯 스태프들의 일사불란한 움직임 덕분에 파티 준비는 별 탈 없이 착착 진행되었다.

예쁜 가랜드와 함께 해피 버스데이 풍선도 제자리를 잡았고, 천장을 수놓은 블루 계열 풍선들이 즐거운 파티 분위기를 한껏 북돋우고 있었다.

하늘색과 청색으로 맞춤한 테이블 세팅도 우아했고 화려했다.

"냅킨에 놓인 문양은 들장미, 우리 시나 님 탄생화야. 내가 특별히 의뢰해서 파란색 꽃무늬를 썼지."

그것으로도 모자라서 센터피스를 장식하는 꽃의 리본까지 깔맞춤했단다. 경오가 자랑스럽게 으스댔다.

마침내 행사장의 모든 준비가 완료되었고 이내 호텔에 의뢰한 케이터링 박스가 서빙할 직원들과 함께 도착했다. 호텔에서 준비한 음식과 같이 내놓을 영주의 특식 박스 또한 딱 시간에 맞춰 도착했다.

세 사람은 호텔 직원과 더불어 열심히 음식 테이블을 세팅했다. 그 작업이 끝나자 유리 벽 너머 여사님이 지정하신 실내 풀의 물 온도를 체크한 후 정원이 경오를 바라봤다.

"몇 시야?"

6시부터 파티가 시작될 예정이다.

"5시 10분."

"일단 옷 갈아입자. 우리도 나름 초대받은 하객이잖아."

"오케이."

스태프 룸으로 지정한 주방 옆 작은 방에 들어가 세 사람은 파티용 의상으로 갈아입었다. 이날 드레스 코드가 '청남색'이었기에 정원은 진한 남색 실크 치마에 하얀 블라우스, 그리고 목에는 블루 사파이어 목걸이를 걸었다.

경오는 찌르면 파란색 피가 흐르는 진성 하나답게 청색 원피스에 구두도 청색. 머리띠에까지 청색 장미가 달려 있었다.

"청색에 또 청색. 경오야, 투 머치다?"

"됐어. 블루는 진할수록 좋은 거야, 인마."

영주의 지적에 경오는 눈 하나 깜빡하지 않았다. 오히려 청남색 체크무늬 스카프만 한 영주더러 파티 콘셉트에 맞지 않게 의상 세팅이 무척 부실하다며 따졌다.

"덕심은 너나 채워. 난 그냥 출장 영업 중이야."

"쟤는 너무 낭만이 없어. 힝."

경오가 마지막으로 테이블 세팅 점검을 하는 정원에게 와서 일렀다.

"영주 말도 일리 있어. 아무래도 우린 행사를 진행하는 입장이잖아. 그러니까 조금만 냉정해 주라."

"굿 이브닝!"

그때 행사장으로 한세미 여사가 들어서며 명랑하게 인사를 날렸다.

'역시!'

경오와 정원은 얼른 눈짓을 교환했다.

우리의 한세미 여사님. 아이보리빛 소피아 로렌 스타일 실크 드레스에 눈이 번쩍 뜨일 만큼 커다란 남색 사파이어 반지에다가 깔맞춤으로 가격 상정 불가능한 청색 에르메스 백을 장착하셨다.

파티 주인공의 품격이란 이런 것! 정녕 리스펙트였다.

미소 속에 감추어진 예리한 감각으로 한 여사가 파티장을 전반적으로 한 번 휘둘러보았다.

순간적이기는 하나 정원을 위시한 올댓파티 직원 모두가 긴장했다.

물론 돈을 받고 치르는 행사이니 고객에게 큰 만족감을 드려야 하는 건 당연한 일이지만, 이번 행사는 그 결이 좀 달랐다.

진심을 다해 잘해 드리고 싶었다. 기쁘게 해 드리고 싶었고 만족스러워하셨으면 했다.

이번 파티가 팔순 잔치란 의미도 있었지만 어쩌면 이분의 생애 마지막 기쁜 추억이 될 수도 있다는 것을 잘 알았기에.

정원이나 영주도 그렇지만 특히 경오가 더 열렬하게 움직였다.

이번 행사를 준비하는 내내 새벽부터 남대문 시장을 비롯해서 이곳저곳 꽃 시장을 다 누비고 다녔고, 인쇄소며 잘 아는 덕질 메이트들을 들들 볶아대 더 원의 고퀄리티 굿즈를 장만한 건 그런 마음의 발로였다. 단지 같은 가수를 좋아한다는 이유만으로 '하나'라는 자매애가 그녀를 더 집중하게 만들었다.

"브라보! 멋지다아!"

한 여사가 손뼉을 쳤다.

"자기들, 혹시 내 맘속에 들어갔다 나왔니? 어쩜 이래?"

"마음에 드세요?"

"퍼펙트! 완벽해, 100점 만점에 200점!"

긴장했고 조금 졸아붙었던 셋은 여사님의 환한 미소 앞에서 비로소 큰 숨을 내쉴 수 있었다.

상상을 현실로 만들어 주는 일이 파티 플래너라고들 한다. 경오의 덕심을 바탕으로 올댓파티 직원들의 영혼을 갈아 넣은 파티장은 과연 영화에 나올 법한 환상적인 광경으로 사람들을 맞이하고 있었다.

파티 시간이 다가오자, 하나둘씩 초대받은 여사의 손님들이 나타나기 시작했다.

출입구 앞에 선 정원과 경오가 입장하시는 손님들에게 각자의 이름표와 기념품을 나눠 주고 있던 참이었다.

"정원아……."

경오가 허리를 구부리고 이름표를 찾느라 분주한 정원의 옆구리를 푹 찔렀다.

"왜?"

고개를 돌리던 정원의 몸이 굳어지고 말았다.

'말도 안 돼.'

지금 막 문을 들어서는 사람은 뜻밖에도 이승주였다.

이승주, 당신이 여기에 왜 들어와?

들어서던 승주 역시 멈칫해서는 잠시 멍하니 그녀를 바라보았다.

'우린 왜 또 만나니?'

정원이나 승주, 서로를 바라보는 두 사람 표정은 똑같았다.

대체 이게 뭐야, 다시는 안 볼 것처럼 그러더니 왜 또 내 앞에 있어? 그런 표정인 승주에게 일단 해명을 해야 할 것 같았다.

"이번 행사를 우리 회사가 기획해서."

기시감도 이런 기시감이 없었다. 이건 뭐 완담동 파티와 완전히 똑같은 상황이었다.

말을 하면서 정원은 저 하늘에 계신 어떤 분을 향해 이를 갈았다.

가능하다면 '갑자기 저한테 왜 이러세요?' 하고 따지고 싶었다.

이혼 후 3년 내내 코끝도 보이지 않던 전남편을 2주 간격으로, 그것도 일터에서 마주치는 이건 무슨 운명이람? 우연도 뭐 이런 지랄맞은 우연이 있나 싶었다.

더 지랄맞은 건 아무리 담담하게 굴자고 결심해도 그를 마주해서 동동거리는 자신의 심장 문제였다. 프로답게 냉철하게 굴어도 모자랄 판에 어린 사춘기 소녀처럼 당황해서 얼굴에 열이 확 피어오르고 있었다.

"아, 그렇군."

잠시 머뭇대던 승주가 놀란 낯빛을 지우면서 나직하게 중얼거렸다.

그는 살짝 눈썹을 찡그리고 있었다.

정원은 자신만큼이나 승주 역시 이런 식의 돌발적 만남이 되풀이되는 것에 대해서 충격을 받았음을 알았다. 그가 눈썹을 찡그리는 건 내심의 동요를 감추기 위한 버릇이란 걸 정원은 알고 있으니까. 그날 그렇게 헤어진 이후, 정원과 마찬가지로 그도 다시는 서로 만나지 못할 것이라고 믿고 있었던 게 분명했다.

"나야 그렇다 치고 당신은요?"

"나도 초대받았으니 왔지."

"그럼 설마?"

"나도 더 원의 빅 팬이야."

"으악!"

연구실에서 책만 파는 당신이 아이돌 그룹 팬?

믿을 수가 없다.

눈이 땡글해지는 정원을 승주가 조금 재미있다는 표정으로 건너다보았다. 그러더니만 정원 옆의 탁자에 놓인 쟁반에서 '승짱'이라는 닉네임 카드를 집어 들었다.

"내 이름표가 여기 있군."

그가 아직도 충격에서 벗어나지 못한 정원을 바라보며 미묘하게 웃었다.

"예전에 내가 알던 유리는 말이야, 언제나 자기에 대해서 내가 너무 모른다고 투정 부렸지."

그가 정원을 스쳐 지나가면서 나직하게 내뱉었다.

"그건 당신도 마찬가지야."

"그러게……."

정원은 파티장으로 입장하는 승주의 뒷모습을 바라보며 중얼거렸다.

주인공인 한 여사 앞으로 가서 인사를 하는 그를 바라보는데 기분이 이상했다.

'당신이 옳아. 난 대체 당신에 대해서 얼마나 알고 있었던 걸까?'

기나긴 초여름의 늦은 햇살이 마침내 서산을 넘어갔다.

맑은 날이어서, 청보라색으로 변해 가는 서쪽 하늘 그 아래로 아직도 새빨간 태양의 흔적이 어려 있었다.

서울에서 보기 드문 아름다운 석양이었다.

파티는 절정에 치닫고 있었고, 그 사이로 정원은 완벽한 톱니바퀴처럼 진행되는 파티장 곳곳을 움직이며 모자란 것은 없나, 채워야 할 잔은 몇 개이고, 도와줘야 할 하객들은 누구인지 면밀히 살폈다.

그나마 다른 파티와는 달리 조금 긴장이 덜했던 것은 마음 맞는 손님들이 모여 있는 공간이었다는 점이다.

나이도 사는 곳도 성별도 모습도 다 다른 손님들이다. 그런데도 같은 가수를 좋아한다는 공통점 그것 하나만으로 손님들을 커다란 꽃다발처럼 묶고 있었다. 듣고만 있어도 몽글몽글하고 화기애애한 대화가 몽실몽실, 향기처럼 피어나고 있었다.

주인공 한 여사의 만면에 피어오른 꽃 같은 미소를 확인하니, 행사 준비를 위해 발품 팔고 고생한 보람이 있었다.

'아, 다행이다. 제대로 돌아가고 있어.'

정원은 뿌듯한 마음이 되어, 스스로에게도 잠시의 휴식을 허락하기로 했다.

유리 벽 너머, 실내 풀이 보이는 구석빼기 발코니 의자에 앉는데 누군가가 다가왔다.

"마실래?"

지금껏 내내 서로 일부러 피해 다닌 듯 마주치지 않았던 승주였다.

그는 양손에 두 잔의 음료수를 들고 있었다.

정원은 잠자코 승주가 건네준 커피 잔을 받아 들었다.

영하 20도 겨울, 당장 얼어 죽어도 '아아메'를 외치던 그때의 유리를 잊지 않았나 보다. 그가 가져온 건 바람직하게 얼음을 잔뜩 넣은 아이스 아메리카노였다.

조금은 설렜고 조금은 쓰라렸다.

사실상 별것 아닌 친절, 누구에게든 해 줄 수 있는 사심 없는 배려일 수도 있을 텐데, 이깟 일 하나로도 다시 못난 심장이 두근대는 스스로가 미웠다.

앉으라는 말을 한 적 없는데 세상 자연스러운 표정으로 승주가 정원의 옆자리를 차지했다.

자신의 음료를 한 모금 마시더니만 그가 물었다.

"원래 파티 준비하는 스태프들도 다 현장에 남아 있어?"

정원을 비롯한 올댓파티 직원들이 전부 다 파티에 동참한 것이 조금 신기하기도 하고 의아했나 보다.

"진행까지 맡으면 그러기도 하고. 오늘처럼 호텔 직원이 나와서 보조해 주면 우린 파티 끝나고 뒷정리만 하는데, 오늘은 여사님께서 고맙게도 우리 셋을 다 초대해 주셔서."

"그렇군."

"경오가 또 더 원 광팬이라서 한 여사님하고 죽이 척척 맞거든요. 오늘 우리가 초대된 건 사실상 경오 덕분이죠."

"그런 것 같더라. 한 여사님하고 팔짱까지 끼고 다니면서 아주 본인이 호스트 역할이던데?"

"이번 일로 두 사람, 친구 먹었거든요."

"아하."

남은 커피를 마저 마시고 난 후 정원은 승주의 옆얼굴을 힐끗 바라보았다.

"근데, 정말이에요?"

"뭐가?"

"더 원의 빅 팬이라는 거."

"난 거짓말은 안 해."

"그거야 잘 알지만……."

정원은 말꼬리를 흐리며 시선을 돌렸다.

그랬다. 그녀가 아는 이승주는 늘 정직했다. 자신의 감정을 속이고 거짓말을 하느니 차라리 말을 하지 않는 걸 택했지. 때때로 그게 더 지치고 아팠는데. 이 남자는 그걸 모를 거야.

만에 하나, 거짓말이라도 좋으니 그녀가 울 때 위로해 주고, 입에 발린 소리라도 좋으니 그녀가 듣고 싶어 하는 말을 해 줄 수 있는 남자였으면, 그랬다면 어땠을까? 두 사람은 이혼이라는 극단적인 선택까지는 안 가지 않았을까?

잠시 부질없는 상념 안에서 정원의 마음도 캄캄하게 어두워져 가는 바깥의 풍경처럼 암울해졌다.

"작은할머니."

승주가 불쑥 말했다. 정원은 고개를 돌려 뜬금없는 그를 바라보았다. 그가 무슨 말을 하는지 알 수가 없었다.

"네?"

"실은 우리 작은할머니라고. 막내 할아버지 아내분."

승주의 시선은 실내 풀 인근에 마련된 칵테일 테이블 앞에 서서 사람들과 웃고 있는 한 여사에게 박혀 있었다.

"말도 안 돼. 정말?"

결혼 생활 중, 직계 가족들 말고는 시댁 어른들을 만난 적이 없다. 시부였던 이영국 이사장은 외동이었고, 이미 돌아가신 조부가 3형제였다는데 그분 사후 그쪽과는 왕래가 끊어졌다고 들었다.

"우리 할아버지가 살아생전 작은할아버지 신세를 많이 졌다지."

"할아버님, 홀홀단신 맨주먹으로, 오로지 악바리 근성, 근면 성실로 이뤄낸 자수성가 아녔어요? 작은할아버님 신세를 졌다고요?"

"할아버지께서 공부를 잘해 의사로 대성공을 거두신 것도 사실, 세린병원을 창설하신 것도 사실이지만, 그 이전에 할아버지 의대 학비를 막내 할아버지께서 대 주셨다는 스토리. 둘째랑 막내가 맏형을 의사로 만든다고 엄청 고생했단 스토리가 있었다지."

"아, 그래서 당신이 여기에 나타날 수 있었구나."

비로소 수수께끼가 제대로 풀렸다.

뭐 사람 취향이야 얼마든 변할 수 있다지만, 이승주와 살아 본 유정원의 관점에서 승주는 절대 가수 덕질을 할 사람은 아니었다. 혼자서 음악을 즐길 수야 있겠지만 이런 식의 팬덤 모임에 참석하고 단지 같은 가수를 좋아한다는 이유만으로 모르는 사람들과 파티를 즐길 사람은 결코 아니었다.

그나저나, 승주의 작은할머님이라면 분명 둘의 결혼식에 참석하셨을 거다. 그런데 왜 기억에 없을까? 아무리 뒤져 봐도 정원의 뇌리에는 한 여사의 얼굴이 떠오르지 않았다.

정원은 고개를 갸웃하며 승주처럼 유리 벽 너머 한 여사를 바라보았다.

"근데 내가 왜 결혼식 때 못 봤죠?"

"청첩장은 보냈는데 그때 투병 중이셨어. 유방암이셨거든. 가슴 두 쪽을 다 절제하셨어. 그때 다 임종 준비 했다는데 기적처럼 견디고 살아나셨지."

아름이 귀띔하기를 한 여사는 여전히 암 투병 중이라고 했는데…….

의아해하는 정원의 속마음을 읽은 듯 승주가 나직하게 말했다.

"5년 지나서 완치라고 생각했는데 최근에 전이가 돼서 말이야. 나이도 있으시고 이젠 뭐 아마도…….."

승주가 차마 하지 못한 말을 정원은 알 수 있었다. 저렇게 환하게 웃고 있는 한 여사에게 있어 뭐든 마음대로 자신이 하고픈 대로 기획한 이날의 생일 파티는 그녀 인생의 마지막 찬란한 불꽃이라고.

다시금 마음으로부터 새로이 이해되고 있었다.

팔순 나이에 지독한 암과 싸우고 있는 사람이라면, 남은 인생이 어떻든 '내 멋대로, 그까짓 것! 할 수 있을 것 같아, 뭐든 내가 좋은 것만 하고 살 거야' 당당히 선언하듯 말하던 그분의 반짝이는 눈빛의 의미를 말이다.

"투병 중 더 원 음악으로 많이 위로를 받으셨대. 그럼 된 거지, 뭐."

"투병 중이라 하셨어도 친척이니까 한 번은 뵐 수 있었을 텐데 왜 전 그동안 한 여사님, 아니, 작은할머님을 한 번도 뵙지 못했을까요?"

"집안마다 나름 다 복잡한 사정이 있는 법 아니겠어? 사실 말만 작은할아버지, 할머니지 의절 수준이었어."

정원이 빤히 승주를 바라보았다.

의절이라며? 그럼 넌 여기 왜 와 있는데? 네가 여기 온 것을 너희 깐깐한 어머니가 허락하셨니? 하고 묻는 뜻이었다.

"할머니 주치의가 내가 잘 아는 교수님이어서. 병원 오가실 때마다 신경을 써 드렸는데 많이 고마워하시더군. 작은할아버지께서 돌아가시고는 아무도 곁에 없었어, 할머닌."

"자손이 없으세요?"

"내게는 오촌 당숙 되시는 외동아들이 있었다는데, 서른 살엔가, 유학 도중 교통사고로 요절하셨다고 들었어."

가슴이 싸해졌다.

"그렇게 보면 손자뻘은 나 혼자인데. 그게 마음이 좀 쓰여서. 몰랐으면 어쩔 수가 없는데 알아 버린 이상 모른 척할 수가 없더라고."

"그렇긴 하죠."

"그런 사정도 있지만, 그것도 사실이야."

"뭐가요?"

"나도 더 원의 빅 팬이라는 거."

덕질 법칙 제1조. 좋은 것은 서로 나누어라.

한 여사가 세상사 재미없는 공부 벌레 승주를 더 원의 팬으로 만들었다는 기적 스토리였다.

"할머니를 방문할 때마다 더 원 음악을 듣고 계시더라고. 가랑비에 옷 젖는 게 무섭다고 하더니만 어느새 나도 그 사람들 영상을 찾고 있더라."

비견할 데 없는 더 원의 탁월한 음악성은 모두가 인정하는 바, 정원은 어깨를 들썩였다.

"인정해 줄게요. 어쩐지 경오가 이전보다 당신한테 눈을 덜 흘기더라."

"하나는 지구 어디에서든 박애주의자거든. 우리 아티스트님들 따라서."

아까 파티장에 느닷없이 승주가 등장하자 아연실색하던 영주와 경오의 표정이 다시 떠올랐다.

유행가 가사처럼 '니가 왜 여기서 나와?'의 실사판.

지난번 완담동 행사에서 승주를 만난 후, 경악하던 수준보다 더 격렬했다.

한 번은 신의 실수라 친다지만, 이렇게 두 번까지 우연의 장난으로 정원과 승주가 다시 만나게 되다니. 이걸 어쩐다?

행여 정원이 또 상처받고 곤란한 일에 휘말릴까 봐 걱정이 가득한 채 어미 닭이 병아리 돌보듯이 영주는 정원 곁을, 경오는 승주 곁을 맴돌았지. 절대로 둘을 한자리에 두지 않으리라는 각오와 기세가 너무 대단해서 오히려 먼저 정원과 승주가 서로를 피하고 있었다.

그런 몇 시간 전을 생각하며 픽 웃고 말았다.

승주가 따라 미소 지었다. 정원이 무엇을 생각하고 있는지 알고 있는 눈빛이었다.

"든든한 친구들과 함께해서 좋겠어."

"그럼요. 쟤들은 아직도 내가 이전의 유리인 줄 알아요. 뭐만 하면 깨진다고 생각하나 봐."

하지만 이제 그 유리는 없다. 대신 나무처럼 단단한 유정원으로 살아가고 있으니까.

그러나 정원은 과거의 애잔한 기억보다 앞에 앉은 승주에게 더 정신이 팔려 있었다.

'언제부터 이 남자, 웃으면 저렇게 눈꼬리에 주름이 지게 되었을까?'

이혼 이후 둘 사이에 덧없이 흘러가 버린 3년이란 세월이 살짝 주름지는 그의 눈꼬리에 서려 있었다.

자신도 어쩌지 못하고 자꾸만 승주에게로 기울어지는 스스로의 마음이 밉다.

그런 마음을 닮아 내듯이 정원은 희미하게 웃어 주었다.

"아이돌 가수의 빅 팬 이승주 씨라. 신선하네요. 콘서트도 가요?"

"당연하지. 해외 투어 보러 이탈리아로 날아간 적도 있어. 나도 내게 이런 면이 있는지 몰랐어. 그리고 하나만 수정해 줄래? 우리 더 원은 한갓 아이돌 가수가 아니야. 이미 지구상 가장 위대한 아티스트 반열에 올랐다고."

이건 경오에게서 들어야 할 법한 대사인데?

어째 덕심에 있어서는 남녀노소 가리지 않고 읊조리는 말씀들이 다 똑같은지.

"하지만 당신 집안에선 비밀로 해 둬야 할걸요? 어머님이 아시기라도 하면……."

"알 수가 없지. 내 집에 들어온 적도 없는데."

승주가 미국에서 귀국한 후, 당연히 본가로 들어갔을 거라고 생각했는데…….

"놀랍네요. 어머님께서 용케 독립을 허락하셨군요."

"이미 우리가 결혼할 때 독립했잖아. 이혼했다고 다시 본가로 기어들어가는 게 좀 웃기지. 더 처량하다고."

"그런가?"

"그래."

이번에는 그가 정원을 곁눈질했다. 그냥 예의상 물어본다는 듯 가벼운 어투였다.

"당신은 독립했어? 아님 본가에서 살아?"

"애든 어른이든 집 나가면 개고생이죠. 제가 아직 부족해서요. 혼자 의식주 해결할 능력이 안 되네요. 일도 시작한 지 얼마 안 돼서 바쁘니까 혼자 살 여력이 없어요. 경오도 우리 집에서 하숙해요."

"이상적인 동업이네. 하지만 역시나 의외야. 아무리 생각해도 당신이 이렇게 번잡스러운 파티를 주관하는 파티 플래너가 되다니."

"나 원래 파티 좋아했어요. 몰랐어요?"

"사람 많이 만나는 거 싫어하지 않았어?"

정원은 세차게 고개를 흔들었다.

쓸쓸한 자각이 바늘처럼 아프게 몸을 찔렀다.

"역시 당신은 나에 대해 아는 게 별로 없네요. 그죠?"

"언제나 당신은 우리 둘만 함께, 늘 같이 있기를 원했잖아. 그래서……."

조금 놀란 표정으로 승주가 변명 아닌 변명을 했다.

갑자기 욱하고 무엇인가가 정원의 속에서부터 치밀어 올랐다.

"난 그때 불같은 사랑에 빠진 철부지였다고요. 사랑하는 사람하고 같이 있고 싶어 하는 건 모든 여자가 똑같아! 그리고 늘 당신은 일에 쫓기고 공부하느라 난 뒷전이었잖아. 신혼인데! 둘이 있는 금쪽같은 시간에 둘만 있자고 말한 게 그리도 문제였어요? 난 당신 아내고 당신은 내 남편이었는데 그걸 원한 게 죄야?"

잠잠히 바닥 아래서 끓고 있던 오래된 원망이, 분함과 슬픔이 삽시간에 솟구쳐 올랐다.

정원은 얼굴마저 빨갛게 된 채 행여 누가 들을세라, 소리를 죽인 채로 그에게 준엄하게 항의했다.

"그때 난 '사랑에 미친 년'이었다고. 일생에서 딱 한 번 온다는 바로 그거. 운명적 사랑. 살면서 그런 건 절대로 못 해 보고 죽을 줄 알았는데 나한테 왔다고, 당신이! 그래서 있는 힘껏 좋아했어. 같이 좋아해 주기를 바라면서! 내 본성마저 감추고, 속이고, 심지어 내가 불행하다고, 난 실수했다는 걸 인정 못 할 정도로 미쳐 있었다고. 당신은 아직도 그걸 모르지?"

그런 미친 사랑이 유리의 인생을 산산조각 냈다.

지금 승주 앞에 앉아 있는 유정원은 그 타 버린 사랑과 무참한 실수의 재에서 태어난 불사조였다. 같은 사람이지만 완전히 다른 인격인 유리와 정원이었다.

승주가 과거를 떠올리며 삽시간에 격렬하게 타오르는 정원을 말없이 응시했다.

"우리 둘이."

그가 한숨을 푹 내쉬었다.

"이혼한 건 현실이지만 결혼하던 그때, 우리 두 사람 마음이 똑같았다는 건 부인하지 말자. 그걸 완전히 아닌 일로 치워 버리면 우리 둘 다 너무 미안해지잖아."

"미안해요? 대체 누구한테?"

"우리 자신한테. 그걸 지워 버리면 우린 사랑도 아닌 걸로 미쳐서 결혼까지 해 버린 천하의 바보 멍청이가 되어 버리니까."

"결국 그 결혼, 이혼으로 끝장났으니까 우리 둘 바보 멍청인 건 사실이지."

승주가 희미하게 웃었다. 정원의 눈꼬리에 날이 섰다.

"왜 웃어요?"

왜 만날 세상만사 자기만 다 아는 그런 표정으로 웃고 있대? 기분 나빠. 그런 뜻을 담아 정원이 승주를 째려봤다.

"……귀여워서."

"뭐라고요?"

"그게 뭐든 귀엽게 보이면 끝장이라던데. 아무래도 내가 또 큰일 난 것 같다."

"뭐래?"

정원이 승주를 노려보며 톡 튀어나온 입술을 비죽였다.

"그런데 어떻게 할래?"

"뭘요."

"미국에서 당신이 쓰던 물건들. 아직 나한테 있어."

"응?"

생각지 못한 전개였다. 정원이 조금 당황했다.

"미국에서 나올 때 그냥 다 버리고 나오지 그랬어요? 어차피 내가 쓸 일도 없을 텐데."

"버릴 수 없는 것들이라서 못 버렸어."

"그럼 택배로 보내요. 회사 주소 알잖아요."

"택배로 보내기에는 좀 그래. 고가인 것도 좀 있고."

정원은 입을 다물었다. 갑자기 미국 집에서 뛰쳐나올 때 식탁 위에 던져놓고 온 결혼반지 생각이 났다.

그러고 보니 미처 챙기지 못한 보석함도 있었다. 애착을 가지고 하나둘씩 모아 왔던 예쁜 그릇들, 멋진 실크 숄과 명품 드레스, 그런 것들.

그런데 승주는 왜 이혼 직후에 그녀의 짐을 보내지 않았을까?

이혼마저도 변호사를 대신 보냈듯이, 짐을 챙겨 한국에 보내는 일도 얼마든지 다른 사람에게 시킬 수가 있었을 텐데.

그때, 유리문 너머 경오와 영주가 두 사람에게로 다가오고 있었다. 승주와 유리가 둘만 앉아 있는 것에 못마땅하다는 뜻을 노골적으로 드러내며, 새끼를 지키려는 암컷 맹수처럼 가까워지고 있었다.

승주가 먼저 일어섰다.

"금요일 휴무야. 문자로 주소 보낼게. 와서 가져가."

"누가 간대?"

문이 열리고 영주와 경오가 들어왔다.

"대표님, 행사 마무리합시다."

승주가 아무 말도 않고 경오와 영주 옆을 스쳐 지나 안으로 들어갔다.

"뭐니, 저 인간?"

대답 대신 정원은 승주를 눈으로 좇았다.

그가 한 여사에게로 다가가더니 뭐라 말했다. 그러고는 출입문 쪽으로 걸어갔다. 아무래도 먼저 자리를 뜨는 모양이었다.

8시가 넘었는데도 아직 밝은 주차장의 차 쪽으로 승주가 걸어가는 게 보였다. 그런 승주의 뒷모습을 정원은 자신도 모르게 쳐다보고 있었다.

'냉정하네.'

한 번은 뒤돌아볼 줄 알았더니만.

그때 주차장 안으로 차 한 대가 들어왔다.

"응?"

은빛 레인지로버. 올댓파티 직원들 모두에게 익숙한 차였다. 하지만 지금 이곳에 나타나면 안 되는 차이기도 했다.

"재완이 차 아냐?"

"쟤가 여길 왜 와?"

"그게에, 쟤가 퇴근하고 나서 시간 되면 철수 도와준다고 해서."

경오가 난처함이 반인 표정으로 우물거렸다.

노려보는 정원과 영주에게 '난들 이승주가 이곳에 나타날 줄 알았느냐고!' 소리라도 치고 싶은 표정이었다. 경오 나름대로 억울하다는 뜻이었다.

차에서 내리던 재완이 자신의 차로 걸어가는 승주를 알아보곤 깜짝 놀라는 게 보였다.

먼저 떠나는 줄 알았는데 아니었나 보다. 승주가 차 뒷좌석 문을 열더니만 가방을 꺼내고 돌아서다가 자신을 바라보고 있는 재완을 발견했다.

놀라기는 승주도 마찬가지.

그러나 승주는 그대로 재완을 지나쳐 다시 실내로 들어왔다.

그가 어떤 눈빛을 했는지, 어떤 생각인지 차츰차츰 사방을 물들여 가는 어둠 안에서는 알 수가 없었다.

파티장으로 들어온 승주가 아까처럼 한 여사에게 다가가더니만 뭐라고 말했다.

한 여사가 살짝 고개를 끄덕이더니 두 사람이 같이 호스트가 쉴 수 있도록 마련된 룸의 닫힌 문 안으로 들어갔다.

이어 재완이 실내로 들어와 세 사람이 같이 앉아 있는 쪽으로 걸어왔다.

너무 놀라 오히려 황당하다는 게 딱 맞는 표현이었다. 재완이 세 사람을 번갈아 바라보더니만 누구에게랄 것도 없이 툭 물었다.

"내가 지금 뭘 본 거야?"

"뭐가?"

"아니, 내가 본 사람. 그거?"

순간, 경오가 재완의 발을 콱 밟았다.

입 다물고 모른 척해. 그런 눈빛으로 그를 째려보았다.

"재완아. 우리 나중에 이야기하자. 지금 일해야 해."

정원이 자리에서 일어나 여전히 경악한 기색을 감추지 못하는 재완 옆을 스쳐 지나 다시 파티장으로 돌아갔다.

10분쯤 후에 한 여사가 파티장에 돌아왔다. 승주도 마찬가지였다.

'혹시 어쩌면?'

그저 친척이라서, 혹은 다른 손님들처럼 더 원의 빅 팬이라서 승주가 이날의 파티에 참석한 게 아닐지도 모른다는 생각을 하게 된 건 바로 그때였다.

한 여사는 현재 암 투병 중인 노인 환자이다. 아무리 기력이 충만하다 해도 여러 사람을 불러 모아 몇 시간씩 파티를 즐길 만한 체력이 될까. 아무리 즐거운 행사라고 해도 사람과 어울리는 일은 생각보다 힘들고 기가 빨리는 법이다.

의사로서 승주는 한 여사의 마지막 안전장치 자격으로 참석한 건 아닐까.

어색함과 불편함이 싫어 가능하면 그런 상황에서 도망치거나 외면하던 저 남자가 세상에서 가장 불편할 전처 정원과 함께 몇 시간씩이나 같은 장소에 머물고 있는 건 그 이유가 아니면 설명이 되질 않았다.

한 여사에게 이토록 다정한 책임감을 보여 주는 승주가 고맙고도 장하다는 생각을 하면서도 동시에 미웠다.

'어째서 당신은 아내였던 나한텐 이런 다정한 배려가 인색했어?'

정원은 짧았지만 언제나 혼자 좋아서 혼자 노력하고 혼자 발버둥 치고 있는 듯한 느낌 때문에 외롭고 힘들었던 결혼 생활이 그만 떠올라 버렸다. 새삼 가슴이 아리고 화가 났다.

그때 한 여사가 식탁에 놓인 작은 유리 종을 딸랑 하고 흔들었다.

"여러분, 즐거웠나요?"

"네에!"

"하지만 이제 마지막 인사를 나눠야 할 때가 왔어요. 그렇죠?"

한 여사가 만면에 미소를 지으며 주변에 몰려온 하객들에게 우아한 작별 인사를 했다.

"오늘 너무 즐거웠어요. 사랑하는 우리 가수들 음악도 실컷 듣고, 눈치 보지 않고 우리 애들 이야기도 마음껏 할 수 있었고. 나 같은 늙은이의 생일 파티에 이상하다고 비웃지 않고, 흉보지 않고 이렇게 참석해서 같이 즐겨 줘서 고마워요. 여러분은 제게 가장 큰 선물을 줬어요. 절대로 잊지 않을게요."

행사의 마지막 코스.

한 여사가 인사를 하는 동안 경오가 알바생들과 함께 부랴부랴 파티장을 장식한 풍선과 꽃들을 수거해 미니 부케를 만들었다. 영주와 호텔 직원은 많이 남은 음식들을 잘 갈무리해서 케이터링 박스에 담았다. 미니 부케와 케이터링 박스를 예쁜 종이 가방에 담아, 미리 준비한 기념품인 더 원의 슬로건 타월과 브랜드 향수가 담긴 선물 박스를 만들었다.

하지만 손목 깁스 중인 정원은 다른 직원들처럼 그런 정교한 작업을 도울 수가 없었다.

결국 호스트 한 여사의 비서 역할을 자처해, 승주와 나란히 그분을 케어하는 일만 맡게 되었다.

이마가 자꾸 따끔거렸다. 뭔가 찌릿찌릿한 살기 같은 게 자꾸만 피부를 스쳐 지나갔다.

'하아.'

한숨이 절로 나왔다.

저만치서 아르바이트생과 함께 행사장 철수 준비를 거드는 재완의 시선이 허공을 가로질러 자꾸만 한 여사 곁에 같이 서 있는 승주 쪽으로 날아가고 있는 게 생생하게 느껴졌다.

한 여사를 중심으로 승주와 정원이 나란히 서 있으니, 속 모르는 사람이 보면 마치 손자 부부가 할머니를 모시고 같이 손님을 배웅하는 모습으로 비춰지기 딱 알맞았다.

한 여사가 손님 한 사람 한 사람을 꼭 포옹하고 작별 인사를 했다.

마지막 손님이 떠나고 이제 호스트 한 여사만 남았다. 그분이 따뜻한 시선으로 정원에게 말했다.

"고생했어요. 오늘 정말 너무 즐거웠고 기뻤어. 나 고아름 씨 정말 칭찬하려고. 자기를 소개해 줘서."

비로소 기운이 처지기 시작한 듯, 한 여사가 옆에 있던 의자에 풀썩 주저앉고는 서 있는 정원을 올려다보았다.

"유 대표, 내가 이 나이까지 온갖 파티에 얼마나 많이 참석해 봤겠니?"

"네. 정말 그러셨겠죠."

60년대부터 영부인 해외 순방 의상을 만들고 역대 충무로에서 내로라하는 여배우 드레스는 다 만들었다는 디자이너이니 오죽하랴.

"그런데 오늘 파티가 내 인생 최고의 파티였어. 고마워."

"그렇게 말씀해 주시니 감사합니다."

"오늘 비로소 내 환상이 현실로 만들어진 느낌이었어. 이런 파티 준비하느라 자기들이 얼마나 정성을 많이 쏟았는지, 다 눈에 보이잖아. 정말 고마워. 감동이야."

"이렇게 칭찬해 주시고 즐겨 주셔서 저희가 더 감사합니다."

"마음껏 즐겼으니 이제 퇴장해야겠지?"

승주의 부축을 받아 한 여사가 천천히 몸을 일으켰다.

"내가 가야 자기들도 퇴근하지. 오늘 정말 고마웠어. 내가 너무 늦지는 않았지?"

인사를 하기 위해 다가온 경오와 영주에게도 한 여사가 윙크를 했다.

"오늘 저희까지 초대해 주셔서 정말 감사했습니다."

"이렇게 중요한 파티를 믿고 맡겨 주셔서 감사해요."

"나 같은 늙은이보다 자기들 같은 젊은이들이 더 잘났어. 믿고 맡기면 나보다 더 잘 해내잖아. 자기들, 앞으로 더 승승장구할 거야. 이런 진심, 정성만 잊지 않는다면."

친구 아름이 왜 한 여사를 두고 인생의 멘토라고 말했는지 알 것만 같았다.

"좋은 말씀도 감사해요. 명심하겠습니다."

"통장의 입금액을 확인하면 더 감사하게 될 거야."

그녀는 마지막까지 세심했고 유머러스했다.

직원들에 의하여 빠르게 정리되고 있는 파티장을 그녀가 마지막으로 휘둘러보았다.

"자, 가 볼까? 떠나기에 적당한 시간이야."

그녀가 승주의 팔에 몸을 기댔다. 그러고는 정원에게 뜻밖의 제안을 했다.

"유 대표도 같이 가 주지 않을래? 내가 자길 위해 뭔가 좀 마련한 게 있는데."

"네에? 여사님 댁에요?"

"응. 지금 내가 좀 힘들어서……."

한 여사의 목소리가 조금씩 잦아들었다. 놀란 정원의 눈에 비친 한 여사의 모습은 삽시간에 시들어 버린 꽃다발 같았다.

어째서 지금에서야 눈치 챘을까? 승주의 팔에 의지하고 있어 꼿꼿이 서 있지만, 누가 보지 않는다면 당장에라도 쓰러질 듯 그녀의 표정은 창백했다.

화장으로도 감추지 못한 창백한 안색, 내내 생기 넘치던 눈빛마저 이제는 마지막 힘까지 소진한 듯 달달 떨리고 있었다.

"미안한데 이 무뚝뚝한 녀석에게 마지막까지 신세 지고 싶지 않거든. 고객의 귀가 길까지 자기가 케어해 주면 좋겠다는 추가 요청이야. 힘들까?"

"아, 아닙니다. 당연히 모셔다드릴게요!"

한 여사가 승주의 팔에 손을 얹었다. 그리고 퇴장하는 공작 부인처럼 당당하게 문을 나갔다.

"얼른 다녀올게. 나중에 사무실에서 보자. 고생해."

친구들을 등지고 정원이 얼른 한 여사의 어마어마하게 아름다운 백과 숄을 챙겨서 따라 나갔다.

승주가 차 문을 열었고, 정원이 얼른 그녀를 부축해서 차 뒷좌석에 앉게 도왔다.

"아 참, 재미있는 일은 또 그만큼 피곤하단 말이지."

삽시간에 기력이 다한 눈빛이 되어 한 여사가 차 시트 안에 축 늘어졌다.

"출발하겠습니다."

정원이 조수석에 타자 승주가 차를 출발시켰다.

승주의 차가 파티장에서 사라졌다.

"와, 저게 말이 돼? 왜 가게 내버려 두는데?"

그것을 지켜보던 재완이 경오와 영주를 돌아보며 화를 냈다.

"돈 받으러 가잖아."

영주가 억지로 무심한 척 대답했다. 마음이 복잡하기는 다 똑같으니 그만하라는 뜻이었다.

"야, 요샌 다 무통장 입금이지. 누가 현금으로 주는데?"

"잔금 처리 방법은 고객님 마음이거든. 솔직히 우린 현금 좋아."

"현금이 좋아? 아하, 탈세할 궁리부터 하는구만."

"너네 회산 그래? 현금 주면 10퍼센트 할인해 주고 뭐 그런 거. 그렇게 탈세하는 거야? 이거 안 되겠네. 신고해야지."

"야, 누가 그래?"

버럭 하던 재완이 이젠 작정하고 따졌다.

"니들 친구잖아? 근데 너넨 유리, 아니, 정원이가 전혀 걱정도 되지 않나 보다."

"왜 걱정을 해야 하는데?"

"다 큰 어른인데 뭔 걱정을 해? 설마 한 여사님이 인신매매단 여두목같이 보였니?"

"농담하지 말고!"

결국 재완이 폭발했다.

"내가 뭔 말 하는지 몰라? 정원이가 왜 전남편 그 새끼하고 같은 차를 타고 가는데? 이게 말이 돼?"

정색한 재완만큼 정색한 채로 영주가 그만해라, 하고 다시 경고했다.

"정원이 선택이야. 지가 정말 불편했으면 따라갔을까? 넌 대체 정원이를 몇 살짜리 애기로 생각하는 거니?"

경오 역시 재완에게 냉정하게 물었다.

"니가 걱정하는 요점이 뭐야? 정원이가 이승주 씨를 만난 거? 아님 이런 식으로 자꾸 얽히다가 다시 인연이 시작될까 봐 그런 거야?"

"누가 그렇게 내버려 둔대?"

재완이 씩씩댔다.

"유리가 그 자식 때문에 거의 죽을 만큼 힘들어한 걸 본 너희들이 할 말이 아니지. 사람은 고쳐 쓰는 거 아니랬다. 한번 끝난 인연 다시 잇는다고 뭐가 돼?"

"아직 정원인 끝난 인연 다시 잇는다고 말을 꺼낸 적 없는데?"

경오의 말에 영주도 질세라 말을 보탰다.

"그리고 네가 정말 알아 둘 건, 오늘 이승주 씨가 여기 온 건 전적으로 우연이야. 정원이가 초대한 게 아니라고."

"알 게 뭐야? 니가 그놈 마음에라도 들어가 봤어?"

"응."

영주가 마지막 소품 상자를 봉함하면서 냉정하게 말했다.

"내가 이 사업 하면서 눈치는 꽤 빨라졌지. 이승주 씨가 여기 들어오는데 우리가 놀란 만큼 그 인간도 엄청 놀라더라. 원망하려면 운명이란 이름을 가진 신을 원망해야지. 애꿎은 우리만 잡고 화를 내면 뭐가 해결돼?"

우리도 퇴근 좀 하자, 친구야. 빨리 작업실 가서 일정 정리하고 오늘의 행사를 마무리하고 싶다. 경오가 재완을 노려보며 치받았다.

"그렇게 걱정되는데 넌 왜 여기 있어?"

"뭐라고?"

"그렇게 유리와 이승주 씨가 같이 간 게 걱정되면 니가 나섰어야지. 니가 모셔다 준다고 하든지."

"경오 말이 맞아. 그쪽이 좋아하거나 말거나 먼저 나서서 정원이 태우고 그리 같이 갔어야지. 그런 건 하나도 못 하고 왜 죄 없는 우리한테만 불평이야? 우리가 둘더러 같이 가라고 등 떠민 것도 아니고, 잔금은 현금으로 받아 오라 엉덩일 걷어찬 것도 아닌데."

"한 여사님, 암 환자셔. 기운 빠진 게 마지막에 내 눈에도 보이더라. 아무래도 남자인 이승주 씨에게 전적으로 의탁하기에는 미묘한 부분도 있었나 보지. 그러니 실례를 무릅쓰고 정원이한테 나 좀 도와 달라, 집에까지 가자고 하셨지. 한 여사님 그분, 그렇게 막무가내 경우 없는 분 아니라고."

"그렇지? 나도 그렇게 보였어. 본인이 너무 힘드시니까 염치 불고하고 정원이한테 부탁하신 것 같아. 그분이 이승주 씨하고 정원이 사이를 알 리도 만무하고."

결국 재완은 본전도 찾지 못하고 입을 다물었다.

승주가 운전하는 차가 24시간 메디컬 케어 서비스가 가능한 최고급 하우스텔 주차장에 들어섰다.

승주와 정원은 양옆에서 한 여사를 부축해 그녀가 머무는 6층 하우스로 올라갔다.

"데려다줘서 고마워."

"뭘요. 당연히 해 드려야 하는 일인데요."

거실 소파에 무너지듯이 앉은 한 여사가 승주에게 부탁했다.

"미안하지만 거기 약통 좀 줘."

여기까지 오는 동안에도 기력은 더 떨어진 것인지 한 여사의 안색이 회색빛이었다.

승주가 서둘러 열어 준 약병 안에서 세 알이나 입에 털어 넣었다.

이 자리에서 내가 대체 어째야 할까, 안절부절못하던 정원은 소파에 드러눕다시피 한 한 여사 옆에 살그머니 다가앉았다. 그리고 조심스레 손을 잡고 살짝 쓰다듬었다.

'해 드릴 게 이것밖에 없어서 마음이 아프네.'

손을 잡아 주는 이 작은 온기가 그녀의 고통을 줄일 순 없다 해도 아무튼 뭔가 조금이나마 해 드리고 싶었다.

"저기, 좀 괜찮으세요?"

"응. 곧 괜찮아질 거야."

한 5분 후, 한 여사가 살며시 눈을 뜨더니 조금 웃었다. 안심하라는 뜻이었다. 아까보다는 그나마 얼굴이 나아져 다행이었다.

"솔직히 오늘 무리하셨어요, 아시죠?"

가만히 그녀를 지켜보고 있던 승주가 돌아섰다. 냉장고에서 물을 꺼내 한 여사에게 건네며 냉정하게 말했다.

"알아. 하지만 무사히 끝났고 내가 즐거웠으니 됐어. 이렇게 행복하고 즐거운 시간을 내가 또 언제 가져 보겠어?"

한 여사의 말에 승주가 입을 다물었다. 할 말은 많지만 하지 않겠다는 표정이었다. 한 여사가 실눈을 뜨고 그런 승주를 건너다보더니만 피식 웃었다.

"우리 이 박사, 매사 진지하고 심각한 건 좀 고쳐야 할 텐데."

한 여사가 계속 옆에 앉아 자신의 손을 어루만지고 눌러 주고 있는 정원을 돌아보았다.

"고마워. 폐를 끼쳤지?"

"아니에요. 이젠 좀 괜찮으세요?"

"응. 나아졌어. 우리 유 대표, 참 상냥하고 따뜻해서 좋다아."

그러더니 한 여사가 핸드백을 열어 정원에게 봉투를 건넸다.

"행사 잔금. 나중에 확인해요. 기분이 좋아질 만큼 넣었어."

"감사해요."

"날 아주 즐겁게 해 주었으니 상을 받아야지. 회식 좋은 데서 할 만큼 넉넉할 거야. 그리고……."

"네."

"저쪽 옷장 좀 열어 봐 줄래?"

정원은 소파에서 일어나 한 여사가 시키는 대로 옷장을 열었다.

"유 대표 마음에 드는 거, 뭐든 골라 봐."

"네에?"

깜짝 놀라 정원은 토끼 눈이 되어 한 여사를 돌아보았다.

"말도 안 돼! 여사님, 이건 아니죠."

옷장에는 에르메스 패션쇼에 등장하거나 박물관에 앉아 있어야 할 만큼 희귀한 오리지널 빈티지 백들과 실크 드레스들, '나 좀, 아니, 많이 비싸요' 주장하듯이 반짝거리는 명품들이 찬란하게 빛나고 있었다. 눈 좀 달린 여자라면 눈이 부셔 그대로 쓰러질 만큼 엄청난 보물 창고였다.

"이제 이런 빈티지들. 억 단위를 불러도 살 수 없단 건 자기도 알고 있지? 내가 반세기 동안 모은 애들이야. 그냥 내버리기에는 애들이 너무 예쁘잖아. 원한다면 다 가져가."

"여사님……."

"있지, 유 대표. 나 다음 주면 호스피스로 들어가."

"네에?"

심장이 덜컹 내려앉았다.

그냥 남이라고 생각했을 때도 한 여사는 마음이 쓰였다.

승주를 통해 그의 작은할머니란 말을 들은 이후 그냥 남으로 여겨지지 않았는데. 이건 정원이 가진 죽일 놈의 오지랖 때문이다.

호스피스로 들어간다는 건 종말이 머지않았다는 증거. 마지막 생일 파티를 끝으로 그녀는 생에 대한 불꽃을 전부 태워 버렸다는 듯 홀가분하고 초연한 눈빛을 하고 있었다.

"그나마 지금껏 가지고 있던 이 짐들도 오늘내일 새로 다 처분하고 정리해야 해. 그런데 여자는 말이야, 그런 거 있잖니. 죽을 때 돼서도 차마 손에서 떼지 못할 것들, 평생 나랑 같이해 주던, 내 손때 묻은 애들을 그냥 버리기에는 내가 너무 미안하다고. 난 사라져도 쟤들은 누군가가 빛나게 들어 줬음 해."

"그래도 이건, 너무……. 안 돼요, 여사님."

"어차피 내가 죽으면 쟤들 모두 그냥 쓰레기장으로 가든지, 아니면 생전 낯도 보지 못한 인간들이 도둑질해 가겠지. 정말 싫어. 생각만 해도 짜증 나."

한 여사가 미소 지었다.

"상이야, 유 대표. 그리고 있잖아, 선물 잘 받아 주는 것도 능력이다? 기쁘게 받아. 그래서 날 기쁘게 해 줘."

한 여사가 더 이상의 사양은 허락하지 않겠다는 듯 단호하게 말했다.

"같이 일하는 멋진 친구들도 같이 나눠 들어 주면 좋겠어. 내 마지막 인연이 자기들같이 발랄하고 성실하고 참한 사람들이란 게 얼마나 다행인지. 그래도 제법 길었던 내 삶을 스쳐 간 사람들, 마지막까지 멋진 인연이었다고 말할 수 있게 됐어. 고마워."

말을 하다 말고 한 여사가 놀라 부르짖었다.

"유 대표, 울어? 왜 울어?"

"모르겠어요. 그냥 눈물이 나요."

정원은 손등으로 자기도 모르게 흘러내린 눈물을 훔쳤다.

"저희들, 여사님 인생에 좋은 사람으로 기억되었다니 영광이고 감동이에요, 이런 칭찬 처음 들어 봤어요. 감사합니다."

눈앞으로 휴지가 내밀어졌다. 정원은 승주가 건넨 휴지를 받아 계속 흘러내리는 눈물을 닦고, 좀 모양이 빠지기는 했지만 자꾸 흘러내리는 콧물까지 야무지게 핑하니 닦아 냈다.

"휴지 더 줘?"

"네."

정원이 다시 콧물을 훌쩍이며 대답했다.

'울면 더 귀여워지는 건 하나도 안 변했네, 우리 토깽이.'

코끝은 빨갛고 눈에는 아직도 눈물이 대롱대롱. 억지로 눈물을 참으며 의연하려 애쓰는 입술이 비죽인다. 코맹맹이 소리에 승주가 속으로 비시시 웃고 있는 것도 알지 못하고 정원은 다시 건네받은 휴지로 코를 풀었다.

"이 박사가 도와줘. 거기 트렁크에 다 정리해서 넣으라고. 유 대표가 가져갈 수 있게. 어차피 내겐 호스피스에 입고 들어갈 옷 한 벌이면 족해. 더 이상은 필요 없어."

한 여사의 강요에 못 이긴 채 승주가 드레스와 가방들을 큰 트렁크에 채워 넣기 시작했다. 훌쩍이며 정원도 그를 도와 한 여사의 손때가 묻은 짐을 정리했다.

30분 후, 짐 정리가 끝났다.

"이제 정말 후련하네."

한 여사가 현관 앞에 큰 트렁크와 가방들이 든 더스트 백들을 놓고 돌아서는 승주를 향해 미소를 지었다.

"마지막으로 따뜻한 차나 한잔 같이할까?"

"제가 할게요."

거실에 붙은 조그만 주방에서 정원은 차를 내왔다.

"피곤하시죠?"

"응. 피곤해. 약 기운이 돌아서 그런지 막 졸려."

"차 드시고 바로 주무세요."

"노노노. 화장은 지우고 자야지. 있잖아, 유 대표. 화장은 말이야, 하는 것보다 지우는 게 더 중요하다? 알지? 보습, 탄력, 재생, 3단계. 절대로 잊으면 안 돼."

죽을 때까지 여자는 여자. 인생 멘토 한 여사의 화장술 강의야말로 정원이 뼈에 새길 명언이었다.

"뼛골에 새기겠습니다. 보습, 탄력, 재생."

"팔십 평생 살면서 터득한 꼰대의 잔소리 하나만 더 들어 볼래?"

"네."

"무조건 행복하게 살아. 그게 살아 있는 사람의 의무야."

한 여사가 나란히 앞에 앉아 있는 승주와 정원을 번갈아 바라보았다.

"내가 투병하면서, 이것저것 정리하면서 뭘 가장 후회했는지 알아? 행복을 뒤로 미뤄 놓았던 거야."

"아."

"그리고 내 행복을 누군가 가져다줄 거라 믿고 게으르게 살았던 것. 내 행복은 내가 챙기고 내가 만들어야 하는 건데도 난 평생 남의 행복에 신경 쓰고 남이 가져다주는 행복에만 기대서 살았어. 바보같이."

그녀가 정원을 바라보며 웃었다.

"얼마나 바보 같았으면 내가 정말 바라는 생일 파티가 오늘과 같은 파티라는 걸 팔십 되어서야 알았겠니? 이걸 몇 년이라도 더 빨리 깨달았다면 오늘처럼 즐거운 추억을 몇 번은 더 가질 수 있었을 텐데 말이야."

이상한 일이다. 정원의 눈에서 다시 눈물이 핑 돌았다.

"인생은 생각보다 짧더라. 인생의 속도는 오십 되면 오십 마일, 육십 되면 육십 마일로 흐른다는데 그거 진짜더라. 내 칠십 대도 칠십 마일로 흘러가 버렸는걸. 눈뜨니까 팔십이네? 하하하. 오늘을 잘 살아. 있는 힘껏. 그리고 행복을 잡아. 내가 무엇을 할 때, 누구와 함께일 때 행복한지 잘 살피고 그 순간을 꽉 잡아."

한 여사가 손을 내밀었다. 정원과 승주가 동시에 일어나 그녀를 부축했다.

"이젠 쉬어야지. 어서들 가 봐. 좀 있으면 요양사가 올 테니 걱정 말고."

정원이 한 여사를 침실로 부축해서 모셔 가는데, 맞춤하여 도어 록 비밀번호 누르는 소리가 들렸다. 야간에 한 여사를 보살필 요양 보호사가 도착한 것이다.

서둘러 요양 보호사가 한 여사를 돕기 위해 침실로 들어가는 것을 지켜보다가 두 사람은 트렁크와 짐들을 들고 주차장으로 내려갔다.

"어떡해? 혼자 계시는 것도 아닌데 자꾸만 마음이 쓰여."

"그렇지? 그래도 우리가 빨리 가 줘야 할머니도 편히 쉬시지."

승주가 휴대 전화를 확인하는 정원을 힐끗 건너다보았다.

"회사로 돌아가?"

"아니요."

"왜?"

"경오랑 영주 지금 퇴근한대요."

"내일도 행사 있어?"

"아뇨. 주중이라. 모레는 돌잔치가 있지만."

"그럼 집으로 갈까? 데려다줄게. 짐이 많잖아."

"……거기로 가요."

운전석의 승주와 조수석의 정원이 서로를 마주 바라보았다.

"거기라니?"

"당신 집. 내 짐 찾아가라며?"

"오늘은 너무 늦었어. 다음에 와."

"늦은 게 무슨 상관이람? 짐만 가지고 나오는데? 내가 혹시 덮치기라도 할까 봐 무섭나 봐?"

승주가 씩 웃었다.

"아니. 맞을까 봐 무서워."

웃어? 이 남자 봐라?

정원이 발끈했다.

"난 폭력적인 여자 아니거든요."

"그냥 내가 미웠을 때 때리기라도 하지 그랬어? 혹시 그랬다면 당신 분이라도 풀렸을 텐데. 그럼 우리, 안 헤어졌을 수도 있는데."

정원은 눈을 깜빡였다.

갑자기 이렇게 깜빡이도 없이 훅 들어오시겠다? 잠시 뇌가 정지되는 순간이었다.

"당신 처음 만났을 때부터 궁금했어. 혹시 지금 만나는 사람, 있어?"

"웃겨. 참 일찍도 묻네."

그러면서 정원은 슬그머니 승주를 돌아보았다.

'간 보는 거면 너 오늘 나한테 죽어.'

어라라. 핸들을 잡은 손이 불안해 보였다. 뜻밖에도 그는 긴장하고 있었다. 그는 긴장하면 멀쩡한 손을 가만히 두지 못하니까.

"내가 만나는 사람 있으면 어쩌려고?"

"……그래도 들이대 보려고."

"뭐라고요?"

피식 웃음이 흘러나왔다.

그의 입에서 들이댄다는 말이 나올 줄이야.

"우리, 연애할래?"

정원은 전혀 준비도 되지 않았는데 다시 그가 훅 들어왔다.

당황하다 못해 깜짝 놀라 버리는 정원을 돌아보며 그가 싱긋 웃었다.

"4년 전을 기억해 봐."

그렇지 않아도 당황해서 머릿속이 엉켜 버린 정원의 얼굴에 뜨거운 열꽃이 확 피어올랐다.

둘이 처음 만난 날 다짜고짜 한눈에 반한 그에게 유리는 '우리, 연애할래요?' 하고 돌직구를 던져 버렸다.

"우리 처음 만난 날, 그런 말 들었을 때 내 기분이 어땠을까, 이젠 좀 알겠어?"

하지만 금사빠에다가 직진주의자 정원은 그렇다 치고, 이승주 이 남자는 절대 아니잖아. 이렇게 돌발적이고 저돌적인 건 본인 캐릭터가 아닌데?

마음속 혼란을 비웃듯이, 이미 목전까지 훅 다가와 있는 그의 존재감을 부인하듯 정원은 팩 소리쳤다.

"되도 않는 소리 하지 마요!"

"난 너무 말이 되는데. 우리 둘 다 싱글이잖아."

"사람은 고쳐 쓰는 거 아니래. 내가 미쳤다고 이혼한 남편을 다시 만나? 지난번에도 말했지만 우린 이미 인연 끝난 사이라고. 다시 볼 일 없어야 정상이라고."

"그런가?"

"한번 헤어진 사람들은 꼭 같은 이유로 또 헤어진대. 어차피 끝이 안 좋을 거 뻔히 알면서 뭔 시작을 다시 해?"

그러면서도 쓸데없이 궁금해졌다. 그는 왜 이딴 말로 잔잔한 사람 마음을 헝클어 놓으려는 건가?

"신호도 안 주고 말이야. 뜬금없이 이런 말을 하는 이유가 뭔데요? 당신답지 않게?"

"나다운 게 뭔데?"

"말도 없고 그 맘도 모르겠고 답답하고 느리고 둔하고. 사람 미치게 만들지."

"⋯⋯내가, 그랬구나. 당신한테."

다다다 쏘아붙이는 정원의 말에 승주가 탄식하듯 나직하게 중얼거렸다.

"몰랐나? 흥. 이혼하자니까 두말 않고 변호사 보내서 냉큼 이혼해 놓고, 3년 동안 코빼기도 비추지 않고는? 제 할 일 잘만 하고 다른 여자랑 알콩달콩 잘만 친해 가면서 돌싱 인생 제대로 즐기고 사는 것 같던데? 이건 뭐래, 대체? 사람 간 보고 놀리는 것도 아니고. 지긋지긋해서 이혼한 전 마누라가 뭐가 그리 예뻐서 다시 만나재? 당황스럽게."

"아까 할머니 말씀이 마음에 콕 박혀서 아무래도 내가 미쳤나 보다."

승주가 정원을 돌아보았다.

농담일 거야. 그냥 한번 간 보는 거 아냐? 싶었지만 쓸데없이 진지한 그의 눈빛이 날아왔다. 견딜 수가 없을 정도로 긴장이 되고 가슴이 답답할 만큼 부담스러웠다. 또 그만큼의 무게로 두근거렸다. 내가 미친년이지 하면서도 그 콩닥거리는 가슴 울림을 멈출 수가 없었다. 이런 이율배반적인 자신을 감당할 수가 없었다.

"할머니가 그러셨잖아. 행복을 뒤로 미뤄 놓았던 게 가장 후회된다고. 내 행복은 내가 챙기고 내가 만들어야 하는 건데도 평생 남이 갖다줄 행복만 기다리면서 멍청하게 살았다는 거. 뼈를 때렸어."

"아이고, 이승주 씨. 그 한마디에 뼈 맞으셨어요? 갑자기 큰 깨달음 얻으셨네?"

비아냥거리는 게 분명한 정원의 말에도 아랑곳없이 승주가 말을 이었다. 그는 오늘 밤 뭔가를 작정한 듯했다.

"미련인지 뭔지 참. 뭔가 아직도 같이할 것들이 많이 남은 거 같아. 솔직히 우리, 연애도 결혼도 너무 짧았잖아."

그건 그랬다.

어른들은 말하기를 적어도 사계절을 지내 보고 결혼을 하라던데, 그들은 만난 지 3개월 만에 결혼해 버렸다. 심지어 그 결혼조차도 제대로 누리지 못하고 기껏 9개월 만에 끝나고 말았다.

그러고 보면 정원과 승주, 만남에서 이별까지 겨우 1년이었다. 남들은 평생 걸려 할 일을, 아니, 일생 살아도 안 하는 일들을 그들은 1년 사이에 전부 해치워 버렸다.

"결혼에서 이혼까지 겨우 1년. 생각하고 또 생각해도 참 버라이어티했긴 해, 우리 사이."

"너도 그렇겠지만 나도 그랬어. 내 인생에 그렇게 불탄 건 그때가 처음이야. 대체 우리 사이에 뭐가 있어서 그렇게 타 버렸던 걸까?"

어쩌면 회한. 또 어쩌면 고해.

따끔따끔 설렜다. 3년 전 그 지독한 열병은 정원 혼자만의 것이 아니었다고 그가 말해 주어서.

또 따끔따끔 아팠다. 정원이 늘 듣고 싶었던 말을 이혼한 지 3년이나 지나서 비로소 듣게 되어서.

뭔가 통쾌하면서도 슬프기도 한 이율배반적인 감정 안에서 정원은 잠시 할 말을 잃었다.

전에는 본 적 없는 승주의 낯선 모습에 적응하기란 쉽지 않았다.

"그냥 해 보자, 연애."

승주가 다시 말했다.

"싫어."

간신히 정신을 차린 정원이 다가오지 마! 하고 철벽을 쳤다.

"왜 날 다시 만나고 싶은데? 다른 좋은 여자 만나요. 나 말고, 당신 좋아하고 당신 집안도 좋아하는 예쁜 여자. 당신 같으면 누구든 만날 수 있잖아. 당신 어머니가 좋아하는 여자들 널리고 널렸을 텐데 그 여자들하고 해요, 연애."

"아까 할머니가 하신 말씀 잊었어? 내가 무엇을 할 때, 누구와 함께일 때 행복한지 잘 살피라고 하셨잖아. 난 다른 누가 아닌 당신을 만나고 싶어. 유리, 아니, 유정원하고 연애하고 싶다고."

그사이, 차는 서울 시내에 있는 어느 아파트 앞에 도착했다. 승주가 지하 주차장에 차를 세우면서 정원을 돌아보았다.

"우린 처음 만났을 때부터 눈이 멀어서 서로에 대한 판단을 잘 못 했어. 결혼하기 전에 충분히 연애를 했어야 했는데 그걸 생략하고 뛰어넘었잖아. 어쩌면 첫 단추부터 잘못 끼워졌던 건지도 몰라. 난 바로잡고 싶어."

"뭐가 이래? 이혼하고 나서 다시 만나는 것도 웃긴데 뜬금없이 연애를 하자니? 이렇게 매사 순서도 마음도 엉망진창인 우리가 잘될 거 같아요?"

끝까지 튕기고 싶다. 자존심이 허락하지 않았다.

새침하게 정원이 내뱉자 승주가 가만히 그녀를 응시했다. 그러다가 조용히 물었다.

"아직도 너한테 남아 있니, 나?"

"뭐, 뭐라고요?"

"내가 너한테 미련이 남은 것처럼 너도 마찬가지 같아서."

"아니거든요!"

부인하는 정원의 목소리가 떨렸다.

억지로 가둬 두고 억지로 외면한 모든 감정들. 오래된 슬픔과 미련들. 아직도 남은 애정과 설렘들. 두근거림. 여전히 좋아서 어쩔 줄 모르는 어리석은 사랑이 부인할 수 없는 어두운 그늘처럼 두 사람 사이에 일렁이고 있었다.

"네가 아니라고 하면 아니라고 들어 먹어야 하는데. 난 왜 네 그 말이 나랑 또 헤어지면 힘들 거 같아서 애초에 뒷걸음질 치는 것같이 들릴까? 결국, 내 존재가 아직도 너한테 그늘이고 괴로움으로 남은 거 같아서…… 마음이 안 좋다. 미안하고 부끄러워."

심하게 체해 있던 차에 누군가가 바늘로 손가락을 따 준 느낌이 들었다.

아니면 어디가 아픈지 알지도 못하는 통증에 시달리고 있는데, 누군가가 정확하게 그 아픈 부위를 탁 짚어 준 것도 같았다.

그 존재가 하필이면 그 상처를 남긴 당사자 승주라는 게 그 얼마나 아이러니한 인생인가.

그가 먼저 운전석에서 내려 조수석 쪽으로 돌아왔다. 정원이 내릴 수 있게 차 문을 열어 주며 말했다.

"여하튼 내 마음은 그래. 당신이 조금이라도 진지하게 생각해 주면 좋겠어."

"흥."

속절없이 두근거리고 멍청하게 흔들리는 마음을 들키지 않으려고 정원은 최대한 비웃는 표정을 지었다. 언제나 멋지고 당당한 도시의 싱글 여성답게 냉소를 날렸다.

"꿈 깨세요, 이승주 씨."

두 사람은 승주가 사는 아파트 8층에 도착했다.

승주가 도어 록 키를 누르고 먼저 현관으로 들어섰다. 인기척을 감지한 전등이 반짝 불을 켰다.

"들어와."

그가 먼저 거실로 들어가고 정원이 그 뒤를 따랐다. 신발을 벗던 정원이 현관에 아무렇게나 놓인 쓰레기통을 그만 건드리고 말았다.

그렇지 않아도 온갖 술병이며 빈 깡통으로 가득 차 있던 쓰레기통이 정원의 헛발길질에 우르르 흔들렸다. 흔들리던 통에서 넘치기 직전이던 빈 깡통들이 그녀 발아래로 데구르르 굴렀다.

"이게 뭐래?"

혼잣말처럼 중얼거리며 정원이 바닥에 구르던 빈 캔을 집어 쓰레기통에 다시 집어넣었다. 그러다가 쓰레기통에 가득 찬 술병이며 빈 맥주 캔 등 술 주정뱅이가 사는 듯한 집의 쓰레기통 사정을 보고야 말았다.

고개를 든 정원과 거실에서 현관 머리에 선 정원을 바라보는 승주의 시선이 마주쳤다.

"당신……."

"응?"

승주가 다가왔다.

"술, 마셔요?"

놀라는 표정이 그대로 드러났나 보다. 승주가 어, 하고 짧게 말하며 얼른 쓰레기통 뚜껑을 억지로 닫았다.

거실로 올라온 정원이 말도 없이 주방 쪽으로 가서 냉장고 문을 열어 젖혔다. 승주가 말릴 사이도 없었다.

"뭐 하는 거야?"

"이럴 줄 알았어, 내가!"

고개를 휙 돌린 정원이 다가오는 승주를 노려보았다.

열린 냉장고 속은 살풍경할 정도로 간소했다. 간소하다 못해 초라할 지경이었다.

생수 말고는 한번 열어나 보았을까 싶게 뚜껑이 굳게 닫힌 몇 개의 반찬통. 그리고 나머지 칸은 전부 다 술이었다. 소주, 맥주, 양주, 사케, 와인 등등. 마치 주류 판매점 보관 창고처럼 온갖 술이 커다란 냉장고를 그득 채우고 있었다.

그것만이 아니었다. 치우다 만 식탁 위에도 술병과 물병, 빈 컵들이 어지럽게 뒤섞여 있었다.

"냉장고 꼴 좀 봐. 굶어 죽기 딱 좋겠어. 이런 식으로 술 먹어도 돼요? 알코올 중독자 되려나 봐? 명색이 의사가 이래도 돼요? 사람 잡으려고 작정했어."

"알코올 중독이라니? 사람을 뭐로 보고? 그 정도로 먹지는 않아."

승주가 정원이 버텨 선 냉장고 앞으로 다가가 얼른 다시 문을 닫으려 하며 변명을 했다.

"쇼핑하기가 귀찮아서 그냥 한 번 살 때 많이 사 둔 거야."

어련히? 그런 눈빛으로 정원이 계속 노려보자 승주도 헛된 변명을 계속했다.

"나도 생각은 있다고. 어떻게 이걸 다 먹겠어?"

"먹으려고 산 게 아냐? 언제부터 주류 수집이 취미가 됐대?"

"……아니. 그건 아니고."

"술 많이 먹으면 안 되는 체질인 거 자기가 더 잘 알면서? 귀에 못이 박히도록 잔소리했으면 지금쯤은 알아들어야 할 거 아냐! 사람이 왜 그래, 정말……?"

왜 이렇게 망가졌냐고, 내가 사랑했던 남자 이승주가 원래 이런 사람이었냐고, 순간적으로 너무 속이 상해서 격앙한 나머지 와락와락 소리치던 정원이 한 손으로 입을 막았다.

승주는 더 이상 아무 말도 하지 않고 죄인처럼 우두커니 서 있었다. 불안한 눈빛을 하고 그녀의 시선을 피하고 있는 그를 바라보는데 정원의 눈에 갑자기 뿌연 눈물이 차올랐다.

마음 밖으로 쏟아져 나와 버린 감정은 의지나 생각으로 되는 게 아니었다.

미움도 원망도 분노도 다 넘어서는 연민의 속살. 그게 정원의 정직한 마음이었다.

그냥 눈앞에 선 이 남자가 한없이 가엾고 안되어 보였다.

'왜 이제야 보일까. 왜 이제야 알아차린 거야, 나?'

이 남자의 돌같이 굳어 버린 저 얼굴의 초췌함을…….

이혼 후 3년. 그를 다시 만났을 때, 내내 힘들었던 정원과는 달리 다시 만난 승주는 너무 똑같아 보였다. 의연하고 괜찮아 보였다.

무감동하고 무표정한 그의 모습 앞에서 상처는 오롯이 그녀만의 몫인 거 같아서 더 화가 났고 그가 더 미웠다.

아무 일 없던 듯 잘 살고 있어 뵈는 그가 너무 미워서 자신이 품어 온 상처가 더 아파 죽을 지경이었다.

'귀찮은 날 잘 떨궈 내고 홀가분하게 잘 살고 있다고 생각했어.'

하지만 이 냉장고 속에 가득 찬 술병이 승주가 살아온 지난 시간의 민낯이었다.

왜 이렇게 살고 있느냐고 묻는다면 대답을 해 줄까?

한 손으로 입을 막은 채 눈물이 흘러내리는 것도 느끼지 못하고서 정원은 그저 아득하게 승주를 바라보았을 뿐이었다.

이혼의 상처는, 어쩌면 정원만큼 승주도 깊었던 걸까?

냉장고에 채워 둔 술을 마시는 일로 그는 그 시간을 간신히 이겨 내고 있었던 걸까?

"진짜, 사람이 왜 그래, 정말……. 절대로 안 된다고, 제발 술 마시지…… 말라고……. 만날 내, 내가 그렇게 잔소리했는데……."

화가 나서 이러는 건지, 그가 불쌍해서 그러는 건지 알 수 없었다. 그러나 정원은 울먹이면서 그에게 계속 화를 내고 있었다. 이젠 그에게 그런 잔소리를 할 계제도 못 되는 전처라는 사실도 잊어버리고 마구 잔소리를 계속했다.

"또 병원에 실려 가 봐야 정신을 차리지. 밥도 제대로 안 먹고 살았구만. 안 봐도 뻔해. 술만 먹으면 사람 망가지는 거 순식간이라고."

바로 그 순간, 승주가 성큼 한 발 다가오더니 다다다다 퍼붓고 있는 정원을 꽉 안아 버렸다. 그리고 망설이지 않고 정원의 입술을 물어 삼켰다.

"읍……!"

갑작스러운 키스 앞에서 정원의 몸이 잠시 얼어붙었다.

이게 뭐야? 왜 우리가 키스하고 있는 거야?

왜 일이 이렇게 전개가 되는 거야…….

하지만 복잡하고 혼란한 머릿속과는 달리 정원의 입술은 이미 승주에게 잠식당한 상태였고, 자극적인 키스의 감각은 당황한 마음보다 더 강렬했다.

그의 키스는, 여전히 뜨거웠다.

'미쳤어. 미쳤어!'

한 가닥 남은 이성이 전력으로 가로막아 보았지만 소용없었다. 어느새 정원의 자존심 없는 두 팔이 승주의 목을 휘감고 있었다.

발가락 끝이 간질거리는 낯선 흥분. 오래도록 잊고 있었던 충만한 여성으로서의 감각이 전신을 찌릿한 진달래빛으로 물들였다.

키스는 왜 4년 전의 첫 키스, 그 맛과 같을까? 아득하리만큼 멀리 흘러가 버린 세월과 이혼이라는 강을 건넌 지금에서도 똑같이 달콤했다. 마약에 중독된 사람처럼 황홀하게 어지러웠다.

'말도 안 돼. 그만둬. 하지 마!'

정원의 이성이, 남은 자존심이 아우성을 쳤다.

그러나 어느새 그와의 키스에 적극적으로 몰두하고 있는 정원의 감각은 그 아우성 따위 듣지 못했다. 아니, 듣지 않았다. 무시하고 싶을 만큼 좋았다. 달콤해서 자꾸 울어 버릴 만큼 그랬다.

"나한테 이러지 마요. 아, 씨! 반칙하지 말라고!"

간신히 정신을 차린 정원이 승주의 가슴을 떠밀며 소리쳤다. 하지만 밀어내야 한다고, 이건 미친 짓이라고 자존심이 악을 쓰거나 말거나, 어느새 둘은 더 격렬하게 서로를 다시 껴안고 있었다. 아까보다 더 격렬하게 키스에 몰입하고 서로의 감촉을 탐욕했다.

'맛에 인이 박인다'는 말이 있다.

일정한 기간이 지나면 반드시 다시 찾아서 먹어야 하는 뼛속에 사무치는 그 느낌.

정원에게 승주와의 키스가 그랬다.

어떤 먹거리에 대한 인이 박이듯이 감각에도 인이 박이는구나, 싶었다.

그의 입술이 주는 따뜻함과 소유욕, 달콤한 애욕 앞에서 정원은 혼미해졌다. 극채색의 혼란한 동그라미가 수천 수만 개 빙글빙글 돌면서 그와 그녀를 하나로 묶어 무저갱에 빠트리고 있었다. 금단 아닌 금단 속으로.

얼마나 닳았는지, 얼마나 격렬하고 뜨겁고도 다정했는지 이미 잘 알고 있어서 더 흥분되고 더 기대하게 되는 심정.

심장이 녹아나고 뜨거워진 몸은 이미 열탕. 지옥인 줄 알면서도 떨어지는 이 순간이 자꾸만 더 기대되는 이율배반의 카오스.

시간이 갈수록 더 뜨거워지고 농밀해지는 키스 안에서 마치 약속이라고 한 듯 정원은 승주의 셔츠 단추를 풀고 있었고, 승주 역시 정원의 블라우스 깃을 어깨 아래로 성급하게 내리고 있었다. 4년 전, 둘이 처음 서로를 알고 가졌던 그날 그때처럼.

사방 벽으로 둘러싸인 작은 침실로 들어가는 시간조차 아까웠다. 그곳이 어디든 상관없다고, 오직 서로에게 젖어 들어 서로에게 안길 수 있으면 족할 뿐. 조금이라도 빨리 서로를 안고 싶고 안기고 싶었다.

열정 어린 키스를 주고받으며, 두 사람은 이전 신혼 때 종종 그러했듯, 거침없이 서로에게 엉켜들었다. 정원이나 승주 둘 다 똑같이 이미 생각도 사라지고 이성도 망가진 채였다. 자신들이 왜 이렇게 되었나 생각도 할 수가 없었다. 그 정도로 격렬하게, 예기치 못한 애욕의 교통사고에 치여 버린 후였다.

"정원아……."

"말하지 마요! 말하지 말라고!"

정원이 흐느끼듯 소리치며 먼저 승주의 목을 끌어안았다. 지금 이 순간의 갈등과 고민을 다 무시하고 덮어 버리려는 듯, 이렇게 어이없이 무너지고만 자신에게 변명이라고 하듯이 격하게 키스했다.

엉킨 혀끝으로 뜨거운 것이 마구 밀려들어 승주 또한 그녀가 원한 대로 아무 말도 할 수가 없게 되었다. 그녀 말고는 아무것도 보이지 않고 들리지 않게 되어 버렸다.

"미쳤다고 치자고요. 그냥, 전부 다 미쳤다고. 우리가."

정원이 다시금 흐느꼈다. 그러면서도 더 가까워지고 더 격정적으로 변한 승주의 입술과 손길을 탐닉했다. 승주의 아파트, 아직도 냉기가 남아 있던 바닥은 이미 너무 뜨거워서 손만 대도 델 듯한 활화산으로 변한 지 오래였다.

"하아, 하아."

뜨거운 숨소리 사이로 탄식이 흘렀다.

처음부터 한 몸이던 것처럼, 한 번도 헤어진 적 없던 것처럼 마침내 두 사람의 나신이 하나로 합쳐졌다. 오래도록 잊고 살았던 관능과 쾌락의 맛! 너무 잘 익어서 단물이 뚝뚝 떨어지는 듯한 그 빨갛고 풍요로운 감각을 승주도 정원도 미친 듯이 흡입했다.

이제야 살 것 같았다. 아니, 이게 살아 있는 것이었다.

"너무 좋아. 니 말이 맞다. 지금 우린 미친 거야."

헤어진 세월만큼 길고 간절한 입맞춤 사이로 꿀 담은 숨소리가 흘렀다.

몸이 아플 정도로 생생하게 느껴지는 서로의 존재, 그 아찔한 감각과 체취, 손가락 끝에 아로새겨지는 땀방울 하나에까지 문신처럼, 그렇게 서로가 다시 영혼에 각인되는 순간이었다.

"아흑!"

3년 만에 승주를 자신 안에 한껏 품은 정원의 입술 사이로 극도의 쾌락이 빚어낸 새빨간 교성이 흘러나왔다.

설명할 수도 없고 이해할 수도 없는 순간의 격정. 서로에게 미쳐서, 무의식적으로 끝없이 서로에게 향하고 있던 마음이 폭발하고야 만 그 어떤 순간이 마침내 끝났다.

거친 호흡 사이로 두 사람은 금세 깨져 버릴 듯한 위태로운 꿈을 붙잡듯이 서로를 꼭 끌어안았다. 승주가 정원의 뜨거운 목덜미에 다시 입 맞추며, 아찔하도록 선명한 행복의 향기를 깊이 흡입했다.

진한 백합꽃 향기 같은 침묵만 존재하는 그 순간. 갑자기 정원이 자신을 꼭 안고 있는 승주의 팔을 세차게 밀어 냈다.

입술을 꽉 깨문 채 그를 잠시 멍하니 바라보는 정원의 시선 안에는 너무나 많은 감정들이 혼란스럽게 섞여 있었다.

스스로도 제어하지 못한 격정에 못 이겨 하얗게 불타 버린 후 비로소 제정신이 돌아왔다.

너무 좋으면서도 한편으로는 죽도록 어색하기는 둘 다 마찬가지. 승주도 정원도 서로가 느끼고 있는 이 미묘한 달뜸과 동시에 치오르는 이 어색함을 대체 어떻게 처리해야 하는지 알 수가 없었다.

키스며 같이 자 버린 일은 너무나 쉽게, 순식간에 일어나 버렸다. 그런데 같이 자고 난 후 다음 과정에 대해서는 둘 다 준비를 한 게 없었다. 대체 시선을 어디다 두고, 손발을 어떻게 해야 하는지 알 수가 없었다. 견딜 수가 없을 만큼 당혹스러웠다.

"정원아……."

잠시간 서로 빤히 마주 바라보며 오간 침묵 후에 승주가 나직하게 정원의 이름을 불렀다. 그리고 두 팔로 다시 정원의 몸을 감싸 안았다.

아니, 감싸 안으려 했다. 그녀가 다시 도망가지 못하게. 다시는 자신의 팔 안에서 그녀를 떼 놓지 않으려는 듯이.

그러나 정원이 더 재빨랐다. 다가오는 승주의 팔을 쳐 내다시피 물리치고는 발딱 일어서더니 미친 듯한 속도로 눈앞의 방문을 무작정 열고 튀어 들어가 버렸다.

"거긴 서재……."

"아이참!"

승주의 말이 끝나기도 전에 다시 문이 쾅 열리고 익은 새우처럼 새빨개진 정원이 다시 튀어나왔다.

솔직히 말하자면 이미 볼 장 다 본 사이이다. 그럼에도 정원은 둘이 처음 몸을 섞었던 연애 시절 그때처럼 어찌할 바를 몰라 하고 있었다. 아니, 그때보다 더 부끄러워하며 엉거주춤 두 팔로 나신을 가린 채 승주가 가리키는 욕실 안으로 다다다 달려 들어갔다. 물론 한 번도 승주와는 시선을 마주치지 않았다.

자신도 모르게 승주는 그만 엷게 웃고 말았다. 일은 이미 저질러졌는데, 이제 와 당황해서 어쩔 줄 모르는 정원의 마음이 이해되면서 너무 귀여웠다.

"정원아."

욕실 문 앞에 다가가 그녀를 불렀다. 물론 대답은 들리지 않았다.

"옷, 문 앞에 놔뒀어. 천천히 씻고 나와. 괜찮아."

승주의 목소리를 듣는 것마저 부끄러운가. 방금까지 잠잠하던 욕실 안에서 갑자기 쏴아, 샤워기 물이 바닥에 떨어지는 소리가 요란스레 들려오기 시작했다.

안 들려. 난 못 들었어. 그러니까 모른 척해 줄래? 하는 신호였다.

"정원아."

여전히 인기척 대신 물소리만 흘러나왔다.

"네가 어떤 생각으로 나랑 잤든 난 상관없어. 난 그냥 좋아. 내가 다시 살아난 것 같아. 지금."

"……."

"넌 후회할지도 모르겠지만, 난 아냐. 나는 여전히…… 많이, 네가 정말 좋다."

"……."

"지금 이 순간이 어색하기는 너나 나나 마찬가지지만, 그래도 네가 후회하지 않았으면 해. 난 이렇게나마 너랑 조금이라도 같이 있었던 거, 너무 기뻐. 좋아서 죽을 것 같아."

"……."

"내가 지금 확실히 알아 버렸어. 너랑 헤어지고 나서 3년 내내, 난 너랑 이렇게 같이 안고 쓰다듬고 사랑하기를 원했나 봐. 이게 내가 원한 전부였어."

여전히 정원은 한 마디도 하지 않았지만, 승주는 새어 나오는 물소리가 그녀의 대답이라고 생각하고 다시 말했다.

"네가 다시 돌아와 줬으면 좋겠다. 너무 진부하지만 내가 잘할게. 이번에는 너 말고 내가 사랑할게. 네 사랑이 대답 없는 메아리가 되지 않도록 많이 노력할 테니까. 그러니까 오늘 일로 너 자신을 미워하거나 후회하지 말아 줬음 해."

"……누가 후회한대? 자기가 그런가 보지. 흥!"

뾰족한 한마디가 물소리와 함께 간신히 새어 나왔다.

잠시나마 몹시 긴장하고 있던 승주로선 정말 다행한 대답이었다. 그것으로 되었다. 승주는 안도의 한숨과 함께 욕실 안에서 시위 아닌 시위 중인 정원에게 다시 말을 걸었다.

"편하게 씻어. 난 침실에 들어가 있을 테니까. 알았지?"

욕실 문에 등을 댄 채 엉거주춤 웅크려 앉아 있던 정원은 문밖에서 들려오는 소리에 온 신경을 곤두세웠다.

달칵하는 문 열리는 소리가 자그맣게 들리더니만 이내 바깥이 조용해졌다. 승주가 침실로 들어간 모양이었다. 그게 뭐라고 긴장이 풀린다. 정원은 바닥에 주저앉은 그대로 머리털을 쥐어뜯었다.

'미쳤어, 미쳤어. 진짜 내가 미쳤지.'

대체 왜 그랬니? 유정원?

아무리 머리털을 쥐어뜯어 본들 이미 늦었다. 속절없이 이승주와 자 버린 사실이 사라지는 게 아니었다.

'아악, 너무 구리잖아? 전남편하고 자 버린 여자라니.'

하지만 이런 자책은 너무 늦었다.

"알코올 중독 돼서 죽든지 말든지. 내가 뭔 상관이라고? 왜 오지랖은 부려 가지고……. 이, 씨. 난 이게 문제야. 진짜 병이야. 아앙, 왜 이렇게 되어 버린 거야?"

정원은 자신이 이렇게 쉬운 여자였다는 게 믿어지지 않았다. 이거야말로 쉬운 여자를 넘어 헤프디헤픈 수준이었다.

잠시 미쳐서는 전남편하고 키스 한번 했다고 치자. 쿨하게 그걸로 끝내야지, 1분 후에 그 남자 앞에서 제 손으로 옷을 벗고 있었으니. 이게 말이 되는가 말이다.

'씨이, 인간이 어쩜 그래? 아니, 내가 좀 여지를 줬다고 곧바로 덤벼드는 거 좀 봐. 해도 해도 너무한 거 아냐? 양심이 있으면 자기가 피해 줘야지.'

입술이 볼록 튀어나온 채 말도 안 되는 이유를 들어 투덜거렸다. 괜히 애꿎은 승주를 욕하고 원망해 보았지만 이게 다 무슨 소용이 있을까?

'아주 입에 꿀을 발랐어. 언제부터 자기가 다정했다고 저렇게 느끼하게 변했대? 입에 발린 소리도 겁나 잘하고 말이지, 흥!'

다시 돌아와 줬으면 좋겠다고, 이번에는 그녀 말고 자신이 먼저 사랑하겠다고 말하는 승주의 목소리가 너무 다정하게 들려서, 그게 정말 기뻐서 그가 더 미웠다.

하지만 그거 하나는 고마웠다. 자신은 행복했다고, 이 일로 그녀가 스스로를 미워하거나 후회하지 말아 줬음 좋겠다고 말해 주어서.

'아, 미치겠다 정말! 유정원, 너 정말 왜 그러니? 왜 이승주한테만 이렇게 매가리 없게 구는 건데?'

처음부터 그랬다. 정원에게 이승주는 속수무책으로 빠져들게 되는 중독이었다.

과묵하고 대부분 무표정하고 소극적인 그였지만, 언제나 그녀를 두근거리게 하고 설레게 만들었다. 그에게는 말로 표현하기 힘든 묘한 청교도적인 섹시함이 있있나. 유리였을 때도 유정원이 된 지금에도 그는 그녀에게 너무 야했다. 늘 치명적이었다.

언제나 그에게 닿는 순간, 그게 바로 그녀가 망하는 순간이었다.

'나 언제까지 이럴 건데?'

정원은 두 팔로 자신의 몸을 감싸 안은 채 고개를 들었다. 물을 하도 오래 틀어 놓아 뿌옇게 김이 서려서 제대로 보이지도 않는 샤워 부스 쪽을 멍하니 바라보았다.

'미워 죽겠는데…… 쪽팔려서 미치겠는데. 그런데 너무 좋아, 완전 뜨거워.'

마음이 투덜대고 이성이 꾸짖는데도, 몸이 녹아 버렸다.

그에게 안기고 그를 안는 순간, 3년 동안 쌓아 둔 아픔이나 분노, 원망 따위는 하나도 기억나지 않았다.

이토록 어리석은 맹목의 감정, 누군가에게 한없이 반한다는 게 이런 것이라면 정원은 여전히 승주에게 단단히 맹목적으로 반해 있었다.

참 어이없게도 자존심마저 뛰어넘는 충동적인 감정이 그에게로만 열려 있다는 것을 확인한 셈이다. 이날 밤의 뜨거운 사고가 그래서 벌어진 것이었다.

'아악, 엄마. 나 이제 어떡해?'

망했다. 정말 유정원 인생, 이승주 때문에 이번에도 또 단단히 망해 버렸다.

"차 마실래?"

콩콩 머리를 쥐어박으며 자책하느라 불어 터질 정도로 오래 욕실에서 박혀 있던 정원이 마침내 문을 열고 나왔다.

그녀가 욕실에서 나오자 기다렸다는 듯 주방에 서 있던 승주가 물었다. 대답도 듣지 않고 김이 피어오르는 머그를 가져와 건네주었다.

그도 샤워를 했는지 아직 머리카락이 반쯤 젖어 있었다. 단추를 풀은 셔츠 안에 비치는 쇄골이 여전히 근사하다. 그래서 은근히 더 섹시했다.

'니가 미쳤지, 정신 차리라고!'

자꾸만 그를 훔쳐보게 되는 스스로가 너무 한심스러워서 정원은 엄중히 자신을 꾸짖었다. 만에 하나 그를 흘깃거리는 자신을 승주가 눈치챘다가는 또 무슨 일이 벌어질지 가늠을 할 수가 없었다. 이미 사고는 충분히 쳐 버렸다. 정원은 이제 스스로를 믿을 수가 없게 되었다.

서로가 엄청 태연하려 애를 써 보지만 여전히 당혹하고 어색한 분위기를 진정시킬 수가 없다. 그걸 참을 수가 없어서 정원은 괜히 화제를 바꾸었다.

"향기가 좋네."

"당신이 사 놓고 간 홍차야."

정원이 그를 건너다보자 승주가 턱짓으로 가리켰다.

식탁에 나와 있는 홍차 캔은 그러고 보니 낯이 익었다.

미국에서 생활할 때 승주가 학교에 가고 나면 홀로 남은 정원은 갈 데가 없었다. 여자 혼자 걸어 다니면 자칫 총 맞아 죽는다고 하도 겁들을 줘서 마음대로 산책도 나갈 수가 없었다. 그렇다고 만날 집에만 있을 수가 없으니 답답한 김에 거의 매일 출근 도장 찍듯 몇 군데 쇼핑센터나 백화점 빙빙 돌이를 했다. 그때 사들이던 홍차 중 하나였다.

"홍차, 너무 오래되면 향기 다 날아가는데."

"처음 뜯은 거라서 괜찮아."

"그렇긴 하네."

승주가 터벅터벅 몇 걸음 걸어왔다. 정원 앞에 버텨 서서 머그만 내려다보며 딴청을 피우는 그녀를 내려다보았다.

"정원아."

"……왜요?"

"나 좀 봐 주라. 얼굴 보고 싶다."

"익히 아는 얼굴, 봐서 뭐 하게?"

"그래도 보고 싶어. 얼굴 좀 들어 봐."

만약 성원이 고개를 들지 않으면 평생 그러고 서 있을 것만 같다. 결국 정원이 도전적으로 고개를 치켜들고 그를 노려보았다.

"자, 됐죠? 소원대로 얼굴 봤으니 당신 볼일 보라고요."

"후회하는 거 아니지?"

그의 한마디에 정원의 마음이 삽시간에 바짝 독 오른 고양이가 되었다.

뭐야, 그럼 넌 후회한다는 말이니? 아깐 아니랬잖아. 이게 지금 날 갖고 노나? 한 마디만 더 해 봐. 눈알을 파 주마. 그런 표정으로 정원이 승주를 노려보았다.

"더 이상 다가올 생각 마요. 후회는 안 하니까 오늘 일은 그냥 없던 일로 해. 살다 보면 돌발 사고란 게 있잖아. 내가 아무리 남자에 급했다 해도 전남편을 덮칠 생각은 없었다고."

"그런데 이렇게 되어 버렸잖아."

"기가 차서."

"이건 가져가."

정원에게 승주가 내민 건 결혼반지 케이스였다.

"왜 이걸 아직도 가지고 있는데?"

"그러게."

승주가 쓸쓸하게 웃었다.

"이 반지를 보고 있노라면 뭔가 위로가 되더라고. 이상한 말인 거 나도 아는데, 우리가 이혼한 게 아니고 그냥 당신이 혼자 한국에 잠시 가 있는 거라고. 난 학교 다니느라 여기 와 있고 그래서 그냥 못 만나고 사는 거라고 속이게 되더라고. 3년 내내 머리로는 우리가 이혼한 줄 아는데 내 몸이, 마음이 그걸 거부하더라고. 내내 인정을 안 해 주더라고."

"바보 같아. 그런 말이 어딨어?"

"그러게? 근데 내가 그래."

그가 쑥스럽게 웃는데 그 웃음이 슬퍼 보였다. 그래서 그 고백이 완전히 진심같이 느껴졌다.

"헤어진 지 3년이나 지났는데 이렇게 아직도 나는 여전히 너와 결혼한 것 같아. 나만 이혼 안 했더라고."

"그래서 오늘 이런 사고가 난 건가?"

"그럴지도. 당신도 그렇고 나도 그렇고 우리 둘 사이, 정리하지 못한 게 너무 많은 거 같지 않아?"

이번에는 정원이 승주를 추궁했다.

"말이 나와서 하는 말인데, 좋아. 분위기에 취해서 내가 당신을 도발하고 덮쳤다 치자고요. 근데 왜 도망 안 갔어? 당신은 남잔데 얼마든지 날 제지할 수도 있었잖아."

"좋은 일을 왜 막아? 난 계속 이러고 싶었는데."

"뭐?"

"난 당신이랑 이렇게 되어 버린 게 너무 좋다고. 다시 확실히 알았어. 우린 너무 잘 맞아. 안기만 하면 뜨거워서 못 견딜 정도잖아. 이것저것 귀찮은 일 다 잊어버리고 그냥 타오르잖아."

맞는 말이긴 하지만 민망하지도 않나? 이따위 말을 잘도 하고 있구나. 정원이 하얗게 눈을 흘겼다.

"당신이 키스만 안 했어도 일어날 일이 아니었다고! 나한테 키스는 왜 했어?"

"하고 싶어서."

승주가 나직하게 말했다. 정원의 손을 잡아 머그를 빼앗아 탁자에 놓고 옆에 앉았다.

"널 만난 후부터 계속 생각하고 생각했는데, 어쩌면 너한테 내가 나쁜 남자가 되는 게 정답이었을지도."

"그게 뭐래? 알아듣게 이야기해요."

"생각해 보니까 난 항상 너한테 너무 착하게 굴었더라."

"웃기지 마요. 당신이 착해? 당신 엄마한테는 몰라도 나한테는 정말 나빴어. 흥. 착각도 자유지, 착한 거 좋아하시네."

"아냐, 난 착해 빠졌어. 바보같이. 그래서 네가 이혼하자고 했을 때 바로 했잖아. 너무 미안해서."

"말도 안 돼, 미안해서라니?"

말을 하다 보니 갑자기 눈물이 고이기 시작했다. 분해서인지, 화가 나서 눈물이 나는 건지, 아니면 그동안 쌓아 둔 원망이 너무 커서인지 이제는 분간도 할 수가 없었다.

"당신이 정말 착했다면 미국에서 내가 도망가자마자 데리러 왔어야지. 나한테 무릎 꿇고 싹싹 빌었어야지. 그런데 당신은 그런 거 하나도 안 했어. 이혼 말 나오자마자 기다렸단 듯이 변호사부터 보내서 이혼 서류 접수 시킨 사람이 어디서 착한 남자 타령이냐? 그게 남편이 할 짓이야?"

"······그땐 널 위해 내가 해 줄 수 있는 게 이혼뿐이라고 생각했어. 멍청하게."

3년 만에 비로소 털어놓는 진심. 승주가 말하지 못하고 정원은 듣지 못한 진실의 속살은 그러했다.

"네가 결혼반지 빼 놓고 혼자 한국으로 도망가 버렸을 때야 비로소 깨달았어. 난 정말 나쁜 놈이었구나. 네가 왜 널 미국으로 데려갔을까? 그땐 그게 널 보호한다고 생각했어. 사실은 더 큰 구렁텅이로 빠트린 건데."

눈물이 그렁그렁한 채 정원은 너무 늦은 고백을 하는 승주를 응시했다.

"이제 그걸 알았어요?"

그가 고개를 끄덕였다. 회한 가득한 표정이 되어 정원의 손을 어루만졌다.

"유리는, 유정원은 사랑 안에서 살아야 하는 사람인데, 미국에 데리고 나가면서 내가 당신 그런 세상을 다 빼앗았던 거야. 내가 좀 힘들어도 혼자 가야 했었어. 한국에는 당신을 사랑하는 친정 가족들도 있고, 어울릴 친구들도 많았는데 거긴 하나도 없었지. 그런데 남편인 나마저 공부, 그딴 게 뭐라고 그걸 핑계로 당신 옆에 없었어. 방치하고 밀쳤어."

"그때 진짜 힘들었어. 많이 외로웠구 무서웠다구. 우울증에 걸린 거 거짓말이 아냐. 도서관에서 안 나오는 당신이 너무 미워서 집에 온 당신을 칼로 찌를 뻔했다고."

콧물을 훌쩍이며 정원도 비로소 승주에게 악몽 같던 미국 생활을 고백했다.

"알아. 당신 혼자 얼마나 외롭고, 힘들었을까. 당신이 없는 2년 동안 사무치도록 깨달았어."

그러나 적어도 승주와의 결혼 생활을 포기하고 미국에서 서울로 도망친 후 정원에게는 같이 울어 주고 화내 주는 사람들이 있었다.

상처 난 감정을 추스르고 다시 일어설 수 있도록 정원의 아픈 마음에 호호 입김을 불어 주고, 힘든 시간을 견딜 수 있게 그녀를 부여잡아 주는 사람들이 얼마나 많았던가.

"우리가 헤어지지 않았다고 나 스스로에게 거짓말 치지 않았다면 난 미쳤을지도 몰라. 아니면 완전히 술고래가 되어 나락에 떨어졌든지. 정원아……."

승주가 부여잡고 있던 정원의 손으로 자신의 볼을 감싸게 만들었다.

"나도 너무 힘들었어. 외로워서, 당신이 없어서 죽을 것같이 슬펐어."

속절없이 눈물이 계속 흘러나왔다.

'내가 울고 있던 그때 이 사람도 혼자 몰래 울고 있었구나. 처절하게 혼자였구나.'

승주의 고백은 진심이었다. 승주에게는 정원에게 있는 가족도, 친구도 없었다.

혼자 미국으로 유학을 갔으니 친구야 그렇다 쳐도, 원래 승주 자체가 다른 사람에게 쉬이 마음을 터놓고 격의 없이 지내는 사교적인 성품이 아니었다.

승주의 가족 역시 따뜻하지 않았다. 말만 가족이지 '뭔 식구끼리 이래?' 싶을 정도로 냉랭했고 표피적인 예의로만 대하는 사이였다.

특히 시어머니였던 나서희 회장을 비롯해서 시누이 윤민이나 해민 다 상류층의 위선과 허례허식으로 똘똘 뭉쳐서 은근한 갑질과 교만한 무시가 일상화되어 있었다. 그건 며느리였던 정원에게도 예외가 아니었다. 모든 걸 나누고 사랑하고 지지하는 가족들 관계가 당연하던 정원이 그 집에서 견디기 힘들었던 이유이기도 했다. 그런 점에서 정원을 보호하기 위해 미국으로 같이 건너갔다는 승주의 말은 빈말만은 아니었다.

누구에게도 말할 수 없는 외로움을 짊어지고, 위로도 받지 못한 채 승주는 정원이 떠난 삭막한 그 시간을, 외로운 장소를 견뎠노라고 말했다.

왜 이제야 깨달았을까? 결혼을 둘이 한 것처럼 이혼도 두 사람이 동시에 감당해야 했던 문제였는데.

3년이란 시간을 고스란히 건너온 다음에야 승주는 마침내 정원에게 털어놓을 수가 있었다.

그녀가 떠난 후 사무치도록 외로운 시공간을 살아온 자신에 대해서.

그는 울지 않고 묵묵히 체념했다. 자신의 어리석음과 비겁함으로 사랑하는 사람을 잃은 고통을, 그 사람이 자신을 미워하고 원망하는 상황을 참았다. 생각만 해도 무서운 외로움과 자책을 견디고 또 견디고, 계속 견디다가 마침내 무너져서 술을 마시기 시작했다.

"집에 돌아오면 아무도 없는 집이 너무 어두워서, 무서워서 힘들었어. 그나마 술을 마시면 빨리 잠이 드니까……."

목구멍으로 넘어가는 술 덕분에 잠시나마 외로움, 고통, 이별의 이름을 한 인생의 모든 독을 참을 수가 있었다. 그 술 때문에 피폐해지고 망가지는 건 문제가 아니었다.

"왜 그런 걸 이제 말해요? 그때 와서 나한테 이야기했어야지."

"그러게. 왜 난 항상 뭐든지 늦게 깨달을까? 바보잖아."

"이제 그걸 알았다니 진짜 바보라니까."

정원이 다시 눈물 콧물을 훌쩍이며 중얼거렸다.

슬픔이 증발하고 오래된 원망이 사라지는 그 자리. 승주의 존재만이 세상을 가득 채우고 있다.

정원은 두 손을 승주의 볼에 댄 채 그의 눈을 올려다보면서 깨달았다.

원망과 미움이 사랑의 뒷면이라면 3년 전이나 지금이나 그녀는 여전히 그를 원하고 사랑하고 있었다.

승주를 만나자마자 첫눈에 반해 직진한 유리. 그만 보면 웃음이 나고 설레던 유리. 모든 걸 줘도 아깝지 않고 더 주고 싶었던 유리. 이혼을 했어도 마음속으로는 그를 잊지 못하고 우두커니 이 자리에서 서서 내내 이 남자를 기다린 유리.

이제 와 그를 바라보고, 그에게 키스하고 그의 고백에 눈물 흘리는 유정원은 처음부터 한결같은 그 애달픈 사랑을 버리지 못한 유리의 다른 얼굴이었다.

그때 승주가 고개를 돌려 거실 바닥을 살폈다.

"당신 전화 아냐? 계속 울리는데."

"어머나."

비로소 정신이 돌아왔다. 정원은 거실 바닥에 아무렇게나 내동댕이쳐 있는 핸드백을 주워 들며 다시 창피해졌다. 이거나 저거나 모든 게 엎질러진 물. 수습 불가능임을 만천하에 드러내고 있었다.

아니나 다를까, 부재중 전화만도 열몇 건. 문자 창에도 불이 나 있었다.

특히 화면에 떠 있는 재완의 이름이 가시처럼 박혔다.

"왜 안 봐?"

정원이 그대로 휴대 전화를 무음 모드로 돌리고 다시 핸드백 안에 집어넣어 버리는 걸 보던 승주가 물었다.

"어차피 내일이면 추궁당해야 할 텐데 미리부터 속 시끄러울 필요 없잖아요."

"그래도 어머님껜 전화해 드려야 하지 않나? 벌써 자정인데. 걱정하실 거야."

"그런가?"

말을 듣고 보니 일리가 있다. 정원은 다시 휴대 전화를 꺼내 은정 여사에게 전화를 했다.

"엄마, 나."

―왜 이렇게 늦어? 경오는 진즉에 들어왔어. 아직 거기 일 안 끝났어?

"이제 막 거기서 나왔어. 야간 요양사님이 아까 도착하셨어서."

―그랬어? 경오한테 대강 얘긴 들었다만. 그 여사님이 괜찮으셔야 할 텐데. 근데 너, 차 안 가져갔다며? 이 시간에 택시는 위험한데. 어떻게 해? 엄마가 데리러 가?

"아냐. 엄마. 모범택시 탈게요."

―괜찮아. 엄마 지금 키 들고 주차장 나가는 중이야. 거기 어딘지 말해. 지금 차 안 밀려서 금방 가.

"내가 애야? 괜찮다니까."

―애 아니라서 그래. 너무 예쁜 우리 딸, 누가 채 가면 어떡해? 거기 어디라고?

아무래도 은정 여사를 막을 수가 없다. 결국 거짓말을 해야 할 듯싶었다.

"여기 재궁동인데. 혜성 그룹 사옥이 보이네."

―그럼 근처에 24시 편의점이라도 있어?

통화 소리를 엿들은 승주가 고개를 끄덕였다. 정원은 얼른 천연덕스럽게 대답했다.

"응. 있어."

―거기 들어가 있어. 엄마가 근처에 도착하면 다시 전화할게. 애, 지금 내비 입력하니까 17분으로 나온다. 금방 갈게. 기다리고 있어.

17분이라고? 마음이 갑자기 급해졌다.

전화를 끊자마자 정원은 곧바로 핸드백을 들고 현관으로 갔다.

"편의점까지 얼마나 걸려요?"

"5분."

"거기 가 있어야 해. 엄마가 오신대."

"들었어."

덩달아서 승주도 급한 얼굴이 되었다. 신발을 신은 정원이 승주에게 요구했다.

"내 짐 내놔요. 그거 가지러 왔잖아."

"어머님이 데리러 오시는데 당신이 짐을 들고 나가면 이상하지 않을까? 어머님, 눈치채실 거 같은데."

그러고 보니 또 승주 말이 맞았다. 일하러 간 정원이 갑자기 결혼 시절의 물건들을 짊어지고 나타나면 은정 여사에게 대놓고 '이승주를 만났음'을 광고하는 것이었다.

"그럼 어떻게 해?"

"나한테서 짐을 받아다가 당신은 어떡하려고 그랬는데?"

"일단 회사에 가져다 놓으려고. 소품 창고에 넣어 뒀다가 하나씩 처리하려고 그랬죠."

"오늘은 못 가져갈 거 같고. 그럼 이렇게 하지. 어차피 할머니께 받은 짐도 있고 그러니까. 내가 당신 짐이랑 해서 주말에 다 호텔에다 가져다 놓을게."

"호텔에다가?"

"어차피 할머니께서 가방은 친구들하고 나눠 가지라고 했으니까 한 번은 모여야 할 거 아냐? 이걸 핑계로 친구들이랑 하루 호캉스라도 해. 내가 예약해 줄게."

"그건 너무 오버 아닌가? 그럴 필요까지는 없는데."

"그럼 짐 가지러 한 번 더 올래?"

"누가?"

싫거든요! 정원이 빽 하고 소리치자 승주가 웃었다.

"내 말 들어. 귀찮지 않으려면. 친구들한테 당신이 호텔 잡은 걸로 치고 생색내면 되잖아."

"알았어요. 그럼 부탁할게요."

정원은 승주의 차를 타고 큰길 편의점으로 향했다.

"전화할게."

정원을 차에서 내려 준 승주가 쉬이 떠나지 않고 잠시 머뭇거렸다.

"얼른 가요. 엄마 오기 전에. 당신 보면 난리 난다고."

"알았어."

그런데도 그는 움직일 생각이 없어 보였다. 애가 달은 정원이 다시 재촉했다.

"아이, 빨리 가라니까. 어서. 내가 집에 도착하면 전화할게."

마지못해 정원이 약속하자, 그가 싱긋 웃었다.

"알았어. 갈게. 전화해."

"응."

승주의 차가 떠나고 얼마 지나지 않아 은정 여사의 차가 도착했다. 차도에 서 있던 정원은 얼른 조수석에 올라탔다.

"편의점 안에서 기다리랬잖아."

"차들 씽씽 달리는 대로변인데 무슨 일 있으려구? 엄마, 이거 드셔. 편의점에서 샀어."

정원은 은정 여사의 손이 닿는 카 홀더에 주스 병을 꽂아 주었다.

"그분 집이 이 근처야?"

"응. 고급 레지던스 같은 데. 호텔식 서비스에다가 의사랑 간호사도 24시간 상주하는 곳이래."

"그런 데는 많이 비싸겠지?"

"그렇겠지? 엄청 고급져 보이더라고. 근데 편리할 것도 같더라고요."

"그래? 나중에 엄마랑 아빠도 힘 빠지면 그런 데 들어가서 살까 보다. 홀가분하게."

"뭔 소리야? 엄만 나랑 같이 살아야지."

"헛소리하지 마. 누가 너랑 산대? 지금은 밥 먹여 주지만 곧 독립해. 지 사업 하고 다 큰 녀석이 언제까지 엄마 밥 얻어먹고 살 거야?"

"치잇, 작년에 내가 독립한다고 했을 때는 반대했으면서?"

"그땐 너희들, 사업 처음 시작했을 때잖아. 버는 건 없고 나갈 일만 있는 코딱지만 한 사업. 망하면 밥도 못 얻어먹을까 봐서 그랬다. 왜?"

"이젠 슬슬 자리 잡고 있잖아. 이제 우리 셋 다 월급도 받아 간다구."

"그 월급 조금 받아 보려고 니가 지금 이러고 살잖아. 파티면 파티지, 뭔 애프터서비스까지 해 달래? 지금 시간이 몇 시야? 사람을 자정까지 잡아 두고. 완전 경우 없다, 얘."

은정 여사야 정원이 승주의 집에서 말 못 할 일을 저질렀다는 건 꿈에 도 모르니, 지금 이 늦은 시간까지 딸을 부려 먹었다 싶은 고객에게 화를 냈다.

'죄송합니다, 여사님.'

정원은 아무 죄도 없는데 애꿎게 욕을 얻어먹고 있는 한 여사에게 마음 속으로 사과했다.

"그만해, 엄마. 그럴 때도 있지 뭐. 연말 파티 주최할 때는 밤도 꼬빡 새 운 거 몰라? 그래도 여사님께서 잔금을 두둑이 챙겨 주셨어. 이런 분이면 자정이 아니라 하룻밤 내내 케어 서비스 해도 돼. 그야말로 땡큐지."

"무리하지 마. 엄만 니가 병날까 겁나."

"이딴 걸로 병나면 어떡해? 난 괜찮다니까."

"내일 또 일찍 출근해야 하잖아?"

"내일은 스케줄 없어서 조금 늦게 나가. 걱정 마요."

그러는 사이, 차는 집에 도착했다.

"얼른 올라가서 씻어."

"알았어요. 엄마. 데리러 와 주셔서 고맙습니다."

"낼 아침은 조금 늦게 먹자. 푹 자. 고생했어."

"네. 안녕히 주무세요."

방에 올라와서 정원은 휴대 전화를 꺼냈다.

잠시 망설이다가 다섯 통 이상의 문자를 보내온 재완에게 간단한 답장을 남겼다.

[일이 이제 끝나서 이제 집에 도착했어. 전화 받을 상황이 아니어서 답장 못 해서 미안. 피곤해서 난 지금 자니까 내일 전화하자. 잘 자.]

그리고 승주에게도 잘 도착했다고 문자를 찍는데, 미처 발송하기도 전에 먼저 전화벨이 울렸다.

—잘 도착했어?

"네. 근데 왜 전화했대? 내가 한다고 했잖아."

승주가 살짝 웃는 듯했다.

—정말 하려구 그랬어? 진짜?

"그랬다니까. 지금 문자 쓰던 중이었다고요."

—약속은 잘 지키는 우리 정원이. 고마워. 전화 받아 줘서.

"이제 자요. 벌써 2시 다 되어 가."

—알았어. 당신도 쉬어. 당신 목소리 한 번 더 들었으니 이젠 잠이 잘 올 것 같다. 잘 자.

이 사람, 원래 이렇게 달콤한 남자였어? 아닌 것 같은데.

미간에 주름을 잡은 채로 정원은 끊어진 휴대 전화만 노려보았다.

이건 무슨 기시감인가? 연애하던 그 시절, 그가 전화를 해 오면 너무 가슴이 두근거려서 한손으로는 가슴을 꼭 누른 채로 통화를 하고는 했다. 딱 그때 같았다.

그러다가 정원은 승주의 그 전화에 괜히 마음이 좋아서 슬그머니 싱긋거리고 있는 자신을 발견하고 소스라쳤다.

역시 난 앞구르기, 뒤구르기를 해서 봐도 이승주에게는 쉬운 여자였구나.

갑자기 일렁이는 새로운 수치심과 자괴감으로 정원은 침대 위에 푹 엎어졌다.

하지만 좋았단 말이야.

베개에 화장이 묻는 것도 아랑곳 않고 정원은 홀로 바동거렸다.

부부싸움은 칼로 물 베기라더니만. 같이 한 번 잤다고 이렇게 단번에 마음이 북극에서 열대로 확 변할 수 있는 거야? 이래도 되는 걸까?

'근데 이혼한 부부 사이에도 칼로 물 베기란 말을 쓸 수 있나?'

도통 쓸모없는 고민까지 하다가 정원은 다시 벌떡 일어났다.

그래. 나란 여자. 헤프고 쉬운 데다, 자제심도 없다. 어쩔래?

그 남자 키스 한 번에, 저지는커녕 완전히 불타올라 마지막 진도까지 달려 버린 자신은 자존심도 없는 여자가 맞다. 다 포기하고 인정해 버리니 차라리 마음이 편해졌다.

어쩌라고? 이미 저질러 버린 일. 저질러진 일. 주워 담을 수도 없고…….

정원은 이를 악물며 두 손가락으로 머리카락을 벅벅 긁었다.

'아, 몰라. 내일 일은 내일 생각할래.'

일단은 좀 자야겠다. 정원은 다시 푹 침대 위에 퍼질러졌다.

이미 시커멓게 졸리기 시작했다. 간만에 치른 거사는 은근히, 아니, 아주 많이 사람 진 빼는 일이었다.

솔직히 두 사람은 3년을 통째로 굶었던 사이 아닌가? 그러니 둘 다 3년 치만큼의 살냄새에 대한 허기를 채우려 격렬하게 몰입할 수밖에 없었다.

'3년을 굶었다? 아닌가? 나만 그런가? 설마! 그 남자도 마찬가지겠지.'

그렇게 믿고 싶었다. 자의 반 타의 반. 그동안 남자와의 섹스에 담을 쌓고 살아온 정원 자신처럼 승주도 마땅히 그러하리라고, 그래야만 한다고 생각했다.

'만약 아니라면? 헛짓하고 다녔다면? 두고 봐. 옆구리를 확 찔러 버려야지.'

'근데 그 남자하고 자는 건 왜 만날 좋을까? 와 씨. 해도 해도 그래도 좋아. 진짜 완전 좋았어…….'

비몽사몽, 별의별 논리도 없고 맥락도 없는 생각 속에서 어느새 정원은 잠이 들어 버렸다.

그러고 한 10분 후에 방문이 열렸다.

"정원아. 너 아직도 안……?"

은정 여사가 들어오다가 입을 다물고 발을 멈추었다.

아직도 방에 불이 켜져 있어서 얼른 자라고 잔소리하러 들어왔는데, 불은 그대로 켜 있고, 화장도 지우지 않은 정원이 외출복 그대로 죽은 듯이 엎어져 잠들어 있었다.

"이것 봐. 옷도 안 벗고 잠들었어. 원, 얼마나 피곤했으면……. 쯧쯧."

정원이 처음에 친구 둘과 함께 파티 이벤트 기획자 사업을 시작하겠다고 했을 땐 '그래, 집구석에서 혼자 속 끓고 사느니 뭐라도 해 봐라' 싶어 응원했다.

벌써 개업한 지 1년. 처음에는 영 시답잖더니만, 이제는 거의 매주 행사가 잡힐 정도로 제법 궤도에 오르고 있다. 대신 정원의 얼굴을 보기 힘들 정도로 바빠지고 힘들어진 것은 어쩔 수 없는 일. 사업이란 영혼과 제 몸을 다 갈아 넣어야 성공한다던 남편의 걱정이 영 빈말은 아니었다.

'누가 지더러 돈 벌어 오래? 제 몸 생각하면서 손해 안 볼 만큼만 하지, 여하튼 적당히를 몰라, 얘는.'

옷이라도 벗고 자라고 깨울까 했다. 그러나 얼마나 곤했으면 입을 반쯤 벌리고 침까지 흘리며 자고 있는 딸의 모습에 은정 여사는 아서라, 말아라, 하고 그대로 돌아섰다.

'화장 한번 안 지운다고 뭐 세상 무너져? 우리 딸은 거적때기를 입혀 놔도 빛이 나는 애여.'

어지간히 피곤했는지 코까지 골기 시작하는 정원의 모습에 안쓰러워서 어쩔 줄 몰라 하며 은정 여사가 살며시 문을 닫았다.

다음 날 아침, 정원이 눈을 떴을 때 민망하게도 탁상시계는 10시를 지나고 있었다.

입은 옷 그대로, 화장은 반쯤 지워져서 얼굴엔 기름기가 번들거리고 쑥대머리가 볼만했다.

그런 한심한 꼴로 침대에서 눈을 뜬 정원은 일단 손 닿은 곳에 떨어져 있는 휴대 전화부터 집어 들었다.

아니나 다를까 메신저 대화 목록이 난리였다. 대부분 '올댓파티' 단체 채팅방에서 온 메시지였다.

[너 너무 피곤해 봬서 안 깨우고 먼저 출근한다.]

[어제 야근한 걸로 치고 오늘 하루 쉬든지.]

[그래. 너도 여러모로 심란하겠지.]

[일단 정신 차리고 깨면 연락해.]

[어제 행사 결산서, 공유했으니까 확인 요망.]

[행사 잔금, 입금 즉시 부탁.]

[오늘 미팅은 황 이사가 나갑니다.]

[다음 주 유치원 행사, 원장님하고 통화함. 내일 현장 실사 나가기로 함.]

[본가 엄마 생신. 미팅 끝나고 바로 황 이사는 동탄으로 퇴근합니다.]

경오와 영주가 번갈아 가며 톡을 남겨 놓았는데, 친구만이 주고받을 수 있는 따뜻한 이해와 배려가 넘쳤다.

서로 한 마디 하지도 않고 듣지도 않았지만 너무 복잡해서 길을 찾을 수 없는 정원의 마음속에 들어갔다 나온 듯했다. 서로 마음이 통하는 오랜 친구란 이토록 좋은 것이었다.

'미안해. 고마워.'

그게 무엇이 되었든 정원 자신이 저질러 버린 일에 대해서는 스스로 수습하고 선택하고 결정해야 한다. 그리고 정원에게는 지금 곰곰이 생각할 시간이 필요했다.

'일단 좀 씻고 정신 차리자.'

정원은 주섬주섬 구겨진 외출복을 벗고는 욕실로 들어가기 전, 채팅방에다 답변을 남겼다.

[지금 일어남. 미안.]

[아직도 피곤이 안 풀려서 좀 더 자야 할 듯. 오늘은 쉴게. 내일 보자.]

[잔금 처리, 수표라서 오후에 은행 가서 처리할게.]

정원은 급한 내용에 답변을 남기고 난 후, 회사 SNS로 들어가 DM을 확인했다. 몇 개 와 있는 행사 요청 관련 메시지에 답변을 남기고 난 후 창을 닫는데, 문자 알림이 떴다.

[잘 잤어? 나도 지금 일어나서 식사하러 나가는 중. 연락 한 번만 줄래?]

'뭐래? 완전 질척거려. 흥.'

정원은 얼른 승주의 문자를 지워 버리며 콧방귀를 뀌었다.

'연락 같은 소리 하고 있네. 어제 일로 나한테 프리 패스 받았다고 착각하면 오산이야, 이승주 씨.'

하지만 정원의 입꼬리가 어느새 슬그머니 위로 올라가고 있었다.

어제 둘이 함께 저지른 그 일이 일어나지도 않은 것처럼, 싸악 입 닦고 연락이 없었다면 분명 열 배는 화가 났을 거다. 그건 확실했다.

그러던 순간, 어쩐지 마음 한쪽이 조금 서글퍼졌다.

'이제는 당신이 먼저 연락하네.'

그와 연애할 때, 결혼해 같이 살 때도 대부분 정원이 먼저 승주에게 연락을 하던 편이었다. '을의 연애'라는 말처럼 결국 안달하고 그리워하고 기다리는 쪽은 대부분 그녀였다.

물론 그를 사랑하기에 먼저 챙기고, 사랑한다 말하고, 걱정해 주면서 그것으로도 행복했다. 하지만 정원도 사람인지라 사랑하는 마음으로도 어찌할 수가 없이 먼지처럼 쌓이던 섭섭함이 있었다.

왜 항상 내가 먼저 연락하고 물어보고 상황을 살펴야 하나. 왜 나만 항상 무심한 사람을 바라보고 살아야 하나. 그런 껄끄러운 마음의 금이 생겨나는 것을 어쩔 수가 없었다.

처음에는 보이지도 않게 희미하던 그 금이 점점 뚜렷해지고 커져서 종국에는 이어진 둘의 그 마음이 깨지고 말 만큼.

거울 파편 같은 현실의 조각 하나로 과거의 아픈 기억이 곧바로 되새겨지는 게 너무 싫다.

분풀이라도 하듯이 정원은 들고 있던 휴대 전화를 내팽개쳤다.

'이번에는 당신이 기다리라고.'

욕실로 들어가 무엇인지도 모를 분풀이처럼 벅벅 샤워를 했다.

나신으로 샤워 부스에서 나온 정원은 거울 앞에 섰다.

만에 하나 승주랑 자 버린 결과로 몸 어딘가에 키스 마크라도 생겼으면 어쩌나 조금 긴장하며 거울 속 자신을 꼼꼼하게 살폈다.

그러다가 정원은 피식 허탈한 웃음을 흘리고 말았다.

'하, 내가 지금 뭐 하는 거니, 진짜?'

이건 뭐 완전 범죄를 위해 증거를 말소하는 범인 같았다.

'이러고 있으니 꼭 죽을죄를 지은 사람 같잖아.'

죽을죄가 맞지 않나. 다시 잠시 헷갈렸다.

같이 살다간 말라 죽을 것 같아서 뛰쳐나온 결혼 생활, 그리고 참 아팠던 이혼 과정.

너무 원망스럽고 미워서 다시 만나기만 해라, 딱 죽여 버린다, 작정했던 전남편을 3년 만에 만나 버렸다.

죽이지도 못하고 그렇다고 천리만리 외면하고 도망치지도 못했다. 죽일 놈의 이 오지랖으로 인해 그만 무너지고 말았다. 심지어 같이 자 버리기까지 했다.

'미치겠다, 정말! 아름이가 알면 바로 사형 선고 각인데.'

물기에 젖어서 해초 뿌리처럼 늘어진 머리카락을 두 손으로 움켜쥐고 정원은 다시 내적 비명을 질렀다.

이게 무슨 해괴한 난장판인 건지. 혼자 알몸으로 거울을 들여다보며 온갖 망상, 갈등, 자괴감과 수치심으로 몸서리를 쳤다. 밤의 애틋한 마법이 사라진 지금 이 시간, 자신의 맨얼굴이 너무 적나라해서 정원은 미칠 것 같았다.

"얘, 정원아. 정원아."

그때 욕실 바깥에서 노크 소리가 들렸다. 어머니 은정 여사의 목소리가 새어 들어왔다.

"샤워 끝났으면 밥 먹어. 얼른 나와. 12시야, 이것아."

어머니의 일상적인 목소리가 저 머나먼 망상의 우주를 헤엄치고 있는 정원을 일깨웠다.

"응, 엄마. 곧 나갈게요."

정원은 목욕 가운을 팔에 꿰며 얼른 대답했다.

머리를 말리고 옷을 갈아입고 1층에 내려가니, 은정 여사가 이미 식탁에 점심 식사를 차려 놓았다. 정원이 아프거나 힘들 때 내주시는 전복죽이었다.

"얼른 한술 떠. 이거 북어포 무침, 지금 무쳤거든. 맛있어."

은정 여사가 정원에게 숟가락을 쥐여 주고, 반찬을 앞으로 끌어당겨 놓아 주었다.

"어제 정말 많이 힘들었나 보다. 어제 네 방에 불 꺼 주러 들어갔더니만 화장도 안 지우고 입은 옷 그대로 자빠져 있더라."

"정말 죽은 듯 잤어."

"피곤은 좀 풀렸고? 이것 봐, 아직도 눈 아래가 퀭하다."

은정 여사가 안쓰러워서 두 손으로 정원의 볼을 살짝 쓰다듬었다.

"쉬엄쉬엄해. 엄만 니 몸 상할까 봐 겁이 나."

"알았어요, 엄마. 조심할게. 그래도 내가 아직은 젊고 건강하거든. 이 정도로는 끄떡없어. 너무 걱정하지 마세요."

"오후에 나갈 거야? 좀 더 쉬지 그래?"

"나가야 해. 은행 볼일도 있고, 짬 난 김에 병원에도 갔다 오려구요."

"월요일에 가는 거 아냐? 의사가 뭐래?"

"이제 거의 붙어 간대요. 근데 다 나아 간다고 함부로 손 쓰지 말래. 계속 조심하라고."

"그려. 깁스 풀었으니까 조심만 하면 돼."

"근데 엄마, 이게 다 뭐래요?"

싱크대며 식탁 저쪽으로 해서 온갖 먹거리들 꾸러미가 어지럽게 널려 있었다.

"냉장고 정리 좀 했어. 내일 농장에서 이것저것 올라온다고 해서."

그러면서 은정 여사가 식탁 한쪽에 놓인 진공 포장된 쇠고기며 조기며 이런저런 것들을 차곡차곡 종이 가방에 담았다.

"정수 엄마, 갈 때 이거 다 가지고 가요."

은정 여사가 화장실에서 나오는 가사 도우미에게 그 가방을 건넸다.

계절이 바뀌는 바람에, 옷장 정리에다 냉장고 청소까지 하느라 은정 여사와 아침나절 내내 분주하게 일해 준 그녀였다. 그래서 퇴근 시간이 평소보다 늦어졌다.

"아휴, 사모님. 지난번에 과일 상자도 잔뜩 챙겨 주시고 또 이러시면 어째요?"

"없으면 못 주지만 있는 거 같이 먹자는 건데 뭐. 그 집은 또 고등학생 아들이 둘이잖아. 아유, 얼마나 먹을까?"

"만날 이러시니 제가 면목이 없어요. 얻어먹는 것도 한두 번이지."

"얻어먹는다고 생각하지 말아요. 나눠 먹는 거지. 그게 사람 사는 정이 잖아."

"고맙습니다. 대신 제가 다음에 사모님 좋아하시는 파김치라도 한번 담가 올게요."

"아휴, 또 정수 엄마 덕분에 맛있는 파김치 먹겠다. 얼른 가요. 늦었어."

"네. 그럼 저 갈게요, 사모님."

"힘드니까 오늘은 택시 타고 가요."

현관 머리에서 배웅하던 은정 여사가 굳이 가사 도우미의 손에 5만 원권 한 장을 쥐여 주고는 문을 닫았다.

그걸 지켜보던 정원이 돌아서는 은정 여사에게 불쑥 말했다.

"엄마."

"왜?"

"착해."

"뭔 소리래? 엄마더러 착하다니?"

"착하니까 착하다고 하지. 울 엄마지만 엄만 정말 좋은 사람이야. 정수네 아줌마한테도 진짜 잘해 주고."

"당연히 그래야지. 매일같이 집 드나드는 사람한테 그럼 고약하게 굴어?"

은정 여사가 캡슐 커피를 내려 들고 오며 정원을 바라보았다.

"정수 엄마가 사람이 참 착해. 너도 알잖아."

"그건 그렇지."

"빈대떡 한 장이 생겨도 먹어 보라고 꼭 싸 오고. 사람이 예뻐. 있는 거 서로 나눠 먹고 그러는 게 다 사람 사는 정이지. 옛말에 '똥은 옆에 두고 밥을 먹어도 사람 옆에 두고는 못 먹는다' 그랬어."

"더러워. 그게 무슨 말이래? 왜 똥을 옆에 두고 밥을 먹어? 싫다."

정원이 얼굴을 찡그렸다. 도통 알아듣지 못할 괴상한 속담들을 읊어 댈 때 정원은 엄마와 세대 차란 걸 느끼게 된다.

"그게 있잖아, 옛날 전쟁 통에 몇 끼 굶어서 배가 너무 고파. 그런데 밥이 생겼어 봐. 더러운 똥을 밟고 있어도 그걸 느끼지 못하고 입에 집어넣을 만큼 급한 거지. 근데 배고파서 굶어 죽을 판인 사람이 눈 크게 뜨고 밥 먹는 사람을 부러워서 보고 있어. 그럼 밥 먹는 사람이 어디 음식이 목에 넘어가겠어?"

"아니지. 불편해서 못 먹지."

"그지? 인정상 그리는 못 하니까 같이 먹자고 숟가락 내민다는 거야. 그래서 그런 말이 나온 거지. 정수네가 고등학생 아들이 둘이야. 얼마나 먹어 대겠어? 냉동고에 쌓아 두면 뭐 해. 먹을 사람 있는 집에 가는 게 조기나 고기로서도 기쁠 일이지."

"그래도 엄마 착해. 아무리 음식이 넘친다고 해도 선뜻 내주는 사람, 생각보다 많지 않아."

"그래? 근데 엄마는 지금껏 그리는 안 살았다. 그렇게 사는 건 안 좋은 거 같애. 혼자만 잘 살면 그게 무슨 재미래?"

은정 여사가 제 욕심만 차리는 인색한 인간들 행태를 생각하는지 혀를 찼다.

"이전에 아빠가 고물상 할 때도 폐지 가져오는 할아버지, 할머니들 그냥은 안 보냈어, 내가. 뜨뜻한 믹스 커피 한 잔이라도 드시게 해서 보냈어."

"기억나요. 고물 가져가는 트럭 운전사 아저씨들한테도 그랬잖아. 밥 제때 못 드신다고 아침마다 김밥 몇십 줄씩 싸 가지고는 가게로 나가셨지. 그러고 아저씨들 차에서 드시라고 꼭 쥐여 보내셨잖아."

"그러니까. 덕분에 기사님들이 다 같이 힘 모아 주고 그래서 우리가 이날 이렇게 사는 거야. 다 같이 잘 먹고 잘 살면 얼마나 좋아?"

"……내가 결혼해서 초반에, 이런 엄마 땜에 혼난 줄 모르지?"

은정 여사가 흠칫해서는 정원을 건너다보았다.

"뭔 소리야, 얘가?"

"이렇게 음식 남은 거, 일하러 오신 분한테 싸 줬다고 한 시간이나 혼났다고."

"뭐? 미친! 다시 자세히 말해 봐. 그게 무슨 소리인지!"

은정 여사가 갑자기 열이 확 오른 얼굴이 되어 벌떡 일어났다. 굳이 정원 옆으로 다가앉아 소매를 끌어당겨 자신을 보게 만들었다. 그리고 무슨 이야기인지 제대로 하라고 성화를 부렸다.

"그게 시아버님 생신 때 일인데……."

시부 영국의 지위가 있다 보니, 생일 선물이 엄청나게 도착했다.

온갖 거래처에서며 친인척들, 세린병원 관계자들이 보내온 택배 상자들이 거짓말 좀 보태서 산더미였다.

주방 근처를 서성이던 정원은 계속해서 들어오는 선물 꾸러미를 받는 일을 하게 되었다. 선물을 보낸 사람의 명함을 정리하고, 답례를 해야 할 사람들을 정리하는 일이었다.

문제는 쇠고기니 전복이니 산삼이니 하는 식재료들이었다. 한두 개도 아니고 끝없이 도착하는 선물 상자 안에서 나오는 온갖 먹거리들을 넣을 데가 없었다. 몇 개나 되는 냉장고로도 모자라서 넘쳐났다.

결국 정원은 주방에서 일하는 이모님에게 냉장고에 들어 있는 기존의 음식들을 정리해서 고용인들에게 나눠 싸 주라고 말했다.

누구에든 잘 퍼 주고 뭐든 나눠 먹는 게 자연스러운 친정집이었다. 보고 배운 대로 정원은 그런 선택이 문제가 될 거라고는 추호도 생각하지 않았다. 때문에 아무런 거리낌도 없었다.

그런데 그러면 안 되는 것이었다.

"한 시간이나 무릎 꿇고 혼났어. 마음대로 그거 나눠 줬다고 건방지다고,

니가 이 집 주인이냐고, 어디서 함부로 하느냐고…….”

“세상에! 하, 기가 막혀서! 넘쳐나다 못해 썩어질 거 좀 나눠 주면 어때서?”

자신이 당한 일처럼 화가 난 은정 여사가 얼굴까지 시뻘게져선 바락 소리쳤다.

“그 집, 엄청 으리으리한 부잣집이잖아! 그 시어머니 자리, 백화점을 통째로 가졌다며? 없는 걸 준 것도 아니고 새로 들어온 선물 때문에 있던 거 다 내다 버릴 판이었다며, 어? 썩혀 내버릴 바에야 남들이라도 먹는 게 백번 낫지. 사람들이 왜 그렇게 못돼 처먹었대? 어?”

“여쭈어보지도 않고 마음대로 해 버린 나도 잘못은 있는데…….”

“잘못은 무슨 잘못! 그게 왜 잘못이야?”

어지간한 은정 여사도 확 열을 받았다. 온화한 평소 모습을 버리고 고함을 꽥 질렀다.

“어른이라면 잘했다고 칭찬해야지. 설사 잘못했다고 해도 갓 들어온 어린 며느리를, 뭐? 한 시간이나 무릎을 꿇리고 혼을 내? 하, 기가 차서 내가 말이 안 나온다. 아니, 잘못을 했으면 조곤조곤 타일러도 되는 거지. 뭔 죽일 잘못이라고 널 그리 함부로 대했대?”

큰소리 한번 안 내고 고이 키운 금쪽같은 내 새끼를 그따위로 대했다 이거지?

생각하면 할수록 분하고 열통이 터진다. 이미 지나간 일이라 해도 화가 나서 은정 여사가 이를 악물었다.

“어떻게 부자면서 인성이 그 모양이래? 있는 것들이 더하다니까 딱 그렇다, 얘.”

“그때 내가 잘못한 거 아니지, 엄마?”

“그럼! 누가 잘못했대? 너 잘했어. 니 말대로 여쭈어보지 않은 건 잘못했다 치자. 그래도 한 시간이나 무릎 꿇고 혼날 일은 아니지. 아휴, 기가 막혀서. 몸서리쳐지네. 네가 그 집안하고 이혼해서 딱 끊어진 거, 정말 하늘이 도우셨다."

은정 여사가 핑하니 꾀며 콧방귀를 중얼거렸다.

"흥, 그따위 집에서 보고 자란 위인이니 오죽했겠어? 인정머리도 없고 경우도 없고 소견머리도 없고."

마지막 말은 분에 받친 은정 여사의 전 사위 승주에 대한 평가였다.

괜히 정원은 뜨끔했다.

'이런, 실수. 말을 잘못 꺼냈어.'

자신의 경솔함을 후회했지만 이미 엎질러진 물이었다. 승주에 대한 은정 여사의 적대감을 더 진하게 만들어 버렸다.

그러나 정원은 그렇게 미움받는 승주를 다시 만나 버렸고, 만난 것도 모자라서 큰 사고도 쳐 버렸다.

분수처럼 다시 죄책감과 자괴감이 솟구친다. 정원은 은정 여사의 얼굴을 똑바로 바라볼 수가 없어 죽을 떠먹는 척 얼른 시선을 돌려 버렸다.

"잊어버려. 이제 그런 거지 같은 집구석하고는 다시 만날 일 없어. 인간 같지도 않은 인간들하고 끊어졌으니 정말 하늘이 도우셨지. 하, 생각만 해도 혈압 오르네. 못돼 처먹은 인간들 같으니라고!"

지난 일이라 해도 아직까지 기억하는 걸 보니 그때 정원이 얼마나 상처 입었는지 보지 않아도 알 것 같았다. 은정 여사가 정원의 볼을 두 손으로 안쓰럽게 어루만졌다.

"우리 정원이가 얼마나 인정 많고 다른 사람 배려할 줄 알고 따뜻한데. 얼마나 귀한 사람인데. 이런 보물을 몰라보고 홀대했으니 그런 집안은 천벌 받아 싸! 흥."

"……엄마는, 엄마 딸을 참 좋아해. 그치?"

"내 딸을 내가 좋아한다는데, 뭐? 뭐? 우리 딸, 너는 그냥 사랑만 받고 살아. 그래도 모자라. 엄만 아까워."

"고슴도치 우리 엄마."

"그려. 엄만 고슴도치 맞아. 너랑 네 오빠가 세상에서 제일이야. 그래서 네 새언니도, 우리세하도 세상에서 제일이야."

이런 엄마 마음을 철없는 결혼으로 한없이 아프게 만들었다.

'내가 그 남자 때문에 또 엄마를 아프게 만들면 난 사람이 아냐.'

이제 승주가 연락을 해도 확실히 외면하고 전화번호도 지워 버려야겠다.

'이혼 후에 그 남자는 내게 존재가 없어졌어. 그러니까 계속 유령으로 살게 해 두자. 이게 모든 사람에게 좋은 결말이야.'

정원은 계속 흔들리고 혼란스러운 마음의 추를 단단히 고정시켰다.

정원이 숟가락을 놓자 은정 여사가 목을 빼고 빈 그릇을 확인했다.

"다 먹었구나, 잘했어. 커피 줄까?"

"아냐. 은행 가면서 한잔 사 마시지 뭐. 엄마, 저 올라갈게요."

"그래. 볼일 보구 와. 참, 내일 새벽에 아빠가 올라오신대. 아침 같이 먹게 일찍 일어나자."

"네. 알았어요."

본의 아니게 정원의 거짓말 스킬이 속절없이 증가하고 있었다.

승주를 만난 이후에, 승주 때문에…….

5

토요일 새벽 6시.

'으음, 꽃향기. 완전 좋아.'

정원은 분주한 아침 꽃 시장의 좁은 틈바구니를 헤치고 걸어가며 폐부 깊숙이 꽃향기를 들이마셨다.

행복한 파티의 얼굴은 역시 꽃이다. 잘 배치된 꽃송이 하나로 파티의 분위기가 화사해지고 아름답게 변하기 때문이다.

또한 부주의하게 잘못 쓰인 꽃은 그 자체로 파티의 악몽이 되기도 한다. 파티에 초대받은 손님에게 특정한 꽃 알러지가 있는지 반드시 체크해야 하는 이유이기도 하다.

또 계절마다, 시기마다 꽃의 종류, 가격이며 선호하는 꽃의 스타일이 달라지기도 하고, 이외에 여러 가지 이유로 고객들이 원하는 꽃들을 미리 예약 주문을 하는 것은 파티를 준비할 때 필수적인 과정이다. 이와 별개로 파티 플래너들 중에는 원래 꽃을 좋아하는 사람이 많기도 하다.

그래서인지 대부분 파티 플래너들의 주요한 일과 중 하나가 꽃 시장 탐방이었다.

'역시 기분이 꿀꿀할 땐 꽃이지.'

그러나 이날 정원이 아침 일찍 꽃 시장에 혼자 나온 건 일 때문이 아니었다.

얼떨결에 전남편 승주와 예기치 못한 대형 사고를 친 이후, 마음이 너무 복잡하고 혼란스러워서 견딜 수가 없었다. 다시는 그 남자를 만나지 말자, 전화번호도 지워 버리자, 결심은 했는데, 마음이란 게 그렇게 쉽게 대쪽처럼 잘리는 게 아니었다.

하지만 집에서는 분위기를 잡고 고뇌에 잠길 수가 없었다.

간만에 상경한 아버지를 아무렇지도 않은 척 상대해 드려야 했고, 수시로 지켜보고 있는 어머니 시선을 등 뒤로 계속 느끼고 있으니까.

반쯤 모든 복잡한 것에서 도망치는 심정으로 새벽에 일어나자마자 집을 나서 도착한 게 결국은 꽃 시장이었다.

'어차피 내일 호텔 룸 꽃 장식을 해야 하니까.'

그 결과 향기 좋은 라벤더와 연보라색 수국, 그리고 유난히 화사한 색감이 돋보이는 코랄빛과 올 화이트, 두 가지 색의 작약이 신문지에 둘둘 말린 채 정원의 품에 안겨 있었다.

'도라지꽃도 좀 살까?'

수국을 사고 모퉁이를 돌아가니 분홍빛, 보랏빛, 하얀빛이 어우러진 도라지 꽃다발이 풍성하게 쌓인 코너가 나타났다.

'영주가 좋아하니까 이건 사다가 사무실에 꽂자.'

분위기 맞추려고 향기 좋은 하얀 꽃이 달린 넝쿨 꽃 와이어도 같이 샀다.

심란한 마음은 열정적인 쇼핑으로.

정원은 재지도 따지지도 않고 마구 꽃들을 플렉스해 버렸다.

그녀가 꽃 시장을 벗어난 건 아침 8시 무렵이었다.

꽃을 차 뒷좌석에 싣고 나니 갑자기 시장기가 훅 몰려들었다.

'간단하게 냄비우동이나 먹고 들어갈까?'

하지만 5분 후, 정원은 편의점 컵라면 코너 앞에서 세상 진지한 고민에 잠겨 있었다.

'들깨라면이냐, 짱라면이냐? 그것이 문제로다.'

꽃 시장에 오면 들르는 올댓파티 멤버들의 단골 우동집은 '개인 사정으로 3일 휴업 중' 팻말이 붙어 있었기 때문이다.

'아냐. 기분 꿀꿀할 때는 매운맛이지.'

그래, 결심했어.

정원은 짱라면 옆에 있는 빨닭볶음면을 집어 들었다.

컵라면에 물을 붓고 기다리는 3분이란 시간.

편의점 유리창 너머로 다시 깨어나는 세상. 이 지구상에서 가장 치열하고 바쁜 서울의 풍경을 정원은 이방인처럼 잠시 멍하니 내다보았다.

그때 컵라면 뚜껑을 눌러둔 휴대 전화가 움직였다.

[나 퇴근하는 중. 뭐 해?]

손목시계는 8시 30분을 가리키고 있었다.

승주는 어지간한 의사라면 눈길도 주지 않을 야간 페이 닥터로 주 3일 근무하고 있다.

'대체 무슨 생각인지 참.'

한국대 출신, 세린병원 후계자가 그런 일을 하고 있다는데, 자신이 부모라면 뒷목 잡고 쓰러질 판이라고 정원은 생각했다.

승주가 와튼으로 간 건 자신이 주주로 있는 세린병원 경영권을 이어받기 위한 준비 작업이라 알고 있다. 부모님이 원하는 대로 학위는 땄다는데, 왜 세린병원이 아닌 엉뚱한 곳에서 자신의 재능을 낭비하고 있을까? 미스터리였다.

하긴 대단하신 나서희 회장께서 금쪽같은 아들이 이따위로 귀중한 시간과 남다른 커리어를 날리는 걸 그냥 두고 보는 것이 더 큰 미스터리였지만.

'편한 자리가 있는데 왜 사서 고생하는지 모르겠어.'

나중에 한번 그 이유를 물어봐야겠다고 생각하며 정원은 답장을 했다.

[동남꽃시장 앞 편의점]

사람 마음이란 참 간사하고 믿지 못할 것이었다.

하물며 스스로의 마음 역시 그러했다.

엄마에게 미안해서라도 전남편 승주와의 인연은 없던 것으로 끝내겠어, 하고 결심한 게 얼마나 되었다고?

연락이 와도 철저히 무시하겠다, 그 남자 존재를 원래처럼 완전히 지워 버리겠다 결심한 건 말짱 거짓말이었다.

고집스럽게 승주의 연락을 씹어 버린 정원만큼 승주 또한 고집스러웠다.

시도 때도 없이, 정원이 반응하거나 말거나 끊임없이 문자를 보내고 부재중 통화를 남겼다. 계속해서 자신이 여기 있노라고, 나 좀 봐 달라고 호소하고 어필했다. 도무지 정원이 그의 존재를 잊거나 옆으로 치울 기회를 주지 않았다.

정원의 묵묵부답에도 지극정성, 변함없이 연락하고 안부를 묻는 그 성의가 조금은 가상하고 마음에 들었다. 정원의 마음이 또 허무하게 녹아 버렸다. 이렇게 슬그머니 그의 문자에 답장을 하고 있는 게 그 증거였다.

[아침부터 편의점에서 뭐 해?]

[아침 해장라면 흡입 중.]

[맛있겠다. 거기로 갈게.]

"뭐래, 이 남자가?"

조금 어이없어진 정원이 중얼거렸다.

'서울에서 김 서방 찾기'도 아니고, '동남꽃시장 앞 편의점'이란 정보 하나로 찾아온다고?

'에이, 설마' 싶어서 정원은 빨닭볶음면 뚜껑을 버리고 나무젓가락으로 비비기 시작했다.

20분 후.

승주가 빨닭볶음면 때문에 얼굴이 시뻘게지고 입술이 퉁퉁 불기 직전인 정원을 찾아왔다.

너무 매워서 견딜 수가 없다. 호호호, 입 앞에서 손부채를 부치고 있는 정원을 승주가 놀렸다.

"입술 부었다. 당신 매운 거 완전 못 먹잖아?"

"이번에 도전해 봤는데, 빨닭 고른 나를 죽이고 싶어요."

정원이 눈물까지 글썽해서는 연신 생수를 들이켰다.

"당신도 아침 안 먹었죠? 뭐 좀 먹을래요? 내가 사 줄게."

"나는 짱라면."

정원은 승주가 고른 짱라면에 끓는 물을 부어 그 앞에 놓아 주었다.

"밥은 제대로 먹고 다녀요."

"응."

"술은 절대 마시지 말고."

"안 마셔."

"먹고 얼른 집에 가서 푹 자요. 다크서클이 턱까지 내려앉았어."

"그래."

종알종알 잔소리를 하는 정원이 너무 귀여워서, 승주는 계속 대답했다.

그 앞으로 생수까지 사서 놓아 주던 정원이 갑자기 기가 찬 듯이 그를 빤히 올려다보았다.

"나 방금 현타 왔어."

"왜?"

"남편도 아니고 남친도 아닌 당신한테 내가 왜 이딴 잔소리를 하고 있지?"

"그랬나?"

"당신은 현타 안 와요?"

"왜?"

"그렇잖아. 당신한테도 내가 남이잖아. 생판 남인 여자가 당신 턱 밑에 서서 이런 잔소리를 해 대는데 짜증 나지 않아요? 근데 왜 성실하게 대답을 하고 있대?"

"남이 아니니까."

"우리가 헤어진 지 언젠데? 그렇다고 지금 사귀는 것도 아니고 연애도 안 하는데 남이지. 그럼 뭔데?"

"엑스와이프. 지금은 내가 꾀려고 안달하는 여자."

"하!"

뻔뻔한 이승주 같으니라고. 그런 말을 하면서 부끄럽지도 않니? 그런 의미를 담아 정원이 그를 쏘아보았다.

마주 정원을 바라보던 승주가 씩 웃으며 남은 라면 국물을 마저 들이켰다.

"커피 마실래? 내가 살게."

편의점을 나서며 그가 물었다.

"커피 안 마셔도 돼. 피곤할 텐데 그냥 집에 가서 자요."

"나랑 커피 한잔 마신다고 하늘 안 무너져. 그렇게 잔뜩 가시 세우고 경계하는 표정 짓지 마, 상처받아."

"내가 언제?"

"지금 당신 얼굴, 그랬어. 안 잡아먹어. 그러니까 너무 벽 세우지 마."

웃기시네. 누가 또 잡아먹힌대? 정원이 입을 비죽였다.

이 남자, 둘이 사고 한번 쳤다고 너무 앞서 나가는 것 같았다. 그 하룻밤으로 완전히 둘 사이에 고속도로가 뚫렸다고 착각하고 있나 본데 어림없다.

'그나저나 나 또 저 남자한테 말려들고 있는 거 같은데?'

한 발자국 앞서 걷고 있는 승주를 따라가던 정원은 다시 짙은 회의감에 빠졌다.

저 남자는 왜 날 찾아왔고, 난 또 왜 저 남자를 졸졸 따라가고 있는 건가?

문제는 이렇게 둘이 아침에 만나 같이 라면을 먹고 커피 타임을 갖는 이 상황이 너무 자연스럽다는 것.

대체 이 무슨 비합리적이고 비현실적인 시추에이션이람?

정원이 우뚝 멈추어 서 버리자 승주가 뒤를 돌아보았다.

"힘들어?"

"아니, 힘든 건 아닌데. 그게……"

우린 이렇게 아침부터 만나서 나란히 걸으면 안 되는 사이잖아.

같이 커피 마시자고 아침의 서울 풍경을 헤치고 같이 거리를 거슬러 올라가는 건 더 해서는 안 되는 짓이라고. 그렇게 소리치려고 했다.

승주가 두 발자국 다시 돌아와 정원의 손을 꽉 잡았다.

"조금만 더 걷자. 저기 한강 보면서 커피 마시자. 내가 근사한 곳 알아."

세상 멋지게, 싱긋 웃으며 노골적으로 유혹하는 승주의 무방비한 미소 앞에서 미치겠다. 정원의 허약한 심장이 우르르르 전율했다.

이거 너무 오버라고, 우린 이렇게 자연스러운 사이가 되면 안 되는 거라고 소리칠 타이밍을 정원은 또 놓치고 말았다.

승주가 정원을 데려간 비밀의 장소는 한강 둔치 공원의 어느 한적한 벤치였다.

기분이 참 묘했다.

시선 저 너머로는 휴일을 즐기러 교외로 나가는 승용차들이 지루할 정도로 느릿하게 움직이고 있고, 운동하는 사람들, 산책하는 사람들이 벤치 앞뒤를 오가고 있었다.

그런 와중에 이제 퇴근하는 승주나 새벽 꽃 시장 쇼핑을 끝내고 집으로 돌아갈 일만 남은 정원만 활기찬 서울의 아침과 한가로이 흐르는 한강 사이에 완전한 섬처럼 앉아 있었다.

"이 커피 맛있어."

승주가 사 온 건 둘이 미국에서 살 적에 곧잘 사다 마시던 브랜드의 커피였다.

"이건 언제 한국에 들어왔대?"

"들어온 지는 오래됐는데 파는 데가 잘 없었지. 근데 저기 둔치 편의점에서는 팔아."

"한강 둔치에서 커피 한잔. 이런 낭만, 이승주 씨답지 않잖아? 좀 무서워지려고 그래. 근데 이 자린 어떻게 알았어요?"

"근무 마치고 아침에 퇴근할 때 가끔 걸었거든."

"걸어서 퇴근한다고? 힘들지 않아요?"

"생각보다 안 멀더라고. 한 두어 시간 정도 걸리던데. 운동 삼아 걸어서 퇴근하면 잠도 더 잘 오고 그래서 시작했어."

승주의 말을 듣고 있자니 그의 걷기는 어쩌면 운동보다는 불면 때문은 아니었을까 싶었다.

그 불면의 밤들이 너무 괴로워 종국에는 술을 마시기 시작했을 테고.

"그러다가 여길 발견했지. 경치가 참 좋은데 인적은 별로 없고. 아무래도 좀 으슥한 곳이라서 밤이면 무서운가 봐. 하지만 아침은 또 안전하니까. 강에 어리는 햇살이 아주 멋져."

승주의 말이 아니더라도 수면에 어린 아침 햇살은 멋졌다.

"그냥 퇴근하지 왜 왔대?"

정원은 그를 바라보지도 않고 한강만 응시하며 무뚝뚝하게 물었다.

"보고 싶어서."

"흥."

"나는 보고 또 봐도 좋아, 당신이."

웃기시네. 어디서 약을 팔고 있어?

휙 돌아보는 정원에게 승주가 아까 커피 마시러 가자고 꾀던 그때처럼 싱긋 웃었다.

그때 일은 그냥 사고였다고 했잖아. 난 계속 당신을 만나고 다시 관계를 이을 생각이 전혀 없단 말이야. 소리치려던 정원의 입이 콱 막혔다. 승주가 키스해 왔기 때문이다.

옆얼굴로 아침 햇살을 받으며 약간 턱을 치켜들고 그를 바라보는 정원의 모습이 너무 예뻐서. 분명 그에게 화를 내는 중인데, 승주에게는 자신을 유혹하는 신호로만 느껴졌다.

키스를 바라는 듯 내밀어진 통통한 분홍빛 입술이 미치도록 그리워서 승주는 그만 그녀를 마주 바라보며 살짝 고개를 내렸다. 그리고 그녀의 입술에 키스해 버렸다.

생각과 이성은 저 너머로 보내 버리고 그냥 사랑스러워서 미칠 것 같은 그 입술의 단맛에만 집중했다.

짧지만 강렬한 키스가 끝나고 정원이 팔꿈치로 그의 가슴팍을 팍 때렸다.

"아후, 속셈 뻔해서 웃겨, 정말! 인적 별로 없는 으슥한 곳에 데려올 때부터 알아봤다, 내가."

"아쉽다. 간파당해 버렸어."

씩 웃으며 승주가 능청스럽게 대답했다. 그리고는 한 팔로 정원의 어깨를 살짝 감싸 안았다.

"많이 안 원해. 딱 5분만 이렇게 앉아 있자."

둘만의 5분. 침묵 끝에 여전히 혼란스러운 정원이 중얼거렸다.

"우리, 아니, 내가 어떻게 해야 해?"

내면의 복잡함을 털고 혼란스러움을 정리하려고 나온 길인데 이런 상념의 모퉁이에서 승주를 다시 만나 버렸다. 게다가 또다시 키스해 버렸다.

그에게서 벗어나기는커녕 어리석게도 더 깊이 빠져드는 중이었다. 이토록 마음과 이성이 따로 놀다니, 멍청하고 표리부동한 자신에게 기가 찼다.

"생각 따윈 하지 말자. 그냥 우리 마음이 시키는 대로 만나자."

"내 마음은 당신한테서 빨리 도망가라고 해."

"하지만 당신은 이렇게 나랑 같이 앉아 있지."

같이 밥도 먹고 커피도 마시고 또 키스도 했지. 승주의 눈이 그렇게 말하고 있었다. 그가 두 손으로 정원의 볼을 감싸 안았다.

"헤어진 후 아주 많이 보고 싶었어. 이렇게 볼 수 있을 때 많이 볼 거야. 우리 유리, 아니, 정원이."

"연애 때나 결혼했을 때나 당신은 이런 적극적인 남자 아니었어. 언제나 내가 덤벼들고 찾아가고 쫓아다니고 기다리고 좋아했어. 그런데 이렇게 갑자기 변해 버리면 난 어쩌라고?"

간신히 되묻는 정원의 눈에 갈등과 혼란이 말갛게 드러났다. 만나던 처음부터 이혼한 지금까지 정원은 속마음을 감추지 못하는 투명한 사람이었다.

위선과 가식이 전부였던 승주의 세상 안에서 유일하게 정직한 사람. 그래서 귀하고 소중한 사람이었다.

그런 사람을 충분히 소중히 여기지 못했다. 지키지 못했고 충분히 사랑해 주지도 못했다.

후회와 회한으로 점철된 과거의 시간 안에서 승주는 비겁하고 어리석은 자신을 처절하게 징벌한 만큼 다시 기회가 주어진다면 정원이 자신을 사랑해 준 방식 그대로, 아니, 그 배로 소중한 사랑을 돌려주리라 다짐하고는 했다.

"결혼했을 때 그런 거 못 해서, 아니, 안 해 줘서 지금부터 하려고."

"우리가 다시 만나면……. 하, 이게 진짜 뭐래?"

정원이 승주의 손을 뿌리치고 자신의 머리를 마구 헝클었다.

"정신 차려, 유정원!"

그녀가 자신의 볼을 찰싹찰싹 때리며 준엄하게 꾸짖었다.

"이 남자한테 넘어가면 안 돼."

정원이 고개를 휙 돌려 승주를 노려보았다.

"별의별 꼴 다 보고 이혼했으면 거기서 끝내야지, 왜 또 이래? 다시 만나 봤자 엉망진창 될 게 뻔하다고! 우리 둘 다 미쳤어. 미쳐 돌아가는 중이라고."

"당신이 뭘 걱정하는지 알 것 같아. 우리가 다시 만나는 걸 다른 사람들이 아는 순간, 시달릴 게 뻔해서 그래?"

"왜 나만 시달릴 거라고 생각해요? 당신도 마찬가지야. 우리 집도 당신을 엄청 싫어해. 아직도 화내고 있다고."

정원이 쏘아붙이자 승주가 입을 꾹 다물었다.

곰곰이 이혼 과정 안에서 자신의 처신을 되돌아보고, 그로 인해 정원과 정원의 가족들이 얼마나 상처 입고 화가 났을지 되새김질하는 표정이었다.

"그래도……."

그가 정원을 돌아보았다.

"난 그나마 낫지. 아버님도 어머님도, 또 형님도 그렇고, 내가 싫다고 해서 작정하고 괴롭히려 들지는 않을 거잖아? 도통 누굴 해코지하거나 괴롭히는 일은 상상도 못 하시는 분들이니까."

"칭찬 아냐, 그거. 흥, 너네 가족은 너무 착해 빠져서 멍청해, 그런 뜻으로 들린다고요!"

"그럴 리가. 절대 아냐!"

승주는 진심을 담아 확언했다.

그는 지금껏 정원의 가족들만큼 따뜻하고 선량한 사람들을 만난 적이 없다.

정원과 결혼을 함으로써 승주는 자신의 집안과는 완전히 다른 새로운 가족을 갖게 되었다. 그가 생각하는 가족의 의미에 가장 들어맞는 가족. 서로 안아 주고 따뜻하게 격려해 주고 이해해 주고 눈물을 닦아 주고 경청해 주고, 무엇보다 서로 있는 힘껏 사랑하는 사람들.

정원과의 짧은 연애와 결혼 생활을 거치면서 승주 자신에게 무엇이 결핍되었는지를 깨달았던 것처럼, 마찬가지로 논현동 처가에 들어서면 승주는 자신이 무엇을 빼앗긴 채 지금껏 성장해 왔는지 뼈저리게 느끼곤 했다.

'평창동에서 살 때 난 한 번도 그들에게 진정한 의미에서의 가족이 아니었어. 그냥 관리되고 사육되는 존재였지.'

'공부 잘하고 착하고 잘난 아들'이라는 어머니 나서희 여사의 욕망이 만들어 낸 한갓 종이 인형이었을 뿐이었다.

고개를 돌려 승주는 한강을 물끄러미 바라보고 있는 정원의 옆얼굴을 가만히 지켜보았다. 바람에 정원의 옆머리가 살랑 날렸다. 그 사이로 귀여운 하얀 귀가 드러났다. 손가락 끝으로 만지고 싶고 살짝 깨물어 주고 싶었다. 그들이 함께 살 때 승주가 정원을 상대로 장난치던 그때처럼.

지금은 그럴 수가 없으니 승주는 그저 한 손으로 살랑대는 정원의 머리카락을 살짝 쓸어 주고 분홍빛 도는 그 볼을 어루만졌다.

"걱정하지 마. 그렇게는 안 될 거야. 내가 다 막아 줄 테니까. 그땐 당신이 무조건 헌신하고 사랑했던 것처럼 이번에는 내가 할게. 당신은 그때 나처럼 그냥 가만히 있어, 정원아."

혼란스러운 정원의 마음 안으로 자신이 다 막겠다고, 다 책임진다는 승주의 말이 믿음직하게 흘러 들어왔다. 억지로 다시 쌓아 올리려는 정원의 벽이 삽시간에 허약해졌다.

속절없이 흔들리는 마음을 승주가 부추기듯 더욱 흔들자 미련이란 물기, 아직 남은 애증이라는 물기, 지난 세월 안에서도 지우지 못한 그리움이란 물기가 그 벽을 자꾸만 물러지게 만들고 있었다. 그러더니 기어코 벽을 허물어지게 만들었다.

"그래도 망설여지고 주저하게 되는 당신 마음, 충분히 이해해. 그렇다면 그냥 우리, 당분간은 누구에게도 말하지 말고 이렇게 자연스럽게 만나 보자."

"흥, 본인도 지금 얼마나 위험한 제안을 하는지는 알고 있군."

정원이 입을 비죽이며 다시 휙 고개를 돌려 버렸다.

그녀의 옆얼굴로 많은 고민들이 흘러 들어와서 승주라는 필터를 건너, 다시 '어쩌면 잘될 수도 있어' 하는 터무니없는 낙관으로 흘러 나가는 것을 승주는 말없이 지켜보았다.

지금 승주가 느꼈듯이 정원의 마음 역시 한여름과 한겨울을 미친 듯이 오가는 중이었다.

승주로선 귀국하던 순간부터 어떻게 하면 자연스럽게 정원을 만날 수 있을까 속으로 궁리를 하던 차였다.

드러내지 않았다 뿐이지 늘 정원과의 재회와 미래를 계획하고 있던 그와는 달리, 정원 입장에서 승주와의 재회는 그야말로 깜짝 놀랄 돌발 상황이었을 것이다.

하물며 격한 감정에 휩싸여 같이 잠자리까지 하고 난 상황이니 얼마나 그녀가 혼란스럽고 당황하고 있을지 뻔히 보였다.

'갑자기 들이닥친 자연재해와 같겠지.'

여전히 혼란스럽기만 할 정원을 위로하듯이 승주는 가만히 그녀의 손을 꼭 잡았다.

"아침나절 한강의 이런 풍경이 좋아. 너무 바쁜 세상 안에서 우리 둘만 한가한 것 같아서."

고개를 돌려 그를 노려보던 정원이 갑자기 입을 열었다.

"당신 옷."

"어?"

"어째 그날 입었던 옷하고 똑같은데?"

"아마 맞을 거야. 출근할 때 그냥 손에 닿는 대로 집어 입어. 어차피 병원에서 가운을 입으니까. 요샌 옷 고르는 것도 귀찮아."

승주의 심드렁한 말에 정원이 혀를 찼다.

"은근히 손 많이 가는 남자라니까, 이승주 씨."

세상 멋있게 생겨 가지고는 도통 자신을 꾸미는 것을 관심 없어 하던 그를 기억한다. 그래서인지 승주는 같이 살 때 정원이 입을 옷을 골라 주던 것을 참 좋아했다.

"여름옷들 쇼핑해야 하는데."

그가 곁눈질했다.

"당신이 옷 좀 사 줘."

"뭐라고?"

어이가 없어 정원이 승주를 팍 째려보았다.

"웃기시네, 이 남자? 당신 의사잖아. 기본적으로다가 돈도 많이 벌면서."

"가난한 임시 페이 닥터인데 딱히. 300만 원 조금 넘게 벌어. 거긴 짜."

"그렇다 해도 옷도 못 사 입을 정도로 가난해요? 일단 당신, 물려받은 것도 꽤 된다고 알고 있는데? 그리고 우리 집 판 돈 반 가져갔잖아. 그건 어디 갔어?"

두 사람이 결혼할 때 양가에서 반반 부담으로 신혼집을 구입했다. 강남의 호화스러운 대형 평수 고급 빌라였다.

이혼 결정 후 그 집은 팔고 깨끗하게 반반으로 나눈 것으로 알고 있다.

"설마 그 많은 돈들, 술 마셔서 다 없애 버린 건 아니지?"

"설마. 귀국해서 지금 내가 사는 그 아파트 샀어."

"전세 아녔어? 평수 꽤 되던데?"

"강북이잖아. 우리 신혼집이 많이 비쌌지."

"그건 그렇지만. 그렇다고 옷도 못 사 입는다고 거짓말은 하지 말지?"

한국에서 알아주는 대재벌가 외손자에다가 외국 방송에서도 의료 관광의 첨병으로 등장하는 으리으리한 준종합병원 이사장 아들 아닌가?

결혼할 무렵, 이제 막 인턴을 마친 서른 즈음의 승주가 가진 건 나름대로 '부자' 소리 듣는 정원네로서도 혀를 내두를 만큼 어마어마했다.

세린병원의 주식이며 데이지 백화점 주식도 모자라서 조부에게서 받은 경기도 신도시 인근 땅덩어리라든가, 종로 대로변 큰 건물이라든가 그런 것들을 빼더라도.

돌아가신 재벌 외조부에게서 강남의 10층짜리 건물 하나에 대천의 골프

장과 주식을 증여받았다고 했다.

시어머니 나서희 여사는 그 재벌 외조부의 막내딸인 데다가 첩의 소생이라고 전해 들었다. 그렇다 보니 10여 명이 넘는 손자들 중에서도 승주는 상속 지분 순위에서 가장 뒤로 밀린 신세였다.

"지긋지긋한 노인네 같으니라고. 관짝에 돈뭉치 넣어 갈 것도 아니면서? 우리 애를 괄시해도 유분수지, 왜 우리 승주가 그따위 푼돈만 받아야 해? 공부 잘한다고, 착하다고 칭찬하시고 뭔 일만 있으면 옆에 꼭 끼고 다니시기는 잘하더니? 흥!"

대놓고 시모인 나서희 여사가 악담을 할 정도였다.

너무 섭섭하게 물려받았다고 분통 터져 하던 게 그 규모였으니 재벌이 괜히 재벌이 아니었다.

승주가 따져 묻는 정원을 바라보며 싱긋 웃었다.

"왜 이렇게 눈치가 빨라졌어?"

"뭔 소리래?"

"같이 쇼핑하고 싶단 말이잖아. 웃자고 하는 말이 아니고 진짜 나, 옷이 없어, 정원아. 어지간한 건 미국에 다 버리고 왔거든."

"자기 입을 옷도 다 버리고 온 남자가 왜 내 짐은 다 싸 짊어지고 왔대?"

"옷은 버려도 다시 살 수 있지만 네가 남긴 짐은 다시 살 수가 없잖아."

"내 짐도 다 백화점에서 산 거거든요. 다시 살 수 있는 거거든요."

"그때의 우리 둘, 같이 보낸 시간과 추억이 어려 있잖아. 어디에서도 다시 못 사, 그건."

반쯤 회한에 잠겨, 반쯤 추억에 젖어 승주가 중얼거리자, 조용히 듣고 있던 정원이 갑자기 피식 웃었다.

"왜 웃어?"

"그냥……."

정원은 한강 물을 바라보며 조용히 말했다.

"당신하고 오랜만에 이런저런 이야기하고 있는데 갑자기 우스운 일이 떠올라서."

"무슨 생각인데?"

"떠올리면 당신한테는 불리한 이야긴데."

"뭐야, 그게?"

"당신은 나와 결혼해서 지낼 때 이것저것 애틋한 추억이 제법 많았나 봐. 그런데 나는, 이상해."

승주를 바라보는 정원의 미소는 그야말로 쓰디썼다.

"애틋한 추억 대신 아프고 힘든 기억이 많거든. 그런 것도 추억이라 불릴 수 있다면 말이지. 아까 내가 우리 둘이 다시 만나면 여러 가지 귀찮은 일에 다시 휘말릴 거라고 했잖아? 당신 옷 얘기가 나와서 하는 말인데, 나 결혼해서 당신 옷 사 주는 게 로망이었는데 말이야. 그건 내가 감히 해서는 안 되는 월권이더라고."

결혼해서 한 달인가, 두 달인가 지났을 때였을 거다.

백화점을 나갔다가 정원은 평소에 무척 좋아하던 브랜드의 신제품이 들어온 것을 보았다. 승주에게 입히면 좋을 것 같아서 바지며 티셔츠며 구색 맞추어 편히 신을 수 있는 운동화며 잔뜩 사 가지고 들어간 적이 있다. 주말에 그 옷들로 남편을 예쁘게 입혀서 평창동 시댁으로 식사를 하러 갔다.

식사가 끝나고 승주가 시부 영국과 함께 잠시 이야기를 나눈다고 서재로 들어가고 여자들끼리 커피를 마시던 중이었다. 정원은 '승주 씨 옷, 제가 사 줬어요, 너무 멋지죠?' 잔뜩 자랑했다.

무안할 정도로 호응이 없었다. 대신 은근한 무시가, 싸늘한 질책이 돌아왔다.

"우리 승주 저런 색 안 어울려."

"계절마다 우리 백화점 퍼스널 쇼퍼가 우리 애 옷 코디해서 보내 주니 네가 신경 쓸 필요가 없다."

"시집을 왔으면 시댁 가풍을 따라야 하는 법이지. 천박하게 아무것이나 입히고 그러지 말아라. 사람 없어 보이니까."

"너도 우리 집 사람이 됐으면 이제 품위 있게 살아야 하는 거 아니니? 윤민이처럼 화랑도 다니고 패션쇼 같은 데도 다니면서 공부도 좀 하렴."

"회장님 며느리가 아무렇게나 행동하면 우리 집안 품격이 떨어져. 안팎으로 망신이야. 아무리 어려서 철없다지만 이렇게 무식할 수가!"

남편 옷 하나 사 준 일로 이런 식으로 몰이를 당하고 무안을 당하다니. 정원의 상식으로는 도무지 이해를 할 수가 없었다.

그때 정원은 뭐라고 대꾸했던가. 뭐, 딱히 참고만 있지는 않았다. 생글생글 웃으며 나름 할 말을 다 하긴 했었다.

"저 시집 온 거 아닌데."

"어머님, 듣기 고약하시겠지만, 전 승주 씨랑 결혼을 했어요."

"우리 두 사람, 각각 똑같이 돈 내서 공동 명의로 신혼집 샀잖아요. 지금 우리는 그리로 들어가서 살고 있는데요. 그러니까 시집왔다는 표현은 맞지 않죠. 안 그런가요?"

당돌하게 말대꾸하던 정원을 건너다보던 나서희 여사의 어이없어하던 표정이 아직도 잊히지 않는다.

그러나 자신은 잘못한 게 없다고 생각해서 정원은 당당하게 나서희와 대적했다.

"어머님, 제가 제 남편 승주 씨 옷 사 줬다고 혼이 나는 이 상황이 이해가 되지 않아요. 제가 시집온 거면 승주 씨도 저희 친정에 장가든 건데. 우리 집에선 승주 씨더러 처가댁 풍습을 따르라고 하지는 않았어요. 근데 왜 저한테만 그러세요?"

"애초부터 제 남편 옷을 제가 사 주는 게 어째서 가풍을 어기는 일인지도 모르겠구요."

"지금껏 어머님께서 승주 씨 옷맵시 관리해 주신 건 고맙지만 이제부턴 제가 할게요. 그리고 데이지 백화점 퍼스널 쇼퍼 팀, 사실 전 별로 안 좋아해요. 요즈음 셀럽들은 다 인디고 백화점이던데요?"

"요즘 트렌트는 인디고고죠! 저희 같은 젊은 세대한텐 아무래도 데이지 백화점 코디는 좀 무겁죠. 해민 아가씨도 인디고 간대잖아요. 호호호."

그날부터 대놓고 미움을 받기 시작한 걸로 기억한다.

동갑내기 막내 시누이 해민이 혀를 내두르며 '와아, 센데?' 하고 엄지를 치켜들었을 때, 그게 결코 칭찬은 아니라는 것을 알고 있었다.

"울 엄마한테 눈 치켜뜨고 또박또박 대꾸하는 사람은 새언니 니가 처음이야. 짱 먹어라."

"다른 건 모르지만 유리 씨 당신, 은근 기가 세요? 답답한 오빠가 반할 만하네."

"각오해야 할걸. 울 엄마는 당신 이겨 먹으려는 사람, 절대 못 참아 주는데. 어쩌나?"

"대놓고 '헬 시댁' 이제 시작인가요? 오호호호."

이혼한 후에야 비로소 정원이 털어놓는 그날의 이야기를 듣고 있던 승주의 표정이 싸하게 변했다.

"어머니가 많이 나빴네."

잠시 침묵하던 그가 시무룩하게 중얼거렸다. 차마 정원의 얼굴을 똑바로 바라볼 수조차 없다는 듯 그가 망연하게 시선을 돌렸다.

"듣고 있는 내가 낯 뜨거워. 너무 모욕적이야. 대신 내가 사과할게."

"이제 와서 당신이 뭘 사과해요? 이미 다 지나간 일인데. 그냥 그랬다는 이야기죠, 뭐."

"어머니는 늘 그래. 그렇게 나쁘게 과해. 문제는 당신 스스로 뭘 잘못하고 있는지 인정을 못 하시고, 또 알아도 끝까지 모르는 척해서 고쳐 드릴 수가 없어."

말을 하면서도 승주는 자신의 거짓말이 진실로 낯 뜨거웠다.

나서희를 비롯한 평창동 가족들이 정원을 싫어하고 악의적으로 교묘하게 괴롭히던 건 그날의 일 때문에 아니었으니까.

처음부터 나서희는 정원을, 승주의 사랑을 차지한 그의 '신부' 유리를 극도로 싫어했다. 그녀가 승주의 짝으로 내세운 첫 번째 조건인 재벌가 여성이 아니라는 데서부터 이미 마음이 삐뚤어져 있는 게 보였다. 학벌이니 집안이니 심지어 그 낯짝이며 그게 뭐든 단 하나도 마음에 드는 게 없다고 대놓고 화를 냈다.

"뭐라고? 아버지가 옛날에 고물상? 이따위 기집애가 감히 내 아들에게 들이댄다고?"

"집안이 나쁘면 머리나 좋기를 하든지."

"얼마나 머리가 비었으면 기껏 3류 여대 출신이냔 말이야. 낯 뜨거워서 원."

"이것 봐라, 이따위가 성적이라고 얼굴 들고 졸업했다니?"

심지어 흥신소를 동원해 유출되어서는 안 될 정원의 학생 기록부까지 넘겨받아선 아들 앞에서 무자비하게 까댔다.

"네가 이따위랑 결혼하겠다고? 이승주, 정신 차려. 나중에 이 멍청한 것

머리를 닮아서 내 손주들도 다 바보 멍청이로 나오면 어쩌려고 그래?"

나서희를 비롯해서 해민이나 윤민도 유리를 싫어하는 정도가 아니라 경멸했다. 남들, 특히 승주 앞에선 억지로 잘 숨기는 척했지만 자신과 같은 인간으로도 취급하지 않았다.

'어처구니없는 그런 말을 대놓고 할 정도로 당신을 경멸했어. 하지만 난 그걸 보면서도 못 본 척 외면했고, 모르는 척했어. 당신을 내 아내로 허락해 준 대가가 그것이었다고, 내가 감수해야 할 몫이라고 생각했지.'

그 얼마나 어리석은 생각이었던가.

그저 성인이 된 자신이 집안 반대를 무릅쓰고 사랑하는 여성을 아내로 맞이했을 뿐인데. 그 허락의 대가로서 자신의 가족이 그의 아내를 학대하고 따돌리고 미워하는 것을 묵인하고 참아 내야 한다고 생각했다니.

'평생 당신에게 용서받지 못할 죄겠지, 이건.'

데이트를 하던 그때, 정원은 자신이 학창 시절 공부를 잘 못했다고 솔직히 고백했었다.

하지만 정원은 노력으로 빛나는 사람이었다고 한다. 학창 시절 성적은 딱히 신통치 않았어도 수업 태도가 좋고 매사 긍정적이며 성실해서 선생님들이 가장 예뻐하는 학생이었다고 전해 들었다.

"내 친구 아름이, 전교 1등짜리. 완전 대단해. 진짜 걔는 전교가 아니라 전국에서 놀았거든. 난 걔가 공부하고 있는 모습 보면요, 약간 대리 만족이 들었어. 뭔가 희열이 느껴지더라. 사람이 어떻게 그냥 교과서든 참고서든 다 외울까?"

자신이 공부를 잘하지 못해서 대신 똑똑하고 공부 잘하는 사람을 늘 선망했고 존경했다는 정원이었다. 그래서 그런 사람들을 만나면 아낌없이 칭찬하고 부러워하고 배우고 싶다고 말해 주었다고 한다.

"나는 당신이 공부 잘하는 남자라서, 잘난 의사라서 완전 좋아. 자부심 짱짱."
"그래서 애들이 나 좋아하더라. 희한하지? 원래 잘하는 사람 보면 막 부럽고 칭찬하고 싶고 따라 하고 싶지 않은가?"

꼭 그렇진 않아. 대부분 질투하거나 미워하지.

그 말을 들었을 때 승주는 사실 그렇게 말해 주고 싶었다. 학창 시절 그도 받은 적 있는 기묘하게 미워하고 시기 어린 눈빛을, 정원은 아예 모르는 사람 같았다.

"근데 알고 보니 아름이가 공부 잘한다는 이유로 전교 은따였대. 이게 말이 돼? 리스펙트는 못 할망정. 사람들이 진짜 이상하지 않아요?"

공부를 잘해서 은따였다는 전교 1등 그 친구 아름이, 정원에게만 요점 정리 노트를 보여 줬단다.

그녀는 서울에 있는 대학을 다녀야 같이 놀 수 있다며 정원의 머리통을 쥐어박아 가며 억지로 노트 내용을 딸딸 외우게 만들었다. 그래서 기어코 정원을 서울 시내의 중소 여대에 입학시켰다.

"난 그 친구가 자랑스럽고 그 친구는 날 사랑해. 지금 로스쿨 준비하는데 당연히 합격하겠지. 변호사 돼서 돈 겁나 벌면 우리 해외여행 시켜 준대. 하하하. 그래서 난 미래 투자 개념으로다가 그 친구한테 열심히 밥 사 주고 있어. 커피도 조공하고."

그런 이야길 듣고 있을 때 승주는 그런 생각을 했다. '당신 주변은 늘 꽃

밭이었구나'라고.

가시투성이 엉겅퀴도 예쁘다 하고 각별히 사랑하면 더 예쁜 보라색으로 핀다는데, 승주가 느끼기에 정원이 딱 그랬다.

자신이 주변 사람들을 늘 예쁜 꽃이라 부르며 아껴 주니, 그녀 주변도 정원을 더 예쁜 꽃이라 귀히 여겼다.

그토록 사랑스럽고 아름다운 꽃이 스스로 그에게로 와 주었다. 축복처럼, 햇살처럼.

그런 투명한 햇살을 승주의 가족들은 악의로 오염시키고 경멸과 무시로 밀어냈다. 종국에는 기어코 승주의 인생에서 뽑아내 버리고야 말았다.

정원은 승주가 지금 무슨 생각을 하는지, 어떤 마음으로 회한에 잠겨 있는지 다 안다는 표정이다. 그를 가만히 바라보던 정원이 한강 쪽으로 다시 시선을 옮기며 중얼거렸다. 그에게가 아니라 스스로에게 다짐하는 것 같았다.

"우린 각자의 기억을 가지고 있어. 그런데 결혼 생활에 있어서 그 기억들이 서로 다른 얼굴을 가진 것을 알잖아요. 이런 우리인데, 다시 만난다 해도 잘될 리가 없을 거 같아……."

둘을 하나로 묶는 건 추억의 공유, 연대라고 하는데. 그게 그들 결혼 생활의 유일한 무기, 올바른 정답이었는데.

승주와 정원은 연애 시절에도, 결혼 시절에도 그걸 제대로 하지 못했다. 뭐가 문제였을까?

두 시간 후.

정원이 승주의 아파트 정문 앞에 차를 세웠다.

이제 서로 못 본 척하고 다시는 만나지 말자는 정원과, 어떤 일이 있다 해도 난 다시 만난 당신을 단념할 생각이 없다는 승주의 마음이 충돌했지만 여전히 매듭은 불완전했다. 확실한 결론이 나지 않았다.

그런 와중에 의리는 있어서, 정원이 그를 집에까지 태워다 준 것이다.

"들어가요."

"응."

안전벨트를 풀며 승주가 운전석에 앉은 정원을 돌아보았다.

"내가 호텔에다 짐 챙겨다 놓을게."

"알았어요."

"당신 일정 맞춰서 화요일로 레이트 체크아웃도 신청했으니까 푹 쉬다가 나와."

"고마워요."

"뭘. 그 정도는 내가 해 줘야지."

그러면서 승주가 손가락으로 자신의 왼쪽 볼을 가리켰다.

정원이 흥! 하고 비웃으며 새침하게 외면했다. 온몸으로 '어이없어, 정말!' 하고 소리치고 있었다.

그러나 한 번 무시당했다고 단념할 승주가 아니다.

승주가 먼저 살짝 고개를 돌리는 정원의 볼에 기습적으로 뽀뽀를 했다.

"아, 뭐래?"

잔뜩 눈을 흘기긴 했지만 정색해서 화를 내지는 않았다. 비웃는 척 한마디 쏘아붙이기는 했지만 정원의 눈이 조금 웃고 있었다.

"언제부터 이렇게 바람둥이 스킬을 시전하게 되었대?"

"먹혔어?"

"여하튼 못 말려, 정말! 이승주 씨, 완전 오버야."

결국 못 이긴다는 듯 정원이 비시시 눈웃음을 흘리며 '얼른 들어가 자요' 하고 인사했다.

우리 다시 만나는 건 미친 짓이다, 이대로 끝내고 서로 못 본 척 돌아서 자, 다시는 만나지 말자, 주장하고 설득하던 것과는 천양지차였다. 시시각 각 달라지는 그녀의 마음 상태와 망설임, 갈등을 승주는 그대로 느낄 수가 있었다. 기쁘게도!

승주가 내렸고, 그녀의 차가 멀어졌다.

눈으로 정원의 차가 멀어질 때까지 지켜보다가 승주는 집으로 올라갔다.

자기도 모르는 새, 그의 입가에는 행복 비슷한 미소가 어려 있었다.

아무 이유가 없는데, 그냥 좋아서 웃음이 난다. 그녀 얼굴을 봐서 하루가 밝고 보람차다.

이런 게 사랑이라면 승주는 아직도, 아니, 여전히 정원을 깊이 사랑하고 있었다.

집의 문을 열고 들어서는데 이미 대낮이라, 발코니를 통해 들어온 햇살이 길게 거실 바닥에 누워 있었다.

이상하다. 항상 느끼는 적막한 외로움이, 막막한 공허함이 전혀 느껴지지 않았다.

아침에 들어오면 곧바로 냉장고로 다가가 손에 잡히는 대로, 그게 소주 팩이든 맥주 캔이든 선 채로 들이마시고는 그대로 침실로 기어들어 가 곯아떨어지기 바빴다. 이렇게 햇살이 스며든 거실 풍경을 보는 게 몹시 낯설었다. 밝은 거실 안 공기에서는 맑고 개운한 햇살 냄새가 났다. 어제도 그제도 똑같은 거실 풍경인데 이토록 애틋하고 안온할 수가!

'당신을 만나고 와서 그래.'

잠시 현관에 서서 거실을 바라보던 승주는 신발을 벗고 집 안으로 들어섰다.

먼저 욕실로 들어가려다가, 주방 쪽으로 돌아섰다. 냉장고 문을 활짝 열고는 그 안에 아직도 들어 있는 많은 술병이며 캔들을 개수대에 꺼내 놓았다. 아깝다 하지 않고 뚜껑을 열고 콸콸 쏟아 버렸다.

'당신이 다시는 술 마시지 말라고 했으니까.'

다음에 정원이 집에 오면 반드시 그의 냉장고부터 검사할 게 뻔했다. 그녀의 성격상, 술 비스름한 것 하나라도 발견된다면 그를 쪼아 죽일 게 당연했다.

"이젠 안 마셔. 약속할게."

마치 눈앞에 정원이 서 있기라도 하듯 승주는 중얼거렸다.

마음속으로 생각만 한 것과 입 밖으로 내어 말했을 때와는 무게감이 달랐다.

승주는 이 순간, 알코올은 자신에게 독과 다름없다는 것을 알면서도 퍼마신 자신의 무기력함과 좌절감, 비겁함과 깨끗이 결별하기로 스스로에게, 또 정원에게 맹세한 것이었다.

'정원아, 넌 날 이렇게 착하게 만들어.'

그때 주방 탁자에 올려 두었던 휴대 전화가 울렸다.

화면에 든 이름을 바라보다가 승주는 마지못해 전화를 받았다.

"네, 이모님."

수화기 안에서 들려오는 큰이모 희영의 목소리에 승주의 입에서 남모르는 한숨부터 새어 나왔다.

절대로 누구에게 먼저 전화 따윈 하지 않는 그녀가 승주에게 연락을 한 이유는 뻔했다.

ㅡ잘 전달받았겠지만, 노파심에 전화 넣었어. 나로서도 어려운 자리를 주선해서 말이야.

"네."

대답을 하면서 승주는 다시 한숨을 내쉬었다.

'쉽지 않겠군.'

태어나서 이날 입때껏 누군가에게 고개를 숙이거나 아쉬운 소리라곤 해 보지 않았을 희영이 직접 전화까지 해서 챙겨야 할 상대라니.

어머니 나서희가 제안을 빙자한 선 자리 명령을 내렸을 땐, 언제나처럼 무시하면 그만이라고 생각했다.

하지만 어지간한 일에는 손끝 하나 까딱하지 않는 '여왕님' 나희영 여사가 직접 나서서 채근하는 만남이라니. 이건 승주로서도 미처 생각하지 못한 사태였다.

싫든 좋든 무조건 얼굴을 보여야 할 자리라는 뜻이었다.

─그 아가씨가 오늘내일 사이로 귀국한다는데 각자 사정도 있을 것 같고. 서로 만나는 건 이번 달쯤이 어떨까 해.

"알겠습니다. 여러 가지로 복잡하실 텐데, 저까지 신경 써 주셔서 감사합니다."

전화를 끊는 승주의 미간에 자신도 모르는 주름살이 생겼다.

갑자기 전혀 생각지 못한 암초에 부딪친 기분이었다.

승주로선 정원과의 재회의 끈을 놓치지 않고 어찌하든 그 마음을 돌리는 일이 급선무이다. 가장 중요한 정원과의 문제도 해결이 되지 않았는데, 엉뚱한 아가씨와 쓸데없는 선 자리라니.

절로 승주의 입에서 상욕이 터졌다.

하지만 그를 다시 억지로 결혼 시장에 밀어 넣으려는 희영이나 나서희에 대한 분노가 아니었다. 오히려 승주 자신에 대한 분노였다.

부정적이고 귀찮은 일이 생겼을 때 그는 대부분 회피나 침묵으로 일을 해결하려 했었다. 마치 그 일이 벌어지지 않았던 것처럼 모른 척, 눈 감고 외면하면 그 문제가 다 해결되는 듯이.

정원과의 결혼 생활 역시 비겁한 그 자신의 회피와 침묵, 외면이 이유가 되어 산산조각 난 것이 아닌가.

다시 그의 이러한 답답하고 어리석은 천성이 새로운 문제를 만들어 내고 있는 중이었다.

'난 대체 언제쯤 어른이 될까.'

아니, 어른이 되는 날이 오기는 할까?

그는 몸서리치도록 엄습하는 자괴감에 털썩 그대로 주저앉아 버렸다.

정원을 만난 후 보송보송했던 기분이 한순간에 구질구질한 장마철 빨래처럼 냄새나고 구겨지고 있었다.

그는 한 손으로 이마를 괸 채 중얼거렸다.

"이승주, 넌 달라져도 한참 많이 달라져야 겨우 사람 되겠구나."

정원에게 내뱉었던 번드레한 말 백 마디보다 결단력 있고 확실한 행동한 번이 그에게는 필요했다.

'정말 나란 놈, 나도 싫다.'

이런 그가 감히 정원에게 사랑을 요구할 권리가 있을까?

그러다가 그는 다시 이맛살을 찌푸렸다.

'이번 선 자리엔 이미 나간다고 말했으니 어쩔 수 없다 치고, 이따위 웃기는 짓을 다시 반복할 순 없어, 정원일 다시 만났다는 걸 어떻게 알려야 하지?'

정원의 마음을 설득하는 일이 끝나면 조만간 부딪쳐야 할 현실에서 가장 우선적으로 해결해야 할 문제였다.

승주 그가 입을 열지 않는다면 나서희 성미에 오늘 같은 일은 계속해서 반복될 것이다.

희한하다. 비밀은 아니었는데 그 누구도 그에게 정원을 다시 만났느냐고 묻지 않았다.

나현이 그를 찾아와 악을 썼을 때, 승주는 그녀가 금세 어머니 나서희에게 정원과의 재회를 고자질할 줄 알았다.

물론 나서희가 알고 반대한다고 나선다 해도 딱히 문제 될 건 아니었지만, 귀찮아질 건 뻔해서 조금은 긴장하고 있었는데 잠잠했다. 생각보다 나현이 빨리 이성을 찾은 모양이다.

'묻지 않은 질문을 먼저 나서서 떠벌릴 필요는 없겠지만.'

그런데 정작 희영이 주선한 맞선이 코앞의 현실로 닥치니 정원을 바라고 그녀를 택한 승주의 셈법이 복잡해지기 시작했다. 이게 곧 곤란한 문제를 만들 게 뻔했다.

이제는 이전과 같은 침묵의 회피나 비겁한 순응은 불가능했다.

그 자신도 그러하지만 정원이 그를 절대로 용서하지 않을 것이다. 그들이 헤어지게 된 건 전적으로 승주 자신의 비겁함과 순응을 가장한 회피였다.

'일단 정원이한테 물어봐야겠다.'

승주로선 세상 모두에게 두 사람의 재회와 연애를 드러내고 싶지만, 그건 혼자 생각이었다.

연애는 두 사람의 일이니 그 일에 관련된 모든 선택과 결정 역시 두 사람이 같이 처리해야 했다. 그것이야말로 새로운 만남 후 시작될 연애의 규칙이었다.

한편 승주를 집에 데려다준 정원은 집으로 들어가는 대신, 사무실로 갔다. 사 온 꽃들을 탁자에 내려놓고는 전화를 걸었다.

—응.

도무지 멋이라고는 없는 무뚝뚝한 목소리가 흘러나왔다.

"다정하게 전화 좀 받아 주세요, 고 변호사님."

—다정 좋아하시네, 난 고객님한테만 예의 차려. 지금 바빠, 무진장. 뭔데? 용건만.

"토요일인데 일하는 중이라고?"

—로펌 들어간 이후 내 인생은 월화수목금금금이다. 주중 주말 할 것 없이 밤 10시 이전에 나간 적이 없어.

"알았습니다, 고아름 변호사님. 월요일에 시간 됨?"

—힘들지만 시간 내 볼게.

"간만에 스트레스 풀려고 호캉스 하거든. 너도 참가하라고. 이번에 특별히 끼워 주마."

—성은이 망극. 어디로 가?

"강변동 스카이호텔. 화요일에 여기서 바로 출근하게 짐 챙겨서 와. 스위트룸이야."

—호캉스 한번 휘황찬란하네. 갑자기 심장 뛰는 중. 알았어, 그때 봐.

전화를 끊고 정원은 크게 한숨을 쉬었다. 그리고 책상에 흩어진 가랜드를 내려다보았다.

'환영! 아름다운 그녀들의 수다 파티'

정원은 지금 한세미 여사의 하사품을 나누기 위한 호캉스 깜짝 파티를 준비하는 중이었다.

집에 들고 들어가거나 회사 안에 감추기에는 한 여사님에게 받은 짐 꾸러미가 너무 크고 많았다. 거창한 짐을 대체 어찌해야 하나 고민하던 정원에게 호텔 룸에 가져다 놓겠다는 승주의 제안은 매력적이었다.

'매력적 좋아하시네.'

또 다른 정원이 비웃었다.

'넌 그냥 그 사람을 다시 만날 핑계만 계속 만들고 있잖아. 자존심도 없니?'

'응. 나 자존심 없음. 그따위는 개 줬음.'

한세미 여사의 생일 파티 때 다시 이승주를 만나 버린 것도 모자라서 하물며 같이 퇴근까지 했으니, 영주나 경오로선 얼마나 정원을 추궁하고 싶었겠는가. 하지만 원하는 만큼의 허심탄회한 대화를 나눌 시간이 없었다.

아까 정원은 간만에 행사가 잡히지 않은 주중 시간을 이용해서 스트레스도 풀 겸 1박 호캉스는 어떻겠느냐고 두 친구에게 문자로 제안했다.

두말 않고 둘 다 OK를 한 건 '드디어 우리 진솔하게 대화란 걸 합시다' 하는 정원의 마음을 찰떡같이 알아들은 것이었다.

정원은 만들던 가랜드를 완성해 종이 가방에 넣고, 다시 울리는 휴대 전화를 들여다보았다. 화면에 뜬 이름을 내려다보며 잠시 망설였다.

'언제고 피할 수는 없잖아.'

정원은 크게 숨을 내쉬고 씩씩하게 전화를 받았다.

"어, 재완아."

—어디야? 집에 전화했더니 너 나갔다고 해서.

"꽃이 좀 필요해서 꽃 시장 나갔다가 사무실 들러서 할 일 좀 하는 중이야."

─언제 끝나? 같이 밥 먹을래?

"미안. 좀 있다가 다시 고객 미팅 예정 중."

─우리 정원이 많이 바쁘네…….

재완의 목소리에서 뭔가 쓸쓸함이 느껴졌다.

그는 지금 정원이 자신을 의도적으로 피하는 게 아니라, 일이 너무 바빠서 만날 시간을 내주지 못한다고 억지로 납득하는 것 같았다. 그런 것을 느꼈기에 정원의 양심이 따끔따끔 찔렸다.

'우리가 다시 만나면 뭐든 엉망진창이 될 거'라고 승주에게 이야기했던 건 이미 사실로 드러나고 있었다.

10여 년 넘게 가장 좋은 친구로 가까이 있어 준 재완에게 정원은 이미 몹시 미안한 지경이 되고 말았다. 그에게 정직하지 못한 자신을 부끄러워하면서도 정원은 다시 거짓말을 하고 있었다.

"오늘내일 나는 영 짬이 안 날 것 같아서. 재완아, 우리 다음 주 중에 한번 만날래? 이야기할 것도 좀 있고."

─알았어. 주중 언제?

"수요일이나 목요일? 넌 언제가 좋아?"

─목요일이 좋겠다. 수요일에는 지방 출장이야. 목요일에 저녁 같이 먹을까?

"그래. 간만에 술도 한잔하자."

아무 일도 없단 듯이 천연덕스럽게 통화는 했지만 알게 모르게 긴장했었나 보다. 전화를 끊고 나서 정원은 자신도 모르게 큰 한숨을 내쉬고 있었다.

'걔한테 어디까지 말해야 할까?'

이미 재완은 정원이 승주를 만난 것을 알아 버렸다. 승주와의 재회가 우연이듯이 재완이 그가 파티장에 나타난 것을 알아 버린 것도 완전히 우연이다. 그러나 그러한 우연에 대해서 재완에게 설명해야 하는 건 정원의 몫이었다.

'참 어렵다. 일단 내 마음도 내가 아직 모르겠는데, 뭔 설명을 어떻게 해?'

머릿속으론 많은 고민을 하면서도 정작 승주의 유혹에 넘어가 이렇게 달려려는 자신의 이율배반적인 모습이 싫고 부끄럽다.

이윽고 정원은 하던 작업을 마무리하고는 사무실에서 나와 집으로 돌아갔다.

2층 자신의 방에 올라와서 겉옷을 벗는데 전화벨이 울렸다.

이상하다. 그저 전화벨이 울렸을 뿐인데, 가슴이 사뭇 두근거렸다. 확인하지도 않았는데 승주라는 직감이 들었다.

역시나 승주였다.

"응. 나 지금 막 집에 들어왔어요."

ㅡ그랬구나. 난 지금 샤워하고 세탁기에 빨래 넣고 이제 잘 거야.

"야근하고 들어갔잖아. 얼른 자요, 힘들어."

헤어진 지 겨우 네 시간밖에 안 지났는데, 또 무슨 할 이야기가 그새 생겼는지. 옷도 갈아입지 않고 정원은 그를 상대로 또 30분 이상을 재잘대고 있었다.

다시는 만나지 말자고 계속 'NO'를 외치던 스스로를 기만하는 자신을 정원은 도무지 제어하지 못했다. 정말 대책이 없었다.

"빨리 자라니까. 내일 아침에 또 통화해요. 나도 씻어야 해."

ㅡ그래. 알았어. 내일 또 통화해.

전화를 끊고 난 후 남은 외출복을 마저 벗기 시작하는데 또 벨이 울렸다. 승주가 장난처럼 다시 전화를 한 줄 알고 정원은 혼자 좋알거렸다.

"아니, 이 남자가 또? 질척거리긴. 이러면 내가 좀 질리잖아."

장난 그만 치라고 한마디 단단히 해 줄 참이었다. 그러다가 전화기를 집어 든 정원은 낯선 전화번호에 고개를 갸웃했다.

파티 의뢰차 고객이 건 전화인가? 정원은 얼른 비즈니스 톤 목소리로 바꾸며 전화를 받았다.

"안녕하세요. 올댓파티 유정원입니다."

무척 조심스러운 목소리가 들려왔다.

─저기, 유리 전화가 맞을까? 나, 혹시 기억할지 모르겠는데⋯⋯. 저기, 나, 유한센데⋯⋯.

"유한세? 설마⋯⋯?"

정원의 입가에 활짝 반가움의 미소가 맺혔다.

눈이 무척 크고 조용했으며 무엇인가에 눌린 듯 어깨를 조금 움츠리고 다니던 가냘픈 소녀의 얼굴이 금세 떠올랐다.

"혹시 보람고등학교 1학년 6반 13번 유한세? 저 멀리 영국으로 날아간 이후, 어느덧 기억의 안개 저 너머로 사라진 쪼꼬미라면 내가 좀 아는데."

전화기 속 조심스럽던 목소리가 정원의 유쾌한 응대에 활짝 핀 꽃처럼 커졌다.

─어머, 어쩜 좋아! 1학년 6반 12번 유리. 지금 나 소름 돋았어. 어떻게 내 번호까지 기억해?

"내가 공부 머리는 없어도 친구에 대한 건 잘 안 잊어 먹지. 유한세 네 이놈, 지금 어디냐?"

─집이야. 나흘 전에 한국에 들어왔어.

고등학교 같은 반 친구였던 한세.

가나다순 이름으로 정렬한 출석 번호 덕분에 몇 달을 짝꿍으로 친하게 지낸 친구. 그러나 2학년이 될 무렵, 한세는 영국으로 유학을 떠나게 되었다. 연락은 하고 살자고 약속은 했지만 각자 서로 멀리 떨어진 곳에서 인생의 길을 걸어가느라 어느덧 자연스럽게 연락이 끊기고 말았다.

─수정이를 공항에서 우연히 만났는데 네 얘기를 전해 들었어. 파티 플래너라며? 기쁨 천사 유리한테 잘 어울리는 일을 하고 있구나 싶었지. 저기, 유리야, 우리 한번 만날 수 있을까?

근 5, 6년 만에 다시 연락이 이어진 친구의 나지막한 목소리 안에서 어제 만나고 오늘 다시 전화를 하는 듯한 익숙한 다정함이 삽시간에 차올랐다.

"당연히 만날 수 있지. 아니, 만나야지. 유한세, 너 귀국했는데 연락 안 했으면 나한테 진짜 혼났다."

―너한테 부탁할 것도 있고. 내일 시간 될까?

"당연히 되지. 난 상관없어. 네가 편한 시간으로 맞출게."

―그럼 오후 2시쯤? 근사한 데서 차 마시자.

"좋지. 근데 너네 집이 어디쯤이었지?"

―주래마을인데.

"오케이. 거기 '포레스트'라고 예쁜 카페 있어. 검색하면 바로 나올 거야. 거기서 내일 2시, 어때?"

―좋아.

"그럼 거기서 보자. 많이 보고 싶다. 한세야."

―나도 많이 보고 싶어, 내 친구 유리. 그럼 내일 만나. 우리 꼭 보자.

전화를 끊으며 정원은 절로 웃고 있었다. 좋은 기억으로 남은 친구와 다시 이어진 전화 한 통. 딱히 요란스럽지도 않게, 너무 시끄럽지도 않게 정원의 기분이 초여름 이른 아침처럼 상쾌하게 나아졌다.

＊　＊　＊

일요일 오후 2시, '포레스트'.

카페에 들어서자마자, 정원은 망설이지 않고 창가에 앉은 한세에게로 다가갔다.

한세의 길었던 머리는 단발이 되었고, 조금 움츠러들어서 묘하게 슬퍼 보였던 어깨는 당당하게 펴져 있었다. 다가오는 인기척에 고개를 돌리던 한세와 정원의 눈이 마주쳤다.

"유한세."

"유리. 정말 오랜만이야."

"우리 한번 안아 보자."

정원은 먼저 한세를 꼭 끌어안았다.

대학 들어갈 무렵까지는 1년에 한두 번은 꾸준히 연락을 했던 것 같은데.

세월의 굴곡 안에서 미워하거나 특별한 계기가 있었던 것도 아닌데, 어느덧 시간의 저편 너머로 잠시 멀어진 그 인연. 그래서 더 반갑고 애틋한 친구를 정원은 꼭 끌어안았다. 오랜만에 만났어도 어제 만난 것처럼 다정하고 익숙한 그 온기를 느꼈다.

"우리 얼마 만이지? 한 5년 됐지?"

"응. 5년 만이지. 대학 졸업반 그때, 내가 며칠 한국 나왔을 때 본 이후로 처음이니까."

"어떻게 지냈어?"

"영국에서 밥 벌어먹을 만큼 잘 살았어."

그 한마디로 족했다.

연락이 끊어졌던 그사이, 한세는 현지 대학을 졸업했고, 프랑스 항공사에 취업해 벌써 경력 4년 차인 승무원으로 일하고 있다고 했다. 그러면서 또 책을 내려고 열심히 글쓰기 공부도 하고 있다고 말했다.

"바쁘겠다."

"응. 그래서 한국에도 정말 간만에 나온 거야."

한세가 조금은 수줍어하면서, 또 행복한 표정을 감추지 못하면서 말했다.

"곧 결혼할 것 같아."

"와아, 축하해. 어떤 사람이야?"

한세가 대답하기도 전에 정원이 고개를 흔들어 그녀의 대답을 가로챘다.

"대답하지 마. 당연히 좋은 분이시겠지. 안 그래?"

"좋은 사람인 거 어떻게 알았어?"

"내 친구 한세가 정말 좋은 사람이니까. 이런 멋진 여성을 모셔 가는 사람이라면 더 멋진 사람인 게 당연하잖아."

정원의 말을 듣고 있던 한세가 빙그레 웃었다.

"우리 유리, 사람 기분 좋게 만드는 건 여전하다. 예쁘게 말하는 건 하나도 안 변했네."

"변하면 유리가 아니지. 근데 있잖아."

정원은 핸드백에서 명함을 꺼내 한세에게 건넸다.

"보람고등학교 1학년 6반 13번 유한세야. 보람고등학교 1학년 6반 12번 유리가 개명했단다. 이제부터 유정원으로 불러 줄래?"

"응? 보람고등학교 1학년 6반 12번 유리가 언제부터 유정원이 되었어?"

"그게, 좀 버라이어티한 사연이 있단다."

유리에서 유정원으로 변한 그 사연을 이제는 담담하게 말할 수 있다.

넘어간 인생의 한 페이지. 많이 후벼 파서 붉은 피가 흐르던 그 상처에 시간의 딱지가 앉고 이젠 아물어 가는 중인가.

그랬던 그녀가 승주를 다시 만남으로 해서 새로운 상처를 스스로 만들어 가고 있는 건지도 모른다.

"1년 만에 결혼, 이혼까지? 정말 네 말대로 폭풍 같은 스토리구나."

"그러게. 내가 이혼녀로 널 다시 만날 줄은 생각도 못 했어."

정원이 자탄하며 주스를 한 모금 빨았다.

"저기, 그런데 말이야. 너무 좋아서 전격적으로 결혼했다가 갑자기 왜 이혼했는지 물어봐도 돼?"

한세가 잠시 망설이다가 조심스럽게 물었다.

"그렇게 조심스럽게 굴지 않아도 돼. 나만 이혼한 것도 아닌데 뭐. 이혼의 이유란 이혼하는 사람들 수만큼 있다고들 하던데 난 왜 이혼했을까? 그건 아마도……."

이혼 직후, 무조건 편들어 주는 식구들에게나 친구들에게 구구절절 토해 내던 수천 가지 이혼 사유들. 당사자 승주 앞에서 원망과 더불어 잘도 쏟아

내던 이혼의 원인들을 나열하려 하던 참이었다. 갑자기 말문이 막혔다.

정원은 잠시 주춤하다가 맥없이 중얼거렸다.

"뭐, 둘 다 잘못한 게 있으니까 이혼한 건 맞는데. 이것저것 따져 보면…… 내가 철이 좀 없었던 거 같아."

말을 하다 보니 그만 얼결에 정답을 말해 버린 기분이 들었다.

그러고 보니 정원 자신은 한 번도 이혼 문제에 대해서 자신의 행동을 비판하거나 되짚어 본 적이 없었던 것 같다.

이혼도 서러운데, 사랑받지 못하고 쫓겨나다시피 한 이유를 스스로 따져야 한다니 너무 억울하고 비참해서 죽을 것 같아서였다.

결혼도 둘이 했지만 이혼도 둘이 얽힌 일이니 일방적 책임은 없을 것이다. 단지 누가 더 잘못했느냐 하는 과실과 책임의 지분 차이만 있을 뿐이지.

그러나 정원은 그동안 그런 과정을 무시했다.

내 잘못은 없었을까, 내 태도에는 문제가 없었나, 되짚어 가면 이혼의 책임이 점점 승주에게서 자신에게로 기울어져 갈 것 같아서 무서웠다. 그 진실을 직시하는 것을 견딜 수가 없었다.

스스로를 책망하고 그 책임과 과오를 인정하느니 상대인 승주를 미워하고 시댁을 원망하고 화를 내는 편이 훨씬 쉬웠다. 가해자보단 피해자로 사는 게 훨씬 더 편안했으니까.

"그냥 사랑이면 모든 게 해결되는 줄 알았어. 친정에서 내가 살던 그대로 남편하고 같이 재미있게 살면 다 되는 줄 알았지. 근데 아니라는 걸 너무 늦게 알았어. 그 사람도 결혼하면 자신만의 라이프 스타일을 양보하고 상대를 위해 더 많이 배려하고 희생해야 한다는 개념이 부족했던 것 같지만, 나도 만만치 않았었지."

정원은 열없이 비시시 웃고 말았다. 돌이켜 보면 스스로가 한심스럽다고 생각할 정도로 철없이 굴었던 적이 꽤 많았다.

"시댁에 행사가 있으면 내가 아내로서 며느리로서 어떤 역할을 해야 하나 그런 생각을 하기 보다는 네일 샵부터 예약했지. 그날 어떤 매니큐어 색을 해야 하는가가 가장 중요했거든. 하하하. 시댁에 일할 게 있으면 친정 엄마한테 도우미 아줌마 보내 달라고 징징대는 스타일이었어. 시댁 어르신들 눈에 비친 나란 얼마나 어이없는 며느리였을까?"

승주를 따라 미국에서 지낼 때도 마찬가지였다. 사람들에게는 그때 너무 외롭고 무료해서 우울증 걸렸다고, 그걸 방치하고 무시한 남편에게 질려서 이혼했다고 말해 왔다.

"근데 지금 생각하면 그때의 내가 너무 한심한 거 있지?"

"뭐가?"

"그때의 난 뭔가를 혼자 하려는 생각이 아예 없었던 것 같아. 지금 내가 이렇게 파티 플래너가 될 줄 알았다면 그때 미국에서 관련 전문학교나 다닐걸. 미국이나 유럽이 파티 기획 이런 쪽으로 더 발전되어 있잖아."

"그건 그렇지."

"어학이 좀 딸리기는 했어도 좋아하는 공부니까 곧잘 따라갔을 것도 같은데. 좋은 기회를 놓친 게 너무 억울해. 공부하기가 싫었다면 교회라도 나가든지, 골프라도 치고 열심히 파티라도 돌아다닐걸. 나름 유명한 파티 걸이 되었으면 지금보다 더 근사한 파티 플래너가 되었을 수도 있었는데 말이야. 그때 난 왜 집에 콕 틀어박혀 무작정 남편만 기다리면서 울었을까? 혼자 놀 줄도 모르고 왜 공부하는 사람만 벅벅 긁었을까? 그러니까 어린 거지."

그녀를 외롭게 만든 승주를 미워했고 방치되었다 싶어서 화를 냈다. 사랑받지 못한다고 원망했다. 그런 불평과 눈물, 하소연으로 스스로의 모자람이나 실수, 잘못을 전부 덮어 버렸다.

"지금 너랑 이야기하다 보니까 그 무렵 내가 많이 비겁했구나 싶네. 사실 이혼의 피해자라고 떠들고 다니는 게 은근히 살기 편했거든."

가차 없는 정원의 자기비판 앞에서 한세가 슬그머니 웃었다.

"우리 유리, 확실히 어른 된 거 같아."

"근데 내가 이걸 깨달은 것도 얼마 되지 않았어. 하, 갑자기 웃프다."

자신의 철없는 맨얼굴과 약점을 고백하고 나니 어쩐지 속 시원하고 마음속 돌덩이가 하나 떨어진 것 같다. 정원은 어깨를 으쓱했다.

"그래도 나름 잘 이겨 냈고, 이제는 조그맣지만 내 사업 하면서 그럭저럭 살아가니까, 뭐. 너무 마음 아픈 얼굴 하지 마."

"그래. 보기 좋아. 내가 아는 우리 유리, 아니, 정원이는 늘 긍정적이고 유쾌한 친구였으니까. 잘 이겨 냈다고 하니 정말 다행이다."

한세가 정원이 준 명함을 소중하게 어루만졌다.

"정원아, 널 만나려고 한 건 네가 정말 그립기도 했지만 부탁할 일이 좀 생겨서."

"부탁? 뭔데?"

"결혼식은 아무래도 프랑스에서 할 것 같은데. 우리 엄마가 좀 편찮으셔."

"그래? 어디가? 얼마나 편찮으셔?"

"좀 그래. 그냥 사람들이 다 아는 그 병이지 뭐……."

풀죽어서 대답하는 한세의 표정이 사뭇 어두워졌다. 중병이란 뜻이었다.

"결혼식 때 현지로 오시긴 힘들 것 같아. 그래서 한국 우리 집에서 간단한 약혼식으로 결혼식을 대신하기로 결정 났거든. 정원이 네가 내 약혼식을 준비해 주면 안 될까?"

"축하해. 근데 저기…… 나한테 약혼식을 부탁해도 돼?"

"뭔 소리야?"

한세가 의아하다는 듯이 정원을 건너보았다.

"그게…… 정말 좋은 일인데, 내가 너 약혼식을 준비해 주는 건 정말 영광이고 기쁜 일인데, 어쩐지 내가 이혼한 게 마음이 좀 걸리네."

세간에는 이혼한 사람이 성스러운 결혼 준비에 끼다니 그건 말도 안 된다고, 정말 싫다는 사람도 있었기에 영 조심스러웠다.

한세가 피식 웃으며 테이블 아래 발끝으로 정원을 걷어찼다.

"돈 벌어, 이것아. 왕복 우주선 날아가는 시대에 무슨 미신이야, 그게?"

정말 좋아하는 친구니까, 꼭 행복했으면 하는 사람이니까.

친구 앞날에 단 한 점의 마가 끼는 짓도 안 하고 싶다. 한동안 연락이 끊겼던 한세가 일부러 정원 자신을 수소문해서 파티 준비를 부탁하는 마음 씀씀이가 너무 고마워서 오히려 더 미안해지는 이 마음을 알까.

"너랑 함께할 때 많이 행복했어. 그래서 그래."

한세가 조용히 말했다.

"내가 유학 가기 전 마지막 생일 파티, 그때도 네가 먼저 나서서 준비해 줬잖아. 기억나지? 우리 그때 정말 재미있게 놀았잖아."

"응. 지금도 그때 생각하면 혼자 피식피식 웃어."

돌멩이 하나가 굴러도 까르르르 웃음 터지는 여고생 다섯 명이 모였다.

한세의 생일 파티 겸 환송 파티. '한세&만세 패밀리'라고 새겨진 단체 티를 맞춰 입었지. 똑같이 미키 마우스 머리띠도 하고, 춘천행 전철을 타고 떠났던 그날의 여행.

호수가 보이는 펜션 하나 빌려서 밤새 게임도 하고 노래도 하고 속맘을 털어놓고 울기도 하고……

지금도 곱씹으면 눈물부터 왈칵 날 것같이 예쁘고 애틋한 추억을 쌓았던 짧은 그 작별 여행이 생각났다.

"유학 가서 많이 힘들 때 있었어. 그럴 때마다 생각했지. 왜 이래? 나도 한국 가면 친구 많아, 이것들아. 내가 전화만 하면 우리 친구들이 당장 비행기 타고 와서 니들 코 납작하게 만들어 줄걸? 그런 든든함, 뭔지 알지?"

"어, 우리가 좀 세지. 다들 '언니과'잖아."

한세와 정원은 서로 마주 보며 큭큭 웃었다.

"내 결혼, 제일 먼저 정원이 너한테 축하받고 싶었어. 너라면 정말 기쁜 마음으로 있는 힘껏 내 행복을 빌어 줄 친구니까."

"감격이다, 야. 고마워."

정원이 손가락으로 눈물을 훔치는 시늉을 했다. 둘은 다시 마주 보며 까르르르 웃음을 터트렸다. 10년 전 춘천으로 놀러 가던 기차 안에서처럼.

"약혼은 곧 한다 치고 결혼식은 언제?"

"6개월 후에. 나 이제 한국 안 들어오려고. 그 사람하고 결혼하고 나서 프랑스 국적 취득하게 될 것 같아."

"큰 결심 했구나. 우리 한세를 완전 빼앗아 가는 멋진 매력남은 누구래. 보고 싶다, 야."

한세가 살며시 미소를 지었다. 결혼을 앞둔 사람이 가질 법한 복잡 미묘한 표정, 행복하기도 하고 어색하기도 하고 설레기도 하고 불안하기도 한 혼란스러운 미소였다.

"약혼식 전에 도착할 거야. 그때 소개해 줄게."

"그래. 꼭 부탁해."

"프라이빗 약혼식을 준비하는 거면 아무래도 현장을 사전 답사 해야겠지?"

"사전 답사는 필수지. 행사장 공간도 봐야 하고 하객 동선도 파악해야 파티장을 어떻게 꾸밀지 견적이 나오거든. 넌 네 약혼식을 어떤 테마로 생각하고 있어?"

한세가 생각하는 약혼식 이미지를 열심히 듣고 메모하면서도 정원은 속으로 중얼거렸다.

'나도 결혼식 준비할 때가 제일 행복했지.'

승주와 정원은 만난 지 3개월 만에 초고속 결혼을 했던지라, 약혼식은 없었다.

"알았어. 네가 원하는 이미지가 뭔지 알 것 같아. 메모 참고해서 더 궁리하고 많이 기획해서 진짜 근사한 약혼식장 만들어 줄게. 걱정 마."

말을 하면서도 정원은 속으로 홀로 생각했다.

'이번 행사는 영주가 안 좋아하겠다.'

역시나 이런 행사는 돈이 될 수가 없다. 좋아하는 친구의 약혼 파티이니, 정원으로선 아무리 사업이라 해도 경비 생각지 않고 초호화판, 최고의 수준으로 모실 작정이었다.

상담을 끝내고 저녁 식사를 같이하자는 요청에 한세가 고개를 저었다.

"미안해. 나도 그리고 싶은데 엄마가 혼자 계시거든. 아무래도 앓고 계시니까……."

"그렇지? 이해해."

"내가 없을 때는 씩씩하게 잘 견디시더니만 정작 내가 귀국하니까, 내가 안 보이면 영 불안하신가 봐. 엄마랑 같이 저녁 먹어야 할 것 같아."

"알았어, 우리 효녀 씨. 담에 같이 식사해. 참, 어머니 드시게 빵 좀 사 줄까? 여기 카페, 빵 맛있어."

사양하는 한세에게 맛있는 빵 봉지를 들려서 보내고 막 차에 시동을 거는데, 휴대 전화 액정 화면이 반짝였다.

[스카이호텔 1501호. 올래?]

악마의 유혹보다 더 지독한 유혹. 승주가 보낸 메시지였다.

한세미 여사로부터 받아 온 어마어마한 선물을 가져다 놓는다는 핑계로 호텔에 간 건 이해를 하겠는데, 굳이 객실 번호를 알려 주는 속셈은 뻔했다.

그도 알고 정원도 알고 있듯 밀회였다.

다시 메시지 알림이 울렸다.

[밥은 먹었어?]
[아직.]
[맛있는 거 먹자. 스카이호텔 여기, 맛집 많아.]
[거기까지 가려면 한 시간은 걸리는데.]

[느긋하게 기다릴 테니 난 좋은데.]

정원은 입을 비죽였다.

'치잇, 내가 당연히 갈 줄 알고 있다는 거야, 뭐야? 얄미워.'

그러면서도 그녀의 손가락은 어느새 답을 입력하고 있었다.

[5시까지 도착할게요.]

한참 운전을 하고 가는데 이번에는 승주가 전화를 했다.

─커피 사러 나왔어. 뭐 마실래?

사려 깊고 다정한 목소리를 듣는 순간, 갑자기 혼란스러운 머릿속이 싹 맑아졌다. 삽시간에 온갖 고민거리들이 사라지고 말았다.

"카라멜 마끼아또. 휘핑크림 잔뜩."

─몇 시쯤 도착할 거 같아?

"내비로는 5시 19분. 주차장 도착."

─알았어. 시간 맞춰서 사 들고 들어갈게. 카라멜 시럽 많이 뿌려 달래야지?

"당연."

전화를 끊으면서 정원은 입을 비죽였다.

'쳇. 이렇게 잘할 수 있으면서, 연애할 때나 결혼했을 때는 왜 안 해 줬대?'

그런데도 괜히 기분이 좋았다. 승주와 만난다는 생각에 일렁이던 혼란도, 재완과의 통화 때문에 밀려오던 자괴감도 하늘 저 멀리로 이미 사라졌다.

서쪽 하늘에 걸린 태양이 유유히 흐르는 한강 물에 비쳐 황금빛으로 일렁이고 있었다. 간만에 보기 드문 청명한 하늘과 햇살의 하모니, 꼭 경쾌한 음악 같았다.

"아, 날씨 참 좋다."

정원은 괜히 라디오 볼륨을 최대한으로 올리고, 액셀을 밟는 다리에 힘을 주었다.

이렇듯이 정원은 기회만 나면, 시간이 되면 그를 만날 어떤 핑곗거리라도 있으면 무작정 그를 향해 달려가던 연애 시절로 다시 돌아가고 있었다.

같은 시간, 승주가 강변동 스카이호텔 안에 있는 카페에 들어섰다.

"카라멜 마끼아또 라지 하나. 카페라떼 라지 하나."

"차가운 걸로 하시겠습니까, 따뜻한 것으로 하시겠습니까?"

"둘 다 따뜻하게. 마끼아또에는 휘핑크림이랑 카라멜 시럽 많이 얹어 주세요."

"가져가시나요?"

"네."

"알겠습니다. 22,500원입니다."

직원이 계산을 마치고 카드와 호출 벨을 건네주었다.

일요일이라서, 호텔 안 카페는 제법 붐비고 있었다.

눈으로 빈자리를 찾던 승주는 막 자리에서 일어나는 사람들을 발견했다.

'응?'

비워진 그 자리로 다가가던 승주가 출입구 쪽으로 고개를 돌렸다. 잘못 본 건가 싶었지만, 아니었다.

다들 한 번은 돌아볼 만큼 쭉쭉빵빵한 미인의 낭창한 허리를 끌어안고 나가 버리는 남자는 분명 누나 윤민의 남편, 그러니까 매형인 송현석이 확실했다.

'제 버릇, 개 못 준다더니. 쓰레기 자식!'

현석이 윤민과 결혼한 신혼 초부터 딴눈을 팔고 다닌다는 이야긴 들어왔다. 그러나 말로 듣는 것과 실제로 외도 현장을 목격하는 건 천지 차이였다. 기분이 너무 더러웠다. 승주 자신이 모욕당하고 능멸당하는 느낌이었다.

'개자식. 바람피우는 주제에 알아보는 사람 없을 해외나 지방에 나가 주는 매너쯤은 있어야 하잖아.'

대체 얼마나 낯짝이 두꺼우면, 또 얼마나 아내를 무시하면 이렇게 사람들이 득시글거리는 주말의 호텔 카페에서 내연녀와 노닥거리고 있었던 걸까?

'내 기분이 이렇게 더러운데 당사자는 오죽할까?'

동시에 결혼 전부터 후리고 다니는 여자가 열 손가락을 넘는 난봉꾼이라더라 하는 현석의 악명을 익히 알면서도 결혼을 강행시킨 어머니 나서희에 대한 분노가 다시 끓어올랐다.

그러다가 승주는 씁쓸한 입맛을 다셨다.

'그렇다고 동정도 못 하겠어. 제 발로 그런 결혼식장에 들어갔으니.'

남편이 될 남자의 추문을 모두 듣고 알았으면서도 '광성 그룹의 며느리'란 타이틀에 혹한 게 분명했다. 나서희가 시키는 대로 불행해질 게 뻔한 결혼을 진행한 윤민이기에 아무리 동생이라지만 승주가 도와줄 게 없었다.

승주의 예측대로 윤민과 현석은 결혼 초부터 알 만한 사람들 사이에서 '따로국밥 부부'로 소문났다.

한 여자로서, 한 남자의 아내로서 엄청난 굴욕일 텐데도 윤민은 겉으로는 태연했다.

불성실한 남편의 외도 정도는 눈감아 주면서 정숙한 아내로서, 도리 잘하는 며느리로서 역할을 잘해 내는 듯했다.

결혼 직후 임신해서 떡하니 아들딸 남매까지 낳았으니 위세 당당한 시댁 앞에서도 아주 떳떳하다는 얼굴이었다. '남편 너는 바람피우렴, 난 본처 자리 누리면서 잘 먹고 잘 살 테니까' 그런 달관한 태도를 견지했다.

그러나 승주에게는 누나 윤민의 결혼 생활이 너무 굴욕적이고 역겨웠다. 그로 하여금 '절대로 난 저렇게는 안 살아' 하는 결심을 굳게 만들어 준 또 하나의 계기가 되었다.

결국 같은 부모 아래 태어난 남매였어도 승주와 윤민이 가진 행복에 대한 기준이 완전히 달랐던 것이리라.

승주가 예전이나 지금이나 똑같이 전처 정원에게 속절없이 빠져 버린 건 가식이나 위선, 계산이나 체면 따윈 전혀 생각지 않고 정면으로 그에게 돌진하던 그녀의 투명한 존재감 때문이었다.

겉과 속이 다르지 않은 유일한 사람. 마음이 이끄는 대로 몸도 따라오는 그녀. 진심 어린 사랑 말고는 그에게서 아무것도 바라지 않았던 단 한 사람. 그 눈을 들여다보고 있으면 말간 마음이 그대로 보였다.

위선과 가식적인 처세에 지친 승주의 마음을 정화해 주는 안식처이자 메마른 마음을 적셔 주는 옹달샘이었다.

6월의 청신한 신록 아래로 유유히 흐르는 한강을 내다보며, 승주는 나직하게 한숨을 쉬었다.

'그래서 내가 너를 못 놔, 정원아.'

살고 싶어서. 그냥 사는 게 아닌 행복하게 살고 싶어서…….

그런 그녀가 지금 그를 향해 달려오고 있다. 오래전에 말라붙은 행복을, 인생의 단맛을 그에게 쏟아부어 주기 위해서.

잠시 후 보게 될 정원에 대한 생각만으로 그의 영혼이, 굶주린 늑대의 육신이 설레고 있었다.

그때, 그의 휴대 전화 화면에 메시지가 떴다.

[이승주 박사. 백동호입니다. 나현이 처제 통해서 근황은 잘 듣고 있어요. 긴요한 이야기가 있어서 한번 만나고 싶은데. 연락 기다릴게요.]

승주는 절로 이맛살을 찌푸렸다.

'나현이 처제'라는 대목에서 백동호라는 낯선 이름의 정체를 간신히 유추해 낼 수 있었다.

'박나현 선생 형부? 왜 이 사람이 날……?'

승주로선 도대체 맥락 없고 뜬금없는 면담 요청이었다. 의아하다 못해 당혹했고, 당혹하다 못해 뜨악했다.

이전 완담동 저택에서의 생일 파티 때 반어거지로 나현의 남자 친구 모양새가 되어 그녀의 형부인 백동호와 서로 인사를 나누긴 했다. 하지만 이렇게 개인적인 연락을 주고받을 만큼 오래 대화를 나눈 것도 아니고 승주가 자신의 전화번호를 알려 준 적도 없었다. 물론 백동호에게서는 명함을 받았지만 어디다 뒀는지 기억도 나지 않았다.

'역시 그 생일 파티에 가는 게 아니었어.'

다시 또 자괴감으로 승주의 마음이 얼룩졌다.

끝내 거절했으면 이런 귀찮은 일에 휘말릴 일이 없었을 텐데.

그의 버릇인 회피와 침묵에 의해 만들어진 또 하나의 곤란한 사태였다.

그때 주문한 음료가 준비되었는지 호출 벨이 울렸다.

커피를 받으러 간 승주는 돌아서다가, 진열장 속 미니 케이크를 보았다.

"이 케이크는……?"

"네. 시즌 한정 메뉴입니다. 어제부터 판매하고 있습니다."

잠시 미니 케이크를 바라보던 승주가 카드를 꺼냈다.

"포장 부탁합니다."

20분 후.

객실에 도착한 정원이 커피와 함께 놓인 케이크를 보며 인상을 썼다.

"'너랑 살구 싶다'? 거참 케이크 이름 한번 요란한데?"

"살구 철이잖아. 시즌 한정품이라는데, 살구 크림으로 만들었대. 맛있다더라."

"뭐 맛있어 보이기는 하지만, 이승주 씨답지 않게 당황스럽네. 이런 잔망스러운 케이크는 어디서 찾아냈어요?"

"아래 카페에 커피 사러 갔는데 이게 있더라고."

"꼭 이렇게 노골적이어야만 하나? '너랑 살구 싶다'라니. 이런 스타일은 나지, 당신이 아니잖아요."

"그런가?"

승주가 겸연쩍게 웃었다.

"난 어디에서든 잘도 희한하고 재미난 걸 잘 찾아 오는 당신이 참 좋았어. 그래서 이젠 내가 당신을 한번 닮아 보려고."

승주가 커피 잔을 들어 정원의 손에 쥐여 주었다.

그리고 한 손으로 정원의 볼을 살짝 어루만졌다.

"당신이 와 줘서 너무 좋아. 지금 무진장 행복해."

그리고 두 사람은 약속이나 한 듯이, 지난 만남에서도 그랬듯이 말 대신 키스했다. 이 순간 마음이 시키는 그대로 정직하게.

입술과 혀끝에서 전해지는 아찔한 감각. 그 농밀한 순간이 지나고 난 후, 승주가 정원의 얼굴을 어루만지며 조용히 말했다.

"확실해. 당신을 만나면 만날수록 우린 아직도 남은 게 많다는 걸 알아 버려."

그게 미련이든 사랑이든. 아니면 치졸한 집착이거나 혹은 싸구려 욕정이라 해도.

무어라 정확한 이름을 붙일 수는 없지만 서로를 보기만 해도 활활 타 버리는 불씨. 어리석은 회색 심지가 다시 새빨간 불길로 타오르고 있었다.

조금의 자극만으로도, 한 번의 키스만으로도 용암이 되어 끓어 버리는 운명이었다.

그렇게 다시 활화산이 되어 터져 버렸다.

나신이 된 두 사람이 한 몸처럼 함께 누운 침대 위로 서로의 다디단 체향이 흘러 지나갔다.

한동안 승주의 가슴에 얼굴을 묻고는 가쁜 숨을 고르던 정원이 살그머니 그에게서 벗어나 돌아누웠다.

드러난 맨어깨에, 목덜미에 승주의 입술이 닿았다.

그가 나직하게 물었다.

"지금 무슨 생각 해?"

"……내가 진짜 바보 멍청이라는 생각."

달콤한 꿈에서 깨어나니 보이는 건 새삼스럽게 적나라한 현실들뿐. 승주와 만나면 정원은 늘 이렇게 갈팡질팡 제대로 된 계산을 하지 못하고 이랬다가 저랬다가, 스스로 생각해도 미친년같이 오락가락하고 만다.

"왜?"

"이만하면 나이도 먹었고 결혼에 이혼에 풍파도 제법 겪었고 사업한답시고 이런저런 고객들 상대로 얼굴 거죽도 제법 두꺼워졌다고 생각하는데. 이렇게 갈팡질팡, 뭐가 옳은지 그른지도 모르고, 해도 되는지 해서는 안 되는지도 분간 못 하고 계속 당신을 만나러 오는 것도 모자라서 이렇게 같이 자고 있는 내가 너무 한심스러워."

어제도 오늘도, 이번에도 지난번에도, 했던 말을 또 하고 다시 또 하고.

똑같은 결심을 하고 와선 깨트리고 번복하고 다시 후회하고…… 영원한 뫼비우스의 띠였다.

"바보 멍청이는 나지, 당신이 아니야."

"아냐. 나야말로 바보 멍청이야. 만날 당신을 안 만난다고 그래 놓고! 그게 오래도 되지 않았어. 그런데 또 이렇게 당신이 전화를 하자마자 호다닥 달려와서 속절없이 같이 자 버리잖아. 바보 아니면 뭐겠어?"

"그냥 갈등하지 말고 연애하자니까."

"그런 말 하지 말라니까."

"연애 싫어? 그럼 다시 결혼할래?"

"미쳤지!"

소스라치게 놀라서 정원이 발딱 몸을 일으키며 소리쳤다.

"사람 말을 뭐로 들은 거야, 엉? 난 죽어도 당신하고 다시 연애 안 해. 당연히 결혼도 마찬가지고. 큰불에 호되게 데어서, 큰 화상 입고는 거의 죽을 뻔한 사람한테 다시 불길에 뛰어들라고 유혹해요, 지금?"

"내가 아직 당신을 유혹할 힘이 있긴 하고?"

눈썹을 치켜뜨고 정원은 신경질을 부렸다.

"그렇게 예쁘게 웃지 마요! 그런 웃음에 약한 거 뻔히 알면서."

"난 당신이 여전히 좋아. 우리 둘 다 싱글이고 만나지 못할 이유가 없잖아."

"내가 싫다고."

"싫은 이유가 뭔데?"

그가 전화를 하면 이렇게 냅다 달려오는 주제에, 그가 키스하면 더 좋아서 더 뜨겁게 되돌려 주는 주제에, 너무나 당연하다는 듯이 베드 인 해서 아찔, 짜릿한 놀이를 즐겼으면서.

그런데도 그와의 연애는 싫다고 말하려니 정원은 이율배반적이고 가증스러운 자신에게 기가 찼다.

그러나 어쩔 수가 없다. 그를 만나 이렇게 키스하고 같이 자는 게 좋은 정원도 자신.

그럼에도 그와 연애를 하는 것 따위에는 진저리를 치는 정원도 다 자신이었다.

"그럼 연애하지 말고 나랑 놀아만 주라. 당신이랑 같이 있으면 너무 좋아. 재미있어서 당신이랑 계속 놀고 싶어."

"흥. '너랑 계속 자고 싶어'로 들려, 그거."

시커먼 속셈이 딱 보이는군. 정원이 눈을 흘겼다.

"일단, 복잡하고 귀찮아지는 게 싫어."

"뭐가 복잡하고 뭐가 귀찮아? 말해 봐. 내가 다 처리할게."

"웃기지 마요. 우리가 얼마나 요란하게 이혼했는지 잊었어요?"

정원이 침대에 걸터앉아 바닥에 떨어진 자신의 옷가지들을 주섬주섬 주웠다.

뜨겁게 불타는 시간이 지나면 벌거벗은 등을 보이며 옷가지를 정리하는 이 우스꽝스럽고 민망한 순간이 이혼한 부부가 다시 만나는 현실의 모습이었다. 민망함이 전신을 적셔 버리는 어떤 어색한 비애였다.

"일단 가족들. 당신은 우리 집에서 절대로 용서받지 못할 천하의 악당이고, 나 역시 완벽한 이승주를 유혹해서 타락시키고 부모를 거역하게 만든 것도 모자라서 이혼남으로 만들어 버린 천하의 개쓰레기 불여우잖아. 근데 우리가 다시 만난다는 걸 알아 봐. 양가에서 가만히 있을 거 같아요? 잘했다, 장하다 칭찬할 거 같아?"

콕 찌르는 정원의 말에 승주가 침묵했다.

"이게 현실이라고요. 어떤 일이 벌어질지 당신도 상상 가능하니까 지금 아무 말 못 하는 거 아냐. 근데……."

정원이 그에게 등을 보인 채 맥없이 중얼거리며 솔직한 내심을 드러냈다.

"나 이제 겨우 서른 바라보는 나인데. 뭐 절대로 남자는 안 만나겠다, 연애니 결혼 따위 전혀 생각 없다, 그러면 거짓말이고. 언젠가 연이 닿는 사람이 생기면 다시 연애도 하고 재혼도 하겠지만 아무리 생각해도 당신은 아닌 거야. 절대로! 세상에 남자가 이승주 당신 하나밖에 없어도 당신하고는 절대로 안 하겠다는 거지."

"설명해 줘."

그가 등 뒤에서부터 두 팔로 가만히 안아 왔다. 정원의 머릿결에 얼굴을 묻었다.

"내가 단념하게. 당신이 나더러 미친 짓을 멈춰야 한다니까 그 이유라도 알아야겠어."

"귀찮은 건 뭐 그럭저럭 참을 수 있지. 하지만 우리 둘 다 다시 불행해질 게 뻔하니까. 아까부터 내가 내내 말했던 거잖아."

정원은 바닥만 내려다보며 중얼거렸다. 그녀의 몸에 닿은 그의 손이 멈칫 굳어지는 게 느껴졌다.

정원이 몸을 돌이켰다.

"델라는 잘 있어요?"

"델라?"

뜬금없는 정원의 질문에 승주가 조금 어이없는 표정이 되었다.

델라는 승주의 집에서 키우던 포메라니안 종 반려견이다.

두 사람의 미래와 관계에 대해서 심각한 이야기를 나누고 있는데, 갑자기 강아지 안부를 묻자 얼떨떨한 것이다.

"델라, 무지개다리 건넜어. 재작년에."

"그래요?"

"나이가 많았잖아. 열두 살이었으니까. 췌장암이었대. 델라 때문에 해민이가 많이 울었다더군. 해민이가 데려온 애였으니까."

"내가, 평창동에서 말이죠. 델라보다 서열이 낮았어요."

"뭐?"

"기억 안 나요? 내가 당신 따라서 평창동에 첫인사 드리러 간 날, 델라가 내 손 물었던 거. 근데 어머님도 아가씨도 델라를 안 혼냈어."

델라는 건방진 주인을 닮아서인지 아님 너무 귀염만 받아 버릇이 나빠진 건지 여간 제멋대로가 아니었다. 첫날 손님으로 온 정원이 친하게 지내자고 손을 내밀자 왈칵 물어 버릴 정도로 앙칼졌다.

한쪽에선 사람이 물려서 피가 나는데, 시모 나서희나 시누이 해민은 오히려 강아지가 낯선 사람 때문에 예민해졌다면서 델라를 달래 주고 비위 맞추는 데 급급했다.

"당신이 델라한테 화내고 아가씨더러 방에 가둬 두라고 하니까, 아가씨가 어떻게 했는지도 기억나죠? 델라를 왜 가둬야 하냐고, 델라가 싫어하는 사람을 마음대로 데리고 온 오빠 잘못이 아니냐고 내 앞에서 당신한테 대들었어. 근데 어머님도 아가씨 편들더라. 결국 평창동에서는 나는, 나 유정원은 개만도 못한 사람이었던 거지."

단지 이승주를 사랑한다는 이유만으로 그런 대접을 받으면서도 견뎠다. 수모를 참았다. 상관없다고 멍청하게 묻어 버렸다.

"평창동에 갈 때마다 델라가 나만 보면 으르렁대고 무시하고 패악질 부려 대는 거 당신은 못 느꼈어요? 나, 개한테도 무시당한 며느리였어. 친구들한테 델라 이야기를 하니까 다들 기함하더라. 갑질 보통 아닌 시누 둘도 모자라서 앙칼진 개시누까지 모시고 사느냐고."

"……미안하다."

승주는 지난번과 똑같이 다시 사과할 도리밖에 없었다.

"당신이 미안해할 일은 아니지만 말이죠."

그를 건너다보는 정원의 눈이 그 시절 그녀가 감수하고 참아 내던 슬픔을 그대로 말갛게 보여 주고 있었다.

그렇게 유리는 개보다 못한 며느리였다. 사랑에 미쳐 어리석어진 유리는 이승주를 사랑해서라며 그걸 견뎠다.

"이 흉터가 지워지지 않아."

정원이 승주 앞으로 손을 내밀었다. 그때 델라에게 물린 상처가 아문 그 자리였다.

그 당시에는 별거 아니라고 치부했지만 사실은 두 바늘이나 꿰매야 할 정도로 꽤 깊은 상처였다.

"이 흉터를 보고 있으면, 난 그런 생각을 해요. 사연 많은 이야기책 같다고."

보통은 잊고 살지만, 가끔 새삼스럽게 존재가 느껴져 곰곰이 들여다보면 그 흉터가 생긴 날의 기억이 생생하게 떠오른다.

그때 알았어야 했다. 승주와 결혼하게 되면 정원의 인생은 예고도 없이 키우는 강아지에게도 무시당하고 물어뜯기는 상황이 펼쳐지리라는 것을. 그때 그냥 도망쳐야 했었는데…….

잠시 말을 잃고 정원의 손을 물끄러미 내려다보던 승주가 그 손을 꼭 잡았다. 그러고는 애틋하게 쓰다듬었다.

"미안해."

몇 번을 곱씹어 보아도 그는 정원에게 계속 미안하다는 말밖에 할 게 없다.

두 사람의 과거 결혼은 시간이 흘러 상처는 아물었어도 흉터는 그대로였다. 오롯이 그가 감당해야 할 후회와 죄책감의 다른 얼굴이었다.

"우리 정원이는 사랑받아야 마땅한 사람인데."

이혼 후 종종 승주는 되새기곤 했다.

자신은, 정원의 소중한 그 사랑을 너무 쉽게 얻었다고.

그랬기에 정원이 주는 그 투명한 마음과 순정이 얼마나 소중한지 미처 제대로 알지 못했고, 그래서 너무 하찮게 잃었고, 지울 수 있다 생각했다.

어머니 나서희의 말대로 사랑은 다시 하면 될 일, 결혼할 여자야 다시 만나면 그뿐이라고 애써 자신을 속였다.

자신이 무엇을 잃었는지 인정하지 못했다.

그러나 정작 정원이 그의 곁을 떠나 버리자, 너무 늦게 승주는 처절하게 알게 되었다. 자신의 공허와 결핍을, 자신의 오만함과 어리석음을, 무엇보다 채워지지 않은 애정에의 굶주림을.

알지 못해서 필요하다 생각지 못하고 살았는데, 정작 정원과의 짧은 연애와 결혼 생활은 승주가 가진 행복의 전부였고, 그것이 사라지자 자신이 얼마나 가난한 인생을 살아 내고 있었는지 비로소 깨닫게 되었다. 삽시간에 잃어버린 그 행복에 대한 갈망이 뼛속까지 스며들어 사무쳤다.

"당신하고 만나는 순간, 난 다시 그런 처지를 감수해야 해."

정원이 풀이 죽은 목소리로 중얼거렸다.

자신을 사랑하지 못하고 자존심이 추락하고 처절하게 무시당하면서도 꾹 참아 내면서, 그래도 사랑하니까 다 괜찮다고 스스로를 속여 가며 서서히 말라비틀어져서, 종국에는 먼지처럼 바스러져 흔적도 없이 흩날려 버릴 게 뻔하다고 냉철한 이성은 자꾸 말하고 있었다.

"그런 짓거리를 사랑 하나 때문에 다 참아 내야 해. 당신을 만난다는 이유로 그런 꼴을 다시 당하게 만들고 싶어요? 그건 너무 가혹하잖아. 부당하잖아."

"그런 일 없을 거야. 내가 절대로 당신 그렇게 안 만들게."

"지키지 못할 약속은 하는 게 아니에요, 이승주 씨."

정원은 쓸쓸히 웃으며 도리질했다. 늘 정원에게 죄책감과 미안함을 느끼고 있는 승주의 뼈를 또 때렸다.

"결혼식 때도 당신은 날 지켜 주고 웃게 해 주고 늘 행복하게 만들어 주겠다고 서약했어. 그런데 못 했잖아요. 아니, 안 했었나?"

"그렇지 않아. 난……."

변명하려 했지만 차마 말이 더 이상 나오지 않았다.

"우리 둘, 이렇게 만나면 나도 모르게 불꽃이 튀는 건 여전한데, 뭔가 운명 같은 화학 작용이 있는 거는 아는데."

정원이 몸을 돌이켜 두 손으로 승주의 볼을 감싸 쥐었다.

"그것마저 부인하지는 않겠는데. 근데 당신하고 얽혀서 온갖 귀찮은 일에 휘말리고 당신 가족들에게 부당한 갑질 당하고 나 자신을 모자란 벌레처럼 여기면서 비참하게, 비굴하게 사는 건 더 이상 안 해. 절대 못 해. 그러니까 우리 여기서 딱 끝내자고요. 같이 실수했다 치고 쿨하게 정리, 갑시다."

"나는, 그런데 못 할 거 같아. 네가 필요해, 정원아. 너와 다시 행복해지고 싶어."

승주가 나직하게 말했다.

"내내 생각했는데. 난 당신이 필요해. 내가 행복했던 건 당신을 만나고 있을 때였거나, 당신이랑 같이 살 때였어. 난 당신이 너무 좋아, 아직도."

그가 행복했던 때는 오직 그녀와 함께였을 때라고, 아직도 정원이 너무 좋다는 그의 고백 앞에서 허락하지 않았던 눈물이 한 방울 볼 아래로 똑 떨어졌다.

승주가 두 팔로 정원을 꼭 껴안았다. 다시는 어디로든 도망갈 수 없도록 만들겠다는 듯.

"난 당신하고 헤어지기 싫어. 당신은 싫대도 난 따라다닐 거야. 이건 내 마음이니까."

"내, 내가 왜 좋아?"

울보라는 별명처럼 어느새 눈물이 글썽이고 있었다. 울면서 정원이 겨우 물었다.

"그냥."

"그냥이라니 그런 게 어딨어?"

"그래도 그 말밖에 못 하겠는걸."

승주가 정원의 볼에 흐르는 눈물을 살짝 손가락 끝으로 지웠다.

"우리가 처음 만났을 그 무렵, 왜 내가 좋으냐고 내가 물었을 때 당신이 그렇게 말했잖아."

반했다고, 무조건 당신이 좋다고 직선으로 돌진하는 유리가 부담스럽기도 하고 이해가 되지도 않아서 물어보았다.

그때 유리는 너무 좋아서 도무지 견딜 수가 없다는 듯, 활짝 웃으며 '그냥!' 하고 소리쳤다. 북받친 이 감정을 어떻게 설명할 언어가 없다고 했다.

"그때 난 어떻게 그런 감정이 있을 수가 있지? 그렇게 생각했었어. 그런데 그런 감정이 있구나. 설명은 안 되는데 그냥 본능처럼 끌려서 도무지 떼어 낼 수 없는 이런 감정이 있구나. 이젠 내가 알아. 알게 됐어. 당신이 어떤 마음으로 그런 대답을 했는지."

"반칙이야. 뭐, 그런 얼굴로 그런 말 하면."

코를 훌쩍이며 정원이 웅얼거렸다.

바보 같은 유정원.

고작 그런 말 한마디 들었다고, 재만 남아서 죽어 있다 믿던 심장이 삽시간에 또 빨갛게 타오르다니.

이혼 후 두 사람의 마음속에는 차가운 잿더미만 남았다고 믿어 왔다.

그런데 알고 보니 둘의 마음속 잿더미 안에는 여전히 새빨갛게 타고 있는 숯 덩어리가 잔뜩 들어 있었다. 한 번의 키스라는 바람이 휙 부는 순간, 미친 듯이 다시 타오르는 이 상황을 제어할 힘이 없었다.

"딱 끝내자고, 다시는 안 만나겠다고 말하려고 여길 왔다고."

정원이 승주의 목을 마주 끌어안았다.

"내가 지금 이러면 안 된다고."

그런데 정원은 이러면 안 되는 짓을 잘도 하고 있었다. 그녀의 자존심과 새로 획득한 골드 돌싱녀 인생에 잘도 거짓말을 하고 있었다.

"우리 둘 사이에 이토록 많은 것들이 남아 있는데……."

탄식하는 승주에게 정원이 도리질을 했다.

"근데 우리 둘한테 그 남은 것들이 마냥 밝고 좋은 것들이 아니라니까. 이제 나는 그런 걸 되풀이하고 싶지 않다는 거라고요, 이승주 씨."

그에게 본능적으로 끌려서 그를 만나 주기는 하지만, 만날 때마다 뒤로 물러서고 안 된다고 도리질 치는 정원의 두려움을 승주는 이제 충분하다 못해 질리도록 이해하고 있다.

"미안해. 미안하고 또 미안해. 미안하다는 말도 못 할 만큼 미안해."

승주의 진심 어린 사과 앞에서 잔뜩 고여 있던 정원의 눈물방울이 또다시 도르르 떨어졌다.

"미안한 만큼 이번에는 잘해 볼게. 나한테 한 번만 기회를 줘, 정원아."

다시 너를 사랑할 수 있게, 우리의 상처를 치유할 수 있게, 이젠 같이 행복해지게…….

이젠 다 알고 있다고, 너의 두려움과 망설임, 고통과 아픔도 다 이해한다고, 전부 감싸 안아 주겠다고 약속하는 승주의 눈빛 안에서 정원의 야무진 결심은 다시금 물먹은 흙벽처럼 허물어지고 있었다.

그냥 좋아하는 이 마음에 집중해도 되는 걸까?

비겁하긴 하지만 다 이 남자에게 맡겨 버리고 그의 등 뒤에 숨어 버릴까?

승주 말대로 재혼은 안 하더라도 그냥 둘 다 싱글인데 뭐 어때? 마음 내키는 대로, 쿨 섹스, 쿨 연애는 괜찮잖아?

별의별 생각의 미로 안에서 멀미 난 것처럼 어지러웠다.

결국 정원은 승주의 다정한 가슴 안에 맥없이 다시 파묻히고 말았다.

"나 좀 그냥 안아 줘……."

어찌하건 결국 유정원에게 이승주는 절대 치유할 수 없는 불치병이란 것을 새삼 확인하는 순간이었다.

* * *

월요일 오후 5시.

딩동딩동.

스카이호텔 15층, 스위트룸의 벨이 울렸다. 미리 도착해 있던 정원이 문을 열었다.

"와우!"

"헉, 이게 다 뭐야?"

방으로 들어서던 영주도 경오도 눈이 휘둥그레져서 문을 열어 준 정원을 돌아보았다.

그냥도 근사한 호텔 스위트룸이 마치 영화에서나 나올 법한 멋진 파자마 파티장으로 변해 있었다.

거실 벽은 풍선과 예쁜 가랜드로 꾸몄고, 욕실 문이며 침실, 옷장 손잡이조차 리본이 둘러져 있다. 커다란 침대 귀퉁이에도 귀여운 꽃다발이 놓여 있었고 거실 탁자에는 꽃 사슬로 둘러진 파자마 세트가 이름표를 달고 누워 있었다.

"언제 이런 걸 준비했어? 유정원, 사람 놀라게 하는 데는 정말 재능 있다니까?"

"그냥 푹 쉬면서 맛있는 거 먹고 스트레스 풀자며? 근데 이 휘황찬란한 분위기는 뭐지?"

"우리 셋 다 다른 사람 위해 파티해 주면서 고생했잖아. 오늘부터 1박 2일은 우리가 파티 주인공이야. 그동안 잘해 온 상이랄까?"

"완전 마음에 드는데. 아, 설레라."

"푹 쉬는 것도, 맛있는 것도 다 할 테니까 걱정 마셔. 일단 옷 갈아입어. 좀 있다가 고 변호사도 온다니까 그때 시작하자."

"뭘 시작해? 뭘 감춰 둔 거냐, 유정원?"

"세상 바쁜 고아름이 온다고? 이거 진짜 냄새가 나는데?"

경오가 킁킁 냄새를 맡는 흉내를 냈다.

"완전 좋은 거. 기대해도 좋아."

얼마 후, 화장도 지우고 정원이 마련해 둔 파자마로 갈아입은 경오와 영주, 정원이 넓은 침대에 모여 앉았다.

"룸서비스 시키자. 이 방에서 한 발자국도 나가지 말고 심신의 독을 빼 보자고. 비싼 방값, 아주 뽕을 뽑자."

"찬성 찬성."

"그라쥐! 돈값 뽑아야쥐."

"야, 프런트에 전화해서 어메니티 더 달라고 해. 짱 좋다. 심지어 존 브라운이야."

영주가 욕실에 들어갔다 나오면서 야무지게 어메니티를 챙길 욕심을 부렸다.

"마침 린스랑 보디 샴푸 딱 떨어졌는데. 왕창 챙겨야지."

"어후 야, 그만해라. 고품격 호텔 스위트룸에서 이 무슨 진상질이냐?"

"아니거든. 숙박비에 어메니티값 다 포함이거든! 이사 준비하느라고 이것저것 다 정리 중이라 집에 남은 게 없어. 다 닦아 쓰느라."

그동안 영주는 사무실에서 한 시간 거리인 대학가 원룸촌에서 살았다. 조만간 사무실과 좀 더 가까운 빌라 2층 전세로 이사를 할 것이다. 영주의 전셋집 마련은 1년 만에 어느 정도 궤도에 오른 올댓파티의 성공 수준을 보여 주는 쾌거였다.

"한창 바쁜데 이사까지 해야 해서 영주가 힘들겠다."

"뭐 큰 짐이 있어야 힘들지. 포장 이사도 아니고 1톤 트럭 하나로 끝날 이사인데 뭐. 배고프다야. 룸서비스 시켜, 얼른. 여기 호텔 밥 맛있다는데, 회사 카드잖아. 왕창 시켜."

"법인 카드면 영주는 갑자기 용감해지더라."

"세상에서 제일 좋은 카드는 엄빠카. 그다음은 법카."

칵테일이며 술안주 겸 요리며 잔뜩 주문하고 나서 세 사람은 느긋하게 넓은 침대 위를 뒹굴었다.

"카하, 풀 먹인 호텔 침대에 누워 있으니 우리 갑질 고객님들 때문에 쌓인 스트레스가 한순간에 날아가네. 내 몸에서 독이 빠지는 기분이야."

"그러게. 유 대표님, 앞으로도 종종 이렇게 직원 복지 차원에서 이벤트 해 주세요."

정원의 휴대 전화가 울렸다. 화면에 뜬 이름을 확인하고 나서 정원은 간단하게 답장을 보낸 뒤, 전원을 꺼 버렸다.

"누구?"

"재완이. 잘 놀고 있냐고."

영주와 경오가 동시에 정원을 바라보았다. 잠시 후 경오가 조심스레 물었다.

"그날 이후로 재완이 만난 적 있어?"

정원은 고개를 흔들었다.

"아직 못 만났어."

누구하고 대화란 걸 하려면 먼저 자신의 생각이 정리되어야 한다. 그런데 정원은 아직도 승주와 얽힌 문제에 있어 최후의 판단을 미루고 있는 중이었다.

"내가 아직 생각이 너무 복잡해서 누굴 만날 여유가 없더라고. 특히 재완이."

영주와 경오가 입을 다물었다.

"걔한테는 더욱더 내가 정리된 다음에 만나야 할 것 같아서. 내가 이승주 씨를 다시 만났다고, 걔가 날 추궁하거나 나한테 섭섭해하거나 그럴 건 아니겠지만 내 마음이 그래."

정원의 말에서 경오나 영주 모두 오늘의 이 모임이 단순히 직원들의 사기 진작을 위한 깜짝 파티가 아니라는 것을 확신했다.

이날의 호캉스는 정원이 마련한 서로의 내밀한 감정까지도 공유하는 절친들 간 대화의 장이었다.

"그날 이후, 너희들도 엄청 궁금해하고 걱정하는 거 다 알고 있어. 그런데 내가 말할 기회가 없었어. 오늘 이것저것 다 정리하고 털어 버리려고. 친구 좋은 게 뭔데? 속 시원하게 다 말하고 내가 갈피 잡지 못하는 것들에 대해서 너희들은 아무래도 더 객관적일 테니까 상담하려고 그래."

"우리가 말은 잘 들어 주지. 공감 능력이 끝내주거든."

"그래. 좀 있다 논리 정연한 고 변호사까지 오면 어디 한번 다 까발려 보자. 그때까지 일단 먹어. 일단 마셔!"

금강산도 식후경. 가져온 와인 병을 열고, 룸서비스로 올라온 치즈 플래터에다 파스타에 스테이크로 거나하게 한판 벌이려는 참에 딩동 벨이 울렸다.

"이거 이거 의리 없는 인간들 보소."

아름이 문을 차고 들어오며, 이미 파티를 시작한 세 사람을 향해 눈을 흘겼다.

"이 바쁜 와중에, 저 공수동까지 가서 개 비싼 마카롱과 에클레어를 공수하여 왔거든? 기다리지도 않고 너희들 먼저 와인 깠다 이거지."

"어서 옵셔, 고 변호사님. 일단 한잔 받으시고 목구멍 축이소서."

"좋아 좋아, 역시 황경오. 자세가 되어 있군그래."

"치킨은? 치키느은?"

올댓치킨파인 영주가 앙탈을 부렸다.

"에잇! 받아라, 공수동 짱 먹은 '목수네' 파닭이랑 반반치킨이시다."

"아흐, 우리 고 변호사님, 성은이 망극이오."

영주가 환호성을 지르며 두 손으로 경건하게 치킨 박스를 받아 들었다. 객실 안이 맛난 치킨 향기로 가득 찼다.

부어라, 마셔라. 한 시간 후, 왕성한 흡입과 방탕한 음주가 끝났다. 어느새 비어 버린 와인 병이 테이블 아래 구르고 있고, 넷은 넓은 침대 두 개에 각자 세상 편한 얼굴로 엎어지거나 드러누워서 멍하니 있었다. 그러다가 옆에 누운 정원을 아름이 힐끗 돌아보았다.

"유정원, 뭘 꾸미고 있어?"

"응?"

"방 장식해 놓은 거 하며, 분위기 잔뜩 업 시켜 놓은 거 보면 그냥 친구끼리 먹고 놀자 판은 아니잖아. 뭔데?"

"응. 그게에……."

정원이 침대에서 일어나 미리 준비해서 서랍에 넣어 둔 상자를 들고 침대로 돌아왔다.

"깜짝 이벤트 하면 또 유정원 아니냐. 우리가 간만에 모였는데 그냥 있기엔 심심하지."

"이게 뭔데?"

"제비뽑기. 손 넣어서 한 장씩 골라. 그럼 아주 좋은 선물이 떨어질 거야."

"선물이라. 이런 거 완전 좋다아."

"너 또 지난번 크리스마스 때처럼 똥 모자, 방귀 소리 나는 방석, 이런 거 준비했지?"

그들은 이미 엉뚱한 짓을 곧잘 해 대는 정원에게 당한 전력이 있다. 아름이 의심이 가득한 눈빛으로 정원과 상자를 번갈아 노려보았다.

"아니야. 진짜 근사한 거야."

"진짜 근사한 거라고? 아, 난 똥 모자 이상은 상상이 안 되는데."

"아냐. 더 이상한 거일 수도 있어. 유정원의 탁월한 트렌드 정보력을 무시해서는 안 돼."

"아, 쫌! 나도 가끔은 정상적이라고."

"흥. 선물 취향이 해괴하다는 건 저도 알고 있군."

투덜대면서도, 눈을 흘기면서도 정원이 재촉하는 대로 셋이 상자에서 쪽지를 하나씩 끄집어냈다. 물론 정원도 하나를 선택했다.

"난 1번."

"난 왜 번호가 두 개니? 2번, 5번인데?"

"4번이다. 와, 서영주, 대박. 선물 두 개 당첨."

"난 행운의 3번이다. 만약 이번에도 욕조에 띄우는 고무 오리 주면 죽는다."

마지막으로 아름이 협박하며 자신의 쪽지를 정원에게 건네주었다.

정원은 자신을 지켜보고 있는 친구들의 시선을 등으로 느끼면서 보란 듯 침실 옷장을 두 손으로 활짝 열어젖혔다.

"짜자잔!"

옷장 안에는 감히 돈으로도 환산하기 어려울 최고급 빈티지 명품 백들이 번호를 붙인 채 찬란하게 빛나고 있었다.

"이, 이게 다 뭐야?"

눈이 휘둥그레진 영주가 부르짖었다.

"너 이거 어디서 가져왔어?"

아름도 경오도 침대에서 펄쩍 튀어 오르며 소리쳤다.

"이거 짝퉁이지? 진퉁 아니지? 제발 짝퉁이라고 말해."

"너 혹시 명품 샵 털었니? 강도질 했어?"

"야! 사람을 어떻게 보고?"

기껏해야 향수, 아니면 립스틱이나 스카프, 아니면 좋은 운동화 정도를 기대했다. 그런데 옷장 안에서 나온 물건은 그들의 기대 범주를 넘어서도 한참 넘어선 탈우주급 경지였다.

"유정원, 정원아! 이게 어떻게 된 일인지 빨리 설명해."

"설명할 것도 없어. 각자 뽑은 번호대로 이 가방 하나씩 가져가면 되는 거야."

"기집애야. 이 가방들 출처를 묻고 있잖아, 지금!"

"이거 다 에르메스잖아. 어으으, 심장 떨려. 3번 저건 악어 백인데. 와 씨, 나 지금 기절할 거 같다. 저런 건 몇천만 원도 아니고 어, 억대라고."

어지간해서는 잘 놀라지 않는 목석 경오도 덜덜 떨고 있었다.

"억대까진 아닌데. 뭐 값이 좀 나가긴 하더라."

"이런 걸 하나도 아니고 다섯 개나 가져왔어? 이게 진짜 어떻게 된 일이냐고?"

"한세미 여사님께서 주신 선물."

"뭐?"

"내가 생일 파티 끝내고 그분을 집으로 모셨잖아. 근데 그분……."

"호스피스로 들어가셨지. 길어 봤자 한두 달이라고 들었어."

정원 대신 아름이 말하며 탁자에 놓인 와인 병에서 와인을 한 잔 따랐다.

'한세미'라는 이름이 나오는 순간, 아름만큼은 곧바로 모든 게 납득된다는 표정이 되었다.

"그날 파티가 마지막 정리셨어. 너희들 셋이 어지간히 여사님 마음에 들게 잘해 드렸나 보다. 본인의 애착 소장품을 아낌없이 남겨 주셨으니."

"응. 여사님도 그렇게 말씀하셨어. 평생 곁에 두고 아껴 쓰던 물건이라고. 어차피 당신이 죽으면 가치를 모르는 사람들 손에서 쓰레기로 묻히거나 도둑질당할 게 뻔하니, 정신이 맑으실 때 진짜 아껴 줄 수 있는 사람에게 물려주고 싶다고 하셨어."

"그 사람이 우리들이고?"

"응."

"가방은 그렇다 치고 저 드레스들은 뭔데?"

"저것도 한 여사님 선물. 전부 본인 소장품. 빈티지 샵에 팔든지 행사할 때 소품으로 쓰든지 몸에 맞으면 기분 좋게 입어 달라고 하셨어."

"저런 희귀 아이템들, 방송국이나 행사 소품 리스 샵에 보여 주면 난리 날 텐데."

한바탕 카오스가 끝나고 넷은 한쪽 침대에 가득 널린 가방과 드레스들을 바라보며 침묵했다.

"난 좀 무서워."

경오가 들고 있던 백을 이리저리 들어 살피면서 중얼거렸다.

"나 같은 서민이 이런 걸 들고 다니면 다 짝퉁이라고 하겠지."

"짝퉁도 짝퉁 나름. 일단 짝퉁은 저런 색을 못 내. 하물며 악어가죽인데."

"대체 그분은 얼마나 부자이셨던 거야?"

셋이 동시에 아름을 건너다보았다.

"아주 많이."

"아주 많이가 어느 정돈데?"

"저런 백을 거침없이 사들일 만큼이라고만 알아 둬. 자식이 없으셔서 그 재산을 다 공익 재단에 기부하신다고 사인하셨지. 정말 훌륭하신 분이야. 생일 파티 이야기 나온 그날, 우리 로펌에 와서 처리하셨어."

"아하."

"마지막 순간까지 손에서 놓지 못한 귀한 물건을 너한테 넘겼다는 건 그 만큼 너희들이 마음에 드셨다는 증거겠지. 파티를 정말 성공적으로 잘 끝냈나 보구나."

"좋아해 주셨어."

"그럼 이 귀한 선물을 즐겨야지. 인생을 성실하게 살면 가끔 예기치 못한 보상이 돌아온다는 증거로 삼고 더 열심히 하란 뜻으로."

"역시 우리 아름이는 말을 잘해요."

영주의 찬탄에 맞춰 경오와 정원도 엄지손가락을 두 개 치켜들었다.

"명쾌해."

"역시 고 변호사님."

"근데 이런 거창한 백 받아 가서는 어떡할 거야?"

아름의 질문에 영주가 너무 당연하다는 듯이 냉큼 말했다.

"팔아야지."

"야!"

"너는 어째 만날 돈이야?"

친구들의 격한 비난에 영주가 지지 않고 반박했다.

"저런 빈티지 명품 백, 내가 감당할 수준이 아니지. 저런 물건은 에르메스 본사 박물관에 들어가서 역사적으로 칭송받아야 할 보물이라고."

"1990년대에 제작된 히말라야 버킨 악어 백이라. 뭐, 박물관 전시 수준은 맞아."

"일단 에르메스 매장에 가서 진품 확인받고 빈티지 백 판매 사이트에 올려서 겁나 비싸게 팔아야지. 돈 받아서 전세 대출금 싹 갚아 버릴 거야. 아싸! 나 드디어 서울 강남에 전셋집 얻은 여자다."

영주가 주먹을 움켜쥐고 희열에 차 부르짖었다.

"경오는?"

"비싼 건 아는데 마이 스타일이 아니라서. 난 그냥 엄마 가져다드릴래."

"난 들고 다닐래. 명색이 그래도 변호사잖니. 호호호. 할머니가 물려주셨다고 할 거야."

"근데 참 좋은 제비뽑기였다. 뭘 뽑아도 명품 백이 쏟아지는 럭키 박스라니. 와우."

"우리 다음 파티 기획할 때 이런 거 하자. 럭키 박스 추첨."

"좋은데?"

"근데 고 변호사야, 이거 받으면 우리 증여세 물어야 하는 거 아냐?"

"법적으로는 타인에게 1천만 원 이상 증여받으면 증여세를 내야지."

"국가가 이 가방님에게 뭔 좋은 일을 해 줬다고 세금을 떼 간대?"

짠순이 영주가 격분해서 항의했다.

"근데 이 경우는 우리 넷만 아는 사적인 사건이니까, 입 딱 닦고 모르는 척하자. 난 아무것도 모르고 안 봤어."

"오케이. 공적으로 난 우리 엄마한테 물려받았음."

"난 우리 고모."

"넌 고모 없잖아?"

"그럼 이모로 할게."

"난 백이 두 개니까 공평하게 이모랑 고모한테서 각각 받았다고 할 거임."

"그나저나 유정원, 말이 나와서 하는 말인데. 솔직히 말해. 아무 일도 없었어?"

"어."

영주의 추궁에 정원은 1초의 망설임도 없이 거짓말을 했다.

아니, 거짓말은 아니었다. 갑자기 일어난 돌연한 재난 같은 그날 밤. 의도치 않은 교통사고 같은 건데. 그걸 아무 일이라고 뭉그러뜨리고 싶지 않았다.

아직 그녀 자신도 어찌해야 할지 결정 못 했다.

스스로도 모를 자신의 마음을 아무리 친하다 해도 쉽사리 털어놓을 수가 없었다. 사실은 이런저런 이야기를 다 하고 싶었는데 그날 이후 자신이 승주와 저지르고 있는 발칙한 일들이 너무 엄청나서 도무지 입이 떨어지지 않았다.

"근데 그날 왜 그렇게 늦었어?"

"여사님 상태가 너무 안 좋았어. 10시에 같이 주무시는 요양사님이 오시더라고. 그때까지 같이 있어 드렸어."

"그건 잘했어, 잘했는데……."

"데려다주고 곧 갔어."

주어는 없는 그 말을 영주와 경오만 알아들었다.

갑자기 뭔가 심각해진 분위기를 느낀 아름이 눈을 땡글거리며 셋을 번갈아 바라보았다.

"뭐지, 이 싸한 분위기? 왜 나만 모르는 은밀한 눈짓이 오가는 거지?"

"그날 한 여사님 파티에, 이승주 씨가 왔거든."

아름이 너무 놀라 할 말을 잃어버리고 입만 쩍 벌렸다.

"정말?"

"어."

"미친……!"

아름이 채 말을 잇지 못했다.

"대체 이 무슨 지랄맞은 스토리래? 왜? 지가 뭐라고 그 파티에 감히 나타나?"

"완전 우연인데, 한 여사님의 초대받은 손님이었어. 더 원 팬이라서."

"헉."

무슨 이런 운명의 장난? 혹은 장난스러운 운명인가요? 셋을 번갈아 바라보는 아름의 표정이 그리 말하고 있었다.

"내 생각에는 이승주 씨가 의사잖아. 그래서……."

"의사 좋아하시네? 장롱 면허증만 있지, 곧바로 미국 가서 딴 공부한 주제에? 그런 건 의사라고도 말하지 말라고 그래. 쪽팔려."

"국가 고시 합격했으니 의사는 의사지. 여튼 한 여사님하고 이승주 씨가 아마도 미리 안면이 있던 사이 같은데 파티 중에 혹시 일어날지도 모르는 일을 대비해서 일부러 초대한 것 같아. 아무래도 한 여사님이 환자니까, 파티 도중 둘만 방에 들어가 한 10분 있다가 나왔거든. 진통제라도 놔 드린 거 같아."

"설마 이 짐들을 받아 올 때 그 인간이 같이 있었다고?"

"아니라고. 그 사람은 여사님 댁에 데려다준 다음에 바로 가 버렸어."

"정말이지?"

"그럼. 나만 불편한 게 아니야. 그 남자도 내가 세상에서 제일 불편할 게 뻔하잖아."

"그 자식, 한 번만 더 나타나서 너 힘들게 하면 이번에는 정말 육포로 떠 버릴 거야. 미국도 아니고 한국이잖아. 여긴 내 구역이지!"

아름이 이를 갈며 중얼거렸다.

"세상에, 마상에……!"

아름의 험한 말 앞에서 정원이 소스라치자 경오가 보탰다.

"아름이 말 잘 새겨들어. 얘 변호사 되고 나서 암흑의 세계 오빠들하고도 친해졌대. 이승주쯤은 손가락 하나로 파묻어 버릴 수 있다고."

"이제야 말하는데, 너 울면서 미국에서 혼자 돌아왔다고 경오한테 들었을 때 진짜 빡쳤거든. 그래도 부부 사이 일이니 어쨌든 당사자끼리 해결해야지 하고 생각하고 있었어. 근데!"

냉철하던 아름의 눈빛이 순식간에 무시무시하게 변했다.

"그 새끼가 제격 따라 들어와 빌지도 않고, 기다렸단 듯이 지는 미국에 처 자빠진 채로 냉큼 변호사만 보내서 이혼 수속 밟았다는 말 듣고 진짜 도는 줄 알았다니까. 그때 미국 비자 바로 나왔으면 내가 경오랑 미국 떴어. 그 새끼, 진짜 야구 배트로 패 죽이고는 360조각으로 떠 버리려고 했다니까."

"아름이 비자가 늦게 나오는 바람에 그 인간이 살아남은 줄 알라 그래."

"무시무시한 비하인드 스토리를 나만 몰랐군."

아름이 미국 비자를 늦게 내 주신 미국 대사관 직원분, 또 하느님, 정말 감사합니다.

정원은 속으로 저 하늘 위에 계신 분에게 감사 기도를 드렸다.

정원의 얼굴을 잠시 살피던 영주가 조심스럽게 물었다.

"솔직하게 말해 봐. 그때 너도 충격받고 흔들린 건 사실이지?"

"어."

"흔들리긴 왜 흔들려? 다시 안 볼 인간이잖아."

경오와 아름이 동시에 신경질적으로 소리쳤다.

"그게 있지, 생각하고 감정이 다른 거더라고. 지난번에 완담동 거기서 만났을 때도 우린 다 똑같이 생각했잖아. 그 남잘 내가 다시는 볼 일 없다고."

"그랬지."

"그런데 겨우 몇 주 만에, 이혼하고 나서 한 번도 만난 적 없던 그 남자를 다시 우연하게 또 만나 버리니까 이게 뭔 무서운 운명인가 싶어서 두렵더라고. 진짜 무서웠던 건……."

정원은 손에 닿은 와인 잔을 들어 단숨에 홀짝 다 마셔 버렸다.

와인의 취기를 빌어 마음속에 쌓아만 둔 고민의 한 조각을 비로소 마음 닿는 친구들에게 드러냈다. 그러나 역시 쉽지는 않았다.

"그날…… 내가…… 그 남자한테 여전히…… 감정이 남아 있다는 걸 알아 버렸거든."

"그럴 수 있어. 충분히 그럴 수 있다."

"내가 그 남자 완전히 잊고 극복했다면 그냥 남처럼 인사하고 아무 감정 없이 스쳐 지나가야 하는데 그게 안 됐어. 내 이 감정의 정체가 뭘까. 그런 걸 생각하느라 좀 복잡하더라고."

"있지, 정원아. 한 가지 내가 궁금한 건."

잠잠히 이야기를 듣고 있던 아름이 정원을 똑바로 바라보았다.

"이혼하는 과정에서 너랑 그 남자 두 사람, 정식으로 이혼에 대해서 대화를 나눈 적이 있었어?"

"없었지."

경오가 대신 대답했다.

정원이 이혼할 그 시점, 아름은 공부 때문에 고시원으로 잠적해서 연락을 끊고 살았던 때다.

그때부터 바로 옆에서 지켜본 경오나, 한창 정원이 힘들어하던 일본 유학 시절에 만나 룸메로 살면서 이런저런 이야기를 많이 주워들은 영주만큼은 정보가 없었다.

"너도 알다시피 그 남자는 미국에 있었고 정원이가 혼자 서울 나와서 이혼 소송 제기하자마자 그 남자가 오케이하는 바람에 일사천리, 합의 이혼으로 정리됐잖아."

"결국 두 사람은 이혼하는 과정에서 대화 한번 제대로 한 적 없었다는 거네."

"응."

잠시 입을 꼭 다물고 생각하던 아름이 정원을 응시했다.

"이건 말이지, 유정원아. 친구가 아니라 변호사로서 객관적인 입장에서 말하는 거니까 섭섭하다고 말하지 말아라."

"뭔 말 하려고 이렇게 뜸을 들여?"

영주와 경오가 투덜거리거나 말거나 아름이 정원을 똑바로 응시하며 말을 계속했다.

"계속 네 마음이 힘들고 뭔가 찜찜하다면 말이야. 그 남잘 정식으로 다시 만나서 이혼 과정에 있어서 쌓였던 감정들을 솔직히 털어놓고 허심탄회하게 한 번쯤은 대화를 나눌 필요가 있다고 생각하는데. 그리고 확실하게 과거를 정리하는 건 어때?"

"이제 와서 뭘 하려?"

경오가 자신이 정원인 것처럼 격하게 반발했다.

"정원이가 감정이 복잡하다고 해서 하는 말이야. 뭐든 미련이 없으려면 매듭을 잘 지어야 한다고 봐. 시작보다 끝맺음을 하기는 힘들어도 그런 과정이 없으면 여전히 마음의 정리가 안 되는 법이거든."

"……만에 하나, 있잖아. 내가 그 남자 다시 만나서 대화란 걸 했는데 내가 그 남자에 대한 감정이 여전히 남아 있다는 걸 알아 버리면 어떻게 해?"

"뭘 어떡해? 니 감정이 끌리는 대로 끝장을 봐야지."

"야, 미쳤어?"

"고 변호사야, 그건 아니다. 너무 나갔다."

영주와 경오가 동시에 질색해서 소리쳤다.

"왜들 그래? 내가 못 할 말을 한 것도 아닌데."

아름이 냉정한 표정을 잃지 않으며 정원을 응시했다.

"일단 그 자식도 싱글, 너도 싱글. 그렇다면 둘이 연애하는 건 부도덕한 일은 아니야."

"이혼한 부부가 다시 만나 '미워도 다시 한번' 스타일 신파 찍는 일도 정상은 아니지."

"세상에 남자 많은데 한 번 같이 살다가 이별 찍은 놈하고 왜 다시 만나?"

"이건 이승주 그놈 입장을 생각해서가 아니야. 정원이 널 위해서 하는 말이야. 이런 식으로 미진한 감정 부여잡고 미련 뚝뚝 떨어뜨리지 말란 뜻이야. 여하튼 아직도 서로에 대한 감정이 남아 있다면 갈 데까지 가 보는 것도 방법이야. 안 그러면 평생 미련을 품고 후회하며 살게 될 수도 있어. 그건 나중에 네가 만날 다른 남자한테도 실례라고."

"너 지금 정원이더러 전남편하고 다시 만나서 연애하라고 부추기는 거냐?"

"부추기는 게 아니라 논리적인 해설을 하는 중이지. 우리 친구 유정원이 그 남자에 대해서 아직도 감정이 복잡하다니까 하는 말이라고. 난 친구로서 우리 정원이 감정이 최우선이야. 어떻게 보면 제삼자인 우리가 만나라 말아라 간섭하는 것도 해서는 안 되는 일이라고 생각해. 해도 후회하고 안 해도 후회한다면 하고 나서 후회하는 게 낫지."

단호한 아름의 말에 경오와 영주가 아까 아름이처럼 입을 다물고는 정원을 바라보았다.

혼란이 아직도 가득해서는 정원도 마주 친구들을 바라보았다.

난 어떡해? 제발 답을 좀 가르쳐 줘. 애원하는 눈동자에 세 친구는 심장이 미어졌다.

결국 아름이 다시 물었다.

"솔직히 말해 봐."

"응."

"그 남자가 아직도 미워?"

"어."

"그런데 또 만나니까 어때? 좋아?"

"……어."

대답을 하다 말고 정원이 두 손으로 얼굴을 가려 버렸다.

"나 미쳤지?"

"어. 그런 거 같아."

"나도 알아. 나도 이거 너무 자존심 상한다고. 온갖 난리 법석을 부려 가면서 요란하게 이혼해 놓고도 여전히 내가 그 남자한테 속없이 휘둘린다는 게."

"그나저나 그 남자는 어떤 거 같아? 너에게 아직도 너처럼 미련 있어 보여?"

"……그런 거 같아. 만나자고 계속 전화해."

"미친 새……! 아, 아냐. 실수."

'새끼'를 내뱉으려다 정원의 표정을 보고 얼른 경오가 말을 얼버무렸다.

친구들 사이에 '특급 마마보이, 답답 대마왕'으로 결론 난 이승주가 예상외로 적극적이라는 데에 친구 셋은 상당히 놀란 상태였다.

거기다 대놓고 정원에게 수작을 걸고 있다는 것은 새로운 사실이었다.

"마음 약한 널 또 멋대로 휘두르려고 한다고? 진짜 이승주는 개새끼다."

"야아."

영주가 정원의 눈치를 보며 아름을 말렸다.

그러나 아름은 직설적인 성격답게 경오도 차마 드러내지 못한 분노를 대놓고 벌컥 터뜨렸다.

"왜? 개새끼라서 개새끼라고 하는데 뭐?"

"그건 맞아. 이승주가 무슨 최고 존엄이야? 없는 데서 욕도 못 하게?"

"그래도 듣는 정원이 마음도 살펴 주자. 너무 노골적이야. 좀 듣기 곤란해."

"그 새끼는 욕 들어도 싸지."

한동안 친구들이 아옹다옹하는 것을 들으며 정원이 침묵했다. 그러다가 다시 마음을 가다듬은 듯 복잡하고 갈등 어린 속내를 또 드러냈다.

"너넨 그 사람을 나쁘게만 보는데 또 그게 전부는 아냐. 그 사람을 생각하면 좋은 기억도 진짜 많아. 지금 내 마음을 풍경으로 비유하자면 햇살 밝은 이쪽과 멀리 폭우를 품은 먹구름이 낀 저쪽 경계에 선 것 같아."

정원이 하아 하고 어깨를 내리면서 깊은 한숨을 흘려 냈다.

"비를 품고 있는 먹구름 아래로 가면 당연히 비가 내리겠지. 저쪽으로 넘어가면 필시 심한 비에 온몸이 다 젖고 힘들어질 게 뻔하지. 그런데 난 왜 그쪽으로 넘어가고 싶은 마음이 자꾸 드는 걸까. 그런 내가 미워서 감당하기 힘든 거야. 내가."

"니가 그 남자를 만난 후 심란하고 흔들릴 수는 있다고 생각해."

영주가 한 무릎 더 다가와 정원의 떨리는 손을 꼭 잡아 주었다.

"어쨌건 연애하고 결혼한 사이는 그냥 사귄 사이하고는 좀 다르겠지. 박제된 기억들도 많을 거고 그게 부부의 시간이겠지. 둘이 같이 지내 온 세월을 아무리 마음 터놓는 친구라지만 미혼인 우리가 어찌 다 알겠니?"

"그게, 두꺼워. 생각을 시작하면 감정이란 게 너무 깊고 진해. 투 샷, 아니, 쓰리 샷 커피처럼 쓰고 강해."

"그래서 잘 안 잊어지고 그런가? 니가 혼란스러운 이유도 그거고."

"그 남자를 보던 순간 곧장 내 안의 뭔가가 무너져 버렸어."

그 말을 하는 정원의 얼굴이 곧 깨어질 듯 위태로웠다.

"단단한 둑 같은 걸 잘 쌓았다고 생각했어. 그런데 그 남자를 본 것만으로도 그게 다 무너져 버렸어. 전화가 왔는데 너무 좋은 거야. 미워 죽겠는데 한편으로는 너무 보고 싶어서 안정이 안 되더라고. 그런 내 마음이 너무 무서워. 내가 미친 거 맞지?"

애처롭게 되묻는 정원을 두고 세 친구는 몰래 눈짓을 나누었다.

별의별 꼴 다 보고 헤어졌는데도 저러는 걸 보면, 참 좋아하긴 오지게 좋아했구나 싶었다.

유정원 한정 '마성의 남자' 이승주라는 결론이었다.

"네 마음이 그렇다는데 뭐 어쩌겠어? 좋단 남자한테 미련 가지는 게 범죄도 아니고."

창피하기도 하고, 심란하기도 하고…….

혼란스러운 그 마음을 정리할 수가 없어 정원의 표정이 엉망으로 일그러졌다.

그런 정원을 바라보던 아름이 후우 한숨을 쉬면서 중얼거렸다.

"이건 뭐 빼박 결론 난 거네. 그쪽도 너하고 한번 뭔가를 다시 시작해 보려는 시그널이 확실하고, 네 마음도 안 식었고."

"그, 그게, 뭐 딱히 안 식은 건 아냐. 볼 장 다 보고 이혼했는데 그런 남자한테 뜨거워 봤자 뭐 얼마나 뜨겁겠어? 예전 그 마음은 아니라고, 뭐."

정원이 조금 얼굴이 붉어져서 얼른 반박했다.

솔직히 정원은 친구들에게 고백을 하다 보니 자꾸만 창피해지기 시작했다.

그 왜 있잖나. 남자에게 미쳐서 나라와 가족을 팔아먹고도 후회하지 않는다는 옛 이야기 속 악녀 주인공, 그게 바로 지금 정원 자신의 상태 같았다.

"예전 열렬한 그 마음은 아니라 해도 여하튼 흔들리고 있는 거는 사실 아냐. 네가 그 남자 전화를 받아 주는 순간 그 길로 둘 사이에 뭔가 이루어진다는 것도 사실이고?"

"아마도 그, 그럴 거 같아……."

"그런데 넌 아직 완전히 마음 정리를 못 했고 다시 만날지 말지, 어떤 결정을 내려야 할지 결론이 나지 않아서 갈등 중이고?"

"응."

정원은 두 손으로 화끈거리는 볼을 감쌌다.

"너희들도 다 듣고 봤잖아. 내가 얼마나 생쇼 하면서 연애하고 결혼했는지, 이혼은 더 요란했지. 온 집안을 들었다 났다 하면서 헤어져 놓고 이제 와서 그 남자를 만났다고 이렇게 흔들리고 갈등하고 앉았으니. 하, 내가 너무 창피하고 부끄러워."

"부끄럽기는 무슨? 그러면서 그 남자 연락을 기다리고 있으면서?"

너무 적나라했지만 아름의 말은 정원의 마음을 직격으로 꿰뚫었다.

"너무 겁이 나. 연락 안 오면 울 거 같은데, 연락이 오면 다시 또 무섭다고. 천리만리 도망가야 할 것 같아서."

그때 가만히 듣고 있던 영주가 돌연 물었다.

"유정원, 하나만 묻자."

"어."

"너희 둘 사이 말이야. 남은 미련, 사랑, 헤어진 남녀 사이 자존심 빼고, 그 남자와 만나는 일로 네가 또 힘들어지는 게 있어? 감정과는 상관없이 도망쳐야겠다고 생각하는 이유가 뭐야?"

"이것저것, 여러 가지가 있어. 일단 복잡해지는 게 싫어."

"양가 간에 너희들 이혼할 그때처럼 또 개싸움 날까 봐?"

"그것도 있지만……."

정원의 얼굴이 마음과는 상관없이 솔직하게 일그러졌다.

"일단 그 남자를 만나게 되면 내가 쌈밥을 못 먹어."

뜬금없는 정원의 말에 세 친구 모두가 뜨악해서는 그녀를 건너다보았다.

"뭔 소리야? 너, 쌈밥 겁나 좋아하잖어."

"그게 그래……."

승주의 어머니, 그러니까 전 시어머니 나서희 회장은 정원이 쌈밥을 먹는 모습을 두고 질색을 했다. 내놓고 상스럽다고, 천격스럽다고 했다.

그런 말을 들으면서도 멍청하게 정원은 '아, 이 집안에서는 쌈밥을 안 먹

361

는구나, 희한한 가풍이구나' 그렇게 생각했다.

그런데 그렇게 지나치려는 정원의 무심함을 그녀는 또 말귀 못 알아듣는다고, 둔하다고, 멍청하다고 화를 냈다. 대체 어느 장단에 맞춰야 하는지 알수가 없었다.

우아한 재벌 회장님답게 화를 내며 꾸짖는 방법도 꽤 참신했다.

하루는 뜬금없이 '쌈밥 우아하게 먹는 법'이라는 동영상을 보내왔다.

그다음 주에 시댁에 갔더니 심술궂게도 쌈밥 식탁이 마련되어 있었다. 먹는 정원이 그 자리에서 체해 토할 지경이 될 정도로 사악하게 평가하는 시선으로 째려보았었다.

마치 앞에 앉은 정원이 투명 인간인 것처럼 혼잣말하듯, '좋은 걸 가르쳐 줘도 받아먹질 못하니 쯧, 교양머리 없기는? 하긴 고물상 출신 친정에서 배운 게 뭐가 있겠어?'라고 가시같이 찔러 댔다.

정원의 풀 죽은 고백을 듣고 있던 친구들이 다 같이 격분해서 소리쳤다.

"와! 미친."

"재벌 회장님이면 뭐 해? 막장 드라마 시어미보다 더하잖아?"

"야, 재벌가 시집살이란 게 TV 속에만 있는 건 줄 알았더니 현실은 더 독하네."

"진짜 고약해. 며느리를 아주 말려 죽이려 했어?"

"쓰바, 완전 학대야. 나쁜 인간들!"

세 친구들은 이제 와서 새로이 듣게 된 정원의 결혼 생활, 그 이면을 듣고 꽤 충격받았다.

그들이 사랑해 마지않는 친구 정원이 견뎌 낸 이승주와의 결혼 생활은 이미 알고 있던 것보다 더 혹독했고 나빴다.

이름 그대로 유리처럼 맑고 예뻐서, 투명하고 착해서 사랑하기도 바쁜 친구인데. 그런 친구를 사랑하고 아껴 주기는커녕 교묘하고 악랄하게 괴롭혔다는 게 용서가 되지 않았다.

그녀보다 더 화를 내며 분노하는 친구들 앞에서 정원이 풀 죽어서 중얼거렸다.

"좀 심하게 들리지? 근데 그렇다고 해서 너희들이 생각하는 그 정도는 아녔어. 그런 일은 가끔이었으니까."

"결국 쌈밥은 핑계였군."

아름이 결론을 내렸다.

"네 모든 것에 사사건건 트집 잡고 싶었던 거야."

정원도 인정해서 고개를 끄덕였다.

"맞아. 그냥 내 모든 게 다 싫었나 봐."

사랑과 결혼은 별개였다. 그런데 그걸 미처 몰랐다.

사랑에 눈이 멀어서 시모 나서희 회장과 그 집 여우 같은 시누이들이 얼마나 그녀를 경멸하고 혐오하는지, 승주의 아낌을 받고 사랑을 받는 정원을 죽일 듯 미워하는지 차마 몰랐다.

그래서 남편 승주를 사랑하기에 시댁 가족의 부당한 대접과 무서운 학대를 꾹 참아 내는 정원의 태도마저 당돌하다고 화를 냈다.

그런 상황이 되풀이되자 어지간히 참고 대부분 선의로 해석하던 정원은 견딜 재간이 없었다.

더 악화되고 나빠지는 상황을 피하고자 승주를 따라 미국으로 건너갔는데, 그곳에는 학대나 따돌림보다 더 무섭고 괴로운 남편의 방치가 기다리고 있었다.

타국살이의 막막한 외로움. 시집살이보다 더 견디기 어려웠던 고독감과 우울 안에서 그나마 간신히 지탱하고 있던 정원의 마음은 산산조각 났다.

승주의 시험 기간 그 무렵. 공부한답시고 잔뜩 예민해진 승주는 도시관, 서재만 오갔고 정원은 며칠이나 남편 얼굴을 제대로 보지도 못했다.

홀로 견디는 겨울의 한복판. 왜 그리 길고 춥고 어두웠을까.

모든 게 낯선 남의 나라. 얼어붙은 거리를 차를 몰고 정처 없이 달릴 때 그녀 옆에는 아무도 없었다.

그때 정원은 거의 한계에 다다라 있었다. '이대로 죽어 버릴까?', '집에 왔을 때 내가 죽어 있는 모습을 보면 이 남자가 놀라서 울어 줄까?' 그런 미친 생각을 하고 있었다.

이대로 계속 지내다간 정말 그를 부엌칼로 찔러 죽이거나 그녀 스스로 차를 몰고 얼어붙은 강물로 뛰어들거나 둘 중 하나일 것 같았다.

'이건 아니지. 죽거나 미치기 전에 도망가자.'

그게 결론이었다.

그길로 정원은 결혼반지를 주방 식탁에 던져 놓고 여권과 지갑만 챙겨서 공항으로 달려갔다. 다 때려치우겠다고, 펑펑 울면서 아버지에게 전화를 하고 비행기표를 사서 그 길로 서울로 돌아왔다.

이혼은 그날 이후 두 달 만에 속전속결로 이루어졌다.

"그 정도로 괴롭게 살았고 그렇게 지긋지긋해서 이혼했는데. 근데 그 남자를 다시 보니까 좋더라, 이거?"

경오가 콕 찔러 정원에게 다시 물었다.

"……."

정원이 침묵했다. 말로 하는 대답보다 더 솔직한 대답이었다.

"알 만하다."

"이승주 씨를 다시 만났을 때 제일 먼저 어떤 생각이 들던?"

"……살이 빠졌구나."

"큰일 났네."

"잠시 이야기하는데, 그냥 듣고 있는데 이 남자도 혼자 거기 있으면서 우리가 헤어져서 견디기 힘들었구나. 많이 외로웠구나. 이혼해서 나만 불행한 게 아니었구나. 불쌍해……. 그런 생각이 들었어."

"불쌍하긴 개뿔! 변한 건 하나도 없더만?"

"황경오, 그만해. 정원이 운다."

더 험한 말을 하고 싶은데 그런 경오를 영주가 말렸다.

"인간관계, 불쌍해 보이면 끝난 거야."

영주가 확언했다.

"무서운 게 미운 정이라고."

"야, 걍 연애해라, 연애해!"

아름이 툭 내뱉었다.

그녀는 계속 친구들의 반응에 따라 밝아졌다, 흐려졌다를 반복하는 정원의 표정을 지켜보고 있던 참이었다.

정원이 눈이 동그래져서는 아름을 마주 바라보았다.

"그래도 돼?"

몇십 분 전만 하더라도 이승주를 두고 육포로 떠 버린다느니, 파묻어 버린다느니 험한 말은 골라서 하고 있더니만?

그런 아름이 승주와 다시 연애를 해 보라는 말을 하다니 들으면서도 귀를 믿을 수가 없었다.

"돼."

"햐, 고 변호사. 태세 전환 오지구요. 지리구요."

아름이 손가락을 흔들어 반발하려는 경오의 입을 막았다.

"태세 전환 아니라 현실 파악이라고 해 두지. 당사자가 좋다는데, 그 남자에 대해서 아직 감정이 끓는다는데 어떡할 거야?"

"하긴 정원이나 이승주나 둘 다 싱글이니까 연애해도 문제는 없지?"

"싱글은 무슨? 돌싱이지."

"돌싱이나 싱글이나 뭐 같은 거 아냐? 애들은 서로에게 도망쳐 싱글 된 거지만."

"싱글이라면서 완담동 그 파티 때 다른 여자 따라 거긴 온 건 또 뭔데?"

끝까지 승주에 대하여 감정이 남은 경오가 다시 이의를 제기했다.

"그 여자하고도 꽤 각별해 보이더라, 흥. 그때 그 여자 조카가 '이모부'라고 부른 것도 들었잖아. 흥. 나만 들었나?"

"유별난 그 사모님께서도 제부가 온다고 호들갑을 떨긴 했지. 동생 남친도 아니고 심지어 '제부'. 이런 단어 선택이라면 한 번은 의심해 봐야 하는 거 맞지?"

같은 자리에 있었던 영주도 덧보탰다.

"뭐야? 이승주 그 새끼, 딴 여자 만나고 있었니?"

잘 나가다가 복병 암초를 만났다. 억지로 정원의 정직한 감정에 편을 들려 하던 아름이 열통이 터져선 버럭 고함을 질렀다.

"와, 나 완전 충격. 그 새끼가 지금 우리 정원일 상대로 감히 양다리 걸칠 수작 중? 이 새끼가 증말! 전처라고 쉽게 봤다 이거야?"

"아냐, 아냐. 그거 아냐! 내 말 좀 들어 봐."

정원은 얼른 세 친구들에게 진정하라고 말리며 나현에 대해 설명했다.

"나도 아는 분이야, 박 교수님. 승주 씨 중고등학교 후배고 세린병원에서 근무하는 분인데 예전부터 친한 사이였어. 이모부니 제부니 하는 건 오롯이 그쪽 사모님네 오버였을 뿐이고. 승주 씨는 아무 생각이 없어."

"승주 씨라……."

어느새 '그 남자'에서 '승주 씨'로 변한 정원의 호칭을 들으면서 아름이 나직하게 중얼거렸다.

"박 선생 조카 생일 파티라고, 같이 가서 놀자고 억지로 끌려왔다고 했어. 오해하지 마."

"그런 얘기도 했어?"

"응. 절대 사귀는 사이 아냐. 양다리 절대 아니거든. 승주 씨가 답답한 건 좀 있어도 절대 더티하지는 않아."

"너 병원 데리고 갈 때, 그런 이야길 하디?"

"아니. 응급실 그때 말고 내가 월요일에 병원 갔을 때 만났는데 그때 같이 밥 먹으……. 어머나!"

말을 하다 말고 정원이 당황해서 입을 막았다.

그녀는 그저 승주에 대해 변명할 생각이었는데 친구들이 모르는 사이, 그와 만나고 있었음을 엉겁결에 말해 버렸다.

정원과 마찬가지로 친구들도 똑같이 당황했다.

지금껏 그들은 정원과 승주가 우연의 장난으로 만난 것 말고는 따로는 접촉이 없었다고 알고 있었다. 그런데 가만히 이야기를 들어 보니, 두 사람 사이에 이미 꽤 많은 접점이 있어 왔던 게 확실했다.

잠시 모두에게 어색하고 기묘한 침묵이 흘렀다.

"정원아? 유정원?"

"어, 어, 응······."

"고개 들고, 내 눈 똑바로 봐. 얼른."

부끄럽고 민망하다. 또 너무 당황해서 딴 데를 보며 눈만 굴리고 있는 정원의 손을 아름이 꽉 잡았다. 그러고는 억지로 고개를 돌리게 만들었다.

"이제부터는 진짜 우리한테만은 거짓말 노노야. 알았지?"

"어, 응. 미안해."

"괜찮아. 그럴 수 있어. 너도 너무 혼란스럽고 그러니까 그 남자를 계속 만나 왔다는 걸 말 못 한 거지 뭐. 근데 우린 친구잖아, 너 사랑하고 돕고 싶은 거야. 우린 다 네 편이라고."

"알아, 뭐······."

"그러니까 이제는 솔직해지자. 너, 그 남자하고 다시 만나고 싶어? 별의별 복잡하고 안 좋은 일 생각하면서 억지로 밀어내 보려고 했는데도 잘 안 돼서 힘든 거지?"

"응."

"이승주 씨하고 다시 만나면 예상한 만큼, 아니, 예상치도 못한 힘든 일이 생길 것도 뻔해. 그런데도 그걸 감수할 정도로 넌 그 남자가 여전히 좋다는 거지? 그 정도로 그 남자가 너한테 가치 있어?"

잠시의 침묵 후에 정원이 고개를 들었다. 방금 전까지 혼란스럽던 눈동자가 잔잔히 가라앉고 있었다.

"어."

당사자가 이렇다니 우리는 더 이상 할 일이 없구나. 세 친구는 그때 직감했다.

지금은 그저 정원을 응원하고 가까이서 지켜봐 주는 일밖에 할 게 없었다.

"그럼 결론 났네."

"아름이 말처럼 그 남자랑 연애해라."

"죽이 되든 밥이 되든 일단 다시 만나 봐."

"사귀다가 다시 나빠지면 걷어차 버리면 되지 뭐. 그럼 끝이잖아. 뭐 어때?"

"내가 봤을 때도 네 마음, 아직 덜 탔다. 이번에 확실히 완전히 태워 버려. 그래야 너도 이승주한테 아직 묶인 마음 다 풀고 다시 그 남자랑 잘되든지 다른 남자를 만나든지 할 수 있을 거 같아."

"영주 말 나도 인정. 해야 할 짓은 죽기 전에 꼭 해야 한다더라. 인생 뭐 있어? 내키는 대로 한번 살아 봐야지."

"맞아. 후회하고 주저하며 살기엔 우리 인생이 생각보다 짧다더라."

"만나서 좋으면 연애하고 더 좋으면 뭐 재결합할 수도 있지. 뭐든 니 마음이 가는 대로 해."

"대신 피임은 철저히 해라, 너."

그러나 친구들의 응원에도 정원의 얼굴은 완전히 밝아지지 않았다.

"근데 우리 둘이 그냥 처녀 총각이 아니라는 게 문제란 말이지. 승주 씨랑 내가 다시 만나면 이건 새로운 전쟁이 다시 시작되는 거라고."

두 사람만 생각하면 다시 만나는 일에 있어 사실 큰 문제는 없을지 모른다.

그러나 정원과 승주 사이에는 결혼했던 과거와 서로가 결별할 수밖에 없었던 많은 이유들, 서로의 인간적 약점과 함께 지나간 관계의 찌꺼기와 아직 해결되지 않은 많은 감정들이 복잡하게 소용돌이치고 있다.

그것을 넘어선다 해도 그다음 고비로는 몸서리치는 악연으로 얽힌 두 가족이 서 있다.

"승주 씨랑 다시 만나면, 그건 나하고 그 남자만의 문제가 아니잖아. 우리들 두 집안 간에 흙탕물 싸움이 개시될 게 뻔하다고."

정원이 기어코 견딜 수가 없다는 듯 두 손으로 얼굴을 가려 버렸다. 가혹하게 자책했다.

"너무 염치가 없어서 얼굴을 못 들겠어. 결혼할 때도 그 남자한테 미쳐서 식구들 다 말리는데도 온갖 난리를 쳐서 결혼했는데, 잘 살지도 못하고 1년 만에 쫑냈잖아. 그때 우리 식구들, 엄마 아빠, 오빠랑 새언니까지 얼마나 상처받았는데⋯⋯. 그걸 뻔히 봤으면서 또 그 남자를 다시 만나겠다고 어떻게 말을 해? 난 인간도 아냐."

"정원아, 지금은 아무 생각도 안 하는 게 정답 같아."

"맞아. 너희 부모님도 결국은 네가 행복해지는 걸 제일 바라실 거야. 지금은 네가 행복해지는 쪽만 생각해."

이구동성, 자신의 편을 들어 주고 위로해 주는 친구들 앞에서 결국 정원이 울음을 터뜨리고 말았다.

6

화요일 아침 9시.

월요일 밤 근무를 마치고, 막 퇴근 준비를 하던 차였다.

다시 휴대 전화에 뜬 '백동호'란 이름 앞에서 승주는 몹시 당혹스러워졌다.

'무슨 일이지?'

끈질긴 연락의 주인공은 며칠 전에도 문자를 보내온 사람이다.

나현의 형부이자, 반어거지로 끌려간 생일 파티가 열렸던 완담동 저택 주인이었다.

그가 보낸 이전의 연락에 승주는 답하지 않았다.

이런 식으로 무례하게 불쑥불쑥 연락을 하는 사람에게 답을 할 만큼 승주는 한가롭지도 않고, 그럴 가치도 없다고 생각했다.

오히려 불쾌함이 더해졌다.

'나한테 뭘 바라고 연락을 한 거지? 박 선생 말고는 얽힌 게 아무것도 없는데.'

밤새 야근 후 승주의 신경은 잔뜩 예민해 있었고, 그렇게 퇴근을 하려는 찰나, 방해를 받았다.

이 남자가 나현의 문제 때문에 연락을 했다 해도 불쾌했고, 전혀 다른 사안으로 연락했다 해도 불쾌한 건 마찬가지였다.

그래서인지, '무례하지만 병원 앞 카페에서 기다리고 있다'는 새로운 문자 앞에서는 울컥 화가 났다.

'대체 무슨 이야기를 하고 싶다는 거야?'

두 사람의 유일한 접점이라 할 수 있는 박나현과 승주는 이제 거의 절연 상태였다.

가족이라면 그 정도 이야기는 전해 들었을 텐데 승주와는 거의 면식이 없는 그가 왜 이렇게 집요하게 연락을 시도하는 걸까?

잠시 고민하다가 승주는 이 남자가 무슨 이유로 자신에게 연락하는지 알아봐야겠다고 결정했다.

이쪽에서 무시하는데도 아랑곳 않고 반복해서 연락하는 데에는 필시 남다른 이유가 있는 듯했다. 또한 승주가 무시한다 해도 이런 식의 연락을 계속하는 남자라면 앞으로도 질척댈 게 뻔히 보였다.

"이 박사, 여기!"

승주가 약속 장소에 도착하자 백동호가 몸을 반쯤 일으키며 손을 들어 보였다.

"이거 참 내가 면구스럽기는 한데 발붙일 데가 없어서, 우리 이 박사한테 어려운 청 좀 하려고."

'우리 이 박사?'

잠시 승주는 헷갈렸다.

그를 앞에 두고 친근하게 웃는 백동호에게 있어 승주 자신은 이미 허물 없는 가족이 되어 있었다.

대체 이 남자가 내게 왜 이러나 싶어 뜨악함을 지우지 못하는 승주 앞에 백동호가 다시 사람 좋게 웃었다.

"내가 오죽했으면 어려운 이 박사까지 찾아왔겠어? 실례인 줄은 아는데 마지막 동아줄을 부여잡는 심정으로 찾아온 거니 한 번만 날 이해해 줘요."

그러면서 그가 꺼낸 화제는 뜻밖에도 병원에서 운용하는 신제품 CT 기기에 관한 것이었다.

'그렇군, 형부가 의료 기기 수입 및 리스 중간상이라고 했지.'

"세린병원 CT 기기들, 5년 차라서 이제 신제품으로 교체할 시기라고 알고 있는데. 이번에 우리 회사에서 독일 최신형 기기가 들어오기로 되어 있거든요."

백동호가 몇 번이고 승주에게 간절한 연락을 취해 온 이유가 마침내 드러났다. 승주는 절로 실소를 흘릴 수밖에 없었다.

'첫 만남에서 청탁을 할 만큼 우리가 가까운 사이였던가?'

대체 무엇을 믿고 이 남자는 이토록 그 앞에서 당당한 걸까?

즉각적인 불쾌함이 지나가던 순간, 승주는 이런 우스꽝스러운 상황이 백동호가 박나현과 자신 사이를 몹시 각별한 것으로 오해하고 있는 데서 비롯된 것임을 깨달았다.

'하아, 이건 너무 지나쳤어, 박 선생.'

승주가 마치 자신의 손아래 동서인 양 당당하게 대하는 동호를 바라보는 것만으로도 그는 나현의 과장된 거짓말을 두 눈으로 본 것처럼 알아 버렸다.

'이래서 네가 그토록 악에 받쳐서 날 몰아붙였구나.'

얼마 전, 나현은 그를 찾아와서는 부끄러움도 모르고 차량과 사람들이 오가는 새벽의 주차장에서 악을 써 댔지.

잔뜩 기대를 갖게 만들어 놓고는 왜 갑자기 일방적으로 자신을 밀어내느냐고, 자신들의 가족은 전부 승주와 곧 결혼할 것으로 믿고 있는데 왜 이러느냐고, 일방적으로 사람 감정을 갖고 장난치다가 기껏 그 잘난 유리가 나타났다고 단박에 자신을 걷어차느냐고 원망 반, 악의 반인 분노를 쏟아 냈었다.

'대체 어디까지 어떤 거짓말을 해 온 거야, 너? 네 거짓말이 왜 나한테까지 와서 이런 곤란함을 참아 내게 만드는 거야?'

나현은 두 사람 사이에 대해서 어디까지 과장하고 부풀려 놓은 걸까?

이것을 달리 말하자면, 대놓고 거짓말을 할 정도로 나현이 가족에게 승주와의 각별한 관계성에 대하여 압박을 받고 있었다는 증거이기도 했다.

나현이 만들어 낸 허상의 관계성, 그것이 불러일으켜 놓은 오해가 얼마나 깊고 빗나간 것인지, 그 관계성을 믿고 거리낌 없이 자신을 찾아온 백동호가 갑자기 불쌍해졌다. 그를 믿고 찾아왔을 테지만 승주는 그를 위해 아무것도 하지 않을 테니까.

그런 생각을 하며 승주는 조용히 백동호의 설명이 끝나기만을 기다렸다.

이윽고 백동호의 설명이 다 끝났다. 기대 가득한 표정으로 자신을 건너다보고 있는 그에게 승주는 나직하게 입을 열었다.

"죄송합니다만, 이런 일에 있어서 전 별로 도움이 되지 못할 것 같습니다."

"직접적으로 우리 회사 기기를 도입해 달라고 부탁하는 거 아닙니다. 어차피 이런 기기 도입 문제는 이사회에서 논의되고 결정한다는 건 알고 있어요. 이 박사도 이사진 중 한 분이니까 우리 회사 측 기기 납품 제안서를 이사회에 올릴 수 있도록 한마디만 해 주신다면, 네네. 제가 도움받고 싶은 건, 그 정도입니다."

'제안서 상정을 위한 한마디? 그게 그 정도라고……?'

이 남자는 승주를 영 바보로 알고 있나 보다.

고액의 의료 기기 구입이나 리스 시 그 기기의 선정 문제가 이사회에서 결정되는 건 사실이다.

하지만 일단 이사회에 납품 제안서를 올릴 수 있는 기회 자체가 특권인 것도 승주가 모를 거라고 생각했단 말인가?

이사회에서 다양한 회사의 다양한 제품군을 공정하게 논의하는 것처럼 보이지만 실상은 이사장을 위시한 실세의 복심이 어느 회사의 제품에 가 있는지가 결정적이다. 결국 서류 심사를 위한 이사진 소집은 이사장 등을 비롯한 결정권자의 내정을 정당화하는 의례적인 서류 절차에 불과하다.

이런 상황에서 승주가 만약 실무진에게 백동호의 회사 제품을 한마디라도 언급한다면 그건 바로 '이 회사 제품으로 결정하시오' 하는 말과 다름이 없었다.

"그런 한마디도 저는 할 수가 없습니다. 이해해 주시기 바랍니다. 이런 건 월권 같아서요. 잘 모르시는가 본데 전 세린병원에 있어서 아무런 권한이 없습니다. 제가 병원 이사이긴 하지만 단지 서류상 직위에 불과하고 또 이런 식으로 병원 일에 개입하는 것은 저희 부친이신 이사장님께서 가장 싫어하시는 일입니다. 도와드리지 못해 죄송합니다."

정색한 채 거절하는 승주의 말에 백동호의 얼굴이 확 굳어졌다.

말이야 점잖게 하고 있지만, 승주의 전신에서 강한 거부감이 흘러나오고 있었다.

대체 당신이 뭐라고 나한테 이런 무리한 부탁을 하고 있느냐? 상당히 불쾌하다는 뜻이 적나라하게 전달되었다.

그래서 백동호는 무척 당황하고 말았다.

'이 정도 부탁은 이 박사에게 껌 씹는 것처럼 쉬운 일이라더니만. 뭐지, 이거?'

아내 가현으로부터 처제 나현이 승주와 곧 결혼할 사이라는 얘기도 들었고, 어느 정도 말이 통할 것 같으니 승주를 한번 찾아가 보라는 장모의 언질도 있었다. 곧 가족이 될 사이인데 승주가 외면하지는 않을 거란 말만 믿고 찾아왔다. 그런데 승주의 반응은 그가 기대한 결말과 완전히 달랐다.

"그런데 제가 궁금한 게 하나 있습니다만."

"네. 말씀해 보세요."

"이번 기기 교체 문제와 관련해서 제게 도움을 받으라고 박나현 선생이 권했습니까?"

승주의 질문 앞에서 백동호의 당황함은 더 커졌다.

"아니. 꼭 그런 건 아니지만……."

"그래요? 다행이군요. 만약 그랬다면 분명 박 선생은 저한테 안 좋은 소리를 들었을 겁니다. 박 선생 정도면 제가 어떤 것을 싫어하는지쯤은 아는 친구라고 생각했거든요."

"그, 그래도 이 박사하고 처제가 무척 가까운 사이니까. 제 입장에선 아무래도 이 박사가 남 같지 않아서 큰마음 먹고 찾아온 건데. 이거 참. 제가 몹시 실례를 한 느낌이 드는군요."

승주가 입을 꾹 다물고는 백동호를 빤히 건너다보았다.

이런 무례한 방문과 어이없는 청탁을 두고서 기껏 '실례'라는 한마디로 퉁치는 뇌 구조가 난 이해 불가능이라고 말하고 싶었다.

그런 승주의 냉정하고 차가운 시선을 백동호인들 느끼지 못했을까. 절로 그의 등골에 진땀이 솟아났다.

그렇게 한동안 두 사람 사이에 당황함과 어색함이 섞인 침묵이 흐르는데 승주가 탁자 위에 놓아둔 휴대 전화가 울렸다.

―이승주 선생님 되십니까?

"네."

네.

네.

알겠습니다.

단답형의 짧은 통화를 끝내고 안색이 굳어진 채 승주가 백동호를 건너다보았다.

"죄송하지만 저는 이만 일어나야겠습니다. 친척분이 돌아가셔서요. 지금 가 봐야 할 것 같습니다."

"아, 그래요, 그럼. 다음에 봐야지."

거절당한 불쾌함은 둘째 치고라도, 이 자리가 민망하고 어색한 건 승주만큼이나 백동호도 마찬가지였다. 부고가 와서 가 봐야 한다는 승주의 말에 그가 오히려 더 안도감이 들 지경이었다.

승주가 나가는 뒷모습을 지켜보다가 백동호는 남은 커피를 들이마셨다. 그러고는 불쾌한 감정을 한꺼번에 뱉어 내듯 혀를 찼다.

"거만하기는, 쯧."

쉽지 않겠는걸, 그는 홀로 중얼거렸다.

첫술에 배부를까. 자신이 청탁을 한다 해서 100퍼센트 승주가 들어줄 거라고는 기대하지도 않았다. 거절을 미리 깔고 가는 게 영업 사원의 숙명이니까.

이번에는 아니라 해도, 일단 승주와 말을 트는 게 중요했다.

굳이 처제 나현을 통하지 않고도 승주와 친분을 쌓게 되면, 앞으로 세린 병원에서의 영업 기회는 얼마든지 다시 올 것이다. 어차피 의료 기기는 소모품이니 새로운 의료 기술이 개발되거나 신제품이 나오면 기기 교체는 숙명이므로 그가 바라는 새로운 기회는 앞으로도 무궁무진했다.

하지만 백동호로서 영 마음에 걸리는 건 아까 보았던 승주의 표정이었다.

그로 하여금 승주를 찾아가라 말한 게 박나현이냐고 묻던 그때 말이다.

그는 고개를 갸웃했다.

'내가 경솔했나? 아직 정식으로 약혼을 한 것도 아니고 평창동 이사장 님 댁에서 예비 며느리로 인정받은 정도는 아닌 것 같은데 너무 일찍 찾아왔나?'

딸 민서의 생일날 처제 나현과 함께 집에까지 와서 둘의 사이가 꽤 진전 되었다고 생각했는데.

아내의 말에 따르자면 그때 민서가 '이모부'라고 불렀는데 승주가 빙긋 웃으며 인사를 잘 받아 주었다고 하질 않던가.

'그 정도면 둘 사이가 꽤 깊어진 거는 확실한데? 그러니까 장모님도 우리 사이 남도 아닌데 이 박사를 찾아가 보라고 넌지시 언질을 준 거겠지.'

그렇게 생각하다 보니, 억지로 눌러 둔 섭섭함이 다시금 치밀어 오르기 시작했다.

'이번 부탁이 뭐 그리 큰 것도 아닌데 말이야. CT 겨우 세 대인데, 다 교체해도 기껏 오륙십억 아냐. 그 정도면 충분히 이 박사 한마디만으로도 통과될 텐데.'

수입산 수술 의료 기기 한 대만 해도 수억, 수십억을 넘어 백억 대를 호가하는 초고가품도 있다. 그런 와중에 기껏 일이십억 대 CT 기기 리스사를 변경하는 정도면 딱히 어려울 것도 없는데.

다들 알다시피 지연, 학연, 혈연 등 거미줄처럼 얽힌 인맥으로 인해 대강 짬짜미로 통과되는 의료 물품 영업망이 아니던가.

'우리 회사 조건이 나쁘지도 않잖아. 다섯 대 다 해 달라고 부탁한 것도 아니고 세 대만 리스사 변경한다고 해서 큰일 날 일도 아니지 않나?'

주요 의료 기기 도입이야 이사회에서 최종 결정 되지만 실상 이미 다 내정되어 서류 갖추기에 불과한 요식 행위일 뿐이다.

어차피 그런 결정은 이사진, 특히 대주주인 이사장 가족들에 의하여 끝나는 일이라 면구함을 감추며 이승주를 찾아왔건만.

자존심의 훼손만 남긴 채 소득 하나 없이 일어서게 된 백동호는 커피값을 계산하러 카운터로 갔다.

"앞서 나가신 분께서 계산하셨는데요."

갑자기 백동호의 등골이 서늘해졌다.

'이건 아닌데……'

커피 한 잔도 얻어먹지 않겠다는 승주의 야멸친 신호를 깨달았기 때문이다.

'괜히 찾아왔나? 나름 유의미한 결과를 기대해도 좋다고 하셔서 믿었는데.'

잔뜩 기대한 일에 찬물이 퍽 끼얹어졌다.

'내가 너무 빨리 나섰나?'

나현과 승주가 약혼식이라도 하고 나서 찾아올걸. 너무 성급하고 경솔했다는 자책이 커졌다.

한편으로는 자신의 이런 행동이 승주에게 괜한 경계심을 불러일으켜서 처제 나현과의 관계에 좋지 못한 영향을 끼치는 건 아닌가 싶어 그것이 더 염려스러웠다.

솔직히 처제 나현과 승주가 약혼을 앞둔 각별한 사이라 해도 아직은 두 사람의 관계가 공식적으로 드러난 건 없다.

백동호는 생각하면 할수록 타이밍이 좋지 않았다는 후회가 들었다.

하지만 본사에서의 실적 압박이 자꾸 커지고 있는 중이다.

세린병원 본원에서야 CT 기기 다섯 대가 운용되고 있지만 완담동, 송도 쪽까지 하면 세린병원에서 운용하는 CT 기기만 열 대가 넘는다. 어림잡아 200억대 계약이다. 타사보다 1~2퍼센트 정도 리베이트 수준을 다운시켜도 8~10억이 떨어지는 큰 건이다. 백동호로선 찬물 더운물을 가릴 여유가 없었다.

마지막 끈을 잡는 기분으로 어렵사리 찾아왔는데, 소득은 없고 체면만 구긴 셈이다.

'설마 내가 헛다리 짚고 있는 건 아니겠지?'

어느 쪽이든 골치 아프기는 마찬가지.

백동호는 일단 퇴근 후 아내에게 처제와 승주의 관계가 어느 정도 진전이 된 것인지 다시 짚어 봐야겠다고 마음먹었다.

같은 시간.

어제까지 학회를 다녀와 하루 휴가를 냈던 참이다. 나현은 전화를 받고 집 근처 카페로 향했다.

차를 세우고 바라보니, 카페 유리창 너머에 앉아 있는 어머니 명신의 모습이 보였다.

자리에 가 앉으면서 나현은 탁자를 바라보았다.

명신 앞에는 평소 잘 마시지 않는 아이스 아메리카노, 그것도 얼음이 반인 잔이 놓여 있었다.

"엄마, 원래 냉커피 안 마시잖아. 이 시리다더니만?"

"열받아서."

정말 분통 터진다는 듯 명신이 말을 하다 말고 냉커피 잔을 들어 꿀떡 마셨다.

"왜? 무슨 일 있어?"

"나가란다, 병원."

명신이 툭 뱉더니만 다시 얼음만 남은 잔을 입으로 가져갔다. 그러고는 분함 대신 얼음을 와그작 씹었다.

"뭐래? 설마 구조 조정 들어가?"

"그거라면 내가 이렇게 자존심이 상하지는 않지."

그 아무리 진정을 하려 해도 영 진정을 할 수가 없었는지 명신의 입술마저 바들바들 떨리고 있었다.

"아까 원장님이 불러서 들어갔어. 근데 뜬금없이 명퇴 이야기를 하는 거야."

"정년퇴직까진 아직 남았잖아."

"그러니까!"

"기가 막혀서. 엄마한테 대놓고 나가라 그랬다고?"

"대놓고 나가시오는 안 하더라만 날 콕 찝어서 불러 놓고 명퇴 운운하는 건 그 이유지, 뭐."

어머니 명신은, 입이 무겁고 애사심이 강하다며 이사장 영국에게 깊은 신뢰를 받아온 끝에 결국 경리부장 자리에까지 올랐다. 어떻게 보면 명신의 30여 년은 평생직장 세린병원에 얽힌 영욕의 역사와 같았다.

그런 직장에서의 사직 권유라니. 명신의 가슴에 얼마나 큰 생채기가 났을지 보지 않아도 짐작할 수 있었다.

"자존심 상해."

갑자기 10년은 늙어 버린 듯한 명신이 중얼거렸다.

"감히 나한테 어떻게 이래? 내 청춘, 충성 다 바쳤는데. 하!"

"이사장님은 뭐라셔? 솔직히 이사장님하고 엄마, 각별한 사이잖아. 그런데 아무 말씀도 없으셨어?"

"이사장님은 이제 병원에 거의 안 나오시잖아. 일주일에 한 번 나오셔서 결재만 하고 들어가시는데, 뭐."

"이사장님은 그럼 원장이 엄마한테 명퇴 이야기한 거를 아직은 모르시겠네?"

"아셔도 별 소용이 없을 거 같아서 내가 서글픈 거다."

"왜?"

"원장이 누구 줄인지 너도 알잖니."

명신이 시무룩하게 중얼거렸다.

자신의 말이 더 이상 위로가 될 것 같지 않아 나현은 입을 다물었다.

작년에 본원으로 부임한 원장은 이사장 영국이 아니라 그의 아내이며 데이지 백화점 회장인 나서희 회장의 입김이라는 소문이 있었다.

나서희 회장은 이사장 영국 못지않은 대주주였다.

완담동 세린병원 개원 때 영국이 아내에게 자금을 융통했다는 건 명신이 가장 잘 알고 있다. 완담동 세린병원은 나서희 회장의 지분이 더 많다는 것도.

그것으로도 모자라서 나서희 회장은 이삼 년 전부터 본원에까지 슬금슬금 자신의 줄을 통한 의사들이며 직원들을 하나둘씩 들이밀고 있다는 소문이 돌았다.

이사장 영국의 측근 중 측근인 명신에게마저 명퇴를 요구하고 나선 것 보면 올해부터 작정하고 본원의 고인 물들을 하나둘씩 솎아 내는 작업에 돌입한 게 분명했다. 본격적으로 나 회장이 본원 장악에 나서겠다는 신호였다.

"고래 부부 권력 싸움 땜에 불쌍한 아랫것들, 새우 등 터지네. 그치?"

"그러게 말이야. 이사장님하고 나 회장님 사이가 엄청 나쁜 건 알았지만 이런 식으로 나 회장이 남편 뒤통수를 대놓고 칠 줄은 몰랐다."

명신의 한숨이 몹시 길었다.

"그래도 이건 아니지. 엄마, 일단 이사장님이 이 사실을 알고 있는지 확인할 필요는 있어. 엄마가 우리 병원에 공을 세운 게 얼만데 이런 식의 부당한 대접 받으면서 밀려날 수는 없지."

"그건 그렇지. 이사장님 오시는 날에 면담은 할 거야."

"엄마, 오늘 기분 너무 안 좋아서 어떡해?"

"할 수 없지, 뭐. 원장이든 부장이든 남의 집 고용살이는 똑같아."

풀이 죽어 중얼거리는 명신으로선 자신의 명예퇴직 종용 건이 사실상 사위 백동호의 청탁을 받은 일 때문이라는 속사정까지는 드러낼 수가 없었다. 조만간 병원에 들여올 의료 기기 선정 문제에 있어서 이사장 영국의 신임을 뒷배 삼아 다소 깊이 개입한 일이 문제시되는 참이었다. 사실상 나 회장이 꼬투리를 잡으면 얼마든지 걸릴 수 있는 빌미를 제공한 건 자신이었다.

좀 경솔했다고 홀로 후회하던 명신이 나현을 곁눈질했다.

"근데 너는 언제 인사 올 거니?"

"응?"

"이 박사 말이야."

"아, 그게……."

"사실 명퇴 이야기 들었을 때, 자존심은 좀 상했지만 생각보다 덤덤하더라. 엄마 나이도 그렇고 조만간 퇴직은 기정사실 될 거 같은데. 내가 병원 나가기 전에 네가 이 박사랑 결혼하는 거는 봐야지."

명신이 삽시간에 어두워지는 나현의 얼굴을 살폈다.

"표정이 왜 그래? 아직도 그 정도까지는 아니야?"

"음."

나현이 짧게 대답하자 명신이 못마땅해서는 혀를 찼다.

"나이도 꽉 찬 사람들이 왜 그리 굼떠? 난 이 박사가 민서 생일 파티에도 같이 왔다고 그래서 너희 둘 사이에 이야기가 많이 진전된 줄 알았더니."

"……엄마도 알다시피 승주 선배, 성격이 많이 신중하잖아."

"말은 똑바로 해. 이 박사 성격 핑계 대지 말고, 나 회장이 반대해서지, 뭐?"

"나 회장님 눈에 나란 사람이 딱히 욕심나는 신붓감은 아닌가 보지."

그런 말로 나현은 에둘러 자신이 승주와 잘되지 못하고 있다고 털어놓았다. 그런 사실을 명신이 알아주었으면 했다.

갑자기 명신이 바짝 독 오른 눈빛이 되어 나서희를 욕했다.

"어지간하긴, 그 양반도 참? 그래 봤자 이혼남 아냐? 기가 막혀서 진짜!"

세상 물정에는 영 어둡고, 능력마저도 변변찮아서 조기 퇴직 당한 남편. 물려받은 시골의 코딱지만 한 땅에서 텃밭 농사나 짓고 있는 못난 그 남편을 대신해 명신은 금쪽같은 두 딸을 있는 힘껏 키워 냈다.

명신의 인생에서 가장 자랑스러운 성취, 그건 바로 꿈에서도 그리던 의사가 된 둘째 딸이다.

그녀의 한결같은 긍지이자 완벽한 대리 만족의 존재. 그런 딸 나현을 무시하고 외면하는 나서희에 대한 원망과 분노가 명신의 얼굴을 붉게 만들었다.

나서희의 입김 때문에 자신이 병원에서 쫓겨날지도 모른다는 사실보다도 딸 나현이 그 집안에서 여전히 하대당하고 무시당하고 있다는 게 더 뼈아프고 화가 났다.

"우리 딸이 어때서? 어디 가도 꿀리지 않는 의사에다 골드 미스 초혼 자리인데, 딴 여자랑 살다 온 그 아들이 뭐 그리 대단하다고? 흥. 너 같은 처녀가 며느리 자리로 와 준다면 엎드려 절하고 모셔 가도 모자랄 판에 아주 복에 겨워 지랄이지."

명신답지 않게 상스럽게 욕을 하더니만 그녀가 몸을 살짝 기울였다.

"그래도 이 박사하고는 좋지? 서로 나이도 있고 하니까 이것저것 재지 말고 네가 먼저 결혼하자고 그래 봐. 요새는 여자가 청혼하는 게 흠도 아냐."

"승주 선배가 아직 진로도 확실히 결정하지 못했고, 그게……."

"내년에 로스쿨 한다며? 이사장님 자리 이으려고 와튼까지 다녀왔으면서 이제 와서 왜 그래?"

"대강 진로는 엄마가 아는 그대로 정해진 듯한데 다른 생각도 있는 것 같아. 대놓고 말은 안 하는데 이것저것 마음이 복잡하고 심란해 보였어. 그래서 그런가, 약혼이며 결혼 그런 걸 생각할 여유가 없어 봬. 이혼한 지 아직 3년밖에 안 지났고……."

"3년밖에가 뭐야? 3년이나 지난 거지. 엄마 생각에는 이 박사가 첫 번째 와이프한테 많이 데었나 보다. 너같이 멋진 애가 들이대는데도 반응이 느린 거 보면."

"멋지기는 내가 뭐가 멋져?"

"세상 어딜 가 봐라, 내 딸만큼 멋진 애가 어디 있어? 누구 딸인지 참 잘 났어. 이런 복덩일 이 박사가 빨리 채 가야 할 텐데."

딸 나현을 건너다보는 명신의 얼굴에 자부심 가득한 웃음꽃이 피었다.

승주와 나현이 여전히 좋은 관계를 유지하고 있고, 조금만 더 기다리면 결혼 소식까지 들을 수 있을 거라 믿어 의심치 않는 표정이다.

'엄마, 그만해. 아무리 바라고 기다려도 이승주가 내 남편 되는 일 없어.'

엄마가 간절히 바라는 이승주, 지금 전 와이프 다시 만나서 눈 돌아갔어. 나 따윈 안중에도 없어. 앞뒤 가리지 않고 흠뻑 빠져서는 미쳐 돌아가던 결혼 당시하고 똑같다고.

눈부신 희망에 가득한 명신의 얼굴을 바라보며 나현은 목구멍까지 치밀어 오른 말들을 꾹 눌러 삼켰다.

"조금만 기다려 줘, 엄마. 승주 선배, 인사시키러 데려올게."

결국 눈 하나 까딱 않고 새빨간 거짓말을 하고 말았다.

그런 자신이 나현은 너무 가증스러웠다.

그러나 이런 식으로 얼렁뚱땅 넘기지 않으면 명신은 예전처럼 걱정을 가장한 푸념과 잔소리를 끝없이 쏟아 놓을 것이다.

나현을 의사로 만들기 위해 그녀가 얼마나 희생해 왔는지, 열과 성을 다해 왔는지 알기에, 명신의 소망을 차마 깨트릴 수가 없었다.

명신의 그 소망은 나현이 승주의 중고등학교 후배가 되면서부터 이어져 온 오랜 비원이다.

특별하게 성적이 좋았던 나현이 승주를 따라 한국대 의대에 진학했을 때부터 명신의 꿈은 아주 구체적으로 진화했다.

중고등학교 때부터 선후배로 친분을 쌓아 왔고 같은 한국대 의대 동문까지 되었는데 그 딸이 승주의 결혼 상대가 되지 못할 이유가 어디 있단 말인가?

평생 영국의 신임을 받으며 오른팔로서 세린병원에 봉직했지만 그래 보았자 명신은 언제든 갈아치울 수 있는 머슴이었을 뿐, 죽었다 깨어나도 로열패밀리는 될 수 없었다.

하지만 딸 나현은 충분한 가능성이 있었다. 아무리 깎아 보려 해도 나현과 이승주는 착실하게 친밀한 관계를 쌓아 가고 있었다.

게다가 나현이 승주의 도움을 받아 세린병원으로 부임하던 순간부터 '조만간 세린병원 이사장 장모'라는 구체적인 희망이 더 단단해졌다.

그렇게 명신의 소망 안에서 어느덧 나현은 이승주의 부인이 되고 끝내 세린병원 이사장의 며느리 자격으로 병원장 자리까지 차지하고 있었다.

'엄마, 엄마 그 소망 절대로 이루어질 수 없는 거, 사실은 알잖아? 엄마나 내가 아무리 원하고 밀어붙여도 나 회장님 한 사람도 못 이겨.'

나현이 지금 승주의 사랑을 독차지하고 있어도 불가능할 판에, 이미 그는 다른 여자에게로 날아가 버렸다. 이전처럼 미련 없이 뒤도 돌아보지 않고.

그러나 나현은 승주와 결혼한 제가 보기 좋게 나서희를 물 먹이는 상상을 펼치며 즐거워하는 명신을 막을 수가 없었다. 오히려 엉거주춤 웃음 지으며 반동조하고 있었다.

그렇지 못하면 이토록 오래 주변에서 서성댔는데도 아직까지 승주를 자신의 남자로 만들지 못한 나현에 대하여 실망 섞인 잔소리를 쏟아 낼

게 뻔하니까.

'엄마 욕심이나 내 미련이나 뭐가 더 어리석은지 이젠 잘 모르겠다.'

갈수록 깊어지는 자기혐오를 삼키듯 나현은 쓴 커피를 길게 들이마셨다.

* * *

목요일 아침.

'오늘은 반드시……'

출근 준비를 마치고 마지막으로 향수 한 방울을 뿌리며 정원은 거울 속 자신에게 중얼거렸다.

저녁에 재완과 만나기로 약속한 날이다.

'이리저리 흔들려 보았자 달라질 건 없어. 솔직히 고백하고 어떤 결과가 나오든 정리하자.'

하루에도 수십 번씩 바뀌는 혼란한 마음. 그러나 그건 누구에게도 도움되지 않고 아무것도 해결할 수 없다는 것을 친구들과의 대화를 통해 분명히 알게 되었다.

'하지만 애들이 승주 씨를 다시 만나 보라 할 줄을 몰랐어.'

이혼 과정 속에서 승주와 그 가족들에게 상처받은 정원을 누구보다도 잘 알고 같이 슬퍼해 주고 화내 줬던 친구들이었다.

그런 친구들이 정작 마음 내키는 대로 승주와 다시 만나 보라는 말을 했을 때, 정원은 놀란 만큼 새삼 깨달았다. 친구들 앞에서 자신이 얼마나 승주에 대한 어리석은 미련과 아직도 타고 있는 집착을 드러냈는지를.

승주에 대해서 욕설부터 내지르던 친구들이 결국은 '다시 만나 봐라' 하고 내뱉었을 때 그들이 어떤 마음이었을지가 보였다.

어쩌면 아름이 말이 정답인지도 모른다.

승주에 대한 미련과 감정을 계속 안고서 다른 사람을 만난다는 건 그 사람에게 실례이자 모욕이라는 말은 완전히 진실이었다.

막 핸드백을 집어 들고 나가려는데 휴대 전화가 울렸다.

—나야.

승주의 목소리가 몹시도 어두웠다.

그가 나직하게 슬픈 부고를 알렸다.

"작은할머께서 돌아가셨대."

＊　＊　＊

정오 무렵.

정원의 차가 승주가 가르쳐 준 대로 은평동 납골당 아래 주차장에 멎었다.

조금 변두리이긴 하지만 서울 시내에 납골당이 있다는 것은 처음 알았다.

차에서 내린 정원은 들고 온 국화 꽃다발을 다시 고쳐 안고는 자신의 차 앞에서 검은 양복 옷깃을 매만지고 있는 승주에게로 다가갔다.

"왔어?"

그의 눈도 슬픔으로 인해 조금 충혈된 것 같았다.

"병세가 많이 악화되었고 많이 힘드셨던 건 호스피스 입원으로 짐작했지만, 이렇게 빨리는 아니잖아요?"

"폐렴이셨대."

"그래도 너무 빠르잖아. 겨우 몇 주 만에 돌아가시다니. 너무하잖아."

정원은 눈물을 글썽이며 승주를 올려다보았다.

"임종하실 때 곁에 아무도 없었다는 게 너무 마음 아파. 알았다면 우리라도 가서 곁을 지켰을 텐데."

"그게 싫다고 유언까지 남기셨다는데 호스피스 측에서도 어쩔 수 없었겠지. 변호사가 그렇게 집행 지시 했을 테니까."

"장례식까지 다 끝내고 나서 연락하고 했다니, 정말 여사님다우셔요."

"할머닌 평생 남에게 폐 끼치는 거 싫어하셨어. 그러려니 해야지. 올라가자."

한세미 여사의 이름을 말하자, 납골당 안내원이 두 사람을 안내해 주었다.

"드디어 할머니께서 제자리를 찾아가셨군."

안내원이 안내해 준 자리는 가족 납골당이었다. 이미 사망한 아들과 남편의 옆자리. 몇십 년이 지난 후에야 겨우 한자리에 모인 세 사람의 이름과 사진 앞에는 아직도 시들지 않은 꽃이 곱게 피어 있었다.

승주와 정원도 가지고 간 꽃다발을 놓고 간단하게 묵례를 했다.

"변호사가 전화했어. 장례식 주관하신 스님하고 같이 법당에서 만나자고 하셨어."

"나도 같이 갈 자리예요? 아닌 것 같은데."

"당신도 같이 참석하라고 하셨대. 할머니께서 당신한테도 뭔가 하실 말씀이 있으셨나 봐."

두 사람은 문밖에서 기다리고 있던 안내원을 따라 변호사와 스님이 기다리고 있는 법당으로 갔다.

"한 여사님께서 두 분께 유언장을 남기셨습니다."

"저한테도요?"

정원이 놀라서 반문하자 변호사가 고개를 끄덕였다.

"네. 그럼 이것을 먼저."

변호사가 승주와 정원에게 각각 한 여사의 유언장 사본을 나눠 주었다.

"이승주 씨께는 태동 그룹의 주식을 남기셨습니다. 한 여사님의 아드님이신 이강국 군의 기일인 11월 23일에 고인 가족 세 분을 위해 불공을 올려 주시면 참 감사하겠다고 하셨습니다. 그리고 유정원 씨."

"네."

"신화 은행에 비치된 한 여사님의 금고 소장품을 남기셨습니다. 마찬가지로 이승주 씨와 함께 불공에 참석해 주시면 감사하겠다는 유언이 있었습니다. 그리고 유정원 씨. 이것도."

변호사가 정원에게 전해 준 것은 뜻밖에도 한 여사의 편지였다.

늙은이의 마지막 기억을 즐거운 색으로 물들여 주어서 감사해요.
우리 유정원 대표가 알고 보니 내가 미처 알아보지 못했던 손자
며느리란 말을 전해 듣고 얼마나 애틋하고 미안했는지.
두 사람이 결혼했을 때 내가 정원 씨 존재를 알았다면? 만났었
다면?
얼마나 재미있었을까. 우린 분명히 아주 마음이 잘 맞고 말이 잘
통했을 것 같거든.
하지만 이런 상상은 소용없지. 이미 지나간 시간은 되돌릴 수 없
고 인간은 미래를 바라보며 오늘만 살아가는 존재니까.
지난번에도 말했지만 인생은 너무 짧아.
행복도 너무 빨리 스쳐 지나가지.
그러니 부디 우리 유 대표는 그저 의자에 앉아서 후회하고 계산
하고 망설이기보단 지금의 순간을 후회 없이 살아가기를 바라요.
내 행복은 내가 만들어 가는 것이라는 걸 난 유 대표와 착한 친
구들이 만들어 준 생일 파티에서 절실하게 깨달았어. 인생의 진
짜 마지막이 다가오는 그즈음에 말이야.
우리 유 대표는 나 같은 실수를 하지 말았으면 해.
모자라고 불쌍한 우리 손자, 내 마지막 순간에 유일하게 같이 있
어 준 가족이지. 한 번만 다시 예쁘게 봐 주면 안 될까? 부탁해요.
자, 오늘의 해가 질 시간이 되었어. 안녕, 인생. 잘 있어. 유 대표.
그리고 감사해.

* * *

두 시간 후.
두 사람은 신화 은행 프라이빗 뱅크 고객 접견실에 앉아 있었다.

그들 앞 탁자 위에는 정원에게 남긴 한 여사의 보석 금고가 나와 있었다.

납골당에서 나온 두 사람은 변호사가 건네준 은행 금고의 비밀번호를 통해 한 여사의 보석 상자를 수령했다. 느닷없이 정원에게 하늘에서 굴러떨어진 금덩이들이었다.

"염치가 없어. 이런 사랑, 넘치는 호의를 받을 만큼 잘해 드린 게 없잖아요."

눈물을 뚝뚝 흘리며 정원이 나직하게 말했다.

승주가 정원의 볼에 흐르는 눈물을 손으로 지워 주었다.

"작은할머니의 마지막 시간을 기쁨으로 물들여 준 당신이야. 할머니 유언대로 마음껏 기쁘게 행복하게 받아들여."

"당신이 마지막 순간을 같이 있어 준 유일한 가족이래."

"한없이 화려했지만 꽤나 외로운 인생이셨거든."

"그나마 당신이라도 할머님을 찾아가고 마음 써 주었다는 게 얼마나 다행인지. 여기 적힌 대로 당신, 참 착해."

"착한 사람은 복을 받는다더니만, 당신도 착해서 그래."

승주가 살짝 미소 짓고는 정원의 눈앞에 놓인 금고를 닫았다.

"나중에 내가 혹시 개업하면 이거 팔아서 병원 차려 줘."

"로스쿨 준비한다더니만?"

승주가 입을 꾹 다물더니 가만히 고개를 저었다.

그가 먼저 일어섰다.

"차 마시자."

"근처가 로이스 백화점이잖아. 거기로 가요. VIP 라운지에서는 스낵이랑 커피가 무료야."

"공짜 커피도 챙기고 알뜰해졌네, 당신."

"아닌 것 같아. VIP 회원권 유지하려면 쇼핑 겁나 많이 해야 하거든요."

두 사람은 은행을 나와 근처 백화점 라운지로 갔다.

"지쳐 버렸다. 짧은 시간인데 뭔가 엄청 많이 해치운 느낌이에요."

시럽을 악 소리 나도록 들이부은 다디단 냉커피를 단숨에 마시고는 드디어 정원이 소파 등받이에 길게 몸을 기댔다. 이제 오후 5시를 가리키는 손목시계를 내려다보며 중얼거렸다.

"당신은 오늘 출근?"

"아냐. 내일 출근이야. 어제 야근해서 그런지 사실은 엄청 졸려."

승주가 정원을 건너다보았다.

"간단하게 저녁 먹고 헤어질래?"

"저녁에 약속 있어서 안 돼요. 이거 마시고 헤어져요."

"그래, 알았어."

"그나저나 이야기 좀 해 봐요. 로스쿨을 안 할 생각?"

"아직 결정을 못 했어."

승주가 조금 어두운 표정이 되었다.

"당신 보기에도 참 바보 같지? 한심해 보이지?"

"그럴 리가."

"거짓말 안 해도 돼. 나보다 어린 당신도 벌써 자신의 길을 찾아서 열심히 뭔가를 하고 있는데. 난 서른도 넘어서 중반으로 달려가는데도 내가 뭘 해야 할지 결정도 못 했어. 기껏 하려는 것들도 이미 다 부모님이 정해 주신 길이라는 게."

그런 말을 하는 승주의 표정이 참 쓸쓸했고 또 괴로워 보였다.

"나도 내가 짜증 나는데 날 보고 있는 다른 사람들은 오죽하겠어? 남들은 벌써 10대 사춘기 시절에 끝냈을 고민을 이제야 하고 앉았다니."

"여전히 그런 고민을 하고 있는 사람, 생각보다 많아요. 당신만 그런 거 아냐."

"그럴까?"

"사람은 다 똑같다고 생각해요."

나만 힘들고 나만 불행하고 나만 모자라 보이지.

다른 사람은 다 행복해 보이고 성큼성큼 잘도 앞으로 나아가는 것 같은데, 발전하고 나아지는 것 같은데 왜 나만 제자리일까. 그런 생각으로 우울해지지.

"그런데 친구들이랑 이야기해 보면 잘 살고 있다 싶던 그 친구들도 똑같은 고민을 하고 있더라고요. 그래서 깨달았어. 내가 생각하는 이 열등감, 좌절감과 고민은 다른 사람들도 다 마찬가지구나 하고."

정원이 손을 내밀어 승주의 손을 꽉 쥐어 잡았다.

"나도 마찬가지야. 당신은 나더러 잘하고 있다고 말하지만 난 나대로 이게 최선일까, 난 왜 공부도 못하고 좋은 학교도 못 나오고 이혼까지 해서는 아직 부모님 등골 파먹으며 살고 있나, 말만 좋아 파티 플래너지, 남들 재미있으라고 험한 일 골라 하고 궂은 설거지나 하는 신세 아닌가, 남들은 잘만 전문직에다가 폼나게 살고 있는데 나는 왜 이것밖에 못 하나, 그런 생각을 종종 한다고. 당신이야말로 한국대 의대 나오고 이름도 어려운 학교 가서 학위 따고 왔잖아요. 그렇게 대단한 당신이 이런 말을 하면 나는 어디 구석으로 가서 숨어야 해?"

"우리 지금 누가 누가 잘못 살고 있나, 자학 내기하는 것 같다."

"그러게? 그러니까 필요 이상으로 고민은 하지 말아요. 당신은 능력이 출중하니까 뭐든 결심하면 다 이룰 사람이잖아. 내가 잘 알아요."

"용기 줘서 고마워."

"고민할 수 있을 때 고민 많이 해요. 다 발전하려고 하는 고민이잖아요. 당신 결정이 뭐가 됐든 난 당신이 항상 너무 멋져요. 자랑스럽다고요."

정원이 그런 말을 하면 승주는 자신이 정말 그런 사람인 것만 같다.

겉으로야 늘 우러름을 받는 성실한 우등생 인생이었다지만 그는 늘 마음 깊은 곳에서 스스로에 대한 부정과 열등감으로 괴로워했다.

겉으로 보이는 그의 말끔한 인생이란 부모, 특히 어머니 나서희 회장의 극성과 집착이 만들어낸 가상 현실이었다. 어떻게 살아야 하고 어떤 인생을 만들어 가야 하는지 스스로 선택한 건 거의 없었다. 그저 주어진 것들을 묵묵히 받아들이고 성실하게 수행해 왔을 뿐.

인생에서 그가 스스로 선택하고 결정한 유일한 존재는 그의 신부 유리, 지금의 정원뿐이었다.

그리고 그녀가 이제 다시 그의 앞에 앉아 있다. 이전처럼 존경과 애정에 가득 차서 그를 바라보며 멋지다, 훌륭하다, 사랑한다 말해 주고 있다. 가슴이 벅차올랐다.

"난 당신이 그렇게 말하면."

"응."

"세상만사, 정말 그렇게 될 것만 같아. 고마워."

승주의 진심이었다. 정원은 늘 그에게 희망이었고 햇살이었다.

커피를 한 모금 더 마신 정원이 승주를 빤히 바라보다가 불쑥 말했다.

"있죠, 나, 친구들한테 고백했어요."

"뭘?"

"당신 다시 만나고 있다고."

커피 잔을 들어 입으로 가져가던 승주가 잠시 멈칫하더니 잔을 다시 탁자에 내려놓았다.

"그냥 내 마음대로 하래. 아무 생각 하지 말고, 좋으면 그냥 당신 만나서 연애하래."

"아……."

정원이 눈을 가느스름하게 뜨고는 승주를 살폈다. 그러고는 비시시 엷게 웃었다.

"당신, 방금 완전 긴장했죠?"

"솔직히 무섭더라. 잠시 머릿속이 하얘졌어."

"우리 친구들이 당신을 엄청 싫어하는 건 짐작하고 있었군?"

"사랑하는 친구를 울린 놈이잖아."

"알긴 아네."

정원이 승주를 향해 눈을 흘겼다.

"그런 친구들이 나더러 당신하고 마음 내키는 대로 연앨 해도 된다고 했어. 내가 얼마나 놀랐겠어?"

"나도 놀라서 다시 머릿속이 텅 비었어. 정말 의외로군."

"그만큼 날 사랑하는 거라고. 모르겠어요? 내가 좋다니 당신이 싫은 걸 참아 줄 만큼이요."

"고맙군."

승주가 씁쓸하게 중얼거렸다.

그때 VIP 라운지 문이 열리고 일단의 사모님들이 몰려 들어왔다. 손마다 쇼핑백들이 가득한 것을 보아하니, 작정하고 제대로 백화점을 털고 오신 게 분명했다.

조용하던 라운지가 그들로 인해 갑자기 떠들썩한 시장판처럼 돌변했다. 정원이 얼굴을 찡그리며 일어섰다.

"슬슬 나가요. 갑자기 시끄러워졌어."

"그래. 근데 당신한테 하나 고백할 거 하나 있어."

"뭔데."

"미안한데, 아무래도 내가 이번 달 말쯤에 선이란 걸 봐야 할 것 같아."

정원의 눈이 커졌다. 이게 뭔 날벼락 같은 헛소리래? 이런 표정이었다.

정원이 다시 소파에 앉으며 팔짱을 꼈다. 정확하게, 자세히 설명해 봐, 그런 뜻이었다.

"큰이모님이 소개를 하신 자리인데, 아, 이건 물론 당신 만나기 전에 벌어진 일이야."

승주는 살짝 거짓말을 했다. 정원이 미간을 찡그렸다.

"소개팅이든 선이든 뭐든 당신, 솔직히 그때 아무 생각 없었을 거 같은데? 박나현 선생 조카 생일 파티 그때처럼 싸우기 싫고 귀찮아서 그냥 나간 다고 했죠?"

배신감보다는 한심하다는 표정으로 정원이 쏘아붙였다.

정원의 지적은 정확했고, 시퍼런 칼날같이 승주의 비겁함을 직격했다. 정원은 승주 자신보다 그가 품은 인간적인 약점을 더 정확하게 꿰뚫고 있었다.

이전에는 사랑이란 이유로 눈감아 주고 넘어가던 그 약점과 단점들을 이제 참아 주고 싶지 않다. 그녀는 작정하고 준엄하게 나무랐다.

"당신은 당신 인생에 대해서 의외로 무책임하고 되게 무관심해요. 알아요?"

"알아."

"어떻게 그래? 자기 인생인데?"

"그러게. 나는 어떻게 늘 이 모양인지. 왜 이렇게 비겁하게 생겨 먹었을까."

"자학 개그 그만해요. 엄살인 거 내가 안다고. 이제 제발 그렇게 살지 마요. 싫은 건 싫다고 말하면서 살고. 타조처럼 머리 박고 도망만 치지 말고."

정원이 승주의 옆구리를 팔꿈치로 팍 쳤다. 잠시 고민하던 정원이 나직하게 말했다.

"이미 약속된 일인데, 나가야 하지 않을까? 만나 봐요."

"나는 당신이랑 다시 연애하는 중인데 다른 여자도 만나라고 해? 당신 지금 반칙 아냐?"

승주가 조금 짜증을 내며 따졌다.

"그럼 애초부터 거절했어야지. 왜 나한테 그래?"

정원 역시 야무지게 맞서 따졌다. 그러더니만 몹시 불쌍하다는 듯 승주를 건너다보았다.

"거절하기 힘들었겠지 뭐. 이런 말은 뭣하지만 당신 어머니 성질에 나도 많이 당했잖아. 나서희 회장님, 자기 뜻대로 될 때까지 사람을 달달 볶고 미칠 정도로 끝까지 몰아붙이지. 당신이 질려서 두 손 들 정도로 고집 피우셨을 테니까 알 만해."

정원의 말에 승주가 잠시 침묵하다가, 그녀를 응시했다.

"맞아, 당신이 정한 상대와 결혼시키기 전까진 어머닌 계속 날 괴롭힐 거야. 뜻도 없는 결혼 시장에 종종 불려 나가는 일도 계속될 거고. 그런 일이 반복되지 않으려면 우리 둘이 다시 사귀는 걸 알려야 하지 않겠어?"

정원이 입을 꾹 다물었다.

승주는 조금 섭섭했지만 그녀의 대답을 기다렸다. 아직도 정원은 그와의 새로운 연애에 대한 확신과 결심이 완전하지 않았다.

"일단 우리가 다시 만나기로 결정했으니까……."

"그래."

그나마 다행. 작은 안도감이 그의 마음을 스쳐 지나갔다.

"집안에 알리는 건 조금 더 신중하게 생각해요."

"무서워?"

"무서운 건 아닌데 여튼 좀 그래……."

"그래. 알았어."

차오르는 실망을 속으로 갈무리할 수밖에 없었다.

뭐든 쉽게 가는 건 없다. 하물며 한번 부서졌던 관계를 다시 이으려면 성급하게 굴지 말자고, 서두르지 말자고 다짐하며 승주가 먼저 일어섰다.

"일어나자. 당신 약속 있다며?"

"근데 역시 싫다. 자꾸 화가 나려고 하는데?"

정원이 승주를 따라 일어서며 혼잣말처럼 종알거렸다. 아까 승주가 선을 봐야 한다고 말을 했을 때부터 표정이 썩 좋지 않더니만, 열받은 그 마음을 드러내듯이 그의 등을 팍 주먹으로 쳤다.

두 사람이 VIP 라운지를 나가는데, 아까 들어왔던 사모님들 중 한 사람이 시선을 돌렸다.

'저 사람, 윤민 씨 동생 승주 씨 같은데?'

그녀가 고개를 갸웃하는데, 잠시 후 지금까지 퍼스널 쇼퍼를 들들 볶으며 여름 시즌 의상들에 대한 초이스를 끝낸 윤민이 라운지로 들어섰다.

"옷 다 골랐어요?"

"고르긴 골랐는데 이번 시즌은 딱히 마음에 드는 게 없어서 짜증 나."

"다음 주에 유럽이나 나갈래요? 콧바람도 쐬고 쇼핑도 좀 하고."

"나쁘지 않아요. 스케줄 좀 살펴보고 연락드릴게."

"근데 연준이 엄마, 방금 여기서 나, 자기 동생을 본 것 같아."

윤민이 고개를 돌렸다.

"우리 해민이?"

"아니, 승주 씨."

"우리 승주가 여긴 왜? 잘못 봤을 거야. 걔는 평생 백화점 같은 곳엔 발도 안 들이미는 앤데."

"아닌데. 승주 씨가 분명한 것 같은데? 어떤 여자랑 같이 커피 마시더니 나갔어. 둘이 엄청 친해 보였어. 여자가 막 등을 주먹으로 치고 서로 장난치면서 나가던데?"

"그렇담 더욱더 우리 동생이 아니지. 걔가 쇼핑도 극혐하지만, 여자들만 득실거리는 이런 라운지에 올라올 리가 없어요. 하물며 여자랑 같이 장난을 치다니. 말도 안 돼."

윤민은 얼른 더 강하게 부인했다.

승주가 귀국하자마자 자신의 사촌 동생을 엮으려다가 실패한 사람이다 보니 윤민이 보기에 굉장히 예민하게 구는 것 같았다. 애초에 네 동생한테 여자가 있었는데도 감히 내 사촌 동생을 갖다 붙이려 했단 말이니 하는 항의로 들렸다.

"그런가? 하긴 내가 승주 씨를 본 게 결혼식 때가 마지막이었으니까 말이야. 뭐, 많이 닮은 사람을 두고 착각했나 보다."

"맞아, 착각했을 거야. 내 평생 우리 동생이 여자한테 주먹으로 맞고 다니는 것도 본 적 없고 그게 좋다고 실실대는 것도 본 적 없어서요. 호호호."

"근데 아까 그 아가씨, 미인이더라. 만약 내가 본 사람이 승주 씨가 맞는다면 말이지. 참 능력도 좋아? 첫 번째 와이프 그 여자도 엄청 미인이었잖아?"

"미인은 무슨? 성형에 화장발이었지. 약아빠진 불여우였잖아. 우리 승주 격에 도통 맞지 않는 애여서 그렇게 빨리 이혼당한 거였구."

커피 잔을 들며 윤민은 냉정하게 잘랐다.

어떤 경우에든 동생 승주와 전처 유리가 얽힌 이야기가 나오면 기분이 나빠졌다.

유리가 동생 승주의 인생에 찍힌 오점이듯이, 윤민에게도 마찬가지였다. 수준 높고 품위 있는 이런 사교계 모임에서 종종 동생 승주의 이혼이 뒷담화거리로 씹히는 게 너무 자존심이 상했다.

'그딴 계집애하고 끝냈으면 이젠 자기하고 걸맞은 아가씨하고 만나야 할 것 아냐? 그런 앨 소개해 줘도 다 걷어차고 말이야. 복에 겨워선, 쯧!'

그나저나 승주 비슷한 남자가 이곳에서 어떤 미녀와 노닥거리더라 하는 말이 은근히 마음에 걸렸다.

그녀가 자신의 사촌 동생을 승주에게 소개하려 했던 만큼 승주의 얼굴을 잘 모른다는 건 사실 말이 되지 않았다. 어쩌면 그녀가 목격한 게 사실인지도 모른다.

식구들 몰래 승주가 정말 새로운 여자를 만나고 있는데 식구들이 알면 여러 가지로 간섭받거나 귀찮은 일이 생길까 봐 입 다물고 있는지도?

'그래서 소개팅이며 선 자리 다 거절한 거 아냐, 이 녀석? 좋아. 한번 뒤를 캐 봐야겠어. 입 꾹 다물고 무슨 짓을 하고 다니는지 나도 갑자기 궁금해지네.'

윤민은 커피 잔을 내려놓으며 마음속으로 결심했다.

한편, 주차장으로 내려가는 승주나 정원은 단 몇 분 차이로 서로 준비도 없이 윤민과 마주치는 참사를 용케도 면했다는 걸 꿈에도 몰랐다.

주차장에 서 있는 자신의 차 쪽으로 걸어가다가 정원이 확 몸을 돌렸다.

그러더니 썩썩 몇 걸음 돌아가 자신의 차 문을 열던 승주의 옆구리를 다시 팔꿈치로 퍽하고 가격했다.

"억."

승주가 한 손으로 그녀의 손을 잡았다.

"갑자기 또 왜 그래?"

"생각하니까 또 열이 확 오르잖아. 이렇게 멋있는 내 남자를 딴 여자가 보고 침 흘리면 어떡하지? 당신하고 선본다는 그 여자가 당신한테 반해서 딱 붙어 떨어지지 않으면? 짜증 나, 정말."

"그럼 나가지 마? 부모님께 당신 다시 만난다고 말할게."

"아니, 그건 아니고!"

대체 뭘 어쩌란 건지.

승주가 그녀를 잠자코 바라보자 정원이 좌절과 갈등으로 자신의 머리를 통통 두드렸다.

"아, 몰라. 그래요, 나가지 마. 딴 여자 만나지 마요. 아니 아니, 그럼 큰 소동 나겠지? 와 씨, 왜 이리 복잡한 거야?"

그녀가 원망 섞인 눈빛으로 승주를 노려보았다.

"내가 이럴 줄 알았어. 당신하고 얽히면 어떤 식으로든 내 인생 이거 또 복잡해진다고. 책임지라고!"

승주와 헤어져, 재완을 만나러 가면서도 정원의 울화통은 쉽게 가라앉지 않았다.

'내 입으로 나가 봐라 해 놓고는 이렇게 화가 나니 이걸 어쩐담?'

갈팡질팡하는 마음을 다잡을 수가 없다. 참 어이가 없었다.

대체 어떤 년이래? 속으로 욕이 절로 나왔다.

아니지. 정원은 인상을 썼다.

'아무것도 모르고 선보러 나오는 여자가 무슨 죄래? 다 그 남자 탓이지.

자기가 싫으면 그냥 싫다고 딱 잘라 말하면 될 거 아냐? 어떻게 남자가 그 것 하나를 못 해.'

우유부단하긴 여하튼 세상 이길 자가 없다. 생각하면 할수록 속 터지는 못난 그 버릇을 어떻게 싹 뜯어고쳐 놓지?

"사람, 고쳐 쓰는 게 아니라더니."

연애를 결심하자마자, 이런 식으로 승주가 뒤통수를 칠 줄이야.

홀로 씩씩대느라, 약속 장소인 레스토랑에 먼저 도착한 정원은 재완이 가까이 다가오는 줄도 모르고 있었다.

"왔어?"

"어, 배고프다. 밥 먹자. 이놈의 영업 사원, 밥은 먹을 시간을 줘야지 말이야."

앞에 앉은 재완이 아무렇지도 않은 얼굴을 한 채 너스레를 떨며 메뉴판을 펼쳤다.

"밥은 먹고 다니면서 일해. 너 그러다가 몸 상해."

"……그렇게 다정하게 말하지 말지. 또 오해하잖아, 내가."

순간, 정원과 재완의 눈이 마주쳤다.

"야."

"미안 미안, 우리 정원이, 모든 사람한테 다 다정한데 내가 오늘따라 이 상하게 예민하게 굴었지? 잘못했어. 미안."

순간적으로 굳어 버린 정원의 표정에 재완이 금세 후회하는 얼굴이 되어 그것을 감추느라 너털웃음을 터뜨렸다.

마침 다가온 직원에게 아무 일도 없다는 듯 식사를 주문하는 재완을 물끄러미 바라보며 정원은 그 순간, 두 사람 사이에 아주 가까이 다가온 차가운 결별을 보았다.

정원은 말 한마디 하지 않았고, 재완 역시 재촉할 낌새가 없었다. 그랬어도 그는 자신과 정원이 어떤 대화를 나누리란 것을 짐작했고 또 그러한 별리에 대해서 준비를 하고 나온 상태였다.

말하지 않아도 상대의 뜻을 알아 버리는 게 뜻 잘 통하는 오래된 친구 사이라면…….

'우린 서로 참 잔인한 사이였구나.'

정원과 재완이 쌓아 온 긴 세월의 친구란 관계는 허무한 모래성과도 같이 산산이 부서지는 중이었다.

침묵 안에서 식기들이 부딪치는 소리가, 낯선 손님들의 나직한 대화 소리가, 이름을 알 수 없는 가수의 노랫소리가 그들 곁을 쓸쓸하게 흘러 지나갔다.

"후식으로 커피, 주스, 차가 준비되어 있습니다만."

비워진 접시를 치우러 온 직원이 두 사람에게 디저트 메뉴를 소개했다. 재완이 정원을 건너다보았다.

"어떡할래, 여기서 마실래? 아님 다른 데 갈까?"

"좀 조용한 곳에 가서 커피 마시자."

"알았어. 저희 후식 안 주셔도 됩니다."

레스토랑에서 나와 두 사람은 잠시 의미도 없이 골목길을 돌아다녔다.

명목은 괜찮은 커피집을 찾는다는 핑계였지만 사실은 딴청을 피우는 중이다.

서로가 감춘 진실을 맞닥뜨릴 순간, 진심을 까뒤집고 확인할 시간. 내내 친구라 주장해 왔던 두 사람의 관계 그 마지막을, 그러니까 턱 아래까지 다가온 이별을 조금이라도 늦춰 보려고 용을 쓰고 있었다.

카페를 찾는답시고 강남의 골목길을 걷다 걷다 도착한 곳은 정원의 집 근처 공원의 벤치. 정원이 어색하게 웃으며 재완을 바라보았다.

"결국 여기로 와 버렸네."

"그러게. 자, 마셔."

재완이 근처 편의점에서 사 온 밀크티를 내밀었다.

둘이 만날 나란히 앉아서 커피를 마시던 그 자리였다.

"우린 진짜 여길 좋아해."

"그렇지? 우리가 여기 앉아 놀던 게 언제부터였나?"

"중학교 때부터니까. 벌써 13년이 넘지."

13년의 세월 동안 이 벤치에 앉았던 순간은 얼마나 많았는지.

즐거운 때도 슬프던 때도 여기. 같이 고민을 나누고 속내를 이야기하고 같이 웃고 울고 화내고……. 둘이서, 때로는 여럿이 같이 어울려 엮고 만들었던 추억이란 것들이 켜켜이 쌓여 있다.

"있잖아, 재완아. 내가……."

밀크티 병이 다 비워질 때까지 난처하고 어색한 침묵을 견뎌 내며 두 사람은 대체 어떻게 말을 꺼낼까 서로 궁리하고 고민하고 있었다. 그러던 중, 결국 먼저 입을 연 사람은 정원 쪽이었다.

"그, 그게 너도 짐작은 좀 했을 테지만…… 그 사람하고 다시 만나기로 했어."

그를 차마 바라보지 못하고, 발끝만 내려다보면서 정원은 불편하게 감추어 둔 사실을 마침내 고백했다.

재완을 마주 바라보면 그저 미안해서 울어 버릴 것 같다. 재완 역시 그녀를 보면서 울어 버릴 것 같은 얼굴을 지금 하고 있을 테니까.

"왜?"

"그게 그러니까……. 너도 알다시피 내가 좀 '금사빠'잖아."

얼토당토않은 '금사빠'라는 이 변명이 먹혀들까?

하지만 이혼한 전남편 승주와 다시 만나기로 한 그녀 자신의 결정에 대해서 그것 말고는 변명할 방법이 없었다. 그를 다시 만나자마자 바로 마음이 요동치고 가슴이 설레고 결국 선을 넘어 버렸으니까.

재완 앞에서 이승주가 내 운명이요 유일한 사랑이다 이렇게는 말할 수가 없었다. 뭐라고 말한들 어차피 재완은 인정하지 못할 거고 받아들이지 못할 테니까.

"금사빠 좋아하시네."

역시나 재완이 픽 하고 웃더니만 비아냥거렸다.

정원이 만나는 남자마다 금세 사랑에 빠지는 쉬운 여자였다면, 그토록 오래 곁에 있었던 재완 자신은 왜 한 번도 그녀에게 사랑받지 못했겠는가?

"왜……?"

하필이면 또다시 승주와 연애를 시작하는 거냐고. 그토록 아프고 제대로 데었으면 도망쳐야 정상이지 않아?

그의 눈이 묻고 있었다.

정원에게 묻는 것이었지만 동시에 재완 스스로에게 묻는 말이기도 했다.

왜 이승주는 되고 나는 안 되는 걸까?

왜 나는 그토록 간절히 바란 이 사랑에서 늘 패배자여야만 하고 그림자여야만 했나?

두 사람의 시선이 비로소 부딪쳤다.

"너한테는 남자가 그 자식밖에 없니?"

"……그러게. 난 왜 이 모양일까? 바보같이."

정원이 풀이 죽어 중얼거렸다. 그녀 스스로도 이혼한 전남편과 다시 불이 붙어 버린 자신을 이해할 수 없다는 거다. 이 선택이 과연 옳은 선택인지 여전히 확신을 할 수가 없다는 뜻이기도 했다.

하지만 재완에게는 정원의 그런 모습이 전혀 위로가 되지 않았다.

'갈등하든 고민하든 이건 껍데기잖아. 네 알맹이 이승주의 여자잖아.'

"내가 하도 어이가 없어서 그런다. 그 자식은 뭐가 그리 달라? 뭐가 그리 특별해서 니가 못 헤어 나오는 건데?"

"몰라. 나도 모르겠어. 그냥……."

"대체 이승주는 왜 그리 너한테 특별하냐고."

내가 아니라?

재완은 그렇게 소리치고 싶었다.

"우린 친구잖아. 내가 이해 좀 할 수 있게 속 시원하게 설명해 봐라. 솔직하게."

친구라면서 속 시원하게 설명하라 요구하는 재완의 말에 잠시 생각에 잠겼던 정원이 고개를 툭 떨어뜨렸다. 나직하게 웅얼거렸다.

"친구 아냐."

"뭐?"

"미안. 우린 친구가 아닌 거 같아, 재완아."

"왜?"

"이런 얘기, 너하곤 못 하겠어서."

정원은 풀이 죽어 중얼거리더니만 결국 두 손으로 얼굴을 가려 버렸다.

"친구면 뭐든 다 이야기할 수 있어야 하잖아. 그런데 그 사람 이야긴 너하곤 못 하겠어."

"우리가 친구 아냐? 아, 그렇구나. 난 네 친구가 아니었구나. 그래. 결국 나는 너한테 그냥 이용해 먹기 쉬운 사람, 잠시 지나가는 사람이었구나."

"아니야!"

소리치는 정원의 볼에서 폭포수같이 눈물이 흘러내렸다.

재완에 대해서 가지는 정원의 진심. 그 무게만큼 무거운 폭포였다.

"지나가는 사람이라니? 아니야. 넌 내게 쉬운 남자도 아냐. 바보 멍청이도 아니고 넌 그냥 너야, 재완아."

그냥 '재완이'라는 존재. 그는 하나의 고유 명사였다.

친구라 뭉개서 말하기에는 너무 애틋한 사람. 피를 나누지 않았어도 마치 피를 나눈 남매처럼, 전생의 영혼을 쪼개 나눈 쌍둥이처럼 늘 곁에 있어 준 이 사람을 다른 무엇으로 표현할 길이 없어 친구라 칭했을 뿐.

재완은 종종 정원에게 유일한 친구, 유일한 사람이라고 했다.

이제 와 생각하니 그는 그때마다 그녀에게 넌 내게 유일한 여자요, 유일한 연인이라고 말한 것이었다.

정원은 친구라는 편리한 이름으로 그의 진심과 순정을 모르는 척 넘기면서 그의 위로와 따뜻함과 이해를 지금껏 이용했다. 나쁜 건 오롯이 정원 자신이었다. 그러니 지금 재완이 그녀에게 화를 내고 배신감을 드러낸다 해도 할 말이 없었다. 그저 용서를 구할 일밖에 남지 않았다.

"미안해. 정말 미안해, 재완아. 내가 나빴어."

미안하다는 한마디 안에서 13년이나 간직했던 사랑이 속절없이 떠나가고 있었다.

모래알처럼 허무하게 손아귀에서 빠져나가는 사랑에의 희망. 같이한 애틋한 세월의 추억을 잡을 방도가 재완에게 없었다.

하지만 미안하다고, 나와 널 속여서 정말 미안하다고 솔직하게 사과하며 아프게 눈물을 흘리는 사람 앞에서 그가 뭘 어떻게 할 수 있을까?

상처 입은 자신의 심장이 아픈 것보다 흐느끼는 정원의 마음이 얼마나 아프고 다쳤을까 더 걱정스러운 이 마음이 재완의 진짜 병이었다. 도무지 고칠 수 없는 이 지긋지긋한 불치병 같으니라고.

"내가, 말이야. 정원아."

재완은 차마 그를 바라보지 못하고 흐느끼기만 하는 정원에게서 시선을 돌려 멍하니 한동안 허공을 응시했다. 꽤 오래도록 침묵하던 그가 비로소 가슴 안에서 감추어 둔 속살을 피 흘리며 드러냈다.

"미안하다고 하지 마. 나도 너한테 내내 거짓말했어."

너무 오래 참고 너무 늦게 드러낸 고백이라서 참 쓸쓸하고 참담했다.

"13년 동안 계속 너한테, 아니, 나한테도 우리 사이 그냥 친구라고 속였잖아. 그런데 사실은 네가 전학 온 첫날부터 반했거든. 평생 곁에 있고 싶었고, 네 남자가 돼서 같이 살고 싶다는 생각 하면서 네 옆에서 맴돌았거든."

사실상, 모두가 알았지만 아무도 말하지 않은 그 진실. 결국 재완이 쓴 애달픈 가면이 깨졌다.

"나하고 이승주 그 새끼가 다른 게 뭐야? 왜 나는 안 되고 그 새끼는 되는데? 내가 뭘 어떻게 할까? 뭘 어떻게 하면 나도 좀 사랑해 줄래?"

"재완아."

갑자기 거칠어지고 나쁘게 소리치는 재완을 바라보며 정원이 더 미안해서 다시 눈물을 흘렸다.

"이러지 마, 이거 네 모습 아니잖아. 제발 나 때문에 쓸데없이 나쁘게 굴지 마. 이런 거 하지 마."

"내 모습이 어떤 건데? 네가 말하면 다 옳고 네가 시키는 대로 꼬리 흔드는 게 내 모습이라고 착각했어? 어차피 말 나온 김에 다 할게. 유정원, 내가 어떻게 하면 되겠어? 네가 바라는 대로 다 할게. 뭐든 다 할 수 있어! 지금은 네가 이승주가 좋다고 하니 괜찮아. 잔뜩 놀다가 헤어지고 돌아와. 그때도 여전히 내가 네 옆에 있을 테니까. 그렇게 네가 좋아. 사랑해. 내 마음은 이런데 그래도 안 돼?"

마지막은 스스로에 대한 좌절과 대상을 알 수 없는 분노에 가득 차서 거의 악을 쓰는 지경이었다.

"제발 말해 봐. 내가 어떻게 할까? 응? 내가 다 한다니까."

어느새 재완은 스스로도 이기지 못한 격한 충동으로 정원의 어깨를 부여잡고 있었다.

"구차해 보이니? 미쳤다고 욕해도 좋아. 난 네가 너무 좋아. 날 좀 사랑해 줘. 제발 나도 좀 사랑해 줘."

"그만해! 이건 아냐."

세차게 재완의 손을 털어 내는 정원의 얼굴이 창백했다. 당황함이나 경악을 넘어서 철통같은 거절. 너무 단호하고 엄중해서 미친 격정에 홀려 이성조차 거의 잃어버린 재완마저 멈칫하게 만들었다.

"안 돼. 하지 마. 날 나쁜 년이라고 욕해, 그냥. 이런 거는 너랑 못 해. 진짜 못 하겠어."

그 틈을 타서 정원이 두 손으로 재완을 강하게 밀어 냈다. 정원의 어깨를 부여잡았던 재완의 손에 스르르 힘이 풀렸다. 참담하게 일그러진 재완을 마주 바라보던 정원이 제 얼굴을 두 손으로 감싼 채 바닥에 스르르 쪼그리고 앉았다.

"미안해, 나 지금 토할 거 같아……."

웅얼거리듯 고백하는 정원의 목소리에는 정말 견딜 수 없는 혐오가 스며 있었다. 이 순간 정직한 그녀의 감정이 그대로 드러났다.

"나도 안 해 본 줄 아니? 네가 남자인 상상. 근데 죽어도 안 되는 걸 어떡해? 너랑 나랑 이런 거 하면 죄짓는 거야. 너랑 같이 키스하고 자는 거, 죽어도 못 하겠어!"

정원의 외침에 재완은 망연자실해졌다. 더 이상 아무것도 할 수가 없어 가로등 아래 정원의 까만 정수리만 내려다보며 하염없이 석상처럼 우두커니 서 있기만 했다.

이승주와는 연애도 하고 결혼도 했던 정원. 그 남자와 키스한 건 그와 만난 지 하루 만이라고 고백했었지.

'손을 잡는 것으로 모자라서 키스도 하고 싶고 같이 자고 싶어서 미치겠다고 그랬으면서.'

그를 만나기만 하면 어떻게 유혹할까, 그 궁리만 하면서 잔뜩 안달하고 난리였다는데.

그런데 그런 정원이 자신과는 남녀 사이의 붉은 감정을 지니고서 손이 잠시 닿는 것도 견딜 수가 없다고 한다. 키스니 섹스니 전부 다 절대로 그와는 할 수 없다고, 상상도 못 하겠다고 한다. 상상하는 것만으로도 토할 것같이 혐오스럽다고 한다.

아아, 끝이구나.

끝일 뿐만 아니라 최악이로구나.

멍청한 내가 죄다 망쳐 버렸구나.

통렬한 자각에 재완의 눈앞이 캄캄해졌다. 재완이 그대로 털썩 벤치에 주저앉았다.

서로가 먹먹하게 굳어 버린 순간은 아찔하도록 길었다.

샛노란 현기증 같은 침묵이 지나가고 그 앞에서 여전히 쪼그리고 앉아 얼굴을 들지 못하는 정원을 멍하니 바라보다가 재완이 다시 벌떡 일어났다.

"갈게."

"재완아."

"이제 친구, 그만하자. 지나가다 아는 사람인 척도 하지 않을 테니까, 나."

그러니까 용서해 줘. 우리의 마지막을 이런 식의 최악으로 망쳐 버린 나를.

목구멍까지 치솟아 올라온 마지막 말을 억지로 삼키며 재완은 더 이상 추해지기 전에 정원의 인생에서 퇴장하기로 결정했다.

"나 같은 놈은 너한테 친구도 뭣도 아니야. 그러니까 나한테 쓸데없이 미 안해하지 마. 다 잊어 줘. 미안한 건 전부 내 몫이니까. 간다, 유정원."

안녕.

재완이 어둠 속으로 사라질 때까지 정원은 그 자리에서 움직일 수가 없었다.

미안해.

고개를 숙인 정원의 볼 아래로 다시 눈물이 투둑 떨어졌다.

* * *

평창동, 승주의 본가.

"알았어요. 제가 단속 잘할게요. 승주도 나간다고 했다면서요. 그러니까 걱정 마세요. 언니 체면 구겨지는 일은 없을 거예요."

희영과의 통화를 끝내고 나서희가 돌아앉았다. 그러고는 테이블 앞에 앉 아 그녀를 건너다보고 있는 영국을 마주 바라보았다.

"승주 좀 가만 내버려 두면 어디 덧나?"

서희가 눈썹을 치켜올리자 영국이 뚱한 표정으로 툭 내뱉었다.

"내가 지난번에도 말했지만 그 녀석, 이혼한 지 겨우 세 해 지났어."

모든 사람이 너무 성급하다, 신중해라, 만류하고 반대했어도 승주는 끝까지 고집을 피웠다. 자신의 마음을 들춰내거나 자기주장이란 거의 없던 아들이 난생처음 눈에 불꽃을 튀기면서 확신에 차서 결혼을 하겠다고 나섰다.

정말 사랑한다고, 그 사람을 놓치면 평생 후회하게 될 것 같다고 허락을 요청하던 그 아들의 결혼은 1년도 채 살지 못하고 비극적으로 종말을 맞이했다.

"다른 여자를 소개하기 전에 일단 이제 괜찮으냐고, 다른 사람을 만날 생각, 아니, 결혼을 할 생각이 있기는 있느냐고 물어는 봐야 하는 거 아냐? 지가 좋아서 한 결혼에서도 실패한 애야. 그런 애한테 사전 절차 다 무시하고 당신 제멋대로 결혼할 상대를 정해 놨으니 나가서 만나라, 막무가내 이렇게 몰아붙이는 게 옳다고 생각해?"

그러나 나서희는 표정 하나 변하지 않고 가볍게 영국의 말을 튕겨 냈다.

"하나뿐인 아들 일에 만사 늘 무심한 당신이 할 말이 아니죠. 언제까지나 우리 애를 홀몸으로 살게 내버려 둘 순 없잖아요."

"과한 간섭보단 무관심이 만 배나 더 나아. 서른 넘은 아들을 대체 언제까지 마음대로 조종할 수 있다고 생각해? 너무 심하지 않아?"

"뭐라고요?"

"아니지. 심한 정도가 아니지. 당신이 승주한테 집착하는 거, 그 정도면 정신병이야."

나서희의 눈썹이 사납게 위로 치켜 올라갔다. 삽시간에 영국을 쏘아보는 눈빛이 표독해졌다.

"정신병이라니! 무슨 말이 그렇게 험해요? 기가 막혀."

"정신병 아니면 뭐야, 그럼? 상대가 누구건 간에 그악스럽게 움켜쥐고는 뭐든 멋대로 조종하고 흔들려 들잖아. 그걸 못 하면 당신은 못 견디지. 그런 수작이 안 먹히니까 새아기를 들들 볶아서 기어코 내쫓은 거고. 아냐?

아, 물론 품위 있고 우아하신 나서희 회장 당신은 절대로 인정 안 하겠지?"

"말이면 단 줄 아세요? 기가 막혀. 아내를 그렇게 매도해서 당신이 얻는 게 뭐예요? 그리고 이미 승주 인생에서 사라진 그 불여우 같은 계집애 이야기 꺼내지도 말아요. 듣기만 해도 꿈자리 사나우니까!"

나서희는 영국의 입에서 이미 그들의 세상에서 아득히 사라진 전 며느리가 언급되자마자 정색하며 화를 냈다.

아비가 되어서 안달해도 모자랄 아들 승주의 재혼 이야기에 대놓고 딴지를 거는 것도 마음에 안 들었는데, 왜 또 그 이야기에 유리가 소환되는지 이해를 할 수가 없었다.

'하긴 아무짝에도 쓸모없고 사내 홀리는 애교 말고는 볼 게 없는 고 계집애를 꼴에 며느리라고 어지간히 예뻐했지, 흥!'

말이 나온 김에 제대로 눌러 둬야겠다, 싶어서 나서희는 정색한 그 표정을 풀지 않고 영국에게 따졌다.

"내 배로 낳은 내 아들 인생에 내가 관심을 가지는 건 당연한 의무예요. 당신이 그 의무를 다하지 않는다고 해서 날 비난하다니, 비겁해요."

"의무 같은 소리! 의무가 아니라 남의 인생을 맘대로 조몰락거리는 게 당신 취미잖아."

정말 질린다는 표정이 되어 영국이 흥분해서 화를 내는 나서희를 노려보며 되받아쳤다.

"똑똑한 척은 혼자 다 하면서 약게 군다 해도 당신은 머리가 없어. 알아?"

"뭐라고요?"

"모욕한다고 바르르하지만 말고, 제발 생각이란 걸 좀 하세요, 나서희 회장! 용건우 상속권 분쟁 말고는 일절 관심 없는 처형 아냐? 어째서 그 도도하신 양반이 귀찮음을 무릅쓰고 우리 승주 선 자리를 먼저 나서서 주선하는지 궁금하지 않아?"

대놓고 시비를 거는 남편을 상대로 잔뜩 화를 내려 하던 나서희의 안색이 순간 싹 변했다.

대부분의 언쟁 앞에서 '우린 따로국밥 아냐?', '어차피 너 좋을 대로 할 텐데 뭘 나한테 물어보세요?' 비아냥대면서 회피하거나 외면하는 척 무시하는 게 영국의 버릇이었다.

그런데 승주의 선 자리에 대한 상황을 따져 묻는 영국의 기세는 예전과 사뭇 달랐다.

"하물며 처형이 먼저 직접 누구에게 전화해서 부탁하거나 확인하는 걸 당신은 지금껏 본 적 있나? 심지어 승주한테까지 전화를 직접 걸어서 꼭 나가야 하는 자리라고 몇 번이고 강조했다며? 이 양반이 대체 왜 이렇게까지 우리 애를 그 선 자리에 내보내려 하는지 한 번쯤은 의심해 봐야 정상 아냐? 아들 사랑하는 어미라고 주장하려면?"

잠시 침묵하던 나서희가 미간을 모으며 영국을 추궁했다.

"……대체 뭘 알고 계신 거예요?"

"왜 모르는 척해? 알 만한 사람들은 다 알던데? 그 아가씨, 그 집안, 당신이 원하는 재벌가 따님이니까 놓치기 싫어서 뻔한 사실을 외면하려는 거잖아?"

"난 몰라요. 큰언니가 소개하신 자리잖아요. 의심하는 게 실례죠."

"큭. 그랬군. 당신 그 잘난 정보망이 왜 가동 안 되나 했더니, 큰처형 후광이 세긴 센가 봐? 뭐, 알았어도 당신이 감히 큰처형 뜻을 거역하기란 힘들었을 테지만 말이야. 그래도 하나밖에 없는 아들 인생을 두고 눈캄캄이 노릇은 너무하지 않나?"

"자세히 말씀해 보세요."

"잘나가는 첼리스트, 모자랄 것 없는 우아하고 품격 있는 상류층에 온 주변이 휘황찬란할 그런 아가씨가 뭐가 부족해서 우리 승주 같은 이혼남을 만나? 남들은 무조건 고맙다고 할 테지만 내가 원래 의심이 많아. 특히 재벌가 사람한테 당한 게 많아서 말이지. 그 아가씨며 집안에 대해서 좀 알아봤어."

"그런데요?"

"남의 집 딸을 두고 이렇다 저렇다 뒷말하는 건 취미 아니지만 내 아들 일인데 눈감고 있을 순 없지. 그 집안에서 내놓은 자식이라고 했어."

"설마?"

"인성도 바닥이지만 남자관계도 문란하기 이를 데 없다는군. 유학 시절에는 거의 뭐 사실혼이라고까지 말할 만큼 깊고 오랜 관계를 가진 남자가 한둘이 아니라던데. 사생활 평판도 그 정도지만 사회생활도 마찬가지야. 얼마나 천박하게 굴고 미친 갑질에다 진상 난리를 피워 댔으면 국내 항공사 공히 블랙리스트에 올라 있단다. 완전 미친년이잖아, 그 정도면?"

"말조심하세요! 점잖은 집안이에요. 설마 그런 사람이면 언니가 소개해 줬겠어요?"

"큰처형도 당신과 마찬가지 아니겠어? 눈뜬장님."

영국이 대놓고 비웃었다.

"아무 부족함 없는 그런 집안에서 봤을 때 수준도 낮고 또 이혼남인 우리 승주한테 잘 키운 딸을 왜 들이밀겠어? 어? 상식적으로 판단해 봐. 뭔가 흠결이 있으니까 그러는 거지. 또 콧대 높으신 큰처형이 이런 식으로 몇 번이나 전화하고 심지어 승주한테까지 강요를 해서 기필코 선 자리에 내보내겠다 설치는 거? 이건 처형의 뜻이라기보다는 그 집안의 압력이 엄청났다는 말이야. 그렇게 계산이 안 되나?"

"아니, 큰언니가 뭐가 부족해서 그 집안 압력에 굴복해요?"

"그 아가씨 어머니가 판사라지? 그것도 용건우 재판 관련한."

"아!"

나서희가 긴 한숨과 함께 의자 등받이에 깊숙이 몸을 기댔다.

"큰처형이 어떤 사람인데? 아무 목적도 없이 오로지 순수한 호의로 우리 승주를 소개했을 거라고 믿었어? 이봐, 사람들에게는 누구나 다 이기적인 목적이 있어. 이혼남이지만 다른 건 다 번듯한 우리 아들에게 자기네 애물단지를 빨리 처리해 버리려는 뜻이 아니라면 그럴 순 없지. '미친년' vs '이혼남'. 균형 감각 절묘하지? 그게 그 집안이 처형의 소개에 오케이한 비하인드 스토리로 보는데."

나서희가 눈을 꾹 감았다. 노염이 서리서리 서린 미간이 파르르 떨렸다.

'어쩜 소개를 해 줘도 그딴 것을?'

마음 같아서는 당장에라도 수화기를 집어 들어 희영에게 한바탕 퍼붓고 싶었다.

만에 하나, 영국의 말이 사실이라면 아들 인생을 통째로 눈 뜨고 말아먹을 판이었다.

"이런 이야기까지 들었는데, 그런 여자하고 승주가 얽히는 게 괜찮아?"

"지금 마음이 좀 복잡해요. 나중에 이야기해요."

"나중?"

"다 소문이잖아요. 내 눈으로 직접 본 것 이외는 안 믿어요. 그리고 그 집안이 보통 집안이 아니에요. 아무리 손 놓았다 해도 딸자식을 그런 망나니로 살게 내버려 두겠어요? 다 헛소문일 거예요. 언니가 우리 승주를 얼마나 예뻐하는데 그런 미친 여식을 우리 애한테 붙이겠어요? 말도 안 돼요."

"그렇다고 당신이 믿고 싶은 건 아니고?"

영국이 혐오스럽다는 표정으로 갈등하고 혼란스러운 나서희의 심장을 저격했다.

과보호다, 집착이다, 간섭이다, 비난은 했어도 승주에 대해 나서희가 가진 자부심과 애정을 의심하고 싶지는 않았다. 아들 일이라면 자다가도 펄쩍 일어나 난리를 치는 사람이기에 자신이 이런 사실을 전했다면 곧바로 나서서 바로잡으려 애쓸 것이라고 믿었다.

그러나 나서희의 반응은 영국이 기대한 것과는 달랐다. 실망감과 분노로 영국의 목소리가 사뭇 날카로워졌다.

"잘하면 이제 내 아들도 당신이 좋아하는 그 재벌가 사위가 될 수 있을 줄 알고 잔뜩 기대했는데 말이지. 뜻대로 안 될 것 같으니까 이젠 현실 부정을 하시겠다?"

"아가씨가 예술하는 사람이라서 다소 까탈스럽고 예민한 부분이 있나 보죠. 원래 소문은 다 과장되게 흐르는 법이에요. 뭐니 뭐니 해도 대영 그룹 조카따님이에요. 언니도 함부로 하지 못하는 집안 따님이라고요. 우리 승주가 그런 아가씨하고 연이 닿았다는 것만 해도 어디예요? 당신 말대로 우리 애가 돌싱인데 그런 대단한 집안의 사위 될 기회가 닿은 것만 해도 감사할 일이죠."

"하, 기가 막혀서. 당신 제정신이야? 아들 인생 말아먹을 판인데 그딴 말이 입에서 나와?"

"당신이 들은 소문이 다 진실일 거라고는 믿지 마세요. 어쩌면 그 아가씨에 대한 추문을 일부러 당신 귀에 옮겼을 수도 있으니까요."

"이게 무슨 개 같은 소리야?"

"우리 승주한테 그 아가씨를 빼앗기기 싫어서 일부러 그 아가씨 추문을 우리 쪽으로 흘렸을 수도 있다고요. 그 아가씨 집안 수준이며 인맥이 어디 보통이에요? 누가 봐도 탐나는 조건이죠. 우리 승주한테 빼앗기는 게 싫어서 일부러 소문을 만들었을 수도 있잖아요. 시작도 전에 파투 나라고."

"그래서 그 여자애 인성이 완전 개차반이라 해도 그냥 넘기겠다고? 아들 인생, 아들 의사는 상관없이 무조건 재벌가 사위가 될 수만 있다면 다 참아내야 한다?"

영국의 얼굴이 격분으로 시뻘게지고 있었다.

그러거나 말거나 어차피 아비 노릇 따위 포기한 당신 의사 따위 중요하지 않아, 그런 표정으로 나서희가 쌩하니 시선을 돌리며 차갑게 말했다.

"최악의 경우, 그런 애라 해도 승주가 알아서 할 일이에요. 만난다고 다 결혼하는 것도 아니니, 우리 앤 선 자리에 나간다는 약속만 지키면 그만이죠. 그나저나 오늘 참 이상하네요. 왜 이러세요? 승주 이야기로 뭔가 괜한 트집 잡으시는 것 같은데? 뭐죠? 나한테 달리 하실 말이 있는 것 같은데?"

"당신, 말이 안 통하는 사람인 건 애초에 알았지만 진짜 최악이로군. 그래, 내가 당신하고 무슨 말을 하겠나?"

여기까지 와서도 자신은 잘못 없다. 승주의 선 자리를 포기할 생각도 없다 하는 서희의 아집에 영국이 두 손을 들었다. 자포자기, 영국이 체념한 얼굴로 시선을 돌렸다.

"그래. 이 문제만 짚고 넘어가지. 당신, 손 원장더러 조명신 부장을 사직시키라고 지시했다면서?"

영국의 전폭적인 신임을 바탕으로 세린병원 경리부를 책임진 지 어언 30여 년. 조명신 부장은 이사장 영국의 또 다른 자아라고 불릴 정도로 두 사람 사이는 각별했다.

서희가 픽 웃었다.

갑자기 날 이렇게 몰아붙이는 이유가 이것이구나. 턱을 치켜들고 영국을 노려보며 나서희가 싸늘하게 대답했다.

"네. 그랬어요."

"미친 거 아냐? 어디서 함부로 월권이야?"

"왜요? 나도 대주주예요. 그 정도는 발언할 권리 있는 거 같은데요."

"병원 사람 자르고 말고는 이사장인 내가 결정해. 당신 맘이 아니라. 세린병원이 백화점처럼 당신 소윤 줄 알아?"

영국이 질린다는 표정으로 내뱉었다.

"설사 당신 소유라고 해도 그래. 요새 같은 세상에 누가 함부로 그렇게 사람을 자르고 말고 해? 갑질로 뉴스에 뜨고 싶어? 그거 당신이 제일 무서워하는 일이잖아?"

"그럼 그 여자 문제로 내가 신경 쓰이지 않게 하든지요."

서희 역시 지지 않았다.

"기껏 경리부장 주제에 마치 세린병원 안주인처럼 구는 것도 정말 역겨워요."

"미친 소리 그만하지 그래. 당신 대체 언제까지 그런 말 할래? 조 부장이 일 잘하는 거에 내가 신임한다고 해서 결혼 초부터 우리 둘을 무슨 불륜 관계인 것처럼 매도하더니만 아직도 그 미친 의심을 거두지 못한 거야?"

"미친 소리가 아니니까 문제죠. 조 부장, 요새 의료 기기 구입 문제에 개입해서 말 많은 거 몰라요? 청탁에 뇌물 수수에, 어지간하면 봐주겠지만 이건 도를 넘었잖아. 더 이상은 못 참아 주겠다고. 어디서 감히?"

"넘겨짚지 마세요, 나서희 회장. 여러 업체 견적 뽑아서 괜찮은 데 추천하라고 내가 지시한 사항이야. 그리고 청탁이라니, 뇌물수수라니? 증거 있어? 충실하게 상사 지시 수행하는 사람더러 지금 무슨 모함이야? 조 부장이 그런 짓을 하는 사람이었으면 애초에 내가 먼저 병원에서 내쫓았어, 이 사람아. 죄 없는 사람을 궁지로 몰아도 유분수지! 추하게 굴지 마."

나서희의 얼굴에 경련이 일었다.

이런 경우가 한두 번이 아니다. 조명신에 대한 신임이 보통 이상이라더니만, 언제나 이런 식이었다. 아내인 자신을 믿지 않고 무조건 명신의 편을 드는 남편에게 화가 나서 참을 수가 없었다.

"당신, 조 부장 너무 믿고 있는 거 아녜요? 그 사람이 어떤 야심을 품고 있는지 안 보여요? 우리 결혼할 때부터 조 부장이 감히 날 어떻게 보고 있었는데? 자기 자리였던 당신 아내 자리를 빼앗은 첩 취급이었다고."

"대체 언제 적 이야길 하고 있는 거야?"

영국이 한숨을 푹 내쉬었다. 말도 되도 않는 말을 신혼 시절 그때부터 40년 가까이 하고 있는 나서희를 바라보며 몸서리를 쳤다.

"조 부장하고 난 아무 사이 아니라고 몇 번을 말해야 해? 멀쩡히 가정 꾸리고 충실하게 잘 사는 사람을 어떻게 이렇게 매도하나? 당신 그거 병이야. 알아? 당신 진짜 망상병 환자라고."

"망상병 환자? 당장 사과해요. 내가 참아 주니 정말 적당히란 걸 모르네. 내가 미쳤다니? 사람을 모욕해도 유분수지, 어디서 감히?"

나서희의 말버릇이란 바로 이러한 '어디서 감히'였다.

그럼 그렇지. 영국의 입술에 싸늘한 비웃음이 떠올랐다.

언제나 사람 위에서 거만하게 내려다보며 무시하는 나서희의 본질을 어째서 그는 결혼 전에는 전혀 몰랐을까?

"미치지 않았으면? 일어나지도 않은 일로 사람 미리 재단해서 아무 죄도 없는 사람 밥줄 끊겠다고 나서는 게 미친 짓이 아니면 뭐야? 조 부장, 충직하고 믿음직한 사람이야. 큰 과오 없이 자기 할 일 잘하는 사람이고. 어디가도 그런 사람 못 만나. 그런데 그런 사람을 당신 맘대로 잘라라 말아라 한다고?"

말을 하다 보니 영국도 점점 더 격앙되기 시작했다. 자신의 잘못은 하나도 없다는 듯 당당하기만 한 서희의 태도가 그렇지 않아도 꼬인 그의 심사를 더 꼬이게 만들어서 돌이킬 수 없을 정도로 불쾌하게 만들었다.

"작작 해, 제발 좀. 내 옆의 사람을 하나둘씩 쳐 내고 당신 사람으로 거미줄처럼 포진시키는 짓 가만히 놔두고 봤더니만 이건 선을 넘어도 한참 선을 넘는 거야, 나서희 회장님. 당신은 당신 그 잘난 백화점 일이나 신경 쓰세요. 병원 일은 내가 알아서 할 테니까. 제발 선 넘지 말자고, 우리."

결국 언제나처럼 영국이 폭발했다.

부부로 같이 산 지도 벌써 40년을 향해 가는데, 이렇게 맞지 않기도 힘들다. 신혼 초부터 두 사람은 늘 이런 식으로 서로의 감정을 끝까지 후벼 파 불화의 심지에 더 격한 불꽃을 붙이곤 했다.

"선을 넘은 건 당신이 먼저죠. 그 여자도 마찬가지. 조 부장 그 여자 둘째 딸, 박나현 선생이 감히 승주한테 들이대다가 나한테 막힌 건 모르죠? 당신이 그 엄마를 비호하고 있으니 그 엄마나 딸이 주제넘게 분수도 모르고 날뛰는 거지. 어디서 감히 우리 아들을 넘봐?"

그것이었군, 그런 표정으로 영국이 서희를 노려보았다.

"괜히 힘 빼지 마세요. 승주 결혼이건 조 부장 사직 건이든 결국 내 뜻대로 될 거니까."

나서희가 차갑게 잘라 말하자 영국이 질렸다는 표정을 감추지 않았다. 진저리를 치며 물끄러미 그녀를 응시하다가 나직하게 중얼거렸다.

"……당신은 어째 평생 안 변하나? 정말 질린다."

영국이 의자에 걸쳐 둔 재킷을 다시 집어 들었다.

"그러니 내가 이 집에 들어오고 싶지가 않지."

"이 시간에 어딜 가려고요?"

추궁하는 나서희의 목소리에 새파란 날이 섰다.

"오란 데는 없어도 갈 데는 많으니 걱정하지 마. 내가 어디 가서 뭘 하건 당신이 걱정은 되긴 해?"

"어디 가서 무슨 짓을 하든 상관없는데, 소문만 안 돌게 해요. 집안 망신이니까."

영국이 하 하고 허공을 바라보았다. 그러나 나서희는 더 시퍼렇게 영국에게 내뱉었다.

"당신은 잘 감춘다고 생각하겠지만 돌고 돌아 다 내 귀에 들어온다고. 당신, 그 나이에 추접스럽게 딸보다 더 어린 것들하고 놀아나니까 청춘이 돌아옵디까? 젊어집디까? 부끄럽지도 않아요?"

"최소한 그 애들은 날 무시하진 않지. 조종하려 들지도 않고 간섭도 하지 않아. 당신하고 한 시간을 같이 사느니 차라리 감옥 들어가서 10년을 살겠다."

영국이 서희 등 너머를 응시하며 나직하게 내뱉었다.

"이 꼴 저 꼴 그만 보자고. 우리 이혼하자. 당신도 내가 부끄럽고, 난 당신이 이렇게 지긋지긋한데 왜 같이 살아?"

순간 서희의 얼굴에 내려앉아 있던 위선의 얼음 가면이 깨졌다.

"지금 당신, 감히 나한테 이혼을 요구하는 거예요?"

"감히? 왜? 난 당신이 허락 안 하면 이혼도 못 해?"

"어떻게 감히 나한테 이혼 말을 꺼내? 당신 허튼짓하고 다니는 거 다 눈감아 줬잖아. 나랑 결혼해서 당신이 얻은 게 얼마나 많은지 잊었어?"

마침내 나서희의 맨얼굴이 드러났다. 지금껏 고이 유지해 왔던 품격과 우아함이라는 가식을 털어 내고 영국에게 악을 썼다.

"내가 얻은 거? 그게 뭔데? 은상 그룹 사위라는 타이틀? 미안하지만 그 허울뿐인 이름 말고는 난 당신 집안에서나 당신한테서 받은 게 아무것도 없어. 착각하지 마."

그러나 영국도 만만치 않았다. 일흔을 바라보는 이 나이에도 늘 불행하고 늘 괴로운 결혼이라니 이제는 지긋지긋하다 못해 이가 갈렸다. 이런 인생에서 탈출하지 못한다면 당장 암에라도 걸려 죽을 판이었다.

그가 나서희의 얼굴을 후려치듯이 신랄하게 내뱉었다.

"그 '은상 그룹 사위'라는 타이틀이 평생 내 인생을 좀벌레처럼 갉아먹었어. 왜 이래? 당신, 그 잘난 친정 위세를 배경 삼아 내 사지 육신에 족쇄를 걸어 놓고 숨도 못 쉬게 만들었잖아. 완담동 세린병원, 새로 개원할 때, 당신이 투자한 걸 말하는 거면 번지수 잘못 찾았어. 그 대가로 야무지게 주식 챙겨 갔잖아. 남편을 상대로 제대로 비즈니스 해 놓고는 마치 내 사정을 봐 줬다는 식으로 말하지 마. 역겨우니까."

"역겨워? 누가 할 소리? 평생 날 무시하고 제멋대로 살아온 당신이 할 이야긴 아니지. 그게 당신 아내한테 할 말인가요? 당신 인격이 그것밖에 안 된다고?"

"그냥 욕을 해. 우아한 척 가식 떨지 마시고. 왜, 그건 천박해서 못하겠어? 그렇지, 뭐. 당신 본색을 간파당하느니 차라리 죽고 말 위인이긴 하지. 여하튼 난 당신의 그 사람 무시하고 억압하고 거만하게 갑질하는 거 못 참겠어. 그런 건 지난 세월로 충분했어. 이제 난 더 이상 이렇게는 못 살아. 앞으로 길어 봤자 이삼십 년 남은 인생, 이제 당신 손아귀에서 벗어나서 자유롭게 편하게 살 거야. 이혼해."

그리고 영국이 휙 몸을 돌이켜 침실 문을 열었다.

"어딜 가요? 이렇게 폭탄 내던지고 어딜 가냐고!"

"당분간 원주 별장에 가 있을 거야. 당신 마음 정리되면 연락해. 당신이 좋아하는 그 이혼 전문 변호사 있잖아. 나한테도 보내서 처리해 보라고."

"웃기지 마. 누가 맘대로 하게 내버려 둘 거 같아? 네가 유책 배우자잖아. 이혼 요구할 권리도 없는 게 감히 어디서? 대체 이번에는 어떤 계집애에게 미쳤는지 모르지만 완전 제정신이 아니로군. 이번에는 나도 못 참아!"

나서희가 악을 쓰거나 말거나 일방적으로 쏟아 내고 영국이 나가 버렸다.

* * *

금요일 오후.

올댓파티 입장에서는 전대미문의 큰 행사, 영어 유치원 재롱 잔치를 끝내고 정원을 비롯한 직원들이 파김치가 되어 사무실로 복귀했다.

정원과 친구들이 올댓파티를 창립한 지 1년여가 지났다.

아무래도 회사가 아직 크지 않고 이 바닥 신참이다 보니 그동안 올댓파티는 비교적 규모가 작은 홈 파티 행사들을 주최한 경력밖에 없었다.

그랬던 올댓파티가 이번에는 아동과 학부모들을 합쳐 100여 명이 넘는 인원을 위한 행사 기획을 해야 했다. 올댓파티 역사에 있어 앞으로 더 큰 행사를 유치, 기획할 수 있는 터닝 포인트가 될지도 모르는 중요한 기회였다.

그런 중요한 파티를 성황리에 무사히 잘 끝냈다. 뿐만 아니라 정말 참신하고 재미있는 파티 기획이었다고 칭찬까지 들었다.

덤으로, 참석한 서울 시내 부유한 학부모들에게 올댓파티 명함을 좌악 뿌릴 수가 있었다. 사실상 그게 가장 큰 성공이었다.

일단 아르바이트생들의 정산을 끝낸 영주가 행사에 쓰인 소품들을 다시 분류하고 있는 경오와 정원을 바라보았다.

"일단 우린 식당으로 가자. 애들 밥 먹여야지."

"너희들 먼저 가. 난 전화 상담 하나 남았어. 마저 정리하고 그리로 이동할게."

"알았어. 그럼 우리 먼저 간다."

사무실에 홀로 남은 정원은 마지막 뒷정리를 대강 마친 후에 울리는 전화를 받았다.

"네, 올댓파티입니다."

―안녕하세요. 어제 웹상으로 전화 상담 예약한 사람인데요.

"안녕하세요. 유정원입니다, 박호준 고객님."

정원은 재빠르게 칠판의 스케줄 메모를 확인하며 이 시간에 예정된 전화 상담에 응했다.

"저희가 먼저 전화를 드렸어야 하는데, 오늘 행사 마감이 좀 늦어져서 뒷정리하는 중이라 시간이 좀 늦었습니다. 정말 죄송합니다."

―괜찮습니다. 일단 저희가 의뢰할 스몰 웨딩이 가능한지 궁금해서요.

"고객님께서 원하시는 모든 파티를 가능하게 만드는 게 저희 일이랍니다. 걱정 마세요."

―그럼 한번 직접 뵙고 의논드리고 싶은데요. 저희가 한번 방문해도 될까요?

"그럼요. 언제 시간이 되실까요?"

―저희가 다 직장 다니는 사람들이라서. 혹시 내일 근무하시나요?

"네. 내일 저희가 행사 잡힌 게 있어서 근무합니다. 4시 이후면 상담 가능한데요."

―그럼 내일 오후 4시 30분에 사무실로 찾아가겠습니다.

"네. 그 시간에 대기하겠습니다. 감사합니다."

사무실을 방문해서 직접 상담을 하겠다는 건 의뢰할 파티 상황이 뭔가 특수한 경우라는 뜻이다.

'드디어 웨딩인가?'

생일 축하 파티와 사업체 개업 및 창립 기념일 파티, 약혼식 등등 나름 다양하게 많은 행사를 주최했지만, 아직까지 결혼식 행사까지는 진행하지 못했다. 아직까지는 올댓파티의 주력이 생일 파티 쪽에 가까웠기 때문이다.

막 일어서려는데 전화벨이 다시 울렸다.

"안녕하세요. 고객님의 행복한 추억을 위한 올댓파티 유정원입니다."

─저기, 기억날지 모르겠는데 완담동 민서 생일 파티 때 명함을 받았어요. 우리 연재…….

"어머나, 연재 어머님. 안녕하세요?"

정원은 한껏 반가운 목소리로 전화를 받았다.

완담동 생일 파티 때 정원의 손목을 다치게 만들었던 그 사건의 주인공인 아이 어머니였다.

손님이 손님을 물고 올 때 사업은 진짜 대박 조짐이라고 하더니만, 이게 웬 떡이야.

"연재는 잘 지내죠? 전화 주셔서 정말 감사합니다."

─감사 인사는 내가 해야죠. 그날 정말 고마웠어요. 손목은 어때요?

"거의 다 나았어요. 전혀 불편함이 없습니다. 걱정해 주셔서 감사해요, 사모님."

─다행이네요. 있죠, 우리 연재 생일이 다가오는데. 우리 애 생일 파티 좀 부탁하려고요.

"정말요? 진짜 감사합니다, 사모님. 최선을 다할게요!"

─그쪽 회사 실력이야 이미 경험했으니까, 뭐. 근데 우리 애 생일 파티를 친정에서 해요. 외할머니께서 연재 선물로 생일 파티를 선물해 주신다고 해서요.

"정말 멋지다. 연재 외할머니께서 너무 센스 있으시네요. 부러워요."

수화기 속 연재 엄마가 만족스럽게 웃었다.

그녀는 자신의 집안이 그 정도의 부유함과 넉넉함을 지녔다는 걸 은근히 과시하고 있는 중이다. 그것을 재빠르게 캐치한 정원이 한껏 부러워하고 멋지다고 해 주자 한층 어깨가 올라간 게 분명했다.

—그죠? 친정 엄마가 우리 연재를 끔찍하게 예뻐하시거든요. 친정집이 더 넓어서 애들이 뛰놀기도 좋을 것 같아서 그리로 결정했어요. 우리 애 파티, 맡아 줄 거죠?

"당연하죠, 사모님. 저흴 믿고 전화해 주셔서 정말 감사합니다."

다음 주 주중에 생일 파티가 열릴 연재네 외가를 같이 방문하기로 약속하고 전화를 끊었다.

'이제 보니 내 손목 다치게 한 고 꼬맹이가 행사 예약 물어 온 복덩이 제비로구나. 흐흐흐.'

사람 인연은 돌고 돈다더니만.

상담 전화를 두 건이나 해결하고 나니 그러지 않아도 고픈 배가 더 고파 왔다.

사무실에서 나와 친구들이 식사를 하고 있는 식당으로 걸어가는데 전화가 또 울렸다. 승주였다.

—행사는 잘 끝났어?

"응. 잘했어요, 칭찬도 많이 받았고. 처음 하는 큰 행사였는데 무사히 잘 끝내서 한숨 돌렸어요."

—잘했어. 이제 보니 당신이 은근히 사업 체질인가 보다. 부디 돈 많이 버세요. 나도 밥 좀 사 주시고요.

정원이 깔깔 웃자 승주도 따라 웃었다.

"출근했어요?"

—응. 회진 한 바퀴 돌고 이제 막 자리에 앉은 참이야.

"또 밤에 고생하겠네. 나, 밥 먹으러 식당 가요. 당신도 일해요."

—내일, 시간 되면 저녁때 집에 잠시 올래? 같이 밥 먹고 싶어. 요새 혼자 밥 먹는 게 영 싫어.

"저녁때 시간은 되는데 4시 넘어서 상담 있어. 한 6, 7시는 되어야 할 것 같아."

—알았어. 당신 올 때까지 자고 있을게. 당신 오면 간만에 같이 장 봐서 밥 해 먹자.

"그래요. 내일 저녁에 집에 갈게."

대답하다가 정원은 순간 흠칫했다.

'집? 집이 어디야?'

너무나 자연스럽게 정원은 승주가 기다리는 그의 아파트를 집이라고 인식하고 있었다.

그녀가 마음에 세워 둔 장벽은 어느새 녹아 버려 아무것도 없었다. 상처와 고통의 얼음벽이 있던 그 자리, 발랄한 연애의 새싹과 꽃봉오리들이 남실남실 바람에 흔들리고 있었다.

'내가 미치긴 미쳤나 보다.'

정원이 식당에 도착했을 때 아르바이트생들은 대부분 퇴근한 후였다.

"수고했어, 대표님. 밥 먹어."

영주가 옆에 앉은 정원에게 숟가락을 쥐여 주었다. 제육볶음 접시도 앞으로 당겨 주었다.

경오는 잔에다 맥주를 따라 주었다.

"우리끼리 건배 한 번 더 하자."

유치원 행사를 진행하는 동안 이모저모 자잘한 빈틈이나 문제거리는 있었지만 잘 수습하고 매끄럽게 끝냈다. 이번 행사의 성공은 정원도 그렇지만 사업 풋내기인 영주나 경오에게도 똑같이 큰 의미였던 게 분명하다.

"짠짠짠!"

"올댓파티 대박 나자!"

세 친구는 맥주 한 잔을 시원하게 원샷으로 끝냈다.

"생일 파티 하나 신청 더 받았어. 있잖아, 그때 완담동 파티. 나 손목 다칠 때 있었던 애 기억나지?"

"아, 걔? 이름이 아마 연재였나?"

경오는 다른 건 몰라도 고객들의 이름만큼은 절대로 잊지 않는 비상한 기억력을 가지고 있었다.

"응. 그때 그 엄마가 나더러 은혜 갚겠다고 하더니만 연재 생일 파티를 의뢰해 주셨어."

"대박. 그 엄마, 착하시다."

"쳇, 좋긴 좋지만 그 생일 파티에 민서 걔도 올 텐데. 싸가지 그 엄마도 올 거 아냐? 그건 사양하고 싶네."

영주가 뚱하게 내뱉었다. 올댓파티는 그때 민서의 어머니 가현의 갑질에 시달렸던 전력이 있다. 그토록 좋아하는 돈 벌 기회가 생겼는데도 영주가 이렇게 시답잖다는 표정을 짓는 건 처음이었다.

"생일 파티를 서울 외갓집에서 한대. 연재 외할머니, 그 사모님 친정이 보통 부잣집이 아닌가 봐."

"그래?"

"시간 정해서 연재 어머님하고 그 집으로 실사 나가기로 했어. 외할머니가 생일 선물로 파티를 해 주신대."

"그 할머니, 센스 있으시네."

"영주야, 월요일에 이사지?"

"응. 내일 행사 마치자마자 바로 난 퇴근할게. 집 정리 해야 해."

"그래. 어차피 고객 상담은 내가 할 거니까."

영주가 정원을 건너다보았다.

"재완이하고 만났다며?"

"어."

정원은 덤덤하게 대답하며 맥주 한 잔을 더 따랐다.

"어떻게 됐어?"

"어떻게 되긴, 그냥……."

갑자기 목이 메어 왔다.

찰나의 그 순간, 재완과 마주 서 있던 그때처럼 좋은 친구, 한결같이 성실하고 착하고 친절하던 그와의 십몇 년 그 진득한 세월이 스쳐 지나갔다. 그 세월과 오랜 친구를 모두 잃었다.

"재완이가."

"응."

"나하고 이제 친구 안 한대. 못 하겠대."

경오도 영주도 그 말이 무슨 의미인지 충분히 이해하고 있었다.

"그래서?"

"날 사랑한대. 나랑 연애하고 싶다고 고백했는데."

정원이 쓸쓸하게 웃었다.

"나는 그걸 못 하겠다고 했어. 우리가 연인이 되는 건 상상도 못 하겠다고……."

"……자업자득. 정원이는 절대 안 된다고 충고했건만. 짜식이 멍청하게!"

경오가 툭 내뱉었다. 영주와 정원이 조금 놀라 그녀를 건너다보았다.

"너희 둘, 언제 그런 이야기를 했는데?"

"정원이가 이혼하고 돌아왔을 때."

경오가 아까 정원이 그랬던 것처럼 제 손으로 맥주를 한 잔 따라 마셨다.

"그때가 기회라고 생각했던 거 같아. 고백할 생각이었나 봐. 프러포즈 링으로 어떤 게 좋은지 묻더라고."

시간의 침묵 안에 가려진 진실이 비로소 드러났다.

"난 정신 차리라고 충고해 줬고. 니가 이혼하자마자 친구란 놈이 노골적으로 들이대는 건 널 쉽게 보는 것 같잖아. 예의가 아니라고, 때가 좋지 않다고도 말했지만 일단, 내가……."

경오가 정원을 마주 바라보았다.

"수차례 들었잖아. 재완이하고 사귀는 거 아니냐고 사람들이 말할 때마다 질색하면서 아니라고, 걔랑 키스하는 상상만 해도 끔찍해서 몸이 오그라든다고 네가 정색하고 말할 때 확신했어. 저것들 둘은 진짜 그냥 친구구나."

"하긴 같이 못 자는데 무슨 연애? 그건 아니지."

영주도 중얼거렸다.

"남녀 간 연애에 섹스어필 진짜 중요하다고. 너랑 재완이가 그리 가깝게 오래도록 붙어 다녔는데도 불이 안 붙었다면 그건 죽어도 안 되는 거야. 그리고 하나 더, 니가 재완이는 친구라고 말할 때마다 재완이, 그런 말 들으면서 엄청 우울하게 웃고 있었어. 지도 알았던 거지, 뭐."

"내가, 재완이한테 진짜 나쁜 년이지?"

이별의 그 밤 이후 정원을 계속 괴롭히고 있는 건 그러한 죄책감이었다.

오래전 옛날, 대학 시절이었다. 재완을 좋아해서 따라다니던 재완의 과 후배가 당돌하게 정원을 찾아왔다.

"친구라며요? 근데 왜 만날 붙어 있어요?"

"친구랍시고 이용해 먹는 게 내 눈에 보이는데 본인만 모르는 척이야? 죄책감 느껴야 하는 거 아녜요? 밀당치고는 너무 교활하네요. 재완 선배가 언니 보험이에요?"

"맞든 아니든 노선 분명히 정하라고요. 개처럼 목줄 매 놓고 재완 선밸 상대로 희망 고문 하지 말라고요."

처음 만난 사람에게 그따위 폭언을 싸질러 대서, 아무 생각 없이 그녀를 마주한 정원의 어안을 벙벙하게 만들었다.

아무리 대시해도 재완이 꿈쩍도 하지 않으니 열을 받을 대로 받은 상태였던 것이다.

결국 차가운 거절의 원인이라고 생각한 정원을 찾아와서 따질 만큼 그 여자애는 재완에게 진심이었고 적극적이었다.

그때 정원도 정직하게 자신의 내면을 한 번 더 들여다보았어야 했다. 분명하게 결정을 내려, 재완의 진심을 확실하게 거절해 주고 멀어지게 놓아주었어야 했다. 그가 더 이상의 시간 낭비를 하지 않도록 먼저 잘라 주었어야만 했다.

"나쁜 걸로 치면 재완이도 만만찮아. 너만 죄책감 가질 필요 없어."

경오가 시니컬하게 내뱉었다. 오늘따라 특히 직설적이었다.

"네가 걔를 보험으로 이용한 것도 아니고, 친구라고 선을 그었는데도 줄곧 붙어 있던 건 걔잖아. 자발적으로 헌신해 놓고 이제 와서 제 마음 드러내서는 사랑으로 갚아라, 내 세월 물어내라 하면 반칙이지."

"그래도 미안한 건 미안한 거야."

"미안하면? 네가 좋아 죽는 이승주를 걷어차고 재완이하고 연애할래? 그거 아니잖아."

"……."

정원이 대답을 하지 못하자 경오가 결론처럼 못을 박았다.

"심플하게 가. 친구로 지내던 녀석이 갑자기 연애하자고 했다. 넌 다른 남자가 좋다고 거절했다. 그래서 친구로도 못 만나게 되었다. 그게 다야. 이제 와서 이따위 의미 없는 동정은 하지 말라고. 재완이한테는 그게 더 나빠. 일말의 기대도 하지 못하게 확실하게 잘라야지."

"그랬어. 내가 너무 잔인해서 재완이한테 정말 미안한 거야."

* * *

다음 날 저녁.

승주의 집에 들어서자마자 그의 목에 팔을 감고 키스를 하면서 정원은 목에 가시처럼 걸린 재완의 그림자를 지웠다.

나한테는 당신밖에 남자로 느껴지지가 않는 걸 어떡해?

그래서 그럴 수밖에 없었어. 미안해, 재완아…….

경오의 냉철한 의견이 정답이었다.

남녀 사이, 연애 문제에 있어서는 '예스'와 '노'밖에 없다.

미안해서, 불편해서 재완과 승주를 동시에 만날 수는 없지 않은가.

그날 밤 이후, 재완이 정원 자신과의 추억을 씻어 내리고 있을 것이기에, 정원도 재완을 자신의 시간 속에서 완전히 잘라 줘야 하는 게 의무였다.

"상담은 잘했어?"

"응. 좀 희한한 주문을 받긴 했지만 뭐 어떻게든 할 수 있을 거야. 진짜 곤란한 문제는…….."

정원은 한숨을 폭 쉬었다.

"섭외해야 할 장소가 세린병원이라는 게 문제일 뿐. 허락받을 수 있을까?"

승주도 놀란 표정이 되었다.

"결혼식을 병원에서 한다고?"

"그런 사연도 있더라고요."

두 시간 전, 정원은 사무실로 스몰 웨딩 상담을 하러 온 고객을 만났다.

취업 전쟁에서 승리해 올봄, 대기업에 입사한 예비 신랑과 유치원 선생님이라는 예쁜 예비 신부였다.

"결혼식도 그냥 단순한 결혼식이 아냐. 환갑잔치까지 포함된 거더라고."

"대체 어떤 사람들이 병원에서 결혼식이며 환갑잔치를 하고 싶다는 거야. 왜?"

"산재로 전신 마비가 된 환자분. 15년째 요양 병원에 계셨는데 요즈음 극도로 상태가 나빠져서 세린병원 중환자실에 입원하고 있대요."

"중환자실에 입원해 있으면 더더욱 말도 안 되지. 누가 중환자실에다 외부 사람을 들이며, 결혼식이며 환갑잔치를 허락해?"

"당신이 빽 좀 써 주면 안 되나?"

"뭐?"

승주가 어이가 없어서 정원을 노려보았다. 그러나 정원은 뜻밖에 진지했다.

"그 전신 마비 환자분, 신랑 되시는 분의 숙부님이신데 교통사고로 죽은 형님 아들을 어려서부터 키워 주셨대."

노동 현장에서 사고를 당해 전신 마비 환자로 입원해서는, 15년이 지났다고 한다.

1급 장애 환자이니 산재보험에다 장애 급여가 나와서 그 돈으로 홀로 남은 조카 학비를 댔다. 자신이 죽으면 그 돈마저 사라지니까 5년 전에는 조카를 입양까지 했다고 한다. 세상에는 그런 사랑, 그런 헌신도 있었다.

"사지 마비로 병원 침대에 누워만 있는 그 숙부님이 곧 환갑이래요. 상태는 점점 더 나빠져 가지, 돌아가시기 전에 숙부님 환갑잔치에서 결혼하는 모습을 꼭 보여 드리고 싶다고 하셔서……."

"그걸 가능하게 만들겠다고? 덜컥 오케이 했다고?"

정원이 입을 주욱 내밀고 고개를 끄덕였다.

승주는 하아 한숨을 쉬고 말했다.

"우리 유정원의 동정심과 오지랖은 대체 어디까지 퍼지는 걸까?"

"안 되는 걸까? 못 한다고 해야 했나?"

"머리로 생각이란 걸 좀 해 봐. 될 거라고 생각했어?"

"세상 살면서 어떻게 만날 머리로만 생각해? 가슴으로 생각해야 할 때도 있다고요."

입이 더 튀어나온 채로 정원이 팔꿈치로 승주의 가슴을 툭 쳤다.

"세린병원 이사장 아드님하고의 친분으로 어떻게 좀 잘해 볼까 했는데. 쳇, 이 정도도 못 해 줘?"

"지금 무슨 청탁을 이렇게 당당하게 해?"

"청탁 같은 소리! 사랑하는 사람이 부탁하면 하늘에서 별도 따다 주는 게 남자지."

"차라리 별을 따 달라 그래. 이런 청탁은 못 들어줘."

"깐깐하시긴. 알았어요. 이사장님 아드님은 권한 없으시니까, 아예 이사장님을 찾아갈까 보다."

참으로 되도 않는 간 큰 소리를 잘도 하고 있었다.

"그 행사 꼭 해야 해?"

"응, 해야 해. 하고 싶어, 내가. 나쁜 일도 아니고 얼마나 갸륵해? 도와줘야 해. 중환자실 안에서는 못 하더라도 어떻게든 그 숙부님 환갑잔치에다 결혼식 얹어서 해 버릴 거야. 다 죽어 가는 사람 소원이라는데 못 들어줄 이유 또 뭐야?"

입술을 앙다문 채 또박또박 대꾸하는 정원의 기세가 당장에라도 이사장 영국을 찾아갈 낌새였다.

"일단 기다려 봐. 그 환자분 침대가 휴게실에라도 나올 수 있는 상태라면 가능할 수도 있을지 몰라. 상황 면밀하게 파악하고 나서 일을 치든지 해. 막무가내 그러지 말고."

"오우우, 도와주려는구나?"

승주가 손가락 끝으로 정원의 이마에다 뿅 하고 딱밤을 튕겼다.

"내가 안 나서면 당신 오지랖에 무슨 짓을 저지를지 몰라서 그러는 거야. 착각하지 말고."

"헤헤헤, 알았어요, 일단 병원 사정 파악 좀 부탁해요."

정원이 승주의 주방으로 가서 냉장고를 열었다. 술 종류들이 깨끗이 사라진 것을 확인하고는 그를 향해 고개를 돌렸다.

"착해요. 술일랑은 싹 버렸네? 상으로 장 봐서 맛있는 거 해 줄게요. 뭐 먹고 싶어요?"

"해물탕 먹을까?"

"좋아요. 당신, 시원한 게 먹고 싶구나."

"응. 뜨끈한 국물이 좋아."

"곧 한여름인데 뜨끈한 국물 타령하는 사람은 당신뿐이야."

두 사람은 지갑을 챙겨 아파트를 나섰다.

"화요일에 뭐 해?"

"아직은 별일 없어요."

"그럼 오후에 잠깐 데이트 할래? 영화 보자."

"응. 생각해 볼게요."

"영화관에 간 지 너무 오래된 거 같아."

"그건 나도 그래요."

이런저런 말을 주고받으며 두 사람이 주차장으로 내려왔다. 세워 둔 차 쪽으로 걸어가는데, 저만치 도착한 차에서 누군가가 걸어 나왔다. 눈이 마주친 후, 서로가 놀라서 그 자리에 멈추어 버렸다.

"아버지……."

차에서 내린 사람, 영국의 시선은 그러나 승주 쪽이 아니라 승주 어깨 뒤에 서 있는 정원에게 박혀 있었다.

"안, 안녕하세요?"

어른에게 인사를 안 할 수는 없다. 정원이 죽을 것처럼 민망하고 어색한 마음을 무릅쓰고 꾸벅 인사를 했다.

"그래, 오랜만이구나."

영국이 손목시계를 확인했다.

"출근해?"

"아닙니다. 잠깐 식사라도 할까 해서……."

"내일 오후에 출근하지?"

"네. 7시입니다."

"내일 아침이나 같이 먹자."

"네."

영국이 먼저 정원에게 살짝 고개를 끄덕여 인사를 하고는 그대로 돌아섰다.

"아버지."

승주가 부르자 그가 다시 돌아섰다. 승주는 한 발자국 다가갔다.

"아무튼 저희 둘, 설명은 해 드리겠지만, 조금만 시간을 주세요."

"시간? 무슨 시간?"

"저희도 아직 완전히 결정이 나지 않았어요. 그냥 만나는 중이에요. 그러니까."

"알았다. 내일 이야기하자꾸나."

정원도 승주의 어깨 너머로 영국에게 작별 인사를 했다.

"잘 지내시고 늘 건강하세요, 아버님."

"아버님이라."

영국이 희미하게 미소 지었다.

"오랜만에 새아기 목소리를 들으니까 기분은 좋구나. 잘 지내렴."

영국의 차가 먼저 떠나고, 승주와 정원은 서로 얼굴을 마주 보았다.

"이렇게 준비도 없이 알려지는 거구나."

"그런데 아버님, 엄청 놀라시거나 막 화를 내고 그러시지는 않네."

"그럴 리가."

승주가 차 문을 열어 주었다. 그러고는 걱정스러워하는 정원의 코를 잡아 살짝 비틀었다.

"아버지, 원래 당신 좋아했어. 귀엽다고."

"정말?"

"그럼."

"당신한테 할 말 있어서 일부러 집에까지 찾아오신 것 같은데."

"내일 뵙고 이야기하면 되지, 뭐."

두 사람은 차를 타고 근처 백화점에 가서 간단한 저녁 식사거리를 사 들고 집으로 다시 돌아왔다.

정원은 해물탕을 끓이고 승주는 마늘을 까고.

파를 통통 썰어 냄비에 털어 넣고는 정원이 국물을 조금 떠서 기웃대는 승주에게로 내밀었다.

"아."

간을 보라는 말이었다. 승주가 국물을 홀짝 마셨다.

"맛있다. 최고."

그가 엄지손가락을 치켜올렸다.

"내가 요리가 좀 늘었어요. 호호호. 실전 치르면서 늘어난 실력이죠."

식탁에 정원이 수저를 놓기 시작했다.

마주 놓인 수저 두 벌에 괜히 기분이 좋아서 승주가 또 씩 웃었다.

"행복하다."

승주가 김이 설설 나는 해물탕 냄비 앞에서 중얼거렸다. 그가 좋아하는 치즈계란말이에다가 바삭한 김구이. 별것 없는 찬인데도 불끈 식욕이 돋았다.

"당신이랑 같이 밥 먹고 있으니까 우리 신혼 때로 다시 돌아온 것 같아."

두 사람 사이에 3년간의 이별과 헤어짐의 아픔이 없었던 것처럼, 단 한 번도 헤어지지 않았던 것처럼 모든 게 자연스럽고 올바르게 느껴졌다.

"그렇긴 하네요. 근데 냉장고 반찬통은 이리도 많은데 왜 안 꺼내 먹는대? 이것 봐. 이렇게 맛있는 반찬이 많은데."

정원이 냉장고 속 반찬통에서 이것저것 조금씩 꺼내 식탁에 내놓으며 잔소리를 했다.

"딱히 먹을 일이 없었어. 일단 집에서 거의 식사를 하지 않았으니까."

"아직 오 여사님이 평창동에서 일하고 있어요?"

"응."

오 여사는 평창동 승주네 주방에서 10여 년 이상 일하고 있는 가사 도우미이다. 나서희가 못마땅해하는 며느리에게 데면데면하던 대부분의 고용인과는 달리 친절하고 따뜻했다. 요리 솜씨도 꽤 좋아서 정원에게는 좋은 기억으로 남아 있는 유일한 시댁 관련 사람이다.

"그런 것 같더라. 솜씨가 딱 오 여사님 스타일이야. 오 여사님 반찬 맛있잖아. 꺼내 먹어요. 집밥이 최고예요. 건강하게 살려면 집밥 먹으라고."

승주는 딱히 대답하지 않았다. 해민이나 비서를 통해 줄기차게 건네주는 저 냉장고 속 반찬들이 어머니 나서희가 쳐 놓은 덫 같아서 꼴 보기 싫다고는 말할 수 없었다. 그 아무리 친절한 오 여사가 한 음식이라 해도, 싫은 건 어쩔 수가 없었다.

"정말 술은 끊었죠? 마시기만 해 봐."

"안 마셔. 약속했잖아. 당신도 봤다시피 냉장고 속 술도 다 버렸다고."

"술을 집에서만 마시나? 마셔 놓고 안 마신 척 시침 떼는 건지도 모르지."

"안 그래. 난 절대로 당신한테 거짓말은 안 해. 해서 뭐 하겠어?"

"하긴 당신은 거짓말은 안 하지. 입 꾹 다물고 해야 할 말도 안 했을 뿐이었지."

"이제는 고쳐 볼게. 그런 버릇도."

"과연? 사람 고쳐 쓰는 게 아니라던데. 하아, 내가 뭐 신도 아니고 30년 넘은 당신 버릇이니 성질머리를 어떻게 고치겠어? 기대는 안 해요."

"그럼 노력을 해 볼게. 당신이 원하는 남편이 되도록."

"잠깐! 그거는 너무 나갔는데? 우린 결혼한 거 아니거든? 이제 겨우 연애, 완전 초창기라고."

정원이 손가락을 흔들며 승주에게 너무 빠르다고, 혼자만 진도를 너무 빨리 빼지 말라 경고했다.

"알았어, 그럼 당신 마음에 쏙 드는 남자가 될 수 있도록 최선을 다할게."

"이제야 제대로 된 정답을 말하시는군."

정원이 해물탕을 떠먹으며 중얼거렸다.

"설거지는 내가 할게. 당신은 좀 쉬어."

식사를 끝내고 승주가 정원을 거실 소파에 데려가 앉혔다. 그리고 손에 찻잔과 TV 리모컨을 쥐여 주었다.

"당신은 그냥 앉아만 있어. 그걸로 충분해."

그가 이마에 쪽 하고 키스를 남기고는 주방 쪽으로 걸어갔다.

정원은 승주의 너무 다정한 뒷모습을 바라보며 중얼거렸다.

"달콤해서 좋긴 한데, 흠……!"

자신이 잘하겠다고 맹세하더니만 말한 대로 실천하는 착한 남자다웠다. 자꾸만 어딘가가 좀 간지러웠다. 사랑하던 을에서 사랑받는 갑의 위치가 되었지만 이게 영 편한 것만은 아니라는 요상한 불편함이었다.

"아, 갑자기 너무 많이 변하니 적응이 안 되네? 죽을 때가 되면 변한다는데 설마 그런 건 아니겠지?"

아, 몰라. 정원은 두 팔을 측 늘어뜨리고 소파에 더 깊이 파묻혔다.

결혼 때 못 해 본 사랑의 갑질을 이혼한 후에 경험해 보다니. 역시 세상일은 알다가도 모를 일이었다.

살짝 열린 발코니 문틈으로 선선한 바람이 살살 불어 들어오고, 배는 부른 데다 마음이 편안하다.

그러고 보니 하루 종일 긴장했고 바빴다. 소파 등받이에 머리를 기대고 멍하니 TV 화면을 바라보다가 정원은 어느새 자신도 모르게 살곰 잠이 들었다.

"몇 시에 갈 거야? 내가 집에 데려다줄……."

설거지를 마치고 돌아서던 승주가 말꼬리를 접었다.

소파에 앉아 TV를 보는가 싶던 정원이 어느새 고개를 툭 떨어뜨리고 잠이 든 모습을 발견했기 때문이다.

아침부터 행사 뛰고 상담도 몇 건이나 치렀다더니만 잠시 쉬는 그 순간에 졸 정도로 피곤했나 보다.

"그만큼 치열하게 살고 있는 거지, 당신은."

소파에서 그냥 잠이 들어 버린 정원을 가만히 내려다보는데 이상하다. 미국에서의 생활이 떠올랐다.

승주가 학교에서 늦게 돌아올 때면, 정원은 이렇게 거실 소파에 누워 잠이 들어 있는 모습으로 그를 맞이할 때가 많았다.

미안한 마음만큼, 그를 따라 미국에 온 죄로 이렇게 외롭고 옹색하게 누워 있나 싶어 죄책감을 느끼는 만큼, 한편으로는 잠든 모습이 너무 사랑스러워서 한동안 그대로 정원을 내려다보며 서 있은 적도 많았다.

거실 벽난로에서는 발갛게 불이 타오르고, 잔잔히 들리는 음악 소리와 함께 턱 아래까지 끌어 올린 담요 속 정원의 볼을 살짝 만지면 그녀는 차가운 바람과 함께 돌아온 그를 느끼고 눈을 뜨곤 했다.

"오늘 또 늦었으니까 나 안아서 침실에까지 데려다주기."

그에게 따스한 볼을 비비며 응석을 부리던 그때의 정원.

말을 한 적은 없지만 너무 사랑스러워서 가슴이 뻐근할 정도였다. 그렇게 사랑했다.

그때 사랑한다고 제대로 말을 했었다면 얼마나 좋았을까.

사랑의 표현은 아끼는 게 아니라던데 왜 그때의 자신은 그리도 인색했을까? 아낌없이 남김없이 그에게 주었던 정원의 사랑은 참 당연하게 받아먹었으면서?

"조금 있다 깨워 줄게. 잘 자."

승주는 정원의 옆에 앉아 그녀가 잠시나마 더 편하게 잘 수 있도록 옆으로 꺾어진 목을 살짝 들어 자신의 어깨에 기대게 만들었다. 그에게 돌아와 준 사랑스러운 이 행복이 고이 잠들 수 있도록 계속 토닥이고 쓸어 주었다.

"정원아……."

갑자기 반짝 눈을 뜬 정원과 그녀만을 바라보고 있던 승주의 눈이 마주쳤다.

"사랑해."

"……사랑해요."

두 사람은 약속처럼 빙그레 웃다가 서로의 목을 꼭 끌어안은 채 따뜻하게 키스했다.

아무것도, 정말 더 이상 아무것도 필요치 않은 순간이었다.

* * *

다음 날 아침.

승주는 영국이 기다리고 있다는 돈암동 청국장집으로 찾아갔다.

"이런 맛집이 아침부터 문을 여니까 정말 감사하지."

설설 끓고 있는 청국장 뚝배기를 더 가까이 끌어당기며 영국이 만족스럽게 중얼거렸다.

"이 집을 참 좋아하세요."

"너도 나이 들어 봐라. 밖에서 먹는 음식, 맘에 들게 몇십 년 해 주는 식당이 얼마나 고마운지 알게 될 거다. 어서 들어. 야간 근무라는 게 그래, 은근히 사람 버려. 힘들지?"

"아닙니다. 견딜 만합니다."

숟가락을 들던 영국이 승주를 건너다보았다.

"그래? 연애하니까 피곤한지도 모르겠어?"

"그건 아니고요."

콧등에 땀방울까지 송송 새기면서 맛있게 청국장 뚝배기를 비우는 영국을 건너다보며 승주는 그가 좀 안쓰럽게 느껴졌다.

어머니 서희가 청국장을 워낙에 싫어해서 영국은 집에서 이런 음식을 먹지 못하는 걸로 알고 살았다. 그래도 음식 취향은 어쩔 수 없는지, 몰래몰래 이곳에 와서 아쉬움을 달래곤 했다.

"논현동 어머님 청국장도 참 맛이 있었는데."

자기도 모르게 승주가 중얼거리자 영국이 고개를 들고 그를 건너다보았다.

"아직도 어머님이야?"

승주가 싱겁게 웃고 말자 영국이 다시 시선을 청국장 뚝배기로 담갔다.

결혼을 하고 나서, 언젠가 승주가 그에게 말한 적이 있다. 처가에 가면 공기가 따스하다고, 장모님이 너무 다정하고 따뜻해서 이상하게 처가에 가면 그렇게 잠이 온다고 말이다.

내 선택이 잘못된 게 아니로구나, 내가 아들 결혼을 잘 시켰구나, 영국이 확신했던 순간이었다.

"좋아 보이더라."

"뭐가요?"

"새아기."

"아버지도 여전히 새아기라고 부르시잖아요. 우리 정원이."

"정원이? 새아기가 그 이름이 아니잖아. 개명했어?"

"네. 저랑 이혼하고 나서 곧바로 개명했다더군요."

"너랑 살았던 시간이 많이 힘들었나 보다."

"그러게요."

승주가 다시 싱겁게 웃고 말자 영국이 혀를 찼다.

"웃는 걸 보니 넌 그냥 무작정 걔가 좋은가 보다. 처음부터 그러더니만 어쩔 수가 없구나."

"그 사람 웃는 걸 보고 있으면, 저도 따라 웃고 하는데. 그냥 이유 없어요. 사람 사이에 사람은 모르는 천생연분이란 게 있나 보다, 그런 생각을 하게 돼요."

"다시 만나기로 결정했어?"

승주는 바로 앉았다. 아랫배에 힘을 주고 정확하게 자신의 뜻을 밝혔다.

"네."

"쉽지는 않았을 텐데 어떻게 설득했니? 이혼할 때 솔직히 말하자면 우리 집안이 새아기 마음을 많이 다치게 한 건 사실이잖아. 사장 어르신 쪽도 마찬가지고."

"그냥 무작정 빌었어요, 잘못했다고."

"용서는 받았구?"

"용서는 해 줬는데, 저는 결심이 섰지만 그 친구는 아직도 저랑 다시 연애할 결심이 완전히 안 섰나 봐요. 만날 때마다 뭔가 갈팡질팡하는 게 보여요."

"그렇게 마음 다쳤는데 널 다시 만나는 게 어디 쉽겠니? 넌 그냥 새아기가 완전히 받아 줄 때까지 계속 빌어. 별수 없어."

"죄송해요."

"뭐가?"

승주는 수저를 놓고 고개를 숙였다. 비로소 마음을 열어 아버지에게 진솔하게 사과했다.

"제가 고집 피워서 두 분이 다 반대하는 결혼을 그리도 성급하게 해 버렸는데, 또 그런 결혼을 해 놓고도 제가 선택한 그 사람 하나 건사 못 해서 이혼을 해 버렸잖아요. 많이 실망하셨죠? 왜 전 매사 이 모양인지 모르겠습니다. 나이도 서른을 넘었고 공부도 할 만큼 했는데 왜 제 인생에 대해서는 이따위로 서투르고 무책임하고 멍청한지 부끄럽습니다. 너무 후회되고요."

"알았으니 됐어. 다시는 똑같은 실수만 안 하면 되지."

"근데 우리 정원이, 아버지는 반대 안 하실 거예요?"

"내가 반대하면? 안 만날 거야?"

"그건 아닙니다."

"그런데 뭘 어떡해? 되도 않는 반댈 왜 해? 그리고."

영국이 씩 웃으며 테이블 위의 누룽지 대접을 후루룩 들이켰다.

"나도 새아기가 마음에 들거든. 너 같은 멍청한 놈을 사람 만들고 있잖니."

"아버지, 그건……."

"제가 뭘 해야 되는지도 모르고 제가 뭘 원하는지도 모르고 꾸역꾸역 시키는 대로 살아왔어, 너는. 근데 이제야 비로소 정신 차린 거 아냐? 제 사람이다 싶은 사람을 기어코 다시 찾았고, 이젠 굳건히 지키련다 나서는 것 보면 그게 다 새아기 힘이겠지. 그래서 니 엄마가 새아길 그렇게 싫어한 거고."

"어머니가 정원일 왜 그리 싫어하는지 이해를 못 하겠어요. 그냥 사랑스럽고 착한 사람인데. 도통 남을 악하게 보질 못해요. 살뜰하고 상냥하고 나눌 줄 알고 따뜻해요. 그런데 왜 어머닌……?"

"자기가 못 가져서."

영국이 차갑게 내뱉었다.

"새아기가 예쁜 게 니 말대로 그런 점이지. 그런데 니 엄마는 그런 거하고 상관이 없는 사람이잖아. 새아기 하는 양을 보면 저 모자란 게 너무 선명하게 보이니까 싫은 거 아니겠어? 너희 엄마 성미에 그걸 두고 볼 거 같아? 자기가 세상 중심이 되지 않으면 못 참아 내는 성격 아니냐."

"그래도 아버진 너그럽게 봐주세요. 남편이잖아요."

"이제 안 할란다. 그 남편 노릇."

다시 뚝배기로 향하던 승주의 숟가락이 뚝 멎었다.

"아버지, 설마……?"

"이혼하자고 그랬다."

"갑자기 왜요?"

"더 이상 가면 쓰고 살기 싫어서."

"솔직히 두 분, 데면데면하게 사신 건 꽤 오래되었잖아요. 그런데 지금 와서 이혼 선언이라니? 무슨 심경의 변화가 있으셨던 겁니까?"

"그렇게 산 게 너무 오래되어서 그런다, 왜? 진즉 결단을 내려야 했는데. 너무 늦었지."

"지금 저에게 두 분, 이혼할 거니까 이해를 해 달라 그 말씀을 하시려고 오셨습니까?"

"아니, 그저…… 아비처럼 사는 게 너무 비겁했다, 그런 말을 하고 싶은 거다."

영국이 다 비워진 청국장 대접을 물끄러미 내려다보았다.

"70 바라보는 내가 집에서 좋아하는 청국장도 편안하게 못 얻어먹는 인생은 좀 아니지 않니?"

"청국장 때문에 이혼하시는 건 아니죠."

"넌 이 아비 말을 정말 못 알아듣는 거냐? 아니면 못 알아듣는 척하는 거냐?"

영국이 정색을 한 채 승주를 노려보았다. 오다가다 한번 네 마음을 떠보는 게 아니라는 듯 그 시선이 굳건하고 차가웠다.

"니 엄마, 평생 안 변할, 아니, 못 변할 사람이다. 이런 식으로 나라도 한번 충격을 줘야 너도 해민이도 편해져, 인마."

"아버지도 힘드셨겠지만 어머니도 쉬운 인생 아니었을 겁니다. 아버지가 조금만 더 너그럽게 품어 주실 수 있잖습니까?"

"제일 예쁠 때 사랑스러운 마누라 하나 건사 못 해서 이혼한 놈이 할 충고는 아니지. 네놈 마음하고는 상관없이 지 엄마 등쌀에 그 예쁜 마누라 못 지켜서 울리고 괴롭힘당하게 한 것도 모자라서 내쫓기게 한 주제에?"

영국의 말은 승주의 뼈를 때렸다.

딱 그만큼이었다. 더도 말고 덜도 말고 두 사람의 이혼은 비겁한 남편이었던 자신의 어리석음과 표독한 시어머니 나서희의 노골적인 학대, 그 두 가지의 합작품이었다.

"결혼을 왜 인륜지대사라고 하겠니? 제 부모보다도 더 오래, 함께 사는 사람인데 그 사람하고 잘 못 지내면 인생 반, 아니, 인생 80프로는 헛산 거야. 행복의 80프로가 날아가 버리는 거라고."

"그런데 왜, 결혼하셨어요?"

승주의 기습적인 질문 앞에서 영국이 허를 찔린 표정이 되었다. 잠시 침묵하던 그는 마지못해 대답했다.

"내가 신이 아니라서."

"뭐예요, 그게?"

"니 엄마랑 선볼 때만 하더라도 내가 이렇게 살 줄은 몰랐다. 엄청 수줍어하고 남의 말 잘 들어 주는 상냥한 사람이었거든."

"어머니가 수줍어하셨어요?"

"그러게 말이다. 상상이 안 가지? 말짱 가면이었는데 내가 그걸 못 알아봤다. 멍청함의 대가를 치른 거지."

매사 조심하고 수줍어하는 나서희의 태도는 영국에게 보호 본능을 불러일으켰다. 집안 어르신들도 마찬가지였다. 있는 집 애가 거만하지도 않고 착하고 참하다고 쌍수를 들고 환영해 마지않았다.

하지만 한 번쯤은 제대로 의심을 해 보았어야 했다. 재벌가 특유의 도도함과 거만한 갑질이 몸에 밴 그 집안 부모나 형제들을 만났을 때부터 말이다.

나서희의 참한 모습과 상냥함과 수줍음은 사실상 재벌가의 치부라 할 수 있는 서녀로서의 존재, 살얼음판 같은 집안에서 무사히 살아남기 위한 순응의 가면이었을 뿐이었다.

언제나 남의 말을 잘 경청하고 웃어 주던 모습 역시 배다른 형제들과 저를 받아 준 나 회장 본처이자 키워 준 친정어머니의 눈치를 먼저 살피고 비위를 맞추면서 강화된 생존 방식이었을 것이다.

그러나 늘 약자이고 밑바닥이었을 친정에서의 그 자리를 벗어나 영국과 결혼한 순간, 나서희는 내내 둘러쓰고 있는 가면을 벗어던졌다.

그 첫 번째 희생자는 남편인 영국이었다. 이윽고 그들 사이 태어난 세 자녀들, 훗날에는 며느리이자 아들 승주가 정말로 사랑했을 정원까지도 그녀의 독선과 지배욕, 상류층의 허세와 가식의 희생자가 되었다.

"근데 너, 너희 큰이모가 말하는 선 자리에 나간다고 했다며? 그걸 새아기는 아니?"

"네."

"뭐래? 나가라던?"

"자기를 만나기 전에 약속된 일이니까 나가라고 하더라고요."

영국이 쯧, 하고 혀를 찼다. 승주의 그 우유부단함이 영 못마땅하다는 표시였다.

"넌 새아기한테 그런 말 하면서 미안하지는 않았어?"

"많이 미안하죠……."

"너 이건 진짜 알아 둬라. 세상 모든 사람을 만족시키며 살 순 없어. 그렇게 살면 결과는 정해져 있다. 모두를 놓치거나 네가 부서지거나."

"압니다."

"그런데 넌 지금까지 그런 줄타기를 하며 살았어. 지금까지는 용케 교활한 줄타기가 성공했는지 몰라도 이젠 어림없다. 알아들어?"

"네. 인정합니다."

"너 그따위 무책임하고 애매한 태도로 새아기를 설득할 생각하지 마라. 너 그런 행동 때문에 이혼당한 거잖아. 자칫하다간 또 걷어차일라."

"그렇죠? 그렇게 안 되도록 노력하겠습니다."

"쯧. 내가 보기엔 새아기는 어른이 다 된 것 같던데, 넌 아직 멀었구나. 내 아들이지만 넌 답이 없다, 인석아."

신랄하고 노골적인 꾸지람 앞에서 승주가 이마의 땀을 닦았다. 아버지 영국이 이런 식으로 대놓고 그를 힐난한 적은 처음이었다.

영국이 풀이 죽어 아무 말도 못 하는 승주를 건너다보더니 결국 한숨을 쉬며 말을 멈추었다.

답답했는지 물 잔을 들어 물을 한 모금 마신 그가 다시 승주를 바라보았다.

"미안하다. 너 그 답답한 성격이 뭐, 내가 물려준 유전자 아니냐. 따지고 보면 이 아비도 할 말이 없다. 그래서 넌 나와 다른 인생을 살았으면 한다. 너희들 키우면서 아비로서 딱히 해 준 게 없다 싶어서, 이혼한 집안 자식들이란 말은 안 듣게 하려고 애를 썼는데 이제 힘들어서 못 하겠구나. 이게 이 아비 그릇이다. 한계야. 그러니 너도 이해해라."

"네."

"니 엄마 성미에 죽어도 이혼녀 소리는 안 들으려고 별의별 짓 다 해서 내 기를 꺾으려 들 테지만 뭐, 상관없다. 이혼 못 하면 졸혼하면 되고, 졸혼도 못 하면 지금처럼 서로 각자 살면서 휴혼하면 되지. 그런 게 요새 유행이라며? 더 이상은 작정하고 숨통 가로막는 사람하고는 못 살겠다. 나는 그렇다 치고 이젠 너희들마저 그렇게 박박 긁어서 망치려는 사람을 못 견디겠어, 내가."

낼모레 칠십 줄. 늘그막 이 나이에 기어코 이혼을 하겠다고 나선 심정이 어떠한지를 영국이 에둘러 표현했다.

"그러니 너도 정신 똑바로 차려. 특히 새아기랑 다시 잘해 보기로 작정했으면! 애초부터 니 엄마 간섭 차단하고 새아기 못 건드리게 확실히 막아, 알았냐?"

"네. 명심하겠습니다."

"하나를 들어주면 그걸로 끝, 아니야. 둘을 바라지. 둘을 들어주면 또 넷을 원해. 그러면서 자기가 원하는 대로 사람을 끌고 가고 조종하잖니. 와이프라서, 또 애들 엄마라서 평생 내가 참고 끌려다녔는데 그 욕심이 끝이 없더라. 너도 조심해. 잘못하면 새아기한테 이전보다 더 큰 상처 주고 다시 걷어차이게 될 테니까."

그리고 덤으로 니 인생도 망치겠지. 마치 이 아비처럼.

영국의 눈이 그에게 경고하고 있었다.

"선 자리도 마찬가지야. 여러 입장 생각해서 나가기로 했다니, 그래. 약속은 지켜야겠지만 거절은 확실히 해."

"네. 알겠습니다."

선 자리에서 만날 상대에 대해서 미리 언질을 해야 하나 말아야 하나, 영국은 잠시 망설였다.

전해 들은 소문에 의하면 누구든 뒷목 잡을 정도인 추문의 대상자라고

했다. 처음부터 조심을 시키는 것도 나쁘지 않을 듯싶었다.

옛말에도 '모진 놈 옆에 서 있다가 애꿎은 놈이 벼락 맞는다'는 말이 있질 않는가? 괜히 선 자리 한번 나갔다가 잘못 얽혀서 애꿎은 곤욕을 치를 일은 만들지 말아야 할 것 같았다.

"내가 좀 전해 들었는데 그 상대 아가씨 성질머리가 보통은 아닌가 보더구나."

순간 승주가 피식 웃었다.

"그렇다던가요?"

딱히 놀라는 표정은 아니었다. '재벌가 사람은 다 그런가 보군요' 하는 냉소였다.

"노파심에 하는 말이야. 혹시라도 책잡히거나 잘못 얽힐 일은 만들지 않도록 신중하게 행동해."

"명심하겠습니다. 한 번 만나고 헤어질 사람하고 제가 얽힐 일이 뭐가 있겠어요?"

"하긴 그렇긴 하다."

* * *

굉음을 내며 스쳐 지나가는 자동차들의 어지러운 드리프트.

몇 미터 앞에는 자신을 비추는 강렬한 헤드라이트 안에서 깜짝 놀란 정원의 얼굴이 선연히 떠올라 있었다.

그러거나 말거나 나현은 이를 악물고 액셀러레이터를 밟은 발에 더 강한 힘을 주었다.

너 때문이야! 다 너 때문!

너만 없어지면 모든 게 제자리로 돌아간다고!

악에 받쳐서 나현은 그대로 정원을 향해 차를 몰고 돌진했다.

"죽어! 죽어 버렷!"

라디오에서는 에디트 피아프의 '난 후회하지 않아(Non, Je Ne Regrette Rien)'가 흘러나오고 있었다.

살인도 불사할 만큼 난 그 남자를 원해. 널 죽여서라고 갖고 말 거야!

돌진하는 자동차에 휘말려 정원의 몸이 아치를 그리며 붕 하고 허공을 날아갔다. 그러고는 몇 미터 저 밖에 내동댕이쳐져 나동그라졌다. 망가진 인형처럼 내팽개쳐진 그녀의 몸 아래로 시뻘건 피가 웅덩이처럼 흘러내렸다.

죽어! 죽어!

제발 죽어 버려!

너만 사라지면 돼!

그럼 모든 게 완벽하게 되돌아온단 말이야!

버러지처럼 꿈틀거리며 마지막 비명을 지르고 있는 정원의 모습을 나현은 무심한 눈으로 지켜보고 있었다. 그녀의 발끝을 적신 핏물이 이윽고 뱀처럼 다리를 타고 올라가 목을 휘감았다.

"아악!"

나현은 소스라치게 놀라 벌떡 일어났다.

모든 게 악몽이었다.

하아하아, 가쁜 숨을 들이쉬는 그녀의 이마에 땀이 흥건했다.

암막으로 가렸다 해도 햇살은 용케 차단막을 뚫고 집 안으로 새어 들고 있었다.

'대체 몇 시야?'

벽시계는 정오를 가리키고 있었다.

주말에 이어 하루 휴가여서, 어젯밤 야간 등산을 마치고 집에 돌아와 잠들었는데. 언제 시간이 이렇게 흘러 버렸는지.

그녀는 잠시 아주 낯선 세상에서 눈을 뜬 이방인처럼 멍하니 침대에 그대로 앉아 있기만 했다.

"이 무슨 개꿈이람?"

얼마나 미웠으면 꿈에서 유정원을 차로 쳐서 죽여 버리는 꿈을 꾸다니.

하다 하다 이젠 '살인의 신파'를 찍을 판이었다.

피식 어이없어 실소가 흘러나왔다.

이윽고 그 실소는 자기혐오로 얼룩진 채 더 높은 광소로 변했다.

"박나현 선생, 진짜 왜 이렇게까지 망가졌어?"

참담한 자기혐오는 이윽고 서러운 자기 연민으로 변해 나현을 아프게 찔렀다.

그녀가 가진 유일한 빛, 지금껏 그녀를 지탱해 왔던 빛나던 자긍심, 드높은 자존심은 대체 다 어디로 가 버린 걸까?

"그깟 이승주 하나 때문에 내가 이게 뭐야? 이젠 거지 노릇이 아니라 진짜 미친년이 되어 가는구나."

이승주도, 그의 옆자리 유정원도 나현 그녀의 생각은 눈곱만치도 하지 않고 둘만 꽁냥꽁냥, 행복하기만 할 텐데.

그때 머리맡에 두었던 휴대 전화가 시끄럽게 울렸다.

휴대 전화 속 언니 가현의 이름을 보며 나현은 미간을 찡그렸다.

마음이 이토록 뒤숭숭한데 언니의 수다를 견딜 자신이 없다.

그러나 가현은 끈질겼다. 니가 어디까지 참는지 두고 보자 하는 것처럼 몇 초의 간격을 두고 전화벨은 울리고 또 울렸다.

결국 견디다 못한 나현은 고민을 접고 마지못해 전화를 받았다.

"어. 왜?"

—점심 먹었어?

"아니, 어제 야간 등산 마치고 새벽에 들어와서 지금까지 잤어."

—그래서 아까 전화했을 때 안 받았구나. 근처 백화점에 나왔는데 네가 좋아하는 일식 도시락 맛있는 집이 있어서 샀어. 5분 후 도착이야. 좀 있다 보자.

됐다고, 오지 말라고 말하기도 전에 전화가 일방적으로 끊겼다.

'아, 싫다, 정말.'

가족 간이라도 적당한 거리가 필요하다는데 어머니 명신이나 언니 가현이나 나현의 인생에 왜 이리도 무례하게 제멋대로 침범하는지.

그들이 의사가 된 나현에 대해서 긍지를 느끼는 그 마음만큼이나, 그녀의 인생에 간섭하는 일로 나현의 인생을 대신 사는 듯한 대리 만족을 느끼는 게 분명했다.

나현이 침대에서 일어나 욕실에 들어가려는데 현관 벨이 울렸다. 나현이 채 응답을 하기도 전에 가현이 비밀번호를 누르고 들어섰다.

말로는 5분 후 도착한다더니, 이미 가현은 그 전화를 할 때 지하 주차장에 도착해 있었던 모양이다.

"해가 중천인데 아직까지 자고 있어?"

"아까 말했잖아. 야간 등산 했다고."

"청승이다, 기집애."

가현이 눈을 흘기며 식탁에 들고 온 도시락을 펴 주었다.

"더 자더라도 밥은 먹고 자. 건강 해치면 못 써."

"고마워, 언니."

식탁에 앉은 나현에게 물 잔을 놓아 주며 가현이 그 앞에 앉았다.

"그나저나 이 박사, 사람이 왜 그래? 정말 섭섭하다."

다짜고짜 화를 내는 가현 앞에서 나현은 당혹스러웠다.

"뭔 소리야? 언니가 왜 이 선배한테 섭섭해?"

가현과 승주가 섭섭하니 마니 하며 얽힐 사이였던가? 직접적인 친분을 가졌다 말할 수 있는 나현도 승주와 연락을 하지 못한 지 벌써 두 달이 넘어가는데.

"아니, 네 형부가 말이지."

가현이 냉장고에서 냉수를 꺼내 와 다시 앉았다. 찬물을 들이마셔야 할 만큼 자신의 속이 부대꼈다는 어필이었다.

"이번에 세린병원 CT 기기 교체 시기라며? 엊그저께 형부 회사 제품으로 들어갈 수 있게 힘 좀 써 달라고 부탁하러 갔거든."

순간 나현은 정신이 번쩍 들었다. 너무 놀랍기도 하고 당혹스러워서 팔뚝에 소름이 돋고 있었다.

"형부가 이 선배를 찾아가서 청탁을 했다고? 아, 왜 그랬어? 대체 무슨 짓을 한 거야? 이게 무슨 망신이래?"

"얘가, 얘가? 그렇게 질색하고 팔짝 뛸 일이야?"

나현이 질색하자 가현이 더 섭섭하다고 화를 냈다.

"너도 알다시피 영업이란 건 다 그렇잖아. 인맥 만들고 친목 다지고 하면서 입점하는 거라고. 제약사며 의료 기기 영업 사원들이 왜 다 작정하고 관계 만들기에 목을 매겠어? 이럴 때 도움 좀 주면 얼마나 좋아? 그리고 이 박사 정도면 충분히 세린병원에 힘 좀 써 줄 수 있잖아. 그런데 매몰차게 거절을 했다네? 하, 사람을 무안 줘도 유분수지. 니 형부가 아주 끙끙 앓더라. 무시당했다고."

가현은 정말 노여운 표정이었다.

"오죽 무안했으면 나한테까지 화풀이를 하겠어? 내가 얼마나 중간에서 난처했는지 알아? 나더러 정말 이 박사하고 처제하고 사이가 좋은 거 맞느냐고 따져 대는데, 내가 낯이 없어서 죽을 뻔했다고."

나현은 숟가락을 내려놓았다. 정색하고 되물었다.

"이 선배가 대체 왜 형부 청탁을 들어줘야 하는데?"

"가족끼리 서로 돕고 그래야지. 의사 친척 뒀다 뭐 하게?"

너무 어이가 없고 민망하면 화도 나지 않는가 보다. 너무 수치스러워서 나현은 더 이상 아무 말도 할 수가 없었다. 그저 한동안 가현을 바라보며 멍하니 앉아 있기만 했다.

"왜 그런 얼굴로 봐? 왜? 내가 뭐 잘못했어?"

"……나, 내일부로 사직서 내야겠다."

"뭐래? 얘가 이상한 소리 하고 있어."

"언니랑 형부 오버하는 것 땜에 못 살겠다! 이거 병원에 알려지기라도 해 봐. 내가 어떻게 낯을 들고 살겠어? 아유, 쪽팔려! 대체 왜 그랬어? 청탁이 라니? 뭐 얼마나 안면 있고 친하다고 이 선배한테 형부가 찾아가? 아니, 친 하다고 해도 그러면 안 되지. 서로 곤란한 짓은 하면 안 되잖아. 그게 기본 예의 아냐?"

동생에게 속풀이를 하고 하소연을 하면 편을 들어 줄 줄 알았다. 그런데 정작 한편이라 생각했던 나현이 정색하고 화를 내자 가현은 무척 무안했다. 그래서 더 날카로워졌다.

"너 좀 그렇다? 살다 보면 도움 줄 수도 있고 도움받을 수도 있지. 니 형 부 사정이 얼마나 급하면 그랬을까 이해해 주고 도와줘도 모자랄 판에 오 히려 잘못했다고 너 지금 화내고 있니? 너, 내 동생 맞아? 네가 내 동생이 라면 화낼 상대는 내가 아니라 이 박사 쪽 아냐? 곧 가족이 될 사이인데 그 정도쯤은 도와줄 수 있잖아. 그럼 너희 둘 결혼했을 때 동서 지간 사이도 얼마나 부드러워지겠어? 나 같으면 당장 전화해서 섭섭하다고 대신 화내 주겠다. 작정하고 이 박사하고 담판 지어서 니 형부 거래 성사시켜 주겠네."

"담판을 지어? 내가 왜?"

기가 막혀서 이제는 대거리하고 화를 낼 기운도 없었다.

"언니, 나 너무 피곤하다. 가, 그냥! 이야기하기도 싫어."

"야!"

"아니, 형부는 무슨 권리로 이 선배를 찾아가? 친척은 무슨 친척? 이제 나, 이 선배 얼굴도 차마 바로 못 보게 생겼다. 쪽팔려서! 머리 복잡해서 죽겠고 만. 하, 짜증 나. 대체 왜들 이래? 도와주지는 못할망정 훼방이나 놓고 있게?"

화를 내다가 이윽고 풀이 팍 죽어서는 세상 다 잃어버린 듯한 표정이 된 나현이 다시 중얼거렸다.

"먼저 그쪽이 나서서 도와준다고 해도 사양해야 할 판에 아무런 언질도 없이 무작정 찾아가 청탁을 하는 형부를 보면서 이 선배가 무슨 생각을 했을까? 우리 집안 사람들 다 너무 염치가 없고 뻔뻔하다 생각할 거 아냐? 처음부터 그런 인상 주면 어련히 좋겠다. 어? 그렇지 않아도 우리 둘 지금 엄청 불편해졌는데."

예상과는 다른 동생의 격한 반응 앞에서 당황한 나머지 가현의 마음이 갑자기 떨리기 시작했다.

자신이 뭔가 큰 잘못을 한 것 같고 실수한 것 같아서, 이 일로 승주와 나현 사이가 결정적으로 어긋나게 되는 건 아닌가 싶어서 덜컥 겁이 났다.

"너, 왜 그러는데? 이 박사하고 싸웠니?"

"싸우기는……. 이 선배가 나하고 싸워 주기라도 하면 좋겠다."

나현은 서글프게 중얼거렸다.

차라리 싸울 수 있는 상대라면 좋겠다. 친해서 싸움을 할 정도로 동등한 관계라는 뜻이니까.

하지만 승주와 나현의 관계는 처음부터 기울어져 있는 관계이다. 일방적으로 짝사랑한 것도 관계라 불릴 수 있다면 말이다.

하물며 정원의 등장 이후, 배신감과 조바심에 폭발해 버린 나현이 새벽의 주차장에서 승주를 상대로 벌인 우스꽝스러운 시비 이후 두 사람은 다시 만난 적이 없다.

승주가 이미 예전부터 나현을 저 멀리 보낸 것처럼 이제 나현도 그러해야 한다. 승주의 존재를, 승주에게 향한 연심을 그녀의 세상 안에서도 지워 버려야 한다는 것을 직시하고 힘겹게 그 연습을 하고 있는 중이다.

"다시는 그런 짓 하지 말라고 전해 줘. 나 끼워팔기 하지 마. 그럴수록 더 서로가 곤란해져. 우린 사이, 그런 정도 청탁을 함부로 할 수준 아니야."

"너 왜 그러는데? 그런 사이 아니라니? 이 박사 마음 변했니? 혹시 헤어지자고 했어?"

갑자기 가현이 흥분해서 캐물었다.

나현은 대답 대신 물만 마셨다.

가현이 폭발했다.

"설마 너희, 진짜 그런 거야? 언제는 곧 약혼에 결혼할 것처럼 굴더니만. 그래서 민서 생일 파티에도 같이 온 거 아냐? 그런데 갑자기 왜 이러는데?"

"그러게? 그때까진 나름 좋았는데 말이야. 우리가 왜 이렇게 됐을까? 나도 잘 모르겠다……."

모르긴 왜 몰라. 유정원 때문이지.

그러나 나현은 금세 쓴웃음을 머금고 말았다.

정원의 등장이 아니더라도 승주가 그녀의 남자가 될 가능성은 단 1퍼센트도 없었다. 그런데 너무 오랜 짝사랑에 지쳐, 판단력이 흐려졌다. 현실성 없는 장밋빛 희망에 눈이 멀어서 그녀가 손만 뻗으면 금세라도 그가 자신의 것이 될 수 있으리라 착각했다. 그러한 오해와 착각에 대한 대가를 혹독하게 치르는 중이었다.

"설마, 혹시 그 여자 때문에 그래?"

나현은 고개를 돌려 가현을 건너다보았다.

"그 여자라니?"

"왜 모른 척해? 민서 생일 파티 때 그 여자. 이 박사 전 와이프!"

나현은 입술을 깨물며 대답하지 않았다. 다 알고 받아들이고 있어도 정작 말로서 그것을 인정하려 하니 자존심이 상했다.

기껏 정원의 재등장 때문에 승주와의 사이가 흔들리게 되었다고 말해 버리면 그만큼 두 사람의 사이란 게 허약하고 빈곤한 관계였다는 것을 인정하여야만 한다. 그것이 더 자존심 상했고 더 부끄러웠다.

"그렇구나! 역시 그런 거야? 엉? 이 박사 전 와이프. 처음부터 쎄하더니만? 나타나자마자 또 널 배신하고 그쪽으로 간 거야. 그렇지?"

"그런 거 아냐. 넘겨짚지 마."

"넘겨짚고 말고가 아니지! 하, 정말 기가 막혀서! 이 박사 그렇게 안 봤는데 진짜 나쁘다. 어? 미친 새끼. 지가 뭔데 감히 내 동생을 농락해?"

가현이 벌떡 일어났다. 마치 자신이 승주에게 배신당한 비련의 여자인 양 얼굴까지 시뻘게져 있었다.

"열받아서 못 앉아 있겠다. 간다."

현관머리에서 신발을 신으며 가현이 따라 나온 나현을 노려보았다. 그러곤 제 동생이 천하의 바보 멍청이인 양 왈칵 화를 냈다.

"예나 지금이나 멍청한 건 변함없다니까? 공부나 잘하지 뭐 세상 물정 아는 게 없어, 넌. 그때 내가 뭐랬어. 수상하다고, 둘이 같이 가게 내버려 둔 거 후회할 거라고 했어, 안 했어? 역시나 내 예상대로 흘러가는 거 좀 봐. 아후, 답답해. 진짜 너 보고 있음 속 터져서 죽는다, 내가."

"내 일에 언니 속이 터질 게 뭐 있어? 그만해. 나하고 이 선배 사이 일이야, 언니 일이 아니라."

"넌 참 속도 좋다. 아니, 넌 아예 배알이 없어. 지 남자가 뻔히 딴 년한테 홀려 끌려가는 걸 그냥 두고 보고 있다고? 미친 거 아냐? 나중에 울고불고 하지 말고 지금 제대로 잡도리해야 한다고 천날 잔소리해 봐야 넌 귓등으로도 안 들을 테지?"

쾅 하고 문이 닫혔다.

현관 앞에 서서 나현은 어깨를 올렸다가 내려뜨렸다.

"내 남자가 아닌데 뭘 잡도리? 할 것도 없어. 그저 난……."

승주와 그녀가 아무 관계도 아니라는 것을 오늘도 솔직히 말하지 못한 자신이 비참했다.

승주가 나현을 장난감처럼 하찮게 농락하다가 단번에 배신 때린 놈으로 간주하고는 잔뜩 화를 내던 가현. 그 터무니없는 오해를 내버려 둔 이 비겁함의 유효 기한은 대체 언제까지일까?

7

"다녀오겠습니다."

언제나처럼 힘찬 인사를 뒤로하고 경오와 정원은 출근했다.

"영주는 이사 잘했을까?"

"잘했겠지. 오늘은 짐 정리하고 오후에 출근한대."

"1년 만에 서울 전셋집 마련이라니. 대단해, 서영주."

"걔야말로 인간 승리 아냐?"

주차장에 차를 세우고 회사로 올라간 두 사람은 사무실 문을 열다가 뭔가 이상한 느낌에 서로 얼굴을 마주 보았다. 사무실 앞 복도며 문 앞에며 보도 못한 낯선 이삿짐들이 여기저기 두서없이 널려 있었기 때문이다.

"에? 이게 뭐래?"

"그러게."

사무실 비밀번호를 누르고 안으로 들어서던 정원과 경오는 동시에 소스라쳤다.

"엄마야!"

"으악!"

느닷없이 사무실 창가 쪽에서 부스스 검은 머리통이 나타났기 때문이다. 이곳에 있어서는 안 될 존재였다.

"너 여기서 뭐 해?"

이사한다고 휴가를 냈던 영주가 바닥에 깔아 둔 요가 매트 위에서 일어나 앉았다.

"나, 사기당했어."

"뭐?"

하룻밤 새 10년은 늙어 버린 얼굴이었다. 영주가 힘없이 사무실 벽에 기대 축 늘어졌다. 아직도 어제의 충격이 끝나지 않은 듯 얼굴이 시커멨고 눈동자에는 아직도 초점이 없었다.

"야, 영주야. 정신 차려 봐."

심상치 않다. 정원과 경오는 영주를 둘러싸고 주저앉았다.

찬물을 먹이고 몇 번 손을 얼굴 앞에 대고 흔들며 진정하라 다독였다. 그리고 알아듣게 자세한 사정을 말하라고 채근했다.

"내가 어제저녁에 이사 트럭을 몰고 그 집에 갔는데."

"갔는데?"

"다른 사람이 그 집에 이미 이사 와 있는 거야."

"미친! 그게 뭔 소리야?"

"빌라 주인이 이중, 삼중, 아니, 셀 수도 없어. 많이도 계약을 했더라고. 그 사기꾼!"

"맙소사. 네가 그런 사기에 걸릴 정도로 실수할 리가 없잖아?"

경오도 정원도 어안이 벙벙해서 영주를 물끄러미 바라보았다.

실수로 사기를 당한다? 매사 사람을 잘 믿고 허술한 정원이나, 이것저것 재는 법 없이 기분대로 한번 결정하면 노 빠꾸인 경오가 당하면 몰라도.

"분명히 등기부 등본 보고, 전세 확정 일자도 다 받는다고 했잖아."

"어. 꼼꼼히 몇 번이고 정리했지. 근데 그놈이 부동산하고 같이 편먹고 작정해서 사기 친 거 같아. 나 말고도 당한 사람이 다섯 명이 넘어. 집은 한 채인데, 계약자가 일곱이라더라. 근데 더 웃기는 건 계약할 당시는 등기부가 깨끗했거든. 근데 이번 주말 사이, 부담대는 풀고, 주말이라서 확정 일자 확인 못 하는 틈에 오늘 오후에 처음 이사한 사람만 빼고 나머지는 계약금에 중도금 다 날린 거야. 전세가 시세보다 많이 싸니까 중도금은 꼭 줘야 한다고 했을 때 뭔가 수상한 걸 눈치채야 했는데."

말을 하다 보니 영주는 어느새 눈물을 글썽거리고 있었다.

"세상에. 그럼 얼말 날린 거야?"

"팔천오백."

돈이 문제가 아니라 영주는 깊은 자괴감에 빠진 것 같았다.

매사 야무지고 철저해서 바늘로 찔러도 피 한 방울 나지 않을 거라 자부했던 자신이 이렇게 어이없는 부동산 사기극에 당하고 말았다니.

"그 자식, 여섯 명한테 계약금, 중도금 해서 각 팔천오백씩 해 먹었더라고. 그것만도 5억에다가 담보 대출까지 싹 긁었으니 빌라 한 채 가지고 8, 9억을 홀라당 해 먹었어. 어제 그 골목에서 곡소리 많이 났다."

"하아. 미쳐 돌아가는 세상이다, 정말."

"이 대목에서 남 생각할 건 아니지만 그래도 난 홀몸이잖아. 나 다음으로 이삿짐 들어온 사람은 갓난아기에 병든 시어머니에 다섯 가족이 황당해서는 길바닥에 그냥 주저앉더라."

"아이고."

"부동산은 문 닫고 없어졌지. 집주인 새끼는 이미 전화도 없애고 잠적이고. 나야 짐이 얼마 안 되니까 여기 가져와서 대강 임시로 놓아 두고 사무실에서 밤새웠는데, 그 가족들은 어디로 갔는지 모르겠다. 사람들이 완전 순박하고 착해 뵈던데. 하아."

"그나마 잔금은 안 날려서 다행이네."

경오가 중얼대자 영주가 고개를 끄덕이는데 바지 위로 눈물방울이 그만 투둑 떨어졌다. 눈물이 곧 진한 얼룩을 만들었다.

"근데 너 밥은 먹었어?"

정원이 캐묻자 영주가 힘없이 고개를 흔들었다.

"가자. 집에 가서 밥 먹고 좀 씻고 정신 차리자."

경오와 정원은 영주를 일으켜 세웠다. 아직도 제정신이 돌아오지 않은 듯 보이는 그녀를 끌고 집으로 향했다.

"너희들, 왜 이 시간에 다 같이 들어와?"

아침에 딸들을 출근시켜 놓고, 쿵짝 잘 맞는 사돈 어르신 정숙 여사와 가사 도우미 정수 엄마랑 해서 '점심으로 비빔국수 삶을까요?' 의논하던 차였다. 우르르 몰려오는 세 딸을 바라보며 은정 여사가 의아한 얼굴이 되었다.

"엄마, 일단 이야기는 나중에 하고. 영주 좀 재울게. 얘가 제정신이 아냐."

"엄마, 얘가 아침 못 먹었대요. 아니, 어제저녁부터 아무것도 못 먹었대."

"뭐야, 어제저녁부터 굶었어? 어쩜 좋아. 영주야, 일단 밥 먹자. 뭔 일 있는지 모르지만 일단 먹고 생각하자."

은정 여사가 갑자기 바빠졌다. 정숙 여사도 마찬가지였다.

"그려 그려. 사람이 일단 밥은 먹고 정신을 차려야지."

정수 엄마와 은정 여사가 번개 같은 속도로 밥상을 차렸고 영주에게 억지로 숟가락을 쥐여 주었다.

걱정 어린 시선으로 지켜보는 사람들에게 둘러싸여 마지못해 한술 뜨던 영주가 갑자기 숟가락을 든 채 하염없이 울어 버렸다.

주먹 같은 눈물을 뚝뚝 흘리며, 그것도 모자라 눈물 콧물 질질 흘리면서 국에 만 밥을 따박따박 떠먹었다. 그러면서 어이없고 원통하고 분한 부동산 사기극에 당한 이야기를 털어놓았다.

"흐흐흐헝! 그, 그래서…… 완전 사기를 당하고. 내가요, 엉엉엉. 진짜 고생해서 적금 들어 가지고, 한 달 넘게 발품 팔아 가며 전셋집 구한 건데. 엉엉. 억울해. 엄마, 나 진짜 독하게 돈 모은 거 아시죠?"

"그려 그려. 내가 알지. 우리 영주 정말 알뜰하게 돈 모은 거를 내가 알지."

"내가 서울 와서 말예요. 세 평 고시원에 옥탑방 거쳐서 원룸 살이 하면서 엉엉. 그거 전세 하나 얻어 볼라고, 엉엉. 진짜 악착같이 모았다고요. 가방도 팔아서 전세금에 다 꼬라박았는데. 엉엉엉. 근데 어떻게 그런 내 돈을 해 먹어. 엉엉엉. 나쁜 새끼! 지옥 가랏!"

"울지 마. 그런 인간은 반드시 벌받어. 지옥 갈 거여."

은정 여사가 영주 옆에 붙어 앉아 눈물을 닦아 주었다.

"울지 말고 밥 더 먹어. 국 더 줄까? 육개장이 맛있어."

"엉엉, 네. 네. 국물 말고 건더기로 많이 주세요. 엉엉엉."

영주가 질질 울면서도 끝까지 한 서린 육개장 그릇을 싹싹 비웠다.

"일단 올라가자. 씻고 한잠 자. 정신 차리고 같이 대책을 세워 보자."

경오와 정원이 영주를 끌고 2층으로 올라갔다. 완전히 얼이 빠져 허수아비처럼 서 있기만 하는 영주의 겉옷을 대강 벗기고 욕실로 들여보냈다.

20분 후. 경오와 정원이 2층에서 내려왔다. 은정 여사가 2층 쪽을 안쓰럽게 건너다보았다.

"영주는 자니?"

"네. 어제 사무실 바닥에서 꼬박 밤새웠다더니만 씻고 나오자마자 바로 곯아떨어졌어요."

"근데 걔는 어제 그런 일이 생겼으면 곧바로 우리한테라도 연락을 하지."

경오가 볼멘 목소리로 중얼거렸다.

"사람이 너무 큰 충격을 받으면 생각이란 걸 못 하게 된대."

정원의 말에 정숙 여사가 고개를 끄덕였다.

"맞아. 너무 당황하고 놀라면 사람이 바보가 되어 버리니까. 경황이 없어지고 눈앞이 캄캄해지는 거야. 그나마 사무실까지 찾아 들어간 것도 다행이라고 봐야지."

"그나저나 영주는 어떻게 하지? 이삿짐을 빼 왔으니 당장 내일이래두 새 집을 구해야 할 텐데."

정원의 걱정에 은정 여사가 대수롭지 않게 말했다.

"집 구할 동안만 우리 집에서 같이 살면 되지 뭔 걱정이래. 경오랑 방 같이 쓰든지. 아니면 1층 니 아빠 서재를 쓰면 되지 뭐."

"영주가 안 할걸요. 자존심 빼면 시체잖아요."

경오의 말에 정원도 수긍했다.

"영주는 혼자 살아야 편하대요. 그래서 경오랑 같이 하숙하자고 했는데도 굳이 좁은 원룸에 살면서도 우리 집에는 안 왔잖아요."

"그렇긴 하지. 여하간 걱정이네."

"나중에 영주가 깨면 차근차근 의논해 보려구요. 힘을 합치면 뭐 어떻게든 해결 나지 않겠어요?"

그때였다. 2층에서 자고 있다 생각한 영주가 갑자기 모습을 드러냈다. 아까 사무실에서처럼 얼굴이 다시 시커멓게 변해 있었다.

"영주야, 왜 자다 일어났어? 왜 그래?"

계단을 내려오려던 영주가 순간적으로 비틀거리면서 그대로 주저앉았다.

"어떡해? 방금 엄마한테 전화 왔어. 아빠가 사고당하셨대……."

* * *

다음 날.

정원은 경오와 함께 영주 아버지가 수술 후 입원했다는 제포의 한 병원으로 갔다.

"영주야."

대기실에 넋 놓고 앉아 있던 영주가 고개를 들었다.

"아버진 좀 어떠셔?"

"척추 수술은 잘됐대. 아직 중환자실에 계신데 오후에 일반 병실로 올라가실 거야. 한 사오 개월 뼈가 붙을 때까지 꼼짝없이 그냥 누워 있어야지, 뭐."

영주 아버지는 택배 상하차 일을 하고 있다고 들었다. 작업 중에 지게차에 치이는 사고가 났는데 하필이면 척추 쪽을 다쳐 대수술을 받아야 하는 최악의 결과가 벌어진 것이다.

"어머닌 어디 가시고 혼자 있니?"

"엄만 일 나가셔야지."

영주처럼 음식 솜씨가 좋은 그녀의 어머니는 이 동네 어느 일식집 주방일을 하면서 아버지와 같이 생계를 꾸려 가는 중이다. 그 아무리 남편이 큰 사고를 당했다 해도 예정에 없던 결근은 힘들었으리라 짐작했다.

"동생은?"

"걔는 학교. 지금 오고 있대. 한 시간 후에 교대하기로 했어."

한숨이 몹시 길었다.

영주와 정원은 여기 제포에서 같은 초등학교, 같은 반에 다녔다.

초등학교 저학년 그 당시만 해도 영주네는 꽤 잘살았다.

인근에서 가장 평수가 큰 고층 아파트에서 살았고 엄마 차, 아빠 차가 따로 있을 정도였다.

그러다가 그녀의 아버지가 주식에 손댔다가 말아먹고 실직한 후에는 사업에 손댔다가 또 실패하고, 여러 우여곡절 끝에 집까지 팔고 친할머니가 사시는 강원도 어느 시골로 이사를 가게 되어 헤어졌다.

헤어질 그때, 둘 다 한국도 아닌 일본의 작은 요리 학교에서 어른이 되어 다시 만날 줄은 상상도 못 했었다.

그때만큼은 아니라 해도 영주네 집은 여전히 힘들다고 들었다. 사고를 당한 그녀의 아버지는 아직도 신용 불량자 신세라 했고, 어머니 역시 건강이 많이 상해서 진통제를 달고 산다고 했다. 정원이 알기로 영주의 월급 중 반

이상은 대학생인 동생의 학비며 아직도 남은 집안의 빚을 위해 본가로 보내지는 것으로 알고 있다.

"와 줘서 고마워. 내가 큰딸이라는 게 좀, 아니, 많이 힘들었거든."

말갛게 웃던 영주의 표정이 금세 울먹임으로 변해 갔다.

고개를 푹 숙인 채 눈물만 뚝뚝 흘리는 영주 옆에서 정원도 경오도 더 이상 할 말이 없었다. 양쪽에 앉아 손을 부여잡고 어루만지는 것밖에 해 줄 게 없었다.

한 시간 후, 영주의 동생이 병원에 도착했다. 그녀의 아버지가 일반 병실에 올라가는 것까지 지켜보고 세 사람은 병원에서 나왔다.

"미안, 대표님. 내일은 출근할 거야. 일에는 지장 안 가게 할 테니까 걱정하지 마."

"응야, 서 이사야. 너야 야무지니까 걱정 안 해. 근데 너 집도 구해야 하잖아?"

"당분간은 본가에서 다녀야 할 것 같아."

"힘들지 않겠니? 제포에서 강남까지는 두 시간이 넘는데? 어떻게 매일같이 통근할 수 있겠어. 너 그러다가 몸 다 망가져."

"이가 없으면 잇몸으로 산다고, 뭐 어떡하겠어? 전세금도 이미 다 날아갔고 잔금 치르려고 남긴 돈 그거는 이제 아버지 병원비로 나가야 할 것 같아. 간병인 하루치 비용이 10만 원이란다, 글쎄."

어찌하든 사기당한 전세금을 되찾을 방도를 강구해 보겠지만 완전한 해결은 불확실하다. 또 노력과 시일이 많이 걸리는 일이기도 하다.

하지만 영주가 당장 책임지고 해결해야 할 문제들은 목전에 닥쳐와 있다.

'큰딸이라는 게 많이 힘들다'라던 영주의 마음이 커다란 숫자로 다가오는 금전 문제와 겹쳐져 정원의 마음도 경오의 마음도 아프게 만들었다.

알뜰살뜰 1원에도 벌벌 떨며 어찌하든 군건하게 살아 보려던 영주의 지난 노력과 몇 년이 지금, 한 줌 먼지처럼 사라져 버렸다.

"대표님아, 여기 온 김에 커피나 사 주고 가라."

영주가 병원 근처 카페를 손짓했다.

"아침부터 정신없이 왔다 갔다 하다 보니까 자꾸 막 멍해지고 있어. 카페인이 필요해."

세 사람은 거리가 내다보이는 카페로 가서 마주 앉았다.

지친 얼굴로 영주가 허공을 향해 하아, 한숨을 내뱉었다. 지금 그녀에게는 입 열어 말하는 일조차 힘겨워 보였다.

"설상가상이라더니. 어째 안 좋은 일은 한꺼번에 같이 오냐?"

"그러게."

"전세 사기 당했을 때 그때 기분이, 누군가가 잘 달리는 내 다리를 걸어서 퍽 엎어진 느낌이었거든. 근데 아버지 사고 소식 듣는 순간, 그렇게 엎어진 내 등을 누군가가 망치로 와작 내려쳐 박살을 낸 것 같더라. 일어설 수 있을까? 난 여기서 그냥 죽어야 하나, 그런 생각만 들더라고."

"그런 말 하지 마. 너무 절망적이잖아. 현실을 부정하면 안 되지만 너무 이 순간의 문제에만 몰두해서 땅굴만 파는 것도 안 돼, 영주야."

"경오 말이 맞아. 지금 너한테는 이런 말이 위로도 안 되겠지만 그래도 어쩌겠어? 뭐라도 우리가 같이 도울게. 기운 내자."

정원과 경오가 번갈아 위로하고 격려하자 영주가 다시 하아, 한숨을 내뱉었다. 금세 울 것 같은 눈빛을 하고서도 가만히 고개를 끄덕였다.

그때 정원의 휴대 전화가 울렸다. 화면에는 승주의 이름이 떠 있었다.

"저예요."

─그때 그 병원 결혼식 이야기. 세린병원 중환자실에 계신다는 분 말이야.

"네."

─아버지께 그 이야길 살짝 말씀드렸어. 의논차 당신이 아버님을 뵙고 싶어 한다고 했더니, 같이 오라고 하시는데.

"진짜? 언제?"

—아버지께서 수요일마다 병원에 나가시거든. 다음 주 수요일에 점심 같이하자고 하시네.

"알았어요, 그럼 몇 시?"

—1시에 뵙자. 식사하고 난 출근하면 돼.

"알았어요."

영주와 경오가 동시에 정원을 건너다보았다.

"브리핑했잖아. 박호준 고객님. 세린병원에서 결혼식하고 싶다던."

"그래서? 이승주 씨 전화지? 어떻게 됐대? 가능할 것 같아?"

"일단 이사장님께서 만나 봐 주신다고 하셨대."

"캬, 사람 인연 어떻게 될지 아무도 모른다고 하더니만."

"그러게? 유정원이 전남편을 다시 만난 일이 우리 사업의 청신호였다니."

"너무 그러지 마. 아직 확정된 것도 아닌데."

"그래도 만나 주신다는 게 어디야? 그것도 이사장님 백이라니. 유정원, 존경한다. 부디 파이팅거라."

"참, 유한세 약혼식 실사는 언제 나가기로 했어?"

"모레 오후에."

영주가 커피를 홀짝 들이켜고는 씩씩하게 말했다.

"줄줄이 행사 일정 이야기하고 있으니까 너희 말대로 내가 넋 놓고 울 시간도 없다. 딸랑 셋인데 내가 빠지면 죽도 밥도 안 되지, 암."

"잘 알고 있구나, 서 이사."

"너흰 일단 올라가. 난 여기 정리 좀 하고 내일 일찍 복귀할게. 걱정 마. 내가 누구야. 나 서영주야. 바늘로 찔러도 피 한 방울 안 나오는 냉혈녀라고."

영주를 다시 병원으로 들여보내고 두 사람은 서울 사무실로 복귀했다.

주말에 있을 생일 파티 준비 상황을 점검하고, 각종 필요한 물품들 주문 넣고, SNS나 전화로 상담 신청을 헤 오는 고객들을 응대하다 보니 하루가 또 훌쩍 지나 있었다.

"퇴근합시다."

경오가 기지개를 켜며 의자에서 일어섰다.

"주말 행사 아르바이트는 결정했어?"

"응. 지난번 애들이 다 영리하고 착해서. 다 시간이 된다고 하네."

"다행이다."

"조만간 우리도 새 직원 좀 뽑아야 되지 않을까?"

"그렇지? 사실 병원 결혼식만 해도 우리 셋만으로는 조금 부담스럽긴 해. 영주가 출근하면 같이 의논해 보자."

경오가 핸드백을 챙기는 정원을 힐끗 바라보았다.

"데이트?"

"어?"

"아까부터 열심히 톡 하던데? 금세 립스틱 색도 바꾸고 말이야."

"야아!"

"우리 둘이 입을 맞춰야 하니까 빨리 말해. 엄마한테 너, 저녁에 어디 갔다고 해?"

"음, 고객 상담?"

"네에네에, 대표님. 알았어요. 님은 지금 고객 상담 가시는 중이고요, 저는 이만 퇴근합니다요. 즐데! 행쇼!"

경오가 먼저 사무실을 나갔다.

"'즐데'가 뭐야, '즐데'가? 희한한 말도 잘 지어낸다니까?"

정원은 혼잣말을 하며 사무실 불을 껐다.

저녁에는 승주와 함께 B 모빌리티 회사의 쇼에 참석하기로 했다.

얼마 전 정원은 자신이 시간만 나면 다양한 파티가 열리는 여러 행사장을 찾아다니며 구경한다고 승주에게 말한 적이 있다. 그래서인지 승주가 이날 데이트를 거기서 할래, 하고 제안해 주었던 것이다.

오후 7시. 승주와 정원이 탄 차가 남산 기슭에 위치한 5성급 호텔 주차장으로 들어왔다.

오늘 행사는 B 모빌리티 회사의 VIP 고객에게 고급 호텔에서의 1박 혜택 및 디너 제공과 함께, 올해 후반기에 론칭되는 신제품 승용차를 사전 신청 할 수 있는 특별한 기회를 제공하는 쇼이다.

최고급 호텔 1박의 혜택을 받는 참석자만도 200명이라고 하니 그 얼마나 큰 행사일까.

'남산의 5성급 호텔을 통째로 빌린 행사라니. 이런 쇼 한번 하는 예산이 얼마일까?'

그런 행사를 유치한 선배 업체가 부럽기 그지없었다.

'동원된 인원은 또 얼마나 엄청날까? 우리 올댓파티도 언젠가는 그런 큰 행사를 유치할 수 있을 정도로 성장했으면 좋겠다.'

파티 플래너로서 정원은 다양한 장소에서 이루어지는 여러 종류의 행사나 전시장 스타일링, 쇼를 구경하는 게 가장 큰 공부라고 생각하고 있었다.

세상 모든 풍경과 감정이 파티 플래너의 영감을 불러일으키는 원천이라고들 한다. 굵직한 행사들을 유치하고 진행하는 기라성 같은 선배들의 활동과 그 결과물을 구경하는 것만으로도 아직은 햇병아리인 정원에게는 다시없을 귀중한 경험이었다.

"선물 포장이 너무 멋져."

정원은 감탄하며 요모조모 여러 방향에서 잘 나오도록 열심히 사진을 찍었다.

선물 상자 중 몇 개를 반쯤 열어서 내용물이 밖으로 살짝 흘러나오게 만든 것이 신의 한 수라고 생각했다.

'저 만듦새를 보여 주려고 몇 번이고 배치를 바꿨을 거야.'

고객들은 그냥 슥 한번 보고 지나치거나, 멋지다고 몇 초 동안 감탄하면 그만이다. 그들이 상자 속 내용물이 보고 싶어 함부로 찢어 버리는 포장지 하나도 준비하는 기획자 입장에서는 치열한 고민의 결과물이다.

"여기 공간 장식 너무 근사해. 어디서 준비한 걸까? 나중에 연락해서 배우러 가야겠다."

천장에서부터 아래로 떨어지는 패브릭 장식에서부터 한국에서는 보기 힘든 이국적인 패턴의 러그, 꽃 장식이며 식탁까지 아주 개성적이면서도 B 모빌리티 회사의 정체성을 너무나 잘 드러내 주는 공간 장식과 배치가 경탄스러웠다.

"세상은 넓고 고수는 많다더니."

사진으로도 다 찍을 수가 없어서 정원은 대강 수첩에다가 받아들일 만한 행사 특징을 메모하고 간단한 그림으로 여기서 배운 아이디어를 정리했다. 그러는 동안 승주는 그녀를 위해 접시에 음식을 담아 가져왔다.

"당신 눈이 아주 반짝거려. 재미있나 봐."

"응. 정말 재미있어. 배울 점도 많고. 여기 행사에 데려와 줘서 고마워요."

정원은 생글 웃으며 승주에게 감사 인사를 전했다.

물론 데이트를 한다는 목적도 있었지만, 그가 정원이 하는 일을 존중하고 무엇인가 도움이 되고자 이런 행사장을 선택해 같이 와 주었다는 게 너무 기쁘고도 고마웠다.

"언젠가는 우리도 이런 큰 행사를 진행하고 싶어. 할 수 있을까?"

"당연하지. 할 수 있어."

승주가 조금의 망설임 없이 단호하게 대답했다.

"당신은 항상 누군가를 즐겁게 하고 기쁘게 하는 데에 온 정성을 다 쏟잖아. 이런 행사 진행에 대한 스킬이나 안목은 공부하면 늘겠지만, 정성껏 무엇인가를 준비해서 누군가를 기쁘게 하겠다는 기본적인 마음가짐은 타고나야 하는 거야. 그런데 당신은 그런 일에 타고났어."

"헤, 칭찬받았다."

정원은 조금 부끄럽기도 하고 자랑스럽기도 해서 두 손으로 볼을 감쌌다.

"엄청 쑥스러운데, 또 엄청 기뻐요. 누군가에게 인정을 받는 일은 역시 너무 즐거워."

"당신은 칭찬받아야 마땅한 사람이니까."

"음식 이거 맛있네. 참 예쁘게 만들었어. 영주가 참고하게 사진 찍어 가야겠다."

정원은 살짝 붉어지는 볼을 감추듯이 얼른 휴대 전화로 접시 위 음식을 찍는 척하며 승주를 향한 시선에서 도망쳤다. 그가 너무 좋아서 장소도 아랑곳 않고 키스를 해 버릴 것 같아서.

심장이 노래를 부르고 있었다.

어떤 시인이 '행복한 연애는 인생의 꽃다발'이라고 말했다.

바야흐로 정원도 행복한 연애라는 꽃다발을 한 아름 안고 있었다. 그 향기와 색채에 취해 어질어질할 정도였다.

"선물은 뭘까? 풀어 봐야지."

정원이 여러 개의 선물 상자를 뒤적이더니 그중 하나를 꺼내 풀어 보았다.

"아, 귀여워!"

정원의 입에서 절로 감탄이 터졌다.

"이게 뭐야?"

"손 인형."

B 모빌리티 회사의 마스코트인 공룡을 활용해서 만든 깜찍한 손 인형이었다. 양손에 끼우고 인형 놀이를 하거나 아이들을 위한 구연동화 소품으로 활용할 수 있을 것 같은 선물이었다.

'가족 친화적인 자동차 문화'라는 콘셉트에 맞게 선물도 참석자 가족들 모두 활용할 수 있게 기획 구성 한 모양이다. 아이들을 위한 손 인형 말고도, 자동차 모양 쿠키 상자며 소파에 두고 덮을 캐릭터 담요도 함께 들어 있는 것을 보면 말이다.

"이 파티 기획자가 누구인지는 모르겠는데 완전 천재. 존경스럽다. 꼭 한번 만나 보고 싶어."

"고수는 고수를 알아본다? 찾아가서 한 수 가르침이라도 받게?"

"그럴까 봐요. 이런 인형을 럭셔리한 자동차 론칭 파티 선물로 활용하다니 천재라니까. 이거 너무 귀엽잖아."

정원이 다시 감탄했다.

"봉제 인형 하나도 달라. 이 고급진 품질 좀 봐요. 캬, 이런 거에서도 부내가 철철 넘친다니까."

그러더니만 생글 짓궂은 미소를 지으며 정원이 손에 낀 공룡 인형 팔로 승주를 갑자기 공격했다.

"이얍 이얍! 죽어, 죽어."

"뭐야. 자기는 글러브 끼고 나는 맨손?"

"어디 한번 막아 보시지!"

정원이 다시 공룡 펀치로 공격했다.

승주가 큭큭 웃더니만 두 손으로 공격을 하는 공룡 인형을 착 하고 막아 냈다.

정원이 다다다, 공격 속도를 더 올려 보았지만 막아 내는 승주 역시 보통은 아니었다.

결국 정원 공룡은 승주 인간의 반격에 밀려 자신의 주먹으로 자신을 때릴 수밖에 없는 원통한 상황에 처하고 말았다.

"공룡 자존심이 망가졌네. 인간에게 지다니. 아, 분하다. 다음에는 절대로 지지 않는다. 두고 보자, 인간!"

"다음에 두고 보자는 놈치고 무서운 놈을 본 적이 없는데."

승주가 마주 움켜쥔 정원의 손 인형으로 정원의 볼을 톡톡 두드리며 약을 올렸다.

"쳇, 말을 해도 꼭 얄밉게 해요."

정원이 발끝으로 승주의 구두를 탁 걷어찼다.

"그나저나 좋은 경기였다."

"마찬가지."

그러다 승주가 조용히 말했다.

"내가 오늘 많이 웃었다. 그지?"

새삼스러워서 정원이 승주를 말끄러미 바라보았다.

"지난 3년간 웃었던 것보다 오늘 하루 웃었던 게 더 많아."

언제나 당신이랑 있으면 웃게 된다. 승주의 눈이 그리 말하고 있었다.

그 시선 앞에서 정원의 마음이 다시금 화사한 봄바람처럼 살랑살랑 두근거렸다. 뽀얀 분홍빛이 되었다.

"참, 아버님 뵈었죠? 뭐라고 하셨어요?"

"뭐, 딱히 별다른 말은 안 했어. 그저 당신이랑 다시 만나고 있다고."

"뭐라고 하세요? 걱정하시죠? 아니야. 우리더러 미쳤다고 하셨을 거 같아."

"무조건 당신한테 미안하다고 계속 빌래. 나 받아 줄 때까지."

"설마 아버님께서 진짜 그런 말을 하셨어요?"

"내가 그랬잖아. 아버지께서 당신을 많이 예뻐하셨다고. 지금도 그래. 그러니까 그 말도 안 되는 중환자실 환자 환갑잔치 일로 자기를 한번 만나 주신다고 하셨지."

영국 한 사람이라도 두 사람이 다시 만난다는 사실에 대하여 딱히 거부감을 보이거나 반대하지 않았다는 데에 뭔가 안도감이 드는 건 사실이었다.

그때였다. 누군가가 두 사람의 자리로 다가왔다.

"여어, 처남 아냐?"

승주가 자리에서 일어났다. 굳이 다가와 알은척을 하는 그 사람에게 정원의 존재를 감추듯 그녀를 등지고 돌아섰다. 이 만남이 결코 반갑지 않고 불편하다는 뜻을 딱딱하게 굳은 옆얼굴로 솔직하게 드러내고 있었다.

"세상이 참 좁아. 처남을 이런 데서 보는구나."

"오랜만입니다, 매형."

"그러게. 어떻게, 잘 지내고 있지?"

"그럼요."

"새 차 보러 온 거야? 난 작년에 한 대 뽑아서 이번에는 구경만 하려고."

그는 아마도 승주가 정원을 소개해 주기를 기대한 듯하다. 그러나 승주는 오히려 더 옆으로 움직여 그의 시선으로부터 정원을 차단하려 했다.

더 이상의 응대도 없이 서 있는 그를 보고는 다가온 그 사람, 윤민의 남편이자 승주의 매형인 현석이 어깨를 으쓱했다. 굳이 소개할 생각도, 필요도 없다는 승주의 신호를 읽은 모양이다.

"보아하니 처남도 이제 인간답게 살기로 했나 보네. 다행이야. 그럼 또 보자구."

돌아서서 멀어지는 현석을 노려보는 승주의 얼굴에 감출 수 없는 혐오감이 가득했다.

"저분, 혹시……?"

"맞아."

동시에 두 사람은 문을 나가는 현석의 뒷모습을 바라보았다.

그의 뒤를 따라가는 늘씬한 여자는 실제로 만나 보기 어려운 멋진 연예인 느낌이었다.

'뻔뻔한 새끼.'

아내를 두고 다른 여자와 놀아나면서 보란 듯이 남들 앞에 나타나는 것까지도 참는다 치자.

그렇다고 해도 외도 상대와 동행한 주제에 아내의 동생에게 대놓고 알은척을 하는 저 후안무치함은 뭔가?

승주는 현석이 누나 윤민과의 결혼 생활에 더 이상 아무런 흥미도 없고 재미도 없으며 여차하면 엎어 버리겠다는 뜻을 대놓고 드러내는 것이라고 생각했다.

어쩌면 승주의 입을 통해 윤민과 평창동 처가에 자신의 뜻이 전해지기를 기대하며 일부러 알은척을 한 것은 아닐까?

현석의 거만하고 천박한 인간성이라면 충분히 그러고도 남았다. 그래서 더 모욕적이었다.

"이제 그만."

그때 승주의 손을 정원이 잡아 살짝 눌렀다.

"당신 얼굴, 지금 엄청 무서워졌어."

"응. 그랬을 거야."

"열통 터지면 나만 손해야. 털어 버려요. 왜 기분 나쁜 걸 오래도록 안고 있어? 당신을 상처 준 인간은 저 문 나서면서 방금 일을 다 잊어버렸을 텐데?"

"그러게. 그런데도 불쾌한 건 어쩔 수가 없어. 언제고 한 대 걷어차 버렸으면 좋겠어, 저 자식은."

승주답지 않게 격했다. 어지간한 건 못 본 척 넘어가고 안 본 것처럼 지나치던 사람이 이 정도로 표현했다는 건 엄청나게 열을 받았다는 뜻이었다.

"갑자기 여기 있기 싫어졌어. 우리도 그만 나가지."

승주가 의자 등받이에 걸쳐 둔 재킷을 걷어들고 먼저 문을 향해 걸어갔다. 정원은 복어처럼 볼을 볼록이며 승주의 뒷모습을 잠깐 지켜보았다.

'정말 화 많이 났네, 저 사람?'

그나저나 윤민의 남편인 현석이 한때 처남댁이던 정원을 알아보았을까?

다음 날 아침.

현관 벨 소리가 나서 벽시계를 보니 아침 7시 30분이었다.

그런데 인터폰 화면에 비친 얼굴은 논현동 식구들이 다 같이 기다리던 효진과 정숙 여사가 아니라 영주였다.

"너 몇 시에 집에서 나선 거야?"

축 처진 어깨를 하고는 현관을 들어서는 영주더러 정원이 캐물었다.

"첫 전철 탔어."

"영주야, 손 씻고 와. 밥 먹자."

밥 한번 안 먹으면 하늘이 무너지기라도 하듯이 은정 여사가 영주 손을 잡아끌어 가장 먼저 식탁 앞으로 데려갔다. 그런 모습을 지켜보며 정원은 중얼거렸다.

"울 엄만 세상에서 밥이 가장 중요한 사람이라니까."

식탁 앞에서 은정 여사가 영주 손을 부여잡고는 수술한 아버지 상황을 캐물었다.

"큰일 앞에서 고생했어. 그나저나 아버님은 어떠시고?"

"많이 안정되셨어요. 간병인도 잘 구했구요."

"그래? 아휴, 잘되었네. 그나마 불행 중 다행이야."

"근데 엄마, 엄청 화려하네요. 설마 저 주시려고 상 차리신 거는 아니죠?"

영주가 평상시도 풍성하지만 그날따라 유난히 푸짐한 식탁 위 아침 상차림을 둘러보았다.

"왜 아냐? 밥 잘 먹고 힘내라고 내가 잘 차려 봤어."

"엄마, 그렇게 말짱한 얼굴로 거짓말하면 영주가 속아."

정원이 퉁을 주며 식탁 앞 의자를 다시 배치했다.

"오늘 용응동 할머니 생신이라고 엄마가 미역국 끓이셨어."

"말을 그렇게 하면 우리 영주가 섭섭해, 안 섭섭해? 엉? 미역국은 그렇다 치고 영주가 제일 좋아하는 갈비찜이랑 무쌈말이 냉채 했잖아."

"엄마, 고마워요. 저 밥 많이 먹을래요."

그때 효진이 세하를 데리고 정숙 여사와 함께 나타났다. 새벽에 용응동 집에 가서 모시고 온 것이다.

"이 늙은이 생일이 뭐라고 이렇게 고생해서 상을 차리셨대요, 그래?"

"그냥 미역국만 끓였어요. 우리 애가 바빠서 할머니 생신상 차릴 틈도 없을 테니 대신 제가 했죠."

마치 친모녀같이 살갑게 대화를 나누는 은정 여사와 정숙 여사를 지켜보다가 효진이 옆에 선 정원더러 들으라는 듯 중얼거렸다.

"알아요, 아가씨. 나 진짜 결혼 잘했어요. 됐죠?"

"제가 할 말을 미리 다 하셨는데 제가 뭔 말을 하겠어요, 새언니……."

은정 여사가 나란히 서 있는 시누올케를 향해 고개를 들렸다.

"뭐 해들? 얼른 와. 새아긴 얼른 식사하고 출근해야지. 세하는 오늘 내가 유치원 데려다줄 테니까 걱정 말고 출근해."

"네, 어머님."

화기애애한 아침 식사 자리가 끝나고 효진이 먼저 출근했다.

"내 평생 효진 언니 팔자가 제일 부러워."

아직 결혼하지 않은 세 여자에게 있어 효진의 결혼 생활이야말로 꿈에서 나올 법한 최상급이었다.

"딸들, 차 마시자! 너희들도 곧 출근한다며?"

은정 여사가 주방에서 불렀다.

영주가 뜨거운 차를 두 손으로 감싸 든 채 후후 불며 마셨다. 그 온기가 지금 심란하고 허탈하기만 한 마음을 가라앉히는 진정제인 듯이.

그러다가 누구도 묻지 않았는데, 울컥 목구멍 위로 치밀어 오른 무엇을 뱉어 내듯이 갑자기 입을 열었다.

"어제 내가 너희들하고 헤어져서 저녁때 잠시 걸었는데, 있지."

"응."

얼른 경오와 정원이 합창하듯 맞장구를 쳤다. 정숙 여사도 은정 여사도 며칠 사이에 얼굴이 반쪽이 되어 버린 영주를 안쓰럽게 건너다보았다.

"걷다 보니까 내가 예전에 살던 아파트 단지, 정원이 넌 알지? 그 앞에 멍하니 서 있더라고."

"아, 블로썸 아파트 거기?"

영주가 고개를 끄덕였다.

"그 아파트에서 이사하던 날도 생각나고……. 저 집에 살 때 난 걱정이라곤 없었는데 싶고. 참 그렇더라, 내 마음이. 그때부터 지금까지 나, 우리 식구, 여하튼 좀 살아 보려고 다들 힘 모아 참 열심히도 지내 왔던 것 같은데 왜 계속 이 모양일까? 아니, 더 나빠져만 갈까? 난 평생 저 집에 다시는 못 돌아가겠지. 저렇게 많은 집이 있는데 저 하늘 아래 어떻게 우리 집 하나가 없을까……."

축 처져 물기가 어린 그 목소리 앞에서 누구도 그 어떤 말을 건네지 못했다.

경오도 정원도 그냥 어제 병원에서처럼 양쪽에서 영주의 손을 잡고 어루만질 수밖에 없었다.

"우리 집 바닥은 어디일까? 우리 식구는 대체 어디까지 아래로 떨어져야 하나……."

"영주야."

"우리 식구한테, 나한테 다시 기회란 게 오기는 할까? 생각을 하는데 너무 막막하더라고."

영주가 다시 두 손으로 감싸 쥐고 있던 차를 홀짝 마셨다.

"제포 우리 집에서 강남까지 멀긴 멀더라. 버스 타고 지하철 역 와서 다시 지하철 두 번 갈아타고. 두 시간 반이 걸리네."

"매일같이 출퇴근이 가능하겠니?"

"할 수 없지, 뭐. 더 부지런하고 독하게 살라는 신의 계시인가 봐."

그때였다. 가만히 넋두리 반 하소연 반인 영주의 이야기를 듣고 있던 정숙 여사가 불쑥 입을 열었다.

"서 이사, 사서 고생하지 말고 그냥 우리 집에 월세 들어와서 살지 그래?"

다들 깜짝 놀라 정숙 여사를 건너다보았다. 특히 영주는 더 놀라서 어안이 벙벙한 표정으로 반문했다.

"네? 월세요?"

"그래. 우리 집에 들어와 살라고. 늙은이 혼자 사는 집이잖아. 너무 적적해서 말이야."

"아니, 어떻게 그래요? 인태 씨도 있는데."

영주가 깜짝 놀라 손사래를 쳤다.

"우리 인태야 병원에서 살다시피 하는 애잖아. 한 달에 두어 번 올까 말까인데 무슨 상관이야? 일단 늙은이가 혼자 살기에는 집이 너무 넓어."

정숙 여사는 서울 끝자락 용응동의 주택에 살고 있다.

정원의 아버지가 아들을 결혼시키면서 예전에 냉이밭이었던 땅을 며느리 이름으로 증여했고, 그 땅에다 오빠 성운이 널찍한 집을 한 채 지었다. 대전에 홀로 사시던 정숙 여사를 편하게 지내시라 하며 모셔 온 건 5년 전이었다.

서울 변두리 한적한 전원주택인 그 집은 이제 본격적인 용응 신도시 개발과 함께 어엿한 도심 주택이 되었다. 교통이 편리해서 사무실이 있는 강남까지는 버스나 지하철로 30~40분이면 충분했다.

"말씀은 고맙지만 그래도 이건 아니죠. 할머니, 저 못 해요. 염치없어서."

"어차피 음식 하는 거 땜에 우리 집에 종종 드나들었잖아. 새벽 일찍 음식 나갈 때는 밤새워서 같이 만들고 자고 가기도 했으면서? 새삼 뭐가 어렵다고 사양해?"

은정 여사처럼 음식 솜씨야 둘째가라 하면 서러울 정숙 여사이시다.

올댓파티가 행사를 할 때 육포라든가 전통 약식, 약과나 게장, 또 손이 많이 가는 계절 나물 반찬 같은 것들은 정숙 여사가 짬짬이 도와주고 있었다. 그러다 보니 올댓파티 음식 담당인 영주와는 가장 자주 만나는 사이였고 또 친한 사이였다.

음식을 같이 만들거나 픽업하려고 무시로 드나드는 사이이니 영 낯선 남의 집이라고 말하기는 어려웠다.

"말이 나왔으니 하는 말인데, 서 이사. 내 말 좀 들어 볼텨?"

아까부터 영주 이야기를 들으면서 뭔가 생각에 잠겨 있던 정숙 여사가 작정한 듯 영주를 향해 입을 열었다.

"어디까지 바닥으로 추락하느냐고? 젊은 사람이 그런 말 함부로 하면 못 써. 난 병든 내 아들이 지 스스로 목숨 끊는 것도 봤고, 죽은 지 남편 보험금 들고 어미란 게 도망쳐 버리는 것도 봤어. 그러곤 내 금쪽같은 손주들이 사흘 내리 쫄쫄 굶어 죽기 일보 직전인 걸 거둔 사람이여."

지금이야 남부럽지 않게 넉넉한 인생을 누리고 계신 정숙 여사 역시 불과 칠팔 년 전만 하더라도 온갖 세상 험한 고생은 다 겪으신 분이다.

그런 분이 나약한 말을 하고 있는 영주를 형형한 눈빛으로 꾸짖었다.

"니가 사람이냐고 그 며느리 년 머리끄덩이 부여잡고 시장 바닥에서 악다구니하면서 뒹굴어도 봤어. 천 원짜리 나물 한 봉지 팔아 보겠다고 주야 장천 시장 바닥에서 웅크리고 앉아서 손님들한테 고개 조아리며 살았구, 그런 게 인생 바닥이여. 바닥의 바닥. 근디 서 이사는 그런 내 형편하고 견주기나 하겠어? 가족들 다 제 할 일 하면서 서로 지탱하고 있지, 사지 육신 멀쩡하지. 아버지 그 지경 되었어도 수술 잘 끝나고 회복되시면 멀쩡하게 일어나신단다며? 근디 뭐가 무서워? 왜 그런 쓸데없는 소릴 하고 있어?"

정숙 여사가 칼칼한 목소리로 영주에게 일갈했다.

"몸 성하고 앞길 창창한 젊은이가 말여. 도움 좀 받는다고 뭔 일이 나? 사는 게 그렇잖여. 서로 도우면서 사는 거지."

"맞아요, 맞아. 그런 게 또 사람 사는 재미지."

가만히 듣고 있던 은정 여사도 맞장구를 쳤다.

"살다 보면 누구든 다 그래. 내 형편이 좋으면 돕는 거고, 또 내 형편 나빠지면 남의 도움 받는 거고. 그게 뭐 부끄러운 일이야? 다 그러고들 사는걸."

"내 말이 그 말이여! 우리 세하 어미도, 우리 인태도 사돈댁이 베푸신 장학금 못 받았으면 언감생심 서울 시내 대학 꿈이나 꿨간? 돈 드는 의대는 어떻게 마쳐? 참 고맙게 4년 장학금으로 도와주셔서 공부도 다 마쳤고 지금 이렇게 어엿하게 자리 차지하고 편하게 사는 거 아녀. 그때 우리 인태나 세하 어미가 자존심 상해서 장학금 못 받아요, 했어 봐. 지금 이 좋은 날들을 누리고 살겠어?"

절대 아니라는 듯 정숙 여사가 설레설레 고개를 저었다.

솔직히 듣고 있던 정원도 정숙 여사의 말이 구구절절 옳다고 생각했다.

"그런 건 기회라고 하는거. 지금 도움 좀 받고 나중에 싹 다 갚으면 되지. 그게 뭐가 어려워? 남들 도움 받는 게 뭔 자존심 상한다고 고집 피워 싸? 엉? 내가 어려울 때 도움 받는 건 비굴한 게 아녀. 그런 것마저 감사하게 받을 수 있어야 진짜 자존심 있는 사람이지."

갑자기 영주 볼 아래로 눈물이 뚝뚝 떨어졌다.

"서 이사가 얼마나 야무지고 열심이고 억척인 거 누가 몰라? 그래도 살다 보면 지금처럼 한 박자 뒤로 가야 할 때도 있고, 본의 아니게 남들한테 폐도 끼치고 그럴 수밖에 없는 때도 있어. 그런 게 인생이야. 우리 다 그런 일 겪고 살아간다고. 나만 이런 일 당한다고 억울해할 필요도 없어. 지금 할 수 있는 일만 열심히 하면서 하나하나 다시 쌓는 거야. 속상해하고 화낼 계제가 아니라고. 알아들어?"

"네. 네……. 알아요. 맞습니다. 할머니. 감사합니다……."

맵싸하지만 정이 뚝뚝 넘치는 정숙 여사의 충고에 영주가 다시 눈물을 뚝뚝 흘렸다.

그래서 정원도 경오도 정숙 여사가 너무 고마웠다.

정원이 아무리 영주를 위로한다 해도 넌 지금껏 편하게만 살았으니 내 속상한 마음을 반도 몰라, 그렇게 화를 내면 할 말이 없다.

그러나 정숙 여사는 다르다. 누구보다 더 어렵고 험한 인생의 고갯길을 굽이굽이 넘어오신 분이다. 그런 분이 정색하고 충고하시니 영주로서도 자신의 하소연이나 푸념이 너무 철없이 느껴져 부끄러워진 것이다.

잠시 넋을 놓고 있던 영주가 갑자기 정신이 번쩍 나는 얼굴이 되어 있었다.

"말 나온 김에 오늘내일 중으로 이삿짐 싹 정리해서 들어와. 우리 집에 일하러 오면 서 이사가 쓰던 방 그대로 비어 있으니까."

"네, 네……."

"주변이 정리되어야 일도 제대로 하는 거지 말이야. 앞으로 줄줄이 행사

잡혀 있잖아? 정신 똑바로 차리고 처리해도 모자랄 판에 언제까지 이렇게 질질거리고 있을 거야? 단번에 확 정리해. 누구든 궂은일은 오래 갖고 가면 못써."

"그렇죠."

"일이 벌어졌으면 수습하고 해결해야 하는 거야. 넋두리하고 울고 있다고 그걸 무를 수 있어? 벌어진 일이 없던 게 돼? 아냐. 그러니까 마음 단단히 먹어. 다시 시작하면 돼."

정숙 여사가 영주의 볼에 묻은 눈물을 쓱쓱 닦아 주었다.

"보증금은 없어도 돼. 정 불편하면 돈 백, 내든지 말든지. 대신 월세는 시세만큼 제대로 쳐서 받을 거야."

"독립 원룸도 아니고 주택 방 한 칸인데 월세는 좀 깎아 주세요, 힝."

돈 앞에서는 똑순이가 되는 영주가 정신을 차리고 얼른 흥정을 하러 나섰다.

"애교 부리지 마, 어림없어."

정숙 여사가 단번에 내쳤다. 그러나 호락호락 물러서면 서영주가 아니다.

"아시다시피 제 사정이 좀 어렵잖아요. 사정 되는 대로 빨래랑 밥은 제가 많이 할 테니까 어떡하든 월세를 좀……."

* * *

"유한세가 주래마을에 살았어?"

"응."

영주와 경오, 정원은 차를 세우고 한세가 알려 준 주소의 집을 건너다보았다.

"한세가 생각보다 잘사는 집 딸이었구나."

"그러니까 영국 유학을 갔지? 영국이 물가도 비싸고 학비도 비싸다던데."

"주래마을이 부촌이라더니 집들이 다들 좋긴 하다."

"3시니까 들어가자."

정원은 손목시계를 보고 문 앞에 다가가 초인종을 눌렀다.

자신의 집에서 열릴 프라이빗 약혼 파티를 의뢰하면서 한세는 올댓파티 팀이 실사를 와 주기를 바랐다. 물론 행사를 준비하려면 현장 사전 답사는 필수 조건이다. 그래야만 전체적인 행사의 견적이 나오기 때문이다.

그러나 집은 잠잠했다. 몇 번이나 초인종을 눌러도 대답이 없었다.

"설마 얘가 약속 시간을 착각했나? 사람을 불러 놓고 외출했을 리는 없고."

"잠깐만. 전화해 볼게."

정원은 얼른 휴대 전화를 꺼내 한세에게 전화를 걸었다.

이상하다, 신호는 가는데 한세가 받지 않았다. 다시 재발신을 누르니, 그제서야 전화가 연결되었다. 그런데 수화기 안에서 들리는 소리란……

충격과 경악으로 하얗게 질린 채 정원이 경오에게 소리쳤다.

"112! 112!"

"뭐야, 왜 그래?"

대답을 할 정신도 없이 정원이 다시 미친 듯이 초인종을 누르며 소리 지르기 시작했다.

"한세야, 한세야! 112 신고했어. 조금만 참아! 한세야, 한세야!"

영주도 경오도 뭔가 심상치 않음을 느낀 건 바로 그 순간이었다.

방음이 잘되는 저택인지라 완전히 확신한 건 아니지만 관심을 가지고 집 안의 동정에 귀를 기울이니 그 안에서 새어 나오는 소리는 분명 찢어지는 듯한 비명 소리와 무엇인가 부서지는 소리, 날카로운 오열이 분명했다.

하물며 아직도 한세와 연결된 정원의 휴대 전화 안에서는 비극적인 폭력 상황을 확신하게 만드는 참혹한 절규와 울음소리, 무엇인가 둔탁하게 부딪치는 소음이 더욱 선명하게 새어 나왔다. 그건 끔찍한 흉기가 사람의 몸을 난타하는 소리가 분명했다.

—살려 줘, 정원아. 아악!

다시 전화기 속에서 한세임이 분명한 처절한 비명 소리가 흘러나왔다. 입에 담기도 힘든 포악한 욕설도 함께 쏟아지고 있었다.

보통 일이 아니다!

경오가 부들부들 떨며 112에 신고 전화를 걸었고 영주는 영주대로 119 구조 전화를 걸었다.

한 5분 후에 경찰차가 오후의 한적한 골목길을 질주해 왔다.

1, 2분 차이로 119 구조대의 앰뷸런스도 도착했다.

영주는 119 구조대에게 상황을 설명했고, 정원도 발을 동동 구르며 울면서 아직도 연결된 휴대 전화를 경찰에게 건넸다.

"살려 주세요! 제발 우리 친구 살려 주세요! 한세야, 한세야!"

몇 번이고 초인종을 눌렀지만 굳게 닫힌 대문은 끝내 열리지 않았다.

수화기 안에서 새어 나오는 가느다란 "살려 주세요!" 하는 한세의 구조 요청에 결국 경찰은 더 많은 인원의 지원 요청과 함께 확성기로 '더 이상 불응하면 긴급 체포를 하겠다'는 통고와 함께 저택의 담을 넘었다.

안에 들어간 경찰이 대문을 열었고 즉각 다른 경찰들과 119 구조대가 집 안으로 진입했다.

"기다리세요!"

그러나 신고자인 세 친구는 비상사태인지라 집 안으로 들어갈 수가 없었다. 발을 동동 구르며 혹시나 경찰이 집 안으로 진입하는 사이에 한세가 더 무서운 변을 당했을까 봐 두려움에 떨며 지켜볼 따름이었다.

얼마나 조마조마하며 기다렸던가. 친구들로선 억겹처럼 느껴진 몇 분 후. 경찰에 의하여 긴급 체포를 당한 사람이 모습을 드러냈다.

그의 모습을 본 정원은 경악해서 자신도 모르게 손으로 비명이 터져 나오는 입을 막았다. 믿을 수 없게도 체포를 당한 범인은 바로 한세의 아버지였기 때문이다.

고등학교 때, 한세가 유학 가기 전 작별 여행을 같이 간 그날. 정원은 한세를 데리러 그녀의 집에 갔었다.

같이 간 친구들과 함께 한세의 부모님께 인사를 했는데, 한세의 아버지와 한세가 신기할 정도로 많이 닮아서 똑똑히 기억한다.

"넌 네 아빠 판박이구나. 역시 딸은 아빠 얼굴을 닮는다더니만 피는 못 속여."

"그치? 유전자는 무서워. 근데 난 우리 아빠를 닮은 게 좀 싫을 때가 있어. 솔직히……."

그때 나눈 이야기까지 지금도 생생했다.

손에 수갑이 채워진 채 그가 경찰에 의해 경찰차에 들어갔다.

동시에 한눈에 보아도 참혹하게 상처를 입고 머리가 산발이 되어 얼굴까지 피투성이가 된 사람이 119 구조대에 의해 실려 나왔다.

세 친구의 입에서 동시에 비명이 터졌다.

"한세야!"

"어떡해, 어떡해. 한세야."

"어흑, 한세야!"

얼마나 맞았던 걸까? 이미 기절을 한 한세의 얼굴은 거의 형체를 알아보기 힘들 정도였다.

그 와중에 심각한 부상을 당해 실려 나온 사람이 한 명 더 있었다. 이번에는 은정 여사 나이 또래인 한 여인이 한세와 마찬가지로 거의 피떡이 된 채로 실려 나왔다. 정황상 한세 어머니가 분명했다.

뒤이어 따라 나온 또 다른 경찰의 손에 아직도 피가 마르지 않은 골프채가 들려 있었다.

깨진 접시며 피 묻은 장식품이며 방금 전 참변의 현장에서 흉기로 쓰였던 물건들. 폭행의 증거품이었다.

"설마 저걸로?"

"미쳤어, 미쳤어. 사람을 죽이려던 것도 아니고."

"골프채는 진짜 사람 죽이는 흉기야."

"맙소사. 저걸로 애를 때렸다고?"

눈으로 보면서도 차마 믿을 수가 없어서 모두가 바들바들 떨었다. 분노가 치밀어서 견딜 수가 없었다. 너무 무섭고 끔찍해서 셋 다 반 넋이 나간 상태였다.

"어떡해, 어떡해."

"저기요, 우리 친구는 어때요? 살아는 있죠?"

"우리 한세 괜찮은 거죠?"

셋 다 엉엉 울면서 이구동성 경찰관에게 물었다.

그러나 경찰인들 응급실로 실려 간 한세의 사정을 자세히 말해 줄 수가 없는 모양이었다.

"심각해 보이긴 했는데. 일단 병원에 갔으니까요."

"어디 응급실로 갔어요?"

"잠깐만요."

경찰관이 출동한 119 앰뷸런스가 어디로 향했는지 상황실에 전화를 걸어 확인을 해 주었다.

"세린병원 응급실이랍니다. 여기서 제일 가까운 병원이라."

"네?"

이게 웬 난처한 우연이람?

정신을 차려 보니 그러하다. 지나갈 때마다 일부러 고개를 돌리고 외면하던 세린병원 본원이 저 빌딩 너머 우뚝 서 있었다. 젠장할!

어쨌거나 셋 중 나름 제일 냉철한 영주가 그나마 빠르게 제정신을 수습했다.

"일단 아름이한테 전화할게. 변호사가 필요할 거 같아."

경찰이 다시 세 친구에게 다가왔다.

"목격자 진술을 하셔야 하는데 지금 같이 서로 가 주시겠습니까? 아니면 다른 날 오실 수 있을까요?"

경찰관은 정원을 비롯한 세 친구가 신고자이자 현장 목격자이므로 경찰서에서 진술을 해야 한다고 말했다.

"저는 지금 갈게요. 영주랑 경오 너희는 병원으로 가. 나도 진술하고 바로 병원 갈게."

한세가 걱정되기는 했지만 지금 정원으로선 아내와 딸이 피떡이 될 만큼 폭행한 그 아버지에 대한 분노가 들들 끓고 있었다.

어찌하든 자세히 진술을 해서 그 인간 같지도 않은 남자를 징벌하는 데 도움을 주고 싶었다. 기억이 조금이라도 더 생생할 때 확실한 진술을 해야 했다.

한세가 폭행당하는 상황이 녹음된 증거물이자 휴대 전화 주인인 정원은 경찰차를 얻어 타고 경찰서로, 영주와 경오는 올댓파티 차를 몰고 병원으로 갈라지기로 했다.

정원을 먼저 경찰차에 태워 보내며 영주가 말했다.

"경찰서에서 진술 잘하고. 병원에서 봐."

그런데 홀로 경찰차에 타는 순간부터 정원은 나는 괜찮다고 큰소리치면서 경오와 영주를 병원으로 보낸 게 갑자기 후회되기 시작했다.

'내 평생 경찰서와 친할 일이 없었는데. 이게 뭐람?'

지금껏 정원에게 있어 경찰서란 운전면허증을 수령하는 곳 이상도 이하도 아니었다.

그저 사랑하는 친구의 약혼 파티 준비로서 사전 실사를 하러 왔을 뿐인데, 느닷없이 범죄 신고자가 되어 진술을 위해 경찰서로 가는 중이라니.

영 무섭고 긴장되어 다리가 달달 떨렸다.

피투성이가 된 친구 한세의 모습도 자꾸 떠오르면서 눈물도 계속 났다.

이렇게 혼란하고 무서운데 곁에 아무도 없다는 게 이토록 막막할 줄이야.

갑자기 승주가 너무 보고 싶었다. 이럴 때 곁에 있었으면 하는 사람을 생각하니, 가장 먼저 승주가 떠올랐다.

결국 정원은 승주에게 먼저 전화를 하고 말았다.

—나야.

승주의 부드러운 목소리를 듣자마자 갑자기 왈칵 눈물이 쏟아지고 말았다.

갑자기 정원이 말은 안 하고 엉엉 울음부터 터뜨리니 수화기 속 승주가 기절할 듯 놀랐다.

—정원아! 왜 그래? 진정하고. 왜 울어? 무슨 일이야?

"내가 지금 경찰서 가는 중인데. ……흑."

—경찰서? 왜? 뭔데?

승주가 더 놀라 고함을 꽥 질렀다.

"몰라. 지금 내가 말을 못 하겠어. 일단 당신 와 줄 수 있어요? 나 너무 무서워."

—알았어. 내가 당장 갈게!

정원이 경찰서에 도착해서 자신이 알고 있는 모든 상황에 대하여 진술을 하고 있는 중이었다. 갑자기 경찰서 문이 급하게 열렸다. 그러더니 누군가가 들어와 정원의 옆에 앉았다.

"누구십니까?"

"남편입니다."

승주가 간단명료하게 대답했다.

"아까 이 사람하고 통화했는데 너무 겁에 질린 거 같아서요, 무슨 일입니까?"

"아, 유정원 씨가 폭행 범죄 신고자에다가 목격자시거든요. 현재 사건 진술 중입니다."

"범죄 신고? 목격자?"

도무지 초긍정 평화주의자 정원과 어울리지 않는 생경한 단어들이 경찰관 입에서 흘러나오자 승주가 경악했다.

다급히 정원의 어깨를 잡아채며 캐물었다.

"당신 괜찮아? 어디 안 다쳤어?"

"응. 나, 나는 괜찮은데. 한세가…… 흑……!"

꾹꾹 참았던 눈물이 승주를 보자마자 다시 수도꼭지처럼 터졌다.

정원은 잠시 진술을 멈추고, 승주에게 울면서 떠벌떠벌 이날의 사건과 사정을 설명했다.

"그랬구나. 당신이 많이 놀랐겠네. 친구는?"

"병원에 실려 갔지, 뭐. 경오랑 영주가 응급실에 따라가고 난 진술하러 경찰서 왔어. 자기야, 나 완전 무서워서 죽는 줄 알았어."

"진정해. 괜찮을 거야. 친구는 응급실 어디로 갔대?"

"그게…… 세린병원."

승주가 한쪽 눈썹을 치켜올렸다.

그때였다. 두 눈으로 보면서도 믿을 수 없는 상황이 펼쳐졌다.

한세네 아버지, 그러니까 딸과 아내를 폭행해서 빈사지경으로 만들고 현행범으로 경찰에 체포된 그 악마 같은 인간이 풀려나서 어떤 양복 입은 남자와 함께 경찰서를 나가는 게 아닌가?

"아니, 저게 뭐래요? 어떻게 저런 인간을 그냥 풀어 줘요?"

자신이 목격한 상황에 너무 어이가 없어서 정원이 애꿎은 경찰에게 항의했다.

"저쪽 변호사가 도착했나 보군요. 변호사 책임하에 나가는 걸 막을 순 없죠, 뭐."

"아니, 말이 돼요? 자기 딸이랑 아내를 죽도록 패서 병원 응급실에 보낸 인간을 하루도 유치장에 가두지 않고 집으로 보내요? 와, 세상 말세다! 증말!"

분개해서 정원이 대놓고 따지자 경찰관이 쓴웃음을 지었다.

"그러게 말입니다. 법이 그런 걸 어쩌겠어요? 대신 유정원 씨가 제대로 진술해 주세요. 사건이 잘 해결될 수 있게."

죄인인 주제에 세상 당당한 얼굴이다. 고개를 빳빳이 세우고 변호사의 차를 타려는 남자의 모습이 창 너머로 보였다.

법의 보호망을 핑계 삼아 전혀 벌도 받지 않고 유유히 경찰서를 떠나가는 그 남자를 노려보는데 갑자기 등골에 소름이 짝 돋았다.

만에 하나 저렇게 경찰서를 빠져나간 저 남자가 작정하고 병원으로 실려간 두 사람을 다시 해코지라도 하면?

저 정도로 양심 없고 미친 인간이면 충분히 가능성이 있었다.

정원은 미친 듯이 영주에게 전화를 걸었다.

ㅡ응. 정원아.

"지금 그 미친 인간이 풀려났어."

어이없고 황당하기는 영주도 마찬가지였나 보다. 수화기 안에서 버럭 고함을 쳤다.

ㅡ뭐라고? 말도 안 돼!

"지금 변호사 대동하고 나갔다고. 방금 내 눈으로 똑똑히 봤어. 만약에 미친 그 인간이 앙심 품고 애한테 나쁜 짓이라도 하면 어떡해?"

"그럴 순 없을 겁니다. 변호사가 책임지고 데려간 거라 경거망동은 할 수가 없어요."

그러나 정원의 귀에는 경찰의 말이 곱게 들리지 않았다. 무차별하게 폭행당해 피를 철철 흘리며 사경을 헤매던 모녀를 보지 못했으니 이렇게 태평이다 싶어 와락 울분이 치밀었다.

그래서 정원은 쌀쌀하게 무시하고 계속 말을 이어 갔다.

"한세 신변 보호 들어가야 할 것 같아. 그 아버지가 겁나 힘 있는 사람인가 봐. 무슨 짓을 할지 어떻게 알아? 아름이 도착했니? 아름이 오면 말해서 당장 경호원 사라고 해! 얼른!"

흥분해서 다다다 쏟아 내고 나니, 비로소 한세와 그 어머니 피해 상황에 대해 물을 정신머리가 돌아왔다.

"한센 어때? 어머닌?"

—일단 응급 치료 받았는데 코뼈가 부러지고 안면 함몰에다가 팔이랑 어깨 쪽 골절이 심하대. 한세보다 어머니가 지금 완전 심각해. 맞는 걸 말리다가 크게 다치신 것 같다고, 장 파열 나서 지금 응급 수술 들어갔어. 다행히 의사 선생님 타임이 잘 맞아서 즉시 수술 들어갈 수 있었대. 그나마 운이 좋았지, 뭐. 한세도 두 시간 후에 부러진 코랑 어깨랑 팔이랑 해서 수술 들어갈 거야.

"맙소사."

한세에게 듣기로 그 어머닌 현재 암 환자라고 했는데.

그렇게 병약한 제 아내를 장 파열이 될 때까지 때렸단 말이지.

정말 죽일 생각이 아니었다면 인간이 그럴 수가 없다. 다시금 부르르르 울분이 치밀기 시작했다.

—그나마 한세는 치명적인 내출혈 같은 건 없나 봐. 응급 치료 받고 안정제 주사 맞았어. 저녁에 수술 끝나면 한세는 바로 병실로 올라갈 수 있대.

"다행히 병실이 있었나 보네. 근데 한세네 다른 가족은 연락 없어? 내 기억으로는 오빠가 있었던 것 같은데?"

—한세 휴대 전화를 증거물로 경찰이 들고 간 거 같아. 네가 알아봐서 연락을 할 수 있으면 해 줘 봐.

"알았어."

—아. 아름이 왔다. 나중에 다시 전화할게.

통화를 끝내고 나니 온몸에 힘이 쭉 빠졌다.

참을성 있게 통화가 끝나기를 기다리던 경찰관이 한숨을 푹 내쉬었다.

"유정원 씨, 통화 다 끝나셨을까요?"

"네? 네에 뭐, 대강."

"그럼 진술 다시 시작하시죠."

얼마 후. 정원이 진술을 다 끝내고 나자 경찰관이 출력한 진술 조서를 내밀었다. 읽어 보고 내용이 맞는지 확인하는 절차라고 했다.

"진술서 각 장마다 지장 찍고 확인해 주시면 됩니다."

힘이 쭉 빠진 상태로 길고긴 진술 과정을 마쳤고, 일본에 있다는 한세 오빠와의 연락도 끝냈다. 경악한 한세네 오빠는 내일 당장 비행기 표를 알아봐서 한국으로 오겠다고 말했다.

해야 할 일을 다 마치고 경찰서에서 나와 보니 벌써 노을이 지고 있었다. 진이 빠질 대로 다 빠졌다. 정말 승주가 곁에 없었다면 정원은 아마도 그대로 길바닥에 엎어져서 두어 시간쯤 정신을 잃고 누워 있었을 것이다.

"나 찬 거 좀 마시게 해 줘."

"그래, 고생했어. 조금만 기다려."

승주가 얼른 경찰서 근처에 있는 카페에 가서 카라멜 시럽과 휘핑크림을 잔뜩 넣은 카라멜 마끼아또를 사 왔다. 정원의 손에 커피를 쥐여 준 승주는 조수석 차 등받이를 아래로 내렸다.

"쭈욱 마시고. 눈 감고 잠시 누워 있어."

"응. 고마워요. 정신 좀 차릴게."

"음악 틀어 줄까, 잔잔한 거로?"

"아니. 다 소음으로 들릴 것 같아."

"그래. 눈 감고 있어."

승주가 안쓰러운 눈빛으로 정원의 볼을 살짝 어루만졌다.

한 10여 분 눈을 감고 멍하니 누워 있으니까 비로소 뱅글뱅글 돌던 세상이 조금씩 제자리를 찾아 돌아오는 것 같았다.

정원은 실눈을 뜨고 옆자리 운전석에 앉아 있는 승주를 살그머니 바라보았다.

행여 자신이 무료함을 이기기 위해 휴대 전화라도 들여다봤다간 그 불빛으로 정원의 가난한 휴식이 방해될까 봐 걱정스러웠나 보다. 옅은 어둠 속에서 단정하게 앉아 정면만 바라보고 있는 그의 옆얼굴이 희미하게 보였다.

"자기, 지금 무슨 생각 하는지 궁금해."

승주가 고개를 돌렸다.

"말할 기운이 생겼어?"

"응. 조금은."

정원은 눕혀진 차 등받이를 바로 세우고 부스스 일어나 곧추앉았다.

"내가 좀, 아니, 많이 좋더라."

"뭔 소리야?"

"당신이 달려와 준 거."

"누군들 안 그러겠어? 엉엉 울면서 경찰서에 있다고 하는데."

잠시 침묵하던 정원이 불쑥 다시 물었다.

"왜 그랬는데?"

"뭘?"

"남편입니다, 경찰관한테 그렇게 말했잖아."

대답 대신 승주가 되물었다.

"그럼 당신은 왜 내가 남편이라고 했을 때 가만히 있었어?"

"남편은 맞지. '전' 자 하나 더 붙은 남편이어서 문제지."

피식, 승주가 나직하게 웃어 버렸다.

정원도 큭 웃어 버렸다.

"하긴 전남편이든 현 남편이든 뭐가 중요하겠어? 오늘 당신은 진짜 남편
다웠어."

"'남편답다'는 게 뭘까?"

승주가 혼잣말처럼 중얼거렸다.

"오늘 내가 한 게 딱히 없었는데. 난 그냥 당신 옆에 앉아만 있었잖아."

승주의 말이 맞았다.

경찰서에서 승주가 뭘 딱히 한 게 없다.

승주는 사건의 목격자나 관련자도 아니었다. 그저 정원이 진술할 때 옆에 앉아만 있었다.

하지만 정원에게 그 사실이 얼마나 위로가 되었는지, 힘이 되고 의지가 되었는지 알까?

이전에 정원이 그를 필요로 했을 때 그는 대부분 곁에 없었다. 그래서 절망했고 아파서 이혼했다.

"내가 필요할 때 있어 줬잖아요. 내 옆에."

그녀가 불렀을 때, 필요했을 때 승주가 달려와 주었고 곁을 지켜 주었다. 그 순간 승주는 '남 편' 아닌 오롯이 '내 편'이었다.

이제야 승주가 비로소 남편다운 얼굴을 하고 있다.

"당신 덕분에 안 쫄고 진술 잘하고 나왔잖아요. 진짜 힘 많이 받았구 위로받았어요. 고마워요."

"그렇게 말해 줘서 내가 더 고마워."

승주가 조용히 말하고는 차 시동을 걸었다.

"병원으로 갈 거지?"

"응. 아무래도 한세 상태 한 번은 봐야 집에 갈 수 있을 거 같아."

안전벨트를 하며 정원이 혼잣말처럼 푸념했다.

"난 그냥 파티 플래너인데. 왜 경찰서에 앉아 있었냐구. 이거는 배신이지. 로맨틱 코미디가 갑자기 피 칠갑 호러 스릴러가 된 거잖아."

"원래 추리 소설 보면 잔칫집이 범죄 현장이 되는 경우가 많잖아."

"위로라고 하는 말이죠?"

"응. 아마도."

"겁나 눈치 없어. 둔탱이!"

정원이 팔꿈치로 승주의 명치를 탁하고 쳤다.

밤 9시.

수술실에는 늦게 들어갔지만 먼저 수술이 끝난 한세가 병실로 올라가게 되었다. 세 친구가 우르르 환자 병상을 따라 올라가는 것을 지켜보다가 승주는 수술실 옆 회복실로 향했다. 그곳에는 긴 수술을 마친 한세의 어머니가 있었다.

수술은 잘 끝났다고 집도의에게서 설명은 들었지만, 회복 수준이 어느 정도인지 확인할 필요가 있었다.

그때 회복실에서 나오던 나현이 복도 끝에서부터 걸어오고 있던 승주와 마주쳤다.

나현이 조금 놀란 표정을 감추며 딱딱한 시선으로 승주를 바라보았다.

네가 여기 있어야 할 이유는 없을 텐데? 그런 표정이었다.

"이 선생이 여기 웬일이야?"

이사장 아들이자 후계자로 내정되어 있다는 승주가 정작 귀국해서는 세린병원을 완전히 외면하고 있다는 사실은 병원 관계자들 사이에서 유명했다.

"오늘 장 파열 응급 수술 환자. 지인이야, 그 사람의."

"아."

나현이 한 걸음 물러섰다.

결국 승주가 발길 끊은 세린병원에 나타난 건 전처 정원과 얽혀 있는 일이라서 그렇다는 뜻이었다.

"그 환자 수술, 박 선생이 담당이었구나."

"그렇게 됐네. 지금 회복 상태 체크하는 중이야. 수술은 잘 끝났어."

"경과는 어때?"

"집도의가 보호자에게 설명했을 테지만 뭐, 심각하긴 했는데. 위기는 넘겼다고 들었어. 근데 그분이 캔서라서. 원래 병약하신 분이었으니 아무래도……."

"그래?"

"지금은 안정적인 상태를 유지하고 있지만 만약의 사태를 대비해서 하루쯤 중환자실에서 더 지켜보는 게 좋을 것 같다는 소견이야."

"그렇군. 잘 부탁해."

"잘 부탁하고 말 것도 없어. 난 의사고 환자는 공평하게 보살펴야지."

볼일은 다 보았다 이런 뜻인가? 승주가 가볍게 고개를 끄덕였다.

"저기……."

승주가 나현을 건너다보았다.

"다시 만나는가 봐?"

"박 선생은 그 질문을 할 권리 없고 난 대답할 의무가 없는 것 같다. 잘 지내."

냉랭하게 잘라 버린 승주가 돌아서 가 버렸다.

얼음 칼 같은 무안함을 씹으며 나현은 팔짱을 끼고 그의 뒷모습을 바라보았다.

'그 여자 때문에 지인들과 관계자들 득실거리는 병원까지 한달음에 달려오셨다?'

나현이 익히 알고 있던 모습, 신중하고 말 없고 답답하리만큼 마음을 드러내지 않는 이전 승주와는 사뭇 달랐다.

이 병원 안에는 승주와 정원의 얼굴을 알고 있는 사람들이 득시글거린다.

한동안 발길을 끊었던 승주가 나타난 것만으로도 충분히 화제가 될 텐데, 하물며 전처 정원과 함께 병원을 오간다, 라?

이영국 이사장이며 나서희 회장의 귀에 들어가는 건 시간문제였다.

문득 나현의 뇌리로 난 아무런 상관없으니 어디 한번 고자질해 보라며 싸늘하게 되받아치던 지하 주차장에서의 승주 얼굴이 떠올랐다. 무척 걱정스럽게 정원의 지인이라면서 환자의 안부를 묻던 승주의 방금 얼굴과 겹쳐졌다.

'이건 뭐 전처랑 다시 만나고 있다는 걸 소문이라도 내라는 거? 누가 알아도 별로 개의치 않겠다는 뜻이잖아?'

정원과의 재결합을 위해서라면 누구하고든 싸우겠다는 선전 포고처럼 느껴졌다.

갑자기 전신을 휘감은 기묘한 막막함 앞에서 나현은 잠시 비틀거렸다.

'내 허황된 짝사랑 게임이 이렇게 최종 엔딩을 맞는구나.'

그만큼 시린 패배감과 질투심이 오래도록 잔상을 남기며 나현을 눈보라 치는 한겨울 속에 서 있게 만들었다.

밤이 꽤 늦어서야, 세 친구는 세린병원에서 나왔다.

"난 바로 집에 갈래. 으슬으슬해. 몸살 난 거 같아."

갑자기 생리를 시작한 데다 몸살기까지 겹쳐서는 계속 얼굴이 노랗게 떠 있던 경오가 먼저 혼자 떠났다.

정원과 승주가 영주를 용응동 집에까지 데려다주었는데, 차에서 내리며 영주가 툭하니 던졌다.

"밥 먹고 가라. 하루 종일 굶었잖아. 라면이라도 끓일게."

영주가 운전석의 승주를 건너다보았다.

"오늘 여러 가지로 고맙습니다. 들어와서 같이 드시고 가세요. 고생하셨는데."

"그래도 돼?"

정원이 눈이 동그래져서 물었다. 영주가 핑 하니 콧방귀를 뀌었다.

"돼. 오늘 너랑 이승주 씨가 같이 병원에 왔다 갔다 하는 걸 본 사람이 얼만데? 이쪽이나 저쪽이나 소문 퍼지는 거 순식간일 텐데 뭘 새삼스레 몸 사려?"

"그건 그런데……."

정원은 운전석에서 앉아 있는 승주를 어정쩡하게 돌아보았다. 승주가 슬쩍 웃으며 시동을 껐다.

"라면, 감사합니다."

연속극을 보던 정숙 여사가 집 안으로 들어서는 세 사람을 보고는 놀라서 눈이 커졌다.

"웬일이래?"

아무리 임의롭다 해도 이사 온 다음 날부터 밤늦게 손님을 몰고 오다니,
이건 심하지? 이런 표정이었다.

"할머니, 있잖아요."

영주가 간단하게 이날의 소동에 대해서 말하고 병원 일에 도움 주신 분
이라고 승주를 소개했다. 정숙 여사도 그런갑다 싶어 고개를 끄덕였다.

승주나 정원이나 조금 긴장했는데 늙어서 기억이 흐린 터라 정숙 여사는
승주를 보고도 그가 정원의 전남편임을 알아보지 못한 것이다.

"고생들 했구먼. 라면 잡숫고들 가요. 난 연속극 저거 마저 봐야 해서."

정숙 여사가 거실 TV 앞 소파로 돌아갔다.

영주가 얼른 라면 물을 가스 불 위에 올리고 김치를 꺼내 썰고 있는데,
갑자기 현관문 비밀번호를 띡띡 누르는 소리가 들려왔다.

"할머니, 저 왔어…… 억!"

아무것도 모르고 보름 만에 집에 온 참이다. 현관문을 들어서던 인태가
우뚝 그 자리에 멈추어 서 버렸다.

내가 지금 뭘 보고 있나? 여기가 우리 집이 맞나? 잠시 헷갈린 게 분명했다.

거실 너머 저쪽 주방 식탁 앞에는 정원과 이승주 선생이 나란히 앉아 그
를 바라보고 있고, 마치 집주인인 양 김치를 썰다 말고 그를 맞으러 나온
사람은 서영주였다.

정원도, 이승주 선생도, 여기 이 시간에 절대로 이 집에 있어서는 안 될
사람이었다.

하물며 서영주는 더더욱 아니다.

당신이 왜?

왜 당신이 이 집 주인처럼 김치를 썰다 말고 식칼을 들고 나오는 거냐?

이거야말로 '니가 왜 여기서 나와?' 찐 버전이었다.

"아, 진짜!"

인태가 황당하다 못해 기가 막힌다는 얼굴로 현관머리에 나온 영주를 건

너다보았다.

"대, 대체 이게 뭐, 뭔 시추에이션이래?"

얼마나 당황했으면 말까지 더듬었다.

"왔니?"

정숙 여사가 현관 앞에 선 인태에게 고개를 돌렸다.

"서 이사랑 나랑 같이 산다. 이사 왔어."

"말도 안 돼, 할머니. 언제 나 몰래 세입자를 받았대?"

"몰래라니? 너 말고는 다 아는디?"

"아니, 그러니까 왜 나한테는 말 안 하고 집에다 사람을 들이냐고!"

"말하면 뭐? 니가 허락하고 말고가 아니지. 넌 이 집에 대한 권리가 눈곱만큼도 없잖아. 이거 내 집이여."

"할머니 집도 아니잖아. 누나 집이지."

"내가 내 손녀 집에 돈 주고 전세 사는디 니가 뭐? 한 푼도 안 보탠 녀석이 뭔 말이 많아?"

정숙 여사가 당당하게 손자를 째려보았다.

"와, 미치겠다. 내가 병원에서 썩는 동안 대체 무슨 일이 벌어진 건지 참."

인태가 구시렁거리며 집 안으로 들어왔다.

"여하튼 이렇게 되어 버렸네요. 이왕 이렇게 된 거 잘 지내 봐요, 집주인 손자님."

영주가 장난스럽게 악수를 청했다.

"손에 든 그 식칼이나 내려놓죠? 사람 하나 그냥 썰어 버릴 거 같잖아."

인태가 인사 대신 몸을 피하며 웅얼거렸다. 영주가 피식 웃었다.

"안녕하십니까?"

인태가 여전히 얼떨떨한 표정을 감추지 못하며 일단 승주와 정원에게도 인사를 했다.

"놀라셨죠? 인태 씨. 오늘 우리가 엄청 버라이어티한 사건에 휘말려서 말이죠. 일단 우린 라면만 먹고 사라질게요. 설명은 나중에 영주가 다 할 거예요."

그러니까 모든 게 의문투성이라 해도 오늘은 입 다물고 조용히 넘어가 줄래?

정원의 시선이 그리 말하고 있었다.

"알았습니다. 전 일단 들어가서 좀 씻을게요. 나중에 뵙겠습니다."

인사를 하고 자신의 방으로 들어가며 인태는 머리를 흔들었다.

영주의 이사만큼이나 경악스러운 일은 헤어진 지 이미 오래인 정원과 이 승주 선생이 함께 집에 앉아 있다는 것이다.

"진짜 이게 뭔 개 미친 일이래……?"

몇 날 며칠 제대로 잠도 자지 못하고 격무에 시달린 전공의 1년차 정인 태 선생. 그렇지 않아도 모든 게 해롱해롱, 사물이 다 뿌옇고 머릿속이 묵처럼 엉켜서 으깨지고 있는 판인데.

이제 편한 내 집에서 푹 쉴 수 있겠구나, 기대한 것도 찰나. 들어서자마자 펼쳐진 광경은 그를 아득한 혼돈의 우주 너머로 보내 버렸다.

'환장하겠구만.'

옷을 입은 그대로 방에 딸린 욕실로 들어가다 말고 문득 인태가 고개를 돌려 방문 쪽을 바라보았다. 그의 입가로 슬그머니 미소가 어렸다.

'그나저나 딴 집도 많을 텐데. 하필이면 왜 우리 집으로 이사를 들어오고 그랬대? 당황스럽게.'

당황스럽지만, 그보다 더 사람 마음 참 요상하게 설레게 말이다……

〈다음 권에 계속〉